◎刘荆洪 著

南海神话

李夫全

武汉出版社

(鄂)新登字 08 号
图书在版编目(CIP)数据
南海神话/刘荆洪著.一武汉:武汉出版社,2011.3
ISBN 978－7－5430－5715－9
Ⅰ.①南…　Ⅱ.①刘…　Ⅲ.①科学幻想小说一中国一当代　Ⅳ.①I247.5
中国版本图书馆 CIP 数据核字(2011)第 034236 号

著　　者:刘荆洪
责任编辑:李　俊
装帧设计:新酷点
出　版:武汉出版社
社　址:武汉市江汉区新华下路 103 号　　邮　编:430015
电　话:(027)85606403　85600625
http://www.whcbs.com　　E-mail:zbs@whcbs.com
印　刷:武汉市福成启铭彩色印刷包装有限公司　　经　销:新华书店
开　本:787mm×1092mm　1/16
印　张:21.5　　字　数:495 千字　　插　页:4
版　次:2011 年 3 月第 1 版　　2011 年 3 月第 1 次印刷
定　价:39.80 元

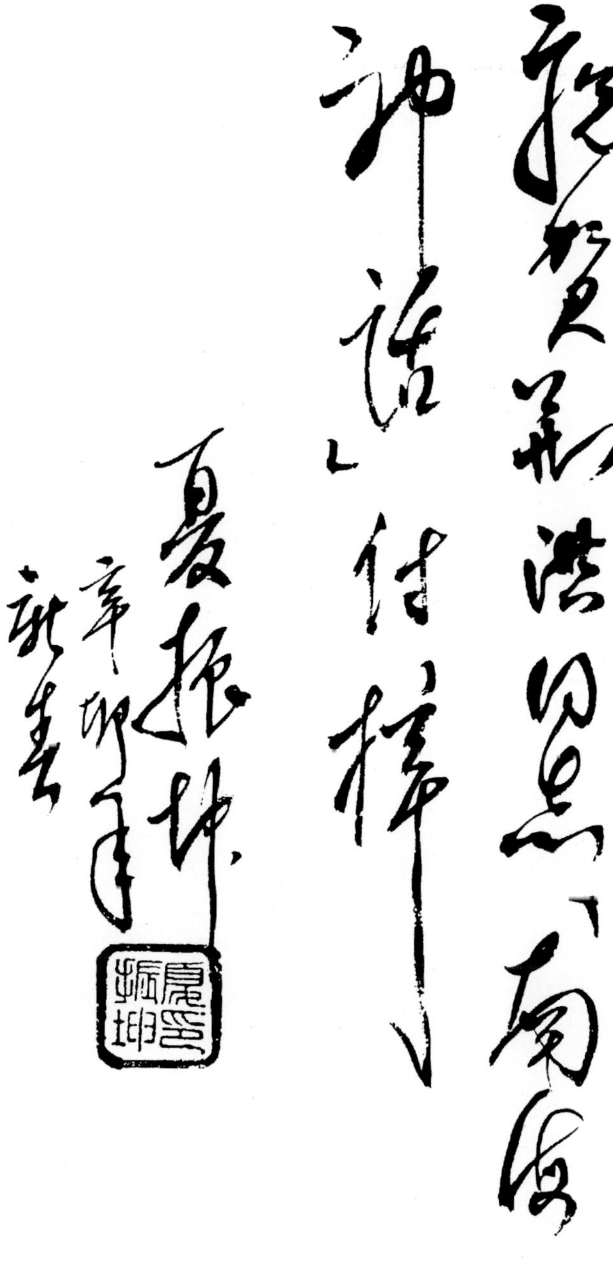

著名学者、湖北省社会科学院原院长题词

让美丽的神话与美丽的风光融为一体

彭京宜
二〇一一年首[illegible]

著名学者、海南省委党校常务副校长彭京宜题词

目录

一、引　子

海南岛是一个美丽富饶、历史悠久的海岛。据考察资料表明，海南岛中已知的最早的地层年龄是18纪年，但海南岛的形成却在6500万年以前。大概在6500万年前，由于北部发生断陷狭长地带下沉消失，海南岛与大陆分离，孤悬海外。

海南岛是一个神话宝岛，这里流传丰富的南海神话，是中华民族宝贵的文化财富。因为神话传说《鹿回头》而命名为"鹿城"的三亚市，三面环山，北依抱坡岭，南枕南边岭，东靠大会岭、虎岭和高岭，山岭绵延起伏。三亚的海湾如大东海、小东海、三亚湾、亚龙湾，佳景纷呈。海上的东、西二岛，仿佛是南海的一扇大门，海雾缥缈，两岛遥相呼应。海面宽阔，颇有层次感、神秘感。从海上眺望，群山苍翠。秀丽的三亚，在群山环抱之中。

三亚，海水湛蓝，好像翡翠。森林茂密，远山如黛。市区内大片绿地，春色浓郁。红顶宾馆，点缀其间。不由使人想起毛泽东主席豪迈的诗句："风景这边独好。"

三亚的文物古迹，历史文化特色鲜明，人类最早居住地，有旧石器文化遗址；宗教文化传奇，鉴真和尚东渡遗址雕像是见证；神话故事色彩，鹿回头雕塑是三亚标志。夕阳已经靠山了，天上的云彩像黎锦一样，鲜艳夺目。三亚市南部5公里的三亚湾，是三面临海的半岛，三亚鹿城的标志——"鹿回头"巨型石雕，就在此处。"鹿回头"石雕高12米、长9米、宽4.9米，屹立在鹿岭上。一只神鹿回头凝望，两旁分别屹立着英俊的黎族猎手和美丽的鹿女。构思独特，造型优美。

夕阳下，一群游客站立在鹿回头雕塑前，黎萍导游正在给游客讲《鹿回头》的神话故事，发现游客群中，站立一位满面尘土、精神萎靡不振的男子。黎萍导游没有在意，继续讲《鹿回头》的故事：

——很久很久以前。对了，神话故事的开头都是很久很久以前，具体指什么年代，没有说明，因为神话传说没有具体的年代，大多是非常久远。那时候，五指山中的猛兽不少，野兽多如牛毛，野猪群横冲直撞，叫田里的庄稼一塌糊涂，吓得鸡飞狗跳。农民养的鸡鸭遭殃不说，乡村儿童的生命还受到威胁。黎族猎手阿椰挺身而出，猎杀猛兽，然而，他对于一般的动物，却不忍心去伤害。例如，他很少去打美丽的鹿、聪明的猴子等。因此，他能够打的动物不是很多。再说，阿椰的母亲病倒在床，他给母亲端茶倒水，给母亲洗衣做饭。一天夜里，母亲牙痛引发头痛，在床上翻来覆去，呻吟的声音撕心裂肺。孝顺的阿椰，望着母亲痛苦的模样，心如刀绞，焦急得像热锅上的蚂蚁，四处撞来撞去采药，为母亲治疗。为了照顾牙痛的母亲，阿椰天天伴随在母亲身边，已十多天没上山打猎了，家中的存粮见底了。没有办法，他只有告别母亲，拿着弓箭上山了。

这一天，天气晴朗，可阿椰在五指山转了一天，没有发现一只动物，正准备回家，却看见了一只花鹿。平日，他从不打花鹿这样美丽又善良的动物。两年前，他进山发现一只受伤的小花鹿倒在地上，便用草药敷在花鹿的伤口处，然后帮助它回归山中。可今日，家中将断炊，母亲牙痛又需要他伺候。他想，破一次例吧。于是，他举起了弓箭。可善良的他，看着花鹿太美丽了，不愿意让它倒在血泊中，不忍心开弓了。然而，他又非常想猎获这只花鹿，心情极端矛盾。他举弓追鹿，紧追不舍。追了九天九夜，翻过了九十九座山。神话传说讲究一种诗歌的意境，九代表多，也许，阿椰追逐的时间不止是九天。也许，他翻过的山坡不止是九十九座。阿椰一直追到三亚湾南边的珊瑚崖上，始终不忍心开弓。

海洋看起来十分平静，在阳光的照耀下闪闪发光，几乎静止不动。沙滩上十分平静，没有一个人影。天上的云彩，也像被钉在空中一样。这时，花鹿被美丽的三亚湾吸引住了。它凝视着湛蓝色的海水、洁白的沙滩、富饶的土地。而阿椰又被美丽的花鹿吸引住了，花鹿望着美丽的海洋景观发呆时，阿椰望着美丽的花鹿发呆。突然，花鹿转回头向阿椰投去深情的一瞥，像春风一样温柔，阿椰心头迸发出绚丽的爱情火花。瞬间，花鹿变成了一位美丽的姑娘，款款向阿椰走来。热血沸腾的猎手顿时手足失措，傻傻地站在那里。鹿女打破了沉寂，说："阿椰啊，我就是你救过生命的小鹿呀。我叫阿槟。"

阿椰一下惊呆了，没有想到眼前的花鹿变成了美丽的姑娘，更没有想到这位说话温柔的仙女，就是他两年前救治过的那只小鹿。阿椰被这突然出现的鹿仙女打动了，毕竟是个热血男儿，见到美丽的女人怎能不激动。鹿仙女上前一步，主动地拉着阿椰的手。

他们双双来到一棵椰子树下。两人越谈话越多，声音越谈越小，最后，鹿女靠在了阿椰的肩膀上。土地爷在旁边悄悄地听两个人互吐爱慕之情。

鹿仙女说："你救过我几次，我爱你。你愿意娶我吗？"

猎手仰起头来信誓旦旦："我愿意与你结婚，我对你的感情海枯石烂不变心。"

那撼山震海的爱情誓言，那如痴如醉的绵绵情意，感动了土地爷。顿时，这山岭的地形变成了一个回头凝望高处的鹿的形象，雄伟峻峭，栩栩如生，让这美妙的时刻化为永恒。

阿椰说完，鹿女从口里吐出一粒种子，阿椰用手捧住种子。然后，鹿女用手往地上一指，出现了一个深坑，阿椰将种子种下去，盖上土壤。阿槟说："这是我们的定情树。"

这树就是人们今天看见的槟榔树。阿椰从五指山接来老母亲，替他们完了婚。这时，他们种下的槟榔树已长大结果。阿槟采下一颗槟榔放在母亲口中，老母亲立即感到牙不痛了，肚子也不饿了，浑身轻松舒服，身体也好起来了。从此，阿槟和阿椰伴随老母亲在这里定居，过着幸福美丽的生活。槟榔果也就成了美满姻缘的象征。打这以后，黎族男孩子若相中了姑娘，便挑选两三百个上好的槟榔送到姑娘家中，作为订婚的礼物。

黎萍说完，掏出包中的槟榔分给人家。南海旅行社导游杨扬说：还有好多关于槟榔的爱情故事我给大家讲一个。

——很久以前，有位叫椰果的猎人，他向佰廖姑娘求爱的故事，令人荡气回肠。佰廖住在五指山下的一个黎寨里，她是一位勤劳善良的姑娘，美丽动人。她唱的山歌，圆润清亮。她一开口，百鸟不鸣，静静恭听；她织的筒裙，图案优美，色彩鲜艳一经展示，花香引蝶，凤凰羞目，不敢媲美。五指山下，方圆几百里，后生无不熟悉佰廖的名字，挑着金银珠宝来向佰廖求婚的，人如潮涌，争先恐后，都想在佰廖面前，显示自己的富有。

佰廖对求婚的后生们说："我不爱钱财，我只爱对爱情忠贞的人。如果谁能把五指山顶上的槟榔摘给我，谁就是我最亲爱的丈夫。"

有些后生，一听把摘五指山顶上的槟榔作为求婚的条件，只好伸伸舌头，转身回去了。有些后生，也想去五指山碰碰运气。可一走进原始森林，还没爬山，就被成群结队的黑蚊子、山蚂蟥、大蚂蚁给吓跑了。有一位黎族猎手，名叫椰果，家里很穷，只有一位瞎了眼睛的老母亲。母子俩相依为命，靠椰果打猎来过活。

一天，椰果对母亲说："妈，我想去向佰廖求婚。"

母亲听了，摇了摇头说："听说佰廖想要五指山顶上的槟榔，很多后生都不敢去摘，你办得到吗？"

椰果说："我们猎人，山里来、林里去，经常风餐露宿，和野兽做伴。五指山顶我虽然还没有攀过，但我有信心把槟榔摘回来。"

椰果还有一个想法不肯告诉母亲，他想弄点五指山的清泉，听说它能够明目。如果能使母亲重见光明，也算尽了儿子一片孝心。

母亲一看儿子的意志坚定，流着眼泪说："你父亲以前为了取熊胆给穷人治病，也进过五指山。可熊打死了，他也亡了，我为他哭瞎了眼睛。如果你再有个三长两短，我怎样活下去呢！"

椰果安慰母亲说："妈，您放心，我会平安回来的；我也会把佰廖给您带回来的。我走后，邻居的大嫂会来照顾您的。"

椰果温和地把母亲安慰一番，然后，背起父亲留下的弓箭和砍刀，挺胸大步向佰廖的村寨走去。

椰果走后，母亲伤心地流着眼泪，默默的祝福儿子平安无事，胜利凯旋。

椰果走进佰廖的村寨，来到佰廖的面前，说："我马上去攀登五指山顶，将槟榔摘来献给你。"

佰廖只是淡淡地说："耳听为虚，眼见为实。"

椰果对佰廖看了一眼，说了一声"再见"，转身大踏步向五指山的方向走去。五指山峰，高耸入云，居于群山之巅，好似五指，直插天际，隐于云雾之中。椰果进山无路，便挥刀披荆斩棘。原始森林，昏暗茫茫，没有一点光亮。椰果打着火把，义无反顾。蚊虫成群，蚂蟥结队，从水陆空对椰果实施全面围剿。椰果全身有野蚊香保护，刀枪不入，平安无恙。椰果饿了，山果充饥；渴了，山泉润喉；困了，山洞当房。椰果走了三天三夜，越过九十九条溪，跨过九十九座山，最后来到五指峰下。

椰果抬头仰望，五指峰插入云端，恰似五把尖刀，绝壁光滑，手指无处抓，脚趾无处踏。他试攀了几次，没有成功，只见一颗亭亭玉立的槟榔树，就长在主峰于二峰之间，树尾与主峰平行。椰果咬了咬牙，砍下了山藤和树杈做登山的工具，准备再次登攀。突然，身后刮来一股腥风。椰果一转头，说时迟，那时快，一头像牛犊般大的金钱豹，向他猛扑过来。椰果行如清风，动如闪电，侧面一躲，金钱豹扑了个空，还没等金钱豹转过身来，椰果已经弓箭在手，对准金钱豹连发三箭，第一箭击中左眼，第二箭命中右眼，第三箭射穿喉咙。金钱豹暴跳如雷，窜上几米高，尘土飞扬，随之，重重地摔下山坡，在地上打了几个滚，终于一动也不动了。

椰果虽射死了金钱豹，可面对悬崖峭壁，依旧一筹莫展，几次失手，差点从绝壁上摔下来。路是人走出来的，坝是人垒起来的。世上无难事，只要肯登攀！荆棘划破了椰果的脸，留下道道伤痕；利石磨破了椰果的四肢，撒下滴滴血印。为了获得美丽的爱情，为了创造美好的生活，椰果这位勇敢的猎手啊，无所畏惧，咬着牙关，一步一步向上登攀。攀上第五峰，爬上第四峰，登上第三峰，最后攀上了第二峰。椰果终于接近了槟榔树。当他准备去爬树时，不防，槟榔树旁岩石缝里窜出一条大蟒蛇，张开血盆大口，想一口吞食椰果。椰果来不及拔箭，只好紧紧抓着岩石，把脑袋插在石缝里，可一条大腿已经被大蟒蛇咬住了。

椰果忍着剧痛拔出锋利的砍刀，猛砍大蟒蛇的头，大蟒蛇疼痛难忍，只好松开大嘴。椰果一边将大腿抽出来，一边拔出弓箭，向大蟒蛇连射三箭。负痛的大蟒蛇，翻滚着，挣扎着，坚韧的尾巴，像一把大刀，横扫竖砍。弄得尘土飞扬，树木哀叫。唯一的一颗槟榔树，也被大蟒蛇坚韧的尾巴，拦腰斩断。最后，大蟒蛇滚进了幽深的峡谷，陈尸乱石之中。

大蟒蛇尾巴斩断的槟榔树，横倒在山石上，椰果呆呆地望着树干，感到非常可惜。因为树断了，以后就不会再长了。椰果低着头，将挂在槟榔树上一束束亮橙橙的槟榔摘下来，正准备挑下山。忽然，他眼前一亮，离他几米远的的石缝里，淌着一线山泉，由一个天然石碗，迎接山泉，这时，碗里的泉水已经溢满。椰果想，这不是自己梦寐以求的五指山神泉吗？如果能把母亲的眼睛洗亮，使她老人家重见光明，那真是喜上加喜了。

椰果取下腰间的竹筒，将石碗里的水装进竹筒，兴高采烈地哼着山歌，挑着槟榔，提着竹筒，走下五指峰。

椰果进五指山至今已有半个月了，佰廖村里的人，无不对勇敢的椰果表示敬佩，也无不为椰果的安危担心。大家知道，要取得五指山的槟榔，势必遇到猛兽与巨蟒。这一天，村里的人照样聚在村前的平坝上，向五指山的方向眺望，默默地祝福勇士平安归来。佰廖的良心也在自责，不该让一位善良勇敢的男人为自己去冒险。如果能力许可，她真想找遍整个五指山，把她的心上人寻回来。村里的人等了这么多天，都感到失望了。

谁知，椰果挑着槟榔，满面春风地来到大家的面前。村里的人先是一惊，然后爆发出惊天动地的欢呼声，把椰果团团围住，并且把他托起，抛向空中。

佰廖更是悲喜交加。她含着眼泪，来到椰果面前，深情地望着他说：“椰果哥，让你受苦了！”

椰果捧着槟榔对佰廖说：“佰廖妹，这是我送给你的槟榔。”

两双手紧紧地握在一起,两双眼睛久久的对视,千言万语在这一瞬间交流。

椰果唱:

一口槟榔分两份,
同吃槟榔来订婚;
劝妹要学槟榔树,
从头到尾一条心。

佰廖唱:

隔山望哥妹心焦,
隔水望哥恨无桥;
有心架桥去寻哥,
又怕哥无心架桥。

椰果唱《开门歌》:

道路行来脚都软,
行到花园见花开;
欲想摘花因篱隔,
有心给花请开门。

佰廖唱《香花专等哥来开》:

妹种花来哥浇水,
香花专等哥来开;
哥欲有心把花摘,
妹愿引哥进花园。

村里的人,为祝贺一对有情人幸福的结合,载歌载舞,欢庆了三天三夜。最后,让椰果带着佰廖转回自己的家乡。椰果带着佰廖回到自己的家,用泉水治好了母亲的眼睛。椰果佰廖夫妻恩爱,孝敬母亲,男耕女织,生活甜蜜,直乐得母亲合不拢嘴。

杨扬讲完故事,黎萍导游说:"现在,海南岛五指山区种植着成行成片的槟榔树,据说就是当年椰果从五指峰上带回来的槟榔培育、传种下来的。槟榔,作为订婚的礼物,象征着对爱情的忠贞,被黎族人民一代一代地传承下去。"

二、魔衣显灵

这是一个四周被椰子树包围的神秘的大院，监控器默默地对着大门的方向。通过大院的警卫登记，一辆红色的马自达轿车缓缓开进大门，下来一位约50岁模样的汉子，脸庞方圆，眉头打皱，戴着一副廉价的钢丝边近视眼镜。他是被称为"傻子神话博士"的石小林。一位容貌清新如水中莲花的女子，她是南海旅行社经理助理、资深导游黎萍，虽然四十挂零，却显得颇有青春活力。

他们迎着一栋玻璃幕墙的楼房走去。黎萍导游与神话博士分别掏出刚才在门卫那里用身份证换来的卡片，刷了大铁门上的电子门锁，大铁门立即弹开。神话博士惊讶地发现，走进这大门后，这些玻璃窗内没有想象中的房间，而是一条狭长的通道，靠近通道的是一堵厚厚的钢筋水泥墙。这个时候，黎萍导游与石博士用在门卫登记处领取的卡片，在水泥墙旁的一道铁门门锁上刷了一下，一尺厚的水泥门自动弹开。黎萍导游、石博士双双走进一间神秘的小房。黎萍掏出诺基亚手机、钥匙等物件，接受两位漂亮小姐的检查。石博士也将手机钥匙掏出来，接受检查。

石博士说："嗯，这与机场安检没有两样。"

黎萍笑道："博士，这两位检查的小姐，与空姐比起来谁漂亮。"

石博士说："好像更漂亮。"

黎萍笑了："哈，这是机器人。"

石博士张口结舌了："瞎说，机器人也会笑得跟真人一模一样。"

石博士的疑问还真有道理，黎萍不提醒，谁也绝对不会想到，这是仿真的机器人在实施安检。

这栋楼房是南海科学研究院的实验中心。乘电梯上到三楼，拉开一扇厚重的木门，进入一间小型会议室。会议室没有窗户，灯光十分柔和，温度适宜，显然是中心空调在发挥作用。面对大门墙壁的是白色的幕布，天花板上空悬挂着一台投影仪，瞄准幕布。白布铺就的长条形会议桌上，放着一件黑色的衣物像开胸运动衫，几件红色的衣物像救生衣，十多把木椅围成一圈，围绕会议桌坐着五个人。

坐在会议桌正中间的老者，一头银发，戴着玳瑁框架眼镜、气质儒雅，他是南海宾馆董事长王公仆。左边大额头、浓眉大眼的中年人，他是南海旅行社总经理李大平。身材魁梧、身穿短袖衬衫的国字脸，年龄大约五十多岁，他是南海科学研究院院长、科学家徐龙，他坐在右边。徐龙对面靠左是身材瘦小但眉清目秀的男子，他是国家安全部门的高级工程师田长江。靠右是头发稀疏但梳理得十分整洁的中年人他是著名心理医生、心理学教授布东。

田长江看见神话博士走了进来，悄声对徐龙说："老徐，石博士怎么来了！他是一个有争议的人；而且，与文物盗窃集团曾经有过密切的联系，此人参加我们的会议是否妥当？"

徐龙说："老田，我们现在不能用阶级斗争的那一套观念去看人。"

田长江赌气地说："我们这里，你是总负责人，你说了算，我只是提醒一下。"

徐龙发现石小林注意到这边，他想把田工的话岔开，故意开玩笑，望着神话博士笑了笑："石博士，你这位老同学还记得吗？有人说你这个神话傻子能够成为博士，是被车门挤开窍的。"

神话博士笑了："老徐，是啊，当年我考进了一所知名高校。考试前，被公共汽车的车门挤破了脑袋，谁知高考的成绩居然不错。于是，有人说，我这神话傻子能够考取大学一直读到博士，幸亏汽车车门的挤压。"

黎萍、李大平听了，忍不住哈哈笑了起来，整个会场的气氛一下变得轻松、和谐起来。

徐龙爽朗地说道："人到齐了，会议开始。我们今天请大家来实验中心开会，大家一定发现，这里与造银行IC卡的工厂一样森严。因为，我们这里的发明，属于国家机密。我们面前的这件魔衣，还有这几件魔幻背心，是中国科学家、社会学家、心理学家联合攻关取得的成果。都是世界领先的发明。我们今天会议的议题正是探讨如何用魔衣、魔幻背心去挖掘南海神话传说。我以为，南海神话传说十分丰富，发掘南海神话传说，对于国际旅游岛文化建设很有作用。"

说着，徐龙指着会议桌上的黑色运动衫一样的物品说："这是一件多功能魔衣。首先，它具有独特的旅行功能，谁穿上这魔衣，好比长了一双飞翔的翅膀，能够自由自在地在五指山群峰之间穿行；好比穿上了潜水服，就是不会游水的人，掉到大东海海底，也不至于活活淹死。下面，我们来看一看魔衣人如何在海南的星空中旅行，如何沉潜海底。"

徐龙打开投影仪，屏幕上出现了万里海疆，一个身穿黑色魔衣的人在美丽的三亚空中穿行。画外音：地处海南省最南端的三亚，东邻陵水县，北依保亭县，西毗乐东县，南临南海，是中国最有特色的旅游城市之一。三亚的生态环境、自然景观，独树一帜。有山，山高；有海，海清；有原始森林，森林葱茏；有城市园林，茂密秀丽。魔衣人眼里，境内海岸线长二百多公里，港湾有19处之多。其中，著名的港口有三亚港、榆林港、南山港、铁炉港、六道港等。著名的海湾有三亚湾、海棠湾、亚龙湾、崖州湾、大东海湾、月亮湾等。40个大小岛屿，星罗棋布，尽收眼底。

魔衣人从三亚飞到群山上空翱翔。画外音：这是海南省的最高山脉五指山，素有"海南屋脊"之称。五指山位于海南岛中部，主峰在五指山市境内。五指山流传的各种神话传说，给五指山蒙上了神秘的氛围，使人们对海南岛更加神往。这说明，神话对于区域旅游的发展颇有作用。首先，人类最早的故事，往往从神话传说开始。其次，一个民族开始对世界和自己的来源，疑惑不解，往往依赖神话进行阐释。神话，可以说是人类文明发展的开端。人类对"神话"不断地进行不自觉的阐释和发挥，一代传一代，他们都坚信这就是宇宙、人类、自然万物的起源。神话反映了原始人对宇宙、人类本身的思考及解释。

魔衣人在空中像飞机一样飞翔，穿入云霄，钻入月空，似雄鹰在山峰中自由自在地穿行。忽然，魔衣人进入了彩色的时光隧道，雷电不时发出响声，魔衣人毫不惧怕。最终，他降落在一个古老的黎族村寨。村寨里几十间大大小小的房屋中，有两间茅草屋，里面居住着一对黎族夫妇。黎族老汉阿力给神仙喝水，感动了神仙，按照梦中神仙的指点，在地下挖出了一把宝锄和一把宝刀，用它开垦出了一片片良田。

科学家徐龙说："魔衣具有穿越时空的功能，穿上这种魔衣，你能够根据神话传说故事的讲述而身临其境，还可以穿越时空与神话传说中的人物见面。如果神话传说中的人物愿意配合，那么，古代的传说人物可以被魔衣人带到现代社会。我们设计出魔衣后，还设计出一种配套产品，能够接受魔衣的控制，发挥一定的功能作用，这种高科技产品就叫魔幻背心。"

接着，徐龙介绍说："它还具有护卫功能，拥有这件衣服的人，遇到武功高手，也能够战而胜之。"

接着，这个魔衣人又飞到大海边，潜入海底。魔衣发出警告声："危险正在接近，请使用护卫功能。"

魔衣人发现，一条鲨鱼张开了血盆大嘴，向他扑来。魔衣人手指鲨鱼，那鲨鱼顿时在强大的电流面前发抖，掉头逃窜……

魔衣人穿越时空，在孙悟空被如来佛压进五指山之前见面。孙悟空当头一棒，魔衣人无影无踪，孙悟空四处寻找，魔衣人再度出现。孙悟空准备再挥金箍棒，魔衣人手又无影无踪……

神话博士看着屏幕上的魔衣人，目瞪口呆。国家安全部门的工程师田长江强调："由于魔衣、魔幻背心、宝刀、宝锄具有强大的功能，所以，一直受到犯罪分子的关注。我们运用魔衣、魔幻背心，寻找宝刀、宝锄，难免要与各种各样的犯罪分子进行殊死的搏斗。"

李大平说："这种魔衣还具有检测功能，能够分辨情感的真实程度，能够分辨叙述经历的真实程度。由于这种魔衣具有强大的功能，为了不被不法分子利用，所以，我们研究人员将这种魔衣进行实验时，规定的纪律十分严格，游客必须交出身份证，上网查询游客是不是守法的公民，然后启动魔衣检测功能，检测游客情感与经历的真实性。"

神话博士建议："我们可以借助魔衣进行爱情神话体验游，让人类重视真正的爱情，神话传说将爱情作为永恒的话题。《天仙配》、《白蛇传》、《梁山伯与祝英台》、《鹿回头》这些神话故事，表达了人类真挚的爱情。随着市场经济的发展，有些人的爱情婚姻观念有所改变，那种刻骨铭心的爱，一见钟情的爱，海枯石烂不变心的爱，变得像稀有金属一样稀少。为了金钱，青春少女可以挽起年迈气衰的富翁的手走进婚姻殿堂。为此，我们现在的爱情神话体验游，对于弘扬中国优秀的传统文化，包括婚姻文化，很有意义。"

王公仆董事长说："我听了神话博士的话，很有感触。我今年70多岁了，老伴去世了两年，我常收到一些年轻女子的来信，语言火辣，叫人看了都脸红。这样的女子，多是冲着我的家产。当然，我不会理睬。"

心理学教授布东说："有人因为失恋的痛苦，精神失常；有人因为情感的挫折，选择轻生。魔衣的梦幻功能，也许可以帮助其解脱。"

除了神话博士与黎萍导游外，在座者都参与了魔衣的投资或设计。黎萍笑道："我听说，魔衣还具有通讯功能，穿上这魔衣，能够自由自在地与各国友人进行情感交流，甚至能够听懂大自然动物们的声音。"

田长江说："与各国友人进行交流，魔衣可以做到这一点。但听懂大自然的声音，恐怕还得用实验的结果来说话。现在，国内外不少游客，对于传说中的宝刀、宝锄很感兴趣，对于我们研制的魔衣更感兴趣。我们目前的任务，是保护好我们手中的魔衣、魔幻背心，寻找宝刀、宝锄。"

徐龙还谈到了光速理论。目前有说服力的只有霍金的理论里提到"虫洞"。即是可以连接两个不同的空间的隧道，根据霍金的"多元宇宙"，虫洞可能可以连接到其他宇宙，也有可能连接到未来或者过去的宇宙。用爱因斯坦的相对论来解释，所谓的未来都是相对的，比如一个人以接近光的速度飞行，一段时间后回到地球，虽然他在宇宙中只待了 1 年，可他回来时地球已经过了 10 年。此时，我们可以说他到了未来。

神话博士说："《时光隧道》是一部穿越时空、集科幻与喜剧于一体的影片。12 世纪的法国，贵族骑士康德瑟伯特和他的仆人安德鲁吃了糊涂巫师的一剂'时光穿梭魔力药水'，结果一觉醒来，发现自己竟然已经身在 21 世纪的美国芝加哥。"

南海科学研究院院长徐龙说："这次科学实验由南海旅行社负责，国家安全部门给予指导，李大平总经理推荐石小林博士担任责任人。我曾经与石小林博士是大学校友，我认为他有条件担此重任。首先，他是我国优秀的神话学者，对神话学的研究有独到之处；其次，他的情感经历十分坎坷，符合魔衣实验人的要求；最后，也是关键所在，他对于南海神话的挖掘情有独钟。"

徐龙是石小林博士的大学同学，后来一个攻读信息工程博士学位，一个攻读神话学博士学位，他们之间的联系虽然不多，但他相信石小林博士的敬业精神。徐龙院长将魔衣递过来，对神话博士说道："这种魔衣具有情感检测功能，你的讲述真实，就能够通过检测。"

王公仆说："下午再进行情感测试吧，吃午饭的时间到了，我今天请大家吃点地方风味，喝点山兰米酒。"

徐龙院长说："好哇！我们先让王董事长请客，下午再来进行情感测试。"

人们鱼贯走出实验中心大楼，登上一辆日产面包车，来到南海宾馆。餐厅的包厢里，桌上摆着南海知名菜肴。

性情活泼的黎萍导游站立起来，说："我来给大家唱几首黎族民歌，好不好？"

杨扬带头鼓掌。黎萍的祖籍是广东，因为父亲曾经是五指山地区的领导干部，母亲是黎族人，黎萍在五指山地区出生，上小学、中学，她与黎族同胞很有感情，她神情焕发地说："黎族文化源远流长，黎族的歌声很美妙，我给大家唱一首《请酒歌》。"

手捧酒碗分给哥，
哥不领情要领声，
哥不领声要领少，
多少都是侬人情。

餐厅包厢里响起了一阵阵掌声。黎萍接着说："大家看得起，我再唱几曲。我给大家再唱一曲《请四邻喝酒歌》。"

端起酒碗四邻请，
也请后堂请前厅，
也请村乡和邻舍，
也请四方众亲情。

黎萍说："这首歌反映了黎族人民热情好客，追求四邻和睦相处的情形。"大家听后，又是一阵热烈的掌声。

三、情感测试

饭后，王公仆董事长将徐龙、李大平、石小林等人带到南海宾馆的大会议室里。徐龙让石小林穿上魔衣，田工程师帮助石小林打开魔衣上的情感检测开关。徐龙说：“石博士，你开始讲述一个南海爱情神话故事，再讲一个你自己的情感故事。”

石小林博士问：“什么情感故事呢？爱情方面的可以讲吗？”

田长江说：“你就讲你的婚姻挫折吧。有什么说什么，真心诚意，不要文过饰非。”

神话博士听了一愣。他说：“我建议，利用魔衣、魔幻背心组织爱情神话体验游，旨在挖掘南海神话，尤其是黎族神话中的爱情神话。凡是参加者，必须熟悉南海爱情神话，必须有坎坷的情感挫折与经历。我们的目的是要运用魔衣、魔幻背心奇特的功能，挖掘南海神话的积极意义，丰富优秀的传统文化，让情感的悲剧成为喜剧，让受过情感挫折的人重新找到自己的幸福。我想先说一个海南爱情神话故事《诺实与玉丹》。”

——很久很久以前，有一个名叫诺实的青年猎手，爱上了心灵手巧的纺织姑娘玉丹。诺实是个勇敢智慧的青年，精通箭法，要射飞鸟的左眼，决不会射右眼；刀法娴熟，要砍狼的尾巴，绝对不会砍到狼的屁股。玉丹是个美丽勤劳的姑娘，纺织技能高超，她织的花，能引蜂招蝶；她织的鸟，会展翼飞翔。诺实和玉丹早就相爱，村里的人，十分羡慕他们，都说他们是天生一对，地造一双。

天有不测风云，人有旦夕祸福。峒官的儿子看上了玉丹，便托媒人送来聘礼，强迫她的父母收下。玉丹晓得了，一把鼻涕一把泪，呼天喊地，满地打滚。诺实知道了，牙齿咬得蹦蹦响，弓箭磨砺，钩刀擦亮。他们更加珍惜见面的机会，每天晚上都要来到村头山边，背靠见证他们相识相知相爱的槟榔树，依偎在一起，直谈到月亮下班睡觉，太阳上岗露脸，还不肯分手。假若一天不能相见，玉丹就饮不下水，诺实也咽不下饭。全村人都知道他们情深义重，全村人都为他们将来的命运担心。果然，诺实和玉丹相会的事情，传到了峒官的耳朵里。峒官狂呼乱叫：“好大的胆子，非拆开他们不可。”

峒官派人上门，威胁玉丹的父母，软硬兼施。玉丹的父母，虽然怜惜自己命苦的女儿，但不得不叫她和诺实断绝来往。可是，玉丹和诺实还是和过去一样，每到夜深人静，整个村子进入梦乡的时候，他们双双坐在村头山边的槟榔树下，谈情说爱，一往情深。

一天，诺实进深山打猎去了，峒官突然派人闯进玉丹家里，霸道地宣布：要玉丹马上过门。

玉丹急得像关进笼子里的小鸟，在屋里团团转。几次跑去找诺实，就是不见影子，最后失望回来，只好躲在自己房间里痛哭。玉丹就要被峒官抢去了，火烧眉毛怎能够不急，诺实啊诺实，你到底去哪里了呢？莫非你给该死的峒官抓去了？莫非你被可恨的峒官杀死了？诺实啊诺实！玉丹反复地喊着诺实的名字，越喊声音越大，刺耳的声音带着血滴。

峒官派来的人听见了，面面相觑，感到惊奇！玉丹的父母听见了，心如刀绞，痛哭流涕。忽然，玉丹的房里没有声音了，玉丹的父母感觉到了危急。当玉丹的父母进入房间，看到玉丹已咬破舌头，倒在地上了！母亲紧紧把她搂在怀里，一声儿呀一声肉地叫她的名字，但玉丹的口，已经不能说话了，玉丹的心，也不能够跳动了。只有鲜血从玉丹的嘴里流出来，滴在她母亲的身上，湿了一大片。峒官派的来人一检查，认为玉丹已经死了，拖着懊丧的脚步走了。

下午，诺实下山回家，肩扛一只肥山羊，左手拎两只肥野兔，右手拎三只肥野鸡回家。他吃完饭，就哼着曲子兴高采烈地往村头山边赶。他来到一棵槟榔树下，一时坐着吹口哨，一时站起身来，甚至爬到树上伸出脖子瞭望，一副迫不及待的样子，左顾右盼，不见玉丹的影子。诺实想：她为什么还不来呢？她发生了意外吗？

太阳早已落山，月亮爬上了树梢。诺实越想越郁闷，垂头丧气地从树上爬下来，一个人坐在槟榔树下，随手采来丹桂树叶，捻了一堆又一堆。听着村里的鸡啼了，狗吠了，他的心好像给什么东西咬碎了，蹦跳一阵，疼痛一阵。她为什么还不来啊！她莫非给该死的峒官抢去了？她莫非给可恨的峒官杀死了？

诺实抬起头正想回家去看看，忽然发现，披头散发的玉丹向他摇摇晃晃走来。他急急忙忙奔上前，玉丹却不见了。莫非是玉丹的魂魄在摇荡！他思考片刻，拔腿就往家跑，到家拿了弓箭和钩刀，直冲到峒官的家江口。看见峒官家门户紧闭，把耳朵贴在墙上，也听不到屋里有什么动静，他断定玉丹不在里面。诺实又蹑手蹑脚地来到玉丹的家门前，月亮正好照在她家的门楣上，一眼便看见门楣上插着表示噩耗的树叶，他不禁叫出一声来："难道玉丹真是死了。"

诺实的眼泪像溪水一样流淌，他呆呆地在那里站了好久，天刚亮，他就跑出去探问乡亲，玉丹家里到底是谁死了？什么！玉丹死了！她埋在哪里？诺实得知玉丹被峒主逼死了，像一头急红眼的狼，调头向埋葬玉丹的方向扑去。他一口气奔到村头山边的那棵槟榔树下，分明见到一座突起的新坟。这是他昨晚就看见的土堆，但当时做梦也没有想到这是玉丹的葬身之地！诺实扑倒在坟上，头一下下在坟头上磕碰，一遍遍地深情地哭喊着玉丹的名字，他的眼泪顿时像决堤的水，流了下来，淌湿了衣服。不知道哭了多久，衣服干了，眼泪也干了，喊声嘶哑了，还是听不到玉丹的回答，还是看不到玉丹的影子！他坐起来，在坟的旁边解下弓箭，放下钩刀，呆呆地凝视着坟前的祭品——饭和鸡。忽然，他眼前出现一只白色的公老鼠，它上前去吃祭品，他拿刀赶它，老鼠岿然不动。他就对老鼠说："死人吃的东西，你都要抢啊？你赶快走，否则，我就要你陪葬！"

白老鼠朝他翻白眼，然后死皮赖脸地在那里吃起祭品来，先啃掉鸡头，再啃掉鸡翅膀。诺实恼怒了，一钩刀背打死了老鼠。一只灰色的母老鼠过来了，它看见白鼠死了，便在白鼠的周围一个劲地打转。诺实赶它走，叫道："走啊！"灰色的老鼠既不走，也不吃祭品，只是打转。诺实觉得很奇怪，过了一会，灰鼠走了，衔来些青叶子回来，堆在白鼠身上，白鼠一跳，活了。诺实想：玉丹能不能也用这些药治活呢？啊，那个白鼠是雄的，可不可以用这药治女人呢？于是，他又一钩背打死那个灰鼠。白鼠同样在灰鼠身边徘徊了一会儿就走了。这回他紧盯着白鼠，看它找什么样的草药。结果，它采来了一些丹桂树叶，把灰鼠治活了。

于是，诺实立刻采来很多丹桂树叶，又回家拿来一个锅头，在坟前烧一锅热水，把坟挖开，将玉丹的尸体抱出来，洗得干干净净，然后再把丹桂树叶煮成的水，撒在她的身上。玉丹的身体开始动弹了，玉丹睁开了眼睛苏醒了，但她的嘴巴还不能够说话。诺实将桂树叶煮成的水撒在她的嘴巴上，滴在她的嘴里。玉丹喉咙咳了一声，她朝诺实喊了一声："诺实，你终于回来了。"

诺实哭喊："玉丹复活了。"

诺实惊喜地把玉丹抱了起来，一同坐在槟榔树下。两人眼里涌出了欢喜的泪水，一边哭，一边说话。这时，风吹树林吵吵作响，阳光透过乌云，照到他们的脸上，照得脸上的泪珠闪闪发光。他们坐在那里谈了很久，才肩并肩地走回家去。

黎家寨的风俗，一家有人死，同一宗族的村里人，都聚在死者的家里睡。玉丹回家敲门："妈妈，我回来了。"

大家慌慌张张地叫唤："不得了，鬼魂回来了。"

谁也不敢开门，门被关得紧紧的。有大胆的人在屋里发问："你是人，还是鬼呀？实话实说。"

玉丹如实说了，大家还是半信半疑。只有玉丹妈急得不得了，赶快上前把门打开了。玉丹妈一看见玉丹，母女俩抱头痛哭一场。全家、全村的人一见玉丹真的复活了，欢天喜地，连忙杀鸡宰羊，喝酒庆贺。

没有不透风的墙。峒官听到了这个消息，立刻带着一伙狗腿子前来，兴师问罪，要抢走玉丹。诺实和玉丹理直气壮地同峒官说理。峒官说："如果我死了的父母，你们有办法救活，我才相信你们的话。"

全村人听了，气愤地说："把玉丹逼死了，你们跑了；诺实将玉丹救活了，你们来了。天下还有这样不知羞耻的东西！"

厚颜无耻的峒官，带着狗腿子拿着刀棍，一定要将玉丹抢去，全村人都围上去拦阻。峒官带着狗腿子与诺实这边打起来了。诺实要村民们让开，大声说："好汉做事好汉当。"

他拿起一根棍棒，一棍棒一个，十多个狗腿子被打得鼻青脸肿、头破血流。峒官见势不妙，拔腿就跑，像兔子一样快。眼看就要跑得没有人影了，诺实拉弓发箭，正中峒官的后脑勺。

诺实和玉丹结了婚，生活过得很美满。玉丹还是天天织布，诺实还是天天打猎。村里要是谁死了，都来请诺实去搭救。因此，夫妻俩受到全村人爱戴。

据说后来，阎王疑惑起来："这么多年，这个村为什么没有一个人死呢？"

阎王便派部下来调研，才知道死的人都被诺实用丹桂救活了。于是，立刻命令小鬼把所有的丹桂树拔掉，移到月宫里去。从那时起，月亮里就有了丹桂树，人间却没有了。当然，人死了也无法回生了！

神话博士说："我刚才讲的这个神话故事赞美了真挚的爱情，歌颂了爱情的忠贞，反映人的勇敢与智慧，给人真善美的教益。现在，我讲自己的情感挫折，还要讲一个佛教经典故事为铺垫。"

——从前，有只猴子在树林中自由自在地生活，还和一只乌龟交上了朋友。它们经常在一起玩耍、谈天，相处十分愉快，成为莫逆之交。

乌龟的老婆见丈夫经常早出晚归，怀疑它在外面与其他雌乌龟有不正当的关系。有一天，它追问乌龟道："你天天在外面鬼混，到底在干么事？是不是被不正经的雌乌龟勾引了？老实交代！"

乌龟说："老婆呀，你别胡思乱想，我和一只聪明的猴子交了朋友，经常在一起谈天说地，不知不觉地，时间就过去了，所以回家晚了。"

乌龟的老婆，无论如何也不肯相信。后来，她悄悄盯梢，知道丈夫的确天天和猴子在一起，并没有干什么坏事。可是它心中想："这泼猴，真是可恨，让我丈夫天天早出晚归，把我一个丢在家里。我一定要想方设法杀了它，丈夫就不会天天往外跑了。"

于是，母乌龟开始装病，哼哼唧唧地，躺在床上直叫心口痛。公乌龟急了，到处张罗着给它请医生、找药，但母乌龟的病怎么治也治不好。母乌龟说："你不要白辛苦了，你找的那些药都治不了我的病。我的病太重了，只有吃那只猴子的心肝才能好。"

乌龟说："你真是缺德，猴子是我的好朋友，我们发誓同生死、共患难，怎能用它的心肝来为你治病呢？"

乌龟的老婆发了火，叫道："你一口一声朋友！你怎么不想想，是老婆亲，还是朋友亲？人家都说夫妻一体，同命相依。我是你的老婆！你不向着我，反而向着猴子，天下哪有这种傻丈夫？"

乌龟被逼得无奈，又怕老婆真的死了，只好答应。乌龟来到猴子家，对猴子说："我多次到你家，承蒙你好吃好喝地招待，心中十分感谢。可是你一次也没去过我家，今天我想请你到我家吃顿便饭。"

猴子说："我家在陆地上，你家在河那边，怎么去呢？"

乌龟说："没关系！我可以背你过去。"

猴子答应了，伏在乌龟背上。乌龟驮着猴子游到河中央，对猴子说："既然是朋友，有件事，我想还是对你讲明了好。今天请你到我家，不是为了别的，只因我妻子病重，生命垂危，要吃了你的心肝才会好，想请你帮帮忙，把你的心肝掏出来给她吃。"

猴子听了，大惊失色，心想：糟糕，真是知人知面不知心，我与这乌龟王八蛋做了这么长时间的朋友，今天它竟然想要害死我。我要赶快逃呀！无奈何已到了河中央，根本没法子逃。猴子想了想，不动声色地说："唉！你这只傻乌龟！既然如此，你为什么不早点告诉我？今天早晨，我刚把心肝挂在河岸边的那棵大树上，想让它晒晒太阳。你早点告诉我，我不就顺便带来了吗？真是的。快！驮我回去取心肝。"

乌龟听说猴子的心肝没带着，挂在树上晒太阳，只好转身往回游。猴子到了岸边，马上蹦下龟背，爬到树上，为自己脱离了危险而高兴得直翻筋斗。

乌龟催促道：“你怎么在树上翻筋斗不下来了？快拿着心肝到我家去呀！”

猴子幽默地挖苦乌龟：“我翻筋斗是因为我高兴，天下没有你这样的笨蛋！哪有把心肝挂在树上的？”

乌龟厚着脸皮说：“这么说，你是骗我的，你真是大名鼎鼎的大骗子。”

猴子说：“你还有脸说我是骗子，你才是真正的骗子，难怪现在有人骂骗子是乌龟王八蛋，我和你交朋友，说好要同生死、共患难，没想到你却当面说好话，背后下毒手，要谋害我的性命！从今以后，我和你一刀两断。”

乌龟抬起头来望着猴子，那猴子一泡猴尿撒下来，乌龟吓得缩了头，只好垂头丧气地爬走了。

神话博士说：“我为什么要讲猴子与乌龟的故事，因为我曾经的女友洪兰，就像那只忘恩负义的乌龟。”

神话博士喝了一点开水，接着说：“因为这洪兰，我两度离婚，最终，陷入困境不能自拔，我甚至有过自杀的念头。”

——多年来，我一直醉心于神话学探究，甚至丢掉了稳定的工作，经济拮据，人生一次次走入低谷。首先，我没有钱给读大学的儿子缴纳学费，在商场当经理的精明老婆，鄙视我的事业，经常半夜与我争吵，多半的结果是在床上一脚将我踹在床下。我为了维护男子的尊严，再次提出离婚。洪兰是我中学时的恋人，为了她，我曾经离婚一次，我将自己当做诺实，将她比作玉丹，希望与她白头到老。可是，洪兰抛弃了我，她选择复婚说是为了她女儿，我也选择复婚说是为了我儿子。现在，我再度离婚后，死了丈夫的洪兰，知道我成为博士，知道我的神话小说可能要拍电视剧，便像口香糖粘住了我。一朝被蛇咬，十年怕井绳。我不敢相信洪兰，她信誓旦旦给我发短信：“小林，你研究神话学，我坚决支持，我爱你，海枯石烂不变心。如果你是一头牛，我就是你拉的犁；如果你是犁，我就是你犁下的田。”

我是神话学博士，研究爱情神话，我竟然被她不成形的诗文感动。我觉得我遇到了爱情神话，我希望我们将像诺实与玉丹一样结合。我们离开中心城市武汉，同登长途客车，来到海南岛。我发誓要静下心来继续做学问，研究南海神话。风云变幻，我的神话小说没有能够出版，电视剧也泡了汤。洪兰知道后，脸拉长了像放陈了的茄子，眼睛像刀子，倒竖的眉毛像举起的鸡毛掸子，说出的话像鞭子一样打人：“你以为自己是博士，多么了不起，没有撒泡尿照一照。”

我去应聘，洪兰她看见我被一家家企业所冷落，染黄的头发，罩住了她瓜子一般的脸，眼睛瞪得圆圆的，像母狼一样凶猛。没有安慰我一句，反过来说什么：“你这个傻博士充什么能，腰里别条死老鼠，冒充打猎的。”

她刷刷地走到我身边，翻开我所有的口袋，从我身上搜走了一把纸币，然后，恶狠狠的骂声随着气流喷出，像天上的滚雷：“我今天才真正发现，你是天下最大的傻瓜，你比神话中傻子还傻，你这辈子害苦了我。我告诉你，我下辈子变成了鬼也不会饶你，我下半辈子不会饶你八辈祖宗。”

她的骂声随着汽车车轮的转动越来越远，越来越小，渐渐消失在远处。我却真的被她骂傻了，站在路旁边，像一根电线杆子，是协警让我上了人行道。我开始感觉自己像一只孤雁，怀揣着洪兰拿剩的16元钱。我望着不够一天的饭钱再次发呆。是的，以前我在几年的时间里，由于觉得生活缺乏爱情，因此，洪兰一到我身边，就有吸引力，我们在公园里依偎，在江边散步，留下一串串爱的足迹。可是，洪兰不断暴露她的自私与固执，她希望我不要与我的亲人过多的来往，她鄙视他们。于是，我们几乎总在吵架，吵完后，我意识到自己真的爱上她了，就容忍了她的缺点。当她主动地离开我的时候，我被痛苦折磨了整整两年。那段时间，走在路上，总好像看见她的身影。医生说我精神受了刺激。

男人在这个世界上，如果过分追求爱情，在对婚姻不满意的情况下，就容易越轨。我也一样，想当初，我与妻子不和睦，闹离婚，就在外面找情人。两次与老婆离婚，都是因为洪兰。我的几个朋友对我说："看中了那个女人，只要她愿意睡觉，就只管去睡觉，就是不要傻里傻气地离婚。"

有人还说得玄："你要女人走就走，要她来就来，这才是有本事的男人。如果你要女人走，她偏不走，你不要她走，她偏不留，那就是没有本事的男人。"

我大概就属于这没有本事的男人。本来，我要洪兰走，她偏不走，闹着要与我结婚。可是，一旦我要与她结婚的时候，她又反悔了。现在，看我到了海南，建设国际旅游岛，洪兰以为希望来了又要来。这回，我可依不了她，你想来就来想走就走，不行。

我还忘不了，洪兰——我曾经为她离过两次婚的女人，我想与她亲热，她一句话使我扫兴。她说，你想与我亲热，就给我写个条子，一次一万元。我当时心就冷了，推开了她。我与她分手后。有一年没有与她见面。我还忘不了，洪兰——我曾经为她离过两次婚的女人，她在长途电话里说了一句我永远也不会忘记的话，因为这话沉重地打击了我作为男人的自尊心。这话不雅，大意是说，你这个傻男人，放进去就没有想到出来的结果是需要钱的，你什么本事都没有，只会做那件事。

她的冷酷伤透了我的心，我觉得所谓的爱情对我来说不存在，于是我决定与她分手。我与洪兰分手后，在海南没有找到工作，没钱吃饭了，有句俗话："人是铁，饭是钢，不吃饭，饿得慌。"

我拨通了一个电话，是黄哥的声音。他比我大10岁，是我的干哥，一个很有气质的高个子英俊的男人，他很有才华，喜欢画画，还能够写文章。他的笔名有几个，如柯强、孙哥等。他的声音很有磁性，据说，有的女人听了他的声音就迷糊了。他问："你是谁。"

我用有气无力的声音说："黄哥，我是石小林啊。我在海南，手头没有钱了，能够借1000元给我吗？"

黄哥说："我手头没有那么多，给你寄500吧。"

我说："也行。"

黄哥又说："你行，我不行，我手头紧，寄300吧。"

我说："也可以。"

黄哥慢吞吞地挖苦我说："什么，300元你也借，看来你是在吸毒，没有钱借了。"

我从来没有听过这么无情的回答，我想骂他一下，我顽固地再拨他的手机号码，传来的声音是：“你的号码无法拨通，对方已经关机。”

我拨通另一个号码，话筒里女人的声音有几分沙哑，那是我的干姐田小歌的声音。她是一个胖胖的女人，整天脸上挂着笑容，虽然偶尔也有苦着脸的时候。我带着恳切的话语乞求：“田大姐，我是石小林，能够借我1000元钱吗？”

“我手头没有那么多。”

“怎么？没有那么多。那么，给我借500元也行。好，等你的回话，我等下打电话给你。”

等了片刻，我至少拨了10遍电话，田小歌一直没有接。

他们两个都不肯借钱给我，实在是想不通。这位黄哥，曾经因为企业老板的经济问题受牵连，被抓进了监狱。他出了监狱后，他的老婆跟一位年轻的男人跑了。他身无分文，我让他在我家从大年三十吃到了正月十五。这位田大姐，我当记者的时候，采访过她，写过一篇报告文学，题目为《女厂长闯关记》。我在湖北，我们几个经常见面，经常在餐馆吃饭。现在，他们为什么不借钱给我呢？估计与洪兰的挑拨有关，因为，洪兰与他们也很熟悉。不过，我实在是想不通，我觉得朋友的友谊，有时候也不可靠。

我的脚发软，眼冒金星，走路歪歪倒倒的，像喝醉了酒一样。我忽然感觉，自己像是在水中无力漂浮的木头一样，随波逐流。我忽然想起了与我要好的小学同学李小塔，我知道他刚下岗，不好意思向他借钱，但我曾经借钱给他，于是，我拨通了电话。

我说：“小塔，我是石小林，你能够借500元给我吗，你如果没有，帮我去借行吗。”

李小塔的回答是竹筒倒豆子，干脆利落：“好的，老同学嘛。”

我在电话里感谢了一遍又一遍，他的回答还是：“好的，老同学嘛。”

第二天，我到银行柜员机去刷卡：5张百元大钞，握在我的手上。

我决定到餐馆狠狠吃上一顿，我已经两天没有吃东西了。我要了一盘青椒肉丝，一盘西红柿炒蛋，一碗青菜豆腐汤，还有两碗饭。我吃饭的速度，不亚于我当年在学校参加60米赛跑。吃完，我要服务员给我一碗开水。我喊服务员来结账，服务员来了，看着桌子上两个光溜溜的菜盘，还有三个光溜溜的大碗，简直不需要再洗。服务员吓呆了，望着碗盘半天没有吭气。我回到旅社，光头老板瓮声瓮气地说：“我以为你跑了呢，几天的房租都没有付。”

我说：“我的手提电脑还在你的手上，我怎么会跑。”

旅店老板哼哼唧唧：“旧得稀烂的电脑，谁稀罕。”

我说：“再怎么旧，也比房租的钱多。”

我将房租一付，口袋里所剩无几了。我对自己说，再找不到工作就要睡马路了，就要饿饭了。谁知道，我上车时发现自己的钱包不在了，装钱包的黑色长裤兜，被刀子已经划破了，露出了里面的灰色内裤。

我无精打采地在大街走，太阳快落山了，我来到一家旅行社门前，发现门口有招聘启事，我硬着头皮进门去应聘，借着酒劲夸海口：“我是博士、高级策划师，可以帮助你们策划旅游活动，让你们旅行社兴旺发达。”

没有人理睬我，她们看见我衣冠不整，将我当精神病人。你们想想，我堂堂一个博士，所谓的爱情欺骗了我，亲情与友情也冷淡了我，眼睛一闭，尽是社会上鄙视的目光，我生活的信心，一下就没有了。于是，我想了结自己，到药店买安眠药。我掏遍了浑身的口袋，就是没有一分钱。马路上汽车穿梭，我想去钻汽车轮子，又怕害了司机。我向大海深处走去，让水淹没头部，可憋得实在受不了，会游泳的我，又像气球一样浮了起来，被海浪送到岸边。我悄悄地登上一家宾馆的四楼，眼睛一闭，跳了下去，落到一个商店的布棚子上，布棚轰隆一声垮了，我满面尘土地平安降落，居然没被摔死。

几天来，我睡在地上，没饭吃，既不好意思去讨也不想去讨。我是在鹿回头饿昏过去，黎萍的鹿回头故事，让我梦见鹿仙女与猎手，鹿仙女与猎手的话让我意识到自杀是懦夫行为，并给了我生存下去的勇气。鹿仙女与猎手说有人会来救我，真是黎萍导游与杨扬救了我，并向李大平总经理推荐我。

关于我与洪兰的爱情纠葛，我还可以讲详细一点。我与女友洪兰原来就是一个工厂里的同事。当年，我在家具厂锅炉房里当工人，洪兰是家具厂技术科描图员。她看见我成天迷恋学习创作，就抽空帮我抄写稿子。玩世不恭的锅炉工小夏却劝我：“石小林，写那些豆腐块，登在报纸上没有意思。”

洪兰在旁边听见了，她帮我说话：“人人都有创作的自由，你不去创作，还说什么风凉话。”

我听了，从内心感激她。一天早上，她来到车间不说也不笑，只是悄悄地落泪。

我小心地问：“有什么事情吗？”

她说：“你不要告诉别人了，我的丈夫有了第三者。我要与他离婚了。”

我马上站在她这一边，说：“我支持你，如果需要搬家，我带人来帮你。”

洪兰的丈夫是一个机关干部，出差时与一个女人好上了。那女人纠缠着她丈夫不放，提出：“你如果不想受处分，乖乖与你老婆离婚。”

丈夫回家对洪兰坦白交代了那个女人的威胁。洪兰苦笑地说：“成全你吧，你走你的阳关道，我走我的独木桥。”

洪兰与她丈夫办了离婚手续，洪兰带着四岁的女儿一起生活。那个时候，我的婚姻也不如意，在商店当经理的妻子与我两天一小吵，三天一大闹。她要我洗衣，却嫌我的衣服洗得不干净。她要我去买菜，又说我傻里傻气把烂菜买回来了。还有一次我去买肉，排的队像长龙，我一边站队一边捧起书来读，入了神。轮到我买肉了，我一摸口袋，钱早已被小偷偷走了。回到家里，我挨了一顿骂，感受到了什么是暴风骤雨。

我在家里用别人打麻将的时间，写了几万字的神话小说的稿件，第二天忘了带走，回家后怎么也找不到，老婆说：“你在到处翻什么？”

我说：“我找我写的稿子。”

她说：“不用找了，明人不做暗事，是我把它给烧了。”

我问："你为什么烧，那是我的心血。"

她的回答是强词夺理："我生炉子没有找到纸，就将这没有用的废纸烧了。"

我说了一个"你"字说不下去了，是她将我气得说不出话来。

洪兰知道了，安慰我，为我打抱不平："一个人没有志气是不行的，不要灰心，继续写。"

我感激地说："谢谢你的鼓励。"

以后，我与洪兰同病相怜，越谈越投机。有一个星期天，洪兰约我们几个到她家里去玩。她离了婚，与父母住在一起。我们刚进她家的门，她父亲板着脸，用力将手中的扫帚往地上一丢，吓得我们调头就想跑。

洪兰听到她父亲的声音，知道我们来了，连忙下楼来，一边给她的父亲解释，一边叫住我们说："对不起。上楼去坐。"

我心想，洪兰的家教很严，难怪她对上人孝敬，对朋友亲近。我从工厂调到一家文化公司，这个时候，我与自己老婆的冷战开始白热化了。我的老婆为一点鸡毛蒜皮的小事，骂得我狗血淋头，我一气之下，两天没有回家。第二天下午，我去当年厂里的一个朋友家里玩，没有想到遇见了洪兰。我与她几年没有见面，一见面，我觉得找到了知音。

洪兰问："你今天怎么到这里的？"

我叹口气没回答。

她又问："你有什么不愉快的吗？"

我不置可否。

她善解人意："不说了，走，到我家去。"

我鬼使神差地跟她走，来到了她住的地方，一个瘦高个子站在我的面前，有点面熟。洪兰说："这是我的弟弟洪林，他开了一个装饰公司。"

我们一起吃了饭，洪兰又请我陪她去公园里转，我们越谈心情越愉快，又约第二天见面。我发现，自己对洪兰有好感，愿意与洪兰多见面。她对我也有心，愿意与我多接触。一来她离婚有一段时间，她期望得到男人的爱；二来我长期与妻子不和，希望找到新的归属。我们一拍即合。洪林知道了他的姐姐与我谈恋爱，就将他的小汽车借给我们，让我将离婚报告送到区法院，让我去家里取自己的衣物。

我与妻子的感情彻底破裂了。反过来，我与洪兰一来二去有了感情，渐渐，我觉得少不了她。我与洪兰谈恋爱的事，洪兰告诉了她的父母，她的父亲眯着眼睛从头到脚看了我半天，像农民打量牲口似的。他开口了："个子矮一点，样子还老实，不像是不务正业的。"

我与老婆离婚了，洪兰要我拿钱买家具准备结婚，省银行的行长赵江介绍我们去荆州地区游玩。当地一家宾馆的熊经理是赵行长的老朋友，他热情接待我们。他还不知道我们的恋爱关系，给我与洪兰各开了一个豪华套间。春节前夕，我们回武汉时，熊经理送给我10斤麻油，10斤牛肉，也送了她10斤麻油，10斤牛肉。我到了武汉，打算将麻油送给我母亲。我母亲喜欢吃麻油。

洪兰拦住我说："别给你的娘，给我的父母留下，让我父母对你有个好印象。"

我听了，心里说不出是什么滋味。熊经理到武汉来参加一个会议，我知道了，在一个餐厅请他吃饭，顺便请了一个局长朋友。吃完饭，我们一起去舞厅。在舞会上，熊经理要与洪兰跳舞，洪兰推辞说不会跳。局长上前邀请洪兰跳舞，洪兰蹦蹦跳跳地答应了。她与局长跳了一曲又一曲。她的眼睛都不往我们这边看，好像不认识我与熊经理似的，弄得我与熊经理都很难堪。

我们分手时，局长悄悄地对我说："石小林，洪兰真不错，听说她已经离婚了，单身一人，我想与她交个朋友。"

我一听，警觉了。事后，我对洪兰说："你是不是对局长说你离婚了，单身一人。"

她说："我说的是实话，我现在本来就是离了婚，单身一人。"

我又问："离婚了，你也不是单身一人了，我们两个正在筹备结婚，你难道没有告诉他。"

洪兰干脆装哑巴一声不吭了。我冷笑："你是不是看中他了。"

她很坦然："你要怎么样？我就是看中他了，他是一个领导，也是一个有情有义的男人，他问我，有没有金耳环、金项链、金戒指。你从来没有问过我。"

我打了她一耳光，大声吼叫："我不用问，我给你的钱，也足够买这些了。"

她哭着跑开了。以后，我找到她，表示歉意，不过，我还是耐心提醒她："这局长是有妻子儿女的。他的妻子、儿子都是部队的军官。军婚是受保护的。"

她没有吱声了，但是，我知道她不甘心。我们再不像以前那样如胶似漆了。大约有一个星期，我没有见到洪兰，她没有去我们同居的地方。我正在受痛苦煎熬的时候，洪兰回来了。事后，有人告诉我，洪兰最近悄悄地与局长幽会。我们的感情有了裂痕。

不久，洪兰忽然像粘胶一样对我黏糊起来、亲热起来。我觉得奇怪，问："你到底想干什么？"

她说："我弟弟的装修公司想在宜昌接点业务，你与宜昌的企业熟悉，能不能介绍一些关系给洪林。"

我想要弥补我与她之间感情的裂痕，就接受了她的请求。一个月夜，我同洪林登上去宜昌的大客车。我们住在一家四星级宾馆，我的朋友宾馆总经理接待了我们，就像当年接待我与洪兰一样。我打电话将几个企业老总约到饭店见面，对他们介绍了洪林。他们看着精明的洪林，同意给他介绍装修工程业务。

回到武汉几天后，洪兰给我打电话："小林，到我妈妈那里去吃饭吧，我爸爸要你帮个忙。"

我登上楼梯来到她妈妈家。这是一套两室一厅的住房，家具简单，但是住房干净。洪兰的父母，把菜肴在餐桌摆好了。她爸爸说："来，来，先喝点酒再说。"

吃了饭，洪兰给我倒上茶。她父亲、母亲对我说："小林，有点事想让你帮个忙，行不行？"

我说："你们俩位老人别客气，需要我干什么，说吧。"

她爸爸说："小林，你弟弟洪林做装修赔了本，债主上门来闹，想做一个装修工程赶本，需要借30万费用周转。"

原来如此，我没有吭声。洪兰母亲说："洪兰说你有一个朋友在银行当行长。"

洪兰的父亲是个老干部，母亲是个老工人，他们见我没有说话，继续求我："小林，你是我们家里未来的女婿，你就做点好事，帮帮你的弟弟吧。”

我想，洪兰最喜欢的就是她这个弟弟，再说她弟弟借房子给我与他姐姐住，借汽车我们去跑离婚，我也应该给他帮个忙。还有，未来的岳母岳父开口了，两位老人开始对我这个未来的女婿正眼看了，我就不能让他们小看。洪兰不是与我闹过矛盾吗，我今天就要露一手给她看看。

想到这里，我同意了：“明天上午，我去找银行赵行长。”

我带着洪兰来到银行大厦18层的行长办公室，看见赵行长正在打电话。他是我多年的老朋友，忘年交。他打完电话，很热情地给我们倒茶，问：“小林，有什么事情吗？”我说明了情况。赵行长一听是我未来的妻子家里想贷款，二话不说，拨通了一个支行行长的电话：“黄小华行长，我的朋友想贷款，你看怎样办手续。可以，我让他们直接来找你。”

看来，支行行长十分尊重老行长，没有要抵押，就要洪兰弟弟赶快去银行办贷款手续。洪兰陪同她弟弟去办的贷款，我没有去管。几天后，洪兰对我说：“款子到账了。”

我也没有多问，过了一个月，我的几个企业界朋友打电话来说，有一个工程要装修，我对洪兰说到这个信息，要她转告洪林。洪兰的话让我大吃一惊，她说：“洪林已跑到国外了，具体在什么地方，不知道。”

一种危急的感觉涌现在心头，我问洪兰：“银行的30万什么时候还呢。”

她拉着苦瓜脸说：“你问我，我去问谁。”

一天下午，我下班回到我们同居的地方。进了门，发现洪兰不在家，桌上放着一张纸条：“石小林，我遇到了麻烦事，要离开几天，你不用找我。”

她遇到什么麻烦？她是干什么去了？那30万元贷款怎么还？我翻来覆去地想了一夜。第二天，我到洪林父母家里，没有看见她，又到她姐姐家里。她姐姐是一个中学教师，她知道我与洪兰闹矛盾的事，就说：“昨天洪兰来过，小弟现在情况不妙，她很着急。现在，她可能是到十堰她姑姑那里去了。”

我认识洪兰的姑姑，曾经与洪兰去看过她。我是个痴情种子，一连几天没见到洪兰的影子，担心她遇到了什么麻烦，想与她分忧，风一般来到汉口火车站，乘上了列车。那是一趟慢车，逢站就停，人挤得满满的，我真担心车厢会挤爆。我没有坐的地方，就站在两个车厢接头的地方。脚站麻了，换个姿势站，实在站累了，我钻进人缝，从提包里取出了一张报纸，垫在铁板上，一屁股坐上去。十多个小时，闷得难受，我一个劲地看着手上的西铁城手表，觉得时间像蜗牛，恨不得把指针拨快一点。

我是清早出发，夜里才到，猴急敲开洪兰的姑姑家的门。她姑姑一反常态，将我拦在门外，对我没有以前那么客气，既不给我倒茶，也不问我吃了饭没有，明显是在下逐客令：“你赶快回武汉吧，洪兰昨天就走了，你们的其他事我一概不知，不必问我。”

我垂头丧气回到武汉，再去洪兰姐姐的家里。喜出望外，洪兰就在面前，我好像找到了失踪多日的宝贝：“你到什么地方去了，让我到处找你。”

她很冷淡：“我知道你在到处找我，其实没有必要。”

我说："我们到外面说话。"

我们走到一个小巷口，她停下了脚步："有什么事情，快说。"

我说："我们现在一起回家吧，还有结婚的事商量呢。"

她说："不用了，我马上要到我父母那里。"

我问："贷款日期早过了，银行来电话催，30 万块钱什么时候还。"

她说："你见我就是为了催款子吧？我实话告诉你，我弟弟失踪了。"

我一听，吓出了一身冷汗，赶忙打断了她的话："什么，失踪了，向银行借的 30 万元块钱怎么还。"

她说："我也没有办法，还有件事情我要告诉你，希望你不要发火。"

我说："你说吧，什么事。"

她装模作样地说："我准备复婚了，已经回家与孩子他爸睡在一起了。你别生气，生气伤肝。你要知道，我只是你的女朋友，但我是我女儿的母亲，还是女儿爸爸的原配妻子。当然，我是为了女儿才这样做的。我希望你听了不要做小人，在我弟弟贷款问题上要敢挑担子。"

我听了，差点气疯了，想到为虎作伥，帮她弟弟骗了银行的 30 万，想到自己为她离了婚，越想越气。我打了她一耳光，接着要表现出一种男子汉顶天立地的傲气："你走吧，天涯何处无芳草，离开你，我不信会打光棍。我在你弟弟的贷款问题上，不会回避责任的。"

我恨她气她怨她不愿意再去想她，可是，说起来容易，做起来难。我与洪兰分开后的那段时间，我变得丧魂落魄。因为洪兰平时喜欢穿风衣骑红色的凤凰自行车，凡是穿风衣骑红色凤凰自行车的女子从我面前走过，我都要睁大眼睛望着，直到这人与车的影子在我眼前彻底消失。

有天傍晚，我站在桥头，呆呆地看着一位穿红色风衣与洪兰相似的女子，轻声喊着洪兰的名字，那女子样子一下变得好凶，扔来一句叫我无地自容的话："傻瓜，认错人了，神经病。"

我担心自己的神经真的出了什么问题，因为，我夜里睡觉常梦见她，常叫出了声。这种现象保持了一年多时间。爱上一个女人不是那么容易，一旦爱上，要忘掉她也不是件容易的事情。

想当初，我们经常闹矛盾，一位有名的书法大家是我的老师，知道我爱洪兰，便对洪兰说："石小林写作上有天赋，我很重视他，虽然我已经挂笔了，你们要是结婚，我可以写一幅字送给你们。"

我记得，一位大学校长是我老师的朋友，他 60 岁时因为癌症去世。在生前，他经常帮我劝说洪兰。

我还记得，我与洪兰带她女儿去宜昌游玩时，我同学的妈妈，一个忠实的基督教信徒，为了祝福我与洪兰的婚姻幸福，竟然将她睡觉的房间让给我们睡。这是一般人做不到的，有句俗话是：宁可停丧，不可停双。

现在，我一想起恩师与亲友的期盼，心里就像被虫咬一样痛苦。我应该如何面对关心我的老师与朋友们呢？我正在烦恼之中，接到一个电话："喂，石小林吗，请你来一下，我是银行保卫处。"

我一听，浑身冒汗，担心出了大问题。果然，刚进银行保卫处的门，从没有见过面的大个子保卫处长，瓮声瓮气地质问我：“你是石小林吧！我问你，你认不认识洪林。”

我答：“认识，有什么事吗？”

处长问：“30万贷款的事你知道不知道？”

我说：“知道。”

处长又问：“是你牵线让他来贷款的。”

我故作镇定地纠正说：“应该说是介绍。”

我知道，牵线与介绍在法律上是两个不同的概念，牵线属于同流合污，而介绍，可以是无辜的。

处长的声音很严厉：“现在，洪林已经携带款子跑了，你的责任推不掉吧？”

我紧张地申辩：“他跑了，怎么是我的责任呢？”

处长不客气地说：“洪兰说，你与洪林一起到银行贷的款。”

我一听，头脑好像被重重击了一下，麻木了好久，下面的问话听不清了。要知道，30万元在那年头可不是个小数目。我想，完了，完了，谁叫我听洪兰的话，听她父母的话，介绍洪林去银行贷款的。虽然如此，我还是尽量保持冷静：“洪林在银行贷款，我有责任，我不该给行长打电话，只是我实事求是地说，我真没有陪他来办理贷款手续，更不知道他携款逃跑的事。当然，如果要追究责任，我以为与行长无关，这是我引起的，我应该承担责任，要坐牢也应该由我去。”

保卫处长认真做了记录。后来，我遇到了赵行长。他对我说：“你敢于承担责任，是个实在人。但是，你要与那个洪兰划清界限，她将责任推给了你。”

听了行长的话，我心里不断地在忏悔：“我辜负了老师亲友同事的好心，浪费了自己的感情。尤其是让人骗了银行30万是不可宽恕的。”

那段时间，真是度日如年。后来，赵行长打电话给我：“文物盗窃案首犯洪林被抓到了，判了死刑。他的口供确实证明你没有陪他去贷款，陪同他贷款的是他姐姐洪兰。”

我一听，才如释重负。洪林的案子被称为新中国成立以来的文物盗窃大案之一。那一年，文化古城的博物馆明清宫廷用品展厅大量的珍品被盗，刑警支队长率侦技人员迅速抵达博物馆。经初步勘查现场，提取了红色平绒布、黑色票夹、玻璃刀、鞋印、撬痕等多种物证、痕迹。展厅中有10个展柜被撬，盗走珍贵文物达百件之多。其中，不乏国家一、二级文物。这些文物，精致脱俗，价值连城，实为国家瑰宝。

警方经过反复的勘查，通过对各种物证、痕迹的综合分析，认为，这起案件是系流窜犯罪团伙跨地区所为，作案前在开封有落脚点。进入现场的两名案犯，一个身高1.80米左右，年龄在25岁上下，此人身体健壮，体态中等，作案时穿一双回力运动鞋；另一名案犯在1.76米左右，年龄约30岁，此人体态偏瘦，作案时穿一双弧型鞋。

根据分析判断，案犯熟悉明清宫廷用品展厅及博物馆周围环境情况，事前经过多次踩点、预谋；从作案手段看，案犯属于高智能犯罪，具有撬盗经验、攀登技术、反侦查意识，且对文物、红外线报警器有所研究。

干警们南征北战，东搏西拼，五十多个日日夜夜，终于抓住了四个主犯。事实再一次证明，法网恢恢，疏而不漏，任何“高智能”的犯罪分子，无论多么狡猾，都休想逃出人民的巨掌。

我既然明白了洪兰的狡诈，既然知道她差点将我送进了监狱。可是，我是怎样第二次与洪兰走到了一起呢？多少年后，一天我在路上遇到洪兰，我不想理睬她，可是她告诉我，她这么多年，做汽车零件批发生意赚了些钱，买了一处四室两厅的住房，但是，劳累与焦虑，导致她患了癌症，生的希望很渺茫，希望我陪陪她。虽然我一度很是恨她，但是，我毕竟与她有过一段忘不了的爱情，洪兰给我留下的印象太深了。我心想，活人何必与快死的人计较。于是，我不顾亲友们的反对，竟然答应陪陪她。我从武汉来到海南创业，就是洪兰出的主意。

很快，洪兰与我又产生了矛盾，当她看到这里人生地不熟，看到我虽然进了一家报社，却没有稳定的工资，心情便变得格外烦躁。她倒打一耙说：“你把我从武汉弄到这地方来，害得我离乡背井，钱也赚不到，我就是死了以后也不会饶了你的。”

她动不动就发火，我也实在没有办法劝她，就对她说：“我们一起离开海南回武汉。”

她说：“不用了，你不用回武汉了，因为你回去没有地方住了，你就留在这里寻找你的‘南海神话’吧。”

我问：“你不是买了一套四室两厅的房子吗？”

她回答：“那房子我妈妈要来住，还有我大哥要来住，因为他们住的房子要拆迁。”

我们再次分道扬镳。可是，昨天我接到一个电话，是洪兰打来的，她要我想方设法把魔衣弄到，想方设法把宝刀与宝锄弄到。她说她要破镜重圆，要在海南陪我共涉爱河。她还说，海南是爱情的天堂。

神话博士的话，让所有在场的人大吃一惊。田工严肃地对徐龙说：“你这位老同学不能够作为魔衣的责任人，一来，他的历史上有过与文物盗窃集团联系的经历；二来，他的思维不太符合正常人的思维逻辑。”

黎萍听见了田工的话，悄悄对神话博士说：“现在对你进行情感测试，你说这些干什么，你是真傻呀。”

神话博士也听见了田长江说的话，但是，他没有被干扰，接着往下说：“我坚决拒绝了洪兰。这个时候，我对洪兰已经没有爱了。这个女人，让我掉进爱情的陷阱，通过我的关系，接近银行行长，骗了银行的30万元，差点把我送进了监狱，留给我的是终生的悔恨与忏悔。我不能够再当她的工具了。我提议，别让我当魔衣的责任人。但是，我愿意为挖掘南海神话文化效力。”

神话博士的话语，让人们陷入了沉思。田工对徐龙院长说：“石小林博士以前与文物盗窃大案首犯认识，虽然没有犯罪嫌疑，但是，今天，还有犯罪分子盯着他。再说，他这个人思维与众不同，被人称为傻子神话博士，他这样的人喜欢随心所欲，对我们实验魔衣、魔幻背心虽然有所作用，但是，也可能引发各种危险。我看，是不是应该考虑新的人选呢。”

徐龙坚定地说：“老田呀，什么叫科学发展观，就是要以人为本。我们应该信任学者，容许学者犯错误改正错误，善于发挥学者的聪明才智。”

田长江站起来大声说："别给我讲大道理。我看，听听魔衣的检测意见吧。如果要征求我的意见，我对于石博士担任魔衣责任人表示反对，我认为他介绍银行借钱给洪林实质上是为罪犯盗窃文物提供了方便，而且，他与罪犯的姐姐有过情感纠葛。今天，他担任此重任，我以为太危险了。当然，如果徐院长坚持要让石博士担任魔衣责任人，那么，我保留自己的意见。"

徐龙一脸的无奈，石小林一脸的尴尬，其他人一脸的诧异，田长江一脸的怨气。

这时候，魔衣的检测系统发声："根据信息搜索，陈述的事实真实，情感真实，请输入用户名与密码。"

神话博士被田高工的话吓得呆若木鸡，魔衣检测系统第二次发出声音："检测合格，请输入用户名与密码。"

徐龙说："石小林博士，快输入户名呀。"

石小林含着激动的泪花，输入了用户名，还输入了135798的密码。魔衣的功能被激活，石小林成为使用神奇魔衣的责任者。

四、遭劫失踪

散会后，李大平将黎萍、杨扬、神话博士石小林召集在一起。他高兴地说：“祝贺石博士通过魔衣的检测。”

黎萍却说：“石博士，到底是神话博士，南海神话故事讲得真精彩。但你为什么要提及那银行的 30 万呢？为什么要提及洪兰还在打魔衣的主意呢？”

徐龙与田工这个时候来到了南海旅行社的会议室，徐龙插话说：“石博士如果没有忏悔之意，如果不说那 30 万被骗之事，如果不说洪兰对魔衣窥视之事。那么，石博士就通过不了检测，因为，魔衣检测系统已经发现了石博士的这些问题。”

田长江说：“我很欣赏石博士的坦诚。现在，歹徒关注魔衣，使用魔衣就意味着用生命进行冒险。石博士，你愿意吗？”

田长江显然话里有话，石博士说：“魔衣是科学家的重大奉献，南海神话是人类文化事业中的一部分。为了人类的文化事业，我不怕冒险。”

徐龙说：“石博士，你要注意，外出时，魔衣不能够脱身。当然，一般人没有通过情感检验也使用不了魔衣。你还要熟练掌握魔衣的治安防卫功能，就是孙悟空来了，也将你无可奈何。”

黎萍说：“我们到时候可以与孙悟空见面吗？历史上，传说他曾经被五指山压了 500 年呢。”

这个时候，石小林接到了一个神秘的电话，因为手机上没有号码显示，石小林轻声问：“徐院长，没有显示号码的电话，我接还是不接？”

徐龙示意他接电话。石博士接了电话，原来电话是洪兰打来的，她到海南来了，想在晚上约石小林见一个面。

石博士征求田工与徐龙的意见，徐龙说：“你可以去，带上黎萍，就说她是你的未婚妻。”

田工说：“我可能要在你们与洪兰见面不远的地方观察，遇到什么紧急情况好马上采取行动。”

晚上，在海口的皇冠大酒店附近的海滨，穿着蓝色连衣裙的洪兰与一个穿黑色制服的女子站立在海滩上。洪兰的眼睛经过描画，太鲜艳了，显得很风流的样子。她身边的女子，相貌冷冷的，没有一点笑容，脸面方方正正的，如果她没有女人的头发，还让人怀疑她是一个男人呢。洪兰看见石小林与黎萍双双出现在她们面前时，先是不自然地笑了一笑，接着，洪兰娇滴滴地喊着：

"石小林，你终于来了，我好想你呢！"

说完，连蹦带跳地来到他身边："哟，我的好老公，我们终于又见面了。"

神话博士指着黎萍压低声音对洪兰说："少来这一套，谁是你老公，告诉你，这是我的未婚妻。"

洪兰阴阳怪气地说："哟，对不起，我说吧，你这个人就是少不了女人的。不过，谁与你在一起，算倒了八辈子的霉，晚上是睡不好觉的，你鼾声如雷，瘾大，还闲不住。"

好在黎萍结过婚，也有一定的社会阅历，不然，会经受不了洪兰的讽刺，钻进地缝。

神话博士单刀直入："你找我有什么事，是不是为魔衣、宝刀与宝锄呀。"

说话刻薄的洪兰刀子嘴："我已经在电话里说明了，我怕你寂寞，想来陪你，连保姆都带来了。知道你是少不了女人的。但是，忘了你是玩女人的高手，早弄到了一个。"

神话博士说："你少挖苦人，有什么，快说。"

洪兰说："算了，算了，你想好了没有？找到宝刀、宝锄，卖掉魔衣，我替你联系买主，多大一笔钱呀！你如果不卖，真是煮不烂的大傻瓜。"

神话博士倔强地说："魔衣不是我的，不能卖；至于宝刀与宝锄么，不知道在哪里。"

洪兰说："现在不谈，我们先吃个饭，再谈好吗？"

神话博士说："我们没有时间同你一起吃饭。"

洪兰说："好哇！小人得志了，翅膀也硬了，没有商量的余地了。可以，骑驴看唱本，走着瞧吧，有你后悔的时候。"

洪兰说完，转身走了，那个女人也跟着一起走了。

石博士对黎萍导游说："刚开始，就被她盯上了，以后得小心，我领教过她的歹毒。"

黎萍安慰他说："领导要我做你的助手，我随时跟着你。"

他们在海滩上散步。黎萍想起最近与神话博士的接触，对他有一种莫名其妙的好感。魔衣忽然发出声音："有危险在靠近。"

他们发现，杀身之祸向他们袭来。几个男子举着砍刀、握着匕首挡住他们的去路。他们先伸手抓住黎萍："要活命，你们就老老实实地交出魔衣。"

神话博士推开黎萍，对他们说："不关她的事，有问题找我解决。"

说完，石博士推了黎萍一把，黎萍掏出手机想报警。那几个歹徒一拳打倒了黎萍，架起石博士往一辆蓝色的别克商务车那边跑。眼看快到商务车边，冲过来几个穿运动衫的小伙子。他们懂武术，三拳两脚，将几个歹徒全打得趴下，接着将石博士强行抢了过来。石博士还没有来得及说声"谢谢"，发现他们却将自己往海边拖。他意识到这几个也非善良之辈，就拼命挣扎，但无济于事。他被推上了一只汽艇。这是一只新型的汽艇，能够在海上行驶，还能够在沙滩上运行，所以，不可能搁浅。

在远处，用望远镜观察的田工、李大平，发现事情不妙，带着几个武警战士赶过来，那几个歹徒与洪兰早已夺路逃走了，由于逃得太急，还撞断了一棵椰树。田长江扶起倒在地上的黎萍，幸好，没有受伤。接着，武警战士他们追赶到海边，汽艇已离开了海岸。老田马上打手机救援，一会儿，几辆警车拉着警笛赶到了海边。

再一会儿，直升机赶来了，像海燕一样在海洋上低空盘旋；一只小型舰艇也赶到海边，追赶那只汽艇，可是汽艇上的人不肯束手就擒，一边用枪回击，一边慌慌张张地往大海深处跑。气得舰艇奋起直追，汽艇在大海上被浪打翻了，上面的四个歹徒全落在海里，被救了上来，神话博士却不见了踪影。

直升机与岸上联系，几个人开舰艇前去进行打捞，没有发现石小林的踪迹。

警方人员找到了同洪兰一起的那个女子。她说自己是路上被洪兰找到做保姆的，她不认识那两拨人。证据不足，警方没有拘捕那个女子。但是，已经发生的事情，足以说明魔衣、宝刀、宝锄被社会关注的程度。

田工、李大平经理、黎萍导游坐上车赶回南海科学研究院，他们打开连接魔衣的信息监控系统，搜索魔衣的信息。但没有搜索到任何信息。徐龙分析："我们之所以搜集不到魔衣的任何信息，是因为魔衣的信息屏障没有打开，所以无法得到神话博士的信息。"

他们对发生的情况进行推测，徐龙认为："我判断，歹徒劫持石博士的汽艇，面对舰艇的追击、海浪的颠簸，还有船上激烈的搏斗，最终，船翻了，石博士掉进大海。"

田工发表自己的看法："直言不讳。不排斥他们也认识石博士，打魔衣的主意，没料到遇到追击，在海里翻了船。"

第二天，南海电视新闻播放，播音员说："神话博士石小林穿上魔衣后，遭受两批歹徒袭击，最后，在海上失踪。"

社会上关于神话博士失踪的议论五花八门。有人说，汽艇在海上遇到台风被打翻，那只船上的几个人，包括神话博士，葬身于暗流回旋的大海，全部身亡。也有人说，神话博士启动了神奇魔衣的时光功能，到古代去了，再也回不来了。还有人说，神话博士穿着魔衣飞到了五指山，摔死在五指山的山脚下。

神话博士的神秘失踪，成为报纸电视关注的一个新闻话题。电视台记者采访了南海科学研究院院长徐龙。他的态度十分冷静。他说："石博士遭到歹徒的劫持后，开车的歹徒正在搜捕，船上的歹徒全部落网。现在，神话博士虽然下落不明，但是，我可以告诉大家的是，神话博士如果能够掌握魔衣的功能，海龙王也拿他无可奈何。他不至于被海水淹死，他马上会回到我们身边。"

徐龙的推测非常准确，汽艇刚奔驶到公海，就有直升机与部队的小舰艇来追击他们，那几个歹徒一边要神话博士交出魔衣，一边强行来剥夺他身上的魔衣。神话博士想打开身上的护卫功能，却打开了旅行功能。汽艇在打斗中翻了，神话博士掉入了海底。没有料到，打开了旅游功能，在水下游览，有如闲庭散步。神话博士只觉得眼前的珊瑚，五彩缤纷，高高昂首的像鸡冠花，含苞待放的好比芙蓉，掌片伸展有如仙人掌，妩媚无比胜似牡丹，有的像菊花一般星光灿然，有的像腊梅一样迎霜傲雪。鲜艳夺目的珊瑚世界里，游动着奇异的海洋动物。全身翠绿的翠斑珊虾和腹鼓虾，在珊瑚的枝丫中栖息。毛掌梯形蟹、网纹梯形蟹在珊瑚丛间穿来穿去，游进游出，一旦遇到危险就躲在珊瑚枝丫中，依托这个天然屏障保护自己。有的鱼，如美丽的蝴蝶一样赏心悦目，那是美蝴蝶鱼、丝蝴蝶鱼、带蝴蝶鱼、副蝴蝶鱼。豆娘鱼全身蔚蓝，游动时若隐若现，惹人注目。波纹裸胸鳝和豆点褐胸鳝，阴险地躲在珊瑚穴或缝隙中，不时将头伸出来，遇到游近的小鱼小虾，突然出击，残忍地一口吞下。海底下的精彩，让神话博士看得如痴如醉。

石博士失踪的消息来得太突然，性情耿直的田长江批评了徐龙院长："老徐，我提醒过你，让神话博士出面担任魔衣责任人不安全。可你，对这个老同学太信任了，非要他当此重任。没有想到他的社会背景太复杂，我们现在是出师不利呀。"

徐龙院长生气地说："老田，我们要有信心、决心。对了，老田，你为什么要放掉那个女子。"

田工答："老徐，这叫放长线钓大鱼。"

田长江说完，他对黎萍发问："黎萍，你向李总经理介绍推荐石博士，你了解他吗？"

李大平总经理也插话说："黎萍，你将神话博士推荐给我，不知道你以前是否认识他。"

黎萍说："我以前不认识他，我们第一次见面是在鹿回头。"

接着，黎萍回顾了与石博士见面的经过。李大平经理看见黎萍越解释越难受的样子，主动给黎萍解围："其实，我有责任，徐龙院长也有责任。我们回家休息吧，明天见。"

五、鹿岭奇遇

黎萍回到宿舍，躺在床上，从来没有失眠的她，怎么也睡不着。虽然与神话博士打交道才几天，但是她感受到他是一个成功的学者，失败的男人。她既害怕与他交往，又特别喜欢与他接触。她的心情十分矛盾，她静静地回顾几天来与神话博士接触认识的情景。

夕阳下，一群游客站立在鹿回头雕塑前。黎萍穿着十分得体，浅蓝色图案的连衣裙，上面披着一个绣花的短袖衬衫。她正在给游客讲《鹿回头》的神话故事，发现游客群中，有一位满面尘土、精神萎靡不振的男子，一边听一边在凝视自己。黎萍导游没有在意，继续讲《鹿回头》的故事：

阿椰举弓追鹿，紧追不舍，追了九天九夜，翻过了九十九座山。这时，花鹿被美丽的三亚湾吸引住了，它凝视着湛蓝色的海水、洁白的沙滩、富饶的土地。而阿椰又被美丽的花鹿吸引住了，花鹿望着美丽的海洋景观发呆，阿椰望着美丽的花鹿发呆。突然，花鹿转回头向阿椰投去深情的一瞥，四目相对，迸发出绚丽的爱情火花……

黎萍讲完，导游杨扬开始讲故事。她们讲完后，准备离开鹿回头雕塑时，发现刚才精神萎靡不振的男子倒在地上。她说："有人晕过去了。"

她弯下腰，伸手去摸那男子的额头，对着身材细高、穿一套短运动衫的妙龄女子说："杨扬，他没有发烧，是不是饿昏了？快，给点心他吃，给牛奶他喝。"

杨扬说："你怎么知道他是饿昏了？"

黎萍说："他没有发烧，看来，多半是饿昏了的。"

一个穿一套牛仔短装的年轻女子，她叫黄梅，她流露出不屑一顾的样子说："黎萍姐，你是菩萨心肠，不要管他吧，好像是讨饭的。我们打110，让公安局来管一管就行了。"

黎萍说："我们一边给游客讲善良勇敢的猎手阿椰、鹿仙阿槟，一边看见游客倒在路上不管，这是不行的。虽然这个游客不是我们南海旅行社的，对于海南来说，都是国际旅游岛的游客嘛。"

倒在地上的男子，尽管连睁开眼睛的力气都没有了，但是，还能感觉声音的美妙。他的嘴巴被一个什么东西塞住了。他能够感觉这是美味的牛奶，五脏六腑都需要。于是，他竭尽全力地吸呀，他感觉到了鹿仙女的笑脸，开始有了睁开眼睛的力气。终于，他睁开眼睛了，发现面前不是鹿仙，而是一位亭亭玉立的女子，手握牛奶瓶，明亮的双眼，像海水一样清澈，白净的脸庞，显得格外美丽，这是自己心目中的美女——刚才讲故事的导游小姐。神话博士是一个喜欢美的男子，才有了一点气力，就开始欣赏美色。

黎萍银铃一般的声音说："醒了！看来，这人饿急了。来，给他吃根火腿肠。"

这男子的喉咙好像有一双手似的，将火腿肠抓了进去。一瓶牛奶和两根火腿肠，使他有了坐起来的力气。看见三位女子站在自己的面前，使他隐隐约约记起，自己已经三天没有吃饭了。自己的生命是这几位女子给的，而给自己带来信心的是鹿仙女与猎手。

连衣裙亲切地问："先生，你是干什么的？"

牛仔短装帮神话博士回答："废话，讨饭的。"

短运动衫说："别这么说。"

这男子将提包里的证件给她们看，作为回答。穿连衣裙的女子看了他的证件，流露出惊讶的神情："哟，你就是有名的神话学博士石小林：我在《旅游报》上看过你发表的旅游神话的论文。"

从他们的谈话中，神话博士知道了，穿连衣裙的美丽女子是南海旅行社经理助理黎萍，人们习惯叫她黎萍导游；穿运动衫的短发女子名叫杨扬，是南海旅行社新来的导游；穿牛仔短装的名叫黄梅，是艺术学院美术专业毕业的，辞职从武汉来海南，创办了一家装饰公司。

她们同神话博士一起走下台阶，来到一辆红色的马自达轿车前。黎萍打开车门，进了驾驶室，杨扬让神话博士坐进轿车的副驾驶位置，她与黄梅则坐在后排。车轮滚动，驶到一家餐馆门前停下。黎萍导游扭转头说："石博士，我们一起吃晚餐吧。"

她们刚走进餐厅，服务员就打招呼："黎导游来了，里面请。"服务员带着黎萍导游、杨扬、神话博士进入了一个包厢，不算大，一个圆桌可以坐上八个人。

黎萍点了几个菜，有苦瓜肉丝、有农家小炒肉，有地瓜叶、空心菜，还来了点心、包子、粽子，外加一壶粮食酿制的甜酒。神话博士说："这么多呀？"

黎萍导游说："你几天都没有吃饭，多什么？"

神话博士可能太饥饿了，给人有狼吞虎咽的感觉。他发现黎萍导游、杨扬注视的目光，便语无伦次地表示谢意："谢谢，感觉快要饿死了，想起来真不好意思。黎萍导游，我在'鹿回头'听你给游客讲完'鹿回头'的故事，不知不觉地倒下了。谢谢你们来救我。"

神话博士告诉黎萍，他在雕塑下面听黎萍导游讲述"鹿回头"的神话故事，他回首"鹿回头"石雕下一级一级的台阶，台阶两旁郁郁葱葱的绿树，开始有了新的希望。由于多日没有找到称心如意的工作，内地带来的钱，用于吃饭住宿交通，所剩无几，又被小偷偷走了。那个小偷偷走神话博士的钱包，退回他的身份证，还给他开了一张"借条"。当然，这身份证与"借条"也是悄悄地返回神话博士口袋的。

他身无分文，找工作找不到，两天没有饭吃了。想起自己的坎坷经历，寻短见的惭愧过程。现在，他面对美丽的"鹿回头"巨型石雕——鹿仙与猎手说："鹿仙、猎手，你们好！"

他认为，《鹿回头》的神话传说，颇有美学内涵，善良、勇敢、热爱大自然的优良品质，在猎手身上得到充分展示。知恩图报、忠于爱情的中国传统文化观念，在鹿仙女身上得到完美体现。

已经戒了烟的神话博士忽然想吸烟了，摸了一下身上的口袋，只剩下一个红金龙的空烟盒。

他掏出一盒从宾馆带出来的火柴，学着安徒生童话中《卖火柴的小姑娘》中的小姑娘一样，划燃一根火柴棍，好似看见鹿仙女迎面走来，火柴熄灭了，鹿仙消失了；他再划一根，看着微弱的火光，忽然，觉得眼前金星灿烂，接着，眼睛发黑，他一脚踩上去像踩在棉花上了，他好像失去了知觉，似乎在天空漂浮，猎手阿椰与鹿仙女阿槟分明站在自己的面前。

猎手说："博士，你怎么饿成这样？"

神话博士说："阿椰啊，不好意思，囊中羞涩。"

鹿仙问："神话博士，你怎么这么痛苦呢？"

神话博士回答："鹿仙，我追求爱情，却被爱情无情抛弃了。"

阿槟安慰他说："没关系，有两个女子会来接济你的，让你免去饥饿的折磨，让你忘却失恋的痛苦。"

阿椰说："我们的灵魂在这里，肉身却在很久很久以前的五指山下，你穿上魔衣可以穿越时空去接回我们。"

神话博士问："魔衣？五指山？"

阿椰、阿槟没有回答就走了。一会儿，神话博士又梦见了两头狼精，公狼露出满嘴的狼牙，贪婪地说："这是傻子博士，把他吃掉吧。"

母狼好像有点怜悯地说："算了，他饿得太瘦了。"

公狼说："再瘦也可以啃骨头吧。"

母狼说："快走吧，这是观世音菩萨的地界，有猎手与鹿仙在这里把守。"

两头狼一前一后走了。走到一半的公狼忽然回过头来，眼睛里是绿色的光芒："傻子博士，老实交代，看见宝刀、宝锄、魔衣没有。"

神话博士浑身冒汗，紧张地回答说："我不知道什么是宝刀、宝锄、魔衣。"

公狼不情愿地走了。这个时候，旅行团来了，黎萍导游在进行讲解，神话博士迷迷糊糊地听着。黎萍导游刚讲完《鹿回头》的神话传说，夜幕降临了，远处的灯光像漫天的星星。他不知不觉地闭上眼睛，渐渐失去了知觉。

神话博士讲了自己几天来的情况后，恳切地说："感谢你们三位美女，我几天没有吃饭，你们不来，我也许饿死了。"

那个叫黄梅的说："一个男人几天没有饭吃，真是傻到家了。"

神话博士听了，显得有几分尴尬。黎萍与杨扬听了，先是一愣，后来，笑了起来。黎萍说："黄梅，别说得别人不好意思。我几天前的晚上做了一个梦，鹿仙与猎手对我说，黎萍，鹿回头雕塑那里有个博士，他已经饿晕过去了，你去接济他。我不在意，没想到，今天讲完故事，准备离开鹿回头这个风景点时，真遇到了你这个神话博士。"

像春风一样温和的黎萍，是旅游专业的研究生，刚拿到硕士学位。她很羡慕石博士的才华。像兔子一样机灵的杨扬是社会学研究生，正在写作硕士论文，不想放过向大名鼎鼎的神话博士请教的机会。而像小辣椒一样辛辣的黄梅，很不顺眼地打量神话博士。谈话中，黎萍得知神话博士的处境，善意地用埋怨口气说道："你这人太老实，没有钱可以去新闻单位求援，哪有当记者的没饭吃饿晕了的。"

黄梅冷言冷语："我有点奇怪，你是博士，又当过记者，属于高级人才，怎么会找不到工作呢？你莫不是骗子吧。"

黄梅的逻辑推理是，有博士学位的高级人才还不好找工作吗？当记者的神通广大，怎么会没钱吃饭而晕倒。这样，晕倒在地上的人，不是骗子就是傻子，或者是精神病。

机敏的杨扬看见神话博士难堪，她善于转移话题，便说："神话博士，我对龙王的神话故事感兴趣，以后，你能够给我们讲一讲吗？"

黄梅问："干脆让神话博士给我们讲一个龙王九个儿子的故事。"

黄梅是美术学院的，对于古典建筑很感兴趣。可是，她对龙王的九个儿子总是分不清，结果，有一次学校组织宗教旅游，她弄不清楚建筑物上的雕塑，出了一些洋相。现在，干脆让神话博士讲这个话题，借此考考博士。

黎萍说："今天谈别的，以后有机会，再请神话博士来讲也不迟。"

神话博士知道黎萍担心自己记不住龙王的九子，但见黄梅不大相信自己，想考察自己是不是那个有名的神话博士。虽然自己带的证件齐全，对黄梅这样的人来说，不足为凭。现在，社会上鱼龙混杂，毕业证、学位证、身份证等，都有伪造的。神话博士就说："黄梅，你出的题很偏。但是，一般旅游爱好者应该熟悉，我讲一讲吧。"

——龙王有九子，龙王的长子囚牛，喜音乐，立于琴头。一些贵重的胡琴头部至今仍刻有龙头的形象，称其为"龙头胡琴"。

次子睚眦，样子像长了龙角的豺狼，怒目而视，双角向后紧贴背部。嗜杀喜斗，刻镂于刀环、剑柄等兵器或仪仗上，起威慑之用。

三子嘲风，样子像狗，平生好险，今殿角走兽是其遗像。这些走兽排列着单行队，挺立在垂脊的前端。走兽的领头是一位骑禽的"仙人"，后面依次为：龙、凤、狮子、海马、天马、狻猊、押鱼、獬豸、斗牛和行什。它们的安放有严格的等级制度，只有北京故宫的太和殿才能十样俱全，次要的殿堂则要相应减少。嘲风，不仅象征着吉祥、美观和威严，而且还具有威慑妖魔、清除灾祸的含义。

四子蒲牢，形状像龙但比龙小，喜音乐和鸣叫，刻于钟钮上。据说蒲牢生活在海边，平时最怕的是鲸鱼。每每遇到鲸鱼袭击时，蒲牢就大叫不止。于是，人们就将其形象置于钟上，并将撞钟的长木雕成鲸鱼状，以其撞钟，求其声大而亮。

五子狻猊，又称金猊、灵猊。狻猊本是狮子的别名，所以形状像狮，喜烟好坐，倚立于香炉足上，是随着佛教传入中国的。由于佛祖释迦牟尼有"无畏的狮子"之喻，人们便顺理成章地将其安排成佛的坐席，或者雕在香炉上让其款款地享用香火。另外，狻猊还是文殊菩萨的坐骑，在文殊菩萨的道场五台山上还建有供奉狻猊的庙宇。因狻猊为龙的五子，所以庙名为五爷庙，在当地影响颇大。明清之际的石狮或铜狮颈下项圈中间的龙形装饰物，也是狻猊的形象，它使守卫大门的中国传统门狮更为威武。

六子霸下，样子似龟，喜欢负重，碑下龟是也。相传上古时它常背起三山五岳来兴风作浪。后被夏禹收服，为夏禹立下不少汗马功劳。治水成功后，夏禹就把它的功绩，让它自己背起，故中国的石碑多由它背起的。霸下和龟十分相似，但细看却有差异，霸下有一排牙齿，而龟类却没有，霸下和龟类在背甲上甲片的数目和形状也有差异。霸下又称石龟，是长寿和吉祥的象征。它总是吃力地向前昂着头，四只脚拼命地撑着，挣扎着向前走，但总是移不开步。

黎萍导游笑了："你记得很清楚，现在我最后讲一下龙王的七八九三个儿子。"

——七子狴犴，又名宪章，样子像虎，有威力，好狱讼，人们便将其刻铸在监狱门上，故民间有虎头牢的说法。又相传它主持正义，能明是非，因此它也被安在衙门大堂两侧以及官员出巡回避的牌子上端，以维护公堂的肃然之气。

八子负屃，身似龙，雅好斯文，盘绕在石碑头顶或两侧。幺子螭吻，又名鸱尾或鸱吻，鱼形的龙(也有说像剪了尾巴的蜥蜴)，喜四处眺望，遂位于殿脊两端。在佛经中，螭吻是雨神座下之物，能够灭火。因此把它安在屋脊两头，也有作消灾灭火的功效。

神话博士补充说："长子囚牛和四子蒲牢都喜音乐，三子嘲风和么子螭吻都位于屋顶，六子霸下和八子负屃都围着石碑，有重复之嫌。还有的说，龙王的儿子饕餮，样子似狼，性贪吃，位于青铜器上，现在称之饕餮纹。因它又能喝水，故古代也将其刻在桥梁外侧正中，防止大水将桥淹没。据民间传说，这种怪兽贪吃无厌，把能吃的都吃光了以后，最后竟然吃了自己的身体，到最后吃得只剩一个头部，所以落下个"有首无身"的名声。趴蝮，样子似鱼非鱼，善水性，体态优美，饰于石桥栏杆顶端。椒图，形似螺蚌，好闭口，性情温顺，有点自闭症，反感别人进其巢穴，故人们常将其形象雕在大门的铺首上，或刻画在门板上。貔貅，在南方及东南亚一带都称其为龙的第九子，大嘴无肛，只进不出，深为赌徒所喜。澳门赌场便摆了一只玉貔貅，寓意是嘴大吃四方，只挣不赔。"

黄梅听得十分认真，还用录音笔录音了。这回，她开始对神话博士有了那么一点信任，但是，还是没有好感，她认为神话博士太傻。神话博士呢，他讲完故事，一下闷闷不乐了。原来，他想起自己近来的遭遇就觉得揪心：他带来5千元，与女友洪兰乘车坐船住旅店进餐馆，花掉了一部分；后来，洪兰与自己争吵分手，拿走了一部分；再后来，他让朋友寄钱来，小偷割破了他的裤兜，屁股差点见血，偷走了手机与余款，弄得他身无分文。他焦急地找到一家报社的总编，说："我是博士，当过记者编辑，想来应聘。"

那位总编说话的声音像是北方人，态度很客气地说："报社不缺少编辑记者了，你能不能够当广告人员呀。"

神话博士说："拉广告可以，能够先借一点工资给我吗？"

总编说："广告人员按广告比例进行提成奖励，没有固定工资。再说，我不知道你能不能够拉到广告，因为，拉广告需要有人脉资源。"

神话博士听明白了，对方不大信任他的广告能力，借钱问题解决不了，吃饭问题也就解决不了。神话博士找到一家广告企业的经理，他是一位50岁左右的中年人，四方的脸，给人的印象像个方块。神话博士说："我是神话学博士，想在你们这里谋职业。"

经理说："我们不需要神话学博士，只要设计专业的硕士。"

神话博士问："怎么不要博士。"

经理回道："博士待遇太高，我们供不起。"

神话博士灰溜溜地走了，他来到一家学院去应聘，一头长发的副校长，打扮得像个艺术家，他说："你的普通话怎么像是外语，学生肯定听不懂。"

神话博士明白，自己被拒绝了，他调头就走，背后传来几声讽刺："什么博士？水货，连普通话都不会说。"

神话博士身无分文，在海南没有熟人，又不会讨饭，也害怕打电话给武汉的亲友借钱再度碰壁，只有这样，静静地躺在鹿回头景区的石头上睡觉、挨饿，偶尔，捡上一块游客扔下的面包充饥。

黎萍说："你没有想到去新闻单位求援。"

神话博士说："我不会去求援。本来，我心情不好，有寻短见的想法与行为，听到黎萍导游讲的《鹿回头》的故事，还有梦中猎手与鹿仙的鼓励，才有了生存下去的勇气。"

黎萍惊讶地问："你为什么想自杀呢。"

杨扬说："自杀的人往往是一时想不开，情绪冲动而走上不归路的，一旦被救了，自杀的人再也不想死了。有位女大学生因为她的男友在她怀孕时抛弃了自己，于是，这个女子想到了跳江自杀。但当她来到了长江大桥上，爬到栏杆外准备往外跳的时候，忽然，她感到了死神的可怕，她大喊救命。于是，几个军人跑了过来，想方设法从大桥护栏外将她拉上了桥。"

石博士点头。

黎萍轻声说："石博士，你是不是有很大的冤屈，发泄一下就好了。"

杨扬也说："石博士，你给我们讲一讲你的生活经历，发泄一下，也许会忘却痛苦。"

黎萍卜意识地想借机会了解这位国内优秀的神话学学者的全部经历.她说，我们这个包厢没有人来打扰，你尽管讲，行吗？杨扬似乎发现了黎萍的意图，冲着黎萍笑了。黄梅呢，她对这神话博士一开始就瞧不起，别看她的学历只有本科。由于她被人称为画家，她的美术作品参加过全国性的美展，在报刊上也偶露峥嵘。所以，她的性格张扬，对于一般人看不起；尤其是，自己学历低，她总习惯找学历高的人的岔子。

六、神话傻子

神话博士谈起了自己被称为神话傻子的坎坷经历。

——神话故事中充满神奇的幻想，它让原始劳动者的愿望和世界万物的生长变化，都蒙上一层奇异的色彩。神话中神的形象，大多具有超人的力量，是原始人类的认识和愿望的理想化。它是根据原始劳动者的自身形象、生产状况和对自然力的理解想象出来的。

我小时候就爱看神话传说，最羡慕神仙能够在天上飞，在海底行走。我的人生是在神话中开始的，我的父亲是虔诚的天主教信徒，教会学校的教师。我家就住在天主教教堂附近。我读小学时，经常到神父或者修女家里去玩，神父就给我讲圣经故事，修女也爱给我讲爱情神话故事。陈老太婆就是一个曾经当过小学教师的修女，她常给我讲《圣经》传说故事、中国古典爱情神话传说故事，《白蛇传》就是她讲给我听的，以后，我又看了《西游记》的电影与连环画。我喜欢用神话传说来陶醉自己。

小学里的神话傻子

我七岁开始在教会办的小学上学，不善言辞，母亲形容我是："磨子压不出一个屁。"偶尔说话，要让别人好好地猜半天，因为我说的话像半截油条一样不完整，让听的人一头雾水。邻居小胖子聪明，他能够听得懂我说话的意思，准确地将我那半头话给翻译过来。比方，邻居国树大哥问我："石头，下午还有课么？"

我说："上午上了四节课。"

他听糊涂了："我不要你说上午，而是问下午。"

我摇头。胖子开始翻译了："他是说，上午上了四节课，下午就没有课了。"

我的眼睛看着胖子不转弯，我想说："胖子，你真聪明，明白我的意思。"

可能是我的举动看起来有点痴呆，言语太短，不会说话，有人喊我为傻子。

别看我不爱说话，还能够讲几个简单的神话故事。可能是邻居同学看见我傻里傻气的样子，只会讲几个老掉牙齿的神话故事，因此给我起了一个诨名"神话傻子"。

记得，一跨进学校门，有邻居同学就喊："神话傻子来上学了。"

走在路上，有人打我的屁股说，“神话傻子还不走快点。”

我只有用书包遮住自己的破裆裤露出的红屁股。回到家里，还有人喊：“神话傻子回家了。”

丢人现眼的事情还有。我报名参加学校组织的跳远比赛，轮到我跳远，我一用力，裤子上的带子断了，裤子一下脱了下来，露出了光屁股，引起人们哄堂大笑。同学中有叫我傻子诨名的人越来越多。诨名也有传染性，在学校同学们喊我为神话傻子，邻居们再喊我为神话傻子，一点也不奇怪。让我最难堪是小学同学魏保卫，他在我上厕所的时候一个劲地喊我神话傻子，有时候，弄得我蹬在厕所里，半天都拉不出东西来。当然，我也很可怜他，因为，他后来参军了，在工程兵部队。他蹲在茅草搭成的临时厕所里，炸山的碎石飞过来，从厕所顶穿过，击中了他的脑袋。我想，他要是不死，我们可以成为朋友的。当年骂我的几个同学，现在与我交了朋友。

有一次，我被叫去与一个比我个子高半个头的小伙子比赛摔跤，我不会摔跤动作，就把那个青年使劲一抱，让他两脚腾空，然后，我将他丢到了地上。大家呼唤起来，似乎在赞扬我，你知道他们是怎样赞扬的：“狗日的神话傻子，傻劲真大。”

那时候，我们习惯用铁丝与橡皮筋做麻雀枪，也叫弹弓。我记得做好弹弓后，没有马上去射麻雀，却射中了自己的鼻子。邻居国树大哥看见我手中的麻雀枪，就说：“我们打算成立一支‘军队’，我是司令，你想当军长，还是当师长？当然，有一个条件。”

我马上问：“你先说，军长大，还是师长大。”

他对我说：“当然是军长大。”

我问：“你有什么条件。”

他笑着说：“看你勇敢不勇敢。”

我马上表态：“我肯定是勇敢的。”

他摇头说：“光说不行，你能够让我用弹弓射你的鼻子吗？”

我吞吞吐吐地：“好吧。”

他拿起我的弹弓，对着我的鼻子，我闭上了眼睛。结果是，我的鼻子惨遭迎头痛击，疼得我叫了一声，眼泪都出来了。

他皮笑肉不笑地说：“不准哭，你现在是军长了。”

我一手抹掉脸上的眼泪鼻涕，鸭子死了嘴巴硬：“谁哭了。”。

小时候为了空头衔，却不怕疼去挨打。这说明，名声、头衔对于人有鼓舞作用。联想现在，有的人为什么不怕死，明知道是死敢去牺牲。都是为了名声、头衔。进一步说，是为了信仰，为了声誉，为了理想。当然，一旦信仰出现了危机，或者是追求的信仰不是正义的，人就危险了。制造恐怖事件的人，他们将炸药绑在自己的身上，去制造恐怖事件，他们肯定也有自己的“信仰”，只是他们的“信仰”违背人类的意志。

我妈妈发现我的鼻子上被打了一个很大的疱，问我：“你的鼻子是么搞的？”

我回答：“他们说，想当军长，就得勇敢地挨弹弓打。”

我妈妈听了，气得骂了一句：“你真是个傻子。”

我被神话傻子的名声所累，我真以为自己有些傻，我开始觉得抬不起头来了，我恨自己为什么傻里傻气。我晚上睡在床上好伤心，我内心对父母说："我这么傻，你们为什么要生下我呀。"

可恨的是母亲还不思悔改，她有时看见我衣服扣子扣歪了，就说："傻瞎子，扣子都扣歪了。"

我有时被骂烦了，心想不敢骂老师，还不敢骂你吗？我骂了一句："你是个傻娘，生下我这个傻儿子。"

我的母亲人很聪明，说话出口成章，就是太懒惰，做家务慢吞吞像蜗牛。比方说，她生一个炉子，光找木柴也要找上个半天；找到了木柴，再去找火柴，一下一下地划，要划上十几根火柴，才把炉子里的木柴与纸张点燃。马上，炉子里的火不大不小地烧，可是要花一顿饭的工夫，而且火总是烧不大，烟雾层出不穷，在屋里出不去。烟雾与母亲，急得满屋子只打转。我回到家里，看见她生的炉子，火苗像没有睡醒似的无精打采。煮饭的水，刚冒热气。我的肚子已经饿得"咕咕"叫了。上课的铃声快要响了，我急得开始叽叽咕咕地埋怨娘：昨天迟到了，老师让我在讲台边站了半堂课。我母亲呢，不是怪煤不好，烧不着，就是怪天气不好，有风。我气得骂了我妈妈一句："苕娘！"（"傻娘"的意思）。

妈妈说："你这个傻东西真是坏。"

母亲一边骂，一边伸手要打我的头，我捂着头就往后院子里跑，一边跑，一边骂"苕娘"。同屋里住着杨医生，他的漂亮夫人杨阿姨，由于生了四个女孩没有男孩，常挨丈夫的骂，嫉妒有儿子的家庭。我边跑边骂路过她家的厨房，正遇到她在洗菜，她笑眯眯地夸奖我："石小林，你骂得好，奖励你一颗水果糖。"

我一听，警惕起来，都把我当傻子来利用，休想。我闭口不骂娘了，掉转头回家了。这时候，有个歪戴布帽的中年人上门来，他说："需要磨刀、磨斧头吗？"

母亲将一把斧头给了那个人。这是一把好斧头，可是我的爹爹用来做木工活的，用旧了，给了我的妈妈。那人在我家门前用粉笔画了一个圈。我想起来了，有人说过，有一个骗子，就是这样做的。我妈妈要我跟着那个人，看他的店在什么地方。我跟了一阵，看那个人东家进，西家出。我断定这是个骗子。本来，我完全可以将斧头要回来，就说我家里人不同意磨，不就行了。可是，我想借个机会报复我妈妈，就空手回到家里。

妈妈问："那个人住在哪里？"

我说："街上人真多，他一晃不见了。"

嘿，别以为我真傻，有时撒谎像是真的。过了好久，那人走后一直没有来，我才告诉妈妈："这人骗了好多斧头，我知道他是个骗子，你上当了。"

母亲问："为什么不早说。"

我回答很干脆："你每天不按时做饭，让你被骗一回。"

母亲气得说："傻儿子呀，你帮骗子骗你妈，你说你是不是傻得出奇。"

我的诨名出了名，学校里同学喊，回到家里邻居喊。喊得我心里发慌，我就在神话故事中找安慰。我听见邻居陈太婆讲神话，听上了劲。我乡下的舅舅来了，我也难得去理睬。听到高兴处，我有时还一个劲地哈哈笑，我有时又悄悄地落泪。有一回，我听《封神榜》里的神话故事入了迷，母亲要我扫地，我一边扫一边想程咬金，渣滓还在地上稳如泰山。舅舅对他姐姐——我的母亲说："看来，石小林这伢是有点傻。"

舅舅说我傻，我还觉得真有道理。小时候，我到乡下去玩，我十分喜欢舅舅家的一头黄牛。6岁的我听了一个黄牛下金蛋的神话，我去拉黄牛的尾巴，看黄牛的屁眼，想看黄牛是不是能够下金蛋。结果，被黄牛飞起一蹄子，落点是我的肚子，我当时像弹簧一样被反弹了好远。我躺在地上鬼哭狼嚎，舅舅狠狠教训了黄牛两鞭子，算是替我出了一口气。

我喜欢看神话书，是在别人讥笑自己神话傻子的时候开始的。在家，邻居小孩说我傻；在学校，同学说我傻。人的自尊心受到了伤害，我每天都抬不起头来了。当时，我每天放学回家后就将门关上，那里也不去，免得被别人叫得难为情。我想在神话书中找到理想的世界。那个时候，我喜欢读《白雪公主》的故事，也喜欢看《西游记》的连环画。当然，我的语文成绩也有了大的提高，作文一下在全班冒了尖，老师常把我的作文当范文讲给同学们听。

终于，有的同学说："看不出来，他的样子有点傻，其实他读书还是蛮聪明的。"

父母从不辅导我读书，因为当过教师的父亲成天都在忙开会，很少回家。母亲她要照料几个弟弟妹妹，顾不过来。看书上了劲，也不是好事。我洗澡时人坐在大木盆里。书放在小板凳上，边洗边看，这样，洗澡的时间很长。我在厨房里洗，家里人要进厨房，只有不断地催："快点出来，快点洗。"

我不理睬，一个劲地看书，看到高兴处，就一个劲地笑；看到伤心处，就一个劲地流泪。我在书中，一会儿变成了主人公，一会儿又与书中的人物交流感情。为了看书，谁有书，我就找谁借，再厚一本小说，我两天看完，还书时我还主动用报纸给包一下。借书给我看的人十分高兴，下次有书就主动借给我。听人说，劳动可以使人变得聪明起来，我开始主动参加做一些家务事，比方说，一家人的碗，由我来包洗。我一边洗，一边念念有词："多洗，快洗，越洗越聪明。"

大热天，厨房里蚊子多得一抓一把，蚊子很狡猾，趁你不注意，咬上一口就溜之大吉，身上痒得难受。于是，我不断地用手去还击，手掌上，蚊子的尸体粘着油水，当然，还击的速度太快，难免让碗摔到地上，或四分五裂，或粉身碎骨。那个时候，由于看神话与科幻方面的书多了，我特别喜欢想象，每天早上起不了床。因为我爱睡懒觉，喜欢躺在竹床上，看见天上的星星做科幻梦。有时想象自己坐上飞船，从这个星球飞到那个星球，最后上了月球；有时又幻想自己坐在小潜艇里，从地下水道管出发，到了长江底下，经过长江，来到大海，小潜艇钻进了大鲸鱼的肚子里……我常常几个小时不停地想，觉得有滋有味。有一天，我晚上想的还在脑子里记忆犹新，到了学校后，脑子里还想着。我看着教室里渗透水的天花板，觉得这天花板怎么有点像海南岛的形状。上课的时候，眼睛盯着天花板发呆，班主任吴老师喊了几声都没听见。她说了一声："扬天神"，手一扬，黑板擦画了一道抛物线，然后像啄木鸟一样，将我的头上啄起了一个疱。但我觉得一点都不疼，还沉醉在漫游海洋的幻觉里。

我们学校有个学生，他一开始，学习成绩并不赖。后来得了脑膜炎，虽然医生说治疗好了，但是，他眼睛里不断流泪，泪水与鼻涕交汇，反映特慢，记忆力不好，是典型的痴呆，应该叫他傻子。可是，同学与老师谁都没叫他傻子。叫了，他的泪眼望着你，惨兮兮的，你不好意思再叫了。而叫我石小林为神话傻子，很有趣味。首先，我的样子虽然看上去傻里傻气，但智力不比一般人差，听觉狗一样灵敏，好远，轻轻一叫。不，你只要嘴巴轻轻一张，我就会发现就会听见就会看见。于是，我马上就有了反映，或者是低下头不语，或者是头一扭咕叽一句，或者是故意头不回地往前面走，或者是脸红得像猴子屁股。可能是人们觉得叫我傻，叫得开心，叫我的人就特别多。

有人从来不叫我神话傻子，我终生感谢他。例如，我读小学时，中队长管参。每天碰到我，都是叫我的名字——石小林。于是，我主动到他家去玩，还不忘记邀请他到我家来玩。我家里有间房是会议室，里面放一张大会议桌，我们就在桌上打乒乓球。这个时候，不叫我神话傻子的人优先，叫我神话傻子的人靠边站。于是，有叫我神话傻子的，马上改口叫我小林了。我还是欢迎他改邪归正。这样的策略团结了一帮子人。后来，叫我傻子的人少了，他要与我一起打球么。要知道，那个时候，武汉市的大街小巷，打乒乓球蔚然成风，有的在木铺板上打，有的在木门板上打。我家的大会议桌，应该说比一般的木门要好得多。中国是个乒乓球大国，毛泽东主席也打乒乓球。我们崇拜的偶像是庄则栋，他是三连冠的世界冠军。

因为我从小就有"神话傻子"的诨名，所以，我能够原谅孩子的傻。例如，我刚买了一卷胶卷回家，放在桌子上，我儿子将包装盒撕开，然后扯出整卷胶卷，将胶卷全部曝光了。我很生气，但是，一想到我的童年，马上气就消了。因为，我记得自己做了一些比起儿子来说还要傻的事情。我经常将一些好好的玩具拆坏，为了试验弹弓的力量，射碎邻居家窗户的玻璃；为了找出收音机里唱歌的小人，揭开收音机的后盖；为了体验触电的感觉，我将手指头伸进电灯插口，被电打倒在地。我父亲有一个外国神父赠送的温度计，这温度计很精致，不锈钢的外套闪闪发光。我向父亲要，他不肯给我。于是，我乘他不注意时，将这东西偷了，一个劲地观察，那温度计为什么这么灵敏？我想不明白，用刀子去拆，就是拆不下来。我一气之下，用一把锤子，将温度计砸了，温度计的水银珠子流了出来。

事后，我的邻居小华看见了，就去告诉我的父亲，没想到，我的父亲知道了，他虽然心疼这温度计，但是，没有打我，他对我母亲说，光打有什么用，还是给他说说道理吧。我的母亲对我父亲说，这么一个傻儿子，把他冇得整。这是武汉话，普通话的意思是——没有办法。

今天，我将这故事讲给人们听的时候，居然找到了共鸣。有的少年，喜欢拆玩具，什么玩具动物、机器人都要拆。有个叫小刚的少年，做了一件比起我来说更傻的事情。那个年代，一只上海牌手表是身份的象征。想想看，一般人的工资是三四十元，那手表是一百二十元，也就是说三四个月的工资不吃不喝，才能够买上一块上海表。我的邻居徐老师将刚买的手表放在柜子上，他的淘气儿子小刚看见了，将手表拿在手上玩，一听滴答滴答地响，又看指针一圈一圈地移动，他觉得好奇，想打开手表盖，就是打不开，他的手也被弄疼了，一气之下，找来一把锤子，喊了一声，去你妈的。小刚手中的锤子很潇洒地落下，手表的玻璃破碎了，手表里精致的指针也变形了。小刚的父亲气得一个劲地挥动木条打小刚。最后，木条打折了，小刚的屁股差点被打成两半，又红又肿，几天上学都不能坐板凳。

下放时的神话傻子

我初中毕业下农村时，我已经有3个弟弟，3个妹妹。由于家庭经济困难，我下放农村时，只有一床又厚又硬的棉垫絮当棉被，没有垫絮，我就用稻草铺在木板上，床单铺在稻草上，浑身被稻草刺得好痒。我在农村很苦，经常用神话故事来安慰我自己。在我国的神话中，凡是勤劳勇敢的人都得到好报，我发誓要做一个勤劳勇敢的人。神话给了我最初的做人的奋斗目标。神灵有约束人行为的作用，因为，害怕下地狱，害怕受到惩罚；所以，宗教徒的行为比较谨慎。我曾经到道教名山武当山去过多次，旅游发展局的一位领导告诉我：从上武当山捐款的情况来看，功德箱里面没有假钞。有的贪官、流氓、抢劫犯害怕神灵的惩罚，到功德箱来捐款，也不敢故意捐假钞。这说明，宗教对于人的行为有一定的约束作用。

下放农村，生产队长要我锄草，我将苗误杀了，可草却在地里逍遥自在，队长问我："为什么锄苗不锄草。"

我说："分不清什么是草什么是苗。"

一个公鸡骑骑在母鸡身上，还有一个公牛骑在母牛身上，我问村民："它们是在打架吗。"

村民笑得肚子叫痛，以后，遇到我就说："母鸡公鸡打架。"

我有一天在家病休。大队长趁我没有在场，他小声问全队的知识青年："你们当中的石小林，是不是得过脑膜炎？"

我班的同学小杨笑着告诉他："他嘛，有名的神话傻子。"

另一个同学补充："这么大的年纪还拉尿在床，实在是傻。"

由于我身体不大好，尿多，下放农村时，有时候尿床。就是因为拉尿，曾经救了我与4个同学的性命。我们下放在一个大队的知识青年，大约有5个人，顺着铁路的铁轨往火车站方向走去。一阵风，一阵雨，铁路两边的山坡上的绿树，在风面前跳起不规则的摇摆舞，风指挥雨点一会儿向左，一会儿向右。我们穿着雨衣，挑着行李，要去火车站乘车到武汉去过春节。我刚才说了，我这人爱拉尿，而我们五个同学中，有两个是女同学，这样，我就从铁轨上下到坡子上，想背着他们拉尿。在风雨中拉尿真不容易，我难以解开裤子；还有，我拉的尿液被风吹折了方向，落在我的裤子上。我扎好裤子，忽然看见身后的铁路上有灯光在移动，越来越近。我判断，这是一列运输货物的列车；如果是客车，车厢有窗户，那么就是一排一串的灯光了。因为火车离火车站很远，一般不开探照灯，也不拉汽笛，火车轮滚动的声音被风声雨声淹没了。看见火车越来越近，我惊恐万状，大声喊叫："火车来了，快让开。"

我们几个同学一听，像老鼠见了猫，惊慌失措地从铁路上退下来。其中一个女同学吓软了腿子，动作不利索，我上前去将她拖了下来。瞬间，列车呼地卷起一阵风，从我们身边疾驶而去。

同学们事后问我："你怎么知道火车来了。"

我说："我去拉尿，肯定要瞻前顾后，四处张望。"

我回到武汉，对邻居说到这次冒险。修女陈老太婆说："是神仙让你有拉尿的感觉。"

她说这话有点迷信，但是，我对于神话更为关注了。

工厂里的神话傻子

我从农村招工回武汉，当过刨工、锅炉工。我当刨工，零件被我夹在夹具上，我在构思零件的童话故事，由于零件没有夹紧，牛头刨刀顶掉了零件。师傅问我："你为什么不夹紧。"

我自言自语地说："零件也怕疼呢。"

师傅气得说："真有点傻。"

那段时期，我年轻力壮，开始喜欢看工厂里年轻的女工。一想到自己的母亲是临时工，三个弟弟，一个下放在农村，两个在上学；三个妹妹，一个在打临时工，两个在上学。父亲的工资也不高，指望我交出工资来维持一家人的生活。于是，我谈恋爱的条件差，只有在睡梦中梦见女人，而且多半是仙女。我想，是不是因为读爱情神话读多了。

我写了入党申请，组织上要考验我，让我离开刨工岗位，来到艰苦的锅炉房。我在锅炉房里上夜班，与熊师傅一个班，他负责后半夜，我负责前半夜。可恶的是，我在上班时不知不觉地睡着了，竟然梦见了白雪公主。

——我从云端飘落在遥远的一个国度里，看见了一个可爱的小公主。这个公主的皮肤白得像雪一般，双颊红得有如苹果，国王和王后给她取名为"白雪公主"。白雪公主在国王和王后的宠爱之下，逐渐长大了，终于成了一个人见人爱的美少女。我看见白雪公主经常和狗呀、猫呀、鹿呀、兔子呀一起玩耍。白雪公主见到陌生的我，十分友好地问："你是从中国来的吧？我从来没有见过你。"

我说："你知道中国？你知道中国的黄河与长江吗？我就是长江边长大的。"

她说："你喜欢动物吗？我带你去看看森林的动物，那里的动物真多，有小鹿、小兔子、松鼠，还有小鸟，它们都是我的好朋友。"

我随着白雪公主进了森林。这些动物一见到白雪公主，高兴得又唱又跳。白雪公主一边让它们吃食物，一边给它们讲故事。我看见个性善良有如天使的白雪公主，四周围满了猴子与小鹿，这感觉，太爽快了。可是，我发现，白雪公主忽然神情忧郁暗暗落泪。我一打听，会说话的鹦鹉回答："白雪公主的母亲生病去世了，国王又娶了一个新王后。"

原来，国王迎娶了一位新王后。这位新王后却是个精通巫术的女巫，她外表美丽，个性却专横跋扈，嫉妒心强；尤其她最恨别人比她美丽。新王后有一面很奇特的镜子，你从镜子里可以得到一切想知道的答案。因此，王后经常对着镜子问："魔镜、魔镜，谁是世界上最美丽的女人？"

以前，魔镜回答："全世界最美的女人就是你，王后。"

可是，有一天，当王后再问魔镜同样的问题时，魔镜却回答说："现在白雪公主比你美丽。"

新王后看了一眼美丽的白雪公主，感觉非常刺眼，气得七窍生烟，经常找白雪公主的碴儿，动不动就打骂白雪公主。

我看见这新王后。她正在说："太可恶了，怎么可以有人比我更美丽，我决不能够容许。"

我看见她命令宫廷的武士说："我不想再看到白雪公主这个小女人了，你找个借口，把她带到森林里偷偷杀掉。杀了以后，把她的心和舌头带回来，作为你杀死她的证据。听到没有？不可以有差错……"

"是的，王后……"

武士听了这话之后，唯唯诺诺，真的将白雪公主带到森林里去了。当我看见武士抽出刀来杀公主的时候，白雪公主正在采花。我看见白雪公主这么纯洁，善良，有如天使一般，怎么能够让人伤害，就对武士喊："你能够忍心杀一个善良的公主吗？"

武士听见了我的呼唤，转身问："你是谁？"

白雪公主听到声音回过头来，看见武士手中的刀子，就说："你拿刀子干什么，我去报告国王。"

武士吓得跪在地上："善良的白雪公主，不是我要杀你，而是王后命令我杀掉公主。饶我一次吧，我也劝公主往森林里逃走吧！"

白雪公主说："好，你走吧。"

武士站起，转身回皇宫去了。听到猫头鹰叫声的白雪公主，越走越觉得森林好可怕，好在有我在旁边陪同她。我们来到一栋小木屋前，我又惊又喜地叫着："啊，是童话中形容的小木屋！"

白雪公主说："太好了。"

我们急忙上前敲门，可是屋子里没有人来开门。我就自作主张地把门打开。我们进入小木屋后，里面竟然整整齐齐排列着七张小小的床。白雪公主在森林里跑了一天，觉得非常疲倦，就在那一张小床上躺了下来，我也在一张床上躺了下来。刚躺下不久，七个小矮人回来了："你们是谁？怎么能够在我们的床上睡觉。"

还有个小矮人问："这个漂亮的女孩子是谁啊？"

白雪公主被惊醒了。小矮人们很生气地问："你们为什么闯进我们的房子呢？"

白雪公主只有解释："各位先生，真是对不起，因为我在森林中迷路了，走了一整天的路，实在是又饿又累，看见这栋小屋，我就走进来休息了。我的这位中国来的朋友可也作证。"

我把白雪公主的悲惨遭遇，一五一十地告诉小矮人。小矮人们听了，非常同情白雪公主的遭遇，就把她留下来。"你原来是善良的白雪公主，你就在这里住下来吧！"白雪公主听到小矮人愿意留下她，很高兴地说："真是太感谢了，我愿意在这里为你们做饭、铺床、洗衣服、打扫，我什么都愿意为你们做。"

接着，白雪公主掉转头对我说："这位中国朋友，你愿意留在这里住几天吗？"

一个小矮人对我说："欢迎你与白雪公主一起住，从此这里就是你们的家了。"

我和白雪公主每天负责打扫这个小木屋的清洁卫生。七个小矮人从森林里回来后，就有可口的晚餐等着他们。就这样，日复一日，白雪公主和我与小矮人过着快乐的生活。

新王后以为白雪公主已经死了，有一天她又问魔镜说："魔镜、魔镜，谁是世界上最美丽的人呢？"

魔镜回答王后说:“王后,你很美丽,可是白雪公主比你更美丽,她与一个男青年、七个小矮人在森林中过着快乐幸福的生活。”

王后听了这个回答之后,才知道白雪公主并没有死,她感到很愤怒,气得上蹿下跳:“真是可恶极了,一定要让白雪公主从世界上消失。”

有一天,坏王后变成一个老太婆,提着一篮苹果到森林里去了,来到了小矮人的小木屋前。她遇见了我,问道:“你知道白雪公主在什么地方吗?”

我不知道她是坏王后变的,马上说:”在屋子里,我请她出来。”

老太婆见到了白雪公主,说道:“可爱的小姑娘,你好漂亮哟,你要不要买一个又红又香的苹果呀?我先送一个给你吃吧,相信你一定会喜欢的。”

本来就很喜欢吃苹果的白雪公主,看到又红又大的苹果,便高兴地说:“哇!这红红的苹果多么的可爱呀!一定很好吃的。”

于是,白雪公主就伸手接过那个苹果。没有想到,这个老太婆是坏心肠的王后变的,没有想到,坏王后在鲜红的苹果外面,涂上了她调配的毒药。白雪公主才咬了一口,就马上倒在地上,昏死过去了。狠毒的王后看到白雪公主倒在地上,大笑着说:“哈!哈!白雪公主从此以后就从这个世界上消失了。”

我发现坏王后毒害公主,气得上前去追打。我一鼓作气地追呀追,她腾云,我也腾云,她回头用手指点了我一下,我突然从云端往下掉,摔了个四脚朝天。我回到小矮人的住处,小矮人已经回家了,我告诉了他们事情的真相。他们看到白雪公主躺在地上像死了一样,马上把她抬到床上,尽力地施救。可是,白雪公主仍然没有醒过来。小矮人们哭哭啼啼地把白雪公主放在一个装满鲜花的玻璃棺材内,准备举行盛大的葬礼。

邻国的王子正好路过森林,看到了玻璃棺材里美丽可爱的公主,还有在旁哀悼的小矮人和小动物们。

王子知道事情的经过之后,含着泪水悲伤地注视白雪公主说:“可怜的公主,如果你能复活的话,该有多好呀!”

王子向白雪公主献上了花束,含情脉脉的地凝视着她说:“她的皮肤雪白,脸颊红润,好像睡着一般,根本不像死去的人。”

最后,王子情不自禁地俯身吻了她。突然,白雪公主从口中吐出了吃进去的苹果。原来是王子对公主的爱,使毒苹果失去了效力,公主也逐渐恢复了体温,睁开明亮的双眼。白雪公主苏醒了过来,好像是从长睡中醒来一般,她的脸颊和唇依旧是那么的红润。“哇!白雪公主活过来了!白雪公主复活了!”我与小矮人们都雀跃欢呼,兴奋地叫着。王子更是满心欢喜地说:“真是太好了!白雪公主获得了新生。”

鹿哇、猴子哇、兔子哇、还有各种各样的鸟类,也叽叽喳喳谈论不休。王子向白雪公主介绍了他的身份之后,就握着公主的双手,温柔地望着公主说:“公主,你愿意和我一起回皇宫,做我的王妃吗?”

白雪公主羞怯地点头答应了。小矮人和森林的动物们,有的手舞足蹈,有的欢声歌唱,为王子和白雪公主歌颂庆贺。“祝愿王子和公主,永远幸福,永远快乐!”

我却感到莫名其妙的伤心。白雪公主走上前对我说:“我知道你是舍不得我,但是,我不可能嫁给你。因为,你与我既不是一个时代的人,又不是一个国家的人,上帝保佑你找到幸福。”

我能够感觉到她的嘴唇吻我的手背时的柔情,我的心里得到了安慰。王子带着白雪公主,骑着白马向小矮人和森林里的动物们告别,他们一直回头向小矮人们挥手说再见:“小矮人们,感谢你们的照顾,我们会永远记得你们的。”

矮人们齐声说:“祝你们幸福,欢迎来玩,再见!”

王子带着公主离开森林,回到自己的国家,受到全国人民的欢迎与祝福。人民群众为王子娶得这样善良美丽的女子感到高兴。再说歹毒的王后看见白雪公主吃了毒苹果当场倒下,以为白雪公主必死无疑,非常高兴。有一天,她满怀自信地的问魔镜:“魔镜、魔镜,现在世界上最美丽的人应该是我了吧!”

魔镜回答说:“在邻国生活的白雪公主比你漂亮多了。”

王后听了觉得很诧异,她想白雪公主不是被她害死了吗?可是又想到魔镜的神奇,白雪公主一定没有死。她歹毒地想:我就不相信不能杀掉白雪公主!王后原本就是个女巫,于是她骑着魔扫帚,带着魔剑,飞往邻国,准备去除掉她的眼中钉。当她飞到邻国的上空时,突然一道闪电朝坏王后打来。劈!叭!一阵响声,女巫王后从空中被打得落花流水。作恶多端的女巫王后终于受到上帝的严惩。

此时,王子的国家举国欢腾,美丽善良的白雪公主答应了王子的求婚,正在举行盛大的婚礼。小矮人和森林的动物们也被邀请来参加婚礼,在全国人民的祝福声中,王子和白雪公主将永远快乐地生活在一起。

等我一觉醒来,我大惊失色,炉膛里的火快熄灭了,水位表上的水位低过危险线。这个时候,熊师傅满头大汗,一边往炉膛里面加煤炭,一边给锅炉进水。他气呼呼地说:“石小林呀,你他妈的胆子真大,烧锅炉敢睡觉,你至少睡了两个小时。对了,你在喊什么白雪公主。”

我不好意思地对他说:“那是我梦见了白雪公主。”

熊师傅拉长了他的马脸,哼了一声:“老鼠爬秤杆,自己秤自己,还想公主呢!难怪你的同学喊你是神话傻子。”

我非常懊悔地说,师傅,我真是混蛋。我知道,怎么骂自己都不过分,火快熄灭了不说,关键是锅炉水位已经降到了危险线,再不进水锅炉就危险了。

爱情师傅与神话傻子

我不愿意承认熊亮是我技术上的师傅,却要叫他“爱情师傅”,说来话长。

有一年冬天,油漆车间需要暖气,轮到熊亮烧炉子。一来他挥锹打煤不均,二来煤质不好。火在炉门口烧,后面的炉膛没有火。油漆车间主任来问,怎么没有暖气?熊亮打开炉门,火已经熄了,叫人觉得又好气又好笑。好一个熊光头哟。

还有一天锅炉维修，有根冷水管破裂了，水像喷泉。熊亮去关水闸，累得满光头是汗，水也没有关住。老何师傅上去一扭就关住了。熊亮说："还是你的劲大。"何师傅冷笑："你关反了。"熊亮狼狈地说："难怪越关越紧。"

熊亮的技术实在太差，谁承认是他的徒弟，就会遭人嘲笑。于是，我们几个知青从农村进厂到锅炉房后，都不愿拜他为师。

但熊亮很随和，喜欢和我们青年人在一起谈爱情的话题，爱说他那永远说不完的爱情故事，我们虽不愿意当他的徒弟，但都愿意和他上一个班，这样可以和他聊天。

日子长了，我们发现，熊亮对他的哑巴老婆，百般体贴。假如他笑眯眯地唱戏，那是他老婆心脏病没发作。如果他拉长马脸愁眉不展，那是他老婆心脏病犯了。如果他喝酒红脸开始骂人，那是因为他老婆受了委屈。于是，有人取笑他，称他为"爱情师傅"，他听了，眼睛笑成一条缝，一点也不生气。

50岁还打光棍的老唐，到锅炉房洗完澡。他看见熊亮正在洗女人的衣裤，就说："老熊，你舍得做，找个老婆不洗衣是专门留着睡觉的。"

熊亮开口了："唐矮子，你现在还是一个光棍，不晓得疼老婆。"

老唐反驳道："熊光头，我打光棍，是没有发现我看得上的女人，我不像你，只要能蹲着拉尿的都行，连女人的三角裤都洗。"

熊光头一听，马脸一下拉长，头顶气的发红，鼻涕掉了下来，他一下闹到车间主任那里。熊亮说："如果是骂我，就算了，我这个人贱，经骂。就是不能骂我老婆，她是个哑巴，残疾人，唐矮子必须赔礼。"

车间主任说："相骂无好言，各打五十大板。"

这话使熊亮更火，他一大早跑到厂长办公室门前，手上抓着一个大馒头，他一边啃一边骂，口里直喷馒头渣："他唐矮子欺人太甚，车间主任不管，你当厂长的管不管，欺负残疾人算什么好汉。"

厂长苦笑着迎出来安慰他，才使他消了气。

旁边一些看热闹的女工在一边冷言冷语："这样一个老婆，熊亮还当活宝。"

熊亮是怎样看中残疾女黄双妹的呢？

那年厂工会组织一次座谈会，工会李主席提出："熊亮同志是抗美援朝的老战士，他的婚姻是我们工会的大事，要帮助解决。"

会后不久，有一个工会干事将自己乡下的表侄女黄双妹带来了。这是个面目清秀的女子，可惜是个哑巴。工会主席让熊亮与双妹见面，李主席既担心熊亮看不中，又担心双妹不愿意。没有想到这一米八高的熊光头，看见双妹一笑两个酒窝，便说："双妹与我有缘了。"

双妹也做手势表示同意。李主席就说："你们俩愿意就好。熊亮同志，你要想好，这女人是哑巴，还有心脏病，生小孩很危险。"

熊光头摸着自己的光头："我会照顾她的，请放心。"熊亮很快与双妹结婚了，他好感慨："双妹对我很亲，我有福气。"他有一回与人下棋，不住的咳嗽。双妹看他咳嗽得难受的样子，就给他披上衣服，双手轻轻地拍打着后背，还给他端来热茶。说起双妹，熊师傅心里就感激不尽。

一天午休时，我们提出：“熊师傅，杀两盘象棋。”他大声说：“来啊。”小高说：“谁输了谁用煤灰画脸。”

熊师傅与小高对上了阵，小高先输，“爱情师傅”在小高脸上涂了一下。后来熊亮输了，小高给他画了个大花脸，像个大马猴。正在这时，他的老婆双妹来了，心疼得哇哇叫，拿出白毛巾细细给熊亮把脸擦干净。

双妹是剖腹产给熊师傅生下一个儿子的，好危险。双妹在医院昏迷了几天，医生花了好大工夫才将她救过来。熊亮当时吓得六神无主，将一个医生拉住不放。后来，见女人有了救，儿子也平安出世，心里才轻松。从医院出来，熊亮唱起了当年打美帝的歌：“雄赳赳，气昂昂，跨过鸭绿江。”

我们见了喊：“熊光头，你要请我们喝喜酒。”他大笑：“当然，当然。”

到了年底，家具厂要评一批先进生产者。那个年代，给先进评奖是个很庄重的事，尽管只有奖状外加上一个印了奖字的搪瓷口杯，但是，谁都想争这个荣誉。我们锅炉班有十二个人，评选的指标是四分之一。评选的标准很严格，一要看你全年的出勤情况，有没有旷工迟到早退。二要看你的政治表现，参加政治学习能不能够积极发言。三要看你的工作干劲，做活是不是在偷懒。四要看你的生产技术，有没有小革新小发明。有五个人被提了名，其中有熊亮的名字。一投票，他的票最少。因为他不是迟到就是早退。他干起活来，虽然不怕累不怕苦，可是技术太差。有人说他连锅炉的水管子都修不好。熊亮没评上，他的光头上汗直冒，眼泪也在转。他大叫起来：“太欺负人了，我没有评上去，回家么样向老婆交代？”

第二天一大早，熊亮来到厂办公楼找工会的李主席说：“上次妻子对我说，别人家里奖状挂满了，你为什么就没有一张？李主席，你能不能够给我想个办法？”

李主席对他很客气，说：“你积极参加工会组织的文体活动，可以由工会评你个工会活动积极分子。”

熊亮得寸进尺：“能不能派人将奖状送到我家里？”李主席答应了。

几天后，工会的干部上门走访，将奖状送到熊亮的家里。熊亮笑眯眯地望着妻子，他的妻子喜滋滋地望着奖状。

熊亮评上了工会积极分子，我们笑着要他请客，他花钱买了一盒好烟，一支支地递给我们。锅炉房的女同志叫嚷：“他们男的吸烟，我们女的要吃糖。”

熊亮又赶快买来一包糖，一把把分给大家。他那个高兴劲，像是办婚姻大事的。

我们看熊亮高兴得手舞足蹈，又要他谈爱情。他这回谈到双妹说：“她脸面漂亮，心也美。”

我们听了去摸他的光头，他不发恼，一个劲地笑。小高此时提出：“爱情师傅，我们来赌吃油条。吃时不能用手拿，一根油条放在嘴里，一点一点地往里梭着吃。你吃完了，一个星期的早点不用花钱，由我们包了。”

熊亮含上油条，他太用力，将油条一口咬断，油条掉在地上，他拣起来继续含在嘴里。这回他不敢用力，口一松，油条又掉下来。他急红了眼，我们一个个地笑得直跺脚。

这熊亮竟哭起来了。我们问:“好玩的事,你哭什么?”他说:“我心里有数,你们瞧不起我的妻子,认为她是哑巴。你们瞧不起我,羞于做我的徒弟。你们要晓得,我妻子与我有缘分,她看我喜欢儿子,有心脏病也冒着生命危险给我生了。只有她看得起我,我一辈子都要感谢她。我为什么只能干粗活?只怪我没文化。不然,我就会当干部不会当工人,你们不应该经常拿我开玩笑,在人格上我不低于你们。”

1984年,我离开了家具厂,调到另一个单位。十多年后,我到厂里去玩,熊亮已经退休,他的儿子已经上中学,他的妻子病倒在床。他天天给妻子熬药,经常扶妻子去医院打针。

后来,我听说双妹病死了,熊亮的性格有了很大的变化,他不大爱开玩笑了,也不再谈自己的爱情故事了。他每天与人下棋,到时间回家给儿子做饭。

2000年秋天,熊亮去世了,他怀里抱着他哑巴老婆的照片,房间里的墙上,还挂着他老婆的遗像。有人说他是喝酒醉死的,有的说他是想双妹想死的。不管怎么说,他的死激起了我的回忆,也激起了我对人生对爱情的感悟。

在这个是世界上,有的人伟大,有的人平凡,有的人崇高,有的人卑劣。熊亮虽不是战斗英雄、劳动模范,只是一个很平凡的老百姓。但他毕竟是个上了前线的志愿军战士。他在一生中虽没有辉煌的业绩,但他毕竟奋斗过。他对爱情的不懈追求,他对妻子始终如一的关爱,实在叫人感动。说他是个“爱情师傅”,不应有任何贬义。

熊师傅感叹我是神话傻子,而我被称为傻子博士,是我读大学的时候。那时候,老师讲的《高等数学》课程,我一句听不懂。但是,我的作业答案是对的,我靠的是自己的理解。当然,我做的作业一团糟,像腌菜一样,老师也看不懂,无法改我的作业。由于我的答案是正确的,老师起初认为我抄了他人的作业,后来,老师发现我在每次考试中,成绩是合格的,才恢复了我的名誉。

暑假的一天,我骑上自行车,载上我的儿子,过铁路时,发现栏杆放下了,我头一低,钻了过去。我发现自行车后座是空的,我赶快抓起自行车车把调头,儿子躺在地上哭泣。父亲问,为什么将孙子摔了都没有发现?我告诉他,想神话去了。于是,邻居开始称我为“傻子神话博士”。

我对于哲学类似的课程,十分熟悉,将《资本论》、《毛泽东选集》看了两遍。能够将导师说的话整段整段地背诵下来。这样,每次的考试成绩都是优秀。我读大学时,自理能力差,衣服一面穿脏了换一面穿,袜子外面穿脏了换里面穿。一个学期下来,一共穿脏了7件衬衣8双袜子。于是,我将一个学期穿脏的衣服袜子装在大旅行包里,往家里运,让我妹妹帮忙洗。由于,我以前的衣服被上火车收破烂的人捡走了,所以,这次,我将包包牢牢地抓在手里。其神情,像是在保护国宝,竟引起了小偷的注意。后来,我在轰隆隆的车轮声中睡着了,一觉醒来,提包不翼而飞。

我走进列车的厕所,一看,那不是我的提包吗。当然,里面的脏衣服脏袜子丢得满地都是,而且湿漉漉的,散发出臊气。显然,小偷没有偷到值钱的,在我的衣物上撒尿出气。

我喜欢气功,觉得气功太神奇了,人一运气,肉皮的头竟然能够将砖头撞碎。我为了练习气功,想拜一个气功大师为师。这位气功大师听说我的“名人轶事”后,不想收我为徒弟,给我出了一道难题,要我端一碗水到他住的地方去。我所在的大学离这位气功大师所在的另一所大学很远,要过两条马路,少说也有几站路。我就这样端着碗,一步一步地往气功大师所在的学校走去。

由于路途遥远，还要过两条马路，我战战兢兢，结果，端的水沿途还是泼了一些。最后，快到气功大师的学校宿舍时，我没有留神，一辆摩托车朝我奔驶过来，我吓得让了一步，踩到了一块西瓜皮，结果摔了一跤。

我拿着空碗，浑身是泥土，站在气功大师面前："我今天的水泼了，让明天我再端一次水吧。"

气功大师又好笑又好气，百感交集，他认为我确实傻得出奇，也傻得可爱，且具有犟牛的脾气，他说："你不用端水了。"

气功大师勉强收我为编外徒弟，就是说，可以讲授一点气功方面的知识给我听，却不容许我对外说他是我的师傅。说穿了，害怕我这个傻徒弟，坏了师傅一世英名。

记得在大学里实习，我给旅游学校的学生讲旅游神话。我说，因为以前人们恋爱不自由，希望得到爱情的自由，所以，产生了爱情的神话。而旅游景区，只要有旅游神话点缀，就有更大的吸引力。神话中的人物大多来自原始人类的自身形象。狩猎经济比较发达的部落，所创造的神话人物大多与狩猎有关。农耕发达的部落，所创造的神话人物多与农业有关。人以刀斧、弓箭为武器，神话中的人物也就变成以这种工具武装起来的英雄。神话中的主人公被想象为超人，但有时也要遇到挫折和厄运。它反映了神话幻想的现实制约性。透过神话幻想的折光，从神话传说人物的行动中，可以看到先民的事迹，可以看到当时人们的精神趋向。

神话产生于原始社会时期，人类通过推理和想象，对自然现象作出解释。但是，由于这时的认识水平非常低下，因此经常笼罩着一层神秘的色彩。神话是人们借助于幻想企图征服自然的表现。神话中神的形象大多具有超人的力量，是原始人类的认识和愿望的理想化。其实，不少神话在昨天是神话，在今天就已经成为现实。比方说，会飞翔的人叫飞天，那是神话；现在，我们的航天员就是飞天的人。比方说，千里眼与顺风耳，也是神话；我们今天的无线电通信与计算机工程，比昨天的千里眼与顺风耳强千倍。

石博士回忆，他一本正经讲神话文化的时候，有个学生在课堂上发难，当场骂神话博士是放屁。要按一个老师正常的思维过程，应该打电话给班主任与辅导员，这个学生要深刻检讨，向挨骂的老师赔礼道歉。可是，到底是个傻子神话博士，当班长报告了辅导员，辅导员要批评这个学生的时候，神话博士却为这个学生开脱："这个学生骂人不对，但动机是积极的，为了学术争论的公平，老师应该宽容他。"

还有，琼中的山路崎岖，开了十多年车的老司机都不愿意去，神话博士虽然有驾驶执照，很少有车开，开起车子来摇摇晃晃。刚到海南，他租了一台车去琼中，左一拐右一拐，坐在车上的人都觉得晕头转向。前面一头牛突然立正稍息，神话博士一个急刹，追到了牛的尾巴。好心的朋友问神话博士："你敢亲自开车走山路。"

神话博士的回答理直气壮："不吃梨子，就不晓得梨子的味道。我要亲自在琼中寻找南海神话。"

神话博士说到这里，停顿了片刻，说："我之所以自杀的原因，以后再讲。现在，回忆起来，我有点惭愧。因为，自杀不管是什么原因，都是懦夫的表现。"

七、爱情神话

黄梅悄声对黎萍导游说："傻子神话博士今天高兴，他喝了点甜酒，把谈恋爱对情人讲的话都提前对你说了。"

黎萍打了黄梅一下："小声点，听了难为情。"

杨扬提高嗓门说："神话博士，你是神话学者，又在《爱情》杂志社当过编辑，我想请你指导我的硕士论文，另外，你能简单地给我们谈谈什么是神话审美吗？"

黄梅不耐烦地说："你们谈吧，为办装饰公司的事情，几个股东让我去一趟。"

说完，黄梅走了。大度的神话博士没在意黄梅的态度，说："我来谈谈神话学吧。"

——神话学认为神话传说是由神仙、魔鬼、上帝、天使、龙、凤等生物概念编造出来的故事。有人称其为迷信，也有人称其为宗教和信仰。神话认为，人有差异，物有变化，特殊的人，可以变为仙。民间流行最广的"八仙过海"中的八仙，就是人变为仙的故事。传说中的刘邦、朱元璋等都有传奇故事。参考他们的故事，发现神话里面的官与仙有着密切的关系，有着先天性的官分与仙分。古代叫帝王为圣人，辅助帝王的臣叫贤人，道教将他们都封为神仙。在人间，称人仙；在天堂，称天仙；在地下，称地仙；在水中，称水仙。妖、精经过修炼，也能成仙成佛。道教最早经典《太平经》中的神仙体系分为六等：一为神人，二为真人，三为仙人，四为道人，五为圣人，六为贤人，此皆助天治也。神人主天，真人主地，仙人主风雨，道人主教化吉凶，圣人主治百姓，贤人辅助圣人，理万民录也，给助六合之不足也。

神话博士还说，晋代葛洪的《抱朴子》将仙人分为三等："上士举行升虚，谓之天仙；中士游于名山，谓之地仙；下士先死后蜕，谓之尸解仙。"神分三类，一类高高在上，是具有人格的至上神。这类神一般是被崇拜的对象，常以天界和仙人管理者的面目出现。他们是道教重要经典的传授者，也是经典权威程度的保障者。此类神有元始天尊等等，他们是真正的天地主宰者。

另一类为体内神。这类神"镇守在人体各部位关节，开生门，塞死户，调气生津，固精安神。"，有名号、形象、服色、居处、职司、僚属等等，主要是作为内视存思、念颂的对象，以达到还神去病，甚至长生成仙的目的。如"发神苍华字太元，脑神精根字泥丸，眼神明上字英玄，鼻神玉垄字灵坚，耳神空闲字幽田，舌神通命字正伦，齿神锷峰字罗千，一面之神宗泥丸，泥丸九真皆有房，方圆一寸处此中，同服紫衣飞罗裳，但思一部寿无穷。""心神丹元字守灵，肺神皓华字虚成，肝神龙烟字含明，肾神玄冥字育婴，脾神长在字魂停，胆神龙耀字威明，六腑五脏神体精，皆在心内云天经，昼夜存之自长生。”

第三类则是道教从古代宗教自然崇拜和鬼神崇拜中继承下来的、民间信仰的俗神。这类神灵通常被认为是能在自己所执掌的方面予人祸福。比如说日神、月神、星辰之神、山神、河神、风神、雷神、户神、灶神等等，通常是道俗共祭。仙是由体内神修炼而成的，民间崇敬历史文化名人，或视其为仙人下凡，或视其为飞升成仙，不愿看到文化名人像凡人一样最终成为一堆腐骨。例如，因都江堰的伟大，纪念李冰父子所修的庙宇，成为道教圣地。

神话博士翻了翻杨扬的论文，说：“你的论文视角新颖：《古代爱情神话与现代婚姻爱情的比较研究》，很好。我以为《鹿回头》、《星娘》、《诺实与玉丹》、《吊锣山》都是非常美妙的爱情神话，对我们现代爱情婚姻有启迪作用。”

神话博士说：“我们的探讨应该分为两个部分来进行。首先，我们来谈第一个部分，什么是爱情？虽然我自己的爱情并不完美，但是，我在《爱情》杂志工作时，一直在研究什么是爱情的真谛，我以为，爱情是人类情感中最美妙的一种体验。在当今纷繁多变的世事中，‘爱情’正在面临前所未有的挑战：独身主义、网恋、婚外恋、一夜情、婚前性行为、堕胎、离婚、单亲家庭。应该如何应对这些挑战？这个世界上还有真的爱情吗？爱需要品味，爱需要思考，爱更需要运用智慧。亲密的关系是怎样开始的？是什么推动了友谊和浪漫之情的发展？显然，具体情况需要具体分析。爱情关系在各种情形下发生，或在电影院里，或在杂货店里，或相亲时，或上班时，或在网上，或在电话里。但是，从心理学的角度来说，爱情关系开始的第一大步总是一样的：人与人之间的相互吸引，使你有接近某人的渴望。吸引的感觉与爱不一样，也不能保证吸引必然会发展成爱情。不过，没有吸引，就没有开启爱情的可能性。”

杨扬颇有感触地说：“如果一个人具有你所期待的所有品质，但你不爱他或她，你会与他或她结婚吗？对这个问题大多数人会说不。在20世纪末，绝大多数的美国男女认为，浪漫的爱是婚姻所必需的。然而，纵观人类历史，我们会发现，择偶很少与浪漫爱情有关；婚姻可能出于政治的、经济的、实用的和家庭的目的，唯独不是因为彼此相爱。即使在北美，人们只是在近来才开始觉得婚姻需要爱情。1967年，76%的女性和35%的男性会与一个他们不爱但各方面都很完美的伴侣结婚。而现在，多数人会拒绝这样的婚姻。我为了写这篇论文，到处调研，发现中国好多神话都与爱情有关，例如《白蛇传》、《梁山伯与祝英台》《天仙配》等是爱情的神话，就拿海南的神话来说，《鹿回头》、《火山神话》、《福如东海》等也是爱情的神话。这些神话歌颂真挚的爱情，崇尚爱情的真善美，赞扬勤劳、勇敢、无私奉献、助人为乐的精神。现代婚姻中，爱情变味了，人们期盼神话中的爱情追求。”

杨扬还说：“我采访了一百对夫妻，其中有八十多岁的老年夫妇，有刚结婚的年轻伉俪，还有结婚多年的中年夫妻。我问，你们认为结婚的目的是什么？几乎百分之九十的人都在说，结婚是为了爱情，是为了延续后代。既然如此，为什么越来越多的人选择了离婚？我跑到法院去调研，法官告诉我好多例子，还让我翻阅了部分卷宗，我发现，离婚的原因是多种多样的，有的人是因为房子问题离婚，有的人是因为有洁癖而离婚，有的人是因为生活习惯不卫生而离婚，有的人是为了金钱而离婚，有的人甚至因为不能够离婚而选择自杀。我们可以得出这样一个结论——人们的结婚虽然注重爱情，却是不自觉地选择了一种生活方式；人们的离婚是多种多样的，而大多是因为难以接受配偶的生活方式。古代爱情是人们的向往与追求，而现实生活中的婚姻爱情，却是十分复杂的。我们有必要加大神话爱情的宣传力度，这是在弘扬优秀的传统文化，对现代婚姻文明有一定的积极作用。”

杨扬说：“黄梅不在这里，我想给你们谈谈她的爱情故事。”

——黄梅，是电信局的一位宣传干部，毕业于美术学院。她身材苗条，端庄秀丽，给人鹤立鸡群的感觉；男主角章虎是供电局工会干部，他毕业于艺术学院。身材魁梧，浓眉大眼，典型的标准男人。他们是在三亚鹿回头旅游中认识的。当时，他们属于一个旅行团，黄梅是陪着父亲来的，而章虎是随着母亲一起来的。黄梅喜欢看三亚的海景。章虎是个摄影爱好者，他喜欢照美女。当他看见亭亭玉立的黄梅，就忍不住想照下她的倩影。于是，他套近乎地说：“听口音，你与我是老乡呢，你陪同你父亲来旅游吗？”

章虎有点语无伦次，黄梅回答：“你也是湖北老乡？是的，我陪父亲来旅游，他一直向往海南岛，当年，我父亲参加过解放海南岛。”

章虎心想，好善谈呀，扯到父亲身上去了，他言归正传：“我是摄影家协会会员，现在，我想拍些作品。摄下这景色。缺个美女衬托，你能够站在这海边，让我照张有美女衬托的风景照片吗。”

“行哇。”黄梅就站在海边一块岩石上，让章虎拍下了美的瞬间。

黄梅说：“你以后能将这照片寄给我吗？”

章虎说：“怎么不可以，你没有带照相机吗？”

黄梅一笑：“照相机的电池没有电了。”

章虎说：“那么，我干脆给你与你父亲多拍几张照片吧。”

他们就这样认识了，他们的爱情是在海南的“鹿回头”雕塑前萌发。那次，他们一行来到三亚鹿岭，在“鹿回头”的雕塑前，听导游讲述鹿回头的故事，章虎在看黄梅的眼睛，黄梅在看章虎，就这么相互对视，黄梅的脸红了，低下头时，又瞟了章虎一眼，章虎的心里涌起了一股热流。

章虎悄声说：“我们要是能够……算了，我不说了，免得你嘲笑我。”

黄梅笑着鼓励他：“你说呀。”

“我们要是像猎手与鹿仙女多好。”

黄梅心潮激动，但口里却说：“那是神话中的人物，我们怎么可能像他们。”

章虎：“怎么不能够像他们。”

黄梅：“比方说，牛郎织女是《天仙配》神话传说中的人物，我们能像他们吗。”

章虎：“我们完全能够像他们一样相爱。”

黄梅说了一声：“你真浪漫。”

回到武汉，黄梅发表了一篇散文《鹿回头赋》，章虎发表了一幅摄影作品《鹿回头倩影》，编辑安排在同一期报纸副刊的一个版面上。于是，双方开始打电话，章虎说："你的散文我看了，真流畅。"

黄梅说："你的摄影我也看了，真是美。"

章虎说："我要向你好好学习。"

黄梅回答："我也要向你好好学习。"

章虎说："我想同你见个面，行吗。"

黄梅回答："我也想同你见个面，好哇。"

一个男青年与一个女青年，刚认识的时候，谈话没有约束，谈得十分投机的有，谈得十分热烈的也有。可是，一旦他们都有爱的意思时，女性是害羞的，男性是不好意思的。他们现在彼此的谈话显得很呆板，就是因为他们刚刚恋爱。婚姻大事是人生的大事之一，所以，他们的表现认真又拘谨。

他们就这样，经常在一起旅游，在一起喝茶，在一起吃饭。章虎变得拘谨起来，他上次在鹿回头的话语那么明显，却没有理想的反馈，他不敢再次表态了。无巧不成书的是，黄梅病了，住进了医院，章虎去医院看望。他提了一大包水果，有苹果、香蕉，还有黄梅喜欢吃的火龙果，外加一把鲜花。

护士一看架势，好羡慕哟，就说："黄梅，你真幸福，你的男朋友好帅气。"

章虎一下愣住了。黄梅笑道："是的，有这样的男朋友，我很高兴。"

章虎说："你刚才的意思是说，你愿意成为我的女朋友。"

病中的黄梅不愿转弯抹角了："是啊。"

章虎用开玩笑的口气说："等你病好后，我就向你求婚。"

"我们交往也有很久了，我当然同意。"

他们从恋爱到结婚，打的是闪电战。婚后，住进了一室一厅，两口子亲密无间，不久，他们开始磕磕碰碰，牙齿与舌头打架一样，摩擦出各种矛盾。例如，他们住的房间墙壁上贴了一层布纹纸。章虎画画，高兴时，在墙上涂上一笔色彩，黄梅皱起眉头。章虎抽烟，兴奋时，习惯随手将烟头在墙壁上一按，一段时期，墙壁上的烟头黑点密密麻麻。这下，黄梅忍无可忍了，生气地说："真缺德，我不知道你这么脏。"

章虎回击："你骂谁缺德，我原来就是这样。"

黄梅说："我怎么不知道呢。"

章虎答："我为了与你结婚，当然要掩饰。"

黄梅讽刺说："现在你不掩饰了。"

章虎说："我现在要恢复艺术家的自我。"

黄梅问："你不怕我走了。"

章虎很自负地说："我怕么事，你这煮熟的鸭子飞走，哪个稀罕。"

他们的破裂开始了。黄梅的妹妹来了，一看房间，他们的房间的墙壁上到处都是烟头烫的痕迹，就对姐姐说："这样的房间，弄得太恶心了，这样不讲卫生的人，你还愿意同他在一起生活。"

黄梅对章虎进行威胁："你太没有教养了，我不想与你一起过日子了。"

黄梅开始确实萌发过离婚的念头，后来想起鹿回头的发誓，就撤销了这个念头，现在，她只不过是想吓唬一下章虎而已。

而这个时候，章虎对黄梅的态度十分骄横："我就是要到处按烟头，你说你不想与我一起过，有什么了不起，你可以远走高飞吵。我就不信找不到比你强的女子，有的女大学生还愿意请我拍裸照呢。"

黄梅认真地说："你好像对我看不顺眼了。"

章虎大声说："我早就对你不耐烦了，我的母亲来玩，你说请老人家上餐馆吃饭，请了没有哇。"

原来，章虎所在的供电局要在宾馆里开几天会，他是工作人员，要住在宾馆里。章虎的母亲这时候从县城里来到武汉。黄梅打电话说，打算请老人去餐馆吃饭，事实没有请。

黄梅解释说："你妈妈不肯在餐馆去吃。"

章虎反问："是我妈妈不想在餐馆吃饭，还是你舍不得用钱。"

黄梅气了："你这人说话怎么这样难听，我就是舍不得用钱，你又能怎样。"

章虎拖拉着声调说："算了，再吵没有意思，我想安静一下。"

黄梅伤感地说："你好像对我没有感情了。"

章虎说："你不是说要与我离婚吗？我已经将离婚协议写好了。"

黄梅气得哭了，她没有想到章虎这么绝情。她后来发现了秘密：章虎的手机里有一个女子要求约会的短信。最终，他们爱情的小船搁浅，他们分道扬镳了。

杨扬说："他们的婚姻是因为有了爱情，可是离婚的原因不仅是因为爱情的缺少，主要是生活方式的不同，他们都不愿意继续相互容忍。"

神话博士听完了杨扬讲的故事，便对她们说："杨扬，你对他们的故事很熟悉呀，你是否原来就认识他们。"

杨扬说："我刚才不是说了吗，黄梅是我中学的同学，我们之间经常通些电话。"

神话博士笑了："你看我这记性，成天想着神话学，把你刚说过的话都忘记了。"

黎萍导游说："石博士，你能够为我们策划一次特色旅游活动吗？"

神话博士说："可以啊，刚才杨扬讲的，我听了颇受启发。现代社会有的人爱情是在'鹿回头'产生的，说明海南的爱情神话故事十分丰富。我们可以搞一次爱情神话体验游的活动。"

黎萍说："你能够谈谈活动的目的吗？"

神话博士说："我们组织爱情神话体验游，目的是挖掘南海神话，尤其是黎族神话中的爱情神话，以求丰富国际旅游岛特色旅游，丰富海南旅游文化。"

杨扬则说："哪些人参加呢。"

神话博士说："凡是参加者，必须有坎坷的情感挫折与经历，让受过爱情挫折的人重新找到自己的幸福。"

杨扬说："太好了，我们要让爱情的悲剧成为喜剧。"

黎萍说："对了，石博士，我想邀请你担任我们活动的总策划，我去向旅行社总经理请示，再回你的话。关于组织爱情神话体验游的活动设想，由你亲自向李总报告，行吗？"

神话博士说："可以，就这样办。"

黎萍心潮起伏，得知黄梅离婚的消息，觉得遗憾死了。当初，自己得知黄梅与章虎的爱情在"鹿回头"萌芽，很是兴奋，还将这个故事添油加醋地讲给四面八方来三亚"鹿回头"旅游的游客们听，游客们觉得新奇。现在，黄梅竟然离婚了，怎么不遗憾呢。但是，出于对黄梅遭遇的同情，自己让杨扬给黄梅回话，让她到海南来旅游。现在，可以安排她参加爱情神话体验游活动。

神话博士咳了一声，打断了黎萍的思绪。神话博士说："我们再来谈第二部分，什么是神话。"

——"神话"这门学问历史悠久，早在希腊时代就有神话方面的研究。最初期的神话学分成两派学说；一派视神话为"寓言"，另一派则认为神话是在反映时代的历史事实，也就是著名的"神话史实说"。在希腊时代，神话开始有了广泛的传播。之后，神话的研究停滞了一段很长的时间，一直到18世纪至19世纪前半，才出现了几位近代神话学的先驱。伴随着比较语言学的蓬勃发展，"比较神话学"便应运而生。"自然神话学派"以神话中的暴风、太阳等特定对象为研究的目标。与自然神话学派相抗衡的，则是所谓的"人类学派"。关于神话，马克思在论希腊神话时指出："任何神话都是用想象力和借助想象以征服自然力，支配自然力，把自然力加以形象化。"（《政治学经济学批判导言》《马克思恩格斯选集》第二卷，第113页。）支配自然力的神话应该具有以下特征，或赞美有益于人类的重要功绩，或记述某个激励人心的事件，《女娲补天》、《羿射九日》、《夸父逐日》、《精卫填海》、《大禹治水》、《愚公移山》等，故事结构简略，却体现出蒙眬的崇高感，描绘出人与自然的关系。爱情神话在神话中占有很大的比重。

黎萍导游说："我想给大家讲一讲黎族神话传说《大力神》。"

——远古时期以前，天地相距很近。小鸟轻巧一飞就到了天上，像鹿仙这样的仙女一跳跃，也到了天上。那个时候，气候十分炎热。天地干枯，庄稼全枯死了，老百姓四处流浪。江河的水滚烫，鱼儿浮上了水面，显然是被烫死的。人们跪在地上问天上的菩萨："我们怎样才能够摆脱苦难。"

天上的菩萨说："天上有7个太阳，7个月亮。如果不将6个太阳，6个月亮射下来，那么，人类就永无宁日，无法生存了。"

谁能够完成这样伟大又艰难的历史使命，人们呼唤大力神，山河呼唤大力神。终于，睡着的大力神被喊醒了，他看见，天空7个太阳，争相发出暴烈的火光；夜空7个月亮，共同发出刺眼的光明。大力神明白了人类深受其苦难以为生的原因。他施展无比强大的法力，就在一夜之间，把天拱上高空。第二天，大力神又做了一张很大很大的弓箭。他拉开弓箭，先射下第一个太阳，这太阳。从天上落下来，掉进了大海，被海水淹没了。大力神又拉弓，射下了第二个太阳。这个太阳，一下掉了下来，直接滚进了大河。大力神拉了第三次弓，第三个太阳被射中掉了下来，砸进地皮下去了。大力神拉第四次弓时，第四个太阳自己吓到掉了下来，落在湖泊里，溅起几丈高的浪潮。大力神拉了第五次弓，弓弦断了。这个时候，12个老百姓抬来了一只新的巨大的弓箭。大力神将第五个太阳、第六个太阳射了下来，全落在海里了。他留下了最后一个太阳，挂在白天的空中。

大力神累了，睡了一天一夜。他醒来后，大力神又开始来射月亮。月亮一个一个地被射下来，全落到大海或砸进地皮里去了。留下最后一个月亮，悬挂在夜里的天空。大力神已经射下6个太阳6个月亮，为民除了害，应该休息了。他的手臂烫掉了一大块皮，那是被最后一个太阳落在身边烫伤的。但是，大力神看见大地一片平坦，容易被海水淹没。他为了人民群众的幸福，便用七彩虹作扁担，从海边挑来大量沙土造山垒岭，继而又用脚踢出深溪大河。大力神洒下的汗水，成了汹涌的河水。大力神完成了世界开创大业，便溘然长逝。

谈到了神话，神话博士就有滔滔不绝的习惯。他说："神话学是指关于神话研究的一门科学。神话学的主要任务，包括对神话故事的科学研究，对大量神话故事资料，进行理论分析与概括，提出神话产生、发展、演变的规律，以及神话创作、传承的特色。不论是世界文明发生最早地区的原始社会民族，还是当今世界上还处在原始社会的民族，他们流传的许多神话故事都大同小异。神话具有一定的地域性和区域性，不同的文明或者民族，都有自己所理解的神话含义。但是，在全球各地，也出现过对同一种现象充满惊人相似性描述的神话。例如，关于上万年前的全球大洪水的神话，在许多地区的同一时期，都有类似的描述。神话一般大致分为三类，创世神话、神佛神话、英雄神话。其中，人们对创世神话最为重视。所谓创世神话，专指时间设定在人类原始时期，记载事物、制度起源的神话。因为内容论及了大地、太阳、月亮等等宇宙现象的起源。"

神话博士喝了一口水："就拿《圣经》为例，其中的《创世记》便属于这一类神话。不过，并不是所有民族的神话都包含有世界起源神话。例如，美国印第安人的神话，就是一部以宇宙已经存在为前提的神话。另外，还有一些民族的神话，不只世界起源，就连文化的起源也只字未提。可是尽管如此，几乎所有神话的基本形式都是由混沌中产生大地山河。中国神话中的盘古开天辟地的故事，属于世界起源神话范例。"

神话博士说："黎族神话很美，《大力神》就很真很善很美，因此能够在黎族中广为流传。美感出于一种对伟人——神的不凡作为由衷的敬仰，即出于对直接物质功利的追求。关于女娲的神话有多种记载。如讲女娲造人，所用的土为黄色，体现人们对颜色类别的关注。黄色最初特殊的功用，成为奴隶社会到封建社会对黄色尊崇的原因。神话系列反映女娲的业绩——补苍天，灭火灾，除水患，杀猛兽，去凶禽，斩毒蛇。传递给我们一种人类事业的崇高感。至于所谓的人类起源神话，通常所叙述的，是人类逐渐与动物区隔，然后逐渐成为世界上一个特殊物种的整个过程。比方说，叙述人类如何学会使用语言的神话，人类如何懂得用火的神话，人类如何开始筑巢架屋的神话，人类如何与动物发生区隔的神话。而这些神话，其实都是一种世界秩序与规则的开始。透过以上这些神话，人们对世界的历史演进会有清楚的认识，了解到世界是如何由混沌无知，演变成无数的秩序与规则。

黎萍听了很有感触。她从导游的角度说："相对于创世神话的纪录宇宙演化，神佛神话与英雄神话则较具戏剧性，所记录的是神佛与英雄们的种种事迹。一般来说，越是文明的旅游地区，创世神话的比例就越少，而相对的神佛神话和英雄神话比例增加。这是一种自然趋势，并不是说创世神话的内容就因此而减少，而是说因为神佛神话与英雄神话的内容不断扩增，相形之下，创世神话所占的比例就少了许多。希腊神话就是一个典型的例子。在希腊神话中，创世神话的比例很小，而大量的神佛与英雄故事则经过长期的累积，成为希腊神话中绝大部分的故事。”

神话博士又接过话题：“由于文明地区所流传的神话比较广为人知，所以不少人认为所谓的神话，就是指这些神佛与英雄的故事。不过很可惜的是，这类拥有大量神佛与英雄的神话，其实只占了世界神话中极小的部分。换句话说，这类神话不过是世界神话中的特例，而非常态。从宗教学的角度来看，神佛神话其实是文明地区知识分子对创世历史失去了兴趣，转而开始信奉神明的阶段性产物。在这个过渡阶段，随之而来的就是所谓的英雄叙事诗。因为，随后知识分子又逐渐对神明失去了兴趣，于是转而崇拜身边的英雄人物，而英雄神话与英雄叙事诗开始盛行。”

黎萍是大学旅游专业的硕士，她从旅游文化的角度去研究神话传说，主要是南海神话传说，包括大量黎族神话。她认为，黎族社会的发展，和别的民族一样，都经历过一个相当长的历史进程。而洪荒时代的黎族口头文学，便有了关于远古时代的神话和传说。这些神话与传说，以鲜明的主题，淳朴的风格，生动的形象，构成了独具一格的民族艺术特色；叙述宇宙万物和人类起源，解释洪荒时代充满神奇的世界，塑造出战胜自然的理想化的英雄人物。黎族神话就其内容而言，可分为两大类：一是对人类起源、族源及其对一些自然现象的解释；二是歌颂开创世界的神奇英雄人物，反映人与自然的斗争。

杨扬看来对于黎族神话也有所思考。她说：“在人类蒙昧时期，黎族的先民在万物有灵论的观念支配下，通过天真奇幻的想象，对世界的生成作了浪漫的解说。把一切的自然力都人格化了，希望世界上有一个非凡的英雄，按照人们的理想，驱除灾害，创造一个适合人类的自然环境。‘大力神’这个形象，闪耀着劳动创造世界的思想光辉，是黎族人民勇敢与智慧的化身。”

黎萍说：“《天狗》神话，讲述的是人类起源的故事。这种以动物为始祖的神话，反映了一个简单朴素的进化观念：人不是由天帝创造而来的，而是由动物变化而来的。人是万物之灵长，是世界体系的核心。人类是怎样起源的？这个关于人类自身的神秘问题，曾使黎族先民驰骋丰富的幻想和想象，创造了许许多多令人陶醉迷恋的神话。”

“《长工捞龙》讲述一个给地主打长工的捞龙，亲身经历地主对自己及乡亲们的残酷剥削后，采取各种办法惩罚地主，最后使地主慢慢死去，而地主却丝毫不知情。《聪明的小长工》讲述了一个在地主家里当长工的孤儿，整天为地主家放牛，却是吃不饱穿不暖。有一天，孤儿去问地主为什么不给他吃好穿好。地主说他年纪小，日子长，以后可以慢慢吃，而地主年纪大，日子不长，当然得吃好一些。第二天，地主起来见牛栏中有几头小牛，很生气，指责小长工不把小牛放去吃草，小长工回答说，小牛还小，少吃一些不要紧，以后再慢慢吃，老牛老了，快要死了，应该多吃一点。聪明的小长工说得地主哑口无言。”

说到这里，神话博士望了一眼黎萍，也望了一眼杨扬。他说："根据你们的职业需要与课题研究需要，你们有必要研究一下什么是爱情神话。"

黎萍与杨扬都颇有兴趣地听神话博士讲述神话学方面的知识，不时地插话进行探讨。黎萍说："我们对爱情神话感兴趣，石博士能讲一讲吗？"

神话博士说："我希望我们通过爱情神话旅游活动，共同来探讨。"

杨扬说："如果说结婚是人生的大事之一，那么，离婚是人生的重大变故之一。因此，有人离婚后心情郁闷不解，患上了精神病，或者是癌症，不足为奇。因为，精神病是精神方面的疾病，而癌症，虽然有环境的影响、饮食的影响，最主要的还是精神的不良影响。"

她们从饭店出来后，开车来到鹿回头景点，想完善她们的旅游活动策划。

杨扬说："我正在撰写硕士论文，请你别忘了对我的论文提出修改意见。"

黎萍报复了一句："你干脆喊石博士为叔叔，让他来替你写。"

杨扬说："我刚才的话说得你不好意思，你现在来报复我。再说，石博士比我大 20 岁，叫叔叔也可以。"

神话博士说："冲着你们救我的举动，何况还是两个才女，我可以替杨扬修改论文。"

黎萍导游："没有想到，神话博士还有幽默、侠义的一面。"

神话博士说："没问题，只是修改嘛，何况以前我还帮人写过博士论文，其中有一位当局长的。这位局长不争气，撤职法办了，因为他是贪官。"

黎萍说："这叫学术腐败。"

神话博士说："是啊，我想起来觉得惭愧。另外，我想问问你们，听说过宝刀、宝锄、魔衣没有。"

黎萍回答说："宝刀、宝锄的传说，我听得多，只是没有缘分见过。魔衣刚刚研制出来，打算让我们南海旅行社来试验呢，只是，暂时还没有见到。"

杨扬说："现在有不少中外游客到海南来寻找宝刀、宝锄、魔衣呢。"

神话博士说："我也是一个，不过各有各的目的。"

八、事业平台

神话博士没有想到，这次美梦成真。他遇到黎萍，人生出现了新的转折，黎萍帮助他找到了事业的平台。黎萍带神话博士去南海旅行社总经理李大平那里应聘。大额头、浓眉大眼的李大平经理，没有一点总经理的架子，对人一脸憨笑，给人一种亲切感。他听神话博士的湖北口音很重，问他是哪里人，神话博士说自己的祖籍是湖北孝感，生在武汉。

李总说："我虽然是在广东出生，祖籍却是湖北孝感。我当过知识青年，当过兵，当过工人，在企业呆的时间最长，我的学历是在武汉一所大学读的函授。"

神话博士说："我的祖籍也是孝感，我在武汉取得硕士学位，在北京取得博士学位。"

为人豪爽的李大平总经理听神话博士也是湖北孝感人，十分热情，有点像海南的阳光。他说："我们是乡亲啊，孝感传说是董永的故乡，《天仙配》的神话家喻户晓，神话学博士。欢迎你加盟我们旅行社，我们研究一下，安排适合你的工作，你等候我们。现在，下午六点了，你没有吃饭吧，我请你吃个便餐。"

按常理，第一次答应让人请吃饭不太妥当，可神话博士说："我很愿意你请我吃点东西。"

博士事后回想起来，觉得这句话犯傻，初次见面，应该讲点客气。可能是想多与这位总经理接触，也许，潜意识里想多吃一点好东西，这段时期日子过得艰苦。

李大平总经理用鼓励的口气说："我没有看错，你这个人实在。"

李大平带着神话博士、黎萍、黄梅来到一家湖北餐厅，有霉千张、麻辣豆腐、藕夹、洪山菜苔炒腊肉，还有鱼丸、肉丸。神话博士只觉得特别合胃口，李大平在旁边惊讶他的狼吞虎咽。他在想，这哪里是在吃饭菜，是在吞饭菜。看得出来，这是一位饱经坎坷的博士。

神话博士没有注意大家看他的神情，还在一个劲地解释："家乡菜，好吃，真好吃。"

李大平总经理听黎萍导游介绍，知道神话博士对于旅游神话的研究，敏感地发现了这可能是南海旅行社发展的契机。南海旅行社作为大型旅游企业，必须抓经济效益。然而，旅游企业又是文化企业，是海南的窗口企业，还得重视社会效益。他觉得，神话旅游可以推动两个效益，他想亲自了解神话博士对于南海神话与中国旅游神话的研究。

李大平问："石博士，你能否给我介绍一下，什么是人类起源神话。"

神话博士说：《盘古开天》就是人类起源神话，我曾经一闭上眼睛，头脑中便浮现出了盘古的伟大战士形象。”

——在遥远的太古时代，宇宙好像一颗硕大无比的蛋体，里面漆黑一片，弄不清楚东南西北，也看不清楚前后左右。盘古就是在这样的世界中诞生的一位伟大的英雄。传说盘古在“蛋体”中至少沉睡了一万八千多年，当他睁开蒙眬的睡眼时，看不见一星的光明，眼前黑乎乎一片。他想伸展一下手与腿的筋骨，但“蛋体”紧紧包裹着他的身子，使他感到浑身燥热不堪，呼吸非常困难。于是，盘古怒火万丈，他左手抓起身边一把巨大而锋利的斧头，右手抓起身边一把巨大的宝刀，使出浑身气力，随着如雷的吼声，板斧奋力挥舞。“噼里啪啦——”，“蛋体”散发出一股清新的气体，飘飘扬扬升到高处，变成有云彩的天空；浑浊的东西缓缓下沉，变成大地。混沌不分的宇宙分为蓝色的天空与褐色的大地。人置身其中，只觉得神清气爽。

盘古认为，天空与大地离得太近，担心天地再度重叠，恢复黑暗。于是，他叉开双脚，稳稳地踩在地上，高高昂起头颅，顶住天空，然后施展法术，身体在一天之内变化九次。每当盘古的身体长高一丈，天空就随之增高一丈，大地也增厚一丈。经过一万八千多年的努力，盘古变成一位顶天立地的巨人，而天空也升得高不可攀，大地也变得厚不可测。盘古仍不罢休，继续施展法术，不知又过了多少年，盘古已耗尽全身力气，天终于不能再高了，地也不能再厚了。这时，盘古缓缓睁开双眼，啊！太伟大了，自己竟然创造出这样一个崭新的世界！天地间的万物再也不会生活在黑暗中了。盘古满怀深情地望了望自己亲手开辟的天地，长长地吐出一口气，静静地躺在地上，闭上沉重的眼皮，与世长辞了。伟大的英雄死了，但他的遗体并没有消失：盘古的左眼变成太阳，照耀大地；右眼变成浩洁的月亮，给夜晚带来光明；千万缕头发变成颗颗星星，点缀美丽的夜空；四肢和身躯变成三山五岳，给大地以雄壮；鲜血变成江河湖海，奔腾不息；肌肉变成千里沃野，供万物生存；骨骼变成树木花草，供人们享受；牙齿变成石头和金属，供人们使用；精髓变成明亮的珍珠，供人们收藏；汗水变成雨露，滋润禾苗；呼出的空气变成轻风和白云，汇成美丽的人间风光……

神话博士说，盘古生前完成开天辟地的伟大业绩，死后留给后人无穷无尽的宝藏，成为中华民族崇拜的英雄。所以，今天我们的炎黄子孙，只要一提起人类早期的发端，就忍不住要说：自从盘古开天地。盘古开天地是世界起源的神话。

神话博士认为，世界起源神话大致分为以下六种——

其一，造物者的无中生有。《旧约圣经》中的世界是从“有光”开始，这就是典型的“无中生有”。其二，由原始人类（巨人）的尸体中产生，《盘古开天》属这类尸体诞生的神话。其三，从宇宙蛋中诞生。在芬兰的《卡勒瓦拉》这部神话中，天、地、太阳等都是从大鹰的蛋中生出来的。其四，由天上至高之神奥路昆和地上原水之神奥罗伦结为连理，生出两位原神，然后由其中一位原神用一把泥土创造了全世界。其五，在宇宙不断的进化中自然产生，朝鲜半岛的创世神话，便是其中的典型。其六，由某种动物从海底带上岸的泥土而生，这类神话在美洲的印第安神话中尤其丰富。

李总经理说：“到底是神话博士，不过，听你介绍，你在海南找工作很费劲，我觉得奇怪。另外,海南的文化与其他省相比,相对落后,你为什么要来海南?为什么不在文化大都市发展呢?是不是有什么原因?”

神话博士说:“李总,我不认为海南的文化落后,100卷《海南历史文化大系》的完成,就说明海南有文化实力。海南的文化旅游资源十分丰富。其中,包括神话传说资源,大有文章可以做。至于我来海南,离开武汉,与个人婚姻有关,我想换个工作与生活的地域环境。”

李总经理表示:“根据我所知,现在,不少人不远万里,来到琼岛,想寻找当年的宝刀与宝锄。现在,又多了一项,魔衣。我想,你也是其中一个吧。”

神话博士点点头:“我是。当然,我不是为了去发财,而是觉得这几件东西对于神话学的研究与中国旅游文化的开拓很有作用。”

饭后,李大平总经理说:“南海旅行社是海南的骨干旅游企业,与几家五星级宾馆、大型企业有股份联系,信誉好,与南海科学研究院业务关系密切。我请示董事会,打算将你安排在重要的岗位上,你在家等候消息吧。”

第二天,神话博士正在看书,手机响了。他一接,是李大平总经理的声音:“石博士,你能够马上到我办公室来一下吗。”

神话博士立即赶去。他们一见面,李大平总经理就大声说:“告诉你一个好消息,南海科学研究院院长、著名科学家徐龙,他要我找人实验魔衣,我推荐了你。他说,他认识你。他在北京读博士,与你是同一所大学,他也了解你的坎坷经历。我们商量决定聘请你为南海旅行社总策划师,并且负责魔衣的实验任务。因为你是神话学博士,再说,经历十分坎坷,情感遭遇凄惨,符合实验人选的条件。黎萍与杨扬当你的助手。”

神话博士说:“我很愿意。我认识徐龙院长,他原来在北京一家研究院工作。”

神话博士心里虽然十分高兴,但是,他不太善于用言辞表达。李大平经理问神话博士:“为了下去活动自在,开车方便一点。你有驾驶执照吗?”

石小林说:“我有哇,没有职业时,开过一年的士,不过开得不好,光出事故。”

石小林开了一年的的士,保险公司倒了大霉,他驾驶的士与公共汽车的屁股撞击了一次,又与货车亲吻了一次。自己,因为车祸,还在医院躺了一个星期;至今,头部还留下一个瘤子,是车窗玻璃划开的,缝了7针。

李总经理说:“为什么老出事故呢?”

神话博士:“研究神话学睡得太晚,白天开车精力不集中吧。”

李总经理说:“石博士,以后千万要小心。旅行社有一台海南马自达,给你使用吧。”

李总经理将石博士带到南海旅行社的院子里,让他看一辆灰色的马自达轿车。李大平将车门打开,发动起来。又将车子熄火,将车钥匙递给神话博士,说道:“我们这里马自达轿车多,生产基地就在海南吗,你来试试。”

石博士高兴地驾驶着马自达轿车,驶出南海旅行社,直奔向三亚鹿回头,将车停在路边。黄昏,仰望着天空,脸上挂着欣慰的笑容。神话博士这人特别喜欢欣赏音乐,也蛮喜欢色彩,对色彩特别敏感。眼前的天空，像打翻的颜料盆，红的黄的灰的颜色混合一团，用各种抽象的图形，构成一个神话的世界，使神话博士想起了神话《小洞天》中的巨无霸神龟，想起《鹿回头》中的猎手与鹿仙女，还想起《福如东海》中的龙王女儿。

1994年，神话博士第一次到海南三亚，他看见鹿回头的塑像。那是黎族猎人与鹿仙女的塑像，神话博士对年轻的女导游说："这是一个美丽的神话传说。"

年轻的女导游，张开小巧玲珑的嘴巴，对神话博士说："《鹿回头》应该是一个浪漫的爱情故事。"

神话博士说："不对，鹿回头应该是一个神话故事。"

女导游说："怎么不对，牛郎织女的故事，给人的印象不就是爱情故事么；梁山伯与祝英台的故事，给人的印象，不也是爱情故事。"

听女导游这一说，神话博士服了。怎么没有想到这是一个感人的爱情故事呢。以后，神话博士再来三亚，他再看鹿回头塑像。就感觉到爱情失落的痛苦，就想期盼新的爱情出现。神话博士一步一步靠近鹿回头雕塑，他总有一个感觉，鹿仙女与猎手，已经通过时光隧道来到了三亚。

不论是世界文明发生最早地区的原始社会民族，还是当今世界上还处在原始社会的民族，流传的许多神话故事都大同小异。神话具有一定的地域性和区域性，不同的民族，都有自己所理解的神话含义。但是，在世界各地，也出现过对同一种自然现象充满惊人相似性描述的神话。例如，关于上万年前地球大洪水的神话，在许多地区的同一时期，都有类似的描述。

现在，神话博士的眼睛像探照灯一样，缓缓扫过苍翠的树丛，碧绿的草地，弯曲的小道。然后，他开始散步。他喜欢慢慢悠悠地散步。他虽然年纪还不到退休的年龄，头发白得也不算多，但是，神话博士喜欢像退休的老干部一样，提着收音机沿着大道慢悠悠地散步。神话博士想到近几天的经历，很有戏剧性。先是开始绝望，听到鹿回头的故事有了生的希望，得到黎萍导游的搭救，当上大旅行社的总策划师。目前，要抓好爱情神话体验游这个项目，吸引情感痛苦的游客群体，前来参加旅游活动，寻找宝刀与宝锄，开创文化特色旅游的亮点。

神话博士当时一下蹦了老高，兴奋地大叫了几声："好哇，爱情神话体验游，寻找宝刀与宝锄。"

手上的仙女牌收音机，随着神话博士的手舞足蹈，摔了出去。前面正挽着手散步的一对青年恋人，被他的举动吓了一大跳。神话博士弯腰捡收音机，发现收音机的壳子已经摔破了，他暗暗埋怨自己，几十岁的人还沉不住气，确实有点傻。

神话博士口里还念念有词，自己骂自己。男青年听见了，悄声对着女子的耳朵说："这人精神好像有点不正常，他在说爱情神话什么的。"

女青年扭头看我一眼，悄声说："我们离开他远点，免得老精神病来招惹我们。"

两个年轻人快步逃开了，他们说的话正好被神话博士听见，气得神话博士向他们的方向吐了一口唾沫。正好，一个执勤的环保人员看见了，他走了出来，说："一口痰，10元。"

神话博士作为一个知识分子，害怕有旅客看见了自己不文明的行为难为情，赶快掏出20元，给了那环保人员。

环保人员说："没有钱找。"

神话博士干咳了一声，伸了伸舌头，说："我又吐了一次，你给我票吧。"

环保人员给神话博士两张10元的票据，好像在看精神病似的看着神话博士。神话博士想，昨天还是穷光蛋，今天手头上有了李总经理给他预支的工资3000元，他感觉自己成为富人了。其实，人在兴奋时大喊大叫，神话博士不是第一个。当年，著名诗人徐迟、曾卓、莎蕻等，他们来到湖北的赤壁，看着浩荡长江，看着周瑜的雕塑，竟然想起《三国演义》中火烧赤壁的故事，诗人诗兴大发，在船上又蹦又跳，将驾船的船夫吓得尿了裤子。以为，是精神病上来了，他哪里知道，他们是我国著名的诗人，激动地感慨时代的变迁。

神话博士将著名的老诗人与自己联系在一起来比较，觉得捡回了面子，一下忘记了刚才生的闲气，神情专注地面对着鹿回头雕塑。他感觉到这猎人与鹿仙女是活的生命。当然，他不能够直接对所有人都这么说。否则，他们不仅说自己傻，可能还说自己是精神病。

神话博士研究神话传说，整天神秘兮兮的，他能够感觉到神话传说中的那些东西，始终在自己面前活动。当然，如何让中外游客了解海南的神话传说，他苦恼自己没有找到突破口。现在，神话博士感觉有了灵感，立即掏出摩托罗拉手机，拨通神州旅行社李大平经理的电话："喂，李大平总经理吗？我已经征求过黎萍导游的意见，现在我正式向你提出，准备以南海旅行社的名义组织一次特色旅游——南海爱情神话体验游，你看怎么样？"

大平的声音从耳机里传来，显得很嘈杂，他好像在公共场所。他说："石博士，你能够将具体想法谈一下吗？"

神话博士一只手指着广告牌上的鹿回头照片，一只手握着摩托罗拉手机，提高了音量："爱情神话体验游的路线，可以从三亚的标志鹿回头开始。"

神话博士简单地谈出了自己的设想，李总经理居然赞同了神话博士的设想，说："你等我们，马上见。"

神话博士感觉越来越激动，那是遇到知音后特有的激动。不一会，李大平总经理开着奥迪车带着黎萍导游来了，李大平指着鹿回头石雕对神话博士说："喂，你这位神话学专家，看见没有？这山坡的地形真像鹿回头的形状，你感觉到没有，鹿回头石头雕像的眼睛，像是活的。"

神话博士惊讶地叫起来："哟，我的妈呀！我好像看见鹿回头雕塑猎人与鹿仙女眼睛转动了。"

李大平拍神话博士的肩膀，对神话博士说："明天我们去南海研究院，参加关于魔衣实验的秘密会议。"

他们参加的这个神秘会议，就是本书前面所描述的会议。

九、穿越时空

神话博士参加神秘会议后，遭遇劫持，失踪几天了。几天来，本来就不相信石博士的田工，批评了徐龙院长几句，他的不满情绪，还在李大平总经理面前有所流露。于是，牵挂神话博士的黎萍，急得像猴子一样上蹿下跳，坐立不安。她到处打听神话博士下落。现在，她的手机响了，她也不想去接了，后来接了，她说："哪一位呀？"

她一听，神话博士的声音："黎萍吧，我是石小林，你们说的傻子神话博士。"

黎萍接到神话博士的电话，一开始是喜出望外，但不敢相信石博士平平安安："你是石小林呀！你是人还是鬼呀？"

神话博士生气了："黎萍啊，你骂我干什么？我刚回到三亚呢。"

黎萍的声音带着哭腔："傻子神话博士啊，你终于回来了。你知道，这几天发生的事情吗，政府动用"海陆空"在对你进行施救，你算是回来了。不然，我这一辈子都被你坑了，田工一直都说不该让你担任魔衣责任人。"

神话博士听见黎萍的声音带着哭腔。后来，他明白了黎萍的处境，毕竟才与自己认识，就推荐自己，使自己有机会使用价值连城的魔衣。如果自己死了，如果自己跑了，损失该有多大呀！何况，她好像对自己有点特别的好感，当然，神话博士不敢说这好感与爱情有关，他不敢自作多情了。石小林在鹿回头公园的道路上东张西望，他的身旁还站着破衣烂衫的九代穷，背着草织萎。黎萍在不远处向他们招手，红色的轿车停在不远处。

神话博士与九代穷向前走去。黎萍上前，伸出两只手。神话博士双手捧住黎萍的手，四只手捧在一起，性情活泼的黎萍松开手说："来，让我们来个拥抱。"

黎萍与神话博士抱在一起，九代穷在旁边喊："好啊，好啊。"

杨扬也从车里出来了，看见这个镜头，她用随身带的数码相机拍下了这个难得的镜头，还一个劲地鼓掌。

黎萍说："到餐厅吃饭去，我请客。"

黎萍让石小林上车，石小林在喊："九代穷，一起去。"

黎萍与杨扬都愣住了："谁是九代穷？"

神话博士说："神话传说中的九代穷呀，我将他接来了。"

黎萍指着一个破衣烂衫的青年农民，怀疑地问："他就是神话传说中的九代穷，不是听说他富了吗，你别弄个乞丐来蒙骗我们。"

石博士笑了："我蒙骗你们，告诉你们，我将猎手阿椰与鹿仙阿槟也接来了呢。"

黎萍说："鹿仙与猎手的人呢。"

神话博士指着那鹿回头的石雕说："他们进入雕塑里去了，他们说，在里面接受24个小时的日月滋润，就会出来与我们团聚的。"

黎萍说："那太好了！这信息来得太突然，我真是不敢相信呐。"

黎萍开车将神话博士与九代穷送到南海旅行社合作单位——南海宾馆。他们先在餐厅吃饭，九代穷的狼吞虎咽，胜过神话博士。黎萍要了一个标准间，让神话博士与九代穷一起住，神话博士要九代穷洗澡。

黎萍悄声对神话博士说："九代穷虽然身上的衣服不脏，但是，补丁摞补丁，应该给他买一套衣服。"

神话博士说："九代穷的标志，就是他那套衣服，以后考验人们的善良，也要靠他那套衣服。那是道具，不能够换。菩萨暗示我，我们可以同九代穷去寻找穷的根源，他可以协助我们找宝刀、宝锄。但是，我们不能够用现在的物质来使他富裕，甚至，他的破旧衣服还得穿在他的身上。这是历史的真实，不能够改变的真实，要凭他自己的努力去改变自己穷的命运。"

黎萍说："我知道九代穷，我从小就听人说过这个故事。"

——九代穷，上无遮天瓦片，下无插针立足之地。因为他祖祖辈辈穷，到了他算是第九代人了。所以，大家都叫他"九代穷"。九代穷有志气，他背起嘎吱篓（草织篓）上路去流浪了。

神话博士说，"穷不过九代，富不会万年"，这是劝人"穷不丧气，富不骄奢"常说的一句俗语。

黎萍问："魔衣好不好用？"

神话博士说："魔衣好用。但是我一开始不会使用，后来才觉得很好用，太阳能还配有备用电池，能够穿越时空，能够潜入海底。有了它，宝刀与宝锄有希望找到哪。现在，我想带你走动一下，让你体验一下魔衣的功能。九代穷，你睡觉，我们出去转一下。"

神话博士与黎萍刚走到宾馆门前的空地上，他说："黎萍，你挽着我的手。"神话博士打开魔衣上的旅行开关，黎萍与他一下升上了夜空。他们很快转了一圈，又回到宾馆门前的亭子里。神话博士与黎萍导游坐在亭子里的石头凳子上。徐龙、田工、李大平、闻讯赶来，他们急于与神话博士见面。徐龙关心地询问："我们利用魔衣计算机控制系统，也没有搜索到你的一点信息。"

田工解释："我估计是魔衣的信息功能键没有打开，我们无法进行魔衣的信息搜索。"

神话博士回顾了当时的情况，他被绑架推上汽艇，几个歹徒命令他脱下魔衣。他知道歹徒要自己脱下魔衣后，会将自己杀死，再推下大海。自己不能够让其阴谋得逞，于是，假装脱魔衣的时候，偷偷地启动了旅行功能。一个歹徒发现他将要飞起，便去抱住他的大腿。神话博士慌慌张张地蹬了歹徒一脚，另外几个歹徒挥舞着刀子，拼命扑了上来。在打斗中汽艇翻了，歹徒全部落到了海中，而他在魔衣的功能作用下，一下潜入海底。神话博士像穿上了潜水服一样，没有被海水淹死。接着,神话博士对魔衣说,与鹿回头里的鹿仙与猎手见面,声控开关启动了时光隧道功能。神话博士觉得在水里行进的速度猛地提高了,一瞬间,从海底浮上来了。他在彩色的时光隧道里飞行,电闪雷鸣,还真有点害怕。不知道过了多久,神话博士落进了一个水潭,爬上岸,顺着山路向前走,看见郁郁葱葱的山坡上,有一个身穿破旧衣衫的青年男子乞丐在路上,正端着一个小椰子壳在哪里乞讨:"先生,你有铜钱吗?"

神话博士注意这个人的相貌端正,就是衣服太破旧,不过,没有一般乞丐脏。仔细一看,他的穿戴不像是今天时代的服装。神话博士前去给了他一张10元人民币,那人说:"这是什么钱,你这个人糊弄我干吗?"

神话博士生气了:"给你10元钱,你还说什么糊弄。"

那人表示歉意:"先生,谢谢,我对不起你。不过,这是什么钱,没有见过。"

神话博士意识到自己到了古时候了,便问:"先生,你是从哪里来的?"

那人回答:"我不是先生,我是从穷山岭来的,准备到仙人山去。"

神话博士奇怪:"什么仙人山,没有听说过。"

那人说:"非常有名的山,你居然没有听说过。"

神话博士问:"先生贵姓?"

那人说:"别叫我先生,我不知道我的名字,我只知道我的绰号是九代穷。"

神话博士一听笑了:"哎呀,你就是九代穷。你不是神话传说中著名的九代穷吧,那个九代穷后来发财了。你家里有什么人?你在路上等谁?"

九代穷说:"我不是还没有富吗?我正准备去仙人山询问神仙,我为什么会穷到第九代,走在半路睡着了。做梦遇到一个仙人,说是有一个人叫石小林的神话博士,要接我去现代社会,还要带我去寻找宝刀与宝锄。看来,我穷到尽头开始发富了。"

神话博士一笑,用调侃的口气说:"我正是石小林,人称傻子神话博士。你跟着我吧。"

从神话传说中知道,九代穷不姓九,但因他世代为单丁,而且九代下来都穷得叮当响,所以大家都不叫他的姓氏了,干脆叫他"九代穷"。在穷困潦倒中,年过三十的九代穷又娶不到老婆,心急如焚。他在贫穷中思索着:"为什么我九代都穷,我一定要找出原因来,不能再代代穷下去了。"

于是,九代穷做出了一个吉凶难卜的决定——去远在天边的仙人山,问问神仙,请神仙帮忙指点迷津。

神话博士与九代穷结伴前行,在古代的山谷里行走,胆子壮了不少。他们来到了一个村寨,显然这是一个古老的村寨,他们看见,在村口的大树旁,有一男子一女子在烧纸。

神话博士上前发问:"你们是给去世的母亲烧纸?"

那两个人用奇怪的眼神望着神话博士,没有回答。

神话博士看见女子美貌胜似天仙,像是鹿仙女阿槟;看见男子像猎人一样机敏,像是猎人阿榔。神话博士忍不住直呼其名:"你们是阿榔、阿槟吗?"

他们一起扭转头说:"你怎么知道我们的名字?"

神话博士说："一个鹿回头的神话传说故事，让你们早已成为天下的名人。你们就是我的偶像。"

鹿仙女与猎手也说："你是不是神话博士石小林？"

神话博士说："本人正是，你们怎么知道的？"

鹿仙说："石博士探寻南海神话的精神感动了南海观世音菩萨，要知道，南海观音，无所不知。她托梦给我们，说今天，神话博士石小林要来找你们，想必，你就是那个神话博士吧。"

神话博士说："阿槟阿榔，你们看见宝刀、宝锄了吗。"

鹿仙女说："没有看见，当年，我们因为宝刀与宝锄，经受了一次磨难，希望它们千万别落在豺狼精手里。"

他们正在说话，天空来了一片乌云，这乌云越来越低。阿榔说："豺狼精来了。"

豺狼精果然出现在他们面前，接着，又变成了一个巨大武士的模样，手上挥舞起狼牙棒，他发话了："你们乖乖地交出宝刀与宝锄来。"

一只巨大的乌鸦也飞来了，不细看，还以为是老鹰。阿槟说："乌鸦精也来了。"

看来，这两个妖精联手了。阿榔拿出宝剑来，他们对打起来，阿槟将吓得发抖的九代穷拉到一个山岩下，神话博士也跟他们一起来到树下。他们从地上打到天上，从树上打到树下，最终，不分胜负。神话博士看得着急了，启动了身上的治安功能，这个时候的神话博士，一下成为世界顶尖的武功高手。他一下高速旋转起来，他上前就是一脚，具有千钧的力量，踢到了豺狼精的胸口上；豺狼精的狼牙棒对着神话博士挥过来，神话博士避开了，接着，又飞起一脚。这次，踢到了豺狼精的后背上，豺狼精被打得趴倒在地上，一个狗吃屎的动作。一会儿，豺狼精一跃而起，向空中飞冲。其实，这是一个假象，豺狼精已经变化成为一只小甲虫，落在九代穷的破旧衣服的一个补丁上。

乌鸦精不断地向神话博士飞扑，无奈神话博士防范严密，飞起一脚，乌鸦精被踢得连连后退。神话博士飞上前只一拳头，打得乌鸦精鬼哭狼嚎。最后一脚，有力地踢到乌鸦精的脸上。乌鸦精飞走了，却变成了蝴蝶落在树叶上。阿榔、阿槟、九代穷为神话博士打败了豺狼精、乌鸦精欢呼雀跃。乌鸦精变成的那只蝴蝶，悄悄地飞进了九代穷的嘎吱篓里。

神话博士说："我们正在组织爱情神话体验游，想邀请你们三位嘉宾参与我们的活动。我们的任务是弘扬中华优秀传统文化，包括神话中的爱情观念，还要为我们人类的幸福去寻找宝刀与宝锄。"

神话博士的话音刚落，受到阿槟、阿榔的支持，九代穷也说："我陪同你们去找宝刀、宝锄，这是仙人的托梦。"

阿榔、阿槟说："我们怎样才能够到达你所说的现代社会呢？"

神话博士说："通过时光隧道，阿槟与阿榔可以跟着我后面走。至于九代穷吗，我将你捆绑在我的背上。我们还要陪同你去仙人山呢，让你不再是九代穷。"

阿榔说："神话博士，你去过西藏吗？我很欣赏西藏的神话。"

神话博士说:“我可以讲《纳木错》故事你们听。”

没有想到,打开时光穿梭功能的魔衣,有一个特殊功能,能够自动地将时空隧道的方向调整到你讲述的神话故事年代。

他们看见了一个美丽的场面——

太阳从东方升起,朝霞给至高无上的念青唐古拉山撒下金色的光芒。扎古恶脸挎上弓箭挎着大刀出现了。

神话博士说:“他要去打猎了,路遇一条黑蛇和一条白蛇正在厮杀。”

他们看见,那白蛇威风凛凛,用嘴咬住黑蛇的头甩来甩去。

可是当扎古恶脸晚上满载猎物归来时,却见黑蛇占了上风,那山洞般的大嘴死死地掐着白蛇甩来甩去,白蛇已浑身软弱,奄奄一息。

他们听见扎古恶脸说:“就把白蛇当成天神。黑蛇当成魔鬼吧。”

他们看见扎古恶脸拔出大刀把黑蛇砍成两截,救了白蛇的性命。

阿槲说:“扎古恶脸真是英雄。”

九代穷问:“我们应该去海南,怎么跑到西藏来了呢?”

神话博士说:“我们之所以来到西藏,是因为我们讲了西藏的神话,魔衣的计算机程序将我们讲的故事发源地,提交给时光功能了。”

阿槲与阿槟说:“也好,扎古恶脸是一个有名的神。我们能否去打听一下,宝刀与宝锄在谁手上。”

神话博士说:“可以。他们在决斗,我们要找个机会接近他。”

他们在行进中发现,扎古恶脸又在出猎的路上,他在观看一头白野牛和一头黑野牛顶架。白牛像一座高高矗立的雪山,每一次攻击都使黑牛只有招架之力。等扎古恶脸晚上归来的时候,黑牛高高举起蓬松的牛尾,两只黑洞洞的鼻腔,冒着青烟,嘴里闪着火焰般鲜红的舌头,白牛已被顶翻在地。

他们听见扎古恶脸说道:“这白牛可能是天神,黑牛可能是魔鬼。”

神话博士说,扎古恶脸用野牛肋骨做成的弓箭射死了黑牛。扎古恶脸刚到家里,念青唐古拉山神化为凡人相貌,着一身白色绸缎衣裳,头戴白色头巾,左手持一短剑,右手握着马鞭骑着白马飞驰而至。

念青唐古拉山神对扎古恶脸说:“朋友,你给我帮了大忙。你需要什么,我可以满足你三个要求。”

扎古恶脸不明原由,说:“我没有帮过谁的忙,我也不要你满足我什么要求。”

念青唐古拉山神解释说:“不,朋友,你所救的白蛇和白牛是我的两个神魂动物。我一要报答你的救命之恩。”

“既然这样,那我就不客气了。”

扎古恶脸听了念青唐古拉山神的解释说。念青唐古拉山神打开所有仓门,让扎古恶脸选三样东西，只许拿三样。山神的仓房里堆满了金银珠宝，绫罗绸缎，到处都金灿灿，亮晶晶，令人眼花缭乱，目不暇接，扎古恶脸一时不知道要什么好。于是，闭目瞎摸。他第一次摸到是的盐，便抓了一把撒向北方说："但愿对人类有用。"

第二次摸到的是碱，便抓了一把撒向北方说："但愿对世人有用。"

第三次摸到一个疙疙瘩瘩的东西，也抓了一把说："还是撒到北方去吧。"

热情纯朴的牧人感激扎古恶脸赞神给藏北大地撒满了盐碱，但同时惋惜的是，他同时也撒了一把疙疙瘩瘩的东西——炭疽菌。念青唐古拉山神还做过一次愧对纳木错的事情。念青唐古拉山神虽然身为神灵之王，威震一方，但是，西部的达尔果雪山，经常进犯念青唐古拉山神领地，偷袭马群。山神想讨伐达尔果雪山，但自己又懒得出阵。

于是，他对扎古恶脸说："你常住我的领地，吃我的家畜，现在我需要你来帮忙。你去替我讨伐达尔果雪山，事成之后，我可以满足你一个愿望。"

扎古恶脸二话没有说，出阵讨伐达尔果雪山。达尔果雪山正和爱妻加岗拉母与孩子们玩耍，便匆忙应战。经过几昼夜奋战，扎古恶脸借助念青唐古拉山神给它的神力，勉强获胜，赶着被抢去的马群胜利凯旋。

念青唐古拉山神对扎古恶脸说："好，你胜利归来。你想得到什么？"

扎古恶脸说："我不要你的财物。我要和纳木错过一夜。"

念青唐古拉山神说："好。我们有言在先，我会满足你的要求。"

有一天，扎古恶脸在纳木错湖边放羊，突然在他面前出现一个天仙一样的美丽女人。她对扎古恶脸说："我是听了念青唐古拉山神的话来和你约会的。你想按你们人间的习俗呢？还是我们神仙的习俗？"

扎古恶脸心想，人间的习俗，我已经尝过了，神仙是怎样过哪种生活呢？他对纳木错说："我要按你们神仙的习俗。"

话音刚落，一道艳丽的彩虹在纳木错湖与扎古恶脸之间闪了三下。纳木错仙女说："完了。等明年三月十五日月出时分，到湖边来认领你的孩子吧。你要给我记住，千万别带上你的弓箭。一定要记住。"

纳木错仙女说完，消失于湖面。阿榔对阿槟说："我们两个人如果学天上神仙的习俗，可就惨了。难怪有人说，人间逍遥自在，比当神仙还潇洒。"

神话博士将魔衣上的时光功能开关调整到第二年 3 月 15 日，月亮刚从东方升起，扎古恶脸出门认子。但是，扎古恶脸不带着弓箭实在不习惯出门，最终他还是把弓箭带上了。当他来到湖边，有一头母野牛正在舔着刚出生的牛犊。扎古恶脸见到野牛他手心痒得难受，便拿出箭上了弦。阿榔急得喊了一声："射不得！这是你的孩子。"

扎古恶脸一点意见都听不进，将箭射向野牛，没有想到正好射中那刚出生的小牛。阿榔说："这样的傻瓜，怎么劝也劝不住。"

神话博士说："这是历史的真实，谁也不容易改变。"

这时，纳木错显出人形对扎古恶脸说："你这个罪人，你不听我的话带上弓箭，你知道你射死的小牛是谁吗？那是你的儿子，我们姻缘已断。"

纳木错哭着消隐于湖中。阿槟说了一声："太遗憾了。"

扎古恶脸痛苦的样子，叫人看了心碎。阿榔上前对扎古恶脸说："我劝你到南海去转一转，也许心情要好一点。我是南海来到这里的猎手阿榔。现在我想问：你看见宝刀与宝锄吗。"

扎古恶脸说："谢谢你们，我将来有机会会去的，我现在要守着我死去的儿子一段时间。至于你说的宝刀、宝锄，我没有亲眼见过，但好像听人说过，建议你们在南海边的山洞去寻找。"

这个西藏神话具有小说曲折的情节，围绕着英雄的战斗精神、报恩，还有爱情的回报去展开，与现代社会的婚姻爱情也有一定联系。看来，神话的生命力就在于神话的社会性。

神话博士说："阿榔，阿槟，我们要去 2010 年海南岛。一起找宝刀与宝锄。"

阿槟说："怎么去啊，是不是用时光穿梭功能。"

神话博士说："对，我背着九代穷，阿榔、阿槟，你们要紧紧抓住我的双手，免得我们走丢了方向。"

神话博士启动其时光穿梭功能，一手拉着猎手的手，一手拉着鹿仙女的手，带着九代穷，一起进入色彩斑斓的时光隧道。

虽然神话博士穿戴魔衣，但是，能量有限，背着九代穷，外带上两个人他们飞得很吃力。不知道过了多久，他们穿越了时光隧道，落到现代社会中的一个天然的大山洞。我们知道，乌鸦精变成的蝴蝶落在九代穷的篓子里。现在，它见环境对自己有利，马上恢复原状，从山洞里扑向他们。这个乌鸦精比老鹰个子还要大，在山洞里，它显得十分凶恶，一场恶战，结果是，因为魔衣没有电能，神话博士的功力消失了，无法招架乌鸦精，脸被乌鸦精抓伤了一大块。幸亏阿榔举起刀来奋力对抗，阿槟也上前助战。豺狼精也出面了，打成一片。神话博士换上新电池，又恢复了功能，乌鸦精与豺狼精见势头不妙，趁着大山洞的昏暗溜走了。

阿榔说："糟糕透了，我们将豺狼精、乌鸦精带来了。"

神话博士说："是啊，我们得时刻提放他们。神话博士、阿槟、阿榔、九代穷走到洞口，这洞口对着海水，海水发出亮光。

阿槟说："我们从洞里看水的亮度，估计从这里离海面顶多只有几米了，我们可以游出去。"

他们从水里往外游，终于浮出了水面。他们在海面上看见城市一排一排的楼房。他们游到了岸边，登陆的地方属于三亚。阿槟、阿榔、九代穷觉得现代社会太热闹了，汽车满地跑。他们随着神话博士再度飞起，来到了鹿回头塑像前，阿槟、阿榔隐身不见了，神话博士叫苦不迭。打开通讯功能，听到猎手与鹿仙的声音从雕塑里传了出来："我们要在塑像里面呆上 24 个时辰，就会自动出来的。"

石小林博士无可奈何，想到自己与九代穷还没有吃饭，出去几天了，应该让黎萍她们放心，就给黎萍打了手机。

十、决斗妖精

神话博士讲述穿越时空的情况，徐龙、田工、李大平、黎萍无不为魔衣的功能感到惊讶，也为神话博士机智地摆脱了歹徒，打退了豺狼精、乌鸦精两个妖精感到庆幸。

李大平说："到大餐厅舞台上去看舞蹈，好吗？"

他们边吃饭，边欣赏生产劳动舞蹈。舞蹈体现的主要是人们的劳动场面，反映生产劳动的舞蹈有《舂米舞》、《钱串舞》。跳这种舞蹈一般是在收获季节，那时早稻登场，家家舂新米，户户尝新饭。晚饭后，黎族村寨的男女老少就欢聚一起，点燃篝火，她们配合默契，转动的身躯与撞击发出的声音节奏，融为一体，时而强，时而弱，时而快，时而慢，表演花样，变化多端，场面热烈奔放。活泼的黎萍拉着神话博士的手说："石博士，我们随着一起跳吧。"

他们在一起蹦跳着，木杵和木臼的撞击声、敲击声，清脆悦耳，可以传出二三里外，故有黎族"摇滚"之美称。这便是黎族有名的《舂米舞》。

《钱串舞》也是一种很有特点的生产劳动舞蹈。相传黎族先民在山上种的"山栏"稻丰收了，人们收割完"山栏"稻后，挑"山栏"稻下山，由此产生《钱串舞》。此舞蹈主要流行于乐东黎族自治县、保亭黎族苗族自治县等地。表演时，舞者所用的道具为"钱串"棍、烟筒、葵叶扇、大草帽等。"钱串"棍是用6~7厘米长的山竹制成，代表扁担，在竹的两端各系上一节铜钱，代表"山栏"稻，而舞者身体摇摆的动作，则代表挑着丰收的"山栏"稻走在崎岖的山路间。此舞由女子表演，右边有两名男子手上各持"钱串"棍，左边有两名男子，一位手拿烟筒，另一位腰佩刀篓、手拿山葵叶大扇，而女子则戴着一顶大草帽。男子在前走，女子随其后，持"钱串"棍者，跳跃着互相对打，并灵巧地用棍拍击着自己的左右肩膀及腰侧面和四肢，拿烟筒者和葵叶扇者则扭着腰肢，做出各种动作。紧追在后的女子，则由于身穿长筒裙而常被缠住脚，总是追不上男子们，弄得满头大汗，惹人发笑。此舞场面有趣而热烈，富有劳动生活气息。

黎萍、神话博士与旅游者正看得如痴如醉。这个时候，石博士的手机响了，是记者在问他们组织活动的情况。他兴奋地说，国际旅游岛组织"南海爱情神话体验游"太好了。本来，世界上的旅游业离不开神话的作用。丹麦的美人鱼雕塑，吸引了世界上众多游客就是例子。在我国所有的旅游景区，都离不开神话的包装作用。

石博士接着说："广州被称为羊城，是因为有五羊的神话；武汉被称为江城，是因为有长江的神话;南京被称为石头城,是因为有雨花石的神话;三亚,被称为鹿城,是因为有鹿回头的神话。海南建设国际旅游岛上升为国家战略,意味着旅游神话对于海南旅游文化建设具有非凡的意义。”

正说着,王公仆董事长带着两个青年进来了。一个女子,像仙女一样飘逸;一个男子,像足球运动员一样壮实。王公仆,是五星级的南海宾馆的董事长,他还是一家高尔夫球场的董事长。李大平总经理与王董事长交往深,见到他非常高兴,说:“王董事长,您好,有什么事情吗?”

王董事长刚准备开口,王董事长的儿子王勇敢也赶来了,他说:“我给你们介绍两个特殊的客人,他们是我们的朋友,男的是猎手阿椰,女的是鹿仙女阿槟。他们不是这个时代的人,是石小林博士通过时光隧道带来的古代人。”

石小林觉得莫名其妙,他们是怎么认识的,还迅速成为好朋友的,古人与现代人马上交朋友,实在是稀奇。石小林当王公仆董事长的面当场只说了一声:“欢迎。”

王董事长问:“魔衣好用吗,魔衣是我资助制造的。”

神话博士说:“这种魔衣太好了,具有治安护卫功能、旅行功能、通讯功能、隐身功能、检测功能、幻觉功能,最主要的是有穿越时光隧道的功能。”

黎萍导游说:“我们都知道,这是最前沿的高科技产品,谢谢你的支持。”

王公仆说:“因为我与南海科学研究院、南海旅行社有多年的感情,我现在希望你们让阿椰、阿槟在参加爱情神话体验游活动之余,在我宾馆担任职务。”

石小林没有马上回答,只说:“现在,大家先去餐厅用餐吧。我现在与王董事长、黎萍导游说几件事,马上就来。”

等大家走后,石小林说:“王董事长,鹿仙女、猎手在你那里体验几天生活可以,但是,不能够在你那里任职。他们是我邀请来参加神话爱情体验游活动的。活动完毕,他们可能还不能够留在现代社会,否则,现代社会的人员结构就乱套了。”

王公仆说:“我已经知道他们是古人了。我的一位朋友是古人类学家,对他们进行了测试,确认他们是古人。他们对昨天没有完全失去记忆,他们对今天的社会并非一无所知,毕竟是仙人吗。”

王董事长喊来阿椰与阿槟,两人一见到神话博士,就亲热地拉着他的手,与他交谈。原来,鹿回头雕塑,默默地接受日光月光的滋润,接受风雨的洗礼。猎手与鹿仙女进入雕塑,聆听南来北往的中外游客谈话。他们反复在听导游讲解,懂得了现代社会的好多事情。总之,他们知道怎样做现代人。

那是一个月光皎洁的夜晚,猎人阿椰打了个呵欠,弓着腰,从巨大的石头塑像里闪了出来;紧接着,鹿仙女阿槟也从塑像里闪身出来,扭动着苗条的身躯。他们出来了,由于他们还是那样年轻,他们混在游客里,所以谁也不相信他们是鹿仙女与猎手,谁也不相信海南三亚的雕像就是他们。阿槟、阿椰双双在塑像附近的石头凳子上坐了下来。

阿槟、阿椰看见的三亚,是从没见过的世界旅游城市,眼前的一切胜似天堂,是那么新鲜那么陌生那么繁华,自己不知道多少年没有苏醒,好像是从雪山走过来的。他们渐渐恢复了记忆,听刚才几个黎族同胞讲话，感觉是那么亲切。他们知道了，这是在美丽的三亚。他们闭目在躺椅上养神，不知道过了多长时间。太阳出来了，大地泛着金光。游客的声音飘了过来，游客的脚步迈了过来，游客的人流淌过他们睡觉的躺椅。

一个女导游的声音非常清晰："游客们，我们面前的这个山坡被称为鹿回头。这山坡上巨大的石头雕塑，来源于《鹿回头》的神话传说。这石头雕塑，出自一位著名雕塑家之手，再现了猎人阿椰与鹿仙女阿槟的英姿。让他们祝福我们游客的爱情吧。"

阿椰与阿槟听到导游与游客在说自己，心情非常激动。阿椰与阿槟悄声说话，谁也听不清他们在说什么。阿槟与阿椰双双飞行在夜空，他们边飞行边说话。阿槟说："我们当年没有看见这么多楼房，也没有看见楼房里的灯光比星星还要耀眼。"

阿椰说："听人说，那跑得比马快的东西叫汽车，小的可以坐几个人，大的坐几十个人，像移动的房屋一样。"

阿槟说："我们虽然能够腾云驾雾，但无论如何，没有们说的飞机飞得高。"

阿椰说："这飞行物上亮着一排灯光的窗口，显然，上面能够坐不少游人。我们什么时候，能够坐一下飞机才好。"

当然，他们是听游客中的小孩指着天上的飞行物喊飞机，才知道什么是飞机，听游人中的游人举起望远镜去数飞机的窗口才知道，飞机上的一排灯光就是从飞机的窗口透出来的。

阿槟、阿椰随着游客走上街头，随着游客的人流淌进饭厅，随着游客的人流涌进一家影剧院。当他们走进饭厅，满桌子的菜肴，发出诱人的香味，太难受了。当走进影剧院，他们看见屏幕上播放着《红色娘子军》的电影，被吸引住了，穷苦人与反动派斗争的场面，那枪弹呼啸的场面，那椰林与海浪相交的场面，无不叫人心动。

看完电影，他们随着熙熙攘攘的人流走到街上，广播里传出一首美妙的歌声，那是著名歌唱家李双江唱的："我爱五指山，我爱万泉河。"

这旋律，像山泉在阿椰与阿槟心头流淌。他们好像回到了五指山。总之，时光隧道虽然是科幻的存在，但是，是实实在在的存在。当然，不是所有的人都看得见摸得着，要通过海南岛的时光隧道，需要有神奇本领的阿椰阿槟陪同。海南正在施行国际旅游岛战略。阿椰还穿着土布衣服，阿槟头发上系着头绳，他们给人的印象不是今天时代的人。他们手头没有钱去买东西，好在阿椰会爬树，比猴子还要麻利。他上树砍了几个椰子，与阿槟在山坡上喝了一个痛快。

双双散步的阿椰阿槟，不知不觉来到月亮湾的大海边，他们为蓝天白云碧海青石的和谐色彩风景而感叹。阿槟说："多美的地方呀。"

看着海浪不断地轻轻拍上岩石，又缓缓地退了回去，接着又轻柔地拍上了岩石，再缓缓地退了回去。忽然，天色暗淡下来，狂风大作，飞沙走石，树动地摇，浪花卷起几十多米高，疯狂地咬着岸边的岩石，风在呼啸。断断续续传来人惨烈的喊叫："救命，小孩掉进大海里去了。"

阿槟一下愣住了，接着，她对阿椰说："是谁在喊救命。"

阿椰眼睛四下一扫，看见乌鸦精张起翅膀施法："是乌鸦精在作怪。"

阿槟说："乌鸦精又在兴风作浪，你快去救人。"

前面有人一边大声哭叫，一边用手指着岩石下面的海浪。显然，有小孩掉进大海里去了。阿榔赶紧将手中的一个布包给了阿槟，然后，脱掉上衣，光着健壮的上身，走到岩石边，起身一弹跃起。他像足球远射一样，在空中划了一道美丽的弧线，飞身而下，轻轻地激起一片水花。阿榔在水里四下摸索，没有发现目标。于是，阿榔轻轻地吹了一声口哨，一会，海面上一起一伏，分明那是一条海豚，背上驮起一个人。他赶紧游近，从海豚身上抱下，才发现是一个少年，眼睛紧闭。阿榔赶紧将这个男孩抓住，游往岸边。不知道什么时候，阿槟已经下到面前，他们双双持着少年飞身攀岩，将小孩救了上来。小孩的肚子鼓鼓的，显然，喝了好多海水。游客中有人称自己是医生，阿榔阿槟请他帮忙进行人工呼吸。那医生让小孩平躺在草地上，医生双手揉小孩的腹部，一会儿，小孩哇地吐出好多水来，睁开了眼睛。

男孩名叫王小贝，大约有十来岁，男孩的爸爸妈妈爷爷奶奶全围拢过来了。孩子的妈妈一见儿子，激动地哭出声来。原来，小贝过 10 岁生日，他们带着孩子到海边来游玩，小贝看见海景美丽，退在岸边："爸爸，快给我照相。"

王勇敢准备给他照相。没有料到，乌鸦精看见了，摇摆翅膀，狂风陡然掀起，小贝被狂风卷到了海里。孩子的家人一个个急得蹦脚，认为无救了。但他们出自求生的本能，撕扯着嗓门无望地喊救命。喊声是那么的凄凉，又是那么悲惨，惊动了阿榔阿槟。而阿榔跃入海中，面对茫茫大海，无法判定孩子的去向。他只得用口哨求救于海豚，海豚迅速赶来帮忙。从水里托起小贝。阿榔接过小贝，孩子终于死而复生。

小贝的妈妈一下跪倒在阿榔阿槟面前："谢谢你们，谢谢活神仙，是你救起了我家的宝宝。"

在他们眼里，能够在狂风大作的海水中救人，除非是神仙。因此，他们称阿榔、阿槟为活神仙。阿榔、阿槟赶紧扶起小贝的妈妈，小海的爷爷、奶奶、外公、外婆异口同声："谢谢救命恩人哪。"

孩子的爸爸、妈妈你一言我一语地一起盛情发出邀请："到我们宾馆去做客吧。"

小贝的爷爷名叫王公仆，是印尼归国华侨。他在海南开了一家五星级宾馆，办了一家高尔夫球场。小海的爸爸王勇敢担任宾馆经理，处理日常事务与经营业务。阿榔阿槟被他们拥到一辆林肯大轿车面前，小贝的爸爸拉开车门，长长的轿车，将小海的家人连同阿榔阿槟全吞了进去。轿车来到豪华的宾馆门前，服务生拉开车门，阿榔阿槟及众人鱼贯下车。他们被热情地拥进一间铺着地毯的房间。电视的屏幕，正放映着动画电视片，阿榔阿槟看傻了眼。他们是生平第一次坐轿车，生平第一次看电视，生平第一次住进一扭开关能够冲洗身体的房间，生平第一次坐厕所里的抽水马桶……

总之，在阿榔阿槟眼里，一切都是那么的新奇。进大厅时，阿榔没有发现玻璃门，以为是空间，结果头撞在玻璃门上。玻璃门虽然没有被撞破，阿榔却吓得一屁股坐在地上了。他们将电视关了后，不知道怎样打开，又去请服务员将电视打开。他们躺在从来都没有感受过的柔软床垫上，闭着眼睛享受，由于太软，结果，阿榔一个翻身动作太大，竟然从床上滚到了地毯上。阿榔坐在大便器上，拉完后要冲洗厕所。看见旁边有一个不锈钢开关，一拨，喷头喷出的水，将他浑身淋了一个透。他想冲个热水澡，那几天，天气比较凉，可是把手按照服务员交代的一拨，喷出来的水十分凉。后来，他们去找服务员，服务员进了房间，将水龙头往左一拨，热水就出来了。

忽然，电话铃响了，阿椰与阿槟顺着声音去找，先找到卫生间，揭开马桶盖，又找到废纸篓，最后，发现是一个红色的玩意发出的声音，厕所里有一个，房间里有一个。阿椰要去抓，阿槟还没有来得及阻拦，话筒里发出了声音："阿椰先生、阿槟女士，请你们到餐厅就餐。"

阿椰阿槟一听是邀请他们去吃饭，由于将门反锁了，不知道怎样才能够扭开门，他们在第二次通话时说明了原因，由服务员用钥匙将房门扭开了。大门外，站着小海的父亲母亲。他们早早地在门口等候，要陪同他们的救命恩人一起到餐厅。再说王董事长带着神话博士、黎萍导游、阿椰、阿槟等一起来到华贵的餐厅，满桌子都是叫不出来名字的菜肴，并随着桌子上的圆盘在缓缓转动，阿椰阿槟看得不眨眼。后来，阿槟发现黎萍善意地笑了，马上解释："对不住，我们是从山里来的村民，没有见过世面。"

阿椰阿槟虽然是从时光隧道过来的古人，也毕竟是仙人，什么东西，他们看一眼就能够明白这是什么东西；什么事情，他们听人说一遍就知道是什么事情。比方说，《西游记》里有一个妖猴，相貌与孙悟空一样，孙悟空的动作他也能够学会，叫人分别不出谁是真猴王，谁是假猴王。假如，他没有见到孙悟空，他就不可能活灵活现地模仿孙悟空的一举一动。

这天，宾馆来了一伙人，十多个青年，在餐厅里包了两桌海鲜。快吃完了，其中一个光头青年惊异地叫道："哟，有苍蝇。"

服务员知道是他们故意搞的鬼，因为，餐厅里根本没有发现苍蝇。服务员去跟大堂经理说了，大堂经理去看餐桌，果然发现了苍蝇。她很有经验地上前去用手捡起苍蝇，故意说："这是猪油渣。"

那光头叫着："如果是猪油渣，你敢吃下去。"

光头刚说完，服务员将苍蝇放进嘴里。一个瘦猴子青年却说："今天的螃蟹是死的，不新鲜。"

业内人士说，螃蟹要用活的做菜，不能够用死的做菜，故有这样一种说法，想赖这两桌酒席账。服务员与大堂经理叫来厨师，厨师只得过来："什么不新鲜，分明是我亲自做的菜肴。"

瘦猴子挑衅地用勺子将菜汤泼了过去，洒在厨师的脸上。厨师回头骂了一句："完全是耍流氓手段。"

这一下，捅了马蜂窝。一个胖子流氓上前就是一拳，打在厨师的胸部。但是，这宾馆是五星级的宾馆，务必维护自己的声誉。小贝的叔叔、宾馆副经理王英上前去扯架。态度强硬地说："螃蟹分明是活的，说成是死的，还要打厨师。我们打110报警。"

对方凶相毕露，掏出刀子来："你是谁？"

"我是这里的副经理王英。"

没有想到对方将他作为人质抓住，刀子架在脖子上，边走边说："拿出宝刀、宝锄、神奇旅行背心来放人。"

看来，这是有预谋的一场劫持行动，他们开来的宝马车与别克车已经"隆隆"地发动起来了。

宾馆工作人员在悄悄打110,但是,警察得一段时间才能赶来,危在旦夕。这个时候,阿榔悄悄举起桌子上的一个玻璃酒杯,只见手一弹,玻璃杯飞出,像子弹一样,击中了歹徒手掌,歹徒手中刀子落地,阿榔早就飞身过去,一把拽过副经理王英,顺便飞起一脚,踢得歹徒连滚带爬。好漂亮的身手。本来,阿榔阿槟不愿出手,他们认为自己是古代人,不愿与现代人为敌。但是,对手穷凶极恶,阿榔这个人本来的性格是喜欢打抱不平,他不得不出手。几个一起上,阿榔像青蛙一样不断跳起,跳起一次,脚一伸,或者拳一挥,就有一个流氓倒下,十几个流氓全被打得趴下。一会,领头的爬起来,说什么:"王八蛋,等着瞧,老子迟早要把你的宾馆砸个稀巴烂。"

当然,这些流氓之所以凶猛,与他们的头子黄蝎子有关。这人骄横无比,黄蝎子说一天25个小时,这一带的老百姓不敢说是24个小时;黄蝎子说太阳从西边出,这一带的老百姓不敢说太阳从东边出。黄蝎子的邻居在三亚遇到两个歹徒,他们手上拿着匕首,要抢他手中的提包。那邻居诈了一句:"你们跟我侄子黄蝎子见过面。"

两个歹徒惊讶地问:"什么?你是黄蝎子的亲戚。"

那邻居说:"是啊。"

那两个歹徒大惊失色,掉头就走。

黄蝎子邻居调侃地笑道:"好,你们好走吧。"

黄蝎子的同学王君开了一台雪铁龙轿车跑客运,三个面黄肌瘦的人拦住他的车。根据经验,他知道是吸毒的人上车。果然,他感觉那几个歹徒在亮刀子、弄绳子。于是,他边开边主动地与那几个混混谈话:"我看你们几个人面熟,你们认识黄蝎子吧?"

其中,一个虾米一样的青年问:"什么,你说什么?"

黄蝎子的同学说:"我是黄蝎子最好的同学、兄弟。他让我去吃饭。"

这一下,那三个家伙面如土色,忙说:"停车吧。"

司机将车停下来,心在蹦蹦跳,不知道这三个准备干什么。没有想到,那三个中有一个矮个子将手中一条烟递过去:"我们没有带钱,将这椰岛的香烟顶了吧。"

司机一下懵了,那三个家伙却走远了。就是这个黄蝎子,他们带着二十多人重新纠集在一起,拿起刀子棍棒在第二天晚上撞了进来,将大厅的玻璃砸了,将服务台的柜台砸了。声音太大,惊动了三楼房间里睡觉的阿榔。到底是仙人,没有仙人哪里来的神话呀。阿榔从天而降,一下落在闹事者的中间。一个流氓要宾馆经理交出魔衣,交出打他们的阿榔。阿榔说,来呀,你们要找的人就是我。闹事者的刀子砍在阿榔身上,弹回去了;砍在阿榔的手臂上,又弹回去了。最后,黄蝎子亲自操大砍刀去砍阿榔的头,像砍在顽石上,黄蝎子的刀子震落在地上。黄蝎子大惊失色。这回,轮到阿榔飞腿四周一转,所有的流氓,全被一阵风,刮倒在地。阿榔对准地上的一块巨石一拳,石头马上四分五裂。

流氓头子这回彻底服了,全部跪在地上:"神仙饶命,上回交锋被打败,我们不服,认为师傅尽管武艺高强,主要怪我们人手不多,这次我们带足了人,想杀死师傅,抢走魔衣,才知道什么是刀枪不入,我们彻底服输了,请饶我们性命。"

阿椰毕竟是个善良人。他说:“你们投降,我就不再教训你们了。”

这时候,公安局赶来了,那帮流氓被公安局抓走了。有记者到宾馆采访王董事长,见到这一场面,给阿椰阿槟照相了。报纸很快登出来了,于是,椰城出现了神仙的事情传得沸沸扬扬。不过,没有人觉得奇怪,本来,海南岛就是一个神仙的岛屿,火山神话,七仙岭神话、鹿回头神话、东山岭神话、东郊椰林神话,多的是。

南海宾馆武林高手打退歹徒的故事不胫而走,越传越神。事实上,周围的流氓谁也不敢轻易过来闹事了。人们看过香港武侠小说家金庸的《射雕英雄传》,看过梁羽生的《七剑下天山》,觉得实际生活中没有见到这样的武侠高手。但是,他们忽略了一个事实,这不是一般的平凡人,而是从时空隧道走过来的古代仙人,也是当年威震五指山的猎手。虽然,他没有郭靖的降龙十八掌,但是,对付我们今天社会的流氓还是绰绰有余。武侠小说是正义与邪恶的争斗。人们厌恶现实中的腐败行为、流氓行为,于是,行侠仗义的武侠小说,老百姓看了十分解气,特别解恨。说来也怪,海南岛的治安秩序越来越好,有武警的作用,有公安的作用,有觉悟越来越高的老百姓的作用,还有优秀的传统神话的教化作用。

王公仆了解到阿椰阿槟还没有合适的工作,想聘请阿椰阿槟在宾馆任职,阿椰被聘请为宾馆保安队的总教练。阿槟呢,担任宾馆公关部里的副经理。自从这场打斗以后,有的导游将游客带到这宾馆来,想目睹《鹿回头故事》中的主人公今天的风采。岂止阿椰成为宾馆老板崇拜的对象,也成为游客欣赏的对象,有流氓想用吃喝来拉拢阿椰。当然,阿椰的人品我们了解,他绝对不会与流氓同流合污,他只能够成为海南岛游客欣赏的对象,只能够成为老板的朋友,私下教教宾馆的员工与保安。阿槟那天没有露身手,她作为一个仙女,来到现实社会,尽量要隐蔽自己的身份。还有,她知道,像阿椰这样的高手,对付二三十个流氓,不在话下。

再说黄蝎子被放出看守所后,他驾驶着宝马出来兜风,想让自己得到放松。车子在路上疾行时,发现路中央站着一个大汉,按喇叭听不见,刹车又来不及,终于还是撞上去了。奇迹发生了,那人竟然撞得飞了起来。不管是撞飞还是撞伤,他们这宝马都是不会停下来的,这是黄蝎子的一贯作风。奇怪的是他们的车子开了好远,少说也有十多公里,车子一停下来,那个大汉还是站立在前面的地方。黄蝎子认为碰到高手了,停住车,打开车门,对大汉说:“我请你去吃饭,上车吧。”

那大汉说:“坐车憋人,我跟着你们走吧。”

黄蝎子发现,他开车在马路上奔驶,不管是跑多快,那个大汉都能够跟上。黄蝎子断定:“大汉不是仙人,就是妖怪,绝对不是凡人。高手中的高手,也难得对付他。”

他们在一家宾馆的楼上餐厅吃饭。那个大汉真是能够吃,当他看见大家都放下筷子后,他还在一边说:“好吃。”一边继续吃。

黄蝎子问他:“你还有什么功夫吗?”

这个大汉当时就拉开窗户,一下跳了下去。黄蝎子正在目瞪口呆,没有想到,那大汉又从窗户里跳了进来。也就是说,这大汉能够从十多层高的楼上往下跳,还能够飞了回来。

黄蝎子说："我想拜你为师傅行吗？"

豺狼精说："怎么不行。有福同享，有难同当。"

黄蝎子说："徒弟我今天要带你去一个地方，请师傅帮徒弟出口气。"

豺狼精说："怎么不行。有福同享，有难同当。"

原来，黄蝎子上次在南海宾馆打架被阿榔教训了一顿，虽然十分嫉恨，又没有丝毫办法，只有装孙子，气没有地方出，也不敢找地方出，胸腔像要爆炸的高压锅。这次，他们遇到了功力非凡的妖精，当然要把丢掉的面子捡回来。他们的面子值钱，要靠此收保护费。他们坐在宝马车来到了南海宾馆，一下车，气势汹汹地，那大汉大呼小叫。阿榔正在南海宾馆陪着神话博士、王董事长一起吃饭呢。

阿榔与那大汉一见面，阿榔喊了声："豺狼精来了。"

神话博士估计阿榔要战胜豺狼精不容易，就立即穿上魔衣，并立即启动了治安功能。神话博士来到了现场，他发现，豺狼精与阿榔两个已经在南海宾馆内的一块草坪上打得不亦乐乎。黄蝎子那个得意的劲头没法说。因为，豺狼精越战越勇。

正在豺狼精占了上风的时候，神话博士说声："让我来！。"

他一下冲在前面。阿榔自动地退了几步，他不愿意让人有两个打一个的印象。神话博士感觉到浑身是劲，他在与豺狼精交手时先是一阵急旋转。让豺狼精看得眼花缭乱。豺狼精已经吃过一次亏，但是，它还是不服气地抵抗。最终，神话博士飞起一脚，快得像闪电一样，力量大得像雷劈一样。豺狼精被打得后退了几十米，算是没有被打得趴在地上，接着，神话博士用手一指，一股电流过去，豺狼精浑身发抖，黄蝎子只有拖着豺狼精一伙撤退了。

阿槟说："豺狼精虽然撤退了，但是，它与乌鸦精已经盯上我们了，我们迟早有更大的麻烦，不能够掉以轻心。"

阿槟虽然没有阿榔那样开朗的性格，勇敢的作为，但是，在危急关头，总能够表现出一个女性思考的缜密与智慧。

十一、水中搏鳄

风卷着雨花，像上万条皮鞭狂暴地抽打着整个城市、山野、村庄，大树的躯干在摇晃，有的大树支撑不住，倒了。房屋的墙体在摇晃，有的房屋坚持不住，塌了。大风的吼叫、咆哮怪声怪气。有的巨型广告牌，被突袭的恐怖吓得趴倒在地下；有的小车，被巨大的恐惧惊吓得窜上了天。这气势汹涌的台风呀，刮起来没完没了。海南部分地区的鳄鱼养殖场的院墙，接连地被大风撕破，被暴雨冲垮。流离失所的鳄鱼，惊慌失措地四处逃窜。面对蜂拥而出的鳄鱼，当地百姓惊恐万状，坐立不安。有个水库附近，河沟里鳄鱼蠢蠢欲动，多达数十条。

黎萍导游对阿椰、阿槟说："你们听说过台风的神话传说没有？我可以将《台风的故事》讲给你们听一听。"

很久很久以前，琼岛原是一片肥沃的大盆地。没有台风的影子，也没有暴雨的足迹。一年四季，风调雨顺。人们勤勤恳恳，耕作放牧；五谷丰登，六畜兴旺；家家户户，安居乐业。不知何时，海外飞来一台风精，在群峰之顶的山洞里扎营。巨大的台风精，两只大翅膀像两堵高大石崖，有万钧之力。一扇就要刮起翻天覆地的大风。台风精像一只凶恶的鹫鹰，饿了，专吃天上的白云；渴了，就扇动双翅，唤来漫天的狂风暴雨。然后，用它的两只大翅膀装着雨水解渴。喝饱了，把剩下的一倒，形成汹涌的山洪，像发了疯的猛兽，从山上咆哮着冲下来，田园被淹没了，村庄被冲垮了，人畜被卷走了。好端端的大盆地，冲得百孔千疮。人们没有了良田，只能够在山上砍园种山兰稻，在沼泽地里撒种子。台风精经常兴风作浪，为非作歹。百姓收成不保，度日如年，死的死，逃的逃，剩下的也没有多少人家了。

那时候，五指山山下有个村庄，名叫草伦村，村里有一对亲兄弟。哥哥叫打菲，弟弟叫打维。两人都生得虎背熊腰，力大无比。令人钦佩的是，他俩都有一手百步穿杨的好箭法，要射山猪的眼睛，决不会射在山猪的耳朵上。他俩眼看台风精这般为非作歹，义愤填膺，决心要除掉这个害人精。他们到处打听，台风精在哪里？

有一天，他们打听到台风精住在一座山峰的大岩洞里，它经常在山洞外晒翅膀。兄弟俩商定，一定要找到台风精，趁着它晒翅膀的时机，把它射死。他们整整跑了一个月，爬了三十座大山，找到了一种叫"黑铁托"的硬树，做成了一对世上最强大的弓。用了一个月，走了三十条大溪，找到了一种叫"喏玛"的硬竹，削成了三十支利箭。大年初一，兄弟俩把一切准备停当，便背上强弓和利箭，爬上了险峻的高山，去寻找害人的台风精。

兄弟俩在山上走了七天七夜，爬过了七七四十九座山峰，还是找不到台风精藏身的那个岩洞。第八天，他俩来到了一个叫做“红脸峰”的山脚下，累极了，就在一块大石壁下宿了下来。半夜梦酣，忽然看见石壁裂成了两扇大门。一个头发苍白、胡须拖地的老公公从石门走了出来。只见老人手里拿着一支箭，指着山峰说：“起来吧，勇敢的后生，只有不怕死的人才能取得最后的胜利。台风精就在山顶上，我送你们一支神箭，让它帮助你们。可是千万要记住，一定要等你们的箭射完了，才能用上它，最后致台风精于死地。”

兄弟俩还想问个明白，一阵轻风刮过，老人在风中消失了。兄弟俩正在东张西望，一只巨大无比的老鹰向他们扑来，他们来不及拔剑，一下惊醒，原来是一场梦。石壁还是刚才见到的石壁，奇的是石壁下真竖着一支银光闪闪的利箭。兄弟俩又惊又喜，拿起利箭，就向高高的山峰攀登。他俩爬呀爬呀，爬到天亮，终于登上了险峻的峰顶。

太阳露脸，天空晴朗。山峰上露出一个巨大的洞口，青石光亮。一只巨大无比老鹰模样的怪物，正仰面朝天，张开两面巨大的翅膀，一边悠闲自在地晒太阳，一边得意地吞吃着山峰上的流云。想必，这就是传说中的台风精。兄弟俩一见，怒火中烧，拉满强弓，搭上箭就射.一支支利箭，射得那台风精遍体鳞伤，污血飞溅，染红了山峰上的石头、草木。直到现在，这座峰上的树木和石头还是浅红色的，故名叫“红脸峰”。

当兄弟俩射出了第二十九支箭的时候，台风精惨叫一声，挣扎着尽最大的力气，猛地扑打起它那巨大的翅膀，招来了大风和暴雨，狂风呼呼地飞腾起来，刮得天昏地暗，地动山摇；暴雨倾盆般泻下，像一支支利箭，射得人睁不开眼。兄弟俩摇摇晃晃，脚跟难稳，眼看就要丧身悬崖。哥哥一急，忘了老公公的嘱咐，一下子拔出神箭，使尽全身力气，朝台风精射了过去。只听“嘣”的一声巨响，台风精的右翼被射断落地，大风顿时减了一半。台风精正要逃命，弟弟拔出最后一支箭狠狠地射去，正中那精的肚子上，穿了一个大窟窿，里面掉出一个带血的大石蛋来。至今，红脸峰上还有一块红色的蛋形的大石头，足有三间房子那样大。

台风精忍着伤，拖着左翼飞走了。兄弟俩赶上前去，扛起那只断翼，欢天喜地走下山来。半路上又遇见了那位老人。老人既表扬他们勇敢，又责怪他们没有在最后才射出那支神箭，以至没有把台风精射死，留下了后患。老人又嘱咐兄弟俩回来后，用台风精的翅膀扫平那些山梁，造出原来的盆地来。但由于只有一只翅膀，两兄弟只在山的南边扫出了几个小盆地，和几处丘陵地带，那翼就坏了。至今七弓地区有几个盆地，其他地方的大片山梁，还是屹立不动，再也不像先前那样的肥沃大盆地了。

再说，台风精断了一只翅膀后，浑身是血，带着重伤，一颠一扑，拼命地飞到远远的南海上，在一个荒岛上躲了起来。海上缺少风云，台风精常常吃不饱，常常多次地扇起风云，维持它的生命。因此，每年的强风次数也就增多了。不过，因为缺了一只翅膀，刮起的台风比以前小得多了。而且千里迢迢，到了这里也就没有多少风力了。台风精恨透了“红脸峰”，每当要煽起台风的时候，总要对准它猛扇几下。大风吹进山洞便发出隆隆的声响。于是，在台风未来之前，人们听到这座山的响声，就知道要刮台风了。

神话博士说，海南每年要刮台风，想不到，关于英雄兄弟战台风的传说是那么传神，大长了人民群众的志气。

阿槟阿榔从来没有坐过轿车，刚坐不习惯，进车门头被撞了。但是，阿榔阿槟对驾驶汽车很有兴趣，觉得这玩意儿太新鲜。王公仆董事长说："黎萍导游，你带着他们到我们集团办的驾校去学开车，让猎手阿榔、鹿仙阿槟体会现代人的生活。"

阿榔阿槟一听王董事长让黎萍导游带他们去学驾驶汽车，非常高兴。黎萍很诧异他们学开车的兴趣高，因为黎萍下决心学驾驶真不容易，真正学驾驶也费了九牛二虎之力。

首先，黎萍害怕学开汽车，是因为她的三个亲戚驾车，都死于车祸。一个是与火车相撞，一个是与装满木头的货车相撞，一个是在高速公路上爆胎。尤其难忘的是当年，自己坐弟弟开的出租车去吃夜宵，弟弟竟然迷糊地去与一辆大型货车抢道，差点被吞掉，躲闪后又与一辆小车撞个满怀。黎萍两次去医院探望弟弟，说他幸运，虽然因为车祸负伤，好在大难不死。

黎萍喜欢走路思考问题。有一次，走路被汽车逼进沟里，骑车撞上了急停的汽车屁股。于是，黎萍不肯学车，理由很简单，女人开车没有男人反应快，她这样的人开车太危险。还有，她对驾校不相信，记得她弟弟考倒桩时，考场的工作人员把竿子举起，让她弟弟通过，很快拿了驾驶证。第一天开小车就与一辆公共汽车屁股亲吻，车灯破了，接着与一台拖拉机擦肩而过，油漆划了一大块。因此，黎萍对驾校能够学会开车不相信。现在，弟弟能够熟练地驾驶他的海马的士，应该说，得益于陪练公司、出租公司的培训。

黎萍当导游后，朋友们劝她学开车，好多朋友们都会开车，弟弟也劝她学开车。总经理李太平对黎萍导游说："要当好导游，应该学开车。"

为了工作方便，黎萍终于去驾校报名了。学车有三个科目，其一是知识考试，简称文考；其二是考倒库、上坡、侧方位停车，简称倒库；其三是小车上路考试，简称路考。给自己印象最深的就是倒库。刚学习倒库，方向盘打慢了还不说，应该左打却右打，车子像喝醉酒一样，前撞后碰，东倒西歪。气得教练板起面孔吼，唾沫差点喷到脸上："你是怎么搞的，方向盘也不会打！"

一会儿，教练又发火了："你穿什么高跟凉鞋！回家换了平底鞋再来学车。"

后来，黎萍发现教练对其他学员也一样，经常大声训斥，一点面子也不给。有个女学员，开车时差点将大铁竿撞断了，教练大声吼叫："你是怎么开车的！没有长眼睛吗？"

学员哭着跑了。开始，黎萍对教练的方法不理解，可时间长了，能够熟练地驾驶汽车倒库，终于感受到教练的苦心。正因为这样严厉，所以在学车的时候，学员才有了一个好的习惯，好的姿势，好的开端。教练对他说："黎萍导游，当初不严格，错误动作不及时纠正，以后纠正就困难了。"

黎萍发现，当教练的确实不容易，他们每教一个新学员，都要坐在学员旁边，手把手地一个动作一个动作地教，晴天一身汗，雨天一身泥，嘴巴不停地讲，你都听累了，教练说得更累。应该说，每个成功的学员都要记住，正是教练的教诲，他们才能够安全地驾驶汽车奔驰在公路上。黎萍平时给外宾当导游，从来没有紧张过。可是，到了考场，觉得紧张起来，开车进乙库，紧张得看不见中线，差点出局。倒甲库时，看见车子离中竿很近，却紧张得忘了回半圈方向盘，结果，车身出线，使自己败下阵来。在三亚学倒库，很苦，要不怕太阳晒，还得不怕风雨。

一个月后，黎萍参加考试时，第三个出马，倒乙库，移库，都成功了，准备倒甲库了，反过头来看点，看得很准后，再打方向盘，心想，大功告成。谁知道，竟然撞上了边竿，她一下蒙了。想问教练，教练又不在身边。她不知道东南西北了，为练车，下了多少工夫，上厕所坐在马桶上还想着方向盘怎样转，躺在床上睡觉还望着天花板想怎样倒车……

黎萍后悔了，为什么偏要学开车。后来一想，这对自己来说，是一个挑战，太有意义了。黎萍就不相信，男人办得到，女人为什么就办不到，没有过不去的火焰山。黎萍心发狠，像斗急了的母鸡上场了。补考时，她集中注意力，先将车倒进了乙库，然后一把一把地移库。倒甲库时，她反过头来看距离时，先将身往下压对点，再将身往上抬对点，发现点的距离相差二十厘米，明白了失败的原因，调整了对点的距离，沉着地打方向盘，终于，自己的车端正地进入了甲库。

电脑牌上显示出“合格”两字，黎萍的胸脯终于挺了起来，脚步变得矫健。无情的电子桩，再见了。她觉得自己不是刚下了汽车，而是刚下了飞机；教练们不是在门口迎接自己，而是在机场迎接自己。黎萍将走向新的考试，教练要黎萍签名，她的手激动得发抖，歪歪扭扭地写下“黎萍”两个字，写完后，教练笑了：“你签名又不是汽车倒库，还紧张呀。”

有的学员平时在学院的练车场上，倒车到乙库，再将车移到甲库；最后，将车开出乙库，再将车倒回甲库，整个过程，十分熟练。可是到了考场，学员 A 方向盘打反了方向，希望向左结果车子向右跑；学员 B 倒完库后忘了换挡，结果车子撞上了后竿；学员 C 汽车移库后应该出乙库，结果出了甲库；学员 D 倒车应该进乙库，看错了点，车进了甲库。至于挂竿的，撞竿的，都有。

遇到考试合格的学员小黄，黎萍问他：“你是怎样考的？”

他说：“我不知道，刚才太紧张了，怎样考的都忘记了。”

学员小段考试合格了，可是，黎萍总是看见他闷闷不乐。一个星期以来，他天天都要去训练场。教练问他：“有什么事？”

他说：“我怀疑自己没有合格？”

教练说：“你自己合格不合格都不知道？”

他回答：“考官没有对我说合格呀？再说，我考试的具体情况忘记了。”

教练火了：“你没有看电子牌上‘合格’两个字？”

他回答：“我忘记看了。”

教练火气更大了：“你这个傻蛋，是不是想交补考费呀！”

一句话，将学员骂醒了，这个学员没有再来倒桩的训练场，直接去参加科目三开车上路的训练了。教练对黎萍说：“他练车练得走火入魔了，不大声骂他是醒不了的。”

现在，早已经拿了几年驾驶执照的黎萍带着阿槟、阿榔去学驾车，她不断地传述自己的经验教训。上坡停车起步与倒库比较起来，是要容易一点。但是，依然，有学员栽在上面。阿榔，所有的动作都完成了，车子一开就熄火，再发动又熄火。考官发现，阿榔没有放手闸，要他下车了。

有一辆小车在上坡之前，不断地跳跃，就像青蛙一样，一位女学员无奈地下车了。有的车还从坡上直接滑了下来。

阿槟与几个学员在教练的指导下，开车到马路上跑，进行“科目三”的训练。遇到红灯了，阿槟停车。绿灯亮了，阿槟踩油门松离合器，汽车发动了，却走不了，依然像青蛙一样蹦跳。红灯亮了，车子只得继续停车。教练告诉她，车子的手刹没有放。第二次，绿灯亮了，车子还没有走。原来，阿槟害怕车子走慢了，慌张之中将离合器一下松快了，车子熄火了，再发动时，红灯亮了。阿榔开车在路上跑时，教练命令：“换挡。”

阿榔踩离合器挂挡，松离合器加油门，将车子从一挡挂到五挡……。没料到的是，不是挂错了挡，就是挂挡时，车子摇晃。原来，阿槟右手挂挡时，左手也在动。教练气急了：“亏你还是个男的。”

教练将阿榔训斥了一番，事后，教练对阿榔说：“你怎么搞的，挡也不会挂，方向盘抓得那么紧？”

阿槟出了一身冷汗。下午继续训练，挂挡准确了，方向盘也稳定了，阿槟悟过来了，教练不客气地批评，起了关键作用。阿槟参加培训的驾校，每年平均培训800多学员，今年培训的学员超过了1300个。经过严格的训练，大多数学员的基本功很扎实。例如，阿榔上午拿到驾驶证，下午就能够在高速公路上开车，阿槟坐在车上非常羡慕。还有两个学员刚拿驾驶证一天，就租了一台破车从海口去三亚，由于车子手刹坏了，上坡时，车子往后溜，右脚踩脚刹不能放松，这样，无法踩油门。后来，这几个新司机将石头垫在车轮后面，才将车子发动起来，上了坡道。

阿槟阿榔终于学会了驾驶马自达轿车，由于他们没有身份证，还办不了驾驶执照。小海的妈妈晓英拿来两个手机，示范了一下，马上，阿榔阿槟学会了使用。毕竟是仙人，能够无师自通的有，能够一看就会的也有。比方说，他们知道了按钮的作用，坐电梯、开车窗、开电视，自然是无所不能了。

王董事长又安排阿槟、阿榔、神话博士、黎萍导游等人去七仙岭打高尔夫球。

国际标准的18洞72杆山地球场，由美国著名设计师精心设计打造，别具匠心地利用了原始地形地貌，令球道迂回穿梭于茂密的橡胶林及天然湖泊山溪之间，山峰俊美、浮云缭绕，球手充分享受自然风光。球场占地面积1488亩，球道全长7151码，最大球道落差达50余米，极富挑战意味。超细海滨雀稗草果岭，坪质细腻，推球感极好。球道跌宕起伏、水系纵横交错；12个天然湖泊，清澈如镜，59个银白色障碍沙坑，星罗棋布；水中果岭考验球技的精准，攻岭路线变化多端；使球手在享受高尔夫运动无穷乐趣的同时，让高尔夫战略得以淋漓尽致的发挥。

王公仆董事长、王勇敢总经理带着神话博士、黎萍、阿槟、阿榔、九代穷等来到贵宾室，王勇敢打开投影，让大家一睹高尔夫球场芳容，毗邻自然景区而建的高尔夫球场，或背靠三面青山，或环绕四周水域，或云集沙地奇石，或集纳海滨风光，或显露椰树连绵，或展现田园风光。

黎萍插话说：“高尔夫球场通过人与海南美丽大自然的交汇，演绎着国际旅游岛的一种文化时尚，高尔夫大众化，是高尔夫发展到一定阶段的必然结果。高尔夫旅游作为一个新的概念，定义是随着高尔夫球运动的日益大众化，逐步发展成熟的旅游休闲运动。”

黄梅说：“云南的玉龙雪山高尔夫球场，让游客感受《雪山飞狐》的英雄气概。”

“什么是雪山飞狐？”阿榔问。

神话博士说：“《雪山飞狐》是当代武侠小说作家金庸的作品，具有绝世武功的主人公胡斐面临雪山险恶环境，找到了藏在其中的宝藏，雪山飞狐之名从此远扬。”

黎萍接着说，黄山高尔夫球场，让游客放眼云中穿行的球道。桂林高尔夫球场，叫游客联想刘三姐与奇山丽水。海南博鳌高尔夫球场，展示特色海滨风光，体验亚洲博鳌论坛风云。”

神话博士接应了一句：“高尔夫与国际旅游结合，引来各国球迷马踏飞燕，跨国打球度假，体验异域风情。”

王公仆带着阿槟、阿榔、神话博士、田工、杨扬、黎萍导游，来到他主管的高尔夫球场。李大平总经理拿起球杆，感慨地说：“经过一段时间的紧张工作与学习之余，走进依山而建或依水而建的高尔夫球场，走进风景如画的高尔夫球场，新鲜的空气，开阔的视野，令人感到清爽，让人感到愉悦。”

布东教授举起一根球杆，说道：“最初，我对高尔夫的认识，是从我儿子身上开始的。他读大学期间，在高尔夫球场当球童。以后，儿子踏入商界，创办了公司，做的第一单生意，是高尔夫球具。还有，我穿的高尔夫服装，也是儿子给的。”

李大平挥了一杆说：“高尔夫旅游是借助当地特色旅游资源，开发高尔夫旅游项目。例如，海南、云南的很多球场就充分利用了这一点。商务旅游、休闲度假带动了当地高尔夫市场的兴旺。”

黎萍说：“海南本地打球人数不多，高尔夫球场借助旅游来推动高尔夫运动的发展，是一个途径。”

王公仆说：“大众化发展是高尔夫发展的趋势，但其发展之路并不平坦。高尔夫运动要实现大众化，我看，还需要很长一段时间，并不是经济上去了就可以大众化的。”

李大平说：“中国的高尔夫要发展，离不开高尔夫企业、政府和社会的共同努力。”

杨扬对高尔夫大学教育，很有感触，她说：“为适应高尔夫球场对高层次管理人才的需要，一些本科院校依托原有的专业，前瞻性地拓展了高尔夫专业方向，成为引导我国高尔夫教育的主要力量。”

黎萍说：“我国作为一个高尔夫运动起步较晚的国家，高尔夫教育刚刚起步，困难重重，且任重道远。美国接触高尔夫球的人口近 3000 万，而在我们中国，接触过高尔夫球的人口大约 300 万，经常打球的人只有 100 万左右，其中涉足高尔夫培训的青少年更是少之又少。”

王公仆说：“在中国，高尔夫球场方面要面临高昂的土地成本和管理成本，球场的经营者必须关注如何创收，不盈利的青少年培训让人望而生畏。”

黄梅说：“高尔夫就是一项平民运动，美国有十几所大学有完备的高尔夫专业课程，很多大学配备了自己的校队，收费标准的低廉，让所有乐于参与这项运动的孩子，如愿以偿。也正因为如此，美国才会诞生像老虎伍兹这样的黑人高尔夫巨星，而欧洲发达国家的情况也类似。”

杨扬补充说："高尔夫学历教育应该多与实践相结合，教、研、实践相结合，走出传统学历教育学无用的模式，力争做到学以致用。学历教育机构应该在充分研究国外高尔夫产业发展状况的情况下，努力对中国高尔夫发展的特点作出理论总结与研究，从而能够给学员以实际的有针对性的指导。"

神话博士与黎萍、阿椰、阿槟一起来到高尔夫球场。看着这绿草如茵、仙境般美丽的球场，望着青春和动感在蓝天白云下飘逸。

布东教授说："在高尔夫运动中，对礼仪有着较高的要求。如着装、谈吐、行为等，经过一百多年的积累沉淀，逐渐形成了"自律、自尊、礼让、宽容"的绅士文化。"

经常打高尔夫球的布东教授，讲起在打高尔夫时的一些注意事项。他还认为，在国外，即使是不会玩高尔夫的人，也对高尔夫礼仪了如指掌。在他们看来，高尔夫运动不仅仅是一种运动项目，更是一种谦让、诚信、优雅的个人体现。在中国，喜欢这项运动的人越来越多。但很多朋友在初学高尔夫的时候，通常只对技术问题十分看重，往往忽略了高尔夫礼仪的重要性。

阿椰穿了一件圆领汗衫。布东说："这样的服装不合格。首先，运动衣和衬衣必须有领子，无领汗衫或T恤衫在禁穿之列。当然，如果天气较冷时，也可穿质地较好的休闲西装或夹克衫。不要穿普通的运动短裤或牛仔裤，要穿正统的长西裤或短西裤。高尔夫球场在雨后或上午往往较湿、较滑，因而穿一般的网球鞋、运动鞋、旅游鞋不合适。专用高尔夫球鞋，其特点就是防滑。"

阿椰正准备挥杆，他看见天上有一只飞鸟，使劲一杆，球高高飞起，正好击中小鸟，球高高地落下地来，小鸟也摇晃着落下地来。教练看得目瞪口呆，还没来得及教训阿椰，他又挥出一杆。这一球是平射出去的。他们去看球落在什么地方，发现地上躺着一只死老鼠。教练说："球应该往球洞里打。"

阿椰这次挥杆，击出去的球划了一个弧线，正正地掉进一个球洞里。阿椰放下了球杆。王董事长告诉教练："这是古代五指山的猎手阿椰。"

教练说："他是鹿回头故事中与鹿仙女结婚的猎手阿椰么？"

王董事长点头说："正是。"

教练说："哟，神仙，难怪一开杆，就那么准！"

尽管如此，教练对鹿仙女还是特别照顾。阿槟打球时，忘了戴手套，教练让她戴上质地柔软的薄手套，说："这样，可以避免手掌与球杆猛烈摩擦时受伤。"

教练还让阿槟戴上一顶浅色的阔边太阳帽，说："可防止阳光直射。"

阿槟被教练人性化的关心所感动，她连连称"谢谢。"

神话博士看见有一辆高尔夫球车停在路边，招呼几个人上车。他认为这种电瓶车很平稳。没有料到，过一个坡道时，车子向一边歪斜，石博士心里发慌，车子撞到了一棵树上，向一边侧翻。车上坐的黎萍、阿槟、阿椰、九代穷，全被甩到了草坡上。不幸中的万幸，大家没有伤着骨头，只有九代穷的脸面擦伤了。黎萍打电话请来医务人员，给九代穷脸上贴了块药水纱布，叫人看到九代穷的脸觉得几分滑稽，有点像个小丑。

神话博士事后说："我刚才明明看见有个人站在我的前面，很像乌鸦精，我就往旁边打方向盘，没有想到撞到了树，还让大家受了惊吓。"

阿榔一听，与阿槟耳语一番，然后，阿榔说："乌鸦精就在我们附近，刚才是它在作怪。"

在场人认为阿榔是疑神疑鬼，因此，他的话没有引起大家的注意。布东是老球迷，懂得规则，他过来对神话博士说："球员驾驶高尔夫球车，尽量避免在球道上紧急刹车，尽量避免在球道上急转弯，尽量绕开球道上的积水，石博士，你刚才翻车就是转弯太急。"

李大平也算得上是个高尔夫球迷，他对高尔夫的了解，既是因为他喜欢打高尔夫，又是因为他担任旅行社的总经理，懂得高尔夫与旅游关系密切。所以，李大平谈起高尔夫来头头是道。他给大家讲起高尔夫运动的起源。

——追溯高尔夫运动的起源，从古至今，一直盛行着这样一个有趣的传说：一个苏格兰牧羊人在一次回家的路上，偶然用牧羊棍，将一颗圆石子击入兔子洞中。人们从而得到启发，发明了高尔夫这项贵族运动。高尔夫，这项古老的运动，其历史可以追溯到很久以前。据考证，高尔夫(Golf)这个词最早出现在1457年苏格兰议会文件中。由于当时高尔夫球非常盛行，它将许多年轻人从射箭运动中吸引了过来。所以，政府准备下令禁止这项运动。1457年3月，苏格兰王室詹姆斯二世国王，颁布了一项"完全停止并且取缔高尔夫球"的法令。原因是这项消遣性极强的运动，严重影响了苏格兰青年演练苏格兰"国术"——射箭。这项法令是第一次提到有关高尔夫运动的文件。

可是实际上，这项禁令在当时并没有起到太大的约束作用。很多苏格兰青年照样热衷于打高尔夫球，射箭之风却是每况愈下。后来，大家也没有再去理会那个禁令。因为，连制定1491年法规的苏格兰国王詹姆士四世，自己最终也成了狂热的高尔夫球迷，几乎天天光顾高尔夫球场。而詹姆士五世国王及其王后，也效法詹姆士四世，打起了高尔夫球。

率先涉及打高尔夫球的是苏格兰北海岸的士兵，后来逐渐引起宫廷贵族和民间青年的浓厚兴趣，最终成为苏格兰的一项传统项目。尔后传入英格兰。19世纪末传到美洲、澳洲及南非，20世纪传到亚洲。由于打高尔夫球最早在宫廷贵族中盛行，加之高尔夫球场地设备昂贵，故有"贵族运动"之称。

20世纪，高尔夫运动传入我国。1931年，上海成立了高尔夫球游戏中心。同年，中、英、美商人合办高尔夫球俱乐部，在南京陵园体育场旁开辟高尔夫球场。我们发现，苏格兰牧羊人发明的高尔夫，与旅游结合起来，正在走着一条由平民到贵族再到平民的发展之路，让我们感受着高尔夫球旅游的历史、现在和未来。记得高尔夫作为一种舶来物刚传入中国时，被冠名为"贵族运动"。但随着中国生产力的不断提高，社会的不断发展，人们的生活水平不断提升，消费观念的不断转变，高尔夫开始由宫廷走向民间，由特殊变得普通，由华贵转向朴实，由阳春白雪过渡到下里巴人，最终实现雅俗共赏。这就是大众化。

中国的高尔夫发展虽然只有20多年，但据历史记载，中国早在唐朝就出现了一种叫做"捶丸"的体育活动，酷似高尔夫运动。顾名思义，捶者击也，丸者球也，并且是击球入洞。宋元之际，

"捶丸"活动流行于我国北方民间,有宋代的一张捶丸图可为佐证。

黎萍放眼,白色的高尔夫球飞向蓝色的天空,划出一道亮丽的轨迹。她颇有感触地说:"人生也需要不断挥动球杆,在一瞬间用最有力的击点,击出我们渴望成功的球,我们要有远大的理想和和坚不可摧的信念,追求更高更快更远更准的目标!"

杨扬说:"高尔夫是英文"golf"一词的音译,由绿色(green)、氧气(oxygen)、阳光(light)和步履(foot)的第一个字母组成。由此可见,高尔夫是一项在阳光下、绿地上进行且氧分充足的强身健体的休闲运动,适合各种年龄、不同性别的人们参加。"

布东发表看法,不离他的本行:"高尔夫运动有利于人们心理健康的发展,对维护生态平衡,保护自然环境非常有益。在任何高尔夫赛事中,没有吹哨或喧嚣等不良行为,它把文明礼貌与健体竞技融为一体。它是世界公认的可接触时间最长、温和而智能的运动。实践已经证明,高尔夫运动是本世纪最受欢迎的运动之一。"

王公仆董事长说:"我以为,高尔夫球场是交流、交友、交际的活动场所,是信息互动、互惠、互利的平台。企业经营管理者,一边打球、一边谈生意,多么潇洒。机关工作人员,既旅游观光、又交朋结友,是多么自在。"

黄梅是学艺术的,她很有感慨地说:"海南高尔夫旅游,通过人与海南美丽大自然的交汇,演绎着国际旅游岛的一种文化时尚。"

王公仆说:"大众化是高尔夫旅游发展的必然趋势。同时,高尔夫运动已经成为一种时尚文化,是高层次会议、汇展、投资等商务活动的重要软环境要素。据专家估计,全世界商务、贸易成交量的 20%是在高尔夫球场达成协议的。"

显然,黄梅与大家接触久了,对旅游经济学也有所涉足了。

王公仆董事长作为高尔夫球场的经营管理者,他很有体会地表示:"作为一个具有良好发展前景的运动,高尔夫在国际上已形成了巨大的产业市场。围绕着高尔夫这项运动本身,在它周围形成了一个包括球杆球具业、高尔夫服装业、球场设施设备业、旅游业、房地产业、高尔夫综合服务业等相关行业在内的巨大产业链。据有关资料统计,全世界现有高尔夫球场总数超过 3 万个,高尔夫人口大约 7000 万。"

李大平补充说:"目前,高尔夫运动和产业最为发达的国家是:美国、英国、加拿大和日本。高尔夫新兴起的一些国家,其发展也令人瞩目。如泰国曼谷附近就有近百家球场,城市之国新加坡有 26 个球场。高尔夫球产业已经成为这些国家的经济支柱。"

阿榔与阿槟听人们谈高尔夫,似乎很有兴趣,似乎不大理解,似乎日有所思。但是,真正打起高尔夫球时,神话博士发现,他们之间,挥干准确又有力度的是阿榔,他一下将高尔夫球打入了洞中。连王公仆董事长派来的高尔夫教练都觉得十分惊讶。黎萍也去挥杆,她的球没有打出去,杆子却打到了神话博士的鼻子上,神话博士没有提防,被打得一脸的鼻血。乌鸦精的身影在旁边一晃,一般人是看不见的,只有阿榔阿槟看得清楚。

阿榔气得骂了一声:"乌鸦精你出来,我要剥了你的乌鸦皮。"

阿槟说:“我们让石博士去歇息,防止乌鸦精来闹事,球以后有机会再打。”

王董事长又邀请神话博士、黎萍导游一行去高尔夫球场旁边的游泳池去游泳。神话博士是在长江边长大的,水性不差,不然,当初跳海自杀早就没有命了。黎萍本来不会水,自从在深潭被水淹没了一下以后,她非但不怕水,反而对学习游泳产生了浓厚的兴趣。她在浅水池里学习,神话博士来负责教练。

阿榔与阿槟水性最好,他们负责教王董事长的孙子小贝游泳。王董事长与李大平总经理、布东博士在游泳池旁边的太阳伞下的方桌上,边喝饮料边聊天。

神话博士游泳游累了,给黎萍讲自己学游泳的故事:“年轻时,我们几个常到汉水河边去游泳,汉水是长江的一大支流。我们要跳水了,从趸船上往下跳,有人提议,抱住自己的双腿跳。我照办了。我蹲下去,双手抱住双腿,使力一跳,人落在水里,不停地翻滚。结果,我滚到了趸船下面。我睁开眼睛一看,水里面是黑乎乎的,我估计自己进入趸船下面了。我心里想,如果胡乱游,就会憋死在船底。我一定要认准方向。我在水下四下张望,发现有个方向有针大一点亮光,我就对着亮光去游,越游发现亮点越大,后来,整个头顶都出现亮光了。我意识到自己快游出船底了,我赶快往水面上浮。等我迫不及待地浮上水面,我发现自己已经憋得没有一点力气了。我想,如果还要延误几分钟,我已经命归黄泉了。”

阿榔对神话博士说:“你是一个凡人,能够从趸船底下游出来,需要毅力,实在不容易。”

布东教授爱好游泳,他曾经考证了这项体育运动。他说:“古代游泳,根据现有史料的考证,国内外较一致的看法是产生于居住在江、河、湖、海一带的古代人。他们为了生存,必然要在水中捕捉水鸟和鱼类作食物,通过观察和模仿鱼类、青蛙等动物在水中游动的动作,逐渐学会了游泳。我国历史悠久,水域辽阔。记载中游泳,始于五千年前。但游泳作为一个体育项目得以发展,还是近代的事。现代游泳运动起源于英国。17世纪60年代,英国不少地区的游泳活动就开展得相当活跃。18世纪初传到法国,继而成为风靡欧洲的运动。”

阿槟阿榔擅长游泳,因此,他们对游泳成为体育项目觉得很新鲜很有趣味。布东教授有了听众,讲的兴趣更大了:“1828年,英国在利物浦乔治码头修造了第一个室内游泳池。这种泳池到19世纪30年代,在英国各大市城相继出现。1837年,在英国伦敦成立了第一个游泳组织,同时举办了英国最早的游泳比赛。1869年1月,在伦敦成立了大城市游泳俱乐部联合会(现英国业余游泳协会前身),并把游泳作为一个专门的运动项目正式固定下来。游泳项目随之传入各英属殖民地,继而传遍全世界。随着游泳运动的发展,游泳被分为实用游泳和竞技游泳两大类。实用游泳又分为侧泳、潜泳、反蛙泳、踩水、救护、武装泅渡;竞技游泳分为蛙泳、爬泳、仰泳、蝶泳。”

阿榔说:“我虽然是我们那个时代的游泳高手,但是,对于你刚才说的游泳项目不太熟悉,以后有机会教教我们。”

神话博士说:“阿榔阿槟,我可以让你们看一看游泳比赛的盛况。”

他将魔衣上的梦幻功能开关对准1896年第一届奥运会。奥运会的盛况出现在眼前,一群健儿在进行游泳竞技比赛。接着,是各种锦标赛、国际大型比赛中竞技游泳的场面,运动员游泳技术动作更完善，创造了一个又一个优异的成绩，运动员不断地登台领奖的镜头。

布东教授介绍："自古至今，无论是为了捕猎、逃避猛兽或是遇上海难时得以自救，游泳都是一门重要的求生技能之一。远在公元前2500年，古埃及已有类似捷泳的活动。古罗马人兴建的巨大浴池，更是上流社会人士作为余暇游泳及社交活动的场所。早期的游泳活动，只被视为贵族子女教育及士兵训练的一个重要部分，直至18世纪末期，工人群众参与游泳的时间及机会增多后，游泳才开始成为一种普及的活动。"

没有料到，布东教授的讲话吸引了阿椰与阿槟，也激发了神话博士的讲话兴趣，他讲述了一系列关于游泳的故事，还说："我看见有的小孩水性好，光着身子游泳，躺在水面上一动也不动，却能够将自己的小鸟露出水面，我想训练小贝将小鸟露出水面。"

石博士的话让阿椰阿槟九代穷笑了。忽然，阿椰四下用眼睛寻找，然后慌张地说："小贝，小贝怎么不见了。"

我们紧张地在游泳池里找了一大圈。这游泳池里的水是透明的，很容易发现目标。阿椰断定，小贝肯定是掉进游泳池附近的小河沟里了。

游泳池旁边不远的地方，有一条小河沟。阿椰几个快步走过去，果然发现有个小孩在河沟边挣扎，他穿的汗衫被一条小鳄鱼咬住。阿椰一看吓傻了，他知道，如果这条鳄鱼大一点，小贝早就被吞食了。不过，这也十分危险，有条大的鳄鱼正在朝这个方向游动。如果迟一点，小贝有被吞噬的可能。阿椰一个箭步上前，用手指去戳那条小鳄鱼的眼睛，小鳄鱼疼得松了口。那条大鳄鱼扑了过来，阿椰干脆将胳膊伸了出去，塞到大鳄鱼的嘴巴里，竟然将大鳄鱼的尖利的牙齿崩断了几粒。然后，他将几百斤重的大鳄鱼举起来，往上空一扔，至少扔了两层楼高，鳄鱼在空中的镜头被杨扬拍了一张。鳄鱼落下来，落到了小河沟里，溅起的水花有两米高，这照片，又被杨扬拍到了。所有的人都鼓起掌来。乌鸦精已经跑得没有影子了。

王公仆董事长与小贝的父亲王勇敢过来了，他们看见小贝没有事了，松了一口气。他们了解了事情的全部经过，再三对阿椰表示感谢。阿椰教小贝游泳，受到宠爱的小贝嫌累了，阿椰不同意他休息，要求继续训练。小贝去求爷爷，人们都说隔辈亲。当爷爷、奶奶的，当外公、外婆的，比较起孩子的亲生父母，更加宠爱孩子。王公仆就给小贝求情，没有想到，小贝跑到小河沟那边去了。这小河沟里的水虽然有2米深，小贝的水性不大好，也不至于淹死。可是，谁也没有想到，这水沟里竟然藏着几条鳄鱼。

王勇敢说，前几天的台风暴雨，水库水位骤然升高。水位超过了水库上游鳄鱼养殖场的围墙高度，鳄鱼养殖场西北角围墙突然倒塌，多条鳄鱼有如困兽出笼，随大水脱逃，像散兵游勇无组织无纪律地在道路上、水田里以及河沟中四处游荡。路人不小心，被鳄鱼咬掉胳膊者有之，被鳄鱼咬掉大腿者有之。

神话博士记得，海南省野生动植物保护中心曾经在电视里发布：鳄鱼是国家二级保护动物。目前，国家对鳄鱼的驯养繁殖、经营利用，分属林业部门和渔业部门共同管理。如果这些鳄鱼不及时抓获，势必在附近水域或水田里活动，对附近群众的人身安全构成威胁。还有群众担心，如果外逃的鳄鱼，通过与水库相连的沟渠，流散到更远的范围并繁殖，后果更不堪设想。

阿榔还在继续寻找河沟里的鳄鱼。忽然，阿榔看见了豺狼精、乌鸦精与黄蝎子他们坐着三菱面包车、宝马轿车开走了。阿榔对黎萍导游说："这场台风暴雨导致的鳄鱼灾难之所以这么严重，不排斥乌鸦精、豺狼精借助台风暴雨兴风作浪。看来，我们要想方设法制服它们，务必加快对宝刀、宝锄的寻找行动，牵制它们的注意力，尽快促使它们离开现代社会，回到它们所在的时代。"

十二、坎坷槟榔

阿榔、阿槟、神话博士、九代穷等一起被王公仆邀请到宾馆的贵宾休息室里喝茶。因为神话博士对阿榔的生平很感兴趣，性格开朗的阿槟催促阿榔讲讲，于是，猎手阿榔给九代穷、黎萍导游、杨扬、神话博士等人讲述了他们的遭遇。神话博士打开魔衣上的梦幻开关，随着阿榔的讲述，故事情景逼真地通过贵宾室的投影仪投射在屏幕上。

五指山山峰高耸，简直让人感觉到好比巨大的手指直指云霄。神奇的五指山，既让人感觉到气势磅礴，又不失风景秀丽。大山脚下，一个不大不小的村庄，叫做椰树村。之所以叫椰树村，与这个村庄周围椰树相掩，到处是椰树有关。这些竹林，清秀、幽静、挺拔。村里的住房虽是简陋的木屋，不过，有了椰树的衬托，显得格外优雅。村庄里有 20 多户人家，100 多口人，他们种地、打猎，过着最原始的生活，几乎与外界没有多少联系。其中，有一户人家，与村里其他山民不一样，他们家的房子靠着一棵老椰树，树上结的椰子是黄色的外壳，被人称为金椰。说怪也怪，整个村子就他家房屋前是金椰。

这家的男主人叫胡宝，据说他是大峰的孙子，个子不高，显得敦实，打猎，却有一身好功夫。他甩石头，能够砸中飞奔的野兔；他射箭，能够射中鳄鱼的眼睛；他舞刀，能够一下叫凶猛的野猪刀起头落。那个时候，山上的猛兽很多。一天，一只金钱豹像台风一样闯进村来，咬住一个名叫山子的小孩，撒腿就往村外跑。满村的人举起棍棒锄头，没命地追赶着，疯狂地喊叫着，一心指望吓得金钱豹甩下孩子。可这金钱豹顽固不化，始终没有放下孩子。胡宝只有拿起弓箭，人们不让他射，担心误伤孩子。胡宝便一边奔跑追赶，一边瞅准机会放箭。胡宝不能够不担心，箭射飞奔的豹子，万一伤害了小孩子的性命，就成为悲剧。终于，他离金钱豹近了，放出一箭，金钱豹背部中箭后，疼得甩下孩子，反过身子向胡宝扑来。胡宝来不及继续放箭，被金钱豹扑倒在地，只得用拳头来对付金钱豹，将金钱豹打得晕头转向，金钱豹也一口将他咬得皮开肉绽。等村民拿着棍子追赶过来，金钱豹已经被打死，村民们将胡宝扶了起来。山子的母亲跪在胡宝面前，向恩人表示感谢。

胡宝的妻子程英，个子细高，心灵手巧，善于刺绣织布，被称为巧手姑娘。她会织锦，她织上的鲜花看上去非常新鲜、逼真。当她将织锦挂在门前的树上晒太阳时，村民无不惊异的是，满山的蝴蝶成群结队，汇聚在他家的门前。她织的老虎太逼真了，几个猎人来串门，吓得惊慌失措喊救命。连机敏的猎狗都被唬住了，吓得抱头鼠窜。关于织绣的歌谣，主要反映了黎族当时的纺织工具、原料和技术。如，程英喜欢唱的《十绣歌》。这是一首关于织绣的歌谣，主要反映了黎族当时的纺织工具、原料和技术——

一绣凤来二绣鸾，三绣龙王住花村，四绣鱼虾弄溪水，五绣花神玩花园，
六绣黄牛站坡顶，七绣鸟仔与老鹰，八绣天星九绣月，十绣日头照山林。

歌谣中还咏唱了黄道婆向黎族人民学习纺织技术的情景，如《道婆学艺在我家》：

筒裙姑娘手把针，绣得王家千金花；
黎裙汉袍映异彩，道婆学艺在我家。

黎族原始的纺纱方法是：先把棉花或木棉花一丝丝地捻接成线，然后用一小竹条捆卷着，要卷纱时，放在腿上一搓，卷纱竹枝在空中旋转，逐渐把纱卷成绽。黎族纺织工具主要有手摇轧花机、踞腰织机、脚踏纺织机等三种。宋末元初，黄道婆学习黎族棉纺织技术，并在黎族纺织工艺基础上加以改进，把原来手摇式只能纺一根纱的踏车，改进为一手能纺三根纱的脚踏车。

黎锦中以龙被的纺织技术最高。龙被，也称大被，史书称之为崖州被，是黎族历代的珍品之一。龙被有五种形式，分别为单幅龙被、双联幅龙被、三联幅龙被、四联幅龙被、五联幅龙被。以三联幅最为常见，五联幅和单幅最为少见。龙被的织造主要有两种方法，一种是使用踞腰织机，另一种是脚踏织机。踞腰织机所织的龙被图案比较传统，色彩单一，数量较少。而脚踏织机所织的龙被，质地厚、质量好。龙被的制作方法：先织好布料，然后在布料上刺绣花纹图案。龙被的织造很复杂。从摘棉、脱棉籽、纺纱、染纱到织绣出龙被，约 5~6 个月的时间，甚至耗时一年。只有技术高超而且身体健康的人，才能胜任织绣龙被的工作。

在织绣前要请“道公”来“割红”，请神灵保佑织造者眼明手快，早日完成织造任务，作完法事后才能开始织造龙被。龙被完工之后也要举行仪式，感谢神灵保佑，使龙被顺利完成。人们从开始起步到完成织绣工作的这段时间里，不管是多长时间，每天都不能间断。不论工作多累，都得坚持织绣龙被，如果实在忙不过来，也要拿织物动一动，或者绣一绣，否则龙被就不灵，老祖宗不认。

现在，织绣龙被的脚踏织机早已失传，刺绣龙被的技术也已经消失，但踞腰织机的织法，在个别地区还存在，但为数已不多了。1949 年以前，黎族作法事时要挂龙被，丧葬时要用龙被盖棺，在贫穷人家，如果父母死亡，没有龙被盖棺，也要卖儿卖女买龙被来用，否则全村人看不起，丧葬也不顺利。三联幅龙被是由三幅彩锦连缀而成，长达 2~3 米，黑色、咖啡色和棕色的人纹、蟒蛇纹为主体纹样，也称为“鬼纹”。龙被的花纹图案色彩不同，用途也不相同，红色多用于红事，如婚礼、祝寿、盖房、节庆；黑色多用在白事上，如丧事中的“作鬼”（一种法事）、盖棺等。

龙被图案丰富，色彩艳丽。图案的内容多与神话传说相关，有动物图案，如龙、凤、鹿、公鸡、鲤鱼、青蛙、喜鹊等；有植物图案，如木棉花、龙骨花、泥嫩花、梅花、竹、青草等；自然界图案，如雷公、闪电、太阳、月亮、星星、流水、田野、大海、蓝天等；生产工具图案，如竹箩、米筛、钩刀、镰刀、

小桶、脸盆等;汉字图案。明代前期的龙被的图案内容都是黎族人民对祖宗崇拜的虔诚表现,或者是对在日常生活中所见的动植物的提炼加工,蕴含纯粹的黎族文化。如《神树·灵芝图》、《祖宗图》、《森林图》、《百花园图》、《满园春色图》、《长寿果图》、《万象更新图》、《天香图》、《仙花结果图》、《蛙纹图》、《鱼纹图》。明代后期的龙被明显受到汉文化的影响。这一时期,一部分龙被把汉文化中标志性纹样融入龙被图案中。明代中期至民国晚期出现的龙被,其图案内容有福、禄、寿的文字和为皇帝庆贺的龙凤呈祥,也有道教的"八仙"、八卦太极和佛教的莲花宝座等。这一时期的龙被以《福禄寿星图》和《八卦太极百灵献寿图》为代表。

虽然胡宝是一流的猎手,程英是一流的纺织能手,但是,他们也有不顺心的事情。他们结婚十年了,到现在还没有孩子。胡宝想孩子,想得几乎疯狂了;程英想孩子,想得几乎绝望了。可是,丈夫怕妻子伤心,当着面装得很高兴的样子;妻子怕丈夫心伤,也装得无所谓的样子。胡宝性情豪爽,想到自己家里生活经济条件,在当时比较宽裕,吃不愁,穿不愁,看见邻居小孩活蹦乱跳,自己家里没有孩子的哭笑声,忍不住整天皱着眉头。程英性情温柔,想到自己的肚子不争气,总是平平的,禁不住暗暗流泪。本来,他们 20 多岁成婚,现有 40 多岁了,还没有生孩子。结婚多年没有孩子,叫人心里怎能不着急呢。由于胡宝与程英的善良感动了村里人,大家都为他们祈祷,希望他们能够善有善报。邻居中有个老人对胡宝与程英说:"南海观音很灵,你们可以去南海看看观音洞,打听一下宝刀与宝锄的下落。自从你们祖辈有了宝刀宝锄这传家宝,就发家,没有了宝刀、宝锄这传家宝,家里的香火就不旺了。"

中国古代,人们烧香拜佛,求的最多的是观世音菩萨,中国的老百姓最崇拜的便是观世音菩萨。南海观世音的洞在三亚,离五指山有很远一段路,不像今天公路平坦,可以开小车去求援。他们当时只有步行去三亚。他们翻山越岭,走过了一座座山。他们先找的洞是落笔洞,位于三亚荔枝沟镇东北约 7 公里处印岭脚下。据传,很久以前,有一仙家下凡,在此洞里写字、吟诗、作画。最后,将笔遗落在洞内。落笔洞为天然石灰岩溶洞,洞口高约 12 米,宽 9 米,深 8 米,洞顶逐渐升高 22 米,洞中央有两根钟乳石,形似两支笔,但笔尖已断。

落笔洞外,古树参天,鸟鸣山幽;摩崖石刻,顺念倒诵,诙谐成趣。洞内石景,多种多样,似马、似犬者有之,似猴、似龟者也有之。落笔洞周围,无数石灰溶洞,形状千奇百怪,"仙郎洞"、"仙女洞",叫人以为神话世界。他们正在洞里转来转去,一位老者迎面而来,摸着胡须对他们说:"你们是胡英夫妇吧,你们家的先人名叫大峰,你们家失落的宝贝是龙王爷送的宝刀与宝锄。"

他们听了这话,大吃一惊。胡宝纳闷地问老者:"你怎么知道我们家的先人是大峰,还知道我们家曾经失落的宝贝。"

老者主动地将观音洞的方向告诉他们,老者还说:"天机不可泄露,我知道你们今天来干什么,是不是想找宝刀与宝锄呀。"

胡宝想,这老人是谁,不晓得是不是老神仙。不然,他为什么知道我们想做的事呢。

胡宝临走时问老者:"您为什么要帮助我们呢?"

老者没有正面回答,只说:"善有善报,恶有恶报。"

观音洞别有洞天，它邻近蓝洋温泉，是莲花峰上一个石灰岩大溶洞穴，纵横交错，曲幽宁静。洞内奇形怪状的景点几十处。洞内有处温泉，当地人说这是观音菩萨留给后人延年益寿的泉水。观音洞与落笔洞或与皇帝洞相比，又是一番景致。欣赏落笔洞中的怪石，我们要发挥想象力，发现它们像什么。通过想象，调动情感，艺术的美就出现了，幻觉也产生了。幻觉是人在幻想中产生的感觉，审美对象在人的审美意识中造成的幻觉，是一种特殊曲折的反映。

在我国，观音洞很多。究其原因，人们喜欢观音，喜欢观音的慈祥；人们崇敬观音，崇敬观音的人格力量；人们敬佩观音，敬佩她无所不能的神奇力量。所以，我们的山水洞窟经常有观音的影子，就可以理解了。这天，他们跪在观音洞烧香："求观音菩萨保佑，给我们一个机会，让我们寻到宝刀、宝锄这传家宝，让我们早生子。"

口里念叨着，夫妻俩竟迷迷糊糊地睡着了。多少天来，夫妻两个心里焦急，都没有睡好觉。程英在梦里看见了观世音菩萨，一个声音不知从什么地方发出："念你丈夫勤劳勇敢，念你勤劳智慧，尤其是你绣的黎锦，将我的形象绣活了，我让五指山上的石头猴子脱胎到你家去了。寻找宝刀、宝锄的任务，落在你的儿子身上了。"

程英醒后，发现是观世音菩萨托梦，便将梦境告诉了丈夫。她丈夫一听，激动地说："我也做了一个梦，只听见一声巨响，抬头好像感觉到一团烟气在上升，我好像看见了观世音菩萨。她说，让五指山大峰上的一个石头猴子脱胎到我们家里。这是孙悟空当年被如来佛压在五指山下，临走时拔下的一根猴毛变的。"

妻子问："五指山的石头猴子在哪里找啊。"

丈夫说："不知道，应该是指五指山大峰上的石头。我们不就是大峰的后代吗？"

说到这里，妻子看见丈夫眉头紧锁，好像不大高兴的样子，就问："你有什么心事吗？"

丈夫回忆了梦境，说："菩萨问我，是真心想要个孩子吗?我说，是的，我们真心想要一个孩子。菩萨说，有了这个孩子，你们家里虽可以光宗耀祖，但是要面临几场大的灾难，你们是要还是不要。我犹豫了一下才说要，不知道观世音菩萨会不会生气。

妻子态度坚定地说："你虽然犹豫，但还是说要了。观世音菩萨大人大量，不会与我们小人一般见识的。胡宝啊，我们20多岁结婚，现在20年都过去了，我们宁可遇到灾难，也想有个孩子。难道你不希望有个孩子传宗接代吗？"

妻子的话语，打动了丈夫的心。他想，长期以来，一直盼望有个孩子。怎么能够因为害怕灾难就打退堂鼓呢？想到这里，胡宝说："毕竟是梦，不必大惊小怪，有观世音菩萨保佑，什么妖精也不用怕。"

回到家里，程英吃饭好像没胃口，吃什么吐什么，头晕沉沉的，浑身没有劲，走路也东倒西歪。于是，他们去见医生，老中医先拿脉，后看面相，最后，才说："恭喜你，有喜了。"

胡宝一听，百感交集，张口结舌，说不出话来。奇怪，程英的肚子大得太快了，不到5个月，她的肚子比怀孕10个月的孕妇肚子还要大。一天，程英在山上砍柴，肚子疼得厉害，她不得不蹲下来。忽然看见一条毒蛇，向她袭击。程英吓得起身就跑，一下滑下山坡杂草里。好在丈夫胡宝就在旁边，他发现了，下到山坡救起妻子，扶着妻子边走边埋怨："要你别上山，你不听！现在看你怎么办？"

胡宝将老婆搀扶下山，不料，两头狼一前一后扑了过来，张口要咬程英，胡宝拿出弓箭，射杀了一只，另一只夺路而逃。

他们回到村里，一个白发老头在路上拦住他们，说道："今天，攻击你们的是蛇精与狼精，我估计是与你妻子里的胎儿有关。建议你们要注意，这段时间不要再上山了。"

胡宝回忆起来，一拍脑袋："是啊，最近不顺，不是遇到狼，就是遇到毒蛇。要么，它们是魔王的后代，为了报仇而来。要么，它们是自己得罪的妖精，报复而来。"

白发老人对胡宝说："你妻子之所以遭受攻击，因为你打猎时，伤害了蛇精与豺狼精。现在，这几个妖精担心你儿子长大难得对付，因为你儿子前世是石猴，他们要迫害你妻子，让你没有后代。"

胡宝听了，心想，石头猴子会不会是个妖精。如果是的，太可怕了。怎么办呢？我总不能够让它长大，贻害人间吧。果然，阿椰出生时的非同凡响，让他父亲惊恐万状。因为，他从母亲的子宫里被接生婆接生出来，是一个肉球一样的东西。接生婆吓得手一松，肉球就掉在地上了。肉球在地上滚，越滚越大。一个小儿子从肉球地爬出来。先哭完后，瞪着圆圆的大眼睛看着父母双亲，然后叫出声来。

接生婆说了一声："啊，妖怪。"

接生婆顾不上要接生的钱，扭头就跑。胡宝当时就拿出砍刀来，说："你如果是妖怪，你就自己逃走。否则，我就宰了你再说。"

程英一听，惊慌失措地用身体护起儿子。说："这是上天赐给我的宝贝，在我的身体中出来的。即使是妖怪，我也喜欢他。"

为了防止丈夫害自己的儿子，程英与他形影不离。时间长了，胡宝无法下手，但是，还在寻找机会。一天，村寨里来了个疯和尚，一路走一路跳，见到了正在门口玩耍的孩子，就对胡宝说："我要收你的儿子为弟子。我就是南海和尚。他还没有起名字吧？"

胡宝说："还没有起名字呢。"

和尚闭着眼睛，用手抚摩着颈子上的连珠，说："他的名字叫阿椰，他的前世是大峰山上的石头猴子转世，你千万不能够杀他，这是菩萨的旨意。他到人世间将有大任。"

和尚临走前，还说："你们是不是遇到了一条蛇精，两只狼精？告诉你，最近你出门一定要小心。"

胡宝一听，知道这和尚是神仙了，赶忙下跪："请神仙喝茶。"

疯和尚摆摆手。等到他抬起头来，和尚已经不见踪影了。胡宝从此不敢得罪自己的儿子。觉得别扭。可是时间长了，他发现，自己的儿子其实很可爱，与别人的儿子没有什么特别的地方，只是走路早点，说话早点，还勤快、孝敬、聪明。于是，胡宝感情上接受了自己的儿子，毕竟是老来得子，也不容易。胡宝等到儿子5岁会像少年一样跑路了，就教儿子阿椰打拳，教阿椰射箭，教阿榔用刀，还给他讲宝刀与宝锄的故事。这么多年来，知道五指山故事的人，都在寻找宝刀与宝锄。阿榔的父亲也不例外，他也在打听宝刀与宝锄的下落，逢山洞就钻。有一次，他上山打猎后顺便去看一个山洞，没有想到，不小心滑了一跤，踩到了一条眼镜蛇的尾巴，眼镜蛇转身就是一口。眼镜蛇还想咬第二口时，阿榔手起刀落，蛇头搬家。阿榔扶着父亲下山回家。胡宝用一种草药将腿上的伤口敷好了。

那一年，阿榔只有10岁。父亲叫他到身边，说："阿榔，谢谢你今天救了我。"

儿子说："您是我的父亲，我当然要保护你。"

另一次上山，他们一前一后。这个时候的阿榔虽然只有11岁，却有18岁青年那么高。而且，他的刀法精通，剑术了得，射箭也是百发百中。自从父亲被毒蛇咬了一口，虽然没有死亡没有残废，但是，元气大伤。他们走在山路上，可能是父亲的身体太虚，也可能是被什么惊吓了一下，父亲一脚踩滑，顺着山坡往下溜，儿子伸手去抓，却抓了个空。眼看着父亲掉进了深山沟。

阿榔哭着，攀岩而下，手臂上被树枝划成一道道血痕。他没有发现父亲，心灰意冷。休息了片刻，觉得不能够半途而废。于是，他继续往山下寻找。终于他到了山底。里面有一个水潭，水潭旁边的一个岩石上的小树上，倒挂着他的父亲。他艰难地从树上救下奄奄一息的父亲，将父亲平放在平地上，一个劲地哭着呼唤："阿爸！阿爸！"

父亲睁开了眼睛，想用手去抚摸阿榔的头，但是手抬不起来了。他只是说了一声："阿榔，你哭了。父亲心里难过，你别哭。"

说完，父亲又昏迷了过去。阿榔将父亲背在身上，找着一条弯弯的山路，爬着，攀着，走着，经过了半天的时间，才把父亲背回到家里。别看他的年龄仅11岁，个子像18岁，至于力气嘛，他能够将一只小牛举起。只是山路太难走，他背回了父亲，已经累得说不出话来。

父亲躺在床上。母亲给父亲洗伤口。父亲说："别折腾了。这次，我可能活不了。你们母子俩相依为命，好好地活下去。儿子到了年龄，就找个好姑娘。"

胡宝的五脏六腑都受到了损伤，他自己能够感觉出来。他一手拉着儿子的手，一手拉着妻子的手："儿子，以后，你要听妈妈的话。你可以打猎，一是注意安全，山上有毒蛇。一般来说，你不踩着它，它不会主动攻击你。二来，山上的小羊、小兔你可以打一点，但不要赶尽杀绝。三来，对于花鹿、猴子等有灵性的动物，不要去打。"

阿榔觉得父亲善良过分，他怎么不提那个蛇精与狼精呢。父亲看出了他的心思，说："蛇精歹毒不代表所有的蛇都歹毒，狼精凶狠，不代表所有的狼都凶狠。"

那个时候，阿榔父亲不懂得给动物保护分出一类二类的，但是，他知道，对于动物不要赶尽杀绝，这已经是了不起的进步了。当然，那个时候，猎人是一种职业，可是现在呢，猎人的职业就不存在了。因为，山里的动物植物出于生态保护的原因，都不容许再打了。

一会，胡宝便只有出气，没有进气，慢慢地闭上了眼睛。妈妈开始哭起来，越哭声音越大。阿榔反过来，哭不出声音来了。父亲去世了，意味着阿榔与自己的妈妈要单独地活下去。妈妈痛哭了一个晚上。第二天，母亲与阿榔埋葬了父亲。那个疯和尚赶来了，他刚进门，阿榔倒头便拜：

"师傅,您来了。"

程英心里称奇,怎么儿子认得这是他的师傅。她打算将丈夫去世的消息告诉疯和尚。哪晓得,疯和尚说:"我早就知道了,没有办法的,胡宝阳寿已尽。"

他还说:"你父亲死了,妖精们暂时不会来找你的麻烦,他们想放长线钓大鱼,让你长大,通过你找到宝刀与宝锄。你的姻缘,是与鹿仙结合。但是,一旦结合,必有磨难。当然,我还会帮你排难,谁叫我是你师父。"

阿榔说:"谁是鹿仙?"

疯和尚说:"天机不可泄露,记住。不管你遇到什么困难,你都可以在五指山顶对着天空喊:疯师傅,快救我。我就会来救你的。"

阿榔请师傅在一起吃饭,喝酒。师傅徒弟两个相处了十天半月,师傅教他学会腾云驾雾,还学会遁地之术。阿榔最主要的功夫是只要有人给他讲一段什么神话故事,他都可以睡上一觉,进入故事中的境界,体会一种韵味。

阿榔告诉我们,他的母亲程英很会讲神话传说故事,有各种各样的五指山的故事。其中,有宝刀与宝锄的故事。当然,阿榔最喜欢听是故事是《聪明的小长工》。阿榔听着故事进入了梦乡,他梦见自己变成了一只小狗,遇到在地主家里当长工的孤儿,上身穿的是破麻袋布做的上衣,下身穿的是破裤子。天一麻亮,他就得牵着地主家的几头牛,到山坡去吃草。傍晚,孤儿牵着牛披着夕阳回到家中。他有一天,实在受不了。便对地主说:"我给您家放了几年牛了,现在想来都觉得伤心。因为,几年来,我一直吃不饱穿不暖。"

地主说:"你年纪小,日子长,以后可以慢慢吃。而我年纪大,日子不长,当然得吃好些。"

第二天,地主起来见牛栏中有几头小牛,很生气,指责小长工不把小牛放去吃草。小长工回答说,小牛还小,少吃一些不要紧,以后再慢慢吃。老牛老了,快要死了,应该多吃一点。地主被说得哑口无言。阿榔听了觉得十分开心,他一个劲地笑。结果,笑醒了。

阿榔有一天,继续缠着妈妈讲故事。他最喜欢的故事是英雄海力布的故事。先说一说海力布的故事,他从老鹰嘴里救下了一条蛇。几天后,小蛇见到他,就说:"救命恩人,您好!感谢您昨天救了我的性命。您可能不认得我,我是龙王的女儿。我父母今天特地叫我来接您,请您到我们家去一趟,我的父亲母亲要重谢您。"

海力布说:"我做好事不是为了图感谢图回报的,我不想去你家。"

小白蛇继续说:"我希望您到我家去,我父亲母亲给您什么您都别要,只要我父亲嘴里含着的宝石。您得了那块宝石,把它含在嘴里,就能听懂世上各种动物的话,对你躲避灾难打猎很有帮助。"

海力布听了,一面点头,一面跟着小白蛇向深谷里走去,越走越冷。走到一个仓库门前,小白蛇说:"我的爸爸和妈妈不能请您到家里去坐,就在仓库门前等您,现在已经来到这里了。"

正当小白蛇说话的时候,老龙王已经迎上前来。他恭敬地说:"您救了我的爱女,我感谢您!这是我聚藏珍宝的仓库,我带您进去看看,您愿意要什么,就拿什么去,请不要客气!"

说着，把仓库门打开，引海力布进屋。只见屋里全是珍珠宝石，琳琅满目。老龙王引着海力布看完这个仓库又走到另一个仓库，就这样一连走了一百零八个宝库，但是海力布却没有看中一个宝贝。老龙王很为难地问海力布："我的恩人！我这些仓库里的宝物，您一个也不稀罕吗？"

海力布说："这些宝物虽然很好，但只可以用来做美丽的装饰品；对我们打猎的人来说，没有什么用处。如果龙王真想给一点东西作纪念，就请把嘴里含的那块宝石给我吧！"

龙王听了这话，低头沉思一会，只好忍痛把嘴里含的那块宝石吐了出来，递给海力布。海力布得了宝石，辞别龙王出来的时候，小白蛇又跟着出来，叮嘱他说："恩人，我忘了告诉你，把岩石含在口里，您能够听懂所有动物的话。但是这些动物的话，只能自己知道，千万不要向别人说。如果向别人说了，那么您就会从头到脚，变成僵硬的石头死去。您可千万要记住！"

从此，海力布在山中打猎更方便了。他能听懂雀鸟和野兽的语言，隔着大山有什么动物，他都能知道。这样过了几年。有一天，他仍然到山里打猎，忽然听见一群飞鸟议论说："我们快到别处去吧！明天这附近的大山都要崩裂，涌出的洪水，泛滥遍野，不知要淹死多少野兽哩！"

海力布听见了这个消息，心里很着急，也没有心思再打猎了，赶紧回家，向大家说："我们赶快迁移到别处去吧！这个地方住不得了！谁要不相信，将来后悔就来不及了！"

大家听了他的话都很奇怪，有的认为根本不理会有这桩事，有的认为可能是海力布发疯了。总之，谁都不相信海力布的话。急得海力布掉下眼泪说："大家难道先让我死了，才相信我的话吗？"

几个年老的人向海力布说："你从来不说谎话，这是我们大家都知道的。可是你现在说这个地方住不得，是什么原因呢？"

海力布想：灾难立刻就要来到了。如果我只顾自己避难，让大家受祸，这能行吗？我宁肯牺牲自己，也要救出大家。于是，他把如何得到宝石，如何利用宝石打猎，今天又如何听见一群飞鸟议论和忙着逃难的情形，以及不能把听来的事情告诉别人，如果告诉了，立刻就会变成石头而死等等，说了出来。海力布边说边变化，渐渐变成了一块僵硬的石头。大家看见海力布变成了石头，相信了海力布的话，立刻很悲痛地赶着牛羊马群，把家迁走。这时阴云密布，大雨已经下起来了。第二天早晨，雷声震天动地，霎时，山崩水涌，洪水滔滔。大家都感动地说："如果不是海力布为我们牺牲自己，我们都要被洪水淹死了！"

后来，大家找到了海力布变的那块石头，把它搁在一个山顶上，好让子子孙孙都纪念这个牺牲自己保全大家的英雄海力布。

阿椰最喜欢听妈妈讲猎人海力布的故事。他学习海力布，十分热情地帮助人，打来禽兽，从不独自享用，总分给大家。因此，他很受大家尊敬。阿椰记得，他从小跟着父亲往山里跑，跟父亲学爬山学打猎，他能够骑马、射箭。由于阿椰善良，所以他从来就不去打温柔的动物。例如，花鹿、猴子等。

阿椰母亲对阿椰说："你的父亲去世了，你年龄太小，上山不安全，我想让你读点书。"因为母亲还有点积蓄，所以她重视阿椰的学习，让私塾老师教他语文与算术。由于家境不宽松，阿椰读了一年，又得上山打猎了。阿榔虽然读了一年书，但他聪明刻苦，能够看懂一些书。当然，会识字后，阿榔经常去邻村借书来读。

阿榔母亲说："儿子，不让你读书，我心里不安。"

阿榔说："我可以借书读，我还是想上山打猎来养活自己与妈妈。"

阿榔对山上的环境越来越熟悉，山上的动物有灵性，它们知道阿榔是个善良的猎人，猴子看见他上山了，前呼后拥。偶尔一次他睡觉了，躺在大树下，醒来发现，他的头是靠在一条蟒蛇身上。他回到家里，将自己的遭遇讲给他母亲听了。他的母亲一听，就说，"儿子，真是善有善报，有神仙在帮助你。"

阿榔今年有 22 岁了，做母亲的自然焦急万分。俗话说："男大当婚，女大当嫁。"女子 18 岁就必须结婚。男子呢？ 20 岁不结婚就晚了。阿榔 22 岁了，威武英俊，善良孝顺，是个好青年。一天，母亲对儿子说："你今天已经满 22 岁了，我想让你找个妻子。"

儿子回答："妈妈，我不想结婚，因为，我们家里经济条件不宽裕。"

母亲说："傻孩子，男大当婚，女大当嫁。怎么能够不结婚呢。"

阿榔心里也有自己的苦恼，父亲在他 12 岁的时候不幸去世，是母亲将他拉扯大。他一定要好好地报答自己的母亲。现在，家里条件不大宽裕，母亲身体又不好，他想好好地多伺候自己的母亲几年，没有心思去考虑自己的婚事。

其实，阿榔没有结婚不是他自己不优秀，他相貌英俊，身材匀称，浑身的肌肉，有运动员的健美。可是，为什么阿榔打单身呢?一来，阿榔认为家里经济条件差，害怕姑娘不愿意；二来，自己也没有看中一个令他心动的姑娘。

那个时候，五指山下的小村庄，离大海也不是太远，因此，阿榔经常到海边去转。阿榔觉得海洋的风光很美，尤其是早上太阳刚刚升起，海浪在阳光照耀下，波光闪闪。柔软的沙滩上，贝壳星星点点。由于阿榔的姨妈姨父住在海边的一个村庄里，姨父与表哥阿富，经常教他打鱼。他喜欢表哥阿富，他能够像鱼一样在水里自由地前行，还会潜水，比起一般人来说，要潜得久，潜得深。他发现邻居中的一个小男孩在海里游泳，不小心将脚上戴的银环丢了。这是父辈传给他的银环，却不小心弄丢了，当然很着急。阿富不声不响地潜下海水里，好久没有动静。人们正在为他担心的时候，他从水里钻了出来，手里举着银环。

阿榔知道了五指山的故事，知道了宝锄与宝刀失踪的消息，下决心要将宝刀与宝锄找出来。他将想法告诉了阿富。阿富说，表弟，我听老人说过这个故事。他们告诉我，有人怕继续有魔鬼来闹事，将宝刀与宝锄丢在大海边的山洞里去了。于是，他们俩都信以为真。有一天，他们在一个布满奇形怪状石头的海边下去潜水，还真的在水里发现了一个山洞。顺着这洞爬上去，发现里面真有铁器，是生锈的刀与剑。他们不相信这是宝刀与宝锄，但是，他们发现的东西引起了他们的兴趣，因此，他们经常去潜水，时间长了，竟然能够像鱼一样在海底呆上很长的一段时间。

他们在海里游泳的时间太长了，每当有大鱼与他们相逢，总要游近阿富与阿榔。只要阿榔轻轻敲打一下大鱼背，大鱼才游开。阿富还有个本事，他只要轻轻叫唤一声，海豚排着长队游来，随着阿富的手势在水里跳跃。当然，阿富有时候要喂点什么给海豚吃。有一天，他们打赌，看看游过的地方能够有多远。他们至少游了几千米，游到一个小岛停了下来。这里可以看见平滑的海底，洁白的细沙。各种各样的珊瑚，在水里轻轻地摆动。他们潜水的时间长，看见前面有一个洞口，里面闪闪发光，便双双钻了进去。他们发现这个洞似乎很柔软，似乎很有弹性。他们还发现周围有些小鱼也在里面游玩。忽然，他们发现洞口关闭了，洞里是漆黑的一团，他们猛然感觉，自己钻进了鲸鱼的肚子里了。

怎样才能够从鲸鱼的肚子里逃出来呢？鲸鱼已发现有人钻进了自己的肚子，绝对不会将他们释放出来。阿榔正好随身带着一个玻璃瓶。他扭开盖子，将里面的辣椒药物全倒出来。鲸鱼忍不住了，张开大嘴，打了一个喷嚏，将他们两个全喷了出来。他们赶快向浅海的地方游去。当然，鲸鱼没有追击他们，鲸鱼害怕游上了浅滩。一旦，大海上起了台风，鲸鱼、鲨鱼有时迷失了方向，游上了浅滩。有的能够挣扎着重新回到深水处，有的就无法回到深海里，在海滩上难受地躺着，或者被渔民想方设法拖向深海，或者等潮水来了回到深海，或者数天后悄然死去。

再说阿榔阿富游进鲸鱼肚子里出来的故事，村里人听了，没有一个人相信，都认为他们两个在说胡话。可是，他们两个冒险的劲头，越来越强，胆子越来越大。终于，他们在大海里四处探寻，发誓要找到宝刀与宝锄类似的宝贝。生物学家认为，鱼类有自己的生命规律，鱼类还有自己的语言，阿榔阿富能够与鱼类在一起去游泳，本来就十分离奇，没有想到鲸鱼吞了，还能够逃生，是不可思议的。他们第二天又去游泳，发现一条很大的章鱼，从水底钻了出来，将他们紧紧缠住，他们正在紧张，章鱼主动松开了那一条条比麻绳还粗的触须。

阿富说："这是章鱼在向我们表示亲近，只是这方式太可怕。因为，章鱼准备吞食猎物的时候，也是用触须来捆绑猎物。"

阿榔说："如果它不肯放松，我们可能就没有办法自救了。"

记得，有一天，阿榔进山去打猎，天气闷热得一点风也没有。阿榔顺着一条小路，一鼓作气地向山峰方向攀爬，四下张望，巴不得能够看到一只野羊或者是一头野兔什么的。可是，山上是那样的冷清，没有一点动物的声响，甚至是一只鸟的鸣叫。估计是正中午的时候，天气太热，鸟儿闭着眼睛养神，地上跑的动物躲在山洞里，没有一个动物愿意出来。阿榔当然没有机会来演练他精熟的箭术。虽然他两手空空，但他心里一点也不烦躁，他虽是一个猎手，却不愿意过多杀生，没有动物出来引诱他，使他心里更为坦然。忽然，他觉得口干舌枯。他本能地听到山上溪涧流水的叮咚声。他朝流水发声的地方走去，然后，弯下腰去，伸出了双手，做成一个碗的样式，捧起水来喝了一口，觉得心旷神怡，忍不住喝了个痛快。

五指山，到处郁郁葱葱，称得上是风景秀美。年轻的猎手登上一个山坡，踮起脚来向远处眺望。透过树枝的缝隙，他看见了远处的房屋顶，虽然是那么小一点，但是他还是认得出，那是他居住的村寨。他想，自己要是有老鹰的翅膀，一定能够很快飞到那个生养他的地方。阿榔开始往山下走动。这次，他竟然遇到一只野羊。他掏出箭来，只听见一声弓响，肥羊倒在地上，他把野羊背在肩膀上，不打算再打了。

一天，阿榔到深山去打猎，在密林的旁边，看见一只小鹿睡在大树下。他放轻脚步绕过去，不去惊动它。正在这时，忽地从旁边扑来一只豺狼，用爪子抓住了睡觉的小鹿。小鹿惊醒后，尖叫："救命呀！救命呀！"

阿榔急忙拉弓搭箭，对准豺狼射去。豺狼中了一箭，丢下了小鹿就逃跑了。阿榔对小鹿说："可怜的小东西，快回去找你的爸爸妈妈吧！"

小鹿向阿榔点了点头，表示感谢，然后，隐到草丛里去了。阿榔也收拾好弓箭回家了。走过一段弯曲的山路，他忽然看见，两只豹子一前一后，在追赶这只小鹿，地上有点点滴滴的鲜血。显然，小鹿已经被咬伤了。小鹿的生命处在垂危之际，如果不及时救治，小鹿恐怕就没有命了。阿榔来不及考虑，说时迟，那时快。他取出弓箭，一箭射中了豹子的腰部。另一只豹子见势不妙，调头就跑。有人觉得奇怪，豹子是很凶残的猛兽，为什么挨了一箭，就自认倒霉，跑了呢？这是因为山里的猛兽，包括老虎、狮子，见了阿榔，都会退避三分。当然，阿榔也不会攻击这些猛兽，赶尽杀绝。如果真是这样，狗急还得跳墙呢，何况是猛兽。

猎手一边扛着羊，一手将受伤的小鹿抱起来，一步一步地往山下走去。不知道走了多久，他终于将小鹿背到家门口。母亲正好在门前纺纱，他对母亲说了事情的经过。善良的母亲支持儿子的行动，他们赶紧给鹿喂水喂食，小鹿闭着眼睛吃与喝。小鹿的脖子受伤，阿榔的母亲亲自调理草药，给它疗伤。

小鹿刚开始看见程英与阿榔有些害怕，后来，慢慢混熟了，小鹿不感到了怕了。有时，阿榔带上猎狗与小鹿到竹林里散步。过了一段时间，他发现小鹿的伤口痊愈后，便对母亲说："妈妈，我想送小鹿回到山里去找她妈妈，你看好吗？"

妈妈说："当然好。小鹿失踪了这么久，鹿妈妈一定很着急。"

阿榔说："那么我就去送小鹿了。"

程英说："你一定要见到鹿群才放手，不然，小鹿会遇到猛兽就危险了。"

阿榔带上猎狗，带上小鹿，往山里走去。一个上午，他没有发现鹿群，不敢放小鹿走。后来，他发现了鹿的粪便，估计鹿群就在附近。他抚摩着小鹿的头，指着地上的粪便，暗示小鹿可以走了。可是，小鹿就是不肯离开，只是摇头。阿榔心想：小鹿是不是怕碰不上鹿群。也罢，下回再送，等一下看看。第二天，阿榔终于看见一只大鹿带着群鹿出现了，大鹿叫了一声，小鹿欣喜地迎上前去，扭头恋恋不舍地望了望阿榔，然后，融进群鹿之中。

阿榔自从送走了小鹿，心里一直惦念着它这温顺，美丽的小鹿。而小鹿呢？自从在阿榔家里休养了个把月，回到鹿群还是忘不了阿榔的善良。第二天，阿榔路过昨天走过的地方，看见一群鹿拥着一只小鹿迎了上来。阿榔觉得奇怪，想绕道过去，小鹿却向他说道："谢谢你，我妈妈给你送来珍贵的鹿茸。你吃了，可以长生不老。"

阿榔将鹿茸带回家里，将情况告诉妈妈。妈妈听了，说："我小时候，听爷爷说过。你遇见的可能是一群仙鹿。这鹿茸是不一般的。它可以让人在雪地冰封千年之后，重新获得生命。这就是所说的长生不老。"

我们前面说过，为了照顾牙痛的母亲，阿榔心如刀绞，天天伴随在母亲身边。不过阿榔已十多天没上山打猎了，家中存的食物已经不多了。阿榔只得含泪告别母亲，拿着弓箭上山了。

这天天气格外晴朗，可阿榔在五指山转了一天，竟没有发现一只动物。正准备回家，却看见了花鹿。平日，他从不打花鹿、山羊、野兔这些善良美丽的半山腰的动物。可今日，家中快断炊了，母亲牙痛又需要他伺候。他想，破一次例吧！于是，他举起了弓箭。可是，善良的他看着美丽的花鹿就是不忍心开弓，然而又非常想猎获这只花鹿，心情极端矛盾。正如本书前面所述，他举弓追鹿，紧追不舍，追了九天九夜，翻过了九十九座山。阿榔一直追到三亚湾南边的珊瑚崖上，始终不忍心开弓。阿榔又被美丽的花鹿吸引住了，花鹿望着美丽的海洋景观发呆，阿榔望着美丽的花鹿发呆。突然，花鹿转回头向阿榔投去深情的一瞥，在瞬间变成了一位美丽的姑娘，投入阿榔的怀抱。从此，阿榔和阿槟伴随母亲在这里定居，过着幸福美满的生活。鹿的故事流传得很远很远。当年伤害鹿的豺狼精知道了，嫉恨得咬牙切齿，它对着天空发誓，想方设法，也要抢走鹿仙杀掉猎手阿榔。但是他知道，鹿仙女阿槟、猎手阿榔只要在一起，就斗不过。因为，鹿仙女有一定功力，尤其是阿榔武艺超群，让它望而生畏。狼精心情很矛盾，不嫉恨吧，心里的这个仇恨没法消除。终于，有一天，狼精发现阿榔上山没有回家，决定先纠集乌鸦精抢走阿槟，再集中力量杀掉阿榔。狼精与乌鸦精一起打上门来了。

阿榔上山没有回家，家里只有母亲与鹿仙阿槟，寡不敌众。母亲为了保护阿槟不被狼精与乌鸦精抓走，死死抱住了狼精大腿，结果，被狼精咬伤了脖子，阿槟的手臂也被乌鸦精抓伤。眼看阿槟就要被抢走，正在这时，阿榔回来，勇斗狼精与乌鸦精。阿榔毕竟是凡人，而狼精与乌鸦精都是修炼了千年的妖精。狼精的狼牙棒打中了阿榔的头部，阿榔的头部受了重伤。狼精的狼牙棒还要打阿榔的头部，眼看。阿榔命在旦夕，疯和尚摇摇晃晃地赶来了。乌鸦精与狼精一看大仙来了，转身向大仙扑了过去。疯和尚只一手掌，将狼精打了几丈远，又一脚，打得乌鸦精嗷嗷惨叫。乌鸦精与狼精化为一阵黑风逃走了。

鹿仙发现阿榔没有呼吸，忍不住哭泣起来。疯和尚摸摸脖子，摸出一个黑乎乎的污泥丸，硬往阿榔口里塞。阿槟想要阻拦，可阿榔已经吃下肚了。结果，发生了意想不到的作用，阿榔眼睛睁开了，有了心跳，有了呼吸，显然从死神那里回来了。鹿仙求大仙将这种药丸给婆婆吃。大仙说："可能没有救了。"

疯和尚虽然这样说，他还是给阿榔的母亲吃了一颗污泥药丸。婆婆醒过来望了望疯和尚，又看着阿槟、阿榔，说了一句话："谢谢大仙，你们两个好好过日子，我好累。"

婆婆年纪大，身体虚，没有救过来。于是，阿榔、鹿仙女在乡亲们的帮助下，埋葬了母亲。疯和尚说："我知道你们有这一劫难，就赶过来了。你母亲去阴间见你的父亲了。至于你们，暂时没有什么危险，。但是，豺狼精、乌鸦精不会放过你们的。"

阿榔说："豺狼精、乌鸦精为什么还盯住我们不放。"

疯和尚说："这还不明白，豺狼精、乌鸦精一来想得到宝刀、宝锄，你是五指山大峰的后人，谁不知道你的祖先得到龙王爷赠送的宝刀与宝锄呢？另外，豺狼精、乌鸦精也想霸占美丽的鹿仙女。”

疯和尚还说：“阿槟你要知道，阿榔还需要精心调理。否则，生命不会长久。”

鹿仙女弄来灵芝草、鹿茸、人参、燕窝，想方设法来调理。不知道过了多少天，阿榔精神好了些，但有气无力。疯和尚说：“阿槟，你可以带阿榔去神农架采药，去雪山修炼。想去神农架，你可以先去武当山，求姚简帮忙，他是个十分善良的人！”

那个时候的武当山，不像今天一样郁郁葱葱，而且经常天旱，太阳红得就像一盆火，田地裂缝，草枯树死。姚简心里很难受，听说武当山上五个山头都有龙，姚简想求五龙仙降雨，独自一人偷偷进了山。鹿仙女为了寻找姚简，也跟着进山。

话说姚简决心攀登五座山，一座比一座高，一座比一座难。每次攀登姚简都遇到一个白胡子老头，对他进行劝阻。而姚简信念坚定，坚忍不拔。姚简翻过第四座大山，又饿又渴，曾经晕倒在路上，鹿仙女悄悄喂水给他喝。姚简睁开眼睛，发现了阿榔与阿槟，连声称谢，问：“你们到武当山有什么事情吗？”

阿榔说：“我们没有什么事，随便游游。”

第二天一大早，姚简勉强翻过第五座大山，坐在地上累得起不来了。一个白胡子老头从树林里走出来。鹿仙女认识，这是龙君，于是，她隐身在一旁，听见龙君对姚简说话：“你知道祈雨的规矩吗？你知道五龙的脾气吗？”

老头接着一字一板地说：“这五条龙，虽然能呼风唤雨，但脾气不好，是吃人的妖龙。凡有祈雨的来，它必定先把他们吃掉，然后才下雨。因此，千百年来，没人敢来祈雨。”

姚简勇敢地回答：“我早就知道，为了老百姓，我不怕死。”

五龙池的五龙神君：始老、真老、皇老、玄老、元老，看见姚简一心为着百姓，不怕苦，不怕死，被深深感动了。不久，武当山下了大雨，老百姓又安居乐业了。

姚简为了感谢五龙神君，就在五龙岭下盖了一座“五龙祠”。姚简遇见五老的地方，后人叫它“五老峰”。姚简的故事，岂止感动了五龙神君，连阿槟也被深深感动了。我们今天照样也为姚简的事迹所感动。凶恶的龙君，也能够被善良感化，这对我们有一定启示：要为人民群众办好事，做善事。

再说阿槟阿榔找到姚简时，好心的姚简问：“你们到武当山一定有什么事情，希望我干什么，只要我办得到，我会给你们帮忙的。”

阿槟将豺狼精、乌鸦精打伤阿榔的事情告诉姚简，希望能够找到神医帮忙疗伤。姚简做了大善事，不仅武当山的道人尊重他，外地有不少地方的人都很敬重他。其中，有一个被称为神医的老先生在神农架隐居。姚简说：“神农架有个医生，他得神农氏真传，能够救死扶伤。我写一封信，你们拿着我的信去找他。但是，你们去神农架不能够腾云驾雾，还要步行。只有这样，才能够感动那位神医。”

我们今天去神农架很容易，这是因为有了现代化的交通工具。可是，在那个年代，去神农架的路很艰苦，羊肠道迂回曲折，如果是凡人步行，恐怕三五个月也走不到。姚简提醒他们，要表现求医的诚心，就不能够腾云驾雾。这样，他们就得经历重重困难。他们在山路上攀登，有的山路走到一定的时候，竟然断了，他们便和着衣服从山坡上往下滚。这里的牛在脖子上都拴了铃铛，因为牛容易在山上的树林中失踪。这里还有天坑，是一个直通通的洞，有几千米深，人与动物一旦掉进去，能够爬上来绝无可能。

远古时期，神农架林区还是一片汪洋大海，经燕山和喜马拉雅山运动，逐渐提升为多级陆地，并形成了神农架具有鲜明地域特色的地层。神农架位于我国地势第二阶梯的东部边缘，由大巴山脉东延的余脉组成中高山地貌，它山体高大，由西南向东北逐渐降低。神农架平均海拔 1700 米，山峰多在 1500 米以上。其中，海拔 3000 米以上的山峰有 6 座，海拔 2500 米以上山峰 20 多座。最高峰神农顶海拔 3105.4 米，成为华中第一峰，神农架因此有“华中屋脊”之称。

“山脚盛夏山顶春，山麓艳秋山顶冰，赤橙黄绿看不够，春夏秋冬最难分”，这是林区气候的真实写照。独特的地理环境和立体小气候，使神农架成为中国南北植物种类的过渡区域，众多动物繁衍生息的交叉地带。神农架拥有当今世界北半球中纬度内陆地区唯一保存完好的亚热带森林生态系统，有许多神奇的地质奇观。神农架红花乡境内有一条潮水河，河水一日三涌，早中晚各涨潮一次，每次持续半小时。涨潮时，季节不同，水色就不同。比方说，干旱之季，水色混浊，梅雨之季，水色碧青。

阿槟阿榔终于见到了那位头戴草帽的神医。神医给阿榔开了个药方，抓了点神农架的草药，例如头顶一棵珠。神医提醒说：“阿榔，这些中药与鹿茸一起，外加长白山人参，才可以对你的病症斩草除根。”

阿槟阿榔告别神医，日夜兼程，终于来到了黑龙江的雪山上。好厚的雪呀！人在路上走，一不小心，就会掉进雪坑，被雪埋到腰间、胸部。雪山冰滑，阿槟一脚踏了个空，滑了下去。速度像箭一样快。阿榔惊慌失措，也一下滑过去，由于他性情太急，在地上翻了一个跟头，接着，正正地滑了下去，与阿槟相撞在一起，乐得阿槟咯咯笑个不停。当他们看见有人用滑雪橇溜冰，有人用滑雪板滑雪，十分羡慕。于是，他们买来两副滑雪板，从这个雪山峰滑向另一个雪峰。

他们累了，在山洞里休息。阿榔说：“宝刀与宝锄不是龙王爷主动要送的，是观音菩萨示意的。精怪们连观音菩萨送的都不放过，胆子太大了。”

阿槟说：“这叫做狗急跳墙。不光，应该说是贼胆包天。”

他们治疗了一段时间，觉得身体全部好了，双双腾云驾雾，回到了五指山下生活。不久，神话博士通过时光隧道找到他们。他们与九代穷一起，随着神话博士穿越时光隧道，又来到了现代社会。

十三、仙女古今

海口皇冠国际酒店附近的海滩，神话博士、黎萍导游、阿椰、阿槟、杨扬坐在沙滩椅上。杨扬已经拿到了社会学硕士学位，她为了庆祝，邀请大家到海滨来喝茶。大家坐在一起，谈到了海南四大才子。

神话博士说，丘浚（1421 ~ 1495）海南琼山人。明朝中叶著名的学者和政治家、经济学家，著有《大学衍义补》等著作。其主要成果在经济理论方面。他提出的劳动决定价值的观点，比英国古典经济学派创始人威廉在 17 世纪 60 年代提出的“劳动价值论”还要早 170 多年，被现代经济理论界称为“15 世纪卓越的经济思想家”。

海瑞（1514~1587）字汝贤、国开，自号刚峰，海南琼山人。他一生刚直不阿，被人称为“南包公”、“海青天”。海瑞和宋朝的包拯一样，是中国历史上清官的典范、正义的象征。明代著名的思想家李贽对海瑞的评价：“先生如万年青草，可以傲霜雪而不可充栋梁”，入骨三分。

王桐乡，原名王佐，（1428 — 1512）字汝学，号桐乡。少年时代就深受业师唐舟、丘浚的器重。今海南省临高县博厚镇透滩村人，因他家乡盛产刺桐，故名王桐乡，是五百年前明代的著名诗人。因他以诗闻名，志书称他“博学多识，精思力践，见道精审，故其诗和平温厚，文气光明正大，当比唐宋诸大家。”王佐的英名早已刻在中央国子监碑林上和编入《中国名人辞典》中。

张岳崧，海南定安县龙湖镇高林村人。考中恩科殿试一甲第三名，是海南历史上唯一的探花。嘉庆皇帝为海南偏隅之地竟有人考得这样高的名次而高兴，特地手谕：“何地无才”。张岳崧十分重视发展各地的教育事业，在担任陕甘学政的时候，他曾捐出自己的俸禄，牵头修复了巩昌南安书院、绥德雕山书院等，后来还曾在海南的琼台书院、雁峰书院以及广州的越秀书院、肇庆的端溪书院讲课。

杨扬提议：“神话博士，想不到你还熟悉海南的四大才子。今天，你可以给我们继续讲讲神话方面的知识吗？”

神话博士说：“我国古代神话散见于各种书籍，其中现存最早、保存最多的是《山海经》。像《精卫填海》、《夸父追日》等就出自《山海经》。另外，《女娲补天》的故事多见于《淮南子》、《列子》。魏晋南北朝的笔记小说中，也保存了一些神话故事。神话传说与民间传说，都是中华民族宝贵的精神财富，在文学史上占一席之地。各种神话，推动了历代文学创作。神话故事丰富奔放、瑰奇多彩的想象，充实了各民族史诗的内容。对于后代作家的艺术虚构，以及浪漫主义创作方法的形成，有着直接的渊源关系。”

黎萍忽然说：“海上的星空真美。有个神话传说《星娘》，你们听说过吗？我讲给你们听。”

——很久很久以前，有两个兄弟，哥哥叫国平，十分歹毒；弟弟叫志平，勤劳善良。哥哥和嫂嫂百般虐待弟弟志平，白天要他饿着肚子去放牛，晚上要他挨着寒冷上山看守山兰。每天他放牛回家，上山去看守山兰时，天上总是布满了星星，这时他总要对着一颗最亮的星星说：“星娘，星娘，我每天放牛回来，天都昏黑了，你能帮帮忙就好啦。”

长年累月，弟弟总是这样请求着。有一天夜里，他来到山兰地时，看见地旁的草寮内有豆一般大的灯光亮着。他赶上前去，看见灯前有一位年轻漂亮的姑娘，低着头坐着。志平大吃一惊，问道：“姑娘，你是哪一峒的？半夜三更来这里有什么事吗？”

姑娘望着他微笑说：“我是来帮助你看守山兰地的。”

志平说：“我很穷，缺衣少食的，没有钱请你。”

姑娘说：“你每天晚上不是叫我来帮忙吗？”

志平说：“我叫的是星娘，不是叫你。”

姑娘说：“我就是星娘。不相信，请你出门口看一看。”

志平走出草寮一看，发现那颗最亮的星星不见了，这才相信姑娘就是自己日思夜想的星娘！

他高兴得恨不得像孙悟空来个跟头飞他十万八千里。他觉得自己太幸福了，他又害怕幸福一下烟消云散。他两眼紧紧看着星娘，生怕她消失了。当然，从这个晚上开始，志平再也不是一个孤单的人啦。终于，有一天，他和星娘结成夫妻，生活在一起。

星娘既然是仙女，就具有变化的法力。星娘用一支神笔描绘出漂亮的瓦房，次日，天明起床，他们昨晚住的草寮，已变成了一座很漂亮的瓦房。房子旁边有牛栏、羊栏，还有许多牛呀猪呀鸡呀鸭呀。

志平非常奇怪，忙问星娘：“这是怎么回事？”

星娘说：“这些都是我描绘的。”

志平大喜，他想了想又对星娘说：“现在我们有了牛，可是没有田来耕种呀。”

星娘说：“我们的田地多得很，你明天骑一匹马，出去看看，马到哪里，你就到哪里。”

第二天，他骑马出门去，走了一整天，他看见一层层的梯田，一片片的水田。回来对妻子说：“田地很多，可就不是属于我们的。”

星娘说：“你所能够看到的，都是属于我们的。”

志平高兴极了，有牛有田，又有妻子，便一心一意埋头种田。两人早出晚归，天天在一起劳动，夫妻恩爱，寸步不离，日子过得幸福美满。

有一天，皇帝出游，村中所有的村人都被强迫到大路边去焚香拜接。星娘因为美貌出众，一下子就被皇帝瞧见了。皇帝要把她带回皇宫去做妃子。星娘拼命挣扎，志平以死相拼，但寡不敌众，星娘终于被强横的皇帝抢走了，志平则被皇帝的卫士打得遍体鳞伤。星娘被劫入宫，村民对皇帝的强蛮行为，非常气愤，但敢怒不敢言。

星娘被抢进宫后，不洗脸也不梳头，样子变得越来越难看。皇帝见星娘又脏又丑，便不再喜欢她了。日子一天天过去，皇帝也渐渐把星娘忘掉了。自从星娘被劫走后，志平日思夜想，茶饭无味，坐卧不安，整天想着怎么才能把妻子救出来。

一天，傍晚时分，志平上山打猎回来，忽然看见一群仙女在自己家门口游玩。大姐模样的仙女见他回来，忙上前作了个揖，说道："阿哥，我们都是星娘的姐妹。星娘被皇帝抢去，请你不用难过。我来告诉你一件事，明年今日，有一只金凤鸟从这里飞过，它肚里有一颗夜明珠。能得到这颗夜明珠，就能救回星娘了。但想得到它，就得有百发百中的射箭本领。"

说罢，仙女大姐带着众仙女一阵风似的走了。志平听了仙女的话，从这天开始，终日练习射箭，阿榔阿槟说："我们过去教他练习射箭。"

神话博士穿着魔衣带领阿槟阿榔穿越时光隧道，不惧时光隧道里的雷鸣电闪，来到了志平居住的地方。阿榔每天来教授射箭之术，阿槟做饭洗衣，神话博士在那里看书学习。待了几天，志平掌握了射箭要领，等阿榔阿槟走后，他继续练习。过了一段时间，他对准杨树的树枝条，一箭过去，枝条断了，他高兴得大叫："我能够百步穿杨了！"

阿槟、阿榔、神话博士、黎萍导游、杨扬、九代穷坐在会议室里，注视在墙上。神话博士打开身上魔衣的梦幻功能，然后，接上投影仪，镜头对着这一天，屏幕上出现了一个激动人心的场景。

——太阳将要落山，志平背着弓箭从山里回来，刚到家门口，忽然见一只金光闪闪的金凤鸟，像流星似的从东向西飞。志平异常高兴，心想这就是自己等待的金凤鸟了，忙搭上弓箭，用尽生平之力向金凤鸟射去。金凤鸟被射中了，志平取出了一颗金光灿烂的夜明珠，欢喜得又唱又跳。但是他马上沉默了。他想，夜明珠如何救得我的妻子呢？

正在为难的时候，屋外的篱笆前突然出现了一群仙女，仙女大姐走上前来对他说："你明天可以带着夜明珠到京城的皇宫门前，如果皇帝要用物件与你交换夜明珠，说与你交换，你什么都不要，只要求换皇宫中的一个妃子。但你要记住，不管皇帝给你怎么难看的妃子，你都要将她带回来。"

说完，众仙女化阵清风走了。次日，志平带着夜明珠，日行夜行，跋山涉水，走出了一脚血泡，才走到了京城。阿榔走到志平身边，与他耳语一番，志平点点头，阿榔跟在后面。志平走到皇宫大门口，高声叫着："换夜明珠哟。"

结果招来许多行人，围住他看夜明珠。皇帝听见了喊声，感受到夜明珠的光芒，他来到了皇宫前，看见志平在那里卖夜明珠。皇帝说："谁这么大的胆子，敢在皇宫前叫卖夜明珠。"

阿榔走到志平身边，鼓励志平壮胆说："皇上，我换我的，您看您的。"

皇帝这个时候已经感受到夜明珠的魅力了。他说："你拿过来给我看看。"

志平说："我才不上您的当呢，您要买先谈条件。"

皇帝以前看见美女也是抢，看见宝贝岂能不抢。志平想打消皇帝强抢的念头，说："皇上，您如果真要强抢，我就将这夜明珠砸碎。"

皇帝说："你千万别砸，我拿很多财宝与你来换。"

志平说："我才不与您换财宝呢。"

志平的拒绝，气得皇帝七窍生烟，但是他又不敢发火。最后，皇帝又提出："我以宫女来换，行不行？。"

志平说："皇上，您如果拿妃子来交换，我愿意。"

志平说完，有点担心地看着皇帝，怕皇帝发脾气。谁知道皇帝居然满口答应："行，我拿妃子来交换。"

皇帝悄悄地狡猾命令一个宦官："挑选皇宫最里丑的妃妾给他换。"

不一会，一个相貌又丑又怪的女人走出宫门，来到志平的面前，行了礼，说："我一定要跟着你回去。"

志平刚看见这丑女人真想反悔，认为皇帝将星娘藏起来了，用一个丑女人来对付他。他冷静思考，想起仙女与阿椰的话，便说："这可以换了。"

皇帝一听高兴极了，他认为自己捡了一个大便宜，居然拿自己不喜欢的丑女人换回一个价值连城的无价之宝。他将闪闪发光的夜明珠捧在怀里，兴高采烈地进宫去了。回到宫里，讥笑自己遇到了一个天字第一号的大傻瓜。原来，皇帝觉得又脏又丑的女人太刺眼了，曾经想赶走又脏又丑的星娘。谁想到，这次不用赶了，还得到一个天下无双的夜明珠。

阿椰与志平分手。志平领着那丑女人回家去，将信将疑地思索，这丑女人是星娘变的吗？如果是星娘，那么太好了。但是，怎么一点都不像呢。这丑女人奇怪得很，走一程路她就脱下一件衣服丢掉，再走一程路又把鞋袜脱下来丢掉。这样，走到家时，她只剩下一件内衣了。当他们一进家门，那丑女人忙跑进里房去，打开自己的衣箱，换上自己的衣服，忽然间又变成一位天仙般美丽的姑娘。志平看见了，又惊又喜。原来站在面前的，真是自己一年前失去的星娘！夫妻重逢了！从此，他们又重新过着自由幸福的生活。

杨扬激动地说："神话所具有的美学价值与历史价值，与远古人类的生活和历史，联系密切，成为人类早期社会家庭、婚姻制度、原始宗教、民族风俗研究的重要文献资料。《星娘》这个爱情神话，表现了爱情的坚贞，爱情的磨难，爱情的智慧，具有审美价值与历史价值。"

神话博士也说："我舅舅遇到真实的爱情，结果是以悲剧的方式结束。但是，这个爱情悲剧也与《星娘》的爱情神话一样，表现了爱情的坚贞。"

"文革"中，我舅舅拒绝了他在乡村的包办婚姻。由于，女方的父亲是大队党支书记，而我舅舅家成分是富农。于是，一份来自人民公社的检举信，使舅舅从天上掉到地上，从某部政治部宣传处一名营职科长变成一名普通农民。这种戏剧性的变化，人生路上的急转弯，舅舅一时难以承受，他的情绪低落成天无精打采。

真是此一时，彼一时，今非昔比。15 年前，舅舅兴致勃勃地从美术学校被部队招收为政治部宣传干部，《解放军画报》上连续几次刊发了舅舅的美术作品。可现在，舅舅垂头丧气从部队转业回到农村。由于我的外公外婆——舅舅的父亲母亲早已不在人世，虽然，对舅舅来说，经济压力不算大。舅舅的包办婚姻，实际上是我外公与大队书记看舅舅在部队入党提干后加上去的。但是，舅舅有嘴也难辩，毕竟人民公社发的是公函。

舅舅在农村毕竟是个男劳动力，而且业余时间可以替人画个像，比较起来，在农村生活不算是最困难的。舅舅后来结了婚，舅妈是公社学校的教师，名叫高欣然，生了一个女孩，没有人照料，舅舅在家照料，买菜做饭洗尿片，成了一名"男保姆"。后来，大队支部书记下台了，舅舅青年时候的好朋友程云升当了书记。他对舅舅说："我请公社给你所在的部队发公函去，你没有隐瞒成分，也不是陈世美，因为，你刚参加解放军时，还没有未婚妻。"

部队没有回音。由于舅舅参军前是在县城读书，只是父母都是农民，舅舅自然被遣送到这个县城的农村，因此，舅舅的工作落实不下来。

以后，舅舅的朋友程云升帮忙，让舅舅在公社小学当了一名美术老师。舅舅的处境，还是不妙，难免引起人们的议论："他是一个正营级干部，部队没有回音，肯定有什么问题。"

"大队书记虽然退休了，但是，他女儿还是供销合作社干部，罗汉成不去选择这样的婚姻，亏了。"

风言风语，叫舅舅听了心里更烦。

舅舅在学校宿舍里出门进门，经常看见一个三十来岁、颇有姿色的女子，用一种亲近的眼光看着我舅舅。见的面多了，她主动朝我舅舅点头笑笑。

有一天，舅妈对舅舅说："罗汉成，学校派我去省教育学院进修，我是中等师范毕业，机会难得。但是，我走了，孩子没有人带。你的父母去世了，我们需要请一个保姆，又请不起。你看怎么办呢？"

舅舅说："我一个大男人，能有什么办法呢？"

没有想到，舅舅家对面那个女子主动答话："我上完语文课后，住在学校宿舍里，没有事干，我来帮忙带孩子，不要你们的钱。"

妻子见到她就高兴地说："多谢。这是我爱人罗汉成，他刚从部队回来。营级干部，在公社小学当教师，心情郁闷。"

那女子笑了："车到山前必有路，船到桥头自然直。"

妻子问："你是新来的，对了，你是张老师？"

她说："我姓张，叫彩云。"

张彩云每天都要抽空到舅舅家抱着孩子玩。有天，她随便问了舅舅一句："罗汉成同志，你是一个军人，就不能够垂头丧气。"

舅舅多少天的委屈一下涌现出来，忍不住冒火："我无缘无故地遭贬，从天上掉到地上，才三十几岁，前途被毁了，我能够高兴吗？"

舅舅的声音像打雷，把女儿吓哭了。

张彩云拍着舅舅的女儿——我的表妹说："乖，别怕。"

张彩云接着又对舅舅说："你把孩子吓着了。你应该冷静，你才三十多岁，路长着呢。"

舅舅顶了一句："站着说话不腰疼，要是你丈夫，你会这么轻松。"

张彩云一听，委屈得泪水在眼眶里打转。

事后，舅妈知道此事后批评舅舅："人家好心关心你，你为什么狗咬吕洞宾。"

舅舅听舅妈这么一说，觉得有点后悔。

可是，张彩云不生舅舅的气。一天，她对我舅舅说："汉成，你心里不舒服，我陪你出去写生或者走走。"

舅妈回来休息，带着小孩，知道我舅舅是学美术的，喜欢写生，要舅舅到水库区去写生。于是，舅舅点点头，他们顺着山路往水库走。山上，绿树片片；水库，碧水蓝天。景色真美。舅舅写生，张彩云阿姨在旁边看，他们找到一块石板坐下来。

张阿姨说："听你爱人高老师说，你是吃了大队书记告状的亏。但是，你不要因噎废食，要坚持住。跌倒了爬起来，就是好汉。"

舅舅感激地忽然抓住张彩云的手，她也没挣脱。舅舅第二天从学校下课回家，发现旧书桌上多了一盒油画颜料。张彩云说："你要画画，我送你油画颜料，希望你的事业绚丽多彩。"

后来，舅舅的美术作品连续在省级报纸上发表，县文化宫就找到我舅舅，希望舅舅到他们那里去工作。可是，文化馆没有编制，只能做临时工，工资也少得可怜。舅舅没有同意，依旧在公社学校教美术，业余时间画画。张阿姨生了病，她身边没有一个亲人。我舅舅去看她。我舅舅进了张彩云家的门，在她身边坐下，摸了摸她的额头。啊！发烫。我舅舅问："吃药了吗？"

她摇头。我舅舅赶快要她服药，将一碗热气腾腾的姜汤送到她的手上。张彩云阿姨用一对大眼睛望着我舅舅，眼里含着泪花。我舅舅说："你流泪了，想家、想爱人、想小孩了吧。"

张阿姨摇头又点头。她吃了药病好得快些，我舅舅与她在一起谈话的机会多了。一天，张阿姨终于将家里的情况告诉了我舅舅。她的家在县城，爸爸妈妈都在县中学工作，爸爸是校长，妈妈是数学老师。她当时喜欢部队生活，由于她能够唱歌与跳舞，希望参加部队文工团。后来，她考取了部队文工团。她所在部队的首长看中了她。她一开始不同意，受到了批评，于是，她只得与一位她不太喜欢的团长结婚。这位团长工作不错，就是性格不好，喝了酒就发脾气。性生活欲望太强，不管你愿意不愿意，他只要有了兴趣，就得听他的。

由于张彩云的爸爸与妈妈感情很好，好得形影不离。她的母亲得了癌症去世，爸爸因为痛苦，也得了癌症去世。所以，她这个独生子女，日子过得很艰难。张彩云是大学中文系毕业后参的军，文化层次比一般军人要高。她不愿意屈服在地区武装部工作的丈夫的统治，从部队转业后，就要求调到远离县城的公社小学来教语文。

我舅舅听了："你们这样长期两地分居，也不是办法呀！"

张阿姨无可奈何地说："走一步，是一步。离婚吧，我舍不得两个孩子，又害怕舆论。"

我舅舅说："你原来这么苦，可是你还总是为别人着想。"

张彩云阿姨说："罗汉成，谢谢你给了我安慰。"

我舅舅回到家里闷闷不乐，心里十分同情这个女人。

舅妈问他："你哪里不舒服？"

我舅舅不愿意多说。

舅妈说："汉成，后天，是你35岁生日，你看怎么过？"

我舅舅说："我现在心里很烦，无心过生日。"

张彩云阿姨过来了："罗汉成同志，你现在的环境有所改善，值得庆贺。"

我舅舅说："我现在的处境如果说有所改善，是你们的鼓励。要过生日，能不能就在家里过，做点菜，喝点酒。"

他们在一起谈天喝酒时，张彩云的眼泪落进了酒杯。忽然，她的脸色变了，声音哽咽："明天，我就要离开你们了。"

舅舅舅妈大惊失色："你说什么？"

一打听，才知道，原来，张彩云的丈夫坚决要接她回去，她将被安排在一家县城的学校里工作。舅妈说："我们真舍不得你走。"

张彩云阿姨含着眼泪说："我也舍不得你们。"

我舅舅呢，心里虽然极舍不得她走，又无法当着舅妈有过多的表露。只说了一句："我全家欢迎你来玩。"

张彩云阿姨走后，两年来，我舅舅与她没有一点联系，舅妈不时问："张彩云老师是个好人，不知现在怎么样了？"

舅舅的嘴里不答话，心里却想她。

一天，我舅舅正在家里画画，有谁叫了声："罗汉成。"

舅舅抬头一看，有惊又喜，自己日夜思念的张彩云来了。这个时候，舅舅家已经有了两个小孩。我舅舅叫他们一个个同张阿姨见面了。

张阿姨说："你有一个幸福的家，我好羡慕。高老师呢？"

我表妹说："妈妈到省教育学院学习，一年后才回来。"

张彩云说："高老师有了你这样的丈夫，幸福。"

舅舅说："你这次来我们公社干什么？"

张彩云说："我到省城去检查了身体，医院让我休息。但是，我舍不得你们这些朋友，专门到公社来看望你们。"

舅舅说："彩云，我们部队给我平反了，由于不少战友转业了，我就不用回部队。现部队与县文化局联系好了，我下个月去县文化馆当干部。"

张彩云说："你看，我说你会芝麻开花节节高没有说错吧。"

舅舅与张阿姨还是去了水库那边，我舅舅轻声地说："在我最困难的时候，是你给了我一盏理想的灯。可是，你一走就是两年，没有一点音讯。"

张彩云说："信写了不少，就是不敢寄，怕影响你与高老师的感情。"

舅舅说："你现在生活怎么样？"

张彩云说“生活得不好，还得生活下去。”

夜幕降临了，她忽然被一个声音吓了一下，那是一只兔子钻进了草丛中。她却说：“好怕！”

她下意识地倒在我舅舅的胸前，我舅舅低下头去，正好用自己的嘴唇压住她的嘴唇。我舅舅浑身像触了电一样，一下抱紧了她。干柴遇烈火，激情在他们身上双双燃烧。

第二天，张彩云阿姨对我舅舅说：“得到了你，我这一辈子满足了。我要回医院去了。”

舅舅说：“什么？你在住院。你这一走，我们不知什么时候才能见面，我还想要你。”

她深情地望着我舅舅凄凉地说：“你是退伍军人，与高老师相爱。而我是军婚，被人发现了，就是破坏军婚罪，太可怕了。”

我舅舅没有答话。她又说：“多留一天，多一份甜蜜，也多一份痛苦。我们这是最后一次见面，我不能让你分心，你的家是幸福的，你的前途要紧。”

舅舅说：“好，我送你走。”

第二天上午，我舅舅送张阿姨到长途汽车站。她眼泪汪汪地望着我舅舅，似有千言万语的样子。我舅舅呢？强忍住悲痛的泪水。在那个年代，婚外恋的痛苦，也只能埋在心底。

这是个阴森的上午，我舅舅在县文化馆接到一个电话：“罗汉成同志吧？我是省医院。有个叫张彩云的病号想见你。”

我舅舅一听，医院帮忙给打电话，看来她的病不轻。我舅舅立即请了假，搭乘长途汽车赶到省城里。我舅舅上气不接下气登上二楼，见到了张彩云阿姨，她已经瘦得皮包骨了。她的丈夫就在旁边。她对丈夫说：“你能不能下去买点点心给我吃？”

她丈夫下去了。她见旁边没有人，示意我舅舅将凳子靠拢床。她拉着我舅舅的手说：“自从认识你，我觉得生活有了希望，觉得生活是那么甜蜜。可是，看见你与高老师那么相爱，我不忍心插进来，又苦又甜，十分矛盾。但是，我如果一次也没有得到你，我这一生白活了。因此，上次我趁高老师不在家的时候要了你，将我的全部感情给了你，现在我死而无憾。记住，不要为我伤心，人迟早是要走这条路的。”

张彩云阿姨说到这里停顿了一下：“你要有你的事业。再过两天，我要回我老家的县城去，你千万别来送我。否则，我死也不会安心的。”

我舅舅当时就控制不了自己的眼泪，紧紧地抓住她的手不放，说：“我今天晚上不走了，我想在医院陪陪你。”

我舅舅多么想将她永远留在人间。她是我舅舅落难时候的知己，她是我舅舅事业与爱情的良师益友，老天却要将他们永远地分开。老天啊，为什么要这么残酷。她给我舅舅一个包裹说：“回家后才能够打开。”

我舅舅刚接过包裹，张彩云的丈夫来到了病房，哼了一声。张彩云用眼睛示意，让我舅舅离开。我舅舅告辞了张彩云，回到文化馆宿舍，关上房门。打开一看，是一封封没有发出的信，信纸上面的字写得歪歪扭扭的，有的字模糊不清，显然是泪水打湿了的。上面写着：

“罗汉成，碰到你之前，我以为人间没有爱情，见到你以后，我才知道爱情是这么伟大。那天我想留你晚上在医院陪我，可是，我丈夫已经发现我爱你。虽然，看在我是癌症晚期病人这一点，没有当我们的面发作，但是，冷淡得可怕。”

“我人生 36 载就要走完了，我心有不甘，我来看到你的成功，我多么想活得更长些。现在，这封信会告诉你，有一个女人一生中用全部的热情爱着你。”

“你与高老师要培养好你们的孩子，你能够成为一个优秀的画家的。我遗憾，没有请你给我画一张像。”

读到这里，我舅舅痛苦得读不下去了。我舅舅含着泪再看她的照片，笑眯眯的大眼睛，含情脉脉地望着我舅舅。睹物思人，我舅舅想到他们相处的日子，想到那个激动人心的晚上，想到她送给自己一盏闪亮的台灯，而她将永远离开我舅舅到黑暗的地方去。我舅舅的眼泪像断了线的珍珠。他在心里哭喊：“老天呀，你为什么不长眼睛！老天呀，好人为什么命不长呀！”

神话博士讲述了他舅舅的爱情故事，谁也没有做声，接着，有轻轻的哭泣声。原来，阿榔与阿槟几个女子在流泪。阿槟拿出宝镜说：“人间少了一个善女，天上多了一个仙女。”

神话博士说：我还想给大家讲一个南海仙女的故事，这个故事就是《渔女传说》，珠海有其雕塑。

相传古代有位仙女，被南海美丽的风光迷住了，不愿返回天上，决意下到凡间，尽享这人间美景。她扮成渔女，织网打鱼，捞蚌采珠，心灵手巧，而且心地善良，常采灵芝草配上珍珠粉为渔民治病，深受渔民的爱戴。在劳动中，她结识了一位憨厚老实的渔民青年明鹏，两情缱绻，朝夕相依。不幸的是，耿直的明鹏轻信了一个矮子的谗言，要仙女摘下手镯，给他作定情信物。仙女听了泪如泉涌，向明鹏倾诉了自己的身世。原来，仙女是南海龙王的女儿，龙宫中八个管家婆为防她思凡遁逃，每人给她套上一只手镯，只要脱掉一只，她就会死去。然而，海鹏却不肯相信渔女的话，鬼迷心窍，转身要走。渔女为明心志，猛力拉下一只手镯，旋即死在情人怀里。明鹏此时悔恨已晚，饮声泣血，哀天恸地。

九洲长老为这人神之间的深情厚爱所感动，引导明鹏上西沙群岛，找到一株“还魂草”，并嘱咐他“还魂草”须用男人的鲜血浇灌，才能长大作药用，救人命。明鹏于是每天用自己的血浇灌“还魂草”，日复一日，年复一年，精诚所至，金石为开，“还魂草”终于长大，救活了仙女。从此，仙女真正来到人间。成亲那天，她和姑娘们在海边拾到一枚硕大无比的海蚌，挖出一颗举世无双的宝珠，于是，渔女高擎着宝珠，献给德高望重九洲长老。

正在这时，有人高叫：“不好了，九代穷在门口被一辆摩托车撞了。”

阿槟掏出宝镜，她一看，发火了，又是那个豺狼精骑的摩托车。

神话博士说：“阿榔现在的功夫难以制胜，我顶多能够维持与他打个平手。狙击手也最终只能够将他打个轻伤。怎么办呢？”

阿榔、阿槟与神话博士走到了宾馆门口。神话博士发现九代穷已经被服务员抬到了长沙发上。他走过去，打开魔衣上的治疗功能，用手按着九代穷的胸部。九代穷一开始鬼哭狼嚎一般叫痛，最后，九代穷说了一声：“不疼了。”

神话博士对黎萍说：“豺狼精开始与我们作对，看来，他加快了找寻宝刀、宝锄的行动。”

十四、游客应征

南海宾馆正在为游客表演黎族人民喜闻乐见的舞蹈《打柴舞》，这种娱乐喜庆舞蹈，一般在农闲时进行，多出现在节庆、丰收、婚嫁、添丁等场合，流传于海南的陵水黎族自治县、乐东黎族自治县、万宁县、昌江黎族自治县、保亭黎族苗族自治县、琼中黎族苗族自治县、通什市、东方黎族自治县、白沙黎族自治县、三亚市等市、县的黎族山村。

据传，远古时候有一对情侣，在陵水县群英乡与保亭县交界的阿波岭（又名打柴岭）上对歌。两人的歌声招来了一群黎族青年到山上唱歌跳舞，吸引了更多的青年来参加聚会。后因这对情侣采山果中毒身亡，人们才不欢而散。从此以后，每当夜晚或下雨天，打柴岭上便传来歌声和敲击木棒的声音，唤起人们对这对情侣的怀念，《打柴舞》也从此流传开来。

在三亚市则流传着另一种传说：古代有一位黎王死了，他两个儿子阿腊和阿发破例打斋22天，举行隆重的"作八"。锣鼓声震动了汉人的帝王府，汉王派兵追查。阿腊和阿发被迫抬棺转移，翻山越岭。一路上为了驱赶寒冷，防御各种猛兽的袭击，不断地敲击木棒以壮声威，《打柴舞》就这样产生了。

每当在农闲或收获季节的晚上，人们便在地坪上间隔约2米左右平行摆放着两根碗口大、长约4米的圆木。圆木上横架着若干细木棍或竹竿，由几对人在两根圆木的外侧，相对而蹲，双手各握着棍端或竹端，然后有节奏地在圆木上铿锵有力地分合拍击，并演绎出多种花样来，由慢到快，时低时高。男女舞者，随着节奏的快慢，轻巧穿梭，跳跃其中。每当舞者顺利地从木杆或竹竿上跳过，手执棍端或竹端的拍击者，会齐声高呼。惊险有力的动作，活泼爽朗的情绪，像海浪一样一起一伏。热烈诙谐的气氛，十分感人。

南海宾馆大厅里，神话博士一边与李大江总经理欣赏节目，一边商量组织旅游活动的事。神话博士起草的《爱情神话体验游》的广告，在都市报上刊登后，引起了轰动效应。毕竟活动内容新颖又有趣味。再说，改革开放带来了社会的进步，使群众生活日益富裕的同时，也给群众带来了竞争的压力，人们希望得到精神的放松。

南海宾馆201房间门口的标牌十分醒目，仿宋体的字样："南海爱情神话体验游报到处"。神话博士没有想到，电话整天响个不停。有的来电是游客亲属打来的，想咨询活动的具体内容；有的电话是游客本人打来的，联系活动的时间与费用；有的来电则是记者打来的，想对活动的目的和意义作一番了解。其中,有一位满头银发的老人来到房间,要求与负责人单独谈谈,神话博士与黎萍接待了他。

老人说:“我叫张树良,今年70岁,早年在一家热带植物研究所工作。在三亚旅游时,认识了与一位比我小8岁的中学女教师张小英,她的丈夫已病故。于是,我们常在一起聊天。我不知不觉地爱上了这个女子,我也感觉这女教师对自己有好感。我不知道应该怎样表白自己的感情,就让全部感情在信纸上发泄。一封又一封情书,没有胆量见阳光,全被锁在阴暗的角落——木匣子里。现在,我的生命是倒计时了,真想在有生之年,让张小英知道我的感情。”

张树良说话很坦诚,他还说出了自己的婚姻经历。

——第一次结婚,我对妻子说,我希望我们爱到生命的终点。她说,别跟我卖嘴皮,你两年以内不给我换新家具,我与你离婚。我提醒她,几个月没做了,我想做。她说,对不起,我可不想做。我憋不住,晚上悄悄脱她的裤子,刚放进去,她猛地一穿裤子,我被弄疼了。我连哼的声音也没敢出,兴趣也就没有了。多少年过去了。她说,我原来不想做你想做,我现在想做,你怎么总是软的。她不知道,我是被她吓软了的。

我不愿意与她睡在一头,她喜欢半张着嘴。我担心,等我睡着了,她会咬掉我的耳朵。她漂亮,但是,她醒着与睡着了的相貌我都不爱看。感情就是这回事,当你爱着就觉得丑也美、不爱着,丑的更丑,美的也觉得不美。一天,妻子上班骑自行车与一辆货车相撞,送到医院就断了气。我想,毕竟是夫妻一场,何况还有一个儿子,忍不住痛哭流涕。有人安慰我说,你们关系又不好,她去了,你成了快乐的单身汉。岂知道,我一个人在房间里睡觉,特别容易做死人的梦。这个时候,我觉得失去了妻子,就是失去了依靠。

第二个女人是有夫之妇。她丈夫是教授,她年龄比我大一岁,职务比我高一级,人品应该说是很不错的。我们开会出差在旅馆里谈人生,她被我感动了,主动倒在我的怀里,我这个单身汉无条件地接受了。可是,三番两次在公园里,她总是靠在我身上流泪,说不想与自己的丈夫在一起,还说怕我找人怕失去我。我不仅没有被感动,反而觉得害怕。最后,有一天我对她说,你年龄职务都比我大,我心里有压力,我不敢与你再做这事。她说,那么我就去跳江。这下,我被吓得半天缓不过气来。最终,她的丈夫发现了我,我不得不离开她,也庆幸自己有理由离开了她。虽然我喜欢她的真诚与热烈,但是,与有夫之妇在一起,除非不怕死。

第三个女人是张小英,最理想。但是,我们既没有成为夫妻,又谈不上是情人,也许我是单相思,但是,我总觉得她对我情有独钟。张树良说到这里又补充了一句:“你们的广告词不是有一句关键词:希望有情人终成眷属?”

石小林与黎萍听了,感觉有点为难,看老人的样子很可怜,觉得应该尽量满足老人的心愿。好在这个女教师就在海口,联系方便。他们要张树良老先生回家休息,等候佳音。

杨扬来到黎萍与神话博士身边说:“刚来报到的三个女游客有坐台的,拉客的,还有大姐大。”

神话博士听了,不由得暗暗叫苦。一个眼睛眶子描得很黑的女子见了他,娇滴滴地说:“石博士呀,我是来参加你们的爱情神话体验游的,希望得到你的支持。”

神话博士问："你干什么工作。"

那个女子回答倒也爽快："本小姐是歌舞厅的坐台小姐。"

神话博士想，坐台小姐来参加爱情神话体验游活动，简直是乱弹琴。接着，一个白白胖胖的女子走了过来。她得知神话博士是负责人，主动地伸出手来，握住他的手说："我也想参加你们的活动。"

神话博士按照程序问："你在哪里工作。"

那女子倒也爽快："我在一家旅社工作，当业务员，具体任务是帮忙拉客。"

神话博士哭笑不得，心想，天啦，拉客拉到我们这里来了。

刚叹完气，又来了一个相貌一般，但脸色红润的女子，自称自己开了一家发廊。几个女子称她为"大姐大"。她说话很直率："我们这个发廊不理发，只按摩。"

神话博士心里说，那不是挂羊头卖狗肉。于是，神话博士在揣摩，如何拒绝这几个不正常的女子参加我们的活动，可是，自己想不出拒接的理由。应该说，神话博士没有心理承受力，他压根都没有想到会有这样的人来报到。不过，那几个女性也很聪明，见神话博士没有明显表态让他们参加爱情神话体验游，正在交头接耳。显然，她们要想方设法参加这次活动。

不过，神话博士看了看现有人员，美术学院雕塑专业毕业的黄梅、社会学硕士杨扬、旅游专业硕士黎萍导游、国家安全部门的田工、南海科学研究院的徐院长、鹿仙女阿槟、猎手阿榔，九代穷，觉得爱情神话体验游已经有了发展的基础。

来自各地的应征游客与工作人员共有十多人，南海宾馆会议室显得很充实了。神话博士干咳了两声，算是开场前的吆喝。以前，在学校里，他每次给学生讲课，发现学生有的讲话，有的玩手机，就这样干咳两声，课堂马上就安静下来。当然，遇到调皮的学生来上课，干咳没有用。一天，神话博士正在教室里讲课，没有料到，一个女孩子用可以照相的多功能手机对着他喊，帅哥老师，别动，我给你拍一张照片。整个教室哗然。

神话博士先谈这次旅游活动的意义。他说，在中国的地图上，海南岛是一个仅次于台湾的大海岛，也是中国最神奇的神话传说岛屿。当年，毛泽东主席挥巨手，人民军队用木船与国民党反动派的军舰飞机对抗，山呼海啸一般解放了这瑰宝一般的岛屿。改革开放年代，邓小平同志挥巨手，海南呼啦啦一夜之间成为中国最大的特区省。海南的博鳌论坛，江泽民同志、胡锦涛同志都先后亲临海南。海南建设国际旅游岛上升为国家战略，峻峭的群山，浩瀚的大海，崛起的高楼，飘香的椰林，引起世界关注的目光。

黎萍说："南海神话传说资源丰富，我们要善于挖掘，让其成为最好的旅游文化资源。例如，黎族妇女为什么要纹面，这是因为一个动人的传说起作用。《绣面的传说》，讲述的是黎族纹面的来历。"

神话博士说："在黎族民间，还有许多关于民族诞生、民族之间友好交往和人文风物的传说。这些动人的传说故事，充分反映了黎族人民热爱生命，热爱大自然，注重友谊的博大情怀，以及追求幸福生活的美好愿望。黎族的民间故事丰富多彩，而最具有民族特色的，便是其中的英雄故事、爱情故事。黎族的英雄故事，多以人物形象为主，通过对人物的典型描写，加以神奇化和超人化，着力塑造黎族人民心目中理想的英雄。”

黎萍导游口齿伶俐地介绍：“石小林是神话学专家，对旅游神话的研究十分感兴趣。他认为，旅游神话最好的研究基地应该是海南岛，这是一个神话的岛屿，海南的五指山神话、火山口神话、博鳌神话、临高角神话、七仙岭神话、吊罗山神话、天涯海角神话、亚龙湾神话、小洞天神话。尤其是鹿回头神话，相比而言，更为朴素，更为生动，其围绕着追求大自然的和谐，讲究孝道，崇尚真正的爱情，对于我们人类发展的今天，很有教益。世界旅游城市三亚，被称为鹿城。”

黎萍还激动地说：“海南的神话传说内容丰富，形式多样。就拿五指山来说，有不少传说。一个传说，五指山是五子山的谐音，说的是五个青年的坟墓，变成了五指一样的山峰。另一个传说讲述的是，五指山原叫‘邪山’，山上有个妖王领着许多妖怪，四处吃人。周围的老百姓日夜担惊受怕。有个叫翠花的黎家姑娘，父亲早被山妖所害，决心凭借自身练就的好剑法，上山除妖替父亲和所有受害者报仇。神灵赐予她搬动大山的力气，她一鼓作气，一路杀妖上山，最终，将妖王踩死在脚下。但妖王在临死前，使尽神通，呼出一阵大气，使得天昏地暗，飞沙走石直扑向翠花姑娘，顷刻间便把她埋没，只露出那高举着的左臂上的五指。后来，风息云开，太阳高照，邪山已改变了旧日的模样。翠花姑娘露出的五指，成了山顶的五座山峰。人们为了纪念她，将邪山改名为‘五指山’，以铭记她的功德。”

神话博士进行评说：“刚才大家听的这个神话故事，很有意义，引导我们坚持正义，敢于同邪恶作斗争，就是这个神话故事的思想意义。另外，这个神话故事，善于夸张，特别形象，非常浪漫，还富有人情味。将山比喻为姑娘，还讲述一个动人的故事，这是文学的形象，五个指头成为五个山峰，这是文学的夸张。人们纪念这位姑娘，表现出我们的社会崇尚英雄。”

神话博士越说越兴奋，说：“我们将组织一次爱情神话体验游，我们游览的第一个景点是三亚鹿回头。我们这次参加活动的人数不多，领队是黎萍导游，她熟悉海南的每一个角落，对每个景点的神话传说了如指掌。”

黎萍说：“我曾经看过中央电视台的几次节目，内容是有位年迈的父亲或者是母亲成为单独一个人后，尽管他们有女儿，有儿子，却不愿去讲孝道。有一个老人被活活饿死了好多天，才被村民们发现。而他自己的几个儿子，与他是一个村的，据说一年都没有登一次门。所以，我认为南海神话《孝子船的传说》值得向游客推荐。”

黎萍吩咐神话博士带着阿槟、阿榔、杨扬出发了，旅行社让来报名的游客上一辆中巴车，随着神话博士驾驶的马自达，一起往石船景点开去。他们面前，是一块像木船的巨石，上面有尹之逵的手书古诗《石船》，“千古仙航元不朽，登临如泛剡溪游”。黎萍导游开始对着景物，生动地讲述《孝子船的传说》。

——青年阿海和他的妻子阿花住在鳌山脚下，他们非常勤奋，特别讲孝道。一天，他们出海打鱼，想为病重的母亲打点海鱼，他们临出发前的一天晚上，做了一个梦。仙人对他们说：明天，你们如果在海上看见漂着一颗桃子，一定要把它打捞起来，因为，这是天上落下来的仙桃。你母亲吃了，疾病就会好转，延年益寿。第二天，海风欢快地拂过海面，灿烂的太阳挂在碧海的上空。黎族青年阿海和妻子阿花划着船，在鳌山底下的海面上捕捞。突然，天空掉下一颗硕大的桃子，顿时，海面上出现了千万朵美丽的浪花，芬芳的桃香弥漫了整个的海面。阿海和妻子阿花不由得咽了几口口水。海中的鱼、虾、蟹以及一切生灵，都有了灵气，马上发现这是一颗仙桃，想抢来自己吃，以求延年益寿。

桃子随着大海的波涛沉浮。这是寿星公公不小心从天庭弄掉的仙桃。吃了这桃能延年益寿，长生不老。海中的生灵知道了，蜂拥而上，争抢仙桃。鱼儿和鱼儿打得遍体鳞伤，虾子和虾子打得鼻青脸肿，螃蟹和螃蟹打得头破血流……整个南海，硝烟弥漫，杀声震天。它们谁都希望夺得仙桃，谁都希望延年益寿。

阿海和阿花看着鱼儿一下跃出海面，一下沉入海底；一下子对咬对厮，一下子揪头揪尾。看见这些海中生灵，不由得悲从心来。他们说："你们生活在同一个海里，为什么要相互残害呢？"

鱼说："我们之所以打得不可开交，就是想要抢到仙桃。"

虾说："仙桃是我们的，谁也别想与我们争抢。"

蟹说："仙桃是我们的，我们一定要抢到仙桃。"

海中的生灵都说自己必须得到仙桃，它们亮出牙齿与夹子的武器。

阿海感到茫然。他问："你们为什么非要得到仙桃不可呢？"

一只海龟把头伸出水面说道："你们傻呀，不知道吃了寿桃就能长命百岁。"

听说吃了寿桃就能长命百岁，阿花为之兴奋。她对丈夫阿海说："我梦见仙人说的全是真的。我们撒网打捞寿桃，如果能捞到，就给婆母吃，这样她的病也就好了，还能长命百岁。"

阿海说："好，你真是个孝顺的好媳妇。"

说干就干，他们向大海撒下了大网。阿海、阿花夫妻打捞的时候，海中的鱼、虾、蟹等，也在拼命地打捞，可最终还是两手空空。于是，这些海中生灵十分嫉妒，采取了卑劣的行动——鱼儿见阿海、阿花撒网捞仙桃，将他们的网咬破；螃蟹见阿海阿花撒网捞仙桃，将他们的网抓破；虾见阿海阿花撒网捞仙桃，将他们的网扯破。无论海中生灵怎么弄坏他们的网，阿海、阿花夫妻从不气馁，网坏了就修补，修补好了又开始捕捞。一天过去了，他们没有捞到仙桃；两天过去了，他们仍没捞到仙桃；三天过去了，他们还是没捞到仙桃；阿花问阿海："这仙桃是不是让海里的生灵给吃了呢？"

阿海说："阿花，你看，海中的生灵仍在打架，说明它们仍在你争我夺，谁也没有抢到仙桃，仙桃仍在海里。我们不要灰心，再捞。"

阿海阿花夫妻鼓足干劲，饿了啃两口地瓜干，渴了就用带上船的一点点淡水润润喉。就这样一直坚持了九天九夜，他们终于打捞到了仙桃。这时，他们已感到筋疲力尽，腰酸腿疼了。想到母亲可以吃到仙桃，病不但可以治好，还可以长命百岁。他们想笑，然而连一点笑的力气也没有了。阿海、阿花竭力振作精神，努力把船往岸边划，当船靠近岸边时，他们由于九天九夜没有休息，疲劳过度，又兴奋过度，双双昏倒了。那些没有抢到仙桃而憎恨阿海、阿花夫妻的海中生灵，把他们的船推入深海，将其掀翻，让其漂走；接着，纷纷抢仙桃，谁知仙桃已变成石桃，怎么搬也搬不走了。

忽然，海上飘来一片祥云，观音娘娘站在云端。她批评了那些想害死阿海、阿花夫妻的海中生灵，生气地说："你们这些海中生灵抢仙桃为了自己，而阿海、阿花是为了救自己生病的母亲。为了永远记住他们的这片孝心，我把这仙桃点化成了石桃，你们不用再争夺了。"

观音菩萨说完，飘然而去。观音菩萨救了阿海夫妻，将他们送上天宫，安排他们做寿桃园里的神仙。再说阿海的母亲躺在病床上，见儿子、媳妇几天没回来，非常焦急。忽听一老翁在喊她的名字，抬头一看，是寿星公公，慌忙跪下。

寿星公公说："你养了个讲孝道的儿子，教了个有孝心的儿媳。现在，我来接你到天庭的寿星园里去安度晚年。"

不容阿海的母亲回答，寿星公公已拉着她的衣袖，带她飞进天宫的寿星园了。一进寿星园，母亲看到儿子阿海，儿媳阿花，他们已经都成了寿星园的护桃仙子了。他们告诉她，是观音娘娘把他们从海里救起来，并且送到这里的。

至今，石仙桃仍在"小洞天"以东的海边。据说，摸过此仙桃的人定能延年益寿，因此来这儿摸石仙桃的人络绎不绝，川流不息。

海中生灵非常尊重观世音菩萨，十分惭愧，他们想弥补自己的罪过。阿海和妻子阿花都已成仙，无法向他们赔礼道歉。于是，生灵们决定去寻找被它们推入深海的漂得无影无踪的船。找啊找啊，找了九个月零九天，他们终于在南海的出口处找到了阿海的船。他们齐心协力，将阿海的船推到了鳌山脚下的海边。望着泊在岸边的船，他们异口同声地说："船啊船，你千万别腐烂，你就在这鳌山脚下待着，好让世人看看我们的丑陋，看看阿海孝子的一片赤胆。"

观世音菩萨见了，手指一点，这木船就变成了石船，当然也就不会腐烂了。从此，海中生灵见人就说，这是孝子船，是护桃仙子阿海成仙前使用的船。为此，来这里游玩的人越来越多。有一天，一个名叫刘竹华的逆子，偷了父母的许多钱财，到处游玩。听说鳌山脚下的海边风光无限好，便兴致勃勃地来到这里。听说这是孝子船，冷笑一声踏了上去。谁知道，他刚登上石船，立即感到浑身的血液在燃烧，让他浑身冒汗，一股阴冷的气体从脚底排出，一种深深的内疚从心底升起。他一下顿悟，觉得自己简直不是人，完全是衣冠禽兽，愧对生养自己的父母。他再也没有心情在外面玩耍，决定立即回家。

刘竹华回到家里，痛改前非，像换了一个人似的，他对父母格外孝敬，父母高兴得容光焕发。亲戚朋友邻居都感到奇怪，刘竹华怎么到南海去走了一趟，回来后竟换了一个人呢？刘竹华笑而不答。那年冬天，天气格外的冷，刘竹华的母亲一病不起。重病中，她非常想吃竹笋，可是在这大雪纷飞的寒冬腊月，上哪去弄竹笋吃呢？万物是春天才发芽的呀。望着茶饭不思、重病在身的母亲，刘竹华万分焦急，他跑遍了他家附近所有的竹林，寻找母亲想吃的竹笋，结果什么也没有找到。他非常失望，抱住一颗大竹子痛哭。他说；"竹子啊竹子，你发发慈悲，快快发芽吧，我的母亲病重，想吃你的嫩芽呢。"

他边哭边说，哭了三天三夜，说了三天三夜。他的孝心感动了竹神，竹子果然发芽了。从此，冬天里也有了竹笋。以后，人们把冬天长的竹笋叫做冬笋。刘竹华的孝心天下闻名，人们把不孝的儿子带到他这里来受教育，他就把这些逆子带到鳌山脚下来游玩，让他们登上石船。说来也怪，凡是登上石船的，立即就像换了个人似的，全变成了孝子。

当你看见一块像木船的巨石，上面有尹之逵的手书古诗《石船》，“千古仙航元不朽，登临如泛剡溪游”。你会忍不住登上石船。看30米下的海面，浪涛拍岸，百帆竞发，你会感受到诗的意境，且有人生经历有如乘风破浪的感慨。

黎萍说：“对了，我们这次的活动是爱情神话体验游。我们谈到爱情，还要联系人的情感，谈到人的情感。我想到父母对于孩子的爱，可怜天下父母心。天下的父母对于孩子没有不爱的，为了爱孩子，他们的心被嚼碎。”

杨扬说：“但是，为什么要说棒打出孝子？一个小孩，你用棍子打他，难道他不恨你？反过来，还孝敬你吗？我不大理解。”

心理学教授布东说，我想讲点自己的经历。从小，我喜欢用彩笔画画。但不能够让我父母容忍的是，我不在纸张上画，却偏要在床单上画呀画。这样的习惯实在叫人难以接受。我父母一起，强迫我在纸张上画。可是，我的画笔还是在床单上画，那是彩笔呀。我父母看见这样，生气了。父亲把我拽到客厅里，可我还是往房里跑。他挡住我，威胁道：你再在床单上画，爸爸生气了，就会打你的！但说归说，并没有真的动手，我也根本不在乎。母亲在客厅里急了，生气地说：“要打就真打，儿子已经被你惯得不成样子了！”本来我父亲是吓吓我就算了，这下子，我父亲受了刺激，觉得不打是不行了，于是，一把抓住我的胳膊，将我拽到面前，侧转过我的身子，狠狠地打了我屁股一巴掌。虽然疼痛，我依然嬉皮笑脸装顽强：我还是要在床单上画画。父亲没办法，干脆拿起一根木尺，我不屈服就打一下，一连打了三四下，一次比一次用力。木尺打折了，终于，我的屁股感觉到疼痛难忍了，父亲对母亲说：“木尺打折了。”

我一听，马上张开嘴巴，“哇哇”地大哭起来。父母任我去哭。我哭累了，就自己不哭了。当然，从此以后，我再也不敢用彩笔在床单上画画了，我的屁股疼了两天。古人云：“棒打出孝子。”看来是有一定道理的。教育子女确实不能过分顺从和随意，该严肃的还要严肃，该批评的还要批评，实在不听话，打一下又有何妨。否则，长此以往，小孩是非不分，随心所欲，容易养成坏习惯，长大后无法纠正，导致一事无成。树干从小是直的，长大就是直的，从小是弯的，长大就是弯的。人是歪的是废材，树是歪的，说不定还是一道景观。

神话博士认为，这里的“棒打”并不是真的用棒子打，而是严厉管教的意思。他说：“我母亲说，打小孩，不要打脑袋。我小时候，看见弟弟不听话，爸爸用拳头打他的头部，结果，弟弟经常流鼻血。那么打什么地方，打屁股，那里肉多，不容易伤筋动骨。当然，偶尔打几次还可以，常打就无效了。主要是言语教育，动不动去体罚，会将小孩的逆反心理逼出来。这样，你越是不要小孩干的，他偏要去干。有人说，‘棒打出孝子’是古人总结的经验。有人说，‘棒打出孝子’不适应今天的社会。我要说：如果一个小孩，从小偷东西，在怎么说教都无用的情况下，就应该打一下。”

布东接着说，我舅舅的女儿，我应该叫表妹。她小时候死了父母，跟着我妈妈的妹妹，也就是小姨妈过生活。小姨妈待人十分严格，对表妹动不动就骂，动不动就打。我的小姨妈十分聪明，她从来没有上过学，可是，她学会了拼音字母后，自己买了一本字典，学会认识了二千多个字。在农村做农活时，我小姨妈经常读报纸给村民们听。有个巫婆，给了她一本邪教的书。书上说，如果夜半狗叫，说明有人来勾魂。这个时候，如果吊死，死后可以上天。结果，我的姨妈晚上听见狗叫，洗澡后在绳子上吊死了。剩下表妹，艰难地过日子。表妹一开始恨小姨妈打她，时间长了怨恨变成了思念，她懂得了小姨妈的苦心。现在，我的表妹对待几个姨妈都十分孝敬。她说，我孝敬老人，是小姨妈打出来的。可是，表妹成亲后，对待自己的独生子却是百般宠爱。儿子18岁时，早上醒了，他不想起床，他妈妈将早点端在床前，一口一口喂给他吃。结果，儿子不肯好好读书，连初中都没有毕业。父母担心他们的儿子找不到工作，给他买了一辆面包车。谁知，他将面包车卖掉了。最后，熟人介绍他到一个商店去当保安，他却将好烟好酒偷了两箱。老板发现了，要他退回来，他却将烟酒卖了2万元。老板报案了，公安局抓捕了他。现在，他还在监狱里蹲着呢。我认为，我的表妹从小要是用棍棒教训她的儿子，我想，她的儿子不至于会坐牢的。”

布东说完了，大家陷入了沉思。神话博士却说：“我反对布东博士的观念。在你年少时，在你第一次做错了事的时候，你最希望父母采取什么样的解决方式，肯定不是挨打。我小时候，洗碗将碗打破了，母亲问，是哪个将碗打破了。我回答，我打的。结果，我头上被我母亲用几个指头狠狠敲打了一下，头上有了一个小疱。我疼得流出了眼泪。又一次，我在桌子上收拾碗筷时，又打破了一只碗。母亲看见地上的碎片，发问，是谁将碗打破了，是你打的吗？我这回坚决不予承认。母亲抓不到把柄，没有打我，我取得了一次小小的胜利。当然，我从此也学会了撒谎。我虽然挨打不多，可是我现在也能够孝敬父母，我再忙，每年都要抽空陪陪父母；我的收入再少，我每年都要给一笔钱给父母。”

神话博士还说：“作为父母，你打了孩子，孩子没悟性的话，会怨恨你；你打了孩子，孩子明白了你是为了他成器，他以后会尊敬你孝敬你。作为父母，发现孩子有错误，没去打骂，只是告诫他，他如果没领悟，孩子的错误没有得到改正；父母告诫了孩子，孩子知错就改，虽然没有棒打，孩子照样长大孝顺父母。中国人的孝心，不外乎就是尊敬父母，听父母的话，给父母养老送终。”

“有的父母或者贩毒，或者赌博，或者贪污，这样的父母如果将孩子往错误的道路上引，就不能够对父母讲孝顺了。学校和社会教会孩子很多东西，家长能做什么？那就是注意配合，一有问题时及时疏导，你用棍子打也好，你不打也好，有无孝心得看孩子的悟性了。也许他经历一件大事后，就一下明白了很多。也许父母不是善类，也可能出现孝子；也许父母是善类，也会出现不孝子。”

布东教授发表了新的感受：“一个青年人，在结婚后觉得自己做了大人，应该对家庭有责任感，这是第一次成熟。在结婚后生了孩子，认为自己要对孩子负责，这是第二次成熟。当这个青年人的父母不在了，这个年轻人认为自己必须全力挑起生活的全部担子，这是第三次成熟。”

接着，神话博士介绍了硕士生杨扬、黄梅女士。当神话博士介绍到猎手阿榔、鹿仙女阿槟时，引起了轰动效应，竟然有记者要来采访他们。由于这次活动要动用魔衣、魔幻背心，他们谢绝记者的采访。可是事后，记者还是把爱情神话体验游报道了。由于牵扯到魔衣，牵连到阿椰与阿槟，还有宝刀与宝锄的寻找，所以，媒体给予了广泛的关注，社会反响极大。

神话博士说：“我们的任务，是收集南海神话传说，讲述自己情感方面的故事，包括爱情的喜悦，爱情的悲剧，失恋的痛苦，情感的反思，进行情感的体验。现在，有几个游客报名参加我们的爱情神话体验游，我们表示感谢。但是，想报名参加，务必讲一个南海神话故事，还要讲一讲个人的爱情经历。具体参与人员，我们要根据实际情况再做决定。”

十五、坐台小姐

神话博士的话说完了，意思很明显，要为剔掉那几个“非凡”的游客做铺垫。神话博士的进攻，仅流露出一点苗头，这几个“非凡”的女子开始打阵地反击战。

风韵犹存的女士站起来。只见她穿一身素色的连衣裙，一袭黑发，杏仁一样的眼睛含着笑意，显得很有韵味。她皮肤白，外表年轻，看不出她的实际年龄。一打听，她有三十多岁了，却有过几次婚姻的挫折。她说：“我叫黄小雨，人称为坐台小姐。”

她说这话的时候，满不在乎地笑了一笑。她说，为什么我要选择爱情神话体验游，我想先讲一个我喜欢的神话故事，然后再将我自己的故事讲给你们听。神话博士打开魔幻背心的情感检测开关，黎萍让黄小雨穿上魔幻背心，杨扬负责用录音笔录下黄小雨的全部发言——

光山色的幽境胜地——海南太平山瀑布，流传着一个比山水更美丽的神话故事。那是洪荒岁月，五指山麓的一个黎寨里，有一对天生的情人。美丽的姑娘，楚楚动人，超凡脱俗，且能歌善舞，聪明伶俐。健壮的小伙子，虎背熊腰，身材魁梧，且机智勇敢，是黎寨里一流的好猎手。他们俩从小青梅竹马，早立下了海誓山盟。有一个“恶人鬼”，是条十恶不赦的色狼，听说姑娘长得美，企图霸占为妾。姑娘和小伙子为逃避“恶人鬼”，只好躲进了深山。而“恶人鬼”并不死心，带领鬼兵进山搜索。在一个深夜里，姑娘和小伙子正在海南岛太平山谷的一个石洞里熟睡，不幸被“恶人鬼”抓住。当“鬼”兵把这两人带经瀑布时，残忍地将小伙子推下了悬崖。姑娘被抓走了，关在一间船形屋里，可姑娘还是挖洞逃出来了。姑娘跌跌撞撞逃到悬崖边，站立了七七四十九个昼夜，不停歇地唱了九千九百九十支情歌。最后姑娘唱道：“天鬼地鬼恶人鬼，鬼逼咱俩难成亲。生也同来死同死，死去黄泉同路行。”

姑娘唱尽了心中的全部万支歌，正要纵身跳下山崖，突然从西龙峰传来她熟悉的歌声：“阿哥生来不怕鬼，山神助咱结成亲。恶鬼已被哥杀死，人间从此得太平。”

姑娘当即转眸一看，自己的心上人正一手握着一把宝剑，另一手提着血淋淋的头颅，威风凛凛地站在“西龙峰”顶上。原来，小伙子被推下崖的一刹那，恰好被西龙峰上的山神发现。山神抛出镇山宝剑。小伙的尖刀因已被“恶人鬼”夺去，此时刀鞘正空着。宝剑不偏不倚地插入了小伙子的尖刀鞘里，发出一片金光。在这片金光的罩护下，小伙子毫发无伤地飘落在山崖脚下。他又带上宝剑，连夜赶去与“恶人鬼”厮杀，一直不休不歇地战了七七四十九个昼夜，终于砍下了“恶人鬼”的头颅，赶来拜谢山神。恰好遇上了逃出来的心上人……有情人终成眷属。这对真心相爱的人，历尽磨难后，终成夫妻，生儿育女，恩爱相守，过了一辈子的太平日子。后人为纪念他们俩，便称此山为太平山，把这个瀑布称为“太平山瀑布”。

杨扬听了，说：“真好，这是一个荡气回肠的爱情与英雄的故事。”

黄小雨受到鼓励，轻轻一笑，说：“再讲我自己的故事。我的父母是中学教师，对我这个独生女儿很宠爱放任。小的时候，我的性格像男伢，喜欢和男伢一起玩，人们称我假小子。”

——我的家住在学校宿舍里，离汉水河不远。放暑假的时候，我与邻居的儿子伢们每天中午结伴去游泳。我与男伢一样，喜欢在泵船上跳水。大热天，船上的钢板滚烫，我赤着脚上去，烫的直咬牙，可我没有后退，在船上蹦呀跳呀。一个夏天过去，我的皮肤没晒黑，于是有人说我是属于那种晒不黑的小美女。中学毕业后，我进了武汉一个轧钢厂的工会做图书管理员。我的性格比较随和，又漂亮，追求我的小伙子排着队。我说口渴了，马上有几个小伙子争着把饮料往我手中递。我说肚子饿了，不一会，有几个青年同时将点心送到我面前。我就将到手的汽水与点心分给我们工会里的姐妹们吃，她们一个劲地笑，我心里得意极了。那个时候，我很骄傲，谁也瞧不上。

有个憨头憨脑的小伙子来借书，他是从来不理睬我的一个男子。我心血来潮，非要捉弄他一下。我问他：“你成天闷头闷脑的看书，谈了女朋友没有？”

那个小伙子说：“对不起，我是来借书的。”

说完，他慌慌张张地拿了书就走，他的钢笔放在桌上也没拿。我一看，这还是一支派克钢笔呢，我给他留下来，记下他借书证上的名字——马小明。几天后，小马来还书时，我将钢笔还给他，要他去买糖给我吃。他给我鞠了一躬，口里“谢谢”连声，真的把糖买来了。

我觉得他很好玩，就用眼盯着他看，弄得他面红耳赤。不久，我们彼此熟悉起来。我知道他的父母也是教师，彼此找到了共同语言。有时，我请他帮我整理书籍。有时，我要他陪我一起到新华书店去买书。他说：“我很愿意去买书。”

有一天，我俩刚出门不远，几个男子路上将小明堵住。厂篮球队的高个子小王说：“你还敢追求我们的公主，你怕不怕挨揍？”

没想到，平时见了女人红脸的小明说：“那是我的自由，你管得宽？”

小王一气之下，打了小明几拳。小明一下倒在地上。我生气地扶起小明：“你们为什么欺负老实人？”

小王说：“他是你的什么人，你这样护着他。”

我突然说：“他是我的男朋友，有种你来打我呀。”

小王一下垂头丧气：“我不敢打你，也舍不得打你。”

我说：“量你也不敢。”

我昂首挺胸与马小明走了，丢下几个傻小子站在那里发愣。当时，我欣赏小明的大胆，也想表现一下自己打抱不平的女侠风度。以后，我与小明真的谈起朋友来了。我们大概谈了三年，结婚了，我平时交的朋友我都请了，小王也来了。他对小明说："祝福你们两个结婚。小明，你真是憨人有憨福。"

他的口气有几分伤感，有几分真诚。自从我怀了孩子，我在婆家成了名副其实的公主，婆婆给我端茶送水，公公问寒问暖。谁也没想到，我们结婚不到几个月，幸福还只是开了个头，灾难发生了。马小明下岗，到一家公司去打工，成为开客货两用车（厢式货车）的司机。一次意外的事故，摔死了。在殡仪馆里，他的父亲看见血肉模糊的他，差点晕了过去，母亲哭得死去活来。小明是个独生子呀。我心里也十分难受，却哭不出来。我的姐妹们对我说："你哭一下吵。"

我"哼"了几声，就是没有眼泪。不知道的人说我心狠。其实，我对小明的死说有几伤心就有几伤心，每天在一起睡觉的人，突然死了，留下我一个守活寡，我会不难过吗？人难过有许多表现的方式，我这人不大相信眼泪。

得知我丈夫死了，过了几个月，几个小伙子来图书室找我，向我表示爱意，我没有心情考虑。厂工会的涂大姐来了，她表弟是一个大学里的讲师。她对我说："我表弟看上了你，他知道你的情况，只要你将肚子里的胎儿打下来，他愿意与你结婚。"

这个时候，我为小明的去世伤心，也心疼我肚子里的骨肉。回到家，我将涂大姐的话对公公、婆婆说了，征求他们的意见。两老一听，好言好语地对我说："小雨，我们唯一的儿子死了，我们求你无论如何，要把你肚子里的孩子生下来，让他满月后你再走。你就是我们的女儿。你还年轻，应该嫁人，我们想送一笔嫁妆费给你。"

他们两老说话像放连珠炮。我知道，他们怕我把他们的孙子打掉了。当然，我不会这么无情。我问："我以后可以看孩子吗？"

他们说："你是孩子的亲妈，也是我们的女儿，当然能看。"

我说："好吧，我按照您二老说的做。"

第二天，我上班，找到涂大姐说："马家独子死了，我要将马家的骨肉生下来。"

涂大姐说："你与我表弟是难得的一对，这样做你就放弃了机会，你考虑好了没有？"

我说："不用考虑，把这个孩子生下来再说。"

我不能为嫁个好丈夫，不要自己的孩子。再说，我对肚中的生命有了感情。

那年冬天，我的儿子啼哭着出世，马家两老看见光屁股带把儿的小生命时，激动得热泪盈眶。我满心喜欢，整天一有空就将儿子抱在手上，到了一个月，我虽然舍不得亲骨肉离开我的怀抱，但还是按承诺将儿子交给他的爷爷奶奶，重新谋划自己的生活轨迹。

小马的父亲——我的公公十分感激我的大度，想让我有个新的工作环境，就通过他的一个当局长的学生，将我调到新华书店里工作。我在书店文学柜当营业员，我们厂里的几个宝贝也来过几次。我这个时候，不再想在工厂里找我的丈夫。一个戴眼镜的中年读者，经常来寻觅畅销的世界名著，让我给他预留这些书籍。一来二去，我们熟悉起来。我知道他在一个剧团里当编剧。一天，他说："为了答谢你对我的支持，我邀请你去看演出。"

我大大方方地去了。他买了一包瓜子，放在我手中，不晓得他是有意还是无意，他抓瓜子时总是在我手掌上摸一下，弄得人心里痒痒的。我们从剧院里出来，被他的同事碰上，他们开玩笑："老阳，你的女朋友好漂亮啰。"

他只是一个劲地傻笑，我也觉得他傻得可爱。在路上，他向我开口了："我想，我们两个可以像罗密欧与朱丽叶一样。"

我在书店里工作，看过莎士比亚的书，口里说得干脆："我俩都是中国人，别搞些洋名堂，就说我做你的织女，你做我的牛郎，不蛮好。"

阳笑了："这就是说你同意了。"

我挽起他的手也笑了。我与阳认识不到半年就结了婚。在一起生活久了，渐渐地发现了他生活上的毛病。就说夫妻之间的房事吧，他兴趣来了，不管你的"好事"来了没有，说要做，立马就做。一做完，他就鼾声大作，毫不顾及别人。他在灯下写作完了，你睡着了，也将你弄醒干那事。一开始，我还忍得住，时间长了，我就与他吵。最使人受不了的事，他的烟瘾大，睡觉之前，在被子里抽烟。早上起床之前，又要在床上抽烟。我有一次感冒了咳嗽，怕烟味，对他说好话。可他说："我不抽烟就没劲。"

这还不说，他一边抽烟，一边与我过夫妻生活，不时将烟气对着我吹，我不断地咳嗽。他说什么，这是吃呛虾子。我骂他一句："简直是你妈的文明流氓。"

这种日子一长，一日，我对他说："和你过我早就受够了，你走你的阳光道，我走我的独木桥吧。"

他知道我的脾气倔，不敢不答应。我们办了离婚手续，我离开了这个家。人家以为我这回会哭，我却笑了。我与编剧分手后，想远走高飞。这时候，一个远方亲戚告诉我："我介绍你到海南一家公司去上班。"

我说："上班干什么？"

她说："在公司干公关啊。"

我同意了。我与表妹到了海南，那个公司的老总头一天被董事会解聘了，我们的原计划要改变。去几个公司应聘，人家嫌我的文凭低，没录用我。几天来的折腾，手上的钱也花得所剩无几。我表妹说："有个公司想招公关小姐，我想与你再去试一试。"

我们去了。登记要看学历证书，我不给她们看，却问："哪个是老板？"

有人看了我一眼，用手指了指一个带眼睛的。我迎上去，掏出一盒烟，走到老板身边说："来一支。"

老板接过烟，看了我一眼，而我朝他媚笑了一下，老板马上发话："你是来干什么的。"

我回答："听说你要招公关小姐，我来试试。"

老板与我聊了起来。我知道老板的大名，他叫郭瑞。我的话说得他不断地发笑，他最后说出了他真实的想法。原来，他想与一日本商人谈一个项目，需要几个公关小姐去应酬、公关。

我说："我可以去试一试，成功了你就用我。"

老板说："好吧，你打扮一下，明天上午我们见面。"

第二天，我穿了一件素色西服裙站在老板面前。老板一看，头摇得像拨浪鼓说："不行，我给你五百元，你去买一套时髦的服装吧。"

我说："这外商见的公关小姐一定不少，她们都打扮得花枝招展，我穿朴素点，反其道而行之，说不定能够引起他们的注意。"

老板不做声了。我与那个日本商人见面了，一谈话便发现他是假洋鬼子，原来是台湾人。我就背诵了两句诗："白日依山尽，黄河入海流。"

我将古诗作为开场白，又不失实时机地说："我很想跟你见面，你是我们炎黄子孙的骄傲，给我们带来了先进国家的最新信息。"

他一听好高兴。我既没把他当外国人看，又没把他当做一般中国人。我与这"日本商人"一起谈天，一起打球，一起游泳，一起跳舞。当然，也少不了搂搂抱抱。几天后，他与我们公司老板签订了一个1000万人民币的合同。郭老板喜得心花怒放，按比例给我20万，作为奖金。结果，我被郭老板聘为经理助理。后来，郭老板带我到三亚去玩，我们一起在海里游泳，住进了一个房间。郭老板被我的才貌打动，我也被郭老板的气魄吸引。

我在这个公司待了三年，我爱老板，老板也喜欢我，我与老板发展成为地下情人。没有不透风的墙，他老婆胡秀通过她的表妹，我们公司的财务科长，知道了我与老板的丑事。一天，她将我堵在办公室里责问我："你为什么要插足我们的家庭。"

我说："为什么？你还是回去问你的丈夫。"

胡秀说："你到海南来，人生地不熟，你怕不怕死？"

我说："告诉你，我没有家，没有丈夫，没有孩子，我才不怕死。我胆大包天，敢在老虎头上拉尿，还在乎你个婆娘！"

胡秀看我不怕威胁，就一下跪下去哭起来，喊："我的好大姐，你能不能帮帮我，我与郭瑞结婚十多年了，我的两个孩子不能没有爸爸。"

我听了，开始同情她了，就大大咧咧地说："别哭吗，我这人怕软不怕硬，我不会哭，却怕听别人哭。放心，我会为你着想的，虽然我喜欢郭老板，但是，天下好男人不止他一个。"

事后，我与郭老板谈话，郭老板进退两难。一来，他放不下他老婆和孩子。他的老婆与他一起创业，为他养育儿女，他对他的妻子不能说没有感情。二来，他欣赏我的才貌。他的事业，最近得到很大发展，我的作用是不可忽视的。但我坚决要求离开。我说："我已经答应了你的老婆，人不可不讲诚信。另外，我想念武汉，那里有我的儿子，我的父母。"

我离开海口，郭老板亲自送我上飞机，他的泪水在脸上流淌，我仍然没有流泪，但苦水在心里流淌。我带着一大笔钱回到武汉，先是开餐馆，后来又办了个礼品店。我大大咧咧，嘴硬心太软，见不得人家可怜。亲戚朋友邻居同学，都以为我发了大财回来了，这个来要，那个来借，借了又不还，我又不好意思回绝。钱就这么慢慢花光了，我也不想开店了。这时，有人介绍我认识一位局长的公子小冯。他对我说："你如果愿意与我一起生活，我可以叫人将你剩下的货一次买去，你开个价。"

我将剩余的东西卖光后，就与小冯同居了。为了框住小冯，我们拿了结婚证。可是，结婚不到两年，小冯遇到了一位年轻漂亮的小姐，常不回家。为此，与他吵闹了几回，无济于事，我提出分手。他留下我给他生的儿子，给了我一笔钱作为补偿。我这次离婚后，对爱情失去了信心，生活上有点放荡了。有人介绍我去南方一家歌舞厅当坐台小姐，我答应了。

我穿着袒露胸部背部的服装，涂脂抹粉，打扮得比我实际年龄要小，每天应付各种各样的人。但我只陪吃陪喝陪玩，就是不随便陪人睡觉。谈得来的男人可以同居，谈不拢的就分开，谁也不欠谁的。我想，我的年纪已一天比一天大，肯定要攒一笔钱做小生意，自力更生过日子，有缘找个心疼我的丈夫，无缘自己一个人过。有空去看看我的儿子。你说我的命苦么？不过，我已习惯了，我从不流泪，因为我不相信眼泪。如果心里流泪，我是为自己曾经是个善良的女人走到这一步而感到悲哀。但是，我也为自己从不故意害人而无愧地活在这个世界上。你能不能评一下，我是个什么样的女人呢？是个好女人，还是个坏女人？你不好说是吧，我来说自己吧，我曾经是个好女人。

神话博士、黎萍导游被这女子的坎坷经历打动了，也被她的直率感动了。但是，没有把握，她讲的是否真实，是否符合魔幻背心的检测要求。

电脑程序设计好的魔幻背心说话了："情感真实，欢迎你使用魔幻背心。"

神话博士颇有感触地发话："好吧，黄小雨，你可以参加我们的爱情神话体验游。不过，其他几个游客，你们要想参加爱情神话体验游，恐怕还得向大家讲一讲南海神话与你们自己的爱情经历。最后，通过魔幻背心的情感检测。"

事后，阿槟、阿榔两夫妻让黎萍导游叫上神话博士与坐台小姐黄小雨。阿槟说："你原来是个善良的女子。但是，有顽强的个性，我佩服你。你说说你丈夫去世的时间，让我用宝镜看看，你的丈夫死没有死。"

黄小雨说："你这个人拿我开玩笑干吗？"

虽然这样说，黄小雨还是一口气说出了时间。

阿槟看了一下宝镜，说："你丈夫的尸体，你看了没有？"

"我怎么没有看？已经血肉模糊。"

阿槟说："你看见的尸体可能是另外一个人的，你的丈夫现在还在一个地方住院。"

黄小雨说："在哪里住院？我怎么不知道。"

神话博士穿上魔衣，黎萍导游、黄小雨、还有阿榔、阿槟几个穿上魔幻背心，将魔幻开关的时间通过遥控器调整同一个指定的时间上。

他们面前出现了一个画面：一辆厢式货车在高速公路上行进，前方，有一辆水泥罐车逆向行来。厢式货车撞上水泥罐车，飞起了两米高，落下地时，厢式货车已经变形了，接着，车体燃烧了。公安局的警车来了，救护车来了。警笛、救护车上的喇叭响个不停。人们开始搜救。厢式货车上的几个人已经血肉模糊，他们清楚看见，应该是五个人，只发现了四个人的尸体。驾驶室的一个人被认定为黄小雨的丈夫马小明。

他们将遥控器往前移动时间，发现，路途上，厢式货车停了下来，黄小雨的丈夫从驾驶室里出来后，后排一个人进入驾驶室，而黄小雨的丈夫坐在后一排。接着，撞车后，车厢里飞出一个人，第二天，人们在高速公路的路基下发现了一个昏迷不醒的人，将其送进了医院。这么多年来，这个人一直昏迷，成为植物人。

神话博士一行打开旅游功能开关，一会儿，他们来到了这个医院，黄小雨很快找到了自己的丈夫马小明。模样还是那样，眼睛睁开看人没有表情，他已经失去了记忆。

阿槟说："我给你一包仙鹿鹿茸，还有几粒仙丹，让他服下，要不了好久，凭你对于他的爱情，我想，他是会清醒过来，恢复记忆，你们夫妻就会破镜重圆。"

黎萍导游说："你就在这里负责照料他吧，我们等待你们的喜讯。"

她脱下魔幻背心交给黎萍说："谢谢阿槟，谢谢爱情神话体验游活动组，我有信心让我的丈夫恢复健康的。"

阿椰赞扬地说："有了爱的信心，事情就好办了。"

黄小雨当着神话博士等人的面，喂下了与小明一片鹿茸与一粒仙丹，便对着她的丈夫开始谈话了，谈他们过去经历的事情。神话博士发现，马小明的目光转动了一下，开始注意到自己的妻子，虽然一下还认不出来，但是，毕竟有了一种感觉。黄小雨兴奋地叫起来："马小明！"，她丈夫居然朝她点头了，不相信眼泪的坐台小姐黄小雨眼眶红了。黎萍说："你在这里照料，有什么事情需要帮忙的给我们打个电话。等你丈夫病好了，一起到海南来玩。"

口齿伶俐的黄小雨，此刻，只是一个劲地点头，不知道说什么才好。黎萍、神话博士、阿椰、阿槟一一与黄小雨握手，然后，与医护人员打了一个招呼，匆匆离开了医院。

十六、狙击解救

神话博士与黎萍导游回到海南，正在继续组织魔幻背心的情感测试，商量具体的爱情神话体验游计划。有人在大叫："我们对面的那栋楼，出现劫匪了。"

神话博士打开电视，屏幕里出现了主持人进行解说的镜头："现在，案发地点位于南海宾馆的一栋楼房，周围的道路已经被武警与公安人员封锁了，过往车辆不得不改道行驶。现场被数百名群众围得水泄不通，就连邻居家的房顶上也站满了围观者。道路上停放着各种各样的警车，武警战士与民警携带狙击步枪、防暴枪、催泪瓦斯、电台、破门器及防刺背心等反恐防暴装备急奔现场。"

公安局紧急成立了解救人质现场指挥部。大家的目光聚焦在南海宾馆里一栋八层楼高的楼房。其中，四楼的一间房间里有一个歹徒劫持了一名女子，她是南海宾馆的大堂经理，王公仆的外甥女符小惠。

歹徒叫嚣："你们交出魔衣、魔幻背心，你们交出宝刀与宝锄，我保证不伤人质的生命。"

这名歹徒要求用宝刀与宝锄来换取王董事长外甥女符小惠的生命。嫌犯右手持刀，明晃晃的尖刀有 30 厘米长，一直在符小惠的脖子附近不曾离开。符小惠使劲闭着眼睛，满脸恐惧，喊道："舅舅，来救我！"

一间背后没有窗户的小房里，歹徒将人质顶在身前，站在门口，只留出一侧身子和警方交流。原来，流氓团伙被公安局一网打尽，剩下豺狼精躲进了房间，他劫持了饭店王董事长的外甥女符小惠。豺狼精知道王董事长是魔衣、魔幻背心的投资者，就抓住王董事长外甥女做人质。公安人员无法进入房间，只有让几个有经验的谈判专家去劝导歹徒。

南街有一辆警车上，有几个狙击手，正一动也不动地端起狙击手步枪，瞄准目标。狙击手是公安局、武警部队调来的。神话博士与阿椰对于狙击手最感兴趣。神话博士认为，他们创造了现代神话。阿椰说："狙击手用狙击枪支射击比射箭更有意思。"

中央电视台科技节目介绍，狙击手一枪 100 米射中鸡蛋，200 米一枪射中罐装可口可乐。国家安全部门的田长江在武警部队当过狙击手，他曾经与武警部队联系，让神话博士、阿椰近距离与狙击手接触。他们发现，狙击手是真正的神枪手。他们射击时，善于考虑风向与风力，善于考虑天气的温度。有个狙击手，接受记者的采访时，谈起枪来，如数家珍。他托起一支 85 式的狙击步枪,一边瞄准一边对阿椰说:“别小看这枪,有近9斤重。”

据他介绍,该枪主要是用来解救人质,有效射程达1500米,在150米的范围内一般要求狙击手首发命中。阿椰猎手被邀请试用了几把不同型号的狙击步枪,他毕竟是一等的猎手,上路很快,他射中了100米距离的一张扑克牌,不是射正面,而是射击的侧面,一声枪响,那扑克牌被子弹打得飘动了一下,又一声枪响,那扑克牌被撕为两半。随着,一个狙击手上去,一声枪响,那扑克牌被撕为两半。阿椰说:“还是你们狙击手厉害,这狙击步枪比起我的弓箭先进得多。”

田长江说:“关于狙击手的起源,有一种说法是源于1773年前后驻扎在印度的英国士兵的一种游戏。那里的士兵,经常猎杀一种名叫沙锥鸟的敏捷的小鸟。第二种说法是,在美国独立战争期间,美国义勇军的一位夏普少校带领一支独立机动的枪手队伍,以不可思议的远距离精确射击,射杀了许多英国高级军官,多次以极小的代价换得极大的胜利。第三种说法是,真正现代意义的狙击手这一名称,最早在第一次世界大战中。当时德军挑选士兵组成自由行动的狙击手。他们大多具有猎人和护林员的背景,对东西两线的英法军队和俄军造成了重大杀伤。为此,在战争末期,英军专门成立了狙击手学校,以培养反狙击手人才。”

狙击队队长介绍,第二次世界大战的欧洲战场上,德国法西斯的第9、第10装甲师,仗着优势火力与兵力,气势汹汹地向英军第1空降师一部发动围剿。可是,这些戴着红色贝雷帽的英军士兵,大都经过狙击手的射击训练,几乎个个是百发百中的神枪手。德军的进攻步步受阻,损失惨重,最后不得不增派反装甲火箭、自行火炮和火焰喷射器部队,才在第4天达到目的。这些英军战士超群的作战本领,后来为他们赢得了“红魔鬼”的赫赫威名。

阿椰问:“田工,狙击手的主要任务是对待敌人,还是对待敌方的军用设备。”

田工回答:“我在部队担任过狙击手,一次执行任务,出发前,上级命令我说,射击敌军人员只占狙击手任务的一小部分,敌军车辆、直升机、通讯设施、油槽、导弹基地、弹药库、油料库等,是更为重要的狙击目标,狙击手须有丰富的知识与经验,应具备随机应变的能力,例如,看见一辆运兵车来了,应先发射一发穿甲弹。”

神话博士说:“普通子弹难道不行吗?”

田长江说:“运输士兵的车子是防弹玻璃,普通子弹打不透。”

神话博士说:“你是想击破防弹玻璃并直接杀死驾驶员。”

田工程师点点头:“狙击方式有一定的逻辑思维方式。如果我发现,第一发穿甲弹未能达到目的,我马上换上穿甲燃烧弹,用高温穿甲弹摧毁了防弹玻璃的防弹性能。我接着换上穿甲弹进行杀戮。当然,如果任务仍未完成,那么狙击手应该继续使用穿甲燃烧弹。假如装甲车上的敌人不肯下来,狙击手应该射击坦克装甲车的通讯天线、车长的潜望镜与外挂油箱。装甲车起火了,上面的乘员下车,狙击手的射杀才有效。”

神话博士说:“你刚才说的行为,是不是属软性猎杀?”

田工说:“对。狙击手常常要与反坦克部队协调配合。先是狙击手以穿甲燃烧弹引燃坦克车,装甲车燃烧而丧失防御能力时,反坦克部队再以反坦克导弹将坦克击毁。”

阿椰十分聪明地问:“狙击手能独立实施硬性射杀吗?”

田工说:“当然可以。我曾经以7.62毫米的半自动狙击枪狙击一架俄罗斯制米—8直升机,射击其旋翼轴等外露且脆弱的部位。我大约射出了5发子弹,打中了这架直升机的油箱,直升机爆炸了。”

阿椰问:“狙击手都是凡人,与我们仙人不一样,吃饭喝水的问题怎么解决呢?”

田工笑着说:“是啊,狙击手虽然创造了现代神话,但是,毕竟是凡人,需要吃饭喝水。狙击手的干粮,也都是高热量的压缩食品。一块5立方厘米的食品,就可保证人体18个小时的热量供应。如果有半个饭盒这样的食品,那么,狙击手就能半个月不用为饿肚皮而忧心了。唯一的缺憾,是这种食品的口味差,嚼起来,像是吞蜡烛一样。世界各国的狙击手,大都选择在执行任务的过程中使用水袋与吸管,而摒弃了常见的军用水壶。这点巧思,是由狙击手的职业特点决定的。因为他们往往需要长时间纹丝不动地潜伏在一个隐身处,等待刹那间到来的猛烈决战。于是,饮水只能改为吸水。”

神话博士说:“我看过一个资料,1997年夏天,美国海军第7舰队旗舰‘蓝岭’号和导弹驱逐舰‘麦凯恩’号访问青岛。一支美国海军陆战队也随舰来访,其中就有担任狙击手的士兵。他们的打扮称得上是“衣衫褴褛”。从头到脚,背部、后腿全都错杂地钉挂着绿色、黄色的布条,脸上更是涂抹得黑一道绿一道的,连狙击步枪上也都缠满丝丝缕缕的布带。这种装束站在军舰上显得异常醒目,可一旦隐入丛林,就能立即与周围环境融为一体、难以区分。这也是为了长期隐蔽的苦心而设计的。”

广州香江野生动物园,养了150只白色的老虎。这些老虎是人工喂养,如果将其放到大自然环境中,难以生存,原因就是其色调太明显,无法与自然环境融为一体,即无法掩蔽自己,就无法猎取食物,当然生存也就十分困难了。

田工感慨地说:“‘孤独而漫长’,这5个字,可谓是狙击生涯简单而生动的概括了。长时间的野外生存,需要有方便而安全的隐蔽场所。狙击手所在的位置本身就可视为一个小阵地,它常常被设计成适于伪装与隐蔽的观察点,宽约3米,高约1米。通常留两个出口,一个较大的出口供人员进出,另一个较小的供观察与射击使用。射击口内部往往有平滑的坡度,以使狙击手在长时间卧姿观察时,肘部有所依托而上半身不至于过分劳累。

田工说:“狙击手隐蔽点的选择,应该满足长时间隐蔽的需要,既要离水源不远,又要保证下雨不积水、酷暑凉爽可通风。狙击手尽量不使用人工物体,自然环境与狙击手融为一体最妙,可以直接采用天然的洞穴、树林和岩石,包括利用天然的岩缝、空心树干和树丛。为了方便狙击手安全隐身,狙击手还应该在周围撒上催泪瓦斯,以防止好奇而嗅觉灵敏的野生动物凑过来,使狙击行动暴露,甚至伤害狙击手。一次行动之中我的腰部发疼,我发现,腰部被什么东西缠住了,紧接着,腿部也被缠住了。我用手去摸,十分冰凉,侧头一看,原来是一条两米长的蟒蛇过来了。我害怕暴露目标,动作不能够太大,只能够用手去卡住蟒蛇的头部,紧紧卡住蟒蛇的头颈部,最终,我将蟒蛇卡得昏死过去。否则,我恐怕要被蟒蛇缠死。”

田工还说:“我等待过一天一夜。不过,这漫长的等待过程,并不如表面看上去那么平静与悠闲。我需要独立地完成野外观察、情报搜集与分析、进入与撤退路线安排等战斗准备工作。更重要的是,我无法确知敌情何时出现,我只知道,瞬间决定成败。因此,对于我们狙击手来说,一分一秒的等待,充满惊心动魄的气氛。狙击手仅身体素质好、技术素质好还不行,还要求狙击手的心理素质超乎常人。”

石博士说:“我在武汉采访江城著名狙击手时,他告诉我,针对狙击手,最主要是进行心理训练。一般训练中,狙击手可以说能百发百中,可实际任务中,狙击手的心理素质会面临很大的考验,包括呼吸调整都在训练范围之内。特别是在高温天气,对他们来说还有耐力的考验。参训4小时,每个队员能喝掉4斤水,一个动作要重复做上十几遍。但每个优秀的特警队员,都必须经过如此的训练。特警队员们共有战术、各种枪械瞄靶、催泪弹投掷、攻击防卫、拳术五个训练课目。告诉记者,他们每天都坚持训练,双休日也没有休息。训练从中午12点开始,到下午6点结束。”

狙击步枪指在普通步枪中挑选或专门设计制造,射击精度高、射程远、可靠性好的专用步枪。军事上主要用于射击对方的重要目标。如指挥人员、车辆驾驶员、机枪手等。狙击步枪的结构与普通步枪基本一致,区别在狙击步枪多装有精确瞄准用的瞄准镜;枪管经过特别加工,精度非常高;射击时多以半自动方式或手动单发射击。狙击步枪的学名叫“高精度战术步枪”,最初的狙击步枪并非专门制造,而是在普通步枪中挑选精度相对较高的作为狙击武器使用,并且最早的狙击步枪没有光学和其他辅助瞄准器具。普通步枪的射程一般在400米以内,而狙击步枪的射程则在800米以上。狙击步枪以其特别高的射击精度,被人称为“一枪夺命”的武器。田工告诉我们:狙击手创造了现代神话。

田工介绍,现在负责狙击的第一狙击手大强是顶尖的神枪手,他至少练了3000发子弹,他的步枪里装了五粒子弹。现在,队长要求他退出了四粒。也就是说,只能够给他一发子弹命中目标的机会。豺狼精精杀人无数,有反侦破经验。他的身体被人质拦住,他们已经有一天一夜没有吃东西了。这边的人员一个劲地呼唤,进行劝说。诱导对方将房门打开,那么,狙击手的子弹必须从两个电线杆中间射出,从打开的门缝隙中钻进去,击中凶犯的眉心,这可以叫凶手瞬间死亡,来不及用刀子伤害人质。

谈判专家劝说了半天,那房门终于打开了,等候工作人员将饭菜送进去,里面露出了女子的身影,后面是豺狼精,那豺狼精担心有人在暗算他,将头稍稍偏了出来,露出了脸面。这时候,一声枪响,子弹像长了眼睛似的,豺狼精的眉心开了花,豺狼精的眼睛惊奇地瞪着,口也张着。他觉得不可思议的是,当年,孙悟空三棒没有打着他的尾巴,现在,他很快像一堵墙一样倒下去了。人质成功地得救了,一只豺狼横在路当中,公安人员一下冲进房间。王董事长激动地欢呼起来。外甥女儿得救了,他怎么能够不激动。

神话博士问阿榔:“为什么要打豺狼精的眉心呢?”

阿榔说:“人与动物的眉心都怕打。不过,这只豺狼精有千年道行,可以说是刀枪不入,打眉心这个地方还很难说是否致命。”

田工为符小惠被解救感到高兴。阿椰看了符小惠没有受到伤害，也感到高兴。他说：“我根本不着急，我清楚豺狼精的刀不敢轻易杀符小惠，其目的是为了宝刀、宝锄，不会轻易伤人。我想，豺狼精没有死，只是受伤了，那倒在地上的一定是豺狼精弄来的替身。”

田工、阿椰、阿槟、神话博士、黎萍导游等上前，看那地上的豺狼精的尸体。田工说：“阿椰毕竟是个老猎手，判断正确，这真不是豺狼精。”

王勇敢也去看了一眼，说：“这是我家养的一条狼狗。”

阿槟赶快掏出了身上的宝镜。她一看，豺狼精正在往五指山方向逃。原来，狙击手的一枪，虽然打得那么准，却没有将他打死，只将他打伤。但还是让豺狼精感到害怕了，它发现对手强大，又有那么多狙击手，于是，迅速地将狼狗变为自己的替身，化为一阵清风溜走了，隐身离开了那个宾馆，逃往五指山，准备去养伤，以便继续寻找宝刀与宝锄。

受伤的豺狼精逃了，神话博士心神不定，只要一闭上眼睛，就看见这样一个图景。南街一栋楼房被武警与公安人员封锁，过往车辆不得不改道行驶。数百名群众将现场围得水泄不通，邻居家的房顶上有不少围观者。道路上布满各种各样的警车，狙击步枪、防暴枪对着大楼，催泪瓦斯、电台、破门器及防刺背心现身现场。这是一栋八层楼高的宾馆楼房，其中，四楼上的一间房间里有一名歹徒劫持了符小惠，这名叫狼精的歹徒用刀搁在符小惠的脖子上，大声吼叫：“谁也不准过来，拿来魔衣、宝刀与宝锄，我就保证人质安全。”

神话博士的头脑里反复播放同一个画面，响起同样的一种声音，于是，他不得不感到十分郁闷。他去找了心理医生、心理学家布东教授咨询：“为什么我眼睛一闭，全是那些一样的东西。”

布东教授说：“你过分沉醉于神话学的研究，不能自拔，得了神经官能症，症状是不断地想着同一个东西，重复地想着同一个问题。”

看见神话博士紧锁眉头的样子，布教授又安慰神话博士说：“你是神话学博士，你想这些问题也许是正常的。我奇怪的是，最近患者比较多，他们都说在寻找宝刀、宝锄、神奇旅行背心，我也不明白，这几件宝贝，吸引了这么多人的注意。”

神话博士问：“这些患者是什么样的人。”

心理医生悄声说道：“这些患者都是普通的旅游者，其中有你原来同居的女友洪兰。”

神话博士告诉心理医生：“神奇的魔衣就在我的手中，自从有了这个魔衣，经常是深更半夜接到陌生的恐吓电话，还在屋子里发现了从窗口扔进来的匕首、子弹这样的东西。”

布东教授说：“他们要魔衣的目的，是想得到宝刀与宝锄。”

石小林隐约感觉，可能有人是为了等自己去找宝刀与宝锄。否则，自己的生命要面临更大的威胁。

十七、五指仙山

神话博士建议说："我们要彻底了解五指山的故事，想寻找宝刀、宝锄的秘密，应该到五指山去转一下。再说，豺狼精也逃往了五指山。"

田工、神话博士、阿槟、阿榔、黎萍导游等人一起来到了五指山，想寻找豺狼精的踪迹，害怕豺狼精给现代社会的治安带来危害。

五指山是海南岛的最高峰，海拔 1867 米。古往今来描绘赞美五指山的诗词画很多，但迄今为止，影响最大流传最广的，当是明代的海南巨儒丘濬所写的五指山诗："五峰如指翠相连，撑起炎荒半壁天。夜盥银河摘星斗，朝探碧落弄云烟。雨余玉笋空中现，月出明珠掌上悬。岂是巨灵伸一臂，遥从海外数中原。"

这首诗的精华在结尾两句，写出了海南人追求上进，不屈不挠，不甘落后，勇创一流的气魄和精神。当代，一首《我爱五指山，我爱万泉河》歌曲，又把五指山的革命传统宣扬得淋漓尽致。五指山不仅是一座令人向往的美丽名山，更重要的是它象征着海南人民一种艰苦奋斗的传统、开拓进取的精神以及勇攀高峰的气概和超越前人的情怀。"不到五指山，不算到海南；不到黎苗寨，不算海南人"饱含深情的广告语，既能唤起人们对五指山的关注，更是对五指山精神的褒奖和弘扬。

五指山是海南的象征。从地图上看，五指山绵延的大片绿色，就在海南岛中央。它如同一个巨大的心脏，带着海南，跳起绿色之舞，唱响生态之歌。神奇的雨林、多样的物种、浓郁的风情。无论从地理的角度，还是文化的角度，五指山都是海南当之无愧的精华景区：山体变化，气象万千；千姿百态，变幻无穷。河流不断，山高水急；飞流直下，瀑布成群。登临极顶，峰秀峦奇；云海翻腾，美丽壮观。极目远眺，南海浩渺；水天相连，白帆点点。

五指山是海南开展生态旅游的主要目的地。优美的自然生态环境，使五指山具有独特的旅游、探险、科考、度假、疗养等价值。五指山已呈现生态旅游区、生态农业区、生态文化区和生态护育区的雏形，一个以认识大自然、享受大自然、爱护大自然为主要内容的生态旅游热正在悄然兴起。总之，五指山是神秘而美丽的，传说中的"鹿回头"由这里起步，"甘弓鸟"从这里起飞，"五指山仙女"就在这峰巅之间露宿，而海南的黎苗族同胞每逢"三月三"，都从四面八方聚到这里。

攀登五指山，可从海拔 700 多米的水满乡水满村起步，循着山路，渐入林荫蔽日的原始山林。

沿途坡陡崖峭，难免心惊胆战。一条长长的热带雨林栈道，出现在五指山。栈道全长2000米，从水满上村著名的千年古榕、万年神龟景点起步，沿水满溪蜿蜒而上，溪流、河谷、山峰交替出现，到桃花溪边结束。沿着栈道，可直达最佳观山点，目睹原始的热带雨林。远眺五指山，山峰五根，令人浮想联翩。首先，令人想起了慈祥的千手观音，眉目端庄，千手在握，无所不能。

布东教授说："五指山峰，又让人联想起好似人手指头的石钟乳、石笋。根据心理学分析，手与眼睛、嘴巴相比，更能够传递人的感情信息。坚强与软弱，拘谨与放纵，热情与冷淡，狠毒与善良，都可以用手势准确地表现出来。根据语言学家分析，手势的动作有一百多个。比方说，举手赞成，垂手听命；合手祈祷，握手问好；招手致意，挥手告别；摆手拒绝，拱手答谢。还有，手抚是爱，手攘是恨；手指是怒，手甩是憾；手搂是亲，手捧是敬；手颤是怕，手掩是羞。手的用处之多，作用之大，可以想到手的伟大。在现实生活中，许许多多的手，各显神通，或敏捷，或智慧；或有力，或灵巧。正是这些手，创造出人间奇迹。提起五指山，不能不提黎族同胞。

神话博士说：暨南大学出版社于1990年出版的《五指山传》，描述了黎族先民战胜自然与邪恶的历史，讲述了黎族的形成、发展、繁衍的过程及分布的情况；同时，史诗内容叙述了黎族先民所想象和追忆日月山川的形态、黎族的起源和黎族早期的生产生活方式，汇集了黎族人民的婚姻爱情、风俗习惯以及天地鬼神、禁公禁母等种种传说、神话和故事。

黎萍主动地朗读了《五指山传》中的一段：

女的会织布，
男的劈山芒。
山脚与山冈，
四时吉贝香，
幼籽摘来吃，
成棉纺纱忙。
捻纱做车纺，
兰草浸作浆，
织成五色布，
织成衣与筒，
砍山晒得干，
烧园不误耽，
满脸黑如炭，
小儿也内行。

总之，五指山是神秘而美丽的，传说中的"鹿回头"由这里起步，"甘弓鸟"从这里起飞，"五指山仙女"就在这峰巅之间露宿，而海南的黎苗族同胞每逢"三月三"，都从四面八方汇聚到这里——

这里，泻下的半里瀑布冲涌着省域五河；
这里，天然蝴蝶千姿百态翩翩起舞；

这里，南方独特的片片枫叶红了；

这里，一年四季散发着五指山山花的芬芳。

黄梅是学雕塑的，她讲的话充满诗意："这里是原始森林，是各种鸟儿的天堂；有各种珍稀动植物，是世界上最丰富的物种基因库；这里有千姿百态的瀑布群，奇岩怪石、幽潭深涧；有千百年来无数次风雨冲刷而成的五指山大峡谷；这里有原始的、自然的黎苗族文化和风情；有独具特色的历史遗存和人文景观；有流传千古的诗词书画和摩崖石刻。总之，走进五指山，您会有回归大自然，拥抱真善美的喜悦。"

神话博士说："黎族文化是海南旅游文化的重要组成部分，因其最悠久最完整最丰富却自成体系，是根植于特定的生态圈并经过几千年历史形成的文化财富。黎族的语言、音乐、舞蹈、戏剧、绘画、织锦、服饰、建筑、医药、工艺等，分门别类，构成色彩斑斓的文化殿堂。五指山是海南的象征，它象征着海南人民艰苦奋斗、开拓进取、勇攀高峰的精神与气概。到五指山，去大峡谷漂流，全长近 10 公里，水流落差，急缓有致，险象环生；两岸山峰，奇伟峻逸，云缭雾绕。

黎萍导游开始解说，她的话没有黄梅那样的诗情画意，却更为朴实具体："五指山号称植物王国，根据资料介绍，热带植物，丰富茂盛；各种野果，经年不断。海南岛的野生植物中，维管束植物 3500 种，乔灌木 1400 多种。其中，划为国家商品用树的 458 种，珍贵用材 206 种。观赏植物丰富，仅五指山兰花就有 120 多种。生于五指山的母生、青梅、绿楠、胭脂、红绸、陆均松、鸡毛松、竹叶松等可供造船，制作精美家具，也是建筑工业、军事工业和美术工艺的特种用材。青梅质坚韧而硬重，材色鲜艳美观，极耐腐，不受虫蛀，百年不朽。母生是一种对环境适应力强的珍贵用材，采伐后能自行萌生，故有"母生"之称。绿楠也叫金红楠木，纹理通直，结构细致均匀，具有特殊香味。毛主席纪念堂瞻仰大厅的雕花大门和护壁，就是用五指山绿楠所制。"

田工也了解五指山。他说："散布在山间潭边的桫椤树群，历经千万年仍然生机盎然，是史前恐龙时代的活化石。五指山水满茶则因为产于山峦重叠、云雾弥漫、雨量充足、土质肥厚的五指山，因而茶树四季生长，枝繁叶茂，芽长柔嫩，其色、香、味、形俱佳，具有防治感冒、消化不良症等功效。山中出产的药用植物为国内所独有，如五指山参、灵芝、沉香等，为药用三宝。这些植物，不少可以与神话传说挂上钩来。"

神话博士说："五指山为动物觅食和栖息提供了良好的生态环境，野生动物蛇类、鸟、龟、鳌、猴、穿山甲、云豹、坡鹿等，十分兴旺，鳞皮游蟾，脱皮蛙等十一种两栖动物，是五指山所独有。蟒蛇、尖嘴蛇、盲蛇、眼镜蛇、金银蛇、青竹蛇等，是为国际公认的珍奇动物。从山的起源、山的方位、山的结构、山上的植物种类、山上的动物种类，逐一进行说明，使我们不得不用神话传说来理解五指山，不得不用科普旅游来游览五指山，不得不用审美眼光来欣赏五指山。"

黎萍从导游的角度说："据地质资料记载，山体基础系距今 1.4 亿至 1.7 亿年的中酸性喷出岩所覆盖。由于长期受自然因素的侵蚀切割，山峰起伏，形似五指，因此得名。远观，群山起伏，郁郁葱葱；云腾雾绕，峻峭挺拔；高耸入云，气势磅礴。五指山主峰由西南向东北排列，先疏后密，山脉延伸及五指山、琼中、保亭、陵水等四个市县。"

沉默的杨扬忽然激情四射，她给大家朗诵一段散文：

“五指山的原始森林莽莽苍苍，五指山的银川瀑布千姿百态；五指山的物种基因丰富多彩，五指山的奇岩怪石形态各异；五指山的幽潭深涧历经风雨，五指山的黎苗文化原始自然；五指山的人文景观流传千古，五指山的摩崖石刻历史遗存。五指山召唤五大洲游客科普考察，五指山期待四大洋游人科普旅游。科普旅游是与生态旅游结合起来进行的，目的是使生态善恶观、生态良心、生态正义、生态义务成为全民的自觉行为和道德规范，让旅游者在大自然中接受生态科普教育和生态道德教育，重视五指山自然资源的持续利用，爱护五指山的自然景观和人文景观。

“五指山是海南开展科普旅游的圣地，完整的自然保护和优美的生态环境，使五指山具有独特的旅游、探险、科考、度假、疗养等价值。天人合一，人与自然和谐相处，是“鹿回头”神话故事中寄托的理想，也是生态建设、科普旅游追求的境界。五指山已呈现生态旅游区、生态农业区、生态文化区和生态护育区的雏形，一个以认识大自然、享受大自然、爱护大自然为主要内容的科普旅游热，正在五指山悄然兴起。”

阿椰、阿槟正往山上走，一只红嘴、红脯、绿羽毛的小鸟，轻盈地飞到阿槟的肩头上。阿椰伸出手来，小鸟翅膀一扬，落在她的手上。他们两个的表情一下复杂起来，一会儿表示欣喜，像见到多年未见的老朋友一样欣喜，一会儿又难过，像是要与最亲近的人告别一样。小鸟飞走后，神话博士问，这是什么鸟。阿椰说：“这种鸟是奥桃堆与帕洛化身的鸟。”

黎萍导游说：“阿槟、阿椰说的这个鸟，有一个美丽的传说故事，很有意义，故事名为《奥桃堆》。”

神话博士吩咐大家打开魔衣、魔幻背心上的梦幻开关，阿椰开始给大家讲起这个故事。

很早很早以前，五指山脚下有个小小的黎寨，寨子里有一个美丽、善良的姑娘，她叫奥桃堆。她从小就失去了父母，与哥哥、嫂嫂一起过日子，贪婪歹毒的哥嫂对她百般欺凌与虐待。奥桃堆刚满 15 岁，便被赶到深山老林里看守山兰园。

一天夜里，狂风大作，高大挺拔的枫树，被刮得东倒西歪；大雨像天河决堤，一片汪洋，深山峡谷，山洪怒吼。奥桃堆躺在山兰园的小茅寮里，翻来覆去，睡不着。暴风雨中传来一阵孱弱的哀叫声。奥桃堆披起蓑衣，顶着风雨，顺着声音传来的方向寻去，来到了一个深泥坑旁边，发现一只小牛正在哀叫着挣扎着。奥桃堆赶紧跳了下去，小心翼翼地将奄奄一息的小牛救了出来。

从此以后，奥桃堆有小牛做伴，她的歌声越来越甜。山兰稻熟了，上山来收割山兰的哥无意发现膘壮的小牛牯时，露出了贪婪的眼神，吩咐奥桃堆将牛牯牵下山去喂养。美丽的奥桃堆一下山，黑亮的柔发，星光般的眼睛，惊动了五指山的村村寨寨，求婚的人流踏平了奥桃堆家的门槛。贪婪的哥嫂为了自己发财，不顾奥桃堆的幸福，私下将奥桃堆许配给一个叫帕冲的“奥雅”当小老婆。他们还想将小牛牯拐到手。

美丽善良的奥桃堆跟往常一样，每天都是太阳刚露脸便将牛牯牵到山坡上放牧，太阳落山了才将牛牯牵回栏。一天，太阳西斜，黄昏降临。奥桃堆砍好了柴，回头却不见了小牛牯。她心焦如焚，四处寻找，浑身汗流，才在悬崖险处找到那头牛牯。她发现，一条张开血盆大口的巨蟒正在扑向小牛牯。她急得大哭。一声箭响，巨蟒中箭翻滚，堕下山崖。对面山头走下一个手持弓箭的青年猎手。奥桃堆说，原来是这位英俊剽悍的猎手救了牛牯！青年猎手热情地说："你好，我叫帕洛。天快黑了，路上不好走，我送你一程吧！"

害羞的奥桃堆说不出话来。临分手时，才怯怯地说了说一声："再见。"

从此，奥桃堆常常和帕洛见面，日久生情。一棵大榕树下，奥桃堆向帕洛倾吐了内心的爱慕，帕洛也跪地折箭向奥桃堆立下了山盟海誓。一天傍晚，奥桃堆在牛栏旁和帕洛分手后，便哼着山歌，轻快地朝自己的小破屋走去。当她经过哥嫂家门口的时候，听到屋里有个陌生的声音在说："你把奥桃堆嫁给帕冲'奥雅'，你就发财啰。"哥嫂贪婪的笑声，使她觉得天旋地转，赶紧奔回牛栏，伏在牛身上失声痛哭。突然，牛牯懂事地舔了舔她那乌黑柔软的长发，说："好心的奥桃堆，你不用哭，和帕洛结婚，你就能躲过这场灾难了！"

奥桃堆惊奇地睁大眼睛，望着牛牯那真切的眼神，难过地说："我身边连条新筒裙、头巾都没有，怎能结婚呢？"

牛牯说："好心的奥桃堆，只要你用红藤饲喂我，筒裙就会有了。"

奥桃堆听了，又惊又喜。她半信半疑地背起刀篓上山去砍回一大捆红藤，放在牛牯嘴边，让它慢慢吃。不知不觉便偎在牛牯身边睡着了。第二天，鸡刚叫过第一遍，奥桃堆便醒过来了。朦胧中，她觉得自己身上沉甸甸地盖上一层细软的东西，定睛一看，原来是五彩鲜艳的新筒裙和头巾！顿时，她乐得手舞足蹈，对着牛牯谢了又谢，便将那些新筒裙和头巾贴在胸口上，拿回自己的破屋里。

贪婪的哥嫂发现了秘密，当天晚上，他俩便端出了私下酿的山兰酒，软硬兼施地将奥桃堆灌了个大醉。待到鸡叫第二遍，那贪婪的哥嫂便蹑手蹑脚地出去了。一到牛栏，他们惊呆了：嗬，牛栏上早已挂满了色彩鲜艳的筒裙和头巾！他们看看左右无人，便将筒裙和头巾都裹好，悄悄地溜回家，锁在大木箱子里。一连几天都是这样。渐渐地，筒裙和头巾便装满了他家所有的大木箱子。

这一天，他们将奥桃堆打发出去后，便将房门拴上，想取出筒裙和头巾试一试。可是，当箱子打开时，他俩全愣住了：哪来的筒裙、头巾？箱子里装的尽是牛屎！当下，他们气歪了嘴，发誓要将这头牛宰掉，出出心中这口气。

第二天一早，歹毒的哥哥和几个赤膊汉子手持利刀，往牛栏奔来了。他们发现牛牯不见了，料定是奥桃堆昨夜将牛牯牵到山里藏起来了。哥哥咬牙切齿，带着人顺着牛脚印朝山里奔去。终于，在一个山洞里发现了奥桃堆和那头牛牯。奥桃堆看着他们手中明晃晃的刀刃，知道牛牯难以逃生了，便抱着牛牯的脖子痛哭。

贪婪歹毒的哥哥举刀将牛宰了，请来的那几个赤膊汉子将牛肉吃了个精光。哭肿了眼睛的奥桃堆强忍悲痛，借着蒙眬的夜色，小心翼翼地将地上的牛骨头一根根捡起来，带回自己那低矮的破屋里埋好。她闭着眼睛啜泣，双手合掌，为死去的牛牯祈祷。耳边，仿佛响起了牛牯那亲昵的声音："好心的奥桃堆，请将我的骨头取出来，它会给你和帕洛带来幸福。"

奥桃堆迷迷糊糊地伸手向前摸去，眼前出现了一堆金光灿灿、银光灼灼的金元、珠宝、项圈、耳环、手镯。她愣住了，她记起刚才梦中牛牯说的话，便颤抖着双手将那堆金元、珠宝、项圈、耳环、手镯全裹好，推开门，朝村寨的大榕树匆匆走去。

不料，竹门发出的“吱哩”声惊醒了嫂嫂。她一骨碌爬起身来往窗外看去，发现奥桃堆神色紧张地夹一团东西出去。心里犯了疑，顺手披起一件麻衫，尾随出去。这一天晚上，帕洛来会奥桃堆。在大榕树下，奥桃堆压抑不住内心的悲痛，伏在帕洛的胸脯哭泣着，断断续续地向他诉说了牛牯惨死的经过，诉说了那个贪婪、歹毒的哥哥与嫂嫂邪恶的用心。

奥桃堆仰起满是泪痕的脸，深情地说：“挑个吉祥的日子娶我过门吧！”

帕洛说：“不，等我上山去猎到 77 只山猪，77 只熊，换回许许多多东西。那时，我再娶你。”

帕洛的声音，像是他射出的弓箭，铮铮作响。

奥桃堆说：“不用了，你看看这是什么。”

奥桃堆解开衣襟里包着的金元、珠宝、项圈、耳环、手镯。帕洛高兴极了，他与奥桃堆约定：农历十五那天，叫帕洛的母亲到奥桃堆家去“接新娘”。奥桃堆说：“要记住，我家门前搁着 5 个猪槽，屋后搁着 5 个狗槽，叫阿妈千万别走错了门！”

这一切，全被躲在大榕树旁的嫂嫂看得一清二楚，待奥桃堆和帕洛一分手，她便抄近路跑回家去。农历十五这一天，奥桃堆一早就将里里外外的事情都干完了，便倚着门边望寨外望去，指望帕洛的母亲早些到来。这时，奥桃堆的哥哥走了过来，吩咐她到山里头找 10 个野鸭蛋和鹧鸪蛋给嫂嫂作药。这不是明明能为难人吗？奥桃堆正想推托，却遭到了一阵叱骂：“贱货，不识好歹。爹妈死后你吃谁的，喝谁的，穿谁的。现在，你嫂嫂病了，求你都求不动，你的良心喂狗了？”

没有良心的人往往喜欢骂别人没有良心，奥桃堆的哥哥就是这样的人。天真无邪的奥桃堆，只得强忍着泪水，默默地离开了家。奥桃堆一走，贪婪歹毒的哥哥和嫂嫂，便找到一个相貌丑恶的女人。她叫奥定平，好吃懒做还不说，又十分刁蛮，臭名昭著，邻乡的小伙子谁见了都退避三舍，怕粘上了倒八辈子霉。奥定平一听奥桃堆的哥嫂帮她找了个叫帕洛的男人，笑得眼睛与鼻子挤成一团只打架，马上照奥桃堆哥嫂的吩咐，搬来了奥桃堆家的猪槽和狗槽，分别在屋前屋后摆好。

太阳一竿高了，年老的帕洛母亲，好不容易走进了寨子。她绕着村子转了一圈，来到了奥定平的家门前。她按儿子的吩咐，数了数屋前屋后的猪槽和狗槽，心里说，都是 5 个，不错，就是这家。她止不住心头高兴，走进了奥定平的家。

奥定平一看到帕洛的母亲真的来了，便满脸堆笑地说：“我这就随你过门去！”

奥定平声音像鸭嗓子，人像头猪，将帕洛善良的母亲吓了一跳：奥桃堆不是个美丽的姑娘吗？糟了，进错人家了。她惊慌失措，抽身要走，被奥定平拦住了，大声嚷道：“你进来了还想跑，这不是存心欺负我吗？先叫帕洛来给我赔名声！”

话音未落地，满地打滚，山猪一样嚎叫。那时，黎家寨有一种规矩，凡是男方提亲、娶亲的，都不能错入女方的家门。否则，就得挨一顿棍棒，还得杀猪宰羊，摆酒设宴向女方赔罪，乞求宽容。帕洛的母亲,看着猪一样打滚的奥定平,吓坏了:天啊,我用什么去赔偿,哪来的牛和猪呀!她想起了和帕洛相依为命的苦难日子,眼泪就像断了线的珠子。她失神地望着那屋前屋后摆着的五只猪槽和狗槽,只得将奥桃堆的那条五彩绚烂的头巾,颤巍巍地披盖在奥定平的头上,一步一晃地带着她回家去。邻居们个个觉得不可思议。

太阳西斜了,奥桃堆才拖着疲惫的身子回到家里,她把野鸡蛋和鹧鸪蛋交给站在门口的哥哥,问道:"今天,帕洛的母亲到我们家来了吧?"

嫂嫂讥讽她:"撒泡尿照一照自己吧,帕洛的母亲早把奥定平娶走了!"

她一听,精神一下崩溃了,站立不稳,接着,踉踉跄跄地往帕洛的家跑去。

神情恍惚的奥桃堆到了帕洛家门口,伤心地说:"帕洛,把五彩头巾还给我吧!"

帕洛的母亲,双手发抖地递过头巾,长吁短叹:"我真是瞎了眼呀!"

奥桃堆冷冷地说,说什么都没有用了。抓过头巾,摇摇晃晃地往回跑。

太阳落山了,帕洛背驮着珍禽异兽满载而归,他顾不得放下手中的弓箭,便直往自己的茅屋里找奥桃堆去。当他发现坐在自家竹床上的竟是奥定平时,懵住了,这是怎么回事呢?他抽身出门,拨开闹哄哄的人群,问他母亲:"奥桃堆呢?"颤巍巍的老母,哭着把事情的经过断断续续地对他说了:"孩子,我对不起你呀!"

帕洛听罢母亲的话,仰天长叹:"天呀,天呀!"

苍天被感动了,霹雳一声炸雷。大地摇撼,瓢泼大雨哗哗而下。帕洛像一条疯狗,冒着大雨,朝奥桃堆家奔去。来到紧闭的小破屋前,喊道:"奥桃堆,快开门!"

小破屋里,奥桃堆木然呆坐,冷冷地说:"没良心的东西,你快走开!"

帕洛唱道:"叫哥分离哥愿死,哥愿跳崖鸟啄尸。山崩哥妹同砌起,江河倒流不分离。"

小屋里死一般的寂静,奥桃堆的嫂嫂在隔壁屋里探出头来,恶狠狠地骂道:"哪家的野猫子,大雨天的黑夜,还有心思跑出来唱情歌。呸!"

帕洛悲愤地顶着暴雨,跌跌撞撞地往自己家里跑去。回到家里,他那老母亲已悬梁自尽了。帕洛忍着哀恸,用苇席裹好母亲的尸体后,劈头盖脸地痛打了奥定平一顿。奥定平跪地求饶,揭发了奥桃堆哥嫂的恶行。帕洛将奥定平撵出家门了。

第二天,帕洛含着眼泪埋葬了自己的母亲,痛哭了一阵。便背上弓箭,佩上利刀,寻直路找奥桃堆那贪婪歹毒的哥嫂算账去。可是,已经晚了:奥桃堆已被他们强拉硬绑送走了。

帕洛照着人们指的方向,跨山越水,翻过 77 道山,涉过 77 道河。终于赶上了奥桃堆那贪婪歹毒的哥嫂和帕冲"奥雅"迎亲的人群。他不由得怒从心头起,取下强弩,拔箭便射,奥桃堆那两个贪婪歹毒的哥嫂中箭倒地了。他抡起寒光逼人的宝刀,狂叫着朝迎亲的轿子冲过去,抢出了被反绑双手的奥桃堆,拣小路朝山上便奔。

这时,被吓蒙了的帕冲"奥雅"清醒过来了,他大声吆喝着,命令随来的歹徒向帕洛扑过去。帕洛见势不妙,背着奥桃堆,攀上了怪石嶙峋的崖顶。一个歹徒正朝帕洛放箭。奥桃堆伏在他身上,用自己的身子挡住了飞来的箭头。殷红的鲜血从她那丰满的胸脯里涌了出来,染红了她身上的五彩筒裙，浸透了帕洛的衣襟。

这时，伏在石崖下的帕冲“奥雅”又吆喝歹徒们冲上来。帕洛哀恸地用手闭合上“奥桃”堆那美丽的眼睛，将她轻轻放下。抹去眼珠里渗出的血滴，拉开弓箭，瞄准向帕冲“奥雅”射去，恨不得让其碎尸万段。由于用力过猛，强弩“噼！”的一声竟给拉断了，歹徒们发现帕洛的强弩折了，便狂叫着追了上来。帕洛血眼圆瞪，绝望地吼了一声，抱起奥桃堆，纵身跳入崖底下的深渊。

帕冲“奥雅”和歹徒们都吓呆了。这时，只见悬崖底下的深渊里渐渐地涌起五彩绚烂的波纹，一对红嘴、红脯、绿羽毛的美丽小鸟——“新娘鸟”从水里飞腾出来，相互叫唤着，朝五指山飞去。

大家听了，你一言我一语，议论纷纷，都被这对有情人的爱情悲剧所打动。阿榔最后说：“五指山，人们常常会看到这种美丽的小鸟——‘新娘鸟’。当地的黎族猎手看到这种鸟，便会收起猎枪。黎族青年男女每当看到‘新娘鸟’，便会肃然起敬。”

神话博士说：“五指山是一座神话的山，一口水井，一棵大树，一块石头，甚至是一草一木，都有一个动人的神话传说故事。关于五指山来源的传说，想象大胆，太有人情味了。一对黎族夫妇带领他的五个儿子与魔王英勇抗争的故事，广为流传。黎族夫妇与五个儿子在同魔王的搏斗中牺牲了，但他们坚持真理，维护正义，保护老百姓利益，保护自己劳动成果的精神，永垂不朽。他们的精神激励人民群众与五指山的野生动物继续与魔王代表的邪恶展开斗争，终于，打败了魔王。黎族夫妇五个儿子的坟墓，变成五个高耸的山峰，神话的想象如此丰富大胆，好一个五指山的来历。”

黎萍说：“在现存的海南文化板块里，黎族文化是最悠久、最完整、最丰富而又能自成体系。如黎族的语言、音乐、舞蹈、戏剧、绘画、历法、织锦、服饰、建筑、医药、工艺，乃至婚葬习俗，生产生活，构成分门别类、色彩斑斓的文化殿堂，是经过几千年历史形成的、根植于特定的生态圈内的一笔巨大的财富和资源。五指山具有生态旅游的优势，完整的自然保护和优美的生态环境，使五指山具有独特的旅游、探险、科考、度假、疗养等价值。天人合一，人与自然和谐相处，这不仅是‘鹿回头’故事中寄托的理想，也是生态建设、生态旅游追求的境界。五指山已呈现生态旅游区、生态农业区、生态文化区和生态护育区的雏形，一个以认识大自然、享受大自然、爱护大自然为主要内容的生态旅游热正在悄然兴起。”

他们一行坐车向五指山行进。山路是柏油铺的，很平坦，只是弯太多。坐在车上看风景，真是太美了。蓝天白云，下面是起起伏伏的绿树。到了五指山，黎萍导游建议自己攀爬。他们顺着狭窄的山路往前走，只见路旁不断有木牌，对特殊的树种进行介绍。沿途，不断看见左边的山沟里出现一段一段的瀑布。路途中，神话博士看见了几棵参天大树，还看见一些老树歪歪倒倒的，有的已经烂掉了。各种各样的树上好像有青苔一样。神话博士记起自己去参观神农架的情景，知道了原始森林的特征。

黎萍想在瀑布旁边照相，便走到瀑布旁边的深水潭边上。神话博士举起照相机，镜头对着她的时候，提醒她要小心。神话博士给她照相完毕后，她的口渴，想喝点泉水，她一边用手捧水喝，一边同神话博士开玩笑：“宝刀、宝锄会不会就在深潭之中？”

她的话引起了石小林的猜想，有一个神话故事真是这样讲的："大峰将宝刀与宝锄丢到瀑布下的深潭里去了。"

这时，黎萍没有留心脚下布满青苔的石头，一不小心，整个人都滑入了深潭之中。石小林看见她在水里，一起一伏，双手乱抓，发现她一点都不会水。这水潭至少有3米深。石小林顾不上穿魔衣，迅速地跳进了深潭，一下觉得骨头都是冰凉的。石小林很快抓住了她，迅速将她往岸边推。

正推着，一条蟒蛇从瀑布的岩石缝里钻了出来，吓得石小林松了手，黎萍又落在深潭里去了。石小林又潜下水去从她的背面，抓到她的手臂，再次将她推到岸边。黎萍连感谢石小林的力气都没有了。她落汤鸡似的，浑身只打哆嗦。石小林也冷得发抖，深潭的水太凉了。石小林随身带了行李包，杨扬要他转过身去，黎萍在杨扬的帮助下，很快就换上了干衣服。

事后，黎萍对石小林说："幸亏你很快救了我，深潭里的水太凉，一般人都熬不住的。"

神话博士想，她的话不错，关键是她自己不会水，没有办法爬上岸，容易呛水死亡。因为，有这样的例子。

杨扬说："黎萍，你没有发现，石博士救你的时候，岩石缝里还钻出一条长蛇呢。"

黎萍一听："妈呀！"

黎萍叫了一声，原来，她最怕的就是蛇。她想起来了，在落水前，她从水的反光里好像看见了一条蛇，心里一害怕，腿子发软，就一下滑到水里去了。其实，神话博士也怕蛇，但不怕老虎，也不怕狮子。因为这样的猛兽在海南除了是在动物园，在野外根本见不到。所以，不值得害怕。但是，蛇这样的东西，随时都可以出现。石小林曾经在一个美丽的校园里散步，没有想到人行道上，就溜走了一条小蛇。还有一次，石小林去一家五星级宾馆去看一个朋友，这家宾馆的下水道里就有一条蛇。

蛇是有灵性的动物。有人养了一屋子眼镜蛇。后来，他发现上百条蛇一下少了一半。据说，眼镜王蛇吃眼镜蛇。但是，眼镜王蛇毕竟一下吃不了那么多。后来，养蛇者在门口安装了一个针孔监视器，想不到的事情发生了。蛇像人们叠罗汉似的，一条蛇顶起一条蛇，从天窗上面逃走了。养蛇者将天窗封死后，蛇就无法再逃走了。算了，不去谈蛇了，还是说，黎萍救石小林于饥饿，石小林却救她于水潭。

20世纪80年代，搜集整理的黎族民间叙事长诗和史诗式的长歌有10多首，有《姐弟俩摇篮曲》、《吞桃洞》、《抗婚歌》、《龙蓬》、《巴定》、《蒿歌》等。其中，《阿丢和阿藤》可以演唱达20多个小时。史诗则以《五指山传》最有代表性。

五指山漂流遇到第一个瀑布是将军瀑。汽艇到将军瀑处时，峡谷失重，徒然倾斜；水流湍急，危石挡道；白浪掀起，涛声震天。人工搭建的简易铁桥，使气垫筏船的速度，得到减缓。而飞龙瀑、银河瀑、金沙瀑则白浪滔滔。河中，危岩矗立，给人无比刺激的感官享受。其中，最让人惊叹的是摆尾瀑、风流滩。之所以叫它摆尾瀑、风流滩，因为气垫筏船到此，会迅猛地与石头撞击，然后来一个360度的大替换，以头当尾，穿过一座人工搭建的低矮木桥。突然大转弯，当你惊魂未定时，船已轻快地越过摆尾滩和风流滩，真是有惊无险。下流还有几处飞瀑、险滩，与上流的瀑、滩相比，不足挂齿，且河面开阔。游人在此，可从容地欣赏两岸的奇峰、石林、绝壁；可逍遥观望古木、野藤、竹枝以及掩映在绿树中的黎胞茅屋。

人们喜欢瀑布，欣赏瀑布，因为瀑布里面有人生奋斗所需要的精神与意志。攀登山峰，疲劳之时，瀑布的音乐节奏，可唤醒灵魂，让人忘却疲劳，使人增添攀登的勇气与力量。车尔尼雪夫斯基说："汹涌的瀑流的力量是惊人的，它的奇妙形象是动人的。"

神话博士去过陕西的壶口瀑布。他说：壶口瀑布，浩浩荡荡，波浪掀起，万马奔腾，涛声震天，显示出瀑流的力量。旅游者必须有无畏的精神，经过千难万险，才能来到观望瀑布风景最佳位置，才能看到后退者无法看到的壮丽景色，感受到大自然的美妙。

白石溪景区从地势地貌上看，整个景区，一尊如来佛像，民间称作"如来圣地"。从轮廓上看，整个景区，一朵莲花，由二条河流（即白石溪和中宫河）弯弯曲曲，自西向东贯穿全区。从高处看，二条河流，像二条银带环绕几座山峰，民间称作"莲花宝地"。

美丽壮观的白石溪瀑布，流传着七仙女下凡的动人传说。有一石床，据说七仙女曾在上面睡过。石头是死的，没有生命，但石头与神话传说挂上了钩，石头就有了灵气。神话传说给石头带来了美感。白石溪是有特色的风景区，这个特色是神话传说带来的。

圣公石在万泉河出海口外侧西南约 150 米的水面上，突兀起一个方圆 20 余米的岸礁，多块黑色的巨石垒成，状如累卵，突兀嵯峨，这便是自古闻名的圣公石。河水、海浪在这里会合，一股股洪流、一排排海浪，冲撞圣公石，激起水柱数丈，溅起浪花半空，涛头奇观，人心撼动，真为圣公石的坚韧感慨。美学家宗白华在《中国艺术意境之诞生》一文中，引用了司汤达的一句话："风景是一根拨动我心弦的弦。"可不是吗？圣公石构成神奇的风景，时刻拨动我们每一个游客的心弦。

爱情神话体验游来到五指山脚下，导游黎萍给大家讲五指山的故事——《五指山与七指岭》神话流传于保亭黎族苗族自治县、琼中黎族苗族自治县一带。故事说，很久很久以前的一天，风雨大作，地动山摇，天将倾覆。玉帝便叫雷公的兄弟扬叉和法也凝下凡来，用堆山的办法压实地基。扬叉堆了五峰连绵的山，即五指山。法也凝堆了七座比五指山还高的山峰，成为七指岭。这些山峰造好后，天地便稳固了，灾难也消除了。两兄弟便放心叙谈，并相互提出比试谁堆的山牢固。

七指岭被扬叉一踢，便陷下去许多，低矮了许多。可法也凝却踢不动五指山，这是现在七指岭比五指山低的原因。五指山由于牢固，所以今天仍直指云霄，屹立在海南岛的中部。七仙岭七峰似人的掌指竖立，直指苍穹。前峰高大，海拔 1107 米，后六峰相依而小。当晨雾笼罩时，远看过去的七仙岭，酷似七位姐妹披着薄纱直立，端庄窈窕；时近中午，云雾消散，此时的七仙岭又像七把利剑直指云天，气势十分雄伟，属海南岛的名山之一。

相传五指山的三峰原为最高，是仙女的金、银、玛瑙、珍珠的宝库。从二峰到三峰原有一"仙桥"，"仙女"常在桥上玩珠赏宝，被一贪财的猎人发觉，便强迫仙女带至三峰取宝。当走到"仙桥"，仙女瞬间消失，紧接着一声雷鸣，"仙桥"断掉，贪财的猎人丧身深涧；三指断了一截陷入深涧，把贪财猎人掩埋。三峰因此比二峰矮了一截。二峰成为最高峰，海拔 1867 米。

本地人，特别是黎、苗族同胞，自古以来，始终郁积着一种五指山情结。五指山已超越一般地理区域的范畴，提升到一种精神和文化的层面。相传很久很久以前，这里住着一对黎族夫妇，他俩非常勤劳，天天起早贪黑。刀耕火种，开荒种地，饲养家禽家畜，生活过得很好。可不足的是，年近半百，膝下还没儿没女。一天夜里，妻子梦见两盏闪亮的灯降落在身旁，醒来时浑身暖洋洋的，不知是凶是吉。可不久，妻子怀孕了，夫妇俩很高兴。十月怀胎，一朝分娩，妻子一胎便生下两个儿子，老两口儿乐得不得了。他俩为两个儿子起名兴一、兴二，意含双兴。两个儿子长得很快，十几岁便壮实得像铁塔，力大无比，种地、打猎、捕鱼是好手，射箭本领更是无人可比，老两口乐得整日合不拢嘴。

这一家黎胞，生活过得美满愉快。可却有一事，使两老口常皱眉头。他们家西北边的风门岭，每当刮起大风，风门岭就向他们家吹来一股狂风，往往把茅屋掀顶，得经常修补茅屋。有一天，老两口同兴一、兴二商量治风灾，他们决定在风口处筑起比风门岭高大的岭，挡住大风。兴一、兴二各筑一半。说干就干，兴一筑东边，兴二西边，各自使出浑身本领，日夜加班。兴一吹哨扬鞭，把河海山沟的大小石头赶到风口东边垒石岭；兴二喝着千万巨兽推土背泥，在风口西边筑土岭，不久，两座又厚又结实的大岭造成了，从风门岭过来的大风被挡住了。连方圆几十里内的黎胞再不受狂风侵扰了。

一天，老人家问两个儿子，谁造的挡风岭坚固？兴一、兴二各说自己造的坚固，相持不下。老人便叫两人各用钢箭射对方筑的大岭。兴一先射西边的土岭。他搭箭拉弓，瞄准土岭腰间，砰的发出一箭，只听轰隆一声，土岭中腰断了，上半截飞出几十里，剩下的下半截成了砧状。兴二向东岭连发六箭，本以为东岭会崩塌，谁知每一箭只穿出东岭一道裂缝，六箭便出现六道裂缝，使原来峻峭如壁的东岭显出七座石峰。老人笑着说："还是石头造的坚固。"西岭似砧板，而又坚硬如铁，便命名为"铁砧岭"；东岭有七峰，状似掌指，便命名为"七仙岭"。

石小林插话说："神话可以说是人类早期的不自觉的艺术创作。它往往借助想象和幻想，把自然力和客观世界拟人化。形形色色的神话，在现代人眼里，有的荒诞不经，有的却成为了科学的现实。例如，神话中的仙人能够进入天空，嫦娥奔月便是。我们今天的宇宙飞船，已经实现了人类飞天的梦想，神话成为了现实。"

田工开始说话了。他说："我有一个战友在空军工作，他让我坐部队的飞机从机窗寻找茫茫海洋中的宝岛，发现，海南岛是一个四面临海的大岛，面积仅次于台湾，属于中国第二大岛屿。河流像网络一样纵横交错，山峰像波浪一样绵延起伏，大地像一块块郁郁葱葱的翡翠。那是最著名的五指山吧？五峰高耸，有如巨大的五根手指头，指向天空，山体呈西南—东北走向。从一峰望去，二峰呈光溜溜的岩柱状；三、四、五峰亲如兄弟，依次相连；二峰和三峰之间却有深涧切断，无路可通。光线好的时候，择一角度遥望，可见五指缠绕在云雾之中，山峰相连，峰巅分立，柔媚中又不失刚毅。从地图上看，中部的五指山山脉向着南北延伸，又生成了大吊罗、猴弥岭、尖峰岭等数十座山岭，合称五指山地区。"

导游黎萍继续介绍说："海南的旅游以三个城市为重点：省会海口，是文化中心、政治中心、经济中心；著名旅游城市三亚，名为鹿城，这是因为鹿回头的美丽传说，给三亚染上瑰丽的神话色彩。儋州旅游资源丰富，有著名的东坡书院，是历史文化名城。我刚才讲的是五指山的故事梗概。现在，我想详细讲一讲这个故事，我们大家可以打开魔衣、魔幻背心上的梦幻开关。"

神话博士等将魔衣、魔幻背心上的梦幻开关打开，他们面前出现了一个又一个逼真的画面——

一个靠浩瀚大海不远的山林里，有一个黎族村寨。村寨里几十间大大小小的房屋中，有两间茅草屋，里面居住着一对黎族夫妇。男的具有南方人显著的特点，个子不高，皮肤黝黑，十分壮实，他的名字是阿力，人称"辛苦"。女的具有南方女人显著的优点，五官端正，身材苗条，她的名字叫邬麦，人称"勤劳"。两口子起早贪黑，山里打柴，地里耕耘，屋里屋外，忙得脚不沾地，不亦乐乎。他们不仅辛劳，还为人善良，虽然生活并不宽裕，谁家没有菜吃，没有米吃，他们自己勒紧裤带，也要给以帮助。

有一天，天气闷热得没有一点风，树叶一动也不动，像是雕塑一般。女主人勤劳在家里煮野菜糊。男主人辛苦到山下的湖塘去挑水。路途中，一个白发老汉拦住辛苦，找他讨水喝。辛苦一看，马上停下来，放下担子，请老汉喝水。没有料到，白发老汉力大无穷，举起水桶像我们举水杯一样，将水桶捧起，放在嘴边，"咕咕咕"地将他水桶的水喝光了。

白发老汉抹了一下嘴边的水珠说："不好意思，将你的水喝完了。"

老实忠厚的辛苦非常热情，一个劲地说道："老人家，您还想喝，等我再去挑。"

那白发老汉说："你去挑吧，我等着你。"

辛苦将两桶水重新挑到了老汉身边，白发老汉依然"咕咕咕"地将他水桶的水喝光了。

辛苦虽然感到惊讶，但没有丝毫怨言，说道："还喝吗？我再去挑水给你喝。"

他根本没有想到，这白发老汉为什么这么能喝水。他更没有想到，刚才喝水的白发老汉要送他两件宝贝，一把宝贝柴刀，一把宝贝锄头。辛苦将一桶水重新挑到了白发老汉身边，白发老汉说："太感谢你了，你的善良与勤劳果然名不虚传。"

辛苦说道："我给您老人家水喝是应该的。"

白发老汉说："我想送你一把开山锄，能够垦地挖渠；再送你一把宝刀，能够开山劈岭，抗御坏人。"

辛苦说："我不能要您这么贵重的礼物，给你水喝是应该的，收您的礼物就不应该了。再说，我从来就没有收过人家的礼物，怎么能够收您的礼物呢！"

白发老汉拿着柴刀与锄头向前走了几步，拐个弯就消失了。辛苦揉着眼睛，然后敲打自己的头，自言自语地说："我莫不是在做梦吧，刚才好好的白发老汉，怎么一眨眼就不见了呢？还有，一个人怎么能够喝下几桶水来，只有传说中的龙王才有这种本领。"

辛苦边想边挑着水往村子里走去，看见妻子勤劳一手拿柴刀，一手握锄头，傻傻地站在村口等他。辛苦奇怪地问妻子："谁给你的柴刀、锄头，你站在这里干吗？"

妻子反问："你问我，我去问谁呀？刚才来了一个老人，说是喝了你的水，为了表示感谢，送来一把柴刀与一把锄头，我不肯接受，他调头就走。我追了出来，发现眨眼人就不见了。"

夫妻俩相互瞪着眼，你看着我，我看着你，表情十分诧异。妻子说："我们是不是遇到龙王爷了？肯定是，不然不会喝那么多水。不然，不会眨眼工夫就不见踪影。"

丈夫问："我们怎么办呢？"

妻子勤劳说："我们夫妻赶快拜呀。"

"拜谁呀？"

"先拜观世音菩萨，再拜龙王爷呀。"

说完，勤劳立即跪下，辛苦也跟着跪下。他们双双跪在那里，朝着大海方向拜了三下，口里念念有词："谢谢观世音菩萨。"

接着，又拜了三拜："谢谢龙王爷。"

雷鸣般的声音从空中传来："你们辛苦勤劳善良勇敢，感动了观世音菩萨，让我送宝锄与宝刀给你们，希望你们保持勤劳又善良的品质，告别贫穷，感受五谷丰登的幸福。"

他们抬起头来，一条祥龙出现在云端，他们又磕头拜了三拜，再抬起头来看时，龙王爷已经无影无踪了。

辛苦心想，有了宝刀与宝锄，以后开荒挖渠就方便了。想着，双手握着锄头往地上一画。他不敢相信自己的眼睛，分明是一条敞亮的水渠，顿时出现在眼前，清清的水在欢快地流淌，发出美妙的声音。辛苦来到地里，希望将整个田地翻一遍土，他手握锄头往地上一划，田地的土壤，像波浪一样翻滚了一遍。自从龙王爷赠送锄头与柴刀给他们后，他们一家的劳作，发生了翻天覆地的变化。那宝锄锄地，一拖就是一片，十分快捷。凡是宝锄锄过的地方，粮食长势喜人。

用那宝刀，砍树，砍杂草，砍柴，锋利无比。自从有了这宝锄与宝刀，他们能够叫荒山让路，河水低头，当然，从此过上了粮丰畜旺的好日子。辛苦勤劳夫妇一家虽然富裕起来了，却不忘穷苦的乡亲，谁家缺人手，他们就拿着宝锄与宝刀去帮忙。村邻谁家缺粮，他们就上门慷慨施舍粮食。于是，辛苦勤劳夫妇贫穷变小康的消息越传越远，他们乐善好施的名声越播越远，他们获得龙王爷宝刀与宝锄的消息越传越远。

辛苦与勤劳生了五个儿子，大儿子大峰，24岁，非常能干，庄稼地的农活，样样拎得起放得下。二儿子亚峰，22岁，非常机灵，家里里里外外的应酬，都是亚峰负责。三儿子丙峰，20岁，老实肯干，除了农活外，家里挑水打扫都由他包下。四儿子丁峰，18岁，喜欢花花草草，成天往山里跑。五儿子幺峰，16岁，喜欢动物。仙人给他一只口哨。他吹一声口哨，山上的熊、狼、鹿、羊都会主动地来到他身边。

自从辛苦勤劳家发福起来，他们家的五个儿子也成了媒人瞄准的对象，新盖的瓦屋门槛都被踏破了。男大当婚，女大当嫁。大峰是家中长子，自然，父母开始热情地接待媒人，希望大峰娶上媳妇，早日为他们繁衍孙子。再说，大儿子不结婚，就好比路途堵车一样，会堵住二儿子三儿子的婚姻。可是，不管是谁给大峰介绍对象，大峰都不愿意见面，急得父母像热锅的蚂蚁。

辛苦逐渐衰老,后卧床不起。有一天,他告诉五兄弟,在南海之滨,有一种草叫“禅味”,找到它,可以起死回生。看着父亲呻吟的样子,五兄弟决定为父亲到这南海之滨寻找的解药——禅味草。走呀走,走了五天五夜,到了南海之滨,找了五天五夜,却没有找到解药。正当五兄弟发愁之际,忽然发现海面上有一群金色的小蝉漂浮在水面,已奄奄一息。五兄弟将蝉打捞起来,然后用路边的小草覆盖蝉身,并放在阴凉之处。

天渐渐变黑,五兄弟累得昏昏欲睡,更为老父亲的病痛焦虑不安。忽然,远处的海边树林里有一群穿着金黄色衣袍的姑娘在闭目静坐,一声不响。五兄弟心里越发着急起来,如果再拿不到禅味草,父亲将很快永远离开他们。这时,远处传来了一个女子的声音说:我们是你们刚才救起的蝉,本是天宫的玉女,趁观音不在就变成蝉来人间玩耍。谁知被大风吹到了海里,浸湿了衣服,再也飞不起来。感谢你们的救命之恩。你们有什么困难或心愿,我们可以帮助你们。

五兄弟感到非常惊奇,将为难之处告诉了姑娘。姑娘们说,其实禅味草只在观音的玉净瓶中才有,那是玉净瓶的甘露水,万物受到了玉净瓶中水的浸染,便具有禅味。五兄弟终于明白:永不可能找到禅味草。五兄弟为了多看一眼年迈的父亲,不得不向姑娘告辞。姑娘们最后说,生老病生是人间常事,子孙平安健康才是真谛。今天你们救了我们的命,唯一的报答就是把我们的衣服交给你们,因为这衣服已受到了玉净瓶中水的熏染,拿给你老父亲,虽不能像禅味草一样具有起死回生的功效,却可以延年益寿,并安享晚年。除了老父亲外,我们也愿意把衣服送给你们五兄弟,没有你们相救,我们就很难及时回到菩萨身边。在天亮之前,我们要赶到天宫,不得不凌晨一早离开人间。可是,只有遇到晨露,我们才能脱下衣服,你们也只有等到天亮才能取走,然后拿给老父亲吧。五兄弟听到姑娘们的话,心里变得踏实起来,酣然入睡。清晨,五兄弟睁开眼睛,发现姑娘们已离开,他们急忙在姑娘们打坐的地方寻找,发现了六个完整的蝉衣。五兄弟带好蝉衣,急奔回家。五天五夜后,他们回到了家,辛苦活了过来。

十八、热血抗魔

“三月三”,这是黎族的传统节日。关于它的来历,有一个美丽的传说。很久很久以前,南海山区一带,遇到百年罕见的大旱,人们叫苦连天,度日如年。一天清早,名叫亚银的年轻人对大家说:“仙人托梦给我说,要想摆脱这场灾难,必须爬上山峰,吹起鼻箫诱捕一只百灵鸟。”

大家不相信有这样的事情。亚银说:“为了大家的利益,我必须亲自去试一试。”

亚银自告奋勇地登上南海的一处山峰,吹起他心爱的鼻箫。一直吹了三天三夜,一只百灵鸟才从幽谷中飞来,亚银赶忙追捕。他追过一座山岗,最后亚银定神一看,百灵鸟变成了一位非常漂亮的黎族姑娘。她答应跟亚银到人间解救灾难。

旱灾解除后,老百姓安居乐业。未想到触怒了峒主,他派家丁捉拿亚银与百灵姑娘。亚银与百灵躲进一个山洞。疯狂的峒主,命令家丁用火烧山。火烧进山洞时,突然,天空电闪雷鸣,山崩石裂。万恶的峒主和他的家丁,全被山石砸死了。山洞里飞出一对鸟儿,在天空翱翔。乡亲们闻讯赶来,目送亚银和百灵姑娘变成的飞鸟,激动地载歌载舞,祝他们美满幸福。这一天,正是农历三月初三。从此,“三月三”成为黎族的一个传统节日。

为了庆祝“三月三”,村寨的男子,每年提前半个月上山狩猎,把所获猎物腌好封存。妇女则在家舂米和做粽粑。猎物和粽粑,作为祭品。若出猎一无所获,则杀鸡代替,用以祭奠祖先。祭祀由氏族老人主祭。“三月三”那天,黎族人民集合在一起,预祝“山兰”(山地旱稻)、狩猎双丰收。“三月三”也是黎苗族青年男女追求爱情和幸福的传统佳节,人们故称它为“谈爱日”。各村寨的未婚黎苗族青年男女,盛装打扮,一大早,便带着醇香的美酒,成群结队,在旷野上聚会。

这个“三月三”,在优美悦耳的箫、鼓声中,大峰、亚峰、丙峰纵情欢跳。邻村有三个姑娘,经常在一起玩耍。三个姑娘躲在树丛中,悄悄打量自己的意中人,然后走上前去。漂亮的姑娘阿芳相中大峰,邀请大峰跳舞;聪明伶俐的姑娘阿丽相中亚峰,邀请亚峰跳舞;性情活泼的阿兰年龄最小,她相中丙峰,邀请丙峰跳舞。男女双方,对歌传情,围绕篝火,边歌边舞,直至夜深,互赠礼物,订下终身,女方邀请男方,到自己的闺房去谈心。

在社会发展的过程中,不同的时代,不同的社会,有着不同的婚姻制度和婚姻习俗,中国各民族的婚礼程序是极其复杂的。其目的在于祝贺和驱邪,黎族也不例外。黎族青年的婚恋别具特色,按照黎族习俗,村子里的姑娘长到十六岁,就要搬出父母的住房,单独住在离父母不远的闺房里。闺房多用茅草盖,内放一张大床。姑娘住进闺房,意味着自由恋爱的开始。于是,年轻的小伙子,可以随意到闺房内与姑娘聊天、玩耍。

大峰、亚峰、丙峰,一起来到邻村。亚峰进了阿丽的闺房,丙峰钻进了阿兰的闺房。阿芳热情相邀,大峰鼓起勇气才迈进了阿芳姑娘的闺房。阿芳年满 20 岁,身材苗条,一双会说话的大眼睛,堪称当地的美女。阿芳心气高,一般男人看不上,所以,20 岁还没有对象。当时,20 岁是偏大的姑娘,父母开始为女儿着急。大峰的勤奋,让阿芳早就有了好感。人们普遍有这样一个认识。即一个人话不多,谈恋爱十分困难。其实,这话说得太绝对。

因为大峰与阿芳一见如故,他们谈起来没完没了。阿芳说:"我家经常有媒婆来,都被我拒绝了。"

大峰也说:"媒婆把好的能够说成坏的,把坏的能够说成好的。我不敢相信媒婆。"

阿芳说:"这叫嘴巴一张皮,想说东就说东,想说西就说西。"

大峰说:"你说话还挺幽默的。"

阿芳问:"你有什么爱好吗?"

大峰说:"我喜欢神话故事。"

阿芳:"我也一样,尤其喜欢听爱情神话故事。"

这一夜,大峰没有离开闺房,他们没有睡觉,而是谈了整整一个晚上。由于,大峰晚上没有回家,已经回家的亚峰、丙峰,非常高兴,他们认为,大哥的婚事有了着落,自己的婚事也能够顺理成章地接着办理了。

辛苦、勤劳问大峰,为什么不愿意让人介绍对象,大峰始终不肯回答。最后,还是亚峰将大哥爱情的蛛丝马迹暴露出来。他们的父母一听,高兴地说:"这就对了,怎么不早说呢,马上准备结婚。"

大峰父母亲自到阿芳家提亲,双方父母一拍即合。本来,被姑娘看上的小伙子,便留宿房中;看不上的小伙子,让他离开。经过闺房的自由恋爱之后,男方的父母正式上门提亲,提亲时要带上一些姑娘爱穿的衣服和水果。

由于居住环境的差异,生活习俗的不同,婚嫁方面有简单与烦琐之分。如保定、三平、头圹、南木等村,举行结婚的仪式就很简单。男方家的父母带一筐大米,到女方家说媒,如果女方家父母同意,就可以让女儿和一个女伴陪伴,到男方家吃一顿便饭,目的是让男方从中窥看,是否中意。只要中意,就可成亲,女方结婚不要彩礼。除上述四个村庄外,绝大部分地区的婚礼比较烦琐。如今,"三月三"成为传播民族文化、促进民族团结的盛会,每年能吸引成千上万国内外游人观看和参与。

结婚那天,亚峰、二峰、丙峰、幺峰到阿芳家迎新,大峰没参加迎亲,由几个弟弟与自己相好的未婚男青年当代表,挑着酒、肉、米等礼物去迎接新娘。他们涌入阿芳家的门,阿芳的父母高兴得合不拢嘴,泡上茶,让青年们坐在家里等候。黎族的婚嫁歌,是在婚礼仪式上唱的,有固定的调子,内容则视具体情况而定。

如伴郎对新娘父亲唱：

你家有个好女儿，
从小是你养她大。
男家知道父母苦，
婚后不打也不骂，
老了也不送娘家。

伴郎对新郎唱：

见你新娘真漂亮，
新娘身材生得好。
皮又滑来脸又红，
河边花草都不比，
结婚过个好日子。

黎族有个传统规矩，太阳还没有落山，女方不能让新娘出门。好不容易，太阳终于落山了，一连串被伴郎举起的火把，导引穿戴漂亮的新娘迈出家门。几个贴身伴娘随后跟上，晃动一双双漂亮的赤足，陪伴新娘进行浪漫的旅行。迎亲的队伍开进了大峰住的村寨，村寨一片沸腾，村里的男女老少点着火把，蜂拥而至，来到村口迎接。

主持迎亲仪式的老人，点燃事先准备好的小柴堆，口里念着祈求幸福吉祥的贺词。随着，一个鸡蛋抛进火堆"砰"地一声打破，这时，粉枪和鞭炮竞放，祝贺喜事临门。送亲的人，一个个跨过火堆。新娘进门时，新郎的父母，双双出动，母亲亲自出来迎接新娘，新郎的父亲则迎接前来参加婚礼的亲友。脸面兴奋得发红的阿芳，低着头，钻过火把组成的火门，这是传统风俗，是为了烧掉媳妇身上在途中可能沾上的"邪气"，清清爽爽地进屋。

新郎、新娘举行神圣的拜堂仪式，在箫鼓、鞭炮声中，新郎、新娘三拜祖先，然后由新娘向公婆敬献，公婆则以"红封"（当时用铜钱，今则用人民币）作回礼。拜堂结束后，阿芳跪在洞房门前的新草席上，脱下手上的玉镯放进水碗里，再用浸过手镯的水洗耳眼，表明对丈夫的爱情，将像泉水一样清澈，像玉一样纯洁，这是古老的宣誓仪式。热情的亲友邻居等阿芳宣誓完毕，将新郎、新娘拥进洞房，进行闹洞房的趣味游戏。不甘寂寞的伴娘，与伴郎等青年对山歌，对歌碰酒，十分热闹，新婚夫妇在欢乐声中饮幸福酒，全村人杀猪宰羊，进行"逗娘"活动，欢聚庆贺，一直欢闹到天亮，来自四方的客人才离散。

旭日东升，最后一个婚姻仪式为庄严的劳动仪式：穿戴大方的阿芳，领头走在全村姑娘的前面，肩上挑着满满一担水。这水，是纯洁之水，是幸福之水。因此，一点一滴，都不要随便洒在路上。这一仪式，象征新娘将成为寨中最勤劳的人，表达了人们劳动创造美的观念。

黎族人民的婚礼多姿多彩，富有生活趣味。每年春节前后，是黎族青年的结婚佳期。他们的婚礼仪式是送新娘、迎亲、吃喜酒、送亲。送新娘时有"引路娘、陪娘"，另外有几十人的护引队伍，这些都是新娘村寨里的人。新娘由母亲陪送，步行到丈夫家，用雨伞或竹笠遮脸而行。送亲的队伍，通常浩浩荡荡，傍晚到达男方村寨。贺喜的人有送猪、送羊的，有送酒、送红包的，有送布料、送槟榔的。

酒席中放有一罐糯米甜酒，罐口插着十支吸酒的小竹管，还有几种菜。在盛酒的土罐两旁，放着两对用兽皮制成的藤凳，一对“正座”、一对“陪座”。除坐在土罐两旁的人用小竹管吸酒外，席间其他人都用碗盛来饮。新郎和新娘坐在“正座”上，两位亲家母坐在“陪席”上。大家快乐地饮喜酒，边饮边对歌，民间八音队不断地奏着婚礼曲，席间充满欢乐。

次日，新郎在门口设送行酒席，每位送新娘的人要饮一碗酒。送新娘回家的队伍一般十多人，要带回去一担糯米饭团、一担酒、半片猪肉或一只羊。出村时，双方唱黎歌互相祝愿。最后，由新郎的母亲和一群姐妹陪着新娘回家，娘家摆设酒席，招待亲朋好友。第三天，新娘就回到夫家，与新郎共同劳动、生活。

黎萍还介绍，黎族婚嫁习俗，颇有意思。先是抹黑面：黎族青年结婚，新郎不出门，整天守在家里迎接客人。新娘则由女方家长预先选出的男女青年各一名，子夜间打着火把，伴送出村。途中看热闹的成结结队，伴送新娘者要耐着性子任人逗玩。他们的习惯是用锅底灰给送新娘的人“抹黑面”，半途不许洗，一定要到了新郎家后才能洗掉。

再是送鸡脚。黎寨中，不论谁家的男孩结婚或女儿出嫁，同村的兄弟，每家都得准备一只大肥鸡，在办喜事的那天，杀鸡请新郎或新娘到家里饮酒，以示庆贺。酒后，主人将一对鸡脚送给对方留作纪念。得到的鸡脚越多就越光彩。

还有找新娘。你的“新娘”和几个伴娘一同被蒙在大红布下，你要准确地把“新娘”找出来。找错了要受罚，找对了就喝杯“同心酒”。人生的婚礼只有一次，黎萍导游曾经陪同游人参加了“第二次婚礼”，叫人终生难忘。

黎萍说：“大峰的婚礼十分热闹，惊动了混海魔王。这魔王居住在南海群岛中的一个小岛上。八仙与龙王的九个儿子教训了他，多年来，他都没有敢进行大的抢劫行动。现在，他按捺不住犯罪的念头。魔王听手下的小妖怪介绍，这贫困的村寨的一户人家，因为宝刀与宝锄而变得富裕，还娶到了一名美女。这个魔王，奇丑无比，长着鳄鱼的头，猪的身。他特别好色，决定强占这美丽的媳妇，并发誓要夺走宝刀与宝锄。当年，这个魔王在海上作恶，疯狂抢劫渔民，残害水中生灵。他能够三十六般变化，所以，令人防不胜防，龙王爷也惧怕他三分。据说是八仙过海后，知道南海有个魔王作恶多端，刚开始，是铁拐李与他决斗，接着，是何仙姑上，都没有占上风，后来，八仙一起上，才打得魔王落荒而逃。”

石小林喜欢“八仙过海”的故事，这是道教神话之一。“八仙”一般是指铁拐李、汉钟离、张果老、蓝采和、何仙姑、吕洞宾、韩湘子、曹国舅这八位神仙人物。在传说中，八仙各显神通，运用不同的法器，铁拐李握铁杖挂葫芦，汉钟离摇芭蕉扇，张果老用纸叠神驴，蓝采和提花篮，何仙姑捏莲花，吕洞宾舞长剑，韩湘子举横笛，曹国舅掌玉版。在中国历史上，有关八仙的文学艺术作品可谓比比皆是。明代出现的青花瓷瓶上，有以西王母为中心的图案，其中，也有八仙祝寿的场面。在南海一带，颇为人们所喜爱的方桌叫“八仙桌”。凡此种种，说明八仙在南海人民心目中具有深刻影响。

《八仙过海》是精彩的八仙故事之一。有一天，他们一起到了东海，只见潮头汹涌，巨浪惊人。吕洞宾建议各以一物投于水面，以显“神通”而过。其他诸位仙人，都响应吕洞宾的建议，将随身法宝投于水面，然后立于法宝之上，乘风逐浪而渡。这个掌故，用来比喻依靠自己的能力创造奇迹。

此时铁拐李抛下自己另一项法器铁拐（或说葫芦），汉钟离扔了芭蕉扇，张果老放下坐骑“纸驴”，其他神仙也各掷法器下水，横渡东海。由于八仙的举动惊动龙宫，东海龙王率领虾兵蟹将前往理论，不料发生冲突，蓝采和被带回龙宫（亦说法器被抢）。之后八仙大开杀戒，怒斩龙子，而东海龙王则与北海龙王、南海龙王及西海龙王合作，一时之间惊涛骇浪。此时曹国舅拿出玉板开路，将巨浪逼往两旁，顺利渡海。最后由如来佛、南海观音菩萨出面调停，要求东海龙王释放蓝采和之后，双方才停战。

不谈八仙过海了，还是来说魔王吧。魔王知道宝刀与宝锄的故事，一直想得到手。因为，有了宝贝柴刀与宝贝锄头，他居住的荒岛就会五谷丰登。那么，就可以让他手下的妖怪衣食无忧。曾经，八仙与他交战，他被打败。而有了宝刀与宝锄，能够开山劈岭，能够指挥森林百兽，那么，他就威力无穷了。

再来说魔王变成一个文物商人，来到这个村寨到处打听，有什么文物可以卖钱的。暗中却注意打听是哪家娶媳妇，还有宝刀与宝锄的下落。他问一位老年村民：“听说有一对黎族夫妇得到了一把宝刀与一把宝锄，是真的吗。”

这位老年村民对商人有点疑心，于是，不愿意告诉他，就说：“我不知道。”

魔王心生一计，去看周围的土地，去看周围的树林，继续打听。终于，有一位老太婆给他讲了哪家娶媳妇，哪家有宝刀与宝锄的故事，还将他带到这家门前，指给他看。有些山里人是朴实的，不相信人间还有坏人，当然，就不会去提防人了。

中年汉子来到这黎族夫妇家门口，知道夫妻俩与五个儿子住在一起。开始心生歹毒的念头。一天夜晚，魔王带着几个妖怪凶神恶煞地来到这黎族山民家里，二话不说，将黎族山民夫妇抓起来。

辛苦说：“你们为什么要抓我们，难道我们什么地方得罪了你吗？”

魔王发话：“我的宝刀与宝锄被你们偷去了。你们想活命，就交出、宝刀与宝锄。”

勤劳说：“宝刀与宝锄是龙王爷送给我们的，不是你的。你有本事就找找龙王爷去要。”

魔王一听，暴跳如雷：“别拿龙王爷来吓唬本大王，宝刀与宝锄是龙王偷本大王的。”

辛苦说：“你去找龙王来，他说是你的，我们马上还给你。不然，我们不能还给你，因为，宝刀与宝锄给全村老百姓造福，还是龙王爷的镇海之宝。”

魔王吩咐手下的妖怪将辛苦勤劳抓走，拖进一个弯曲的山洞。魔王用刀架在辛苦脖子上，逼迫他说出宝贝在什么地方。辛苦不答应，魔王便采取各种各样的酷刑，来折磨辛苦夫妻俩。魔王发誓，我一定要得到宝刀和宝锄，如果得不到，你们休想活命。黎族夫妇也在心里发誓，宝刀和宝锄要为劳苦人所用，绝对不能够让坏人利用。

魔王再次威胁这黎族夫妇：“你们如果三天不将宝刀与宝锄交出来，我就要你们的命，抄你们的家，还要将你的儿子与家人统统杀死。”

辛苦心生一计，装着十分害怕的样子，对魔王说：“大王，我们不怕死，但是，你要放过我们的儿子。我想，你能不能够去让我的几个儿子来一下，我交代他们拿宝刀与宝锄换我们回家。”

魔王狞笑了：“你终于明白了。好！来人！去将辛苦的五个儿子带来，他父亲有话交代。”

一会儿，魔王的手下带来了辛苦的五个儿子。五个儿子看见了遍体鳞伤的父母亲，马上给两老下跪，流出了伤心的眼泪。

辛苦一个个扶起儿子，然后对魔王说：“让我抱抱自己的儿子。”

首先，辛苦抱了一下大儿子；接着拥抱了二儿子，又拥抱了三儿子，还拥抱了四儿子。最后，他拥抱五儿子的时间最长。这时候，魔王放松了警惕，辛苦悄悄地对着儿子的耳朵说：“一定不能够让宝刀与宝锄落在魔鬼手里。我们被魔王打死后，一定要为我们报仇。”

五儿子回答：“请父亲放心，孩儿记住了。”

魔王留下夫妇俩，放了几个儿子。五个儿子回到家里，摩拳擦掌，准备好武器。魔王派人来催交宝刀与宝锄，他们就是不交。魔王亲自来了，还带来了他们的父母，用刀架在辛苦与勤劳的脖子上：逼迫五个儿子：“你们如果想让自己的爹妈活命，就乖乖地将宝刀与宝锄交上来。”

辛苦说：“如果你们是我的好儿子，就不要交宝刀与宝锄。”

魔王气急败坏地杀死了辛苦与勤劳。五个儿子分别拿着武器去杀魔王，因为他们手上有宝刀与宝锄，很有威力。魔王没有将他们征服，灰溜溜地带着队伍走了。

晚上，五个儿子进入了梦境，他们的父母来与他们见面了。父亲对大儿子大峰说：“我现在死了，但是，魂魄不安，因为我担心宝刀与宝锄被魔王抢走，所以来托梦给你们兄弟几个。魔王这次打败了，不等于他不再来挑衅，下次他们来了，你们斗不过他们，但是不要紧，总会有人来替你们报仇的。只是，你们要将宝刀宝锄藏起来，这是镇海之宝，龙王总有一天会将宝刀与宝锄派上新的用场。”

大儿子大峰问：“怎么藏？”父亲说：“山坡上有一个洞，直接通向龙宫，你们将宝刀宝锄放在那里。”

大峰与几个弟弟一沟通，才知道他们全做的是同样的梦。他们按照父母在梦中的指点，来到那个通向龙宫的山洞，将宝刀与宝锄藏在洞里。

他们刚回家，魔王带着妖怪来了。兄弟五个，为父母的牺牲感到悲痛，由悲痛化为愤怒，五个儿子视死如归，同魔王展开搏斗，老五杀死了一个妖怪，不料，后面冲上去一个妖怪打了他的后脑勺，他当时倒地身亡。老二被三个妖怪围住，他打死了一个妖怪，另外两个妖怪将他活活抓死。老三、老四、老大三个弟兄则与魔王展开搏斗，被魔王一一杀死，他们没有还手之力，毕竟太年轻了。最后，都被魔王杀死了。魔王得不到宝刀与宝锄，十分生气，开始在屋里进行搜查，始终找不到宝刀与宝锄的影子。

黎族夫妇与他的五个儿子虽然被魔王杀死，但是，魔王没有得到宝贝还是不死心。纠集妖怪，发誓挖地三尺也要找出宝贝。辛苦勤劳夫妇虽然死了，他们保护宝刀与宝锄宁死不屈的精神，以及五兄弟英勇抗魔的精神，感动了村民，感动了鹿、熊、豹、蚁、蜂、鸟、山神。人们与动物联合起来，他们拿起柴刀、扁担和锄头，与魔王一伙展开生死搏斗。联合起来的力量太大，魔王感到害怕，夺路而逃。

魔王被五指山的动物与山民们赶到海边，他气急败坏，忽闻海面上有仙乐之声，便循声望去。猛见一条雕花龙船，内坐七位奇形怪状的大仙，其中还有个妙龄女郎，桃脸杏腮，楚楚动人。原来，八仙要到海南三亚。本来，腾云驾雾，一眨眼就可到，可是吕纯阳偏偏别出心裁，提出乘船过海，观赏南海海景。他拿来铁拐李的拐杖，往海里一抛，喝声“变”，顿时变成一艘宽敞、漂亮的大龙船，八位大仙坐船观景，喝酒斗歌，好不热闹。

魔王本性难易，色胆包天，早忘了自己的生命已经是朝夕不保，想入非非，似魔似痴地迷上何仙姑了。平静的海面突然掀起一个浪头，将雕花龙船打翻了。铁拐李失了拐杖，幸亏抱着个葫芦；汉钟离打开蒲扇蛰脚底；张果老眼尖，翻身爬上毛驴背；蓝采和攀住了花篮边；韩湘子放下仙笛当坐骑；曹国舅心细，脚踏巧板浪里漂；只有吕纯阳，毫无戒备，弄了个浑身湿透。

原来是魔王想抢亲，想把何仙姑抢到魔洞里去。魔王，掀起漫海大潮，向七仙淹来。汉钟离挺着大肚子，飘飘然降落潮头，轻轻煽动蒲扇。大潮顿消，魔王又喝声“变”，海里突然窜出一条巨鲸，张开闸门似的大口来吞汉钟离。

只见铁拐李向海中一招手，它的那根拐杖"唰"地窜出海面。鲸鱼变成一只大章鱼，拐杖被章鱼的手脚缠住了。要不是蓝采和的花篮罩下来，铁拐李早被章鱼吸到肚皮里去了。原来这巨鲸和章鱼都是魔王变的。这时，魔王见花篮当头罩来，慌忙化作一条海蛇，向东逃窜。

魔王知道这宝刀与宝锄是龙宫里的宝物，为什么一直不敢到海里去找龙王要。原来，他除了惧怕八仙外，也害怕龙王。因为龙王的九个儿子有太大的神通。好多年过去了，混海魔王一直没有出来闹事。现在，风云突变，魔王以为本事大了，开始行动了。他打算先夺走宝刀与宝锄。有了宝刀与宝锄，再来抢媳妇也不迟。

最终，龙王的九个儿子出现了，魔王一个一个地斗，筋疲力尽，被九太子乘坐的一条鲨鱼活活咬死。魔王被咬成一片片，被一群鲨鱼吃掉。魔王最终没有逃走严酷的惩罚。

再说，老虎、熊、豹子等动物搬来石头，由人们将五兄弟的尸体排列安葬。石头与泥土，垒起五个坟头。大峰的妻子来了，亚峰与丙峰的女友都来了。其中，大峰妻子手里抱着大峰的儿子。虽然是婴儿，奇怪的是，婴儿能够喊爸爸。他喊一声，坟头就点一下头，喊一声，坟头就点一下头。人们无不称奇，但是，谁也不害怕，有人说，英雄牺牲了，不让人们感到害怕。更为奇怪的是头天的坟头，上面没有草，才到第二天，就长出了青草。而且，坟头之间的位置一天比一天远，坟头也一天比一天高。不知道过了几年，称得上是天长日久，五坟隆起，最终，成为五座山峰。开始，人们称之为“五子山”，后来人见五峰形似五指，便称“五指山”了。

再说辛苦勤劳与五个儿子的尸体安葬后，其他的动物都相继离开，唯有蝉，像一群美丽的姑娘，拍动着优美的翅膀，每天都围着五个山峰唱着动听的山歌，还不断从南海之滨衔来海草滋润这五座光秃秃的山堆。后来五个山堆慢慢长大，像5个手指指向苍天，并在海草的润泽下逐渐变得郁郁葱葱，这便有了现在的五指山。

五月的海南，晴空万里，湛蓝的大海，映照蔚蓝的天空。蝉姑娘们经常背着海草往来南海和五指山，身体逐渐变成了绿色，成为小绿叶蝉，并聚集在五指山第一峰不肯离去。据说，五兄弟和蝉姑娘的故事，感动了观音菩萨，菩萨就将玉净瓶的甘露水撒在第一峰的脚下，于是有了水满的来历。水满在黎语为“至高无上”的意思，象征着观音菩萨的惠及和幸福美满的生活。

五指山第一峰山脚下，茶树成片，这是水满茶。后来，水满茶树便成了蝉姑娘日夜守护的家园，而当地的黎族百姓也因为这种茶的原因，开始过上了生儿育女和繁衍生息的平安日子。水满茶成了人们幸福美满的象征，五指山第一峰成了人们繁衍生息的图腾。

当地黎族百姓为感谢蝉姑娘的忠实，从不驱赶或杀害小绿叶蝉。黎族百姓发现被小绿叶蝉吻吸过的茶，味道特别美，采取一心两叶采摘，制作后，泡茶，叶片宛如少女起舞，口感清香，带有果蜜的清甜。据记载，自明朝以后，这种水满茶与黎锦，成为黎族进献朝廷的两件贡品。

不忘五指山的滋润，不忘蝉姑娘的忠贞，黎族百姓将水满茶称之为“南海佳人茶”，以便向世人展示爱情的幸福美满，坚贞如一。

黎萍导游给神话博士他们讲完了五指山的神话后，神话博士忽然提醒：“这么大的一个五指山，我们去哪个地方寻找豺狼精的影子。”

杨扬也说：“是啊，豺狼精逃到五指山的什么地方去了呢。”

黎萍导游说：“阿榔，你不是有宝镜吗，照一下不就出来了。”

阿槟掏出宝镜来，怎么照，就是照不到豺狼精的影子。

阿榔说：“不用照了。这豺狼精有几千年的修炼，在阿槟与我之上，暂时奈何他不得。”

十九、神仙雕塑

话说图腾

一道艳丽的彩虹，趁人们没有注意的时候，横跨在空中。在离海岸线不远的地方，一片传统建筑，掩映在郁郁葱葱的树林里。高大的楼宇柱子，敞亮的前台大厅，相互映衬。不用说，这是鹿城的一家五星级宾馆。

这天下午，在宾馆区内宽敞的场地上，拥挤的人群围成一圈人墙，来自世界各国的游客，正在翘首围观一场表演，黎萍导游带着黄梅、杨扬与神话博士、九代穷上前观赏。黎萍告诉他们：那是在跳《宝刀宝锄舞》。这种舞蹈，是黎族古老的请神除妖赶鬼的祭祀舞蹈，现在演变成娱乐性舞蹈。

《宝刀宝锄舞》根据一个传说编导，这个神话传说的大意是：从前有两位黎族青年，他们一个以种山栏为生，另一个以打猎为生，他们同时爱上了一位黎族姑娘。某一天，他俩不约而同来到姑娘的"隆闺"前。他们商定，以比试武艺的方式，决定谁可以进入姑娘的"隆闺"。表演时，两名男青年身穿传统服装，头缠红巾，种山栏者手持宝锄，即是普通的锄头式样，只是木头的锄头上涂上了金粉；狩猎者手执宝刀，进行激烈的格斗，打得难解难分。持宝刀者对着持宝锄者的各个部位猛刺，而持宝锄者则前后左右招架，双方周旋灵巧，动作刚劲、矫健。刀和锄的撞击发出的声音，铿锵有力，扣人心弦。

观众中不断有人喝彩，多日没有笑容的黄梅第一次开心地笑了。最终结果是持宝锄的战胜执宝刀者，获得了姑娘的爱情。在五星级宾馆里观赏节目，神话博士开始觉得有点狼狈，觉得自己哪里像是一个博士，裤脚由于太长，已经磨破，脚蹬一双旧皮凉鞋。神话博士的额头鼓出，头发稀稀拉拉，一双眼睛从近视眼镜里透出来，不知不觉地死死盯着人的脸，刚才就让漂亮的黄梅，身体苗条的杨扬被看得不舒服，低下头去回避他的目光。

看完节目，黎萍将黄梅、杨扬带到一个大厅，这里有沙发、茶水与电视。神话博士去了洗手间。等他回到大厅之前，他听见几个女子在议论他。神话博士的耳朵比一般人灵敏，似乎听见黄梅说："神话博士的眼光真像把刀子。"

黎萍笑了："他的外表傻乎乎的，行动叫人琢磨不透，绰号是傻子神话博士，但我认为。他是一个很聪明的好男人。"

杨杨笑了："他是你的阿椰，你是他的阿槟，你爱上他了吗。"

黎萍说："你怎么总是没深没浅地说俏皮话。"

忽然，黎萍的手机响了，她说："好，开会，我与石博士马上来。"

神话博士到了客厅，黎萍导游说："徐院长通知我们去看个碰头会。"

他们坐上马自达轿车，向南海科学院的实验中心开去。

这个碰头会主要是讨论如何发挥魔衣、魔幻背心的作用，如何寻找豺狼精、乌鸦精，如何寻找宝刀与宝锄。会上，神话博士汇报了爱情神话体验游的进展情况。他提出："我认为，我们发挥魔衣、魔幻背心的作用，寻找宝刀与宝锄，应该以南海神话传说的搜集整理为途径。"

黎萍说："解读黎族民间传说，我们可以发现，古代黎族人民对图腾的崇拜和对美好幸福生活的向往。黎族民间传说《约加拉西鸟》是一篇图腾崇拜的代表性作品。相传，黎族祖先有一个女儿，母亲在她出生后不久就去世了，约加拉西鸟就含着谷类来喂养这个婴儿。日复一日，年复一年，婴儿慢慢长大成人了，可约加拉西鸟从此再也不见飞回来。为了报答约加拉西鸟的养育之恩，后来黎族妇女以文身（鸟翅膀的图腾）来纪念约加拉西鸟。对于图腾的崇拜，各民族都有着自己的对象。黎族妇女对约加拉西鸟偶像的崇拜，是专注的、深情的。在黎族民间广为流传的《鹿回头的传说》，反映了人类对于美好生活的向往。"

在灯光下，大家一边议论，一边喝茶。徐龙提出，我们现在请黎萍给我们唱几首黎族新民歌。这些歌谣以新的内容和昂扬的格调，取代原来传统歌谣中消极的部分和如泣如诉的吟叹。

黎萍说："歌颂中国共产党，歌颂工农红军的歌谣有《五指山五条溪》。"

她开始唱起来——

五指山上五条溪，
你知哪条流水多？
你知哪条流下海？
你知哪条流回来？
五指山上五条溪，
西边那条流水多，
蒋家兵败流下海，
红军胜利流回来。

《毛主席来过五指山》：

毛主席来过五指山，
英雄树下歇过马，
临走在树下洒瓢水哟，
红艳艳的开满一树花。
毛主席来过五指山，

古树野藤把路拦，
他亲手劈开一条路哟，
山南山北连一片。

黎萍导游解说：这首黎族新民歌，运用革命现实主义和革命浪漫主义相结合的创作方法，表达了毛主席是黎家大救星这一重大主题思想。事实上，毛主席并没有来过五指山。这是一首对领袖的颂歌，是将毛主席神化的写法，应该说是五指山的新神话。

话说雕塑

神话博士与黎萍导游离开南海科学院，开车来到宾馆。杨扬、黄梅与神话博士、黎萍导游四人坐上马自达轿车，神话博士驾驶，他们首先来到鹿回头巨型雕塑前。

黄梅是美术学院雕塑专业毕业的，她发表她的看法说："在海南的南山风景区、文笔峰风景区，我们可以看见各种雕塑。在人类漫长的艺术长河里，雕塑是一个十分丰富的艺术门类，表现在材料、艺术手法上的丰富多彩。首先，从材料上来说，有石雕、木雕、铜雕、铁雕、玉雕、陶雕、玻璃雕、砖雕等。其次，从艺术手法上来说，有圆雕、浮雕、透雕、线雕、漫雕、影雕等。再次，从场地来说，有室外雕塑、室内雕塑、摩崖雕塑、石窟雕塑、城市雕塑、园林雕塑等。最后，雕塑从题材上来分，有佛像雕塑、动物雕塑、建筑雕塑、工艺雕塑、陵墓雕塑等。雕塑与诗歌、绘画有血缘关系，因为其有诗歌的意境，还有图画的意象。有人形容雕塑是立体的图画，无声的诗歌。"

黄梅继续说："我国古代雕塑艺术有自己的发展过程。最早的雕塑萌芽，是原始石器，大量的精细石器具备了雕塑的性质。在海南，也出土了这样的石器。人与猿的区别，是人在劳动中创造了生产工具——石器。在以上所述的漫长过程中，人类的祖先，从简单打制石器到磨光石器，并分类使用，是根据劳动实践变化发展而来。"

黎萍很有感触："海口的五公祠，是为纪念唐、宋时期贬谪到海南的五位著名历史人物：唐朝名相李德裕、宋朝名相李纲、李光、赵鼎、胡诠而建的，故名五公祠。你在五公祠里游览、参观，可以看见五个形态不同的石头雕像，将唐朝名相李德裕、宋朝名相李纲、李光、赵鼎、胡诠的形象表达得淋漓尽致。"

黄梅说："要学会欣赏这些古代官员雕像，首先要了解古代雕塑的艺术特点以及独特的艺术价值。"

神话博士从哲学的角度分析了雕塑说："古代雕塑，体现古代哲学精神。儒家哲学尊天命，受其影响，中国艺术反映为崇高、庄严、壮丽、典雅等等风格。道家哲学崇尚自然，在艺术上则表现为飘逸、雄浑、淳厚、古朴、淡泊、天真、稚拙等风格。中国画和雕塑有意返璞归真，追求一种内在美，一种原始美，一种大巧若拙的哲学精神境界。"

杨扬虽然学的是社会学，对雕塑也感兴趣，她说："古代雕塑注重装饰性，无论是人物，还是动物；无论是宗教造像，还是建筑装饰雕刻，都反映传统的装饰性。"

比较起来，黄梅对雕塑研究得更多一些，她说："古代雕塑要求有绘画的线条。本来，古代雕塑和绘画就是一对同胞兄弟，都孕育于原始工艺美术。从彩陶时代起，塑绘便互相补充、紧密结合。中国塑绘不分家，导致了雕塑与绘画审美要求的一致性，比方讲究艺术的线条美。古代雕塑注重意象性，中国画无论工笔还是写意，都不像西洋画那样精确地刻画对象，而是主要依据观察体验所得印象，再加上想象，经过主观加工美化而成艺术形象，和客观对象有相当距离。这些雕塑要求语言精练，这是意象性衍生的另一艺术特点。”

黎萍从旅游的角度谈到了雕塑：“有个性的雕塑，是一个城市与另一个城市的文化识别标志。旅游名城三亚，以巨型石雕“鹿回头”为标志，被人们誉为鹿城。若从市区远眺，远远便可望见这对情人，以其迷人的仙姿满面笑容地欢迎四方来客。若在仙鹿像处，可俯瞰浩瀚的大海，远眺起伏的山峦，三亚市全景尽收眼底。你要是来到猎人和鹿女幽会的地方，听“鹿回头”的故事，细细品味，其美感，终生难忘。”

黄梅说：“雕塑像的作者林毓豪先生是“五羊城”作者，他花了4年时间和心血，完成了这件伟大的神话作品。三亚的鹿回头雕像，是非常成功的标志性城市雕塑。首先，鹿回头的传说有南海特色，反映黎族文化传统，属于不可替代的文化印迹，搬到国内任何一个城市都无法生系，很鲜明地体现城市个性和魅力的独特文化识别标志。其次，经过历史的长期淘洗，鹿回头的优美故事已经深入人心，传之四海。依照传说创作的鹿回头雕塑，也随传说一同得到广泛的认可，鹿回头雕像成为三亚城市的精神象征，不是偶然。”

黄梅又说，神话博士讲过《渔女传说》的神话故事，可是，你们见过《渔女传说》雕塑吗，珠海市风景秀丽的香炉湾畔，矗立着一尊巨型石雕——珠海渔女，她颈戴项珠，身掮渔网，裤脚轻挽，双手高高擎举一颗晶莹再现璀璨的珍珠，带着喜悦而又含羞的神情，向世界昭示着光明，向人类奉献珍宝。这座石雕，身高8.7米，重量10吨，用花岗岩石分70件组合而成，是中国著名雕塑家潘鹤的杰作。而今，这座雕像已成为珠海市的象征，渔女优美的传说，伴随着珠海市在国内的知名度，流传越来越广、越远。

黄梅还告诉大家：“雕塑是艺术家为反映现实生活和表现自己的审美感受、审美情趣、审美理想，利用可雕刻、可雕塑的材料塑造出来的占有三维空间的造型艺术品。这些材料有大理石、花岗石、石灰石、木料等。雕塑作品要求具有立体感，质量感、力度感、动感等。”

黎萍他们开车来到琼海的红色娘子军雕像前，黎萍用导游的口气说：“雕像由花岗石雕刻而成，坐北向南，高3.7米，连底座总高6.8米。座基由石板铺设，四周呈六角形，围以石栏杆，占地面积40平方米。雕像后面是园林花圃等。雕像将红军女战士脚穿草鞋、肩背斗笠、风尘仆仆的一代巾帼英雄的气概，展现得淋漓尽致。雕像底座正面有胡耀邦金字题学——红色娘子军。底座背面刻有如下文字——红色娘子军即中国工农红军第二独立师女子军特务连。”

黄梅则从艺术的角度进行解说：“红色娘子军的雕塑，用体积的语言——占有一定空间的物质实体的变化，塑造可以观看、可以接触的形体，形成艺术形象。雕塑具有三维空间的实体性，由于这种实体性，人们可以从不同的距离与角度，欣赏英雄的形象，体会英雄的革命精神。雕塑与旅游文化的联系，是多方面的，旅游的文物、建筑物、景点、寺庙等，都有雕塑的介入。瞻仰红色娘子军的雕塑,我们可以感受到一种人体的美,那是由人的姿态美、人的造型美形成的。我们还可以感受到一种精神的美,也就是人的心灵美。雕塑是靠人体的运动规律、肌肉的语言、特别是人体所形成的转折韵律,来表现人物的精神风貌。”

神话博士说:“我感觉,这些女战士具有仙女的美丽与魅力。”

黎萍开玩笑说:“你真是卖瓜的说瓜甜,研究神话学,将红色娘子军也扯进了神话。”

这段时间,黎萍导游喜欢关注神话博士的一举一动,也许,她对神话博士的遭遇同情;也许,她作为神话博士的助手,要与神话博士达成默契;也许,她对民间文学有研究,神话博士对神话学造诣深,黎萍与神话博士心有灵犀。

黎萍说:“李总经理派我来协助你的工作,有什么任务尽管吩咐。”

黎萍说完,感觉自己对石博士过于关心,脸开始泛红。

神话博士说:“好像还有杨扬硕士要参加我们的活动。”

黎萍为了摆脱尴尬,故意开玩笑地说:“石博士呀,杨扬是不是被你看中了。”

杨扬说:“到底是石博士看中了我,还是看上了你呀。”

神话博士一下不知道说什么为好,他不善于与女性开玩笑,就有意岔开话题说:“我们肩负的任务很重,我们应该想想怎么完成任务。”

其实,自从神话博士在鹿岭被黎萍、杨扬救了以后,就觉得自己对她们有特别感激之情,他似乎也感觉她们两个,特别是黎萍,对自己的感情好像有点特别。但是,神话博士已经在爱情上碰得头破血流,遍体鳞伤,再也不敢自作多情了。黄梅是杨杨的朋友,也是黎萍导游的朋友,她通过与神话博士的接触,对神话博士的看法有所改变。于是,她主动地给神话博士一个台阶:“石博士身负爱情神话体验游的重任,我们要认真地协助他。”

仙人指路

神话博士:“我见过不少雕塑,但我认为,临高角的解放纪念碑实在是雄伟。我建议我们去看看,并打听宝刀、宝锄的踪迹。”

临高角位于海南临高县北端,北临北部湾,与雷州半岛隔海相望,地处海口市和洋浦经济开发区之间,距县城 10 公里,水陆交通,十分方便。神话博士、黎萍、杨扬、黄梅、阿椰、阿槟、九代穷分别坐两台轿车来到临高角。临高角是琼州海峡突出中的一岬角,三面环海,有 7 公里长的海岸线。岬角顶端,250 米长的天然拦潮礁石堤,直伸大海,使人想起“仙人指路”的传说。

平时,天气晴朗,登临堤上,可观海上日出奇景。这天下着小雨,没有这种机会。临高角岸上有千米海滩,海水清澈,白沙细柔,椰林播绿,阳光充沛,是海南西海岸的优良天然泳场之一。东西两侧的天然游泳场,一边风平浪静,海水清亮,海底平坦,沙白柔软,人称“大鹏湾”;一边风起云涌,波涛滚滚,白絮阵阵,气势磅礴,号称“南海秋涛”。岸上有古烽火台,还有著名的国际航标,是一座高 22 米、宽 1.88 米的铁灯塔,灯光可照数十里,为夜航船只引路导航。建筑物年代久远,清光绪十九年(1893 年),由琼州海关建造。

临高角的纪念碑，让人们铭记伟大的历程。1950年4月17日，中国人民解放军为解放海南，利用木帆船横渡琼州海峡，首先在这里登陆。1995年4月17日，“中国人民解放军四十五周年纪念大会暨解放海南纪念塑像奠基仪式”在临高角隆重举行，为临高角增添了更加光辉的色彩。

在临高角纪念馆，有毛泽东主席给第四野战军司令部的一封信，是关于解放海南岛指示的亲笔书信。解放军训练的投影，解放军进攻海南的投影，解放军海上训练的模型，其情其景，让神话博士热血沸腾，感受到海南解放的历史，胜过任何神话的魅力。

海南临高角，绿林成带，花草丛生，生态环境优美，有一个美丽的传说。

相传很久以前，临高角下居住着一位美丽的仙女。这位仙女，不喜欢仙界枯燥的生活，她认为仙人之间等级观念森严，清规戒律特别多，还喜欢装模作样，显得虚伪。她看中了人间的生活，自由自在，无拘无束，自然朴实。她爱上了英俊的青年王俊，她喜欢与王俊交谈。

王俊说：“我们羡慕仙界，不然就不会说天庭是天堂，因为，天堂就是美的象征。”

仙女说：“还是人间好，美也好，丑也罢，都显得那么真实。我们整天无所事事，你一定不习惯。”

王俊说：“如果说是不劳动，我肯定不习惯，我是做习惯了，不干活，浑身的骨头觉得不舒服。”

他们正在谈话，有个老太婆走在他们身边，忽然倒下了。

仙女试探地问：“我们是不是离开这里。”

王俊说：“我们不能够走，我要看看，这老太婆是不是病了，我们要送她去看病。”

说完，去看那个老太婆，发现老太婆已经不在那里了。

仙女说：“刚才的老太婆是我手中的扇子变的，我想试探你的孝心。”

王俊生气地说：“我们整天劳动，想的是解决吃饭穿衣的问题。你们仙女没有事情干，就想方设法来作弄人。”

王俊不理睬仙女，要离开这里了，仙女上前去拉他。王俊被仙女的热情所感动了，转怒为喜。接触多了，仙女感到王俊非常聪明，能够自己盖房，能够自己种庄稼，能够自己做饭洗衣，还能够不厌其烦地照料生病躺在床上的母亲。她发现自己爱上他了。

可是，天帝发现了他们的爱情，认为仙人与凡人结婚，是坏了天庭的规矩。看见这地方离海洋近，就让龙王负责监督，龙王派夜叉去处理。王俊就住在雷州半岛灯楼角下，他俩下决心要筑一条堤堰。把灯楼角与临高角连接起来。他俩的诚心，感动了海龟和海鸟，它们帮忙垒起礁石堤堰。快要合口了，被巡海的夜叉看见了，竟呼风唤雨，把堤堰冲垮。仙女和那青年殉情大海。男的变成灯楼角，女的变成临高角，岁岁年年长相望。

神话博士一行晚上就住在临高角的宾馆。神话博士进入了梦乡，他梦见自己与阿椰阿槟见到仙女，并且一起说话，他说：“仙女，我们今天专程来看望你与王俊，你们爱情的坚贞叫人感动，反映了临高角的浪漫与凄美。”

仙女说：“谢谢，不知道你与鹿仙猎手还有什么吩咐的。”

阿槟说：“我们想打听宝刀与宝锄的下落。”

仙女说：“听说，这宝刀与宝锄，就在一个通向大海的山洞里。现在，豺狼精、乌鸦精也在寻找。你们必须抢在豺狼精之前。宝刀与宝锄是定海之宝，可以预测海底地震、火山爆发。绝不能让豺狼精取走宝刀、宝锄。”

阿榔问：“怎样才能够抢在豺狼精、乌鸦精的前面，快告诉我，这个山洞在什么地方呢。”

仙女说：“你跑遍整个岛屿的旅游景区，自然就能够找到那个山洞了。”

石博士第二天醒来，他便去告诉阿槟、阿榔，自己做了一个什么样的美梦。没有想到，阿槟与阿榔，与他做的梦是一模一样。

神话博士说：“为了预防海底地震、火山爆发，我们一定要抢在豺狼精、乌鸦精前面。”他们觉得奇怪，怎么没有看见豺狼精、乌鸦精的影子。当然，豺狼精、乌鸦精也不可能回到昨天的时代，除非让魔衣送豺狼精等回到昨天。

九代穷建议：“我们何不去仙人山，向仙人打听一下，宝刀宝锄究竟在什么地方。”

二十、九代不穷

再说神话博士、阿槟、阿榔与九代穷商量去仙人山打听宝刀与宝锄。九代穷身无分文，带上砂煲和火，准备一路上吃野菜充饥赶路。神话博士、黎萍导游、阿榔、阿槟他们遥控自己身上的魔衣、魔幻背心，对准那个神话年代。他们进入了时空隧道，落在地上的时候，发现，眼前的山怎么看起来十分雄伟。但是，不知道是什么山，肯定不是天边的仙人山。神话博士、黎萍导游都去过泰山。黎萍说："我们好像到了泰山。"

果然，山上有三个人在那里争吵不休。一个是女的，另外两个是男的。那女的古代人装束，她说："我先来泰山的，不信，玉皇顶上有我的绣花鞋。"

身穿铠甲的男勇士说："我先来泰山的，我坐在麒麟身上，根本没有看到你的影子。"

还有一个男的老者，不紧不慢地说："我劝你们二位别争了，免得让后人笑话。"

黎萍一下蒙了，问神话博士："这几位是谁。"

神话博士说："那男的是黄飞虎，这女的是黄妃，黄飞虎的妹妹。那个仙风道骨的是姜子牙。"

黎萍说："对了，凡是爬泰山的人，不论国内游客，还是外宾，没有不拜见泰山奶奶碧霞元君的。可是，他们未必知道碧霞元君的来历。传说姜子牙辅佐周武王建立了周氏王朝后，天下统一。武王认为大臣们开国有功，把全国的领地都分给大臣们。武王便把封神大权交给了军师姜子牙，让他分封诸侯。却说姜子牙分封诸侯，封来封去把全国其他的名山大川、风水宝地都封尽了，就留下了一座东岳泰山。"

神话博士说："是啊，姜子牙早就知道泰山气势雄伟，风景秀丽，是个供人游玩的好地方，他原准备把泰山留给自己，可谁知半路里又杀出个程咬金。武王的护驾大将黄飞虎找上门来，非要把泰山封给他不可。黄飞虎的妹妹黄妃也来找姜子牙要地盘，说是武王答应她，要她来找姜子牙。这下可好了，三个都看准了泰山这块宝地，可总不能都去坐呀！这到底如何是好呢？事到如今，只黄氏兄妹就够姜子牙缠的了，自己便不得不打消了坐泰山的念头。不过放弃了也怪可惜。姜子牙见黄氏兄妹一个凭护驾有功，一个仗武王后台，两人争得面红耳赤，就赌气地对他们说，好了二位，谁也别争，谁也别抢，凭自己的本事，谁先登上泰山，泰山就是谁的。"

黎萍说："黄飞虎一听，不禁拍手叫绝。他想：凭我一身气力，泰山还能有黄妃的份？可是，身单力孤的黄妃，也没有一点惧色，一口应允了。黄飞虎骑上他的麒麟，日夜兼程，从京都直奔泰山。黄妃为比赛绞尽了脑汁，终于想出了一条妙计。比赛一开始，她先将自己的鞋子脱下一只，使了个神法，将鞋子扔到玉皇顶上，然后才不慌不忙地向泰山赶来。等到黄妃爬上泰山，兄长早在南天门上等得不耐烦了。他见黄妃姗姗来迟，便对她说，不行就是不行，别逞能。这回你该服气了吧？”

黄妃一本正经地说，谁不行，你睁大眼睛看一看。黄飞虎跟着妹妹来到玉皇顶，只见黄妃的一只绣花鞋端端正正地放在石坪上。尽管有证有据，黄飞虎却从心里不服气，不禁斥责妹妹，你肯定用魔法来耍滑头。

神话博士说：“姜子牙赶来，一看便知道黄飞虎上了妹妹的当。姜子牙干脆将计就计，把黄飞虎封为泰山神，把黄妃封为碧霞元君，一个在山下天贶殿，一个在山顶碧霞祠。泰山作为东岳，雄的象征。历史上的皇帝都重视泰山，秦始皇就是。这个传说，说姜子牙虽然是个神仙，可他也有人情观念，也不好把黄妃做假的事情说破。联系起人类现实社会，颇有意味，故老百姓喜欢听，愿意讲，这个故事就一直流传到现在，给风光壮美的泰山，增添了社会美的色彩。”

姜子牙说：“后生，你们是这么看待我姜子牙的，不过，我刚才听了你们的议论，谈的内容基本符合历史的真实，你们好像不是我们这个时代的人，到泰山来干什么？”

石博士简单说明了情况，想寻找龙王爷赠送的镇海之宝——宝刀、宝锄，还想帮助九代穷去仙人山咨询，谁知道，我们竟然来到了泰山。

姜子牙给神话博士进行点化：“你们先去仙人山，接着，再去寻找宝刀与宝锄，我认为，你们要跑遍海南的九九八十一个主要景区，才能够找到宝刀与宝锄的。”神话博士受到启发，连声称：“谢谢，老神仙。”

他带着阿槟、阿榔、黎萍、九代穷等告辞了姜子牙、黄飞虎、黄妃。

在一个初夏的早上，九代穷他们踏上了去仙人山的路途。九代穷一边走，一边问人去仙人山的方向。一天傍晚，晚霞如火染红了眼前的路途，他想再往前走，但脚痛肚饿，确实走不动了。在慢慢走的途中，在不远的地方，他看到有一户人家饮烟缕缕。但是，他还在犹豫。神话博士着急了，说：“九代穷，去啊，这家人说不定很善良呢。”

九代穷看着神话博士说：“你怎么知道这家人善良呢。”

神话博士说：“别忘了，我是专门研究神话的学者，我还研究过你九代穷呢。”

再说九代穷壮着胆子走进此户人家去。一想找饭吃，二想借宿一夜。这户人家里笑声朗朗，里面正在请客吃饭，九代穷刚进去，就被赶了出来，还有一条狗汪汪地叫着。阿榔说：“这是狗仗人势。”

他用指头弹出一颗石子，正中那狗头，那狗受到了打击，赶快夹起尾巴跑了。神话博士纳闷了：“九代穷的故事里说他遇到了一个贵人，怎么会被赶出来了呢。”

神话博士回忆起来了，这不是那一户人家，那户人家里面养了一个如花似玉的女儿，这一家里养了几个穷凶极恶的男儿。

神话博士向九代穷表示歉意，于是，他们又去寻找第二家。果然，此户人家只有主人夫妇和一个如花似玉的女儿。神话博士被这少有的美丽姑娘惊呆了,九代穷更是相形见绌。黎萍生气地推了神话博士一下:“花心了吗?别人多大,你有多大,真是癞蛤蟆想吃天鹅肉。”

阿槟很敏感,听了这话说:“石博士,你就不怕黎萍导游吃醋。”

神话博士一笑了之,对九代穷说:“九代穷,根据传说故事,应该是这一家。”

九代穷犹犹豫豫不敢进去。正在这时,门开了,那家的男女主人出来了,神话博士、阿槟、阿榔站在后面,九代穷上前彬彬有礼地说明自己来此处目的。

男主人说:“既然你去神仙山咨询过的,你就在我这里歇一个晚上。你们几个是一起的,我有两间客房。”

女主人说:“你们还没有吃饭吧,到我家来吃点便饭便菜。”

他们十分同情九代穷,热情地招待了九代穷一行。到了晚上,阿槟、黎萍住一客房,阿榔、神话博士与九代穷住一客房。晚上,九代穷鼾声大起,神话博士被吵得睡不着觉,他去捏住九代穷的鼻子,没料到九代穷的口水喷到了他的脸上。

第二天早上,主人送九代穷一行出门,九代穷表示感谢,神话博士黎萍、阿榔、阿槟也以一一表示感谢。这家的男主人说:“我有一件大事,你也帮我问问仙人好吗?”

“什么事?”九代穷像比主人还要急。只见主人有点欲说还休的样子。然后,主人指指女儿说:“她今年都十八岁了,还不会说话,拜托你帮问仙人,为什么十八岁的姑娘还不讲话?”

九代穷是一个乐于为人的人,他满口答应了主人的要求。他们走在路上,神话博士忍不住说:“九代穷,你吃了餐好饭,睡了个好觉。”

九代穷说:“谁说我昨天晚上吃得舒服,也睡得舒服?我先开始睡着了,后来怎么也睡不着觉了。”

神话博士笑问:“怎么回事?”

九代穷说:“我估计那屋子里闹鬼,捏我的鼻子,我用口水将鬼喷跑了。刚睡着,鼾声不小,还有磨牙齿的声音,以为鬼没有走。天亮了才想起,屋子里还有你、阿榔一起睡觉。”

阿榔、阿槟一听,你看我,我看你,笑个不停,说:“九代穷,你怎么不喊我们来帮助你捉鬼呀。”

九代穷说:“真有鬼,我还敢喊吗?不喊还有命,喊了,就恐怕没有命了。”

再说九代穷一行从 18 岁的姑娘家里出来后,在主人的欢送下,踏着晨曦,又上了去仙人山的路途。为了排除路上的寂寞,九代穷请求神话博士讲爱情方面的故事。

神话博士说:“我们古人的爱情婚姻故事,情节简单,内容朴素,主题幸福。两个九代穷的爱情都是如此。我们今天的爱情婚姻复杂曲折,为什么缺少传统爱情观念的那种单纯与真诚呢。”

神话博士给大家谈了一个现代的九代穷的婚恋情感故事。

上世纪 70 年代,一辆辆解放牌的大卡车,满载着歌声、笑声,将我们一大群“老三届”的知青送到一家缝纫机厂里,我们住进砖瓦砌的平房里。身材高大的军代表指挥我们唱:《团结就是力量》,宣布新工人学习班开始。我每天带头读报,带头谈体会。一个月后,新工人上基建工地,一个个像笼子里放出来的鸟,唧唧喳喳。说笑归说笑,每个人都在图表现。我呢,劳动挺好。两个月结业，我获得好评。我感觉，我在工厂里的感觉与我在农村时变了一个样。我下放农村时，由于父亲一人工作，有7个弟妹，家庭困难。我没有棉被，用一床垫絮做棉被，而垫絮就没有了，穿的裤子，我不知道原来是什么颜色的布做的，上面的补丁太多了，特别自卑。

我们从新工人学习班结业了，我们一部分人分到分厂里。其中，我分到缝纫机台板厂。我的工种是刨工，一开始，还觉得很新鲜。后来看到每天这牛头刨往返单调运动，想到我可能要与这牛头刨相伴终身，就有点不情愿了。因此，我对办黑板报、墙报、合唱团里唱革命歌曲有兴趣。这一有兴趣，引起了厂领导的重视，他们说我是一个好苗子，懂得不埋头拉车，大会小会表扬。我成为入团的培养对象。可是政治审查，我父亲的成分不好。我流着眼泪，信誓旦旦，表示与家庭划清界限。不久，我加入共青团了，还被选为厂团总支宣传委员。我进厂后，想换个活法，虽然由于自己家里穷，每个月发的工资22元，我要交一部分给家里，经常连饭票都买不起。

有一天，黑瘦的车间主任老周恳切地对我说，锅炉房里缺少年轻人，你能不能够去干。我一听，马上答应了。我想：当时，锅炉工又脏又累，一般人都瞧不起，但是我是团干部，又是写了入党申请书的积极分子，是全厂青年的标兵，我不去谁去。在那个讲成分的年代，在那个以阶级斗争为纲的年代，我必须比别人干得多，干得好，才能够得到组织的重视与培养。锅炉房是个镀金的地方，我希望它成为我命运的跳板。还有，锅炉房里可以发反毛牛皮鞋，晚上吃夜宵可以不要饭菜票，热天，多发一点营养费。谁知，进了锅炉房，经历了我人生的三次情感风波。

当年，时兴支援农业大会战，我们总厂派了上千人到市郊的一个水利工地，光团员就有两百多人。总厂的党委副书记余明是工地党总支部书记。根据团员们的选举，余书记拍板了："石小林同志担任工地团总支部书记。"

我激动地当场表示："我要对得住团员青年们对我的信任，要对得住党组织对我的培养。"

工地上，我的干劲大于牛。可以说是眼睛一睁，忙到熄灯。大白天，工地上的喇叭，响亮地播着我们团总支部的宣言："团干应该以身作则，那里有困难，我们就出现在哪里。"

我们一人拖一部装满泥土的小斗车上坡，车上的铁钩子，往电动机带动的钢丝绳上一挂，一车车的泥土就运上去了。突然，前面一部车翻了，掌车的人躲开了。可是后面有一辆车子，还在往前移动，那个小个子，还掌着车把。眼看他就要与前面的车相撞，我从旁边冲上前去，一把推开他，我却被车子带着跑，想退出来，我又被钢丝拦住。关键时刻，我急中生智，往下一扑，就地一滚。这是我读书时候守球门的动作。我逃脱了，身上仅碰破了一点皮。工地上的大喇叭将我的壮举广播了几遍。一天，有人来对我说："快点，有几个青年准备在工地上打架。"

我赶快带着工地团总支成员上去做工作，给他们宣传法制观念，这场斗殴被制止了，我受到了工地党总支部的表扬。晚上，我们团干们在一起谈天，有人提议讲故事，当时，海南岛是广东的一个地区，我讲了广东流行的南海神话中的《九代穷》，想不到，大家听得很感兴趣。

几件小事情的发生，使我在民间文学上初露的才华，引起了一个女子羡慕的目光。她是工地团总支部委员、三厂的团支部书记林艳。她的皮肤黑黑的，眼睛很大，人不算漂亮，但是五官端正，尤其是眼睛会说话。我要喝水，她将茶杯送到我的手上。到了吃饭时间，她将饭菜给我端来。我们分别时，她要我留下了通讯地址，她也将自己的通讯地址留下。

一天，门卫给我一封信，撕开一看，是她的信。上面写着："石小林同志：你好！最高指示，要斗私批修……。"

那年月，写信也要注意政治。我给她回信："小林同志：你好！我们都是来自五湖四海……。"

在信里我们约好了见面的时间与地点。

我们在桥口公园见面，谈了一段时间。林艳说："你很勇敢，也很有能力，好好干，我相信组织上会提拔你的。"

我说："我一定要争取进步。"

林艳问我："我想与你的关系更进一步，就是说，成为你的女友，你愿意吗。"

我犹豫片刻说："我愿意，只是怕你瞧不上我，现在还没有想到这一步。"

林艳以讽刺的口吻说："是你瞧不上我，还是我瞧不上你。"

我马上解释说："不，我不是这个意思。"

林艳笑着说："那么，我们现在就是恋爱关系了。"

我说："如果你认为我们可以谈恋爱了，我们就是朋友了。"

林艳骄傲地说："我将我的家庭情况给你通报一下，我的父亲是一家大企业的人事处长，我的妈妈是区政府机关党员干部，我的姐姐在银行工作，我嘛，是分厂里的专职团支部书记。你谈谈吧。"

我吞吞吐吐地说："以后再谈行吗？"

林艳坚持："不行，我们谈朋友应该互相交底。"

我结结巴巴地说："我父亲原来是工厂里的一般干部，我妈妈没有工作，我是老大，有3个弟弟，4个妹妹。"

林艳尖声道："非洲的爸爸踢毽子，黑老子一跳。你有7个弟妹，你妈妈没有上班，你瞎说吧。是不是想考验我对你的感情，编些话来吓我。"

我恳切地说："我说的句句是真的。"

林艳叹气说："没想到，你比南海神话中的九代穷还要穷，我先走，有点急事要去办。"

我急切地问："我们是朋友了，下次到什么地方见面。"

林艳冷淡地回答说："电话联系。"

那个时候，没有手机，有事就打公用电话或者是单位的电话。我知道她住在厂单人宿舍里。那天晚上，我打电话到她的单位，没有人接；我写信去，没有回信，我还是不甘心。第二天晚上，我干脆搭公共汽车到林艳厂里去了，我来到一排单人宿舍前，打听林艳的住处，一黑衣少女问我："你找谁，你是谁。"

我说："我找林艳书记，我姓石。"

过了一会儿，有人出来说："对不起，她不在。"

有人在房间里笑，接着，几个人头从门里伸出来，长头发短头发都有。一双双眼睛瞄准我，像看街上的猴把戏的。我明白了一切,失望地转身走了。

一年后,我成为一轻局优秀团干,参加表彰会时,我遇到了她,她拉住我:“石小林,晚上陪我散步。”

我不去理睬她。她似乎想明白了什么,果然,她检讨:“我不该说你比九代穷还穷,我后来想明白了,只要我们个人争气,家庭就会幸福起来。”

我说:“过去的事情就让它过去吧,我对爱情婚姻没有兴趣了。”

我心想,哼,你嫌我家穷,你瞧不起我锅炉工,什么德性!我决不去攀你这个高枝。

我回到家里,将这个经历告诉了我的好邻居小黄、小汪。小黄说:“你真是傻呀!”

我说:“我不会撒谎。”

小黄说:“如果是我,那么我就说我爷爷给我留下一大笔遗产,哄她上我的床,她就跑不了哪。”

小汪说:“现在,有的女人不管贞洁不贞洁,上了床照样跑。”

我说:“那不是爱情,那样做不道德。”

小黄说:“现在哪有真的爱情,什么道德与不道德的。”

再说我从工地回到车间不久,当上团支部书记兼团总支宣传委员,我除了组织车间团员过组织生活,还在厂政工科、厂团总支的支持下,组织了一个厂足球队。一到休息日,我就带领足球队去赛球。一天,我们正在赛球。一个戴一副眼镜,人显得很秀气的女子来观战,她还主动地叫我的名字。我好奇地问:“你是哪个车间的?”

她说:“我是刚调到你们机修车间的描图员王小路。”

“哦,听说来了个会画画的姑娘就是你吧。”

王小路咯咯地笑道:“是我。”

我也笑了:“好,我们以后一起办专栏吧。”

那时候,我是工厂里的笔杆子,会写点顺口溜、打油诗,又有一手流利的粉笔字,毛笔字也过得去。小路会画画,我们正好配合。我们单独坐在车间办公室里,我用毛笔写批林批孔的文章,她用水粉画工农兵的形象。她的话真多,一会儿说:“石小林,你这样闷头闷脑的人,是怎样当上团支部书记的?”

一会儿又说:“你在《长江日报》上发表的散文我看了,你会写诗,会写文章,是不是你父亲教的。”

小路见我不做声,又找话说:“你是什么时候学会踢足球的?”

我欣赏她说话的声音,却始终不回答,她就用高跟鞋去踩我的脚。我被踩疼了,就说:“你怎么没有一点礼貌?”

小路眼镜片后一双圆溜的大眼睛盯着我:“我问你话,你为什么不搭腔?”

我一下不知说什么才好,便掏出一支烟放在嘴里。小路一把夺下我的烟:“吸烟有害,不准你抽。”

我听了,哭笑不得,心想,你是我的什么人,还不准我抽烟。她看懂了我的脸色,就小声说:

"我是担心对你身体不好,少抽一点吧。"

小路说完,还给我看她的照片,有彩色的,有黑白的,有1寸的,也有放大的。小路问:"我照得怎么样,给你一张做纪念怎么样。"

我瞟了一眼,也没有说照得好还是不好,我是第一次遇到女人要送我照片的事,我不晓得么样回答才好,也没有敢要她的照片。

那一段时间,只要我在班上,王小路就会像幽灵一样出现,或者一本正经地说:"书记,我想加入共青团,请你帮助我呀。"

或者是说:"石,我们什么时候出墙报?"

有一天,小路的脚刚迈进锅炉房里的大门,我正在锅炉的气包上烤馒头。她说:"噫,难怪好香,我的肚子真有点饿了。"

我将馒头递过小路,她秀气的小手将馒头掰了一半递过我,将另一半拿起来吃了一口。她说:"以后我每天买一个馒头,你一半我一半。"

奇怪,这温柔的声音,居然在我心里激起一股暖流。夏天到了,门前葡萄架上的葡萄熟得发亮。小路仰起秀气的脸对我娇声说:"葡萄熟了,你抱我去摘吧。"

我四下望了一眼,周围正有人望着我们这里。我搬来一个凳子,往地上"铛铛"一放:"你自己上去摘吧。"

王小路翘着嘴说:"你抱我摘。"

我装着没有听见,想抱又不敢抱。晚上,我回到家里,与邻居小汪、小黄谈心,谈来谈去,谈到了女人。嬉皮笑脸的小黄问我:"石,你有没有女朋友?"

我叹了口气:"家里穷,不好谈。"

小黄又说:"爱情是不怕穷的,南海神话九代穷说的是古时候的话,后来,九代穷不是一下发财了。喂,你有没有新目标呀?"

我提到了小路,他们听了,哈哈大笑:"她要你抱她摘葡萄,你的挑花运来了。不信,你明天邀请她去中山公园,她一定会去。"

我傻乎乎地说了一句:"她不去,就是没有戏了。"

小黄说:"她会去的,我有经验。"

我兴奋起来:"好,我去试一试,不过,我怎样开口呢?"

小黄出了一个主意:"你不是团支部书记吗,你就说要与她交心谈心吗!"

我回答:"这不是假公济私。"

他一笑:"假一回怕么事。"

我想,也只有这样了。第二天,一大早,小路拿着馒头来烤了,我故作严肃地说:"王小路,你不是想加入共青团么?我想做你的介绍人,与你找个地方谈心。"

小路笑眯眯地说:"现在锅炉房里没有人,就在这里谈吧。"

我使劲憋出了一句话:"这里不方便,还是中山公园里安静些。"

王小路有点惊奇："谈工作又不是谈恋爱，为什么要到公园里去。"

我一听，心里凉了半截，心想：完了，她对我没有这个意思。我为了给自己找个台阶，表现自己是出于公心，就板起脸说："小路，你不要以为我约你到公园里去不是谈工作。你经常到锅炉房来，影响了我们的生产，别人看见了也不好。"

小路说："今天是阴天，可能会下雨，遇到晴天，我陪你到公园去。"

我更不好下台了，她分明以为我是因为她不愿意去公园，闹情绪。我只有硬着头皮说："你不要再来烤馒头了，我不想让别人说闲话。"

小路一听，眼泪刷地往下掉。我一看，暗暗责怪自己的性子太急，但是一时又找不到合适的方法来安慰她，只好说："你哭什么，我又没有欺负你。"

谁知，她一下哭出了声，跑着离开了锅炉房。我望着她的背影，心里烦闷透了。不到一个小时，车间团支部委员小张忽然来到我的面前："石书记，你今天下班不要走了，今天下午 5 点，党支部的曾书记召集团员青年，要开你的批斗会。"

我一下呆住了："怎么？开我的批斗会。"

小张对我低声说："你今天干什么了，小路哭了。曾书记追问了小路，说你借公徇私，以发展团员为幌子，逼得人家女孩与你上公园。我想，你大概是什么得罪了这位书记，不然，他不会这么做的。"

我不相信地说："我没有么事得罪他呀？"

小张提醒我："你忘了，上次我们到河边去游泳，衣服放在堤防上，有几个小青年偷了我们的钱，其中就有曾书记的儿子。"

我想起来了。那一天，我们上岸后穿衣，小周急得哭起来："我买手表的 120 钱不见了。"

在当时，买一块上海的全钢 17 钻手表要花费 120 元，我们一个月的工资就是几十元，这可是几个月的工资呢。我便问岸上的人："请问看见谁来过了没有。"

有一个同事悄悄地告诉我："有几个小青年在你们的衣服旁边坐过，其中有你们车间曾书记的儿子。"

我犹豫了一下，看到小周伤心的样子，我顾不得后果，说："我们去找他们。"

我们几个人追了过去，将装得若无其事的几个小青年抓过来。曾书记的儿子认识我，可我一心想把小周的钱追回来。举起拳头一吓唬，他们老实招供，将埋在沙滩里的一个罐子挖了出来，里面装的就是一百多元钱。原来，他们心虚，怕我们搜身，将钱埋在沙里，想等我们走了后，再将钱取出来。唉，难怪这几天，曾书记见了我，铁青着脸，不理不睬的。

下午，车间里，车床、工作台旁边坐满了人。我一进门，就听见有人在耻笑我。曾书记示意我站在断脚的凳子上，站上去难免有点摇晃。我刚站稳，矮墩墩的他用青蛙一样的鼓眼睛盯着我："石，你好大的胆子，在光天化日之下，竟然以发展团员为手段，勾引女青年到公园里去，大白天你就把人家姑娘整哭了，要是晚上，你还得了。你以权谋私，你偷鸡摸狗，不够格当一个团员，不够格当党的助手。我宣布，取消你入党的积极分子资格，取消你团支部的书记资格。"

他越说越激动，一边说一边喷口水："根据我了解，你还在外厂想与人家干部子女谈恋爱，说自己就是九代穷。你真是九代穷吗？在新中国成立前，你爷爷是小资本家，你父亲当教员，穷什么？现在是共产党领导的社会主义国家了，还敢哭穷，简直反了天。"

有人幸灾乐祸地边听边笑。此时的我，头脑变得昏昏沉沉的，眼睛不敢抬，脚杆不住地抖动，我努力站稳，提防摔下来。曾书记好不容易讲完，又有人在一边喊口号："开除石小林，不容许石小林给共青团员的脸上抹黑。"

好在我平时人际关系还不错，有人在会场悄悄为我解释，批判会没有多的人发言了。最后，我不得不低头，做出痛心疾首的样子说："我非常痛苦地向大家检讨，向小路同志赔礼。"

几天后，我正在锅炉房里上班，小路出现在我的面前："石，我不晓得你会挨斗，我没有想到曾书记利用了我。我今天下午下班后在中山公园门前等你，我们谈谈心。"

我拿起铁锹说："还谈什么心！我没有兴趣了，刚站在台上挨斗，还有脸面去公园，你不怕跟我沾火星。"

小路说得干脆："我不怕，我想跟你好。"

我低下头去用铁锹铲了一锹煤说："你不怕我怕，以后莫找我了，我不是团支部书记了。"

说完，我打开锅炉门，将煤狠劲地撒进炉膛。

我不当团支部书记了，却还是厂理论组的成员、厂报编辑部的业余编辑。新上任的宣传干事伍平，是厂理论组负责人，又是厂报编辑部副主任。厂里每个文化活动她都要出面，她与我是同一届的，虽然说不上漂亮，但是她的皮肤白白的，看上去还是挺顺眼的。我们在一起，还谈得来。

我以前在车间黑板报上写粉笔字时，伍平总是站在我的身边，赞叹有声。我上班时，她总是隔三差五地来到锅炉房："石小林，九代穷。"

我生气了，说："谁是九代穷？"

伍平说："喜欢你，同你开玩笑，何必认真呢。"

伍平的这些神情，被我们锅炉房里的小高注意到了，他对我说："小伍看上你了。"

我说："你是我的师兄，莫拿我开心。"

以前的教训我不敢忘记，免得自作自受。快到春节了，我在锅炉前挥铁锹，伍平来到我的身边："我想邀请你到我家去玩。"

我答："我不想去。"

伍平说："理论组的人都去，你就去吧。"

我想了想，说："好吧。"

伍平高兴地笑道："初三上午，不见不散。"

初三这天，我到她家里去了。哇！去的人还不少呢。有厂团总支的，有厂理论组的，还有厂报编辑部的。我们一见面，就笑嘻地你打我，我打你。高干子弟小齐一见到我就嚷："电瓜来了。"

他总是说我的脑袋写文章转得快，是电子脑瓜。接着又说："整你的那个书记调到另一个厂去了，你的日子好过一些么。"

我不好回答。小伍显然知道这事情的真相，将话题岔开为我解围："现在我宣布，石小林，我的同事、战友加男朋友。"

没有料到她突然用这种方式来表达，大家鼓掌，这一下，我没有丝毫思想准备，弄得我很是难堪，一下子，脸发热，心里"咚咚"地跳，恨不得找个地缝钻进去。我在心里问自己：怎么会这样，这不是做梦吧。我什么时候成了她的男朋友呀。

小丽悄声问伍平："你的男朋友不是小邓吗？"

伍平说："那是过去的朋友，石是现在的朋友，少多嘴。"

我抬头看见，沙发车间的党支部副书记小邓的脸色红一块白一块，终于坐不住了。他站起来说："对不起，我家里有事，先走一步。"

小伍没有挽留，说了一声："好走，不送了。"

大家在她家里吃完饭，坐着谈了一会儿，先后回家了。我打算与大家一起走，可是她说："你不准走。"

过了一会儿，她将我介绍给她的父亲母亲，又将腿有点不方便的弟弟叫过来同我见面。最后，拉着我的手，来到头发斑白的老太太前："奶奶，这是我的朋友石小林。"

一番表白后，伍平望着我说："你陪我去看我的师傅。"

我骑上伍平的凤凰自行车，带上了她。我边骑车子边问她："你今天怎么这么做？"

她笑着说："我知道你在恋爱上吃过一些苦头，胆子变小了，所以我就主动出击了。"

我提醒她："我不想谈恋爱，家里目前太穷，再说，你是干部，我是锅炉工。"

伍平打断我的话："不要嫌穷，穷则思变；按能力，你应该是宣传干部，我当干部，是因为厂长是我父亲的朋友。"

我想起来了："有人说，你父亲是武汉一个大棉纺厂的厂长。"

伍平有点得意："对，他们厂里有六七千人。"

我没应声，她安慰我："厂长看过你在报纸上发表的文章，说你很有潜力，将来是当记者、作家的料子。"

老实说，我羡慕小伍的聪明，又喜欢她的位置，几次恋爱不成功，我希望有个爱的港湾让我歇息。没有料到，我这次受的打击更大。

从小伍家里出来不到两天的一个下午，漂亮的广播员小丽风风火火地赶到锅炉房，将我拉到一边，上气不接下气的说："现在前面的科室闹哄了。"

我问："什么事？"

"那个姓伍的把你出卖了，在小邓面前哭啼，硬说是你勾引她。现在全厂的一些人都在议论，说你是癞蛤蟆想吃天鹅肉。她原来的那个朋友小邓，从车间调到厂组织科当科长，又是机关党支部书记，他将小伍的入党申请书卡住了。小伍后悔了，"

我听了，表面上装得不在乎，心里却是一肚子火。我想，这回可是黄泥巴掉进裤裆里，不是屎也是屎。

那些天，我不敢到食堂里去吃饭，一去，就有人指着我的后背叽叽嘎嘎。足球队的伙伴们有的在我面前"当当"地敲着碗，有的拍着我的肩膀说："你是刷子掉了毛——光板眼。"

有的取笑："闷头鸡子啄白米，啄了一个大钉子。"

后来，听说小邓没有接受小伍的妥协，小伍的脸面无精打采，像放陈了的柿子，她站在我面前："石小林，你这段时间为什么不去参加理论组学习。"

我说："我是自不量力的混蛋，不够资格去学习。"

伍平望着我："我想找你谈一下，请你原谅我。"

我回答："我是异想天开的癞蛤蟆，没有什么跟你谈的。"

熊师傅想替我打抱不平，但是，他的话颠三倒四："伍平，你老鼠爬秤杆，自秤自，你还有脸来？"

伍平呜呜哭起来。熊师傅说："不要影响我们上班，要哭回家哭去。"

伍平捂着脸，像受到惊吓的猫一样溜走了。那年，毛主席逝世，我的一首30行悼念人民领袖的诗，在《长江日报》上发表了，引起全厂的轰动。小伍在厂大门口碰到我，对我说："祝贺你，诗人，我也喜欢诗歌，你能不能够给我谈谈你写诗的体会。"

我很冷淡地说："没有时间谈。"

伍平伤感地走开了。我望着她的背影，又厌恶她还同情她也理解她。在特殊年代，政治比婚姻更重要，遇到我，也不例外。

九代穷听了神话博士讲的故事，认为，自己比起神话博士来说，虽然，经历了很多艰辛，但是，最终结果，还是要顺利一些。九代穷走着，他发现阿椰、阿槟、神话博士都没有影子了，他喊了几声，也没有人应。后来，他想通了：阿椰、阿槟是仙人，能够腾云驾雾。至于神话博士，又有神奇的魔衣，不必像他这样跋山涉水，不知要走了多少天的路程，才见到了一户人家。

九代穷刚到，果然，阿椰、阿槟、神话博士、黎萍已经在路旁等候了。此户人家的屋前屋后，桃花盛开，好不美丽。但九代穷却无心欣赏这美丽的景色，肚子闹哄哄的，饿得十分难受。他又想进这户人家去充饥借宿，大步地向这家门前走过去，阿椰拦住他："这次我们一起进去。"

这家主人打量了九代穷与神话博士一行片刻，发现，九代穷那一副善良之相，神话博士一副憨厚相，其他几个，也不像是歹徒，就打消了疑虑。当主人得知九代穷的去向时，便热情招待九代穷等吃饭与住宿。又对九代穷说："我有一棵桃树，已有上千年了，但从来都不开花。你帮我问问仙人，千年桃树不开花是什么原因？"

九代穷乐意地答应了。九代穷如同唐僧去西天取经一样，又踏上了去仙人山的路途。又不知走了多少天，神话博士、阿椰、阿槟、黎萍等隐身陪同九代穷又走进了一户人家里。这户人家知道九代穷的去向时，就对九代穷说："我屋前池塘里有一条大鲤鱼，养了一千年了。都说养一千年的鲤会变成龙的，但一天一天过去了，也不见它变成龙。你帮我问问仙人，为什么千年鲤鱼不成龙？"

九代穷又爽快地答应了，他说："我们还没有吃饭，能够接待我们吗。"

养大鲤鱼的这户人家热情地摆起宴席，盛情款待。晚上，还安排他们歇息。阿椰说：“我们沾了你九代穷的光，免费食宿。”

天公不负有心人，九代穷经过千山万水，终于上了仙人山，来到了仙人的面前。只见九代穷跪拜下来，把一路上的事和自己的事都一一说给仙人听了。并恳求说：“我要问五件大事：一是十八岁姑娘不讲话，二是千年桃树不开花，三是千年鲤鱼不成龙，第四件就是我自己要问的，为什么我辈九代都穷？五是宝刀、宝锄在什么地方？”

仙人为难地对九代穷说：“只准问四件事，多一件就不灵验了。”

此时的九代穷左右为难。心里在想，我要问的是四件事，不问哪一件好呢？想来想去，件件都重要。但当他想起一路上得到各位主人的帮助时，他突然作出了令人感动的决定：“我自己的不问了，就问其他四件。”

于是九代穷对仙人说：“一请问仙人，为什么十八岁的姑娘不说话？”

仙人答：“你见到宝刀宝锄后，18 岁的姑娘就会说话了。”

九代穷：“二请问仙人，宝刀与宝锄在什么地方？”

仙人答：“另外还有一个九代穷，他知道在哪里？”

九代穷：“三请问仙人，为什么千年桃树不开花？”

仙人答：“原因是桃树根下有一块金砖，阻止桃树营养的吸收，把金砖取出来，桃树就开花了。”

九代穷：“四请问仙人，为什么千年鲤鱼不成龙？”

仙人答：“原因是鲤鱼嘴里含有一颗珍珠，把珍珠取出来，鲤鱼就会变成龙了。”

九代穷转身走出仙人的大门，仙人看到九代穷那挺拔的背影，微笑地点了点头。九代穷出来了，神话博士、阿椰、阿槟、黎萍与他见面，黎萍问：“仙人怎么说的？”

九代穷将仙人告诉他的话说了一遍。他们沿着来时的路，往回家的路上走。当九代穷走到千年鲤鱼不成龙的家时，高兴地把仙人的话给主人说了。主人感慨万千，迫不及待地走到池塘里，把鲤鱼抓起来，打开鲤鱼的嘴，果然含有一颗闪光的大珍珠，价值连城。主人为了答谢，送了一笔钱给九代穷。

当九代穷来到千年桃树不开花的这一家时，将仙人的话转告给主人。主人将信将疑，经过挖掘，果然发现桃树下有金砖，便兴奋地将金砖挖了出来。为答谢九代穷，又送了一大笔钱给他。

当九代穷来到十八岁姑娘不说话这一家的家门前时，十八姑娘早在门前等候多时了。九代穷一进入屋里便把仙人的话给主人说：“仙人说，你的姑娘要等我见到宝刀与宝锄时就会说话。”

主人一听，说：“好吧，九代穷，你将宝刀、宝锄找到后，我女儿如果能够说话了，我们就招你为上门女婿，这房子与家产，我们死后都留给你。”

九代穷开始吹起来，对神话博士、阿椰说：“怎么样，我现在不穷了，当然，我的任务没有完成，我的媳妇——18 岁的姑娘还没有说话，我必须与你们去找宝刀与宝锄。听仙人说，这宝刀与宝锄在另一个九代穷那里。”

阿槟说：“你不就是九代穷吗，宝刀、宝锄难道在你这里吗。”

九代穷说："不在我这个九代穷身上，在另外一个九代穷身上，也就是说：有两个九代穷。"

阿槟说："我听明白了。"

她带着神话博士他们几个马上向另一个九代穷的地方走去。黎萍开始讲这个"九代穷"的故事，阿槟拿出了宝镜，神话博士等人打开魔衣、魔幻背心上的幻觉开关。

——乞丐九代穷来到一个大村镇。天黑了，他看村头山脚下有一座旧屋没人住，进屋就睡在一堆草垛里。那天夜里，正巧，镇上贺员外的黄花闺女贺珍珍，因为抵抗指婚，背着银器，趁夜私奔外逃，刚好也逃到这破屋里躲藏。贺珍珍逃到这里，是因为事先和镇上一个小伙有密约。贺珍珍刚来到这稻草垛旁，忽闻镇上传来一阵狗叫。她心想："必定是她父亲派来追她的人。"

她心里怦怦地跳，又因为天黑，慌里慌张的对草垛里的人喊道："快，快逃！"

她边喊边伸手，把稻草堆中躺的九代穷拉起，往村外逃。九代穷一时蒙头蒙脑，不知发生了什么事，像疯癫的鸭子一样，跟着贺珍珍向北村逃去。九代穷与贺珍珍向村外奔逃了一段路，来到了村北面的迎仙亭，他们扭头看背后路上，没有什么动静，才敢在亭内休息。这时，贺珍珍气愤地对九代穷说："我父亲给我指婚的那个男人，年纪大我三十岁不说，我还是做他的第五房。嫁给这个老不死的，倒不如嫁给乞丐！"

贺珍珍边说边将她的头靠在九代穷的胸脯上，九代穷像是触电一般，从睡梦中惊醒。他问："怎么，你嫁给我这个穷乞丐？这是要受苦啊！俗话说：嫁鸡随鸡飞，嫁狗随狗跑，嫁乞丐呀，你就得背嘎吱篓呵！"

贺珍珍一听口音，她这才发觉，眼前不是她原来相约的男人！她借着月光，睁大眼睛，看清了九代穷的眼脸，心里震惊，问道："你是谁？"

九代穷照实答："九代穷。"

贺珍珍一听到"九代穷"三字，知道是认错人了，如同一声霹雳，她面如土色，向后退离三尺。羞涩、悔恨，百感交集，哗的一声，晕倒在地。

天麻麻亮，贺珍珍才从昏迷中苏醒。她睁眼看着面前是一座凉亭，和她对坐着的又是一个陌生的乞丐，突然，举起双手，掩着秀脸大哭起来。九代穷看贺珍珍哭得惨不忍睹，便说："嗨，你到底要怎样？要嫁我，就跟我走！要外逃，我奉陪。想到哪里去，我送你到哪里去。"

说话间，两个过路行人向迎仙亭走来。贺珍珍和九代穷立即躲入亭子后面。两个人边走边说。高个说："你知道吗，昨晚，镇上贺员外的女儿贺珍珍出走了！"

矮个说："贺家出动数十人寻找了一个晚上，听说，今天他还要叫更多的人去寻找呢。据说，娶亲的人今天就要到了！"

高个又说："这贺员外是个贪财鬼，见了钱，就把自己亲生闺女往那墓窟里送！"

两人过后，镇上传来一阵"汪汪"的狗吠声。贺珍珍猜想，她父亲又派人来找她了。她一时惊慌失措，连银器也未背，冲出亭外，就匆匆往亭下奔跑。忽然脚一滑，贺珍珍骨碌碌一直滚到了溪边。

九代穷看贺珍珍惊慌地逃了，连忙把她的银器拾起，也跟着她跑，追到她身边说："你的好东西跑丢了,还给你!”

贺珍珍好像没听见似的,一言不发,站在溪边,好像想渡溪到对岸。因为水深,她欲进且退,举步维艰地徘徊着。这时,镇里的狗叫声越来越近,她两眼盯着溪流,进也不是,退也不是。九代穷看贺珍珍像关在笼子里的兔子一样束手无策,便走上前,说:“别慌嘛,要过溪,我背你!”

九代穷背着贺珍珍涉水过了溪,刚爬上对岸的树丛中坐定,溪边贺家寻找贺珍珍的人马,赶到了那迎仙亭。这些人在亭子旁边,指手画脚,喧哗一阵,沿着小路,向北追去。贺珍珍看着那一大群人来寻找她,吓得全身发抖,脸色发青,呆呆地站着,像是个木头人。过了一会儿,九代穷看四野平静了,说:“我要走了,你怎么办呢?”

贺珍珍听了叫声,这时,她才看清九代穷的脸面,眉目清秀,身体壮实,身上的衣服破烂不堪,但且干净。虽然,他讨饭为生,但是,凭刚才的一举一动,尤其是归还银器的行为,说明其个性幽默,善良聪明,品格端正,为人真诚。于是,她心里想:我逃出了贺家,眼下却无家可归?面前这个人固然穷,却比我原来的相好勇敢、诚实。想到这里,贺珍珍大胆的说:“九代穷,我要跟你过日子。”

九代穷说:“你别跟我开玩笑了,你是高贵人,我是穷人,我不是去好玩的,而是去要饭的!”

贺珍珍说:“你要饭,我也陪你去要饭。”

九代穷说:“说话当真?”

贺珍珍说:“当然是真的,你不是说嫁鸡随鸡飞,嫁狗随狗跑吗?”

九代穷说:“哎呀,你真傻,你嫁给我这穷乞丐,是要背嘎吱篓啊!”

贺珍珍说:“我愿意背。”

就这样,两人结下姻缘,成了夫妻。过了几天,九代穷打定主意,领着贺珍珍来到母舅家,理直气壮地向他借房住。母舅指着他的青瓦高屋,说:“我这里是新屋。你要没地方住就到我那旧屋去住吧!”

九代穷就这么搬进了母舅以前四处露风的旧屋,万万没有想到,这旧屋竟藏着宝!夜里,睡梦中,他听见土地公说:“九代穷,你受了不少苦,还是这样善良,我告诉你一个秘密,这房子左侧间地下藏着一棺材的银子呢,我为你看守很久了!现在你就用这些银子,在这旧住宅地上建座新屋吧!”

九代穷梦中惊醒了。第二天,他拿来锄头向地下一掘,真的掘出了一棺材银子。梦里都不敢相信的好运竟然真的来了,高兴过后,他细想:“这旧屋是母舅的,我怎能在这旧址上建屋?”

九代穷于是向母舅商量这事。母舅取笑他,说:“笑话,你穷得叮当响,哪来的钱建房子?如果你有钱!就当着面取十两银子来看看,我那旧屋不要钱,连地皮都给你!”

九代穷问:“你不反悔?”

母舅说:“决不反悔。”

九代穷当场取出十两银子。母舅看了九代穷手中的银子,大吃一惊,但是说了已不能反悔!于是,九代穷就用那得来的银子,雇人拆了这座旧屋,建起了新房,取名“迎富堂”

九代穷居然一夜变富，还建了新房！这事不能不使母舅悔恨和嫉妒。于是，一天晚上，母舅取了炸药炸房，轰隆一声，奇怪，九代穷的新房未倒，却是他自己的房子倒了，那是因为将后山震崩，将自己的房子压倒了！

没有不透风的墙，当年虽然没报纸电视这些现代传媒人的口头向四面八方传递惊人消息的速度，是不亚于60米短跑。贺员外闻讯大为震惊，他连夜骑马赶来观看。贺员外看到了被山崩倒的房屋，看到了平地而起的“迎富堂”，还看到失踪的亲生女儿贺珍珍，高兴无比。他流着眼泪，摸着胡须，说：“哼，富不会万年，穷也不过九代呵！”

神话博士、阿榔、阿槟、黎萍、九代穷找到第二个九代穷的家里，黎萍说：“你们两个九代穷，原来一个瘦一点，就叫瘦九代穷，后来一个胖一点，就叫胖九代穷吧。”

两个九代穷一胖一瘦站在一起，很滑稽的样子。他们穿的衣服虽然干净，上面尽是补丁。黎萍建议：“你们现在发财了，为什么不换新衣服呀。”

两个九代穷异口同声说：“穿旧衣服习惯了，再说，我们也不愿意好了伤疤忘了痛。”

黎萍问：“胖九代穷，你看见了宝刀与宝锄没有？”

胖九代穷说：“什么宝刀、宝锄，我不知道呀。”

分明是胖九代穷不愿意离开新住宅和漂亮老婆，到处奔波。瘦九代穷说：“我们都是同行，，希望同行不要成为冤家，你发了财，也有老婆睡觉了。我呢，虽然赚了一点钱，还没有将老婆娶到手，必须见到宝刀与宝锄，老婆问题才能够解决。”

胖九代穷知道瞒不过去，就说：“海滩上的仙人掌告诉我的，听说在一个通往大海的山洞里。”

阿榔问：“胖九代穷，你知道是哪个山洞吗？”

胖九代穷说：“我去过一次，但是，我忘记了具体位置，我陪你们去找仙人掌。”

黎萍与石博士带领大家回到了2010年的国际旅游岛，他们在海滩散步，他们看见了1米高，茎呈椭圆形，稍扁平，肉质，有刺，像手掌的植物，这就是仙人掌。

胖九代穷问：“敢问仙人掌，宝刀与宝锄在哪里，这是定海用的宝贝，我们想找回来。”

二十一、仙人神掌

仙人掌只说："海边洞里。"

黎萍问神话博士："你们知道仙人掌的神话传说吗？"

神话博士说："听人说过，不是太完整。"

黎萍说："这是南海神话中的一个很有人情味的神话，表现了爱情的回归与忏悔。"

传说很久很久以前，在如今三亚境内的牙龙湾一带，海边没有柔和的沙滩，紧靠海面的是高山峻岭和悬崖峭壁。在邻近海边的高山上，住着几十户黎族人家。这里的姑娘，皮肤白净，眼睛晶亮，容貌如花似玉，身段婀娜多姿，个个美似天仙。其中有一位叫吉利的姑娘，皮肤亮得耀眼，眼睛好似星星，向她表示爱情的小伙子，不下几十个，可她偏偏只爱穷苦渔民阿祥。

另外六个女子也有自己的恋人，阿炳、阿凡、阿全、阿泉、阿权、阿根。七位男子是黎族青年，他们进五指山去打猎，而七个女子则在家里种田。七个女子一天去泡温泉，内地来了七个做生意的汉人，路过温泉，以为是碰见了七仙女。就擅自拿了她们的衣物。七个黎族青年已经与这七个女子私订婚约，这七个女子保持对爱情的忠贞，她们坚决不答应七个汉人的求爱。

七个汉人中有一个叫阿春的，一表人才，嘴巴特别能够说。他说："你们如果结婚了，我们无话可说。你们只是口头订了婚约，谁肯相信。如果，你们不答应，我们坚决不还衣服你们。"

到了黄昏，这七个汉族商人还是赖着不走。七个女子里有个叫吉利的十分聪明，她害怕七个黎族男子来了产生误会，影响民族团结。于是，他对这几个汉族男子讲："我们可以答应你们的追求。但是，你们必须到内地去请你们的父母来与我们见面，但有一个条件必须落实，七个人的父母得全来，少一个也不行。"

汉族青年听了觉得有一定道理，就起身将衣服还给了七个黎族女子。他们回家去找父母了。再说这七个青年回到内地去，谈到他们要与天涯海角的女子结婚。说什么，他们的父母都不答应。七个人的父母没有一个人愿意让儿子来天涯海角。这次的矛盾让吉利解决了，但是，新的矛盾又出现了。

一日，十几个仙女下凡，到这里的海中洗澡，忽见吉利和她的女伴走来。她们惊叹人间竟有如此美丽的女子。在自叹不如的哀怨声中，她们一个个向海洋深处游去，不敢和近在咫尺的吉利她们媲美。当然，从此以后，仙女们再也不来这里沐浴了。

仙女们回到天宫，把在人间看见美女的事，告诉她们的哥哥。没有想到，说者无意，听者有心。七位英俊潇洒的仙子，听仙女们说凡间竟有赛似天仙的女子，居然动了凡心。他们并排踩着云朵，来到海边，等了一天一夜。终于，看见吉利和她的女伴，背着腰篓朝海边走来。非凡的美丽，特殊的魅力，使七位仙子的热血奔涌，眼睛发直。他们忽略了文雅，忽视了礼节，一人朝一位姑娘吹了口气，七位姑娘脚底像踩了风似的，随他们朝深山老林跑去。其中，跑在前面的是吉利。

这当儿，阿祥和他的伙伴们出海捕鱼回来，正好看见吉利带领六个女子跟着七个男子往深山里跑，又羞又气又急。他们跳下船拔腿就追，可跑断了腿子，就是追不上。他们气得像炸雷一样喊叫，可他们没有得到一点回音。他们感叹："丢人啊，丢人，女人的心好比天上的云，说变就变。早上，他们出海时还亲亲热热的，怎么傍晚回来，她们就跟别的男人私奔了呢。"

吉利和她的六个女伴被风吹动伴随七位仙子来到深山。七位仙子不走了，恢复了理智与礼貌，开始彬彬有礼地向七位姑娘求爱。七位姑娘生气地说："你们不问青红皂白，施展法术让我们跟着你们跑。你们不知道好女不嫁二夫，我们都有未婚夫了，不能接受你们的求爱。"

七位仙子这才想起婚姻是月下老人主管的，不能强求。他们无不遗憾地瞥了姑娘们一眼，然后朝她们吹了口气，见姑娘们安全地回到家门口，七位仙子便飘然回到了天宫。

谁知吉利她们回到家中，看到她们的未婚夫都白了头，感到非常奇怪。她们向未婚夫细说了她们所遇到的事，并提出立即和未婚夫完婚。但是，她们的未婚夫，没有一个愿意娶她们。原因是他们怀疑，她们已经不是黄花闺女了。

七位姑娘的未婚夫冷淡她们；七位姑娘的父母咒骂她们；七位姑娘的兄弟姐妹讽刺她们；村里的父老乡亲都躲避她们。七位姑娘跪在大海边，求大海作证，她们是清白的，大海像哑巴一样无语无语；七位姑娘跪拜苍天，求苍天作证，她们是干净的，苍天像没有听见一样无声无息。

七位姑娘觉得没有退路了，悲愤地走进海里，她们要以死证实自己的清白。这时，天神感动了，山呼海啸，雷声翻滚，大雨倾盆，在呼呼的狂风和轰轰的雷声中，高山峻岭和悬崖峭壁不断地往后退，整个海边出现了一个月牙形的湾口，紧挨湾口出现了一条平缓延伸的、长达七公里的沙滩，其沙白如雪，软如棉，细如面。湾内的海水湛蓝如玉，能见度达十米之深。

外面的变化，七位姑娘的亲人们在屋子里没有一点感觉，其实，他们的屋子，也随着高山峻岭和悬崖峭壁往后退出，高山峻岭和悬崖峭壁不退了，他们的屋子也不退了。

七位姑娘跑到海里时，她们的未婚夫正在后山上砍柴。一道闪电在他们的眼前掠过，滚滚雷声，在他们的头顶炸开。阿祥对天大喊："我得罪了谁呀，雷为什么想劈死我们呀，这到底是怎么回事呀？"

阿祥刚喊完毕，闪电映照天空中一位美丽的姑娘，这位姑娘发话了："你们应该受到谴责，吉利她们是贞洁的，你们却怀疑她们的行为不洁，她们受不了这种侮辱，投海自杀了。"

吉利几个女子，她们明亮的眼睛融在海水里，使海水变得更加清澈；她们洁白的身体被海水冲到岸边，高山峻岭自叹不如立即让路。由于天神的点化，她们的身体变成了洁白的沙滩。

风停了，雨止了。阿祥他们疯了一般拼命朝海边跑去，果然，一大片洁白如玉的沙滩出现在他们眼前。再看那海水，的确比以前清澈。他们像打瘫的狗一样倒在沙滩上，痛哭不已，他们痛悔无端的猜疑，既害了未婚妻，也害了自己。

海湾的旁侧，层峦叠嶂的山峰和蓝天相连。阿祥他们真诚的忏悔，感动了天帝，命手下打开天门。顿时，霞光万丈，海鸥盘旋，彩蝶飞舞，吉利等七位女子款款从天门走出，踏上山顶。阿祥他们喜出望外，奔跑着冲上山顶，七位女子悠悠地踩上云端。她们说："我们的灵魂没有死，上天将我们的凡眼和海水融为一体，把我们的肉体点化成了沙滩，而我们的灵魂升入了天堂。我们七个都变成了仙女。我们的姻缘已尽，你们以后再娶其他女子吧。"

七位女子还说，这海湾属南海龙王第五个儿子牙龙管辖，这海湾应叫牙龙湾。

由于对未婚妻的怀念，阿祥他们七人很晚都没有成亲。七位男子聪明勇敢，勤劳善良。他们曾经因为杀过一头野猪受到吉利的谴责，从此不再杀生，既不捕捞海中的生灵来吃，也不猎取山中的动物来食。他们勤勤恳恳，靠种地为生。那年，天干地旱，田地开裂，庄稼颗粒无收，父老乡亲已饿得只剩皮包骨。阿祥他们非常焦急，怎么办呢？商量来商量去，决定上山摘野菜、野果，以帮助父老乡亲渡过难关。天刚亮，他们就拿着工具，背起腰篓出发了。走啊走，走遍了大山丛林，也没有找到多少野菜和野果，他们早已饿得肚子咕咕响，大腿发软了。然而，他们不甘心就此罢休，他们惦记着挨饿的父老乡亲们，他们一定要找到更多的野菜野果和山茨，以挽救在死亡线上挣扎的父老乡亲们的生命。他们忍着饥饿，咬紧牙关，坚定地继续往前走。他们七人同时昏倒了……

忽然，一阵银铃般的笑声把他们从昏迷状态中惊醒，他们猛地坐了起来，天呐！这是怎么回事？他们躺在人家的屋子里面了。一位胡须拖地的老公公端着一碗粥在问阿祥："吃饱了嘛？"

其他六个青年，每人身边站着一位美女，端着一碗粥问他们："吃饱了嘛？"

阿祥他们点了点头，感到很饱，但是什么时候吃的，他们不知道。老公公仿佛看出了他们的心思，便说，你们昏倒在我们这座山上了，我们出去采药看见了，把你们背了回来，然后煮粥喂你们吃，你们肯定是太累太饿了，尽管你们睡得很香，但是当我们把粥喂到你们嘴里的时候，你们却咕咚咕咚地咽了下去。

听了老公公的叙述，阿祥他们非常感动，齐整整的跪在老公公面前，叩谢救命之恩，并把家中受旱，进山采野菜野果的事说给了老公公听。老公公停后笑了笑说："你们知道悔恨，懂得不杀生，依靠勤劳和汗水种地为生，你们会得到好报的。"

接着，老公公叫那六位美女站在他们面前来，然后对阿祥他们说，这六位姑娘是我的女儿，她们会帮助你们渡过难关的。接着，老公公取下阿祥身上的腰篓，并叫其他六人把他们腰篓给了他的女儿们。

阿祥他们不知道老公公葫芦里面卖的什么药，瞪大眼睛望着他和他的女儿们。这时他们才发现老公公和他的女儿们穿的都是树叶。再看这屋子又都是竹子做的。他们感到非常奇怪，不由得仔细打量这屋子里面的一切。

老公公和他的女儿们出去了，他们都不知道。一会儿，老公公与他的六个女儿进来了，他们递给阿祥满满一腰篓的稻子说："这是山兰稻种，你带着这稻种走遍所有的黎寨，把这些种子分给他们，让所有的黎族同胞都有饭吃。"

老公公还告诉阿祥："这种稻耐旱，不需用牛力，以铲凿土而播种，地里山里随处可以播种，无需灌溉，无需肥料，年年有收，岁岁有余。"

老公公话音刚落，他的六个女儿，将六个腰篓的山兰稻种给了阿祥的六位兄弟。老公公说："带回去吧，这些山兰稻会帮助你们的父老乡亲渡过难关的。"

突然一阵香风飘来，阿祥他们飘飘欲仙。这时，映入阿祥他们眼帘的是五彩缤纷的天空。美丽的乐曲声，在天空中响起，在山谷中回荡。一位鹤发童颜老人坐在一簇玫瑰色的车上，手拿六根红绸带，满脸笑容地从天上飘下……

只见他一挥手，六根红绸带同时系在老公公的六个女儿和阿祥的六个兄弟的脚上。伴着美妙的音乐，从遥远的天边飘来一种声音："你们六对，前生有缘，今生必定相配，好好过日子吧，为你们的种族繁衍后代。"

阿祥他们仿佛在做梦，等他们醒来的时候，眼前哪有什么竹屋子?他们分明在自己家里，乡亲们正在用山兰稻做饭呢。六位姑娘是山神的女儿，他们分别和六位男子结婚，恩恩爱爱，过着甜蜜的日子。阿祥告别了六兄弟，告别了父老乡亲。

阿祥跑到牙龙湾边边抚摸沙滩边说："再见了，可爱的沙滩，我要去给黎族同胞送稻种了，送完稻种后，我一会回来陪伴你们。"

阿祥背着一腰篓的山兰稻种，恋恋不舍地告别了沙滩，翻山越岭，走村过寨，为黎族同胞送山兰稻种，并告诉他们这种稻不怕干旱，不需牛力，烧山种下就行，省时省工省力，是山神老人给黎族同胞的恩赐。从此，黎族同胞再也不为天干地旱发愁了，他们刀耕火种，辛勤劳动，过着幸福的生活。

阿祥发放完山兰稻种，又回到了牙龙湾，他白天在地里劳动，晚上仍回到沙滩休息。那夜，涛声依旧，皓月当空，他双膝跪在沙滩上，双手深情地，缓缓地抚摸沙滩，抚摸了整整一个夜晚。太阳出来了，碧绿的海水里滚动着金色的光波。阿祥仰望苍天，虔诚地说："老天啊老天，我求求你，你若有眼，就让我变成一样东西，永远留在沙滩上，永远抚摸由我心上人凡体变成的沙滩，我要像阳光和海水那样和沙滩融为一体，永不分离。"

忽然，万道霞光照亮海滩，一位身穿绿衣，脚穿绿鞋，手拿绿扇的美女从霞光中飘然而至，来到阿祥身边。这时，百鸟争鸣，百树点头，百草起舞，百花开放。因为，来到人间的是百花仙子。百花仙子问阿祥："你真的愿意永远留在这里？"

阿祥说："是的。"

百花仙子又问："为什么？"

阿祥说："仙姑，求你帮帮我吧，最好把我变成对人类有用的植物。一把草，一棵树，一株花都行，只要不离开这沙滩。我伤害了我的未婚妻，我这一辈子对不起她，我要永远陪伴由她肉体变成的沙滩。”

百花仙子见阿祥如此诚心，非常感动。她说：“那好，我就帮帮你。你闭上眼睛，举起双手。”

阿祥立即闭上眼睛，举起了双手。百花仙子用她那把绿扇在阿祥眼前扇了三下，阿祥立即变成了一株约一米高、茎呈椭圆形、稍扁平、肉质、有刺、像手掌的植物。从此，这种植物就叫仙人掌。仙人掌在海南沿海的沙滩上生根、开花、结果。仙人掌的花为黄色，果由青色转为浅黄，由浅黄转为紫色，肉为玫瑰色。其果清甜可口，补脾健胃，清凉解毒，防癌抗癌。吃过仙人果，其果汁沾在嘴唇上，像涂了口红，很是美丽。人们说，由阿祥变成的仙人掌结出这么好的果子，是阿祥真诚悔过的表示，也是阿祥着意打扮女人的一片诚心。

黎萍讲的故事感动了神话博士，阿祥因为对于未婚妻的错误理解造成了未婚妻的自杀，深感内疚。神话博士也为自己对于癌症患者小翠的误解而内疚。神话博士说：

——那时候，我在锅炉房当工人，迷恋文学与摄影，每月要从几十元的工资中挤出部分钱买书、买照相器材，成天穿一套洗白了的工作服，一年四季脚上穿一双劳保反毛皮鞋。穷困写在脸上，身上实在窝囊。

到了30岁，没谈上女朋友。我还很在乎女人的相貌，相貌差的女人我看不中，漂亮的女人又看不上我。我师傅给我介绍外厂一个叫容的女工，人长相合乎我的标准。我们每次见面，容就说：“你怎么老穿帆布工作服。”

意思有两层：一是脏，二是丑。

我感觉真掉底子。有一次我跟李容到公园，我买门票、买饮料、买点心，到了吃饭的时候，手中的钱只够买一碗热干面。

李容说：“是你吃，还是我吃？”

我说：“你吃，我不饿。”

就这一回，李容与我吹了。车间的张胖子把这当做笑柄，取笑我：“叫花子吃狗肉，穷开荤。”

我不理睬他，以未来的知识分子自慰，不与他一般见识。厂里的女广播员小翠听见了，一张小嘴替我打抱不平：“别专门取笑别人。”

张胖子是个大龄青年，听了小翠的话，不再做声了。我在厂里也算个秀才，小翠常下车间来取我写的稿件。她，瓜子脸，杏仁眼睛，苗条身材，是我厂最亮的美人。车间小伙子的眼睛都围着她转，探照灯似的。张胖子喜欢她，找她说话：“你为什么总来找穷秀才约稿。”

她对张胖子不冷不热，说：“你也可以给广播站写稿呀，我要看看你的水平。”

说得张胖子直打哈哈。

翠性格随和，大伙爱与她开玩笑。一天，有人喊：“翠，你敢不敢与穷秀才同坐一个方凳？”

小伙子们都在呼应，唯独我不敢做声。她满面春风地向我走来。紧挨着我在一个板凳上坐下。板凳太小，她一坐，我一紧张，摔个四脚朝天，乐得大家哄堂大笑。

我爬起来重新坐上去，小翠用手故意楼住我的腰。张胖子喊：“准备照相。”

弄得我脸发烧，连忙站起身来说：“我不坐，你坐。”

又是一阵哄堂大笑。

她也站起来对我说："我想找你借书看。"

以后，她常来找我借书，什么《红与黑》、《茶花女》。借书时，她的手偶尔碰着了我的手，我的心就要猛跳一阵。

我们很谈得来，每天都有机会见面。翠比我小半岁，我们私下兄妹相称。

张胖子又来了，找借口接近翠，可翠不理睬他。于是，他就把气出在我身上，说："九代穷，穷秀才，你的饭票什么时候还我呢。"

我借了张胖子的钱，他迟不要早不要，弄得我好难堪。翠说："张胖子，他差你多少。"

张胖子说了一个数。

翠掏出饭票说："我来给你。"

张胖子说："怎么要你还呢。"

翠说："我是他的妹，我不给谁给。"

张胖子接过饭票灰溜溜地走了。翠对着张胖子的背影笑了。

我对翠说："谢谢你，我买了就还你。"

翠说："石哥，我既然是你妹，有困难我就要帮。"

小翠常约我去食堂吃饭，她给我一些饭票，似乎怕我过意不去，说："我有胃病，吃多了胃不舒服。反正吃不完，给你落个兄妹情。"

以后，我再也没有找人借饭票了，厂里人都知道我有个漂亮的小妹帮我。

一天中午，我去广播室找她，图书室的李大姐正在与她聊天，见我来了，就说："你们谈，我有点事。"

李大姐走了。看见旁边没人，我便说："翠妹，我对爱情诗有兴趣，想与你玩个爱情游戏，我们相互赠送爱情诗。"

翠对这个荒唐的主意表示赞成："好哇，只要对你写作有帮助就行。再说，我也喜欢诗歌，我的爸爸是个诗人，可惜他早就去世了。"

我给她看我的诗，她看了那几首诗的第一行："不要离我太远，让我们相对相望。"

她的脸红了，含情脉脉地望着我。显然，她被这首诗打动了，也给我看她的诗。一段时期，我写的诗歌感情越来越真，我发现我对她的感情越来越深。而她的诗歌由活泼变得沉闷。显然，她有点痛苦不安了。

她对我说："石哥，求你别再写了，读了你的诗后，我控制不住了，激动得睡不着。我不敢再看你的情书了，因为我有丈夫，他就在剧团工作。虽然我们感情不好，但是有个儿子，我要尽量维持这个家。我与你的感情发展下去，不会有好的结局的。"

但我忘不了她那眼神，觉得自己不可救药地爱上了她。当晚，我整整写了十张纸的情书。我在情书里写道："我不在乎你是不是结了婚，一心对你好，将把你的儿子当做自己的儿子。"

第二天一上班，我将情书悄悄地给了她。中午，她的眼睛是红的，好像流过眼泪。她对我说：

"今天晚上我请你去看电影。"

我按时来到电影院。她来了，手伸过来挽着我的手，我的心情好激动，紧紧地握住她的手，两人谁也没心思看电影了。

有一次，我参加报社举办的通讯员学习班，她也去了，悄悄地对我说："你为什么总是偷看我。"

我说："你不看我，怎么知道我偷看你。"

她一听笑了："别看你平时不说话，你的嘴巴还蛮会辩呢。喂，什么时候我们一起到公园去照相。"

我一听，喜出望外，连忙说："好哇，就这个星期天。"

那一天，我与翠在中山公园见面。翠穿一身白色的连衣裙，面色红润，显得风度翩翩。她姿势优美，那么自然。看来，她善舞蹈。一打听，她原来就是学校宣传队的舞蹈演员。她懂照相，不时过来帮我选角度，一头长发飘拂在我脸上，散发出一个女人身上特有的香气，我的心灵在颤抖。

我不管她有没有小孩，对她有诗一样的激情。在公园里草地上坐下后，一把握住她的手，她的头温顺地靠在我的肩上。她说："你的感情很真，从来没有谁像你这样爱我。你知道吗，我以前常常胃疼，心里很烦。现在，与你在一起，我的心情好了，胃也不疼了。"

听了，我好高兴。公园的树林非常寂静，我见周围没人，忽然激动地一下抱住她。她推了我一下，接着抱紧我。我们亲吻起来，如痴如醉。我的手不老实起来，她按住我的手。

我对她说："我好想要你。"

她说："不能，你要我，等我与他离了婚再说。"

我的手还是摸了过去，她说："啊，我没劲了。"

任我去摆弄她的身体，她无声地流下了眼泪。

事后，我说："对不起，我真该死。"

我给她擦掉脸上的泪珠，她紧紧地抓住我的手："你要对我保证，千万不要离开我。"

我说："我答应，决不离开你。"

她告诉我，父母去世得早，是她哥哥嫂嫂把她带大，她哥哥有病，家里还有三个小孩要读书，她要挣钱给他们。为这，丈夫总与她发生矛盾。还有，丈夫早就有外遇，她想离开他，与我走在一起。我不时与小翠下班后在广播室里亲热，我觉得这辈子离不开她了。

我们的约会被张胖子发现了，他嘲笑我："你这小子真没用，谈不到女朋友，就玩人家小嫂子。我问你，是你主动，还是她主动？"

他自己是个喜欢拈花惹草的花花公子，还讽刺人，我当时握紧了拳头。他说："怎么，你想动手，不怕我去告诉厂领导，告诉小翠的丈夫。"

我不知所措。李大姐来了，她对张胖子说："你要告诉领导，告诉小翠的丈夫，你就去吧！我就对他们说，你总来纠缠小翠，吃不到葡萄，就说葡萄酸。"

张胖子一听，不敢做声了。一个雨天，小翠陪我到电影院去看电影，刚坐下，她对我说："你给我的几封情书我不知放在什么地方了。”

我一听，又气又急：“是不是张胖子偷走了，我真后悔给你写情书，这些东西你要赶快找回来，不然传出去，全厂都会笑话我的。那时，我就不敢与你来往了。”

这话太伤人心，话说出了口，后悔来不及了，但这也暗示我对小翠的爱情有所动摇。小翠脸色苍白，起身走出电影院，连伞也没有拿就冲进雨中。几天来，翠与我见了面，像不认识的。李大姐对我说：“你要多关心一下小翠，你看她的胃病犯了，人变了相。”

我悄悄看她，发现她的脸色白得可怕，眼神里有几分哀怨。我觉得自己做得太过分，应该缓和一下我与翠的关系了。我对翠说：“我那话重了，请原谅。我们今天去看电影吧。”

她不置可否，我将电影票塞在她手里。晚上，我在电影院里等了一个多小时，电影看完了，还不见她的人影。我第二天碰到她，刚想开口责问她，她悄悄地塞给我一封信，走了。我当时气她，不想看信，加上车间人多，也不好意思看信。回到家里，憋不住要看她信中写的是什么，撕开信封，她在信里这样写着：“我昨天本想来与你坐在一起看电影的，但是，看到情书丢失了，你是那么的紧张，竟然后悔了。显然，你顾忌名声，对我的爱情是动摇的。爱如果缺乏坚实的基础，会经不起风浪的。我们的关系不能发展下去了，请原谅我不来看电影。你有才能，千万不要泄气。希望你事业成功，那时我会来祝贺你的。”

失去了才知道珍贵。眼看她要与我分手，才知道我心中的真爱就是她。我一上班，就到广播室去找她，没看见她，又在全厂上下到处找。顾不得别人怎么议论，要挽救我们的爱情，要对她表示忏悔，求得原谅。可是，她不在厂里了。

我去问李大姐：“你看见小翠了吗？”

李大姐说：“翠今天没来，她昨天请了一个月病假，回家养病去了。”

接着，她的声音小起来：“你们是怎么回事，我听见她一个人在哭，安慰了她好久。她说你们分手了”

我说：“我去她家找她。”

李大姐摆手说：“你别去，她提出与她丈夫离婚，她爱人好像怀疑是你的作用。”

迟了，昨天就该找她，我好恨自己。我开始拼命读书，准备参加恢复高考制度后的第一次高考。几个月后，我接到入学通知书，走进大学的校门。毕业后，被分配到一家杂志当编辑。几年来，我给翠写了几封信，开始，她没回信。我就继续写，终于，她回信了。

她在信里写道：几年来，你一直没忘记我，给我写了那么多信，我被你的真爱打动了，如果说我这一生中爱上谁，就是你。可你没结过婚、前途无量。我爱你是对你的不公平，实在没勇气与你走到一起。想起这些，忍不住流泪。但你不要难过，希望你创作成功，那时我会来祝贺你的。我患胃癌，总在住院，没及时给你回信，请原谅。如果有来生，我第一个选择的就是你。

我发现，信纸上有些字模糊不清，显然是眼泪打湿的。我的眼泪也流出来了，滴在纸上，与她的泪痕融在一起。我对她的思恋越来越强烈，我有一天挤出一下午时间，来到我朝思暮想的地方。我进厂就碰到李大姐。她热情地喊我的名字，我却悄悄地将她拉到旁边，对她说：“翠在厂里吗？我要见她。”

李大姐就说：“我调到厂工会了，去办公室里谈吧。”

我意识到某种不妙办公室里没人，李大姐关上门对我说：“她得了胃癌，上月死了。”

我的头一下要炸了，我早就听说翠的胃爱疼，她的那句话又在我耳边响起：“你知道吗，我以前常常胃疼，心里很烦。现在，与你在一起，我的心情好了，胃也不疼了。”

我的眼泪在眼眶打转。李大姐继续讲：“自从你考上大学离开工厂后，翠一个人常坐在厂广播室里发呆。有一次，我问她，你对大姐说实话，是不是在想石哥。她点头，一下伏在我身上哭起来说，我是想他，想人的滋味真不好受。你知道，她是个非常重感情的人，她把一个女人的全部给了你，她怎么会不想你呢。她在最后的日子里，还对我说，李大姐，我好想看石哥一眼。”

我听了，后悔这么多年在她病重的时候，没有守护着她。我忍不住在办公室里哭泣起来。李大姐安慰我说：“别难过，我知道你对翠的真情，但你毕竟没结婚，她是有丈夫有小孩的人，不能够怪你。”

他们都把我当好人，我知道自己是个什么货色，得到了她，又残酷地推开了她，造成她的痛苦我有责任与罪过。我不知道是怎么回到家里的，我在床上躺了两天，不想吃也不想喝，睡也睡不着。耳边老是响着她的那句话，眼前老是晃着她的身影。我一生中遇到的真爱就这一次，可我自私胆怯，让真爱像雪花一样融化了，像肥皂泡一样消失了，我悔恨，我这一生对不起我的翠妹。我现在在感情上受到挫折，使我更怀念翠，是我的自私与胆怯造成了悲剧。

神话博士回忆起小翠，黯然失色，阿槟说：“这么多年，你一直不愉快，我被你的真爱感动了，你想不想与她通话？”

神话博士说：“我的翠她在什么地方，能够与我通话。”

阿槟的手一指，蓝天上飘来一朵云彩，越来越低的云彩上站着一个女子。

神话博士点睛一看，可不，正是我的翠。

他通过魔幻背心上的通讯功能喊：“翠，你怎么在天上了。”

翠回答：“我已经成为仙女了，我知道，你一直为我难过，你别再为我担心了，有合适的机会再成个家。”

神话博士说：“你能够与我成家吗。”

翠说：“我在天庭，你在人间。我们不可能在一起了，好人有好报。”

翠的手一挥，云彩飘走了，神话博士想到翠成为仙女，觉得心底一下敞亮多了。

杨扬作为社会学硕士，她没有忘记进行评说：“星娘是一个美丽善良的仙女，寄托着古代优秀的传统婚姻文化理念；小翠也是一个温柔美丽的仙女，反映我们今天的爱情悲剧。但是，这两个故事，给我们美的追求，美的启迪，美的评价，美的思索。”

黎萍过去安慰石博士：“算了，过去的事情就让它过去吧，重新选择生活的开始。我们应该回宾馆去，刚才我接到了电话，有游客来应征了。”

这个时候，神话博士的心病好了。胖瘦九代穷听了神话博士的故事，还是那句话：“我们富裕起来了，神话博士也会富裕起来的。”

阿槟拿出她的宝镜对神话博士说：“你想不想同这三个人见一面，或者是了解她们现在的情况。”

神话博士说：“我不用了解她们了，虽然我一点也不恨她们了，但是，她们与我认识的小翠不一样，我与小翠的感情深入了一步；与甘露也不一样，我与甘露的感情是两小无猜。与洪兰更不一样，我们曾经同居，给我爱的感受最大的是她，给我伤害最大的也是她，这是我这一辈子最不愿意再见的女人。”

阿槟本来想用宝镜来看看洪兰究竟在干什么，发现神话博士谈到洪兰时，表情尤其气愤，阿榔也在一边做手势，阿槟收回了宝镜。黎萍与石博士带领大家在海滩散步，神话博士问胖九代穷：“你知道那个藏宝刀、宝锄的石洞具体在什么地方？”

胖九代穷再次向仙人掌发问，仙人掌回答：“仙人告诉我，宝刀与宝锄在通向大海的石洞中，你们可以去航天城文昌打听。豺狼精、乌鸦精现在到处在寻找宝刀与宝锄，这是定海用的宝贝，你们一定要抢在他们前面。”

二十二、神话航天

阿槟、阿椰、黎萍、神话博士等乘坐直升机来到了文昌，他们看见这个城市，到处都是航天城的标志。阿槟、阿椰觉得十分新鲜。王公仆董事长知道阿槟、阿椰都是古代黎族人，从来没有使用过抽水马桶，从来没有坐过飞机，从来没有使用过电话，从来没有使用过电视，从来没有驾驶过汽车，有意识让他们都来接触，都来熟悉。王董事长还打算让他们来乘坐自己公司里的直升机。

这个时候的阿槟阿椰虽然有腾云驾雾的本事，但是，乐意陪王董事长一起乘坐飞机。他们透过飞机上的窗口玻璃，看着外面精彩的世界，云彩一会儿像羊群涌动，一会儿像海浪滔天，一会儿像万马奔腾。

航天主题公园里面设有地球、月球、火星和太阳展示游览区，神秘的流星冲击波，浪漫的月亮之旅，绚丽的太阳之梦，梦幻的银河推进器，壮观的空中湍流，让人领略宇宙的无限风光；发射场内部参观、现场发射观看区，让人洞悉大自然的无限奥秘。中国太空营、太空植物园等的游览，以为别开生面。4D 动感影院、IMAX 球幕影院里，人流有如潮涌。发射模拟器、中心发射塔，吸引无数中外青少年探索的兴趣；中国航天展示馆、航天名人馆，让人大开眼界；月球前哨、月球高尔夫、月球之旅、嫦娥奔月之旅、吴刚伐木、月球探险影院，一一揭示月球的无比神秘，展示月球的无限魅力；火星洞穴、火星采矿车、火星前哨、红色火星幽灵、太空巡游等，让人感觉天外来客、地球引力；太空人宇宙飞船、重力摇臂，让人心潮起伏、心醉神迷。

海南航天主题公园、航天商务服务区和航天生活配套项目是海南航天发射场配套区的三大基本功能区，选址文昌市东郊镇东北侧滨海地区，用地总面积 6048 亩，开发建设面积约 3800 亩。根据规划设计，将在紧邻航天发射场区域打造一个“中国唯一、国际一流”、“充满航天科技文化和海岛特色”的主题公园，主要功能是航天科普和科技展示、航天主题娱乐、发射场参观、实时观看火箭发射等。

为进一步提高海南航天主题公园的知名度和美誉度，结合中国航天展示馆建设，上海世博园内的太空家园馆整体已经移建到主题公园；同时，正在协商将退役的“远望”二号科学测量船引进配套区，成为航天科普教育的又一亮点。

航天主题公园内还要专门建设一个中国太空营，它将建设成为集科学性、教育性于一体的航天科普教育基地，成为中国青少年了解航天事业发展、体验航天科技成果、学习航天精神的第二课堂，成为中国航天科学家和“宇航员”的摇篮。中国太空营的重要设施包括航天飞船训练模拟器、航天指挥控制中心模拟现场、航天空间站任务训练模拟器、航天空间站指挥控制中心模拟现场、失重水槽、航天指挥测控中心模拟现场、航天员野外救生设备、舱外航天服、航天食品等。

阿槟、阿榔、神话博士、黎萍几个在一起聊天的时候，神话博士声情并茂地说：“神话传说反映人类的理想与愿望，昨天的神话，也许今天就是科学的现实。比方说，神话中的千里眼，在我们今天就成为现实，航天望远镜正是千里眼。又比方说神话传说中的腾云驾雾，今天也成了现实，飞机、飞船，使人类成功地在天空自由翱翔。”

阿榔说：“我们能够去看世界上第一架飞机是怎样诞生的吗？”

神话博士说：“我们来体验一下当时的情景吧。”

神话博士将魔衣，魔幻背心上的时光隧道开关通过遥控调整到美国的代顿地区，1903 年 12 月 17 日上午 10 点钟，她们通过彩色的时光隧道，来到了一个空旷的地方。这里，天空低云密布，寒风刺骨。被兄弟俩邀来观看飞行的农民冻得直打寒战，一再催促兄弟俩快点飞行。神话博士、黎萍导游、阿榔、阿槟也在一旁，由于她们穿的是魔衣或者是魔幻背心，所以，没有感觉到寒冷。这次由奥维尔试飞，只见他爬上飞机，伏卧在驾驶位上。一会儿，发动机开始轰鸣，螺旋桨也开始转动。突然，飞机滑动起来，一下子升到 3 米多高，随即水平地向前飞去。

几个农民高兴地呼唤起来：“飞起来啦！飞起来啦！”并且随着威尔伯，在飞机后面追赶着。飞机飞行了 30 米后，稳稳地着陆了。威尔伯冲上前去，激动地扑到刚从飞机里爬出来的弟弟身上，热泪盈眶地喊道：“我们成功了！我们成功了！”

阿槟、阿榔感到奇怪：“这么近的距离还这么高兴。”

黎萍说：“要知道，这是人类的第一次飞行。在这之前，有过无数次的失败，甚至是流血牺牲。”

45 分钟后，威尔伯又飞了一次，飞行距离达到 52 米。又过了一段时间，奥维尔又一次飞行，这次飞行了 59 秒，距离达到 255 米。这是人类历史上第一次驾驶飞机飞行成功。莱特兄弟把这个消息告诉报社，可报社不相信有这种事，拒不发布消息。莱特兄弟并不在乎。继续改进他们的飞机。不久，兄弟俩又制造出能乘坐两个人的飞机，并且，在空中飞了一个多小时。

消息传开后，人们狂喜，奔走相告，美国政府非常重视，决定让莱特做一次试飞表演。

历史迅速翻开一页，神话博士将魔衣，魔幻背心上的时光隧道开关通过遥控调整到 1908 年 9 月 10 日这天，天气晴朗，飞机飞行的场地上，观者如云。人家兴致勃勃，等待着莱特兄弟的飞行。

10 点左右，弟弟奥维尔驾驶着他们的飞机，在一片欢呼声中，飞向天空。两支长长的机翼，从空中划过，恰似雄鹰自由自在的展翅飞翔。人们再也抑制不住激动心情，昂首天空，呼唤着莱特兄弟的名字，人类飞翔的梦想，终于成真。

飞机在 76 米的高度飞行了 1 小时 14 分，并且运载了一名勇敢的乘客。当它着陆之后，人们从四面八方围了起来。过后不久，莱特兄弟在政府的支持下，创办了一家飞行公司，同时开办了飞行学校。从这以后，飞机成为人类又一项先进的运输工具。

神话博士说：“世界航天，应该说是从莱特兄弟开始的，人类有飞机，再有火箭、飞船、卫星。”

当时，黎萍建议："我们邀请莱特兄弟去海南航天公园去参观，好吗。"

这一建议，立即得到众人赞同。莱特兄弟一听，他们可以看见将来最先进的飞机，自然高兴极了。但是，怎样去呢，他们疑惑不解。

神话博士说："我们通过时光隧道将你们接去，然后再返送你们回来。"

神话博士与黎萍导游、阿椰、阿槟带着莱特兄弟飞进时光隧道，速度快得让人眼花缭乱。莱特兄弟问："你们是不是上帝派来的，怎么比我们的飞机还要快。"

再说莱特他们到了航天公园，看到了人类的航空航天发展史，看到自己的图片，十分激动。他们做梦也没有想到，飞机成为人类最先进的航空运输工具，更没有想到，人类征服太空的理想也得到了实现。由于，莱特他们急于回家处理事务，神话博士又亲自送莱特兄弟回到自己的时代。他们的思维不可能跨越时代的局限，时光隧道也不可能改变历史的真实，历史的人员组成结构，

神话博士十分感慨地说："神话可以说是人类早期的不自觉的艺术创作。它往往借助想象和幻想把自然力和客观世界拟人化。形形色色的神话，在现代人眼里，有的荒诞不经，有的却成为科学的现实。例如，神话中的仙人能够进入天空，嫦娥奔月就是，我们今天的宇宙飞船，已经实现了人类飞天的梦想，神话成为现实。"

神话博士写了一篇论文：航天科普旅游将航天科普活动与生态旅游活动结合起来。生态旅游是为自然区域本身所吸引的科普旅游，生态科普旅游依赖于严格的管理，让游客欣赏其自然特征，并对野生生物和自然资源进行非消耗性的利用，保护自然环境不被破坏，促进整个旅游文化的繁荣。航天科普旅游与生态旅游的结合，可以使旅游者在大自然中接受生态科普教育和生态道德教育，使每一个旅游者从自己做起，从每一件保护自然环境的小事做起，重视自然资源的持续利用，爱护自然景观和人文景观，保护野生动植物，理解大自然、热爱大自然，使生态善恶观、生态良心、生态正义、生态义务成为全民的自觉行为和道德规范。对旅游者而言，科普生态旅游应该在大自然中，唤起游客绿色的激情，带来游客绿色的愉悦，引起游客绿色的思考。

黎萍一行来到文昌宋庆龄的故乡，看见了孙中山宋庆龄的雕塑。也看见了爱泼斯坦的图像。1993年春节，中共中央、国务院在人民大会堂举行团拜会，江泽民等领导人慰问了爱泼斯坦等外国在华著名专家，神话博士想起自己采访爱泼斯坦的经过。

——1992年11月10日，风景宜人的桂子山麓，华中师范大学科学大会堂，气氛肃穆，纪念斯诺的活动正在这里举行。当晚在科学会堂举行音乐会，正巧，神话博士同爱泼斯坦及其夫人同坐在前排。德国女高音歌唱家唱到精彩处，爱老与夫人都笑出声来。第二天吃晚饭时，神话博士与爱老及他的夫人在同桌吃饭。尹教授对神话博士说："爱老很重感情，他的夫人邱茉莉病故后，是黄浣碧给他带来了慰藉与欢乐。他的夫人黄浣碧，就是湖北人。于是，爱泼斯坦将湖北作为他的第二个故乡。"

神话博士崇拜爱泼斯坦这位伟大的战士，想采访他。一位工作人员告诉神话博士，爱老在武汉逗留的时间不长，还有很多事情要办，不打算接受记者的采访，建议神话博士不要去采访爱

老。可当天晚上，他的心情怎么也平静不下来，于是，他冒冒失失地来到华中师范大学专家楼203号房前敲门，一个温柔的女中音发问："有什么事情吗？"

神话博士说："我想采访爱老。"

门开了，一位穿米黄色风衣的老人，正坐在沙发上，目光亲切地看着他。他额头突出，像黄铜一样发光，脸色红润润的，十分精神，他正是爱泼斯坦。爱老和夫人黄浣碧用英语交谈了几句，对神话博士说："我们事情很多，采访能够简短一点吗？"

爱泼斯坦与神话博士交谈起来，时而英语，时而汉语。黄浣碧站在沙发前，时而翻译，时而解释，时而插话解释。爱老是一位著名的华籍波兰人，1919年生于波兰，是父母将两岁的他从波兰带到中国，他后来加入了中国国籍，加入了中国共产党。爱泼斯坦对中国与中国人民有很深厚的感情。他长期主编《中国建设》杂志，他在杂志里满腔热情地介绍中国的现代化建设。尤其令人难忘的是，战争年代，他冒着战火到阵地前沿，用笔来描写大写的中国人，反映如火如荼的抗日战争。他钻进延安的窑洞，刻画毛泽东、周恩来、朱德等伟大人物的形象。他有着战士的非凡勇气，历经大半个世纪，足迹遍及中国的山山水水。爱老为宋庆龄写传，这是因为宋庆龄很信任爱老。早在1938年，就同宋庆龄一起并肩作战，为革命事业辗转奔波。

宋庆龄生前，有很多人想为她写传，都被宋庆龄一一谢绝了。宋庆龄却授权给爱老，她说："我只让艾培(爱老的中国名字)来做这件事，因为他比别人更了解我。"

宋庆龄称爱泼斯坦为"最信任的朋友"。在宋庆龄活着时，他就写传提出了许多问题，宋庆龄都一一回答了。经过了十年的调查，广泛搜集资料，数易其稿，他终于没辜负宋庆龄的期望。

记得，神话博士的专访在报纸上发表后，他将报纸给爱老寄了过去，爱老给他回了一封信，还寄给神话博士一张精美的明信片。可惜，他丢失了明信片，只留下了自己发表在报纸上关于爱老的专访。

神话博士、黎萍导游、阿槟、阿榔到文昌去看了东郊椰林，发现，海水中几百米处有一个石头柱子，上面有几个字："椰林湾。"

黎萍说："仙人会不会将宝刀与宝锄埋在那个石头柱子下呢？"

神话博士说："我们可以游近看一看。"

他们游了过去。他们发现，这石头柱子周围的水面不深，不到一人高。他们在石头柱子下挖呀挖呀，没有一点迹象。还是田工聪明，他将魔衣上的检测开关打开，没有听到鸣叫的声音。如果下面有金属的宝刀、宝锄，魔衣可以鸣叫，从而让人们发现目标的。

石头柱子忽然发话了："神话博士、阿榔、阿槟，你们好，豺狼精刚来过这里，他也在到处寻找宝刀与宝锄。这是定海用的宝贝，你们一定要抢在他们前面。你们可以去猴岛、鹿场看一看宝刀与宝锄的下落。"

二十三、猴岛鹿场

神话博士向黎萍提议:“猴岛”与“鹿场”是两个著名的景区,或许真如石头柱子说的,可以发现宝刀与宝锄的信息。黎萍、神话博士等一行邀请王勇敢总经理陪同他们一起向猴岛方向而去。与他们同行的王总经理说:“阿椰,你是善良的猎人,一定喜欢猴子;阿槟,你是鹿仙女,肯定喜欢动物,我们让你们去参观南湾猴岛很有意思,那里有几千只猴子。”

他们一行到达猴岛,刚进大门,就享受到极高的礼遇,成群结队猴子,夹道欢迎他们。南湾猴岛原名南湾半岛,位于陵水黎族自治县南部,距县城十余公里,是海南著名的森林科普旅游区。王总向神话博士一行介绍了猴岛的情况——

300年前,南湾猴岛就是一片热带原始森林。20世纪30年代,肆意践踏中华神圣土地的日本侵略者为修工事,对猴岛进行了惨绝人寰地破坏。猴岛上的居民与海岛上的人群一样遭遇苦难,猴子中不乏孤儿寡母。1965年建立猴岛保护区时,只剩下少得可怜的5个猴群,不到100只猴子。

时来运转,1975年,猴岛被定为省级自然保护区,逐年发展,现在,猴岛主题公园开始开发建设,猴岛也一举成为海南最早的十大旅游景区之一,猕猴发展到25群共1300多只。有规划、有限度地开发资源,猴子的数量,直线上升,由1995年的1800只左右,增长到目前的2000多只。猴岛公司又请来河南匡氏驯猴家族对野生猕猴进行驯养,保持猴岛的神秘性,强化猴岛的生态性,突出猴岛的保护性,重视猴岛的特殊性,野性十足的猴子变得颇通人性。

黎萍笑着对石博士说:“南湾半岛因猕猴种类独特,被列为省级自然保护区。南湾猴岛的猕猴为国家二级保护动猴类,生理上与人类非常接近,适应性强,生命力旺盛,易驯养。听人说过,一对猴母子在那里舐犊情深,你想欣赏可得小心,说不定在你的头顶,一只公猴正对你虎视眈眈。”

石博士也说:“衣着鲜艳的漂亮女子,到了半山腰的凉亭,想远眺风景,要有伙伴陪同,这样既可以防止公猴的骚扰,还可以提防母猴的白眼和威胁。猴岛一年一度的战事是争夺王位,一只雄壮的公猴,觉得时机成熟,便竖起尾巴,勇敢地冲锋陷阵,与现任猴王交手。搏斗虽然激烈,却也公平。一对一,现任猴王绝对不用权势压人,不让自己的保镖帮忙。总之,其他猴子概不插手,只能够围着一起当裁判或当观众看热闹。换届靠搏斗,胜者为王,败者下野,是猴岛的游戏规则。”

下山，走出猴岛的山寨大门，走在门前的小桥上，有猴子们组成的送别仪仗队：几只训练有素的猴子，穿着不伦不类的衣服，在那里排队做敬礼状。据悉，保护区已给国家科研部门提供了猕猴100多只，有的猕猴，享受人类的待遇，代表人类，乘坐卫星遨游太空，进行医药和宇航等科学实验。本来，在所有的动物中，猴子是和人类最接近的。著名美学家王朝闻在他的《黄山论石》中谈到："我为什么对'猴子观海'这块奇石很有兴趣，现在，我还说不清楚。也许，因为我在青少年时期游览峨眉山时，看见过敢于向我伸手要食物的猴子。也许，因为川剧里的丑角那种机敏的艺术表演，使我联想起了调皮的猴子。"

由于猴子通人性，所以，几乎所有城市的动物园都会有座猴山，所有的猴山附近，总是人头簇拥。追根寻源，人们喜欢猴子的天真和坦诚，聪明与活泼，从猴子身上，折射出人类儿童的特点。猴性的发挥也是人性的发挥，猴与人，任何时候，都可达到自然界的高度和谐。猕猴的保护首先是森林的保护，有一个美好的生活空间，才有猕猴的兴旺，才有南湾猴岛的兴旺。

王勇敢总经理给我们谈了一段趣闻：有年重阳节，一个老年人旅游团进猴岛，他们举着一面小旗帜，上面写着某高校的名字。显然，是一群老教师在游玩呢。其中，有个叫张茂祥的数学老教授，指着一只老猴对一个正在照相的青年人说："我要与猴子合影，来一张。"

老猴好像挺懂了老教师的话，主动与老教师靠得很近，乐得老教师合不拢嘴。俗话说，老小，老小。人老了，与小孩一样，喜欢动物，喜欢石头，喜欢大自然，当然会喜欢猴岛，喜欢猴子。没有料到，张教授与老猴合影的时候，老猴表面上一本正经，背后却悄悄地玩小动作，猴手灵巧地伸进了张教授的口袋里。猴子想摸吃的东西，没有摸到，却摸到了一串钥匙。老猴拿到钥匙后，与张教授面对面，将手中的钥匙在老教师眼前一晃。老教授一摸口袋空的，他发现猴子手上拿的正是自己的钥匙，一下急傻了眼。他伸手去要，猴子将钥匙藏在身后，没有给他，口里一个劲叫唤，大概是在叫喊："拿糖果来换。"

张教授听不懂，王勇敢听懂了。他经常到猴岛来，熟悉猴子的行为，他当然知道猴子想干什么。就掏出口袋里装的糖果，换回了老教授的钥匙。老教授拿回钥匙，一个劲地感谢王总。

王勇敢说："今天参观猴岛，我请你们看《猴子舞》。"

我们在住处欣赏丰富多彩的黎族舞蹈中，《猴子舞》也是一种娱乐性很强的民间舞蹈，流传于东方黎族自治县美孚方言的黎族村寨。《猴子舞》是模仿大自然中的猴子的动作而创作出来的，具有浓厚的远古遗风。一般在节日、娱乐、婚庆时跳《猴子舞》。其表演形式有单人跳、双人跳、四人跳三种，均为男性表演。表演时，要身着民族服装，头上扎长70厘米、宽15厘米的黑边白头巾，再插上3根羽毛，身穿牛鼻裤（俗称包卵布），打赤脚。

单人跳时，舞者扮猴子，于木鼓面上跳。双人跳时，一人扮"猴"，另一人男扮女装，"猴"徒手蹦蹦跳跳于鼓面上，"女"则手持30厘米左右长的"钱铃"棍，绕着木鼓时而转身，时而下蹲，时而跳跃，"钱铃"棍则不停地在自己的肘、肩、胯、膝、脚等部位轻轻拍打。四人跳时，一人依然扮"猴"，于木鼓面上跳，另一人则击鼓并和余下的两人一起，踩着所击的鼓点绕木鼓而舞。四人均学着猴子的各种动作，做出逗人发笑的举动，诙谐而有趣，极力显示出猴子的灵性，场面轻松欢快。

神话博士看见猴子，想起藏文史书《西藏王统记》里记载一段有趣的传说：那普陀山上的观世音菩萨，给一只神仙变成的猕猴，授了戒律，命它从南海到雪域高原修行。这只猕猴来到雅砻河谷的洞中，潜修慈悲菩提心。猴子正在认真修行的时候，山中来了一个女魔，直截了当地提出："我们两个结婚吧！"

猕猴一听，摇头说："我是观世音菩萨的徒弟，受命来此修行，如果与你结合，岂不破了我的戒行！"

女魔不依不饶，软硬兼施："我前生注定，降为妖魔；因和你有缘，今日向你求婚。如果你不肯与我成亲，那我只好一死。日后，我就是妖魔的老婆，将生下魔子魔孙，杀害千万生灵，那时雪域高原，将变成魔鬼的世界。所以，请你务必三思，顾全大局，答应我的要求。"

那猕猴因为是仙猴降世，听了这番话，自言自语地说："我若与她结成夫妻，就得破戒；我若不与她结合，又会造成大的罪恶。"

想到这里，猴子一个跟头，便到普陀山找到观世音菩萨，请示自己该怎么办。观世音想了想，开口说道："这是上天之意，是个吉祥之兆。你能与她结合，在此雪域繁衍人类，是做大善事。你作为仙，应该见善而勇为，速去与魔女结成夫妻吧。"

请示了观世音菩萨，猕猴便与魔女结成伴侣。后来，这对夫妻生下六只小猴。这六只小猴性情与爱好各不相同。那神仙化身的猕猴，将这六只小猴送到果树林中，让他们各自寻食生活。三年以后，那猴父前去探视子女，发觉他们已生殖到五百只了。这个时候，树林的果子也愈来愈少，即将枯竭。众小猴见老猴来了，便纷纷嚷道："我们将来吃什么呢！"

他们个个摊着双手，模样十分凄惨。猕猴见此情景，自言自语道：我遵照观世音菩萨的旨意结婚，生下这么多后裔。现在孩子们没有吃的，怎么办呢？我还是去报告观世音。想到这里，他来到普陀山请示圣者。

菩萨道："放心，你的后代，我能够抚养他们，你照我说的做。"

于是，猕猴遵命，于须弥山中，取了天生五谷种子。撒向大地，大地不经耕作，便长满各种谷物。众猴子因食物充足，尾巴慢慢地变短了，也开始会说话，逐渐变成了人。这就雪域上的先民。

猕猴变人的故事，在藏族民间广为传播，并记录在古老的经书之中，还搬上了布达拉宫、罗布林卡的壁画之上。那猕猴住过的洞穴，民间传说就在泽当附近的贡布山上，而"泽当"也因是"猴子玩耍之地"而得名。

神话傻子对黎萍说："你知道黄山猴子观海的传说吗？我可以讲一讲。"

——原太平县城，有一个景色美丽的村落——仙源村。村中有一户叫赵德隆的人家是书香门第。他们家有一个女儿，名叫掌珠，聪明又美丽。离仙源村不远的黄山有个山洞，洞里有一只灵猴修炼了3600年，会三十六变。灵猴路过仙源村，东张西望，见到俊俏的掌珠，一见钟情。于是，变化成白面书生，自称是黄山寨主孙广文的公子孙俊武，于傍晚来到赵家门前，以天色已晚为由，要求借宿一夜。赵家老夫妇见他长得俊秀，衣着华贵，斯文有礼，高兴地留他住宿，并设宴招待。酒饮三杯后，孙公子便向老夫妇陈述掌珠的爱慕之情，央求纳为婿，发誓侍奉二老颐养天年。老夫妇一听这甜言蜜语，心中非常喜悦。便与女儿商量，掌珠对才貌双全的孙公子也欢喜。

灵猴回洞，思念掌珠心切，急忙把大小猴子都变成人。一支浩浩荡荡的队伍，去仙源赵家迎亲。掌珠被抬到洞府，只见陈设富丽，宾客满座。夜深宴席散后，孙公子被宾客拥入了洞房。一觉醒来，掌珠发现孙公子长了一身绒毛，大吃一惊。原来，孙公子酒醉，现出了猴子原形。掌珠非常恼恨，乘灵猴烂醉熟睡之机，向外逃走，直奔家中。灵猴酒醒后，知道自己露出了原形，惊逃了掌珠，便喝令众猴出洞寻找，追到山下芙蓉岭，也不见新娘的影子。灵猴自从失去了掌珠，朝思暮想，但又没有妙法可想，只得每天攀上洞后的悬岩，坐在石上，朝着东北方向的太平县仙源村呆呆地望着。年深月久，便变成了黄山如今这一石景。

阿槟、阿榔听了说："多情的猴子没有得到希望的爱情。"

黎萍说："看来，猴子与人一样，挺多情的。"

神话博士说："是啊，母猴担心公猴见异思迁，看见穿戴漂亮的女子进岛来，就吃醋，女子一不提防，衣服就被扯破。公猴担心母猴水性杨花，发现男子在母猴面前逗留，就准备出击，男子稍有不慎，就会被抓伤脸部。"

李大平找到猴岛的负责人，打听宝刀与宝锄的事情，说到了豺狼精、乌鸦精也在找宝刀与宝锄。那位负责人说："猴岛已经失踪了几只猴子，我听说有头狼十分凶狠，进猴岛后咬住一只猴子就逃，等到我们出来干预时，那头豺狼已经无影无踪了。至于猴子也已经死了。"

阿榔判断说："一定是豺狼精干的坏事，我们要赶快找到豺狼精。"

第二天一早，王总对鹿仙女一行说："我们去看一下鹿场吧。"

来到鹿场，鹿仙女自然兴高采烈。她对鹿群有一种感情，很愿意参观鹿群保护区。黎萍导游开始介绍了："海南省鹿场是经海南省旅游局批准的涉外旅游定点单位，位于海南省琼山市灵山镇琼文线2千米处。海南省鹿场创建于1985年。现饲有梅花鹿，海南水鹿，云南甜鹿等共1000多头。在琼山市红旗镇等地设饲养基地。该鹿场技术力量雄厚，开发，研制的鹿系列产品有：一指牌鹿鞭酒、鹿骨酒、茸血酒、鹿胎膏、鹿骨胶、鹿茸片、鹿鞭、鹿尾等十多个系列；30多个品种，是一个集旅游、饲养、加工、销售一体化的综合型的现代化企业。"

海南鹿场离海口不远，从琼山区府城镇坐中巴车至灵山镇2千米处，便可到达。这里，四周林木苍翠、绿草如茵。场内养有大群海南水鹿，还有梅花鹿、云南甜鹿等，总数近600只，是海南省的一个大型养鹿场。场内地方宽阔，山清水秀，树木葱茏，花果常年不歇，是海南水鹿、梅花鹿等生息的乐园。游客进场参观，可给鹿投料，引来鹿群。抚摸大鹿、小鹿，与鹿合影，别有一番情趣。

神话博士、黎萍导游、阿榔、阿槟、胖瘦九代穷不停地在景区内取景照相，玩得十分高兴。王总又安排神话博士等人去参观大田坡鹿。大田坡鹿自然保护区位于东方市大田乡，距东方市区20公里，总面积近2万多亩，养着数百只坡鹿。坡鹿能跑善跳，受惊时能跃过5米宽的沟壑，平时喜欢在灌木丛生的山坡上活动。它们的视觉、听觉和嗅觉都很敏锐，公鹿靠鸣声寻偶，母鹿靠鸣声呼唤乳鹿。即使是相隔一千米都能互相听到叫唤。登上保护区的眺望塔，可以看到鹿群嬉戏。坡鹿最喜欢红颜色，所以在朝阳初升和夕阳西下的时候，它们便成群出来活动。这时，登塔观鹿最佳，偶尔还可看到山猪等野生动物出没。

黎萍导游介绍说，30年前的5月24日，大田自然保护区因26头海南坡鹿而诞生；30年后，这一濒危动物已经发展到1600多头。从屠杀到保护，30岁的大田记录着人与自然之间的种种故事。大田过去的30年，无疑是成功的。神话博士他们看见，几头驯养的海南坡鹿，在大田国家级自然保护区半敞的大门口低头吃草。大门外就是车来车往的柏油路。神话博士一行走近了，它们抬头张望，明亮的眼睛中闪烁着信赖的光芒。

中国的神话故事里，鹿是神圣的，神话故事里的神仙骑的是鹿，或者是像鹿又像马的动物，人称"四不像"。在人们眼里，鹿与鹤、龟一样，是一种吉祥动物。海南坡鹿和大熊猫、金丝猴一样，都是国家一级珍稀动物。它体态优美，与梅花鹿相像，只是它的犄角是向前弯的，极具观赏价值。人们喜欢看漂亮的鹿，有长颈的鹿，有斑条花纹的鹿。人与自然的和谐，需要耐心，更需要智慧。从鹿身上，我们可以得到好多科学的启示，比方说鹿为什么喜欢红色喜欢阳光，鹿的嗅觉听觉为什么都很敏感，这可以从仿生学的角度去研究。科学是不排斥美的。也可以这样说，美是不排斥科学的。

在鹿场的接待室里，有二十多把折叠椅。前面有屏幕，接待室里悬挂着投影仪。徐龙科学家已经来到了鹿城，他在检验一项实验成果。这个时候，徐龙建议大家看一看《鹿的平衡世界》。画外音：世上真有狼与鹿生死相依的传奇故事?美国生物学家彼得逊教授经过32年的科学考察，亲眼目睹了这一独特的现象。

神话博士、黎萍等看见了一个美丽的湖泊，一个美丽的小岛，这是苏必利尔湖中的洛耶岛，以驼鹿众多而闻名。但是，驼鹿大量繁殖，使岛上一片绿茵的花草灌木，遭到毁灭性的破坏。因为，驼鹿生长繁殖需要吃掉大量的绿色植物，仅仅10年功夫，驼鹿由1500只左右猛增到3000多只，洛耶耳岛灌木稀疏，一片凄凉。

为了拯救洛耶尔岛上的植被，生物学家们决定进行一个大胆的实验——依靠四只幼狼来改变这种状况。起初，这四只幼狼遇到的是一个强壮而庞大的驼鹿"兵团"。面对强大的对手，狼队并不惧怕，而且还想出一个很好的策略，那就是先攻击弱者。它们先在驼鹿群旁窥视，并不贸然出击，当发现有因为饥饿或疾病而孱弱的驼鹿出现时，它们便一哄而上。奇怪的是，周围强健的驼鹿并不惊慌，也不援救，而是听任狼群肆意地攻击可怜的驼鹿。孤单受伤的老鹿站在旷野中，望着向远方四散的驼鹿群，面对着饿狼发着绿光的贪婪眼睛，仰天长鸣，猛然朝一只饿狼冲去，最终被扑倒、撕裂、啃啮起来……

此时，那些自私自利、无情无义的驼鹿群，已逃得无影无踪了。当洛耶耳岛上的狼群达到65只时，驼鹿数量下降到650只，于是生物界平衡的天平开始向另一端倾斜。这时的洛耶耳岛又被绿色笼罩，水草肥美，得到充足食源的鹿群又开始强大。虽然狼的数量增加了16倍，驼鹿数量只有从前的两倍，但狼群的攻击力却大打折扣，它们贪婪地望鹿兴叹，几乎无从下口。在美国科罗拉多大峡谷边，有一个开巴普大草原，草原上有很多鹿。这里虽然水草肥美，但野鹿的数量总是在4000来只上下。人们发现，草原上由于生活着鹿的天敌———狼和山狮。使鹿的数量无法增加。

于是，从1907年开始，消灭狼和山狮的大战拉开序幕。人类经过10年的努力，狼和山狮被打得七零八落，踪影难觅，野鹿一年比一年多了起来。到1924年达到10万头。谁知，在随后的两个冬季里，野鹿急剧减少。这是因为鹿太多了，草不够吃，有6万只鹿被活活饿死。此后，鹿的头数继续减少，到40年代，只剩下1万只左右；这时，人们才惊奇地发现，鹿虽然少了，草仍然不够吃，因为20年代鹿口爆炸发展，草原植被带来了毁灭性的破坏，不少地方像人的秃顶，寸草不生。多年过去，这片草原还是死气沉沉。本来，在草原生态系统中，鹿吃草，狼吃鹿，狼死了以后，经过微生物的分解，它的尸体又变成肥料，被草吸收。这样，构成1个科学的食物链。以前，草原上长多少草，这些草又养活着多少鹿，这些鹿又养活着多少狼，都有一定的范围，保持着相对的稳定和平衡。但是，狼被消灭以后，平衡被打破，以至整个草原都发生了巨大的变化。而这种变化一旦发生，就会出现连锁反应，在短时间内是难以恢复元气的。看来，那场消灭狼与山狮的战争，是破坏生态自然的愚蠢暴行。

神话博士、阿榔、阿槟、九代穷与田工在猴岛、鹿场考察，认为这里没有宝刀与宝锄的任何迹象，包括豺狼精的迹象。王董事长告诉大家："最近，这里的鹿死了几只，有的被吃得只剩下骨头架。显然，有猛兽进了鹿场。"

黎萍导游说："奇怪，这里从来不会发生猴子、鹿被咬死之事，现在居然发生了。"

阿榔说："我判断是豺狼精、乌鸦精在作怪。"

神话博士判断："这，肯定是豺狼精、乌鸦精干的。豺狼精就藏在我们的附近。"

有只鹿跑过来说了几句："猴子、鹿被咬死之事是豺狼精、乌鸦精干的，豺狼精现在到处在寻找宝刀与宝锄，这是定海用的宝贝，你们一定要抢在他们前面。"

大家都没有听懂，是鹿仙听懂了，给大家做了翻译。

二十四、椰树情书

神话博士一行到天涯海角旅游考察，李大平也参加了。在宾馆休息时，他似乎有点悲情，若有所失的样子。一打听，原来他想起了自己的1000封情书，想起了他在天涯海角的爱情故事。李大平说："我虽然是南海旅行社的总经理，但是，我现在也想讲一个南海神话的爱情故事，说明我对南海神话的重视，还想讲一讲自己的情感挫折，接受魔幻背心的检验。"

——很久以前，有位智勇双全的黎族青年首领，他伸张正义，惩治腐败，按我们今天的话来说，他是一位受到人民群众拥戴的优秀干部。这样，一伙杀人放火、打家劫舍、劫掠财物的强盗对他恨之入骨，便买通他的一个手下，暗害了他，并把他的头悬挂于树上。未曾想到，他的头颅变成了椰子果，一夜之间，把那些强盗都砸死了。这是关于椰子的一个神话传说。

关于椰子，还有一个传说。古代有位黎族姑娘阿梅，漂亮聪明，她和丈夫恩爱和睦。可头人是心狠手辣的色狼，为了抢占阿梅为妻，杀死了她的丈夫。阿梅的丈夫死后，身躯变成高大的椰树，头发变成了椰树叶。

另一个传说，认为椰子树是一位女性的化身。这则故事讲，很久以前，有一对恩爱的年轻夫妻，有一天，男的出海捕鱼，女的送饭到海边，她伫立海边，翘首眺望大海的归帆，可是，她的丈夫却没有回来，等啊等啊，最终她变成了一棵亭亭玉立的椰树。可以这样说，椰子树和海南人民世代息息相关，陪伴他们一代代地度过悠久的历史。

在海南岛，还流传着另外一个有关椰子树的传说。很久很久以前，有一个妇女生下第五胎时，却是个没手没脚，走起路来打翻滚的椰子壳。做母亲的既害怕又讨厌，把他丢进了大河。椰子壳在河里漂啊漂啊，直到一个老农民捡到了他。椰子壳对老农民说："收下我吧，我会帮你放牛和种地的。"

老农民答应了，从此，他帮老农民放牛。老农民有个漂亮勤快的女儿，每天给椰于壳送饭。可这小小的椰子壳饭量挺大，总埋怨不够吃，她觉得奇怪了。一天送饭后，她悄悄地躲在树后观察，秘密就这样给她揭穿了。原来，在她离去后，椰子壳里竟蹦出一个英俊的小伙子，姑娘赶紧把这件事告诉了父亲。老农半信半疑，决定第二天亲自看看。第二天，老农让椰子壳去砍竹子作篱笆，然后和女儿一起随尾而去，亲眼目睹了小伙子从椰子壳走出来的情景。晚上，老农便提出，把自己的女儿嫁给椰子壳。

椰子壳把姑娘带到一块空旷的草地上，对姑娘表白说："我本是一条龙，因厌倦了水里的生活，才到岸上来的。今后，我们就一起生活吧。"

话音刚落，只听"轰"的一声，椰子壳破了，走出一个英俊的小伙子，在他们身后，出现了一间漂亮的房子，成群的牛羊鸡鸭在四周觅食。从此，他们夫妻勤劳生产相亲相爱，过着甜蜜的生活。

李大平讲的故事虽然不长，情节简单，但是，都围绕着一个物件——椰子。在海南人民中间，流传着许多关于椰子树的美丽动人的故事。

接着，众人来到一家五星级宾馆就餐，李大平讲述了自己的爱情故事。

——1972年，我进厂的第二年，我们塑料厂从广州引进了一套设备。当年，我作为技术员中的人尖子被厂里派到广东一家工厂去接受培训。迈步走进该厂招待所大门的时候，我穿皮鞋的大脚踩到了一个女子的小脚，她顿时蹲在地上。我赶忙去扶她，这个女子站起来说："不要紧。"

声音格外好听。我细细一看，这个女子穿一身军装，脸上白里透红，显得很英气。我住在厂的招待所里，所里有个小阅览室，我每天都在阅览室里的大圆桌上看报纸和资料。我发现，被我踩了脚的那个姑娘常坐在我的对面。没想到，我的眼睛刚看到她，与她的眼光不期而遇。她的眼睛很大很亮，看得我不好意思起来。一天，资料室只剩我与她，她满面春风走到我身边，用普通话问我："你是来学习的吗？"

我说："是的，你呢？"

她笑了："我也是，你是哪个单位的？"

我说："我是湖北一家保温瓶厂的。"

她说："我是四川一个军工企业的，厂名要对外保密。"说完，她"咯咯"笑了起来。她的笑声格外悦耳。

接着，我们彼此通了姓名，她的名字叫：胡静。70届初中生，比我低两届。

她问我："李大平同志，压强应力应该如何计算？"

我回答了。她眼里流露出羡慕的神采。以后，遇到技术资料上的有关数学、物理方面的难题，她都问我，我也耐心给她讲解。我虽然是68届的初中生，没读多少书，但对物理、数学很喜欢，在班上成绩优秀。下放时我在同村一位老高中生的指导下，自学数学、物理；进厂后又在一个工程师的帮助下，学习高等数学。现在，我有机会在一个漂亮姑娘面前表现能力，十分高兴。

我也常夸她："你说普通话的声音真标准，像播音员一样。"

她"咯咯"笑了："我父母是北方人，一家都说普通话。"

有一天，她换上了一双北京坡跟底布鞋，我的两眼盯着她的脚看。有个美学家说，女人美在一双脚上，她穿的布鞋，显示了一双小巧玲珑、充满美感的脚，多迷人啊。当初我不小心就是踩在这脚上，真是对不住。她发现我的神情，说："你在看我的鞋子。"

我不好意思地说："你的脚真好看。"

她的脸红了，我的脸也在发烧。一个星期天，她轻声说："李大平，我们搭车到海边去玩，好吗？"

我忙说："好的。"

我们搭公共汽车来到海边，看着水流。她望着我说："我们重庆的嘉陵江你去过吗？"

我答："我很想去嘉陵江看看。武汉的长江大桥上你去玩过吗？桥边上的黄鹤楼，可是天下四大名楼之一，我到时候陪你去看看。"

她很有感触地说："长江，我以为人的一生跟这水流一样，一去不复返了。我们待在一起的时间一天比一天少了。"

我也说了一句："是哇，真是弹指一挥间。"

工厂组织我们实习的人员去三亚旅游，就住在天涯海角附近的宾馆。她邀请我一起去天涯海角的海边散步谈天。我们顺着海滩走了半天，听着波浪的声音，脚踏沙粒的声音，她说："单位要我回去，你给我留下你的通讯地址好吗？"

好久，我没做声，她也没做声。我想，她大概与我的心情一样。我在她的笔记本上留下了地址。她穿着那双坡跟鞋离开了我。这个时候，我才感到什么是孤单。她离开我以后，我耳朵里老响着她清脆的普通话，眼里老晃动着她那双穿坡跟鞋的脚。我发现自己喜欢上她了。

我回到武汉的第五天，收发室的师傅对我说："李大平，有你的信。"

这是一个粉红色的信封，打开一看，是她的，我喜出望外。信里面写着："李大平同志：最高指示：全心全意为人民服务。感谢你在学习技术上对我的帮助……我想，我们来个比赛，看谁先加入共青团。致以战斗的敬礼！"

我的回信是这样写的："胡静同志：毛主席教导我们，抓革命，促生产。我写了入团申请，并要求到全厂最苦的地去工作……我们是不同战壕的战友，握手！"

那段时间，我们几乎两天一封信，每封信谈的都是工作、学习方面的事。大概半年后，她在信里说："告诉你一个好消息，我今天加入了共青团。这是万里长征第一步。"

几天后，我给她回信："我现在成为全厂的标兵了，不是党的教育，没有你的鼓励，我没有今大。"

不久，她来信说："我想去考大学，可是基础太差，成绩不理想。你看我怎么办？"

我在信中写："社会也是大学，你不要灰心。"

有一段时间，对领导上调动我的工作有意见，我就写信告诉她："我在动力车间干得不错，上级为什么要把我调到又脏又累的铸造车间呢？我想不通。"

她在信里劝我："这是组织上在考验你，你要任劳任怨。"

我们就这样在信里谈工作、谈学习、谈生活、谈体会，整整谈了8年。在她一封又一封信的鼓励下，我一步一个脚印，由一个普通青年入了团，入了党，当了厂标兵、局标兵、市先进生产者，最后成为省劳动模范。

这一年，我满28岁，她有26岁了。她忍不住了，在信里写道："我父母说我是个大龄姑娘了，怎么还不谈朋友。"

我回信说："厂里的师傅也在问我，你的女朋友是谁？"

她接着来信说："有人说，你经常收到武汉的信，是不是在谈朋友？我说，是在谈朋友，你听了不会有意见吧。"

我马上回信说："好哇，我们是在谈朋友，我们早就是朋友了。"

她的信越来越热："白天想你，梦里也想你。一天看不到你的信，我心里就不舒服，我意识自己爱上你了。"

我在信里说："不瞒你了，我们分手8年了，耳边总响着你的声音，眼前老是晃动你的穿坡跟鞋的脚。我不怕你笑，我做梦也想摸一下你的脚。"

我在厂里很红，有些女同志用各种方式向我表示感情，有的约我看电影，有的约我到公园里去照相，我都谢绝了。医务室里的护士小柳，经常背着医药箱，到我们铸造车间来。每次来都要与我谈上几句。有一年，她过生日，约我们大家到她家里去吃饭，我不好意思回绝。在她家，她的母亲对我特别好，笑眯眯地说："小柳总在家里夸你呢。"

我不接话。我一门心思与胡静通信谈情说爱。有一回，她寄来一封挂号信。里面这样写着："我们谈了好几年的朋友了，已经超过了晚婚的年龄，我对父母谈到了我与你结婚的事，父母表示反对。他们承认你是个好青年，但认为我们不在一个省城，我又是厂里的技术骨干，不能调到你们武汉，因为党培养我这么多年，我的所有能耐都是党给的，我一走，厂里生产要受到影响。怎么办？希望你来信，谈谈你的看法。"

我看了信，心里犹豫起来，回家征求父母及弟妹的意见。他们说："她是她们厂里的技术骨干，你是你们厂里的劳模。与她结婚，她无法调到武汉，你也无法调到四川去。你要是走了，怎么对得住厂党委多年对你的培养，你们工厂的生产也要受影响。不走吧，生活上不方便。"

还有同事对我说："为了抓革命促生产，最好是在武汉找一个。"

我听了，觉得有道理，给胡静写信时就说："我家里人和你家里人的看法一样。看来，为了抓革命促生产，我们只能让爱情靠边站了。"

我的心里非常痛苦，在信里的语言上却想表现出一点幽默。

我没有接到她的回信，是怎么回事呢？我又寄了一封信，依然是石沉大海。过了几个月，门卫通知我："李大平，有人来找你。"

我一看，是一个长像与她有点相似的女子。那个女的见我有点惊讶，忙说："你就是李大平吧，我是胡静的姐姐，我在妹妹那里看过你的照片。这次出差到武汉，顺便告诉你，我妹妹结婚了。以后你就将给她的信寄给我吧。"

她姐姐给我一封信，看来信我得知，胡静她很想念我，接到我的信后十分痛苦，我的信里的口气刺伤了她，可是她又表示理解我。有一个姓王的同学——也是她的同事，追求了她多年，在绝望之中，她答应与他约会，那姓王的将消息传播出去，她不结婚名声就不好了。我后来寄去的信被那姓王的没收了。因此，她不敢再给我写信了，让她的姐姐来，她就是要换上新的联络方式。

接到她的信，得知她嫁人后，晚上我握着那个信封失眠了。第二天，我头疼得厉害，到医务室去看病。小柳护士关心地对我说："我听人说了，你的那个女朋友结婚了。你要保重，我晚上想陪你到公园去散步。”

那天，我们第一次一起在餐馆吃饭，我喝了半斤白酒。喝完后，不省人事，是小柳叫的士送我回的家。这个家是小柳的家，我回忆的梦境是与胡静在一起睡觉。等我醒来的时候，我发现，我与小柳双双睡在床上。几个月后，小柳对我说：“生米煮成熟饭了，我们结婚吧。”

我想：胡静结婚了，我还等什么呢？我以为结婚就会忘记胡静，谁知不是这样，一闭上眼睛，就看见她的身影，看见使我兴奋的北京坡跟布鞋。我产生了非见她一面不可的冲动，借一次出差的机会，我来到了四川，去了她所在的工厂。她看见我吃了一惊：“李大平，怎么是你。”

胡静请了假，陪我一起到重庆，我俩一起坐缆车过嘉陵江，一起乘车去看渣滓洞。我们俩在公园里坐下来的时候，我说：“我结婚了，妻子是厂医务室的护士，她对我很好，可是我始终忘不了你。”

她一听，伏在我肩膀上哭起来：“你我真心相爱，可是我却比你先结婚。对不住你了。”

我说：“我不怪你。那个年代，革命第一，爱情只能排第二、第三。”

胡静说：“我现在虽然结婚了，但我还是常想你。”

我问她：“老王对你好吗？”

胡静说：“他以前对我还好，改革开放一开始，他就从厂里出来自己做生意，发了财，常常夜不归家，在外面偷偷地玩女人。我骂他，他却说：‘你是个什么好东西，常给武汉的那个男人写情书，别以为我不知道’。”

我说：“我以后不给你写信了。”

胡静说：“不，你继续给我写信，还是寄给我姐姐，我去取。给你写信，读你的信，是我的感情寄托。”

我说：“我也一样，喜欢读你的信，你可以直接寄到厂里。”

胡静说：“你妻子知道了，不会吃醋吧？”

我说：“我与她谈朋友的时候，就对她说过，我这人不跳舞，不吸烟，不喝酒，不与一般女性交朋友，写信、收信，是唯一的爱好。我的妻子犹豫了两天，答应了。她要是不答应，还有愿意答应的，因为追求我的女子不是她一个。”

胡静说：“到我家里去吧？”

我有点犹豫。她说：“老王出差了，家里就我与妈妈。”

我到她家里去了，这是一套三室一厅的住房，布置得很雅致，可以看出主人的欣赏水平。她的妈妈对我很热情，给我打了一杯茶水，又去做饭。晚上，他们不让我走，就让我睡在书房里。夜里，胡静悄悄地溜了进来，她与我长时间地吻着，似乎要找回这么多年分手的遗憾。我的脸上是湿的，那是她的眼泪。她说：“我怀念三亚的鹿回头，什么时候，我们能够去海南旅游，重温一下鹿回头的旧梦，就太好了。”

我遵守了自己的诺言，给她写信。从 1972 年算起，到今天，已经有 30 年了。我每给她写一封信，她都要给我回信。我将她的信全部清理了一下，有 1000 多封信。每封信都很长，几页纸，计算了一下，有 100 多万字。我很幸福，能够得到这么多情真意切的信；我很遗憾，特殊年代产生的这种真爱只能天各一方。我还要说，改革开放就是好啊，它给爱情提供了一个自由发展的空间。

李大平的话语刚完，魔衣发出声音：1000 封情书，实在感人，欢迎使用魔幻背心，请输入你的用户名与密码，以后使用就更方便了。李大平按提示进行操作。

李大平的故事讲到这里，引起了大家的兴趣，你一言我一语地议论起来。黎萍导游说，你与你的女友最终没有成为夫妻，看见天涯海角，你就回忆起往事，感到伤心，可以理解。

热心的鹿仙阿槟说："这么多年过去了，你还记得你的女友胡静，我们一定要给你们帮忙。"

阿槟拿出宝镜来，问道："四川的胡静在哪里呀？"

四川的胡静出现在宝镜里，一打听，这个时候的胡静已经离婚了。原来，那个男的有了钱之后，应了"人阔脸就变"那句话。

神话博士运用魔衣上的通讯机关，将李大平现在的情况在电话里告诉了胡静。胡静说道："家里事情处理好后，我到海南来找李大平。"

阿槟说："到时候，我与导游黎萍一起去接她，不能够老让李大平打单身呀。"

神话博士傻乎乎地问："李大平有妻子，怎么叫打单？"

阿槟说："原来有，现在病故了，李大平不是打单身吗？"

神话博士惊奇地说："你是古人，竟然将我们现代人的一切弄得清清楚楚！"

他们刚吃完饭，没有料到，阿槟将胡静带来了。李大平与她一见面，两个人紧紧拥抱在一起，胡静说："李大平，你的小柳是真爱你的人，她在世时你给我写信，她表示理解，可是，她去世的消息，你为什么不通知我呢？"

李大平说："我担心引起你丈夫误会。"

胡静说："现在，你再不用担心了吧。"

李大平说："是的，不用再担心了。"

胡静说："你是哪一年调到旅游部门工作的。"

李大平说："我们的局长欣赏我，他于 1990 年调到国家旅游局一个部门，他让我去给他当司机。后来，我上了函授大学，现在，我应聘到南海旅行社当总经理，工作十分忙碌。"

胡静说："难怪，自从你调到旅游部门后，我们的信件就少了。"

李大平说："个人利益服从国家利益。"

胡静说："你还是那样的假幽默。"

二十五、天涯亚龙

为了寻找宝刀与宝锄，黎萍、杨扬、田工、神话博士等一行，来到天涯海角景区。无论是春夏，还是秋冬；无论是晴天，还是雨天；到了三亚，你不能不去天涯海角。

去天涯海角，你去体验那条走得你疲惫不堪的“天涯之路”。自古以来，海南岛是众多官宦和文人被贬谪流放、经受磨难的地方。在天涯海角，他们留下了许多凄惨的故事和石刻。有两句诗可以表现当时的景况：“一去一万里，千之千不还。崖州知何处，生度鬼门关。”，“飞鸟尚需半年程”。

如今，天涯海角成了人们寄情思古的胜地，2001 年又被国家旅游局评定为首批 4A 级旅游景区。黎萍带着大家走过天涯海角景区的天涯购物寨、民族风情园、历史名人雕塑园，正对海边的八角广场，在广场海面上的日月石风景处留影。沿着海边一路走去，两千米外就是南天一柱，高约 7 米，是清宣统年间崖州知州泡去梯的笔墨；旁边一块卧石刻着“海判南天”，是清康熙年间钦差大臣苗曹汤的字迹。继续走 500 米就到了刻有“天涯”的巨石下，铭刻“天涯”二字的人是清雍正年间的崖州知州程哲，他老人家在地下哪里知道，当年随手在石头上镌刻的感慨，如今竟成为举国上下朝思暮想的地方。“天涯”二字下端，是民国初年不知哪个官人题留下“海阔天空”四个大字。转过“天涯”巨石，“海角”二字则刻在一座高耸的石峰上，据说是清末某个文人所题。

黎萍开始讲述《天涯传说》。她说：传说遥远的大陆有一对男女，从小青梅竹马，可是长大后，双方的家庭，却坚决不允许他们结合。于是，痴情的男女，逃到海南岛三亚。面对茫茫大海，走投无路，身后又追来了众家丁。头目哈哈大笑：“抓活的，抓活的。”

“抓到活的，有重赏。”

两人无路可寻，他们为了像唐明皇与杨贵妃一样，“在天愿做比翼鸟，在地愿为连理枝”，两人拥抱着，双双奔向大海。天空为他们的精神感动了，为后面的追捕愤怒了。此刻，电闪雷鸣，狂风大作，风雨交加，痴情的男女，成为两块巨石，所有追捕他们的人则被劈成了碎小的石块。据说，依偎立于海边刻有“天涯”和“海角”的两块巨石，就是当年的这对恋人，那些包围着他们的小石块，就是众家丁。这段故事情节，虽然似曾听过，但还是令情侣们动情的。

天涯海角景区的南天一柱石头，也有一个传说。很久很久以前，三亚一带，海面恶浪汹涌，害怕死于恶浪的百姓，惊恐万状，不敢出海。王母的两个仙女，行侠仗义，闻讯下凡，镇压恶浪。

谁知道，竟然惹怒王母，派雷公捉拿二女归案，二女不从，化作双帆石，并肩而立。雷公勃然大怒，将其劈成两截石块，一个远在海里，一个依然在海边插地而立。这就是你今天看到的“南天一柱”。1980 年版的 2 元人民币上，背面的景点就是南天一柱。我们亲眼看到的气势，比钞票上的更磅礴。

神话博士说：“关于天涯海角的来历，还有一个传说，好比关于五指山的来历，有几种神话传说一样。”大家各自打开了魔衣、魔幻背心上的梦幻开关，神话博士的故事，让他们看见了几个人在天空遨游。

阿槟、阿榔认出来了，说：“他们是天上的美食仙子、护家仙子、兵将仙子。”

忽然，护家仙子惊呼：“你们看，人间竟有胜似仙境的地方。”

美食仙子、兵将仙子顺着他的手指望去，透过白云姑娘飘拂的纱衣，他们看到了碧绿如玉的大海。海中银色的波涛，一忽儿排成一字，如天庭中美丽的银河；一忽儿星星点点地跳跃、闪烁，和白云姑娘相亲相吻，如美人鱼在嬉戏取乐。鱼虾、贝类等海里生物，在碧绿的水底宫殿里悠悠地转，尽情地游……整个大海充盈着神秘浪漫、美妙无穷的勃勃生机。

山峰耸立，蜿蜒逶迤，参天大树，簇簇藤萝，郁郁葱葱。山鹿、刺猬、黄猄、山鸡等众多可爱的山中生灵，在密林深处追逐奔跑，享受山岭的无限风光。一望无垠的海滩上，燕雀起舞，珍禽歌唱，热闹似天宫的欢庆会。这美景让三位仙子都看呆了！好久好久，他们才如梦初醒，异口同声地说：“我们何不去人间走走！”

他们飘游到山间，见三位黎族青年正围着一堆火，端着竹筒在吃饭，飘散在空气中的芳香，使他们连咽了几口口水。他们快步走过去，声称自己是过路的行人，向他们要口饭吃。三位黎族青年，立即把自己手中的竹筒饭给了他们。不吃犹可，他们一吃，大为惊叹，几乎是异口同声：“人间竟有如此之美食！”

三位仙子被黎族青年热情好客的行为感动了。美食仙子从口袋里掏出一个指甲盖那么大的碗递给他们说：“拿着吧，它会帮助你们渡过饥荒年的。”

护家仙子从口袋里掏出一根小棍子，递给他们说：“这根棍子送给你们，只要把它放在你们家的大门后面，坏人就进不来。”

兵将仙子从口袋里掏出一张纸递给他们说：“如果谁来欺负你们，你们只需对着这张纸叫声‘兵将仙子，快来帮我。’就立即会有人来帮你们打败敌人的。”

说毕，三位仙子化成一阵风走了。这几个黎族青年，才知道自己遇上了神仙，又惊又喜。回到家，他们把美食仙子送给他们的小碗放在桌子上说：“小碗小碗，你怎样帮我们渡过饥荒年？”

他们的话音刚落，金色的谷子如同喷泉，从小碗里喷出，越喷越大，越喷越多。三青年惊呆了。他们走家串户，把这好消息告诉父老乡亲们，并把小碗喷出的谷子分给大家。这消息一传十，十传百。不久，远远近近的人，都知道在下马岭的黎寨，三个黎族青年有个会生谷子的宝碗。强盗恶贼，流氓无赖从四面八方，像成群结队的老鼠一样，窜到三青年的家门口。可无论他们多么凶恶，都进不了三青年的家门。原来，只要他们的腿刚往门里迈，就会被一个无形的东西打得头破血流。坏蛋们吓破了胆，溜走了。只有黎族三青年明白，这是仙人的小棍子在帮他们护卫家园，他们遵照护家仙子的嘱咐，将那神棍放在他们家的大门后面了。

有一天，三青年出海捕捞，忽见远处来了几只乌黑的怪船，船上站着豺狼精、乌鸦精，指挥一些怪模怪样的人在兴风作浪。那些怪人，口喷出墨黑墨黑的水，那水一落入海中，马上，鱼、虾等海中生物，全都泛出海面，绿色的海水顿时变黑。洁净美丽的海水，如此让怪物糟蹋，这还得了！三青年放开嗓门，对着怪船上的人大喝："强盗，不准你们往海里吐黑水！不准你们往海里吐黑水！"

怪船上的怪物根本不理他们。三青年急了，跳下海，游到怪船旁边，天呐！这哪里是人，分明是一群鬼怪。它们的脸铁青，面獠牙铁青，浑身的肉也是铁青的，他们对着三青年狰狞地哈哈大笑。三青年为了保卫家园不受侵犯，保护海水不受污染，奋不顾身，跳上怪船和鬼怪搏斗。在打斗中，两个青年壮烈牺牲了。另一个青年突然想到了兵将仙子给他们的那张纸，他忍住悲痛，夺路而逃，飞奔到家中，找出那张纸就念："兵将仙子，快来帮我！兵将仙子，快来帮我！"

这当儿，兵将仙子正在天庭巡逻，听到呼叫，急忙叫来美食仙子、护家仙子，然后带上天兵天将，腾云驾雾来到下马岭，看见了怪船的妖魔，展开激烈的战斗。怪船上的妖魔，修炼了几千年，尽管面对众多天兵天将，却是毫无惧色。海面上刀光剑影，杀声震天。

正在午睡的玉皇大帝，被惊醒了。他睁眼往人间一看，大惊失色。他的兵将仙子、美食仙子，护家仙子、还有许多天兵天将，正在下马岭海湾和妖孽激战呢！他又气又急，气的是三位仙子和天兵天将违反了天规，擅自下凡作战；急的是他的天兵天将不一定能战胜修炼了几千年的妖孽。他当机立断，请来了佛祖如来，去收拾这些妖孽。

如来佛手拿玉瓶，踩着万道金光，赶到了激战的海面，大喝一声："妖孽往哪里逃！"

接着，如来把宝瓶对准海面，妖孽一个个尽收瓶中，拂袖而去。这时，玉皇大帝驾到，厉声斥责说三位仙子和天兵天将违反天规，要处罚他们。三位仙子异口同声地说："为了保护人间的太平和美丽，我们甘愿受罚。"

玉皇大帝说："好！我成全你们，让你们永远留在人间，守卫下马岭。"

手指一点，将他们点化成了岸边的石头。由于有了这些神石的护卫，从此，再没有妖孽来破坏下马岭地带的美景。这里的山岭美丽如画，海水湛蓝湛蓝的，沙滩洁白如雪……

神话博士与阿椰、阿槟、黎萍导游坐在天涯海角的石头上。神话博士说，黎萍导游讲述的《天涯传说》，是一篇美丽的神话。在神话里，最美的应该是天堂。人们当年说苏州、杭州的风景美，总用一个比喻：上有天堂，下有苏杭。

可是，神话里认为，人间也有比天堂更美的地方。一是神话建立在地大物博基础上的幻想，二是神话里的黎族同胞十分善良与勇敢，他们好客的行为，是海南人民的代表。海南是个移民岛，全国各地的人到海南，就像回到家乡一样。三是神话里面出现了一些流氓，也出现了一些妖怪，这与我们今天的社会现实是有联系的。今天，社会上确实有各种丑恶现象，偷盗的、贪污的、抢劫的、贩毒的，都有。神仙也知道人间社会的阴暗面。

另外，世界上，还有强大的敌对势力，在破坏生态自然，在破坏人类的和平。而这些敌对势力，老百姓无法对付，神通广大的天兵天将也感到力不从心。借助如来佛，降服了妖魔。这个如来佛，我认为，就是中国共产党领导的中国人民，还有全世界热爱和平的人民大众。

神话博士还说：最后，谈一下这个神话中关于生态保护的问题，妖魔破坏生态环境中的海洋，于是，战斗围绕保护生态环境、生态资源展开。这对于我们建设国际旅游岛是个警示：海南的自然风光，是一流的美丽环境，也是易碎的自然环境。

神话博士、阿槟、阿榔、黎萍、九代穷等人去看天涯海角的几块石头，其中，一块石头发话了："豺狼精、乌鸦精昨天来过，它们现在到处在寻找宝刀与宝锄，这是定海用的宝贝，你们一定要抢在它们前面。"

直到今天，牙龙湾仍美丽似仙境。凡是到过牙龙湾的人无不兴奋地说："三亚归来不看海！"

因为牙龙湾那湛蓝如明珠的海水，那白如雪、软如绵、细如面的沙滩，那美似清纯少女的自然风光，给人们留下了终生难忘的印象。

神话博士、黎萍导游、阿榔、阿槟来到亚龙湾，想继续寻找宝刀与宝锄，黎萍导游开始讲起亚龙湾的神话故事。

——亚龙湾以前叫做牙龙湾。很久很久以前，牙龙湾地带有七位纯洁美丽的姑娘，其中一位特别美丽的叫吉利，这个名字同汽车的品牌吉利一样的字眼，同自己用的剃须刀的牌子也是一样的两个字，我们平时希望追求的也是这两个字——吉利。

由于她们的人格得不得信任，她们的委屈难以伸张，于是，她们走上绝路，投海自尽。未婚夫们为此痛苦不已，懊悔不已。特别是吉利的未婚夫阿祥，更是痛不欲生。其实，七位姑娘并没有死，她们的眼睛融进了水里，使海水变得湛蓝透明如玉。她们的凡体变成了洁白美丽的海滩，她们的灵魂升入了天堂，成了天上的七位仙女。

以前读唐诗，神话博士认为诗仙李白是最善于运用夸张技巧，他的《望庐山瀑布》"飞流直下三千尺，疑是银河落九天。"夸张得太壮美，成为千古名句。现在看来，我们的神话故事，也善于运用夸张的技巧。眼睛能够融于海水，身体能够变成海滩，这个夸张同样是非常壮美的。

阿祥等七人得知真情后，心情好了些，打这以后，他们恢复了生活的信心和勇气，但他们再也不下海捕捞了，因为在那里，有他们心爱姑娘的眼睛，他们怕打破湛蓝如玉的海水，他们担心影响海里自由自在生活的生灵。为了生活，他们从渔民变成了猎手。白天，七人一道上山打猎，晚上，七人一道在牙龙湾的沙滩上歇息。七双又大又黑的眼睛，瞪得如同天上的星星，对着西边天门的地方，盼望着天门开启，盼望着七位仙女从天门里走出来，哪怕是看一眼也好。

时间一天天地过去了，天门始终没有启开，七位仙女始终没有露面。一天，阿祥他们在山中打死一只野猪，高高兴兴地把野猪背回家煮了，分给全村乡亲饱餐了一顿。晚上，他们仍然到牙龙湾的沙滩上休息，仍然目不转睛地望着天门启开的地方。突然，他们听到从山里传来了一阵阵异常凄厉的哭喊声，他们开始感觉恐惧，身体开始发抖。哭喊声太凄惨了，令他们胆战心惊。这时，黑夜的天空被一道银光划破，天门开启！吉利从天门里走到山顶，生气地对他们说："你们打死了野猪妈妈的儿子，她们全家全族伤心得要命，野猪妈妈的眼睛都快哭瞎了。”

说完，飘然而去，天门又关上了。阿祥他们七人听罢吉利的话，心情非常沉重。他们觉得自己太残忍了。阿祥说：“以后我们再也不打猎了，无论如何也不打了。“

“那么，靠什么为生呢？”其中一个人问阿祥。

“靠种地为生。”阿祥毫不犹豫地说。

从此，他们白天忙耕种，晚上仍到沙滩上歇息。他们仍目不转睛地望着天门启开的地方，盼望着天门奇迹般的启开，盼望着七位仙女从天门里走出来。春天里的一个夜晚，他们七人同时感到疲倦了，同时进入了梦乡。夜半，他们同时做了一个梦，梦中南海龙王的第五个儿子牙龙告诉他们：“东海龙王看中了这块美丽如画的牙龙湾，曾多次向南海龙王提出，要以珍珠宝贝来换取牙龙湾，南海龙王坚决不答应。东海龙王发怒了，就向南海龙王下了战书，不日，他将派精兵强将来攻打牙龙湾，然后，叫他们那里力大无比的乌龟背走牙龙湾。”

牙龙还告诉他们，他和他的父亲南海龙王都感到难办。听说要背走牙龙湾，阿祥他们惊醒了，他们不约而同地叙述了自己的梦，然后纷纷表示，无论如何不能让东海龙王背走美丽如画的牙龙湾，它是我们心爱的人的凡体变成的。我们失去了心上人，再也不能失去永驻她们凡体之美的沙滩。可是，怎么办呢？连南海龙王和龙王的儿子都感到难办，我们这些凡人还能有什么办法呢？

为此，他们吃不下，睡不着，种地也没有了力气，成天唉声叹气。那天，他们七人上山砍柴，又议论这件事。七个人一致表示：“如果南海龙王打败了，牙龙湾让东海龙王背走了，我们就不想活了。”

这时，一头巨大的野猪跑到他们面前，好心好意地说：“各位壮士，不要难过，更不要垂头丧气，我和山中的弟兄们都会来帮助你们，只要大家齐心协力，东海龙王的大力士乌龟是背不走牙龙湾的。“

阿祥他们七人惊呆了，野猪会召集动物们来给人类帮忙，他们不相信自己的耳朵。阿祥忍不住问：“我们杀害了猪妈妈的儿子，杀害过许多山鹿、刺猬、猴子、黄猄、蟒蛇等山中的生灵，你们为什么还愿意帮助我们呢？”

野猪说：“山神告诉我们，不要记恨谁的过错，要记住人家给你的恩典。不错，你们当初是杀害了我们不少弟兄，可是你们以后改了，你们就是我们的朋友。你们有危难事，我们就应帮助你们。”

阿祥他们惊喜地问：“我们真不敢相信，这是真的吗？”

野猪非常认真地说：“放心吧，当然是真的。”

接着，野猪递给阿祥一块石头说：“如果东海龙王来攻打海湾，你就对着这块石头说，野猪野猪快快来，野猪野猪快快来！”

野猪说完就不见了。阿祥把石头捆在裤带上，然后七个人抱成一团，连喊：“有救了！有救了！”

当天，他们劳动起来格外有劲，吃起饭来格外香喷。我们听到这个故事，心情一定很复杂，有时候，动物比人类更讲文明。第二天，他们下地干活回来，忽见万道金光从海底升起，“霍霍”的刀剑拼杀声，震耳欲聋，海面上波涛汹涌，浪花冲天。一条海鲤跃出水面，对他们大声说：“不好了！不好了！东海龙王攻打我们这里来啦，他们要夺走我们的牙龙湾。”

阿祥一听，立即从裤带上解下石头，对着石头说：“野猪野猪快快来，野猪野猪快快来！”

顿时，电闪雷鸣，狂风大作，潮水一般，涌来了野猪的雄师，刺猬的方阵，蟒蛇的阵营，黄猄的军队。

山里动物，乘风而来；千军万马，踏平沙滩；呼声震天，扑向大海。这时，海浪百丈，东海龙王和南海龙王站在最高的浪尖上刺杀，鱼兵虾将也跃出水面，相互厮杀。刀光剑影，杀声震天。

东海龙王兵多将强，将南海龙王打晕了。东海龙王哈哈大笑：“牙龙湾到手了！”

接着，他对着东面念了几句咒语，咒语刚落，忽见一只很大很大的海龟乘坐一簇浪花来到了牙龙湾，它把脑袋伸得长长的对东海龙王说：“大王，我来了！”

这当儿，野猪和它的伙伴们猛见大海龟来了。大野猪立即命令大家按种族抱成团，站成五大片，然后它念了两句咒语，大家的腿立即无限地伸长，并无限地插进海底。它们用自己的生命，把牙龙湾钉在了这个地方，任谁背也背不走了。天长日久，它们变成了拱卫亚龙湾的五个岛屿。如今，这五个岛屿仍坐落在亚龙湾里，人们把最大的那个叫野猪岛。野猪岛，怪石嶙峋。其中，有一块巨石的确实像野猪。

东海龙王见大力士海龟背不走牙龙湾，恼羞成怒，一脚将乌龟踢到了鳌山脚下。许多鱼兵虾将，也被打到东岸边，罚它们永远不得回到海里。这些鱼兵虾将可怜巴巴地站在岸边，望着大海流泪，久而久之，成了千姿百态的石头。

这个凄美的爱情故事与土地保卫战，实在令人深思。七个青年猎手后悔因为自己的狭隘，失去了美丽的爱情。但是，猎手们受到谴责而敢于改邪归正。他们有坚守心爱姑娘化身海滩的决心，不愿意他们心爱的姑娘受到侵犯。在危急时候，是动物群体帮助了他们。领头的野猪，大公无私，大义凛然，虽然失去了自己的儿子，为了保护大自然的生态环境，与人类和谐相处，不计较个人恩怨，带领成群的动物，打了一场土地保卫战。

这个故事，给人很多启示，让我们想起了动物生态学，这是从生物种群和群落的角度研究动物与其周围环境相互关系的科学，是生态学的分支，是由动物学与生态学等交叉学科形成的学科。

神话博士说：“有一个鲨鱼的传说，是真善美与假丑恶的对比，反映我们古人朴实的生态观念。”

接着，神话博士讲述了这个感人的传说。

——在一个阳光灿烂的日子，亮如明镜的海面上，荡漾着一只帆船，船上坐着七个进京赶考的秀才。他们满面春风，趾高气扬，吟诗作对，谈笑风生。他们对此次赶考，信心百倍，指望金榜题名，荣归故里。

忽然，一个秀才发现了一条大鲨鱼紧追在船后。他惊恐万状：“不好了，不好了，鲨鱼盯上我们了。鲨鱼作乱，有翻船之灾。”顿时，船上的人，瑟瑟发抖，面如土色，他们惊呼：“老天爷，怎么办呀！我们都要亡命了！”

船夫不慌不忙地转过头来，他说：“鲨鱼只是追赶我们，并不想伤害我们，说明我们里面有好人。这样吧，我们大家一起把自己的毛巾丢下海，看鲨鱼咬谁的毛巾。谁的毛巾被鲨鱼咬了，谁就是坏人，我们就把他推下海，保住大家的平安。”

束手无策的七个秀才，回过神来。大家忐忑不安，只得赞同船夫的主意。各人慌乱地拿出自己的毛巾，船夫也拿出一条毛巾。船夫叫：“我喊，一，二，三，然后大家同时把毛巾丢进海里。”

船夫叫：“一、二、三。”

八条毛巾“刷”地同时抛向海里，船夫对鲨鱼说：“鲨鱼啊鲨鱼，你要谁下海，你就咬住谁的毛巾！”

秀才们，有的惊慌失措，有的战战兢兢，他们都希望自己的毛巾不要被鲨鱼咬住。唯独船夫，视死如归，坦荡自若，平静地望着鲨鱼。毛巾在海里漂，鲨鱼在海里游。忽然，鲨鱼咬住了一条毛巾，这是船夫的毛巾。船夫说：“这是我的毛巾，我有几句临终遗言，你们帮我记下。”

七个秀才一听，立即如释重负，容光焕发。没容船夫说半句告别的话，就动起手来，抬头的抬头，扛脚的扛脚，使劲把船夫扔进了海里。说来也巧，不偏不倚，船夫正好落在鲨鱼背上。鲨鱼昂起头，拨开水面，箭一般冲向了岸边。鲨鱼刚着陆，突然太阳隐藏，天昏地暗，狂风四起，紧接着，大雨倾盆，波浪滔天。海中的船翻了，七个秀才落入水中，无一幸存。

船夫在自己的毛巾被咬住的当儿，就失去了知觉。鲨鱼把他背上岸时，瓢泼的大雨将他从昏迷中浇醒。他站起来，揉揉眼，举目朝海中望去。天哪！汹涌的波涛一个接着一个，他明白那船必翻无疑，七个秀才必死无疑，他为他们的悲惨结局，感到十分悲伤，泪如雨下。

忽然，船夫听见了痛苦的呻吟声，低头一看，才发现他身边有一条庞大的鲨鱼。顷刻间，他才醒悟，自己是被鲨鱼救上岸的。鲨鱼是水中动物，如今躺在沙滩上，肯定不能适应，肯定非常痛苦，难怪它痛苦呻吟呢！船夫立即蹲下，无限深情地抚摸鲨鱼，然后使尽全身力量推鲨鱼回海。无奈鲨鱼体积太大，船夫力气不够，推了几个小时，也没有把鲨鱼推进海里。鲨鱼断气了，船夫扑在它的背上痛哭不已。

也不知哭了多久，船夫的眼泪哭干了，人也昏迷了。蒙眬中，一位鹤发童颜的老翁，拄着拐杖走到他的面前，微笑着说：“小伙子，你平时尊老爱幼，积德行善，鳌山山神，看在眼里，记在心里。如今，鳌山山神预测到了台风灾难，派出山中的救护神，附在鲨鱼身上来救你。你也不必太伤心，回去吧！多积德，广行善，神灵是会庇护好人的。”

船夫赶紧睁开眼，老翁已走得无影无踪了。船夫回到家，带着妻子与儿女，埋葬了鲨鱼，并立上墓碑：“鲨翁之墓。”全家唱起殡丧歌。由于战争，人与动物牺牲了不少，活着的人们举行仪式，唱起殡丧歌，来悼念他们（它们）。跳起《捉鬼舞》、《五风舞》。这宗教祭祀舞蹈多与驱鬼除魔、超度亡灵有关。本来，舞蹈的起源与宗教、巫术有密切联系。

在乐东黎族自治县、东方黎族自治县、昌江黎族自治县等县属黎族哈方言“罗活”土语的黎族村寨中，每逢家中有人做噩梦或生病，必请“道公”、“娘母”来作法和跳《捉鬼舞》。当地黎族群众认为做噩梦或病魔缠身，都是恶鬼在作祟，摄去人的灵魂所致。家人不得不请“道公”或“娘母”来作法。病人家里要宰杀牲畜，设起祭坛，先在坛面上铺好芭蕉叶，摆上三行碗，每行各摆放5个或7个碗，盛上未放盐巴的牲畜肉、饭菜及酒，将筷子竖起插入碗中，然后将编成小梯子的芭蕉梗从坛面吊挂至地下，病人衣物则置于坛下。“道公”左手持一支铁箭，右手拿一把刀或一枝红藤叶，在锣鼓声中，边念咒语边表演捉鬼、赶鬼、招魂等动作，围着祭坛边歌边舞。最后将铁箭在病者身上拨动，意在驱赶缠在病者身上的“鬼魂”，为病人请神消灾。

在三亚市、陵水黎族自治县、乐东黎族自治县、东方黎族自治县等市、县黎族哈方言“哈应”土语的黎族群众中，人们认为人具有两重性，即肉体和灵魂。人死后只是肉体的消亡，而灵魂却是永存的，而且与阳间有着一定的联系。人死后，死者的灵魂既可保护家人，又可作祟家人。因此，这些地方流行人死后停棺7天、12天、20天甚至几个月不等（视经济条件决定）的习俗。待举行隆重的“作斋”仪式，为死者超度亡灵后，才将死者抬到家族墓地埋葬。“作斋”时，跳的是《五风舞》。所谓“五风”即东、西、南、北、中5个方位。这里的黎族群众认为人死后在一定的时间内，其灵魂仍游荡于荒郊僻野，无法归宗，跳《五风舞》就是为其招回亡魂。跳舞时，首先在香案四周设神位，然后“道公”带5个表演者绕着神位起舞。在锣、鼓、镲等乐器伴奏下，先逆时针方向绕神位走，走完一圈又朝顺时针方向走，时左时右，场面严肃又热烈。

鲨鱼在人类传统的眼光里，与鳄鱼一样，是最残暴的动物之一。可是，根据生态学的观点，最残酷的不是毒蛇、猛兽，应该是破坏生态环境的人。就拿蛇来说，一般情况下不会攻击人类。一旦攻击人是因为它产生错觉，以为人会攻击它。这个神话故事，说鲨鱼非但不恶，还在救人献身中完成其大善。我们应该从这个神话故事里获得教益。

神话博士说：“动物生态学分为两个主要分支：动物个体生态学和动物群落生态学。前者研究动物个体或种群与环境的关系，后者研究动物群落与环境的关系。或者，以栖息地的不同，分为水生动物生态学、陆生动物生态学和寄考生物生态学。动物在生态系统中是消费者有机体，在生态系统中占有重要位置。它在消费植物的过程中把植物转化为肉类、蛋类和奶品，因而又是动物蛋白的生产者。它为人类提供丰富的食品、药物和各种工业原料，与人类的生存有密切的关系。研究动物生存和发展的生态的规律，对于健全生态条件，对于人类利用和保护动物资源，有重要的意义。”

黎萍导游、神话博士站在亚龙湾海滩上留影，听见亚龙湾的石头在说话：“豺狼精现在到处在寻找宝刀与宝锄，这是定海用的宝贝，你们一定要抢在它们前面。”

二十六、船型草屋

一个船型屋出现在我们面前。黎萍导游对着船型屋，讲起一段美丽的神话传说。导游说，大禹坐天下时，一个小岛国里，住着一个国王和王后，他们渴望有一个女孩子。于是很诚意的向观世音祈祷："观世音菩萨啊！我们都是好国王好王后，我们有几个儿子，但是想要一个女儿，请您赐给我们一个女孩吧！"

第一年，没有效果。第二年，他们还是向观世音祈求。终于，工夫不负有心人。10个月后，王后生下了一个可爱的小公主。

导游一边讲，一边让大家打开了幻觉开关。大家看见，这个出现在面前的女孩眼睛又圆又亮，鼻子很灵巧的样子。

国王和王后就把她取名为"丹雅公主"。全国的人民都为丹雅公主深深祝福。漂亮善良的公主，得到国王和王后的百般宠爱，逐渐长大，终于成了一个人见人爱的美少女。丹雅公主非常善良，有爱心，她经常和动物一起玩耍。森林的动物，像小鹿、小兔子、松鼠、小鸟都喜欢接近丹雅公主，因为丹雅公主不容许猎人随意杀害它们，还给它们食物吃，讲故事给它们听。个性善良有如天使般的丹雅公主，过着幸福快乐的生活。可是，好景不长，丹雅公主的母亲生病去世了。

国王为了丹雅公主就迎娶了一位新王后，可是，这位新王后却是个狐狸精。她外表很美丽，但内心很歹毒。她每天都要吸动物的血，吃动物的心肝。遭到丹雅公主的抵制，公主对她不冷不热，也激起了她的嫉恨。于是，丹雅公主成为新王后的眼中钉与肉中刺，新王后发誓非要除掉公主。

新王后与一个相面师勾结，来到国王面前，说什么："公主是扫帚星，不能够留在世界上。"

国王不但不相信，还很生气，说："别认为我喜欢你，你就可以对我女儿胡作非为了，警告你小心一点。"

新王后非常有手段，说："您可以不相信我的话，但是，你可以试试呀。"

国王下令，为公主招亲。提出一个条件，谁能够骑马射箭，百发百中，那么，就可以娶公主为其妻。

王后本身是狐狸精变的，她有一个很特殊的法宝。这是一个魔戒，能够用魔法完成王后交给的任务。现在，她对魔戒说："将一个狐狸变成一个青年。"

片刻，魔戒回答："您的吩咐已经照办。"

她打开粉盒，里面有一面很奇特的镜子，从镜子里可以看到她所吩咐的东西。现在，她看见了一只狐狸变成了青年人。她对魔戒下令："将他带到王宫里来。"

狐狸变成的青年来了。王后给他一套神箭，能够指向哪里，就射向哪里，堪称百发百中。青年接受王后下达的任务后离开了。国王告示天下，公主丹雅招驸马，用射箭比武招亲的形式，在全国范围内应征。那一天，宫殿门前的广场上竖起一个圆圆的靶子，看比武招亲的人很多，可以说是人山人海。来应征的有英俊的宫殿卫士，有年轻的猎手，还有武艺高强的青年将军。第一个上场的就是一个青年将军，国王很欣赏他的武艺。他雄赳赳气昂昂地上场，可惜，射箭没有百发百中，真有百发百中的。王后也可以对魔戒下命令，叫你不可能射中。最后，轮到狐狸青年射箭，自然是百分百中。国王当然高兴得了不得，宣布了自己的女儿将与狐狸青年成婚。

王后对狐狸青年说："我不想再看到丹雅公主了，你找个借口，把她带到森林里偷偷杀掉。杀了以后，把她的心和舌头带回来，作为你杀死她的证据。然后，你就回你的狐狸群中去，听到没有？不可以有半点差错。"

"是的，王后。"

狐狸青年听了这话之后，就真的把丹雅公主带到森林里去了。当狐狸青年抽出刀来杀公主的时候，他看到正在采花的公主，纯洁，善良，有如天使一般，不忍心杀她。就向丹雅公主说："皇后命令我杀掉你，可是我实在狠不下心，所以，你还是从森林里逃走吧！"

狐狸青年说完，回皇宫去了。丹雅公主听到猫头鹰的叫声，越走越觉得森林好可怕。丹雅公主熬不住，回家了。

新王后看见丹雅公主还活着，气得发疯，将几件好睡衣，用剪刀剪碎了。事后，心生一计，她让狐狸青年吃毒药，狐狸青年死了，她让国王来看。国王看了不信："死掉一个丈夫，不能够说明问题。"

新王后说："那么，请容许你让她马上再结婚。"

这次，没有进行比武招亲。比谁更为聪明。王后对魔戒说："再让一个狐狸成为美貌青年来应征。"

她打开粉盒，看见一个狐狸青年出现了。她对魔戒说："赶紧叫他到王宫来见我，狐狸青年与一些青年来参加考试，看谁的知识面宽。"

老狐狸精变成的王后，真狡猾，她暗中笑："看谁斗得过我。"

考试的那天，还是人山人海，结果，只有狐狸青年考得满分，狐狸白面书生成为驸马。没有过到两天，狐狸白面书生吃了一个水果，倒地身亡。王后惊慌失措地跑到国王面前，大叫："不好了，又死了一个，真是扫帚星呀。"

国王还是不信，又让公主第三次嫁人。这次公主嫁的不是狐狸变的青年，而是一个乡下人。因为，一般人听说公主是扫帚星，所以不敢娶。用不上比武招亲，也用不上考试比智慧。结果不说也知道，这第三个丈夫还是被王后害死了。于是，丹雅公主连续嫁了三个丈夫，三个丈夫先后都死了。相师说她是扫帚星下凡，一时弄得满城风雨，人心惶惶，纷纷请求处死丹雅公主。

丹雅公主毕竟是国王的亲生女儿，国王不忍下手，便在一个北风呼啸的清晨，备了一只无舵无桨的小船和一些酒食，以及一把山刀和三斤谷种，将丹雅公主放到船上。丹雅公主养的一条小黄狗也跟上了船。小船在风中飘入了茫茫大海，不知过了多长时间，历尽劫难的丹雅公主的船，在一个荒岛岸边搁浅。

她一边眺望远处的高山，一边欣赏成群的猴子，无忧无虑地在林间戏耍，所有的忧郁和恐惧，顿时烟消云散。丹雅公主饱餐了野兔和鸟蛋之后，便在这个荒岛定居下来。为了躲避风雨，防御野兽的侵袭，丹雅公主在海滩竖起几根木桩，然后把小船倒扣在木桩上当屋顶，又割来茅草围在四周。她有了属于自己的家。

白天，她带着小黄狗上山打野味，采野果。晚上睡在这船屋里，小黄狗忠实地守在门口。后来，船板烂了，她割下茅草盖顶。这就是后来黎族人所居住的船形屋的雏形。

通过时光隧道，阿椰、阿槟、黎萍导游、神话博士、杨扬硕士、胖瘦九代穷浩浩荡荡，来到丹雅公主所在的山坡，看到眼前有一栋船型屋。于是，便又惊又喜地叫着："啊，是船型屋！"

阿槟急忙向前敲敲门，可是，屋子里没有人来开门。她就自作主张把门打开。进入船型屋后，阿槟等时光在隧道跑了一整天，觉得非常疲倦，就在船型屋里休息。有的躺着，有的坐着，傍晚，当丹雅公主与仆人扛着锄头与黄小狗回来时，发现自己的家里挤满了陌生人。于是，她客气地问："你们是哪里来的客人？"

阿椰醒了，阿槟也醒了，睁开眼睛看着善良的丹雅公主。阿槟说："真对不起，打扰了。我是听人说了你的故事，专门来看望你的，只是因为我走了一整天的时光隧道，实在是又饿又累，看见这船型屋，我们就走进来休息了。没有你的同意，很抱歉。"

当丹雅知道阿槟是鹿仙女，阿椰是那个勇敢善良的猎手，好高兴啊，连说："欢迎你们，欢迎你们。"

新王后以为丹雅公主已经死了，有一天她派人到荒岛，才知道丹雅公主并没有死，她感到很愤怒地说："真是可恶极了，我一定要让丹雅公主粉身碎骨。"

坏心肠的新王后想到了一个毒辣办法，在香甜的芒果里面，用针管注入毒药，准备去毒死丹雅公主："嘿！嘿！丹雅公主只要吃一口这个有毒的芒果，就一定会死去。到那个时候，我就报仇了。"

一天，王后就打扮成老太婆的模样，提着一篮芒果来到了船型屋前。"可爱的公主，我现在后悔了，你的父王也后悔了，我们想接你回去。现在，你要不要吃一口香甜可口的芒果呀。我相信你一定会喜欢的。"

本来就很喜欢吃芒果的丹雅公主，看到水淋淋的芒果，便高兴地说："哇！这新鲜的芒果，一定很好吃的。"

于是丹雅公主伸手接过那个芒果。结果，公主才咬了一口，就马上倒在地上，昏死过去了。狐狸精王后看到她倒在地上，大笑着说："哈！哈！丹雅公主从此以后就从这个世界上消失了。"

阿槟一行傍晚来到船形屋的时候，看到公主躺在地上像死了一样，他们马上把她抬到床上，尽力地施救，公主终于苏醒过来了。

公主好像是从长睡中醒来一般，她的脸颊和嘴唇依旧是那么的红润。仆人与动物们雀跃不已，兴奋地叫着："哇！你们看到了吧！公主活过来了！公主复活过来了！"

阿槟阿榔更是满心欢喜地说："真是太好了！公主重生了，观世音菩萨真的不会让好人死去的！"

狐狸精王后自从毒害了公主之后，就以为公主必死无疑，心里非常高兴。现在看见公主活了过来，气急败坏，但是也无可奈何。狐狸精王后对魔戒说："狐狸斗士，一起上。毒蛇，接着上。"

几个狐狸斗士冲到面前，阿榔拿出刀来，舞动起一圈圈光芒，打退了几个斗士。还没来得及休息，毒蛇、毒蛙又出动了，上蹿下跳，阿榔招架不住，被一条毒蛇咬了一口。阿槟便与阿榔并肩作战。忽然，天上飞下几只老鹰，击退了毒蛇、毒蛙。狐狸精王后见势不妙，转身边往海边跑，慌慌忙忙上了船，船行不远，一条大鲨鱼将船给顶翻了。

再说阿榔被毒蛇咬后，痛楚地哼了一声，倒在地上。阿槟拼命地吸他身上的毒液，然后，将几粒镇痛丸让阿榔服下。阿榔昏迷过去，片刻，阿榔的神志略略清醒了些，他闭着眼睛喊："水，水。"

阿槟一下扑上前，赶快递上一碗水，阿榔喝下水后，慢慢地睁开眼睛。阿槟一时间喜极而泣："谢天谢地，阿榔，你总算活过来了。"

阿榔头痛欲裂，伸手去扶额头，他又躺了下去，哼哼道："我差点死了吗？"

公主过来了，一再说："谢谢你们救了我。"

阿榔问："狐狸精王后哪里去了。"

黎萍说："应该是葬身鱼肚了。"

神话博士说："真是善有善报，恶有恶报。"

正说着，一个巨大的石头磨盘向他们这边砸来。阿榔发现了，赶紧将神话博士推了一把，使他避免了被石头磨盘击中的危险。接着，伸手将石头磨盘一挡，那石头磨盘又反向飞向直取狐狸精王后。眼看磨盘就要落在狐狸精王后头上，狐狸精王后像旁边一闪，躲过去了。否则，狐狸精王后将会被磨盘击中。黎萍、神话博士感到十分惋惜，又感到害怕，躲在墙角不敢动弹。再看阿榔，面不改色心不跳，十分镇静，而那狐狸精王后，则是面容失色，显得惊慌失措了。阿槟说："不能够让这狐狸精跑掉了。"

这一喊，提醒了大家。于是，有的拿棍子，有的举锄头，有的拿石头，将狐狸精团团围住。阿榔冲在前面，将网野猪的网子一下扔过去，将狐狸精网住了，狐狸精在里面狂呼乱叫，垂死挣扎，神话博士与田工上前敲了两棍子，狐狸精才停止了吼叫。公主数落了狐狸精的罪恶。原来，这狐狸精除了让国王杀动物给她吃外，还要吸收人的精血，被她吸血的人死的不止一个。最后，弄得国王也奄奄一息。她知道公主没有死，担心公主在正义朋友的帮助下，会反戈一击，于是，赶到了这个小珊瑚岛。事实上，如果，她早来一天，公主就会死在她的手上。阿榔他们几个及时赶来了，公主的生命才得以不死，而狐狸精反过来成为阶下囚。

阿槟说："处死她，免得以后祸患无穷。"

阿榔说："对，对这种祸国殃民的妖精不能够手软。"

他们几个关押了狐狸精王后居住在船型屋里。香气扑鼻的竹筒饭让他们不想放下筷子，吃完饭，黎萍导游兴致勃勃，滔滔不绝地给阿榔、阿槟、博士、硕士、教授讲起黎族民间故事。有《娜艾干》、《聪明的儿媳妇》、《聪明的亚坚》、《孟征的故事》等，都是聪明机智人物巧斗地主或头人的故事。

谁知，等他们吃完饭过来，发现网子里破了一个大洞，狐狸精已经不知去向了。公主说："我们还会有灾难的。"

狐狸精溜到哪里去了，一旦狡猾的狐狸精与作恶多端的豺狼精、乌鸦精勾结在一起，将对社会构成更大的威胁。阿榔想到这里，大声说："是的，我们以后还会有恶战，公主要小心，有什么情况，及时向我们通报，如果能够得到那把宝刀与宝锄，就更好了。"

二十七、博鳌传说

琼海博鳌镇，一个自然生态保护得近乎完美的地方，国外环境专家称其为世界河流入海口自然景观保存得最完整的处女地,有着“中国达沃斯与戛纳”之称。博鳌镇风光秀丽，全年平均气温23.8℃，集秀丽景色和名胜古迹于一地，被人们誉为奇妙的南国风光画卷。博鳌是博鳌亚洲论坛成立会址、博鳌亚洲论坛永久会址，论坛每年定期召开一次,目前已成为亚洲以及其他有关国家、工商界和学术界领袖进行对话的高层次的平台，赢得了全世界的广泛关注。

徐龙院长作为学者，有幸参加了一次博鳌亚洲论坛。叫徐龙院长难以忘怀的是，这次会议让他见到了中国国家主席以及一些外国元首。博鳌距海口美兰国际机场104公里，车程70分钟；距三亚凤凰国际机场198公里，车程90分钟。轻轨在博鳌有站，到海口只需30分钟，到三亚只需45分钟。博鳌商务机场也在建设中，并将建有轻型水上飞机、直升机机场。

博鳌湾项目总占地面积约150亩，总建筑面积约10万平方米，东侧距海仅20米，是博鳌亚洲论坛“特别规划区”的1号地块，尽享独特的自然资源。神话博士与黎萍导游、猎手阿椰、鹿仙女阿槟登上了玉带滩。踏上玉带滩，神话博士在哪里高声赞叹：“什么叫大自然的鬼斧神工，玉带滩正是。”

万泉河、九曲江、龙滚河三江争相出海，汹涌波涛的南海出面迎接。一条细长的沙滩，好似玉带降落其间。千百年来，任凭河水与海浪的冲刷，永不褪色，堪称人间奇迹。阿槟、阿椰站在玉带滩上，面向一望无际的大海，烟波浩渺，白浪滔天。放眼远眺，渔船张网，海鸥翱翔，好一幅绝妙的南海风情画。他们回想起当年面对大海的情景。

喜欢奇石的石博士面对多块黑色巨石组成的岸礁，对黎萍导游说：这是传说中的“圣公石”，劈波斩浪，突兀屹立，状如累卵。传说它是女娲补天时，不慎掉落的几颗砾石。此石好比神灵，选中这块风水宝地定居，千百年来，不惧风吹浪打，岿然屹立不动，一直和玉带滩厮守相望。

神话博士上前问：“敢问宝刀宝锄在什么地方。”

石头被浪花敲出了声音：“博鳌知道，博鳌知道。”

黎萍说：“真奇怪，这石头被波浪冲击的声音像人在说话。对了，神话博士，你听说过鳌的故事吗？我可以给你讲讲。”

听说黎萍导游要讲故事，阿椰、阿槟与神话博士靠近黎萍。神话博士打开魔衣上的梦幻开关，一幅幅神话的历史画面历历在目。

——往昔万年，南海龙王敖钦的女儿“小龙女”怀孕12个月，艰难中诞生一子，名“鳌”。此子诞生时，凤舞龙翔、百鸟争鸣、百花盛开。而“鳌”长相奇异：龙头、龟背、麒麟尾。龙王见女儿竟生出如此怪物，勃然大怒，一气抽出腰间玉带抛向河海边，形成“玉带滩”，阻隔“鳌”母子欲归南海之路。小龙女苦苦哀求，望龙王认“鳌”，却三秋未果，心力交瘁，终面向南海化作“龙潭岭”。

孝敬母亲的“鳌”见此情此景，凶性大发，四脚八叉地上蹿下跳，风起浪涌，汪洋一片，良田尽毁，民宅漂流。百姓哭声震天，惊动了观音菩萨，足踏莲花赶至南海。顿时，惊涛骇浪降为龙滚河，百川千水聚为万泉河，金牛化为“金牛岭”，破解除水患，三江汇聚鳌头直泻南海。三江之地聚集法器五百，财宝天降，甘泉地涌，“财源茂盛达三江”，此是源头。

“鳌”性暴烈，胆大包天，竟然敢与观音斗法。七十二回合，“鳌”俯首称臣，赐名“鳌龙”，服服帖帖甘为观音坐骑，西驾而去。莲花宝座化作莲花墩，“鳌”留下原身化作“东屿岛”，成为一片美丽而神奇的宝地，世人称其“博鳌”。寓意是“观音博鳌”。唐代怀仁和尚云：“伏鳌者圣，得鳌者贤”。博鳌从古至今，尽显神奇。

杨扬与黄梅赶来了，站在旁边悄悄地听。听完，杨扬评论：“这其实是一个爱情的悲剧，虽然，鳌的父亲一直没有出面，但是，我们可以想象，鳌的母亲小龙女求了三秋未果，最后化为龙潭岭，作为小龙女的丈夫失去了妻子，作为小龙女的儿子失去了母亲，这是最大的爱情悲剧。”

黎萍说：“我再讲一个机智的爱情故事你们听听。”

——这个故事名为《绣面的传说》，讲述的是黎族纹面的来历。相传很久以前，有个名字叫乌娜的小姑娘非常聪明漂亮，6岁会绣花，8岁会种地。乌娜放歌，天上云彩驻足倾听，欢天喜地；水里鱼儿浮上水面，不愿离去。小乌娜13岁时，有沉鱼落雁之美，光彩照人，年轻小伙子前呼后拥，向她求婚。乌娜看上了邻村的劳可哥哥。劳可聪明，什么农活一看就会；劳可健壮，体格能够与犍牛比美；劳可勇敢，双手敢敌豺狼虎豹；劳可勤劳，披星戴月不晓得劳累。祸不单行，那年皇帝派人到民间选美，一眼就看上了乌娜。乌娜用尖尖的荆棘，往自己的脸上乱刺，刺成花花点点，血流满面。皇帝和官兵见状，只得放弃了纠缠。乌娜嫁给了劳可。为了远离邪恶，他俩不惧荒凉，敢居深山。勤劳、勇敢和智慧的双手，纺织、狩猎、种山栏，开辟了一个新的家庭，生儿育女，为了不再受皇帝的抢劫，乌娜要女儿也在脸上刺上一道道的疤痕。一代传一代，后代黎族妇女便都纹面了。

黎族民间，有许多关于民族诞生、民族之间友好交往和人文风物的传说，十分感人。这些动人的传说故事，充分展示了黎族人民热爱生活的宝贵精神，反映了热爱自然的博大情怀，表达了注重友谊、追求幸福生活的美好愿望。

黎萍有一天讲《奥雅》的故事，神话博士打开幻觉开关，面前出现了一个人称为奥雅的地主婆，她十分吝啬，也十分歹毒。一对靠给奥雅打长工的贫苦夫妇，长年过着衣不遮体、牛马不如的生活。夫妇俩为改变困境，有一天来到地主家，开口道：“主人啊，您能够借种子给我吗？”

奥雅坐在椅子上，摸着自己的臭脚丫，爱理不理地说：“借种子耕种，说来轻巧，不借。”

有管家对着奥雅几声嘀咕,奥雅笑出声来,答应了:“好,借给你一些,明天来取。”

第二天,长工夫妇去拿种子,只见奥雅笑容可掬地对他们说:“给你们一小袋吧。”

长工夫妇将种子扛到地里。这种子由于是炒熟了的,格外香,但是,老实的长工夫妇没有怀疑。只是种子撒下后,长工夫妇刚走开,就来了一群鸟,全落在地上,一个劲地啄,显然,这土地里的种子已经全部被鸟啄食了。这种子发出了香味,肯定是熟的,即使鸟儿不吃,也不会长出五谷。却有一只大鸟飞过,丢下几粒玉米种子。

奥雅给的种子是炒熟的,这种子被鸟吃光了,在这样的情况下,自然颗粒无收。长工发现了,也无可奈何,他发现他家的山栏园只长出一棵苗,而且只结两个玉米棒。快要收获时,乌鸦叼走一个。男长工追赶了一昼夜没追上,偶尔发现,乌鸦停在一棵大树上。正要扔石头打乌鸦,却见一群飞禽走兽在树下聚会。兽王命猴子从树洞中拿出一个宝葫芦,变出酒菜,吃喝起来。临走时,又将宝物放回原处。他好久没有吃到一餐饱饭,看见野兽们走了后,他上前去接着吃。

最后,男长工从树洞里取出宝葫芦,带回家去。贪心的奥雅上门来讨债,她刚进门,就闻到了香味,她惊讶地发现,长工家的桌上摆满了好吃的菜肴,好喝的酒。她要长工还债,长工说:“我明天给你送钱。”

贪心的奥雅,知道长工每天有吃有喝的,一定有什么人在帮助他。长工被逼迫,只有说出真相。贪心的奥雅说:“给你两头路,一是将你的宝葫芦给我,一是带我去那个地方,我看你说的是不是真的。如果不真,宝葫芦还得给我,不然,以盗窃罪送你进牢房。”

长工只有将地主婆带到那颗大树下。奥雅看见野兽们在那里大吃大喝。等动物走了后,奥雅取到一个葫芦。本来,他们可以离开那个地方的。但是,贪心的奥雅,想起树洞里还有一个宝贝葫芦没有取走,何不取走呢。她刚赶到那棵大树下,禽兽们回来了,发现了奥雅。

动物们相互探讨,谁是强盗。结果他们的意见很快达成一致。首先是狼扑上来,咬了地主婆一口。接着是熊走上前,熊掌用力一扇,地主婆被打翻在地。最终,奥雅被认为是偷宝葫芦的人,而被狼咬死。

黎萍讲完故事进行小结:“地主奥雅由于贪心,最后,没有得到好报。为人处世要善良。”

神话博士给大家看一本《爱情》杂志,上面发表了他早年写的一篇纪实小说《捉奸队长》。他认为,这小说虽然谈的不是什么爱情,但是,却反映了那个时期,人们扭曲的爱情生活。王三没有得到好报,因为,他为人处世不善良。王三也得到了爱情,因为,他在人性泯灭之际还保留着一点真诚。

——“文革”期间,家具厂油漆工王三,当上了厂消防队队长。这位消防队长干别的事不怎么样,对捉奸却情有独钟。人们戏称他为“捉奸队长”。不料捉来捉去,最后他竟被别人捉了奸。

那年代的一个深秋夜里,我们几个民兵消防队员到厂区巡逻完毕刚入睡,一个破锣般的声音将我们从睡梦中惊醒:“快起来,快起来,有紧急任务。”

我们以为有火警,慌慌张张地穿衣,衣扣扣歪了,我连鞋子都穿反了。

魁梧的队长王三训斥了我一句:“石小林,你真是神话傻子,怎么搞的。”接着,给我们布置任务："我们今天晚上的战斗任务是捉奸。"

我不高兴去，说："这种任务是不是狗咬耗子多管闲事。"

队长有点火了："谁说我们民兵是耗子。"

斯文的医生小魏解释说："我们负责消防值班，捉奸不是我们的任务。"

腰扎武装带的王队长虎着脸说："什么不是我们的任务？作风问题是大事，当民兵就是抓大事。"

王队长是厂保卫部门的红人，我们只好服从了。喜欢打听私事的小肖问："捉谁？"

王队长说："韦保将一名妇女带到他单身宿舍里去了。"

韦保是油漆车间的油漆工人，常带一些不三不四的人来宿舍折腾。队长王三年近五十，老婆在黄陂县城商场工作，一年难到武汉来几次，住单身宿舍的队长等于是个单身汉。他身强力壮，夜晚寂寞难熬。于是，只要见到年轻男女在一起亲热就憋气，对住在隔壁的小韦更是看不惯。他几回发誓："有机会我要抓住这杂种。"

这回，他要亲自带我们去捉奸了。我们随队长来到宿舍区，一排板壁平房就在前面，他指着其中一间房。那房子有两排窗户，下面窗子拉了帘，上面一排窗没帘。队长说："韦保就在这房子里。我是队长，应身先士卒，我先上院墙侦察。"

王队长攀上院墙，不知他看见了什么，鸭脖子伸得老长。不知过了多久，那间房的灯熄了，队长赶忙从墙上跳下来。谁知，他脚一滑，"啪！"地摔了一跤，我们将他扶起，他满脸泥土来不及擦，手一挥："快去抓人。"

我们上前"咚咚"地敲门，屋里没有声音。队长猴急地侧起身子用肩膀一拱，房门大开，手中三节电池的大电筒照射过去，一男一女赤裸裸地暴露在我们面前。我们几个没结婚的小伙子节节后退。王队长的电筒则是长明灯，韦保挥舞双手求饶："王队长，老人家，请你莫照了。"

队长的电筒光一晃一晃，嘴里骂骂咧咧："你这个王八蛋晓得怕丑就莫做哕，你做得老子看得。"

几天后，厂保卫科在油漆车间开批斗会，瘦个子的韦保，摆出一个死猪不怕开水烫的样子。保卫科许科长说："你在单人宿舍里鬼搞，知不知道影响坏？"

"知道，只怪我感情来了控制不住。"

王三队长插了一句："控制不住干吗不在马路上干。"

当时就有人笑出声来。几个年轻女人轻声说："这队长真邪，爱说丑话。"

"王队长就是喜欢看别人做爱，听说他赖在韦保屋里不肯出来。"

韦保后来受了记大过的处分，队长却受到了表扬。冬天的一个中午，矮墩墩的胡技术员来到厂保卫科。他上气不接下气，对王三队长说："医务室的吴医生是个色狼，他勾引我老婆小陆。"

王队长将胸脯拍得噼啪地响，发誓为怕老婆的胡技术员除奸，他瓮声瓮气地问："他们现在哪里？"

"就在吴医生住的屋子里。"

这捉奸的任务当然又“光荣”地落在王队长身上。他雄赳赳地叫了我们几个民兵与胡技术员一起前去。我与吴医生关系很好，大白天去捉他的奸，面子上过不去，便说：“我能不去吗？”

队长问：“为么事？”

我说：“熟人熟事，低头不见抬头见。人情留一线，今后好见面。”

队长训斥道：“神话傻子，你少给我油腔滑调，别以为你比老子多喝点墨水。你是不是民兵？”

我细声说：“是啊！”

队长将我的肩头一拍：“傻秀才，这就对了。告诉你，捉奸就是我们民兵今天的战斗任务，不要给人情留什么线了。”

我无可奈何地只得跟他屁股后头走。到了目的地，王队长指着平房中的一间说：“别跟我抢，还是我来打头阵。”

王队长说完，迅速地来到那间房前，从口袋里掏出一把锥子，把门上的小眼用锥子掏成个小洞。然后，他贴着门，眼睛睁得溜圆，脸上的专注的表情，好像在看世界杯足球赛。我们不知等了多久，只见他的手习惯地一挥，大声喊：“开门！”

接着，王队长对着房门就是一脚。门被踢开，可以看见一男一女慌忙穿衣。队长走上前，从被子里翻出一条脏短裤举在头上一晃。吴医生泄了气，队长得意起来。可那个高个子女子小陆不服气：“是我主动找吴医生的，犯不着你管。”

队长皮笑肉不笑，将旁边的胡技术员推上前，小陆一见气红了脸，指着胡技术员骂：“好哇，是你带来的，你妈妈在外面玩得老男人，我就玩不得小男人？”

胆小的胡技术员见被揭了老底，不敢纠缠了，怕老婆说出更难听的话。两天后，吴医生被抓走了，被判两年劳教，罪名是他利用看妇科病的机会玩弄女性。吴医生的情况，很早就有人反映过，可惜一直没有证据。这回，王队长将吴医生的短裤摆在桌子上，吴医生不得不低头。

一天上午，小魏问我：“王队长怎么晓得短裤藏在被子里？我觉得有点奇怪。”

小肖说：“队长喜欢喝酒，我们请他喝酒给他庆功，我相信他一高兴什么都会说的。”

我说：“这是个好主意。”

当天晚上，在一个小酒店里，小肖、小魏和我轮流敬队长的酒，然后，小肖将队长好好地夸奖了一番，请他道出抓“短裤”的秘密。队长的那个得意劲，顿时从一对眯细的眼睛里流露出来：“坦白地告诉你们，我这双老鹰眼睛，早就从门缝里将这对野鸳鸯的一举一动看得清清楚楚，他们如何脱衣，如何干事，我一点都没有漏掉。这比看黄色电影都还过瘾，你们若有兴趣，以后一个一个打头阵，一个一个轮流看。”

听了他的一番惊人之语，神话博士发了一阵呆：“王队长实在太邪了。”

那个时期，厂里常加班，每天走得最晚的有两个人。一个是电工班的副班长大张，还有一个是从别的厂调来的女电工黄燕。一天夜里，队长看见他们边走边亲热地谈话，警觉地说：“这黄燕的丈夫在部队吧。”

我们没有答话，王队长又说：“他们每天都走得最晚，大张的爱人小杨告状说大张与黄燕关系暧昧。”

小肖问：“队长，那我们明天是不是捉奸啊。”

队长一笑：“咦，你小子变聪明了。”

第二天晚上，队长带着我们直奔电工房，他蹑手蹑脚走近，贴着电工房的木门，听得见里面打情骂俏的声音。一会儿，是木板晃动的声音。王队长急促地敲门：“谁在里面，我们是来检查防火安全的。”

他嘴里喊，却用肩膀使劲，门一下洞开，衣冠不整的大张正伏在黄燕身上，队长大叫：“你们狗男狗女胆子真大，在车间里鬼搞。”

一下子抓了现行。大张进了学习班，黄燕则在医务室开了证明去医院打胎。消息传开了，传到小黄丈夫牛枫那里。牛枫来了，闹着要与黄燕离婚，黄燕哭哭啼啼。最后牛枫提出条件说：“你只要告大张是强奸，让那小子去坐牢，我就不与你离婚。怎么样？”

黄燕权衡利弊，点头答应了。第二天，在厂小会议室里，法院与厂保卫科联合召开审问会，牛枫、黄燕、大张都参加了，我是记录员。王队长首先板起脸问：“大张，你必须老实交代，到底玩了几次？”

大张装蒜：“记不清楚。”

队长上纲上线：“好啊，电线杆子绑鸡毛，你好大的掸子（胆子），你不交代，就是顽固不化，罪大恶极。”

牛枫开口了：“小黄，你不是说大张与你只有一次吗。”

小黄点头说：“是一次。”

大张不知是计，也跟着说：“就一次。”

牛枫摊牌了：“你承认强奸了哇。”

大张声辩：“不！我没有强奸，是通奸。”

黄小燕翻脸了：“谁与你通奸！我那天在电工房里睡着了。”

大张一下气得发抖：“冤枉啊！”

法官说：“你强奸是抵赖不掉的，如果是通奸就不会只一次。”

大张这才恍然大悟，自己上了当，不该承认只有1次，明明是7次吗。想到这里，大张喊：“我与小黄是通奸几个月了，有7次，不是强奸。”

可是，喊了等于白喊。散会了，保卫科许科长悄悄对大张说：“女方咬你，你就认输吧。破坏军婚，是通奸也不会饶你。”

法院很快对大张进行了判决：破坏军婚，犯了强奸罪，判处徒刑8年。大张被抓走了，他的老婆每天闷闷不乐。她是油漆工，每天上班任务很重，下班后还要照料读小学的儿子。这天，厂里给每个职工分了100斤柴，那个时候，职工们都没有煤气灶，烧煤球要木柴，而买木柴要计划，每到分木柴时，职工喜笑颜开。下班后，有的职工用自行车带，有的职工用小推车推。以前，厂里分什么东西，杨云仙不用管，都是大张的事，现在都落在自己身上。她没有自行车，背也背不起，要他人帮忙吧，有些人怕沾火星：一来杨是犯人的家属，二来杨是个单身女子。

杨云仙望着木柴正为难的时候，王队长推来一辆小翻斗车，主动说："我来帮你送柴。"

杨云仙摇头："队长，你去忙你的，免得别人说你不与我划清界限。"

队长和气地说："各是各，要说，你也是受害者吗。"

队长将杨云仙的柴、自己的柴一起装上翻斗车，给杨云仙送去。

过了几天，我被保卫科长叫上了二楼办公室。科长对我说："石小林，派出所将王队长抓起来了，通知保卫科将他领了回来，明天，厂里要开批斗会，各车间派代表参加。你是土秀才，与王三熟悉，帮他写一份检讨书，要写得深刻。"

我在民兵消防办公室见到队长。他知道我是派来写检讨书的，就说："傻秀才，不，石小林同志，你要写，从实写，我是个披着羊皮的色狼。"

他将事情的经过一一道来。那天，王队长随杨云仙送200斤柴来到简易宿舍区。杨云仙的家就坐落在一排平房中间，进门是厨房兼餐厅，里面一间是卧室。杨云仙请队长在卧室坐，自己在厨房里做菜，要留队长吃饭。一会，队长听见有人进门的声音，接着看见厨房里有一个男人在嬉笑："小杨，你的男人在牢里，你寂寞吧，我来陪你。"

"你这个流氓，不要胡说。"

"我是流氓，你的丈夫不也是流氓？流氓玩流氓的女人，嘻嘻。"

队长待不住了，他一下冲了出来，看见一个瘦子正要伸手去摸小杨的胸脯，就一把抓住这小子的衣领。这小子扭头一看是高大魁梧的队长，脸变了色。王队长吼了一声："滚，给老子滚。"

这瘦子说声："走着瞧。"

他说完，看见队长举手，像老鼠见了猫，吓得屁滚尿流地跑了。杨云仙这时一下哭了起来。队长得知这家伙就住在附近，是个二流子，他常来调戏小杨。王队长当时就拍着胸脯说："别怕，明天我将几个民兵带来走一趟，看谁敢闹事。"

杨云仙听了，一把抓住队长的手，队长也趁势一把将杨搂在怀里。自从哪天后，只要是下了班，只要是民兵消防队没事，他就往那里跑。那二流子可能是害怕这捉奸队长，没再惹事。

有一个晚上，队长见杨云仙的房子里没有灯光，他检查后接上保险丝，一下满屋白得耀眼。与队长有了关系的杨云仙脸泛红光。她说："队长，今天晚上我儿子到婆婆家里去了，我一个人在家怕流氓来，你能不能不走？"

队长一听求之不得，住了下来。没有想到，在这个夜里就出了事，有人到派出所报了案，派出所借查户口为名，上门把赤裸裸的队长抓了起来。然后，通知工厂保卫科领人。批斗会在食堂召开，台下议论纷纷："这个王三本来就是个邪货，成天捉奸看把戏过干瘾。"

"善有善报，恶有恶报。"

王队长上台照着检讨书念了一遍，最后，他坦白："我活该，多年来一直都在想小杨的歪心事，这会小杨的丈夫出事，我就乘人之危赖在小杨的屋子里。小杨是无辜的，是我害了她，罪有应得，该我去坐牢。"

杨云仙上台了,她说的话叫人惊讶:“是我看上了王三。他帮我送柴,还给我赶走了流氓,是我非要他留下来陪我睡觉。我主动与他做夫妻的事多次,我是一个坏女人。”

小肖代表我们民兵上去发言,他说:“王三道德败坏,晚上消防值班时,他带我们去捉奸,不为别的,就是喜欢看人做那事。他还引诱我们说,下次捉奸要轮流让我们看稀奇。”

台下有人在嬉笑。我与小魏却在台下骂:“这姓肖的也不是好东西。”

批斗会上,保卫科长宣布:“王三身为民兵消防队长,与人通奸,影响恶劣,现经研究决定:撤销王三的队长职务,记大过一次。”

王三接受管制,每天的工作是搬运木材。我们知道,要是杨云仙咬他一口强奸,王三就得去蹲监狱,不会留在厂里了。王三虽然没有当消防队长了,人们还是习惯喊他“队长”,诨名“捉奸队长”是王三的真实写照。

神话博士将故事讲完,黎萍说:“你这是讲的什么故事呀,一点都不文雅。”

阿槟这回在沉思,她发现了什么道理,只是难以启齿。杨扬对伦理学说有研究,主攻方向是爱情、婚姻与家庭,她希望自己能够在爱情这特殊的情感研究上能够出成果。她告诉我们,曾经,百科知识全书上有爱情 13 个页面的介绍,原子只有一个页面的介绍。现在,关于爱情的介绍少了。她认为,世界上,谁也躲不开爱情。杨扬说:“王三的婚姻其实是缺乏幸福的,王三在特殊的年代,为了让情感的空虚得到满足,就去做捉奸的事,其实是荒唐的事情。在当时的时代背景下,却是响当当的革命行为。可是他与杨云仙应该说是有爱情的,在当时是要受指责的。”

正说着,王三与杨云仙来博鳌旅游来了,王三拍着神话博士的肩头说:“傻秀才,当年,我是你的队长。今天,你是我的队长。”

杨云仙打断他的话:“王三,你不会说话,求人还喊石老师为傻秀才?”

王三一听,马上讪笑改口:“神话傻子,不,石老师,只怪我没文化,当年害你为我写检讨。我们虽然没有拿结婚证,但是,我有离婚证,杨云仙也拿了离婚证,我们一直用夫妻名义同居。在老地方呆着不好意思。现在,两个离婚的人都退休了。所以,在海南工作的亲戚让我们共同来海南安家,做点小本生意,卖的是湖北风味的早点。”

王三他们听说自己当年的老同事、老部下神话博士在组织爱情神话体验游,他们就追踪到博鳌来了。

看着神话博士不好表态,黎萍导游说:“欢迎你们参加爱情神话体验游,跟我们进旅游景点不用花费。但是,你们毕竟上了年纪,有的地方你们就不跟我们去了,好吗?”

王三说:“哪些地方不用我们去呢?”

神话博士幽默了一句:“比分说我们去豺狼精、狐狸精那里捉奸,你这个捉奸队长退休了,不用去。”

王三听了先是一愣,随后,哈哈笑了起来。

杨扬提议:“既然是爱情神话体验游,还讲一个与鳌有关的爱情故事。”

神话博士建议:“我们到鳌山去讲故事,行吗?”

他们一行开启魔衣或魔幻背心上的旅行功能开关，神话博士带着王三，黎萍导游带着杨云仙，一眨眼工夫，来到了鳌山。故事还是由黎萍导游讲，大家都打开了幻觉开关。

——在远古，鳌山上有一天梯，仙人们常步天梯来到人间，或在小洞天对弈，或下海漂游，或进村寨探访。因此，在这一带碰见仙人是常事。一天，两仙子步天梯来到人间，走不两步，碰见了采摘椰子归来的黎族姑娘阿玉。阿玉见他们大汗淋漓，便微笑着送他们两个椰子解渴。

两个仙子接过椰子，忘了谢，忘了喝，他们的心被阿玉的善良抓走了。他们的目光被阿玉的美貌吸走了，他们的心幸福地跳，他们的眼睛，一眨也不眨，直愣愣地望着阿玉。阿玉被他们望得不好意思，羞涩地低下了头，然后匆匆离开。

两仙子端着椰子，紧随阿玉，来到了阿玉的家。阿玉的父亲正在门前劈柴，两仙子主动上前要帮忙。阿玉的父亲，过意不去，硬拖两仙子到屋里坐。他先砍开两个椰子，请两仙子喝。然后，又拿出一壶黎族酿酒，请他们每人喝了三大碗，让两仙子感到人间的真情与美好。他们问阿玉，你的母亲呢？

阿玉难过地说："我的母亲病了。"

仙子仔细一听，一阵痛苦的呻吟声时起时伏。一仙子问她："有病为什么不请医生？

阿玉说："母亲已病了两年，附近的医生都找遍了，就是治不好，至今仍瘫痪在床。"

一个仙子说："我来试一试。"

一个仙子说："我也去试一试"

阿玉及阿玉的父亲将信将疑，领两仙子走进房间。阿玉的姐姐阿珍此时正在给母亲捶腰，见父亲和妹妹带来了两个人，立即站起来给客人让座，两仙子又礼貌地喊阿珍"姐姐"，便俯身查看阿玉母亲的病情。他们一个摸摸病人的头，一个捏捏病人的腿。然后，每人都从袋里掏出一个绿色的小仙果，请阿玉母亲吃下去。不一会，阿玉母亲就惊喜地说："我头不痛了，我头不痛了，我一点也不痛了！"

两仙子不作声，默默的扶着阿玉母亲从床上搀扶起来说："老妈妈，你走走试试看。"

阿玉母亲一下床，就迈开了步，她先"蹬蹬"走到厨房，再"蹬蹬"返回门口，接着"蹬蹬"走到椰林，高兴极了。阿玉的父亲，阿玉和阿珍，快活地紧随在她的身后转。猛然间，他们不约而同地说："还没有谢那两位小伙子呢。"

他们赶紧跑回家一看，两仙子已无影无踪了。因为没答谢两仙子，一家人十分后悔。第二天，阿玉一家在山中砍柴，两仙子突然出现在他们眼前，阿玉的父亲一见，便说："哎呀，昨天忘了谢你们呢，你们不吃饭就走了。"

他一定要接两仙子到他们家吃饭，两仙子欣然应允，并把他们全家砍的柴火全背在身上。阿玉一家惊叹：他们何以有如此大的力气。

刚到阿玉家不久，就有两个黎族妇女来阿玉家送槟榔。阿玉告诉两仙子："这是姐姐阿珍的未婚夫的嫂嫂，是为定阿珍的结婚日期而来的。"

阿玉的母亲对两仙子说："如果谁爱上黎家姑娘，就得带着槟榔来女家求婚。"

两仙子听后乐极了，因为他们都爱上了阿玉，都打算来阿玉家求婚。他们吃完饭，急急忙忙告辞了。

两仙子各打各的算盘。下午，他们每人挑了一大担槟榔来到阿玉家。阿玉问："你们为什么挑这么多槟榔来？"

两仙子异口同声地说："我们特来向你求婚。"

阿玉欢喜，心里像兔子一样不停地蹦跳；阿玉害羞，脸和脖子都变得通红；阿玉紧张，她躲进了房间不敢出来。阿玉的父母看见两个英俊的青年来求婚，喜笑颜开。阿玉的父亲告诉两仙子："黎族青年可以自由恋爱，但男方必须先告诉家长，然后由家长请族内二位嫂嫂当媒人，带着槟榔上女方家去，悄悄给女子本人作为求婚礼品。如果女方经过家长同意，乐意接受礼品，就说明婚事成功了。接着，男方家长在短期内陪同媒人一起去女方家送酒，送米，送槟榔和两个银元等礼物，以示定亲。女方的母亲就请族内的妇女喝定亲酒，正式宣布女儿的婚事。逢年过节，男方要给女方送礼。假如某一节日男方突然停止送礼，这就说明男方要解除婚约了。"

阿玉的母亲说："你们两个都爱上了我们的阿玉，阿玉对你们两个的印象都好，但是，我一女不许二郎，怎么办呢？这样吧，我们不需要你们按照我们的礼节做，我们也不知道该选谁为阿玉的丈夫。你们两个去比试捕捞吧，谁捕到的东西多，阿玉就嫁给谁。"

两仙子齐声说："好，好！"

两仙子走到海边，立即掏出渔网下海捕捞，结果不分胜负。他们在相同的时间内捕到的东西一样多。阿玉的父亲说："那你们就去比砍柴吧。"

两仙子砍柴的结果又难分胜负，他们在相同的时间内，砍得的柴火一样多。阿玉的父母感到非常为难。忽然，阿玉的父母发现两仙子都佩戴了剑，阿玉的父亲指着山上一块巨石对着仙子说："你们试剑吧，谁的剑能把石头劈开，阿玉就嫁给谁。"

一仙子听后，迫不及待地举起剑，把巨石劈成两半。另一仙子见状，觉得如此比下去，肯定没完没了。于是，忍痛割爱，飘然而去。阿玉即嫁给了劈石的仙子，在黎族繁衍后代。因此，黎族的后代非常聪明、善良、勇敢。从此，人们把仙子比剑的地方叫试剑峰。至今，此试剑峰仍在。使人感到奇怪的是，有时，那块巨石晚上还会发出劈剑时的亮光。

听了这个故事，黎萍说："这个神话传说故事给人的感觉很美，但是，也有缺憾。两个同样优秀的仙子，实在是难分高低，他们两个人之间，存在选择的痛苦，善良的阿玉，更是存在选择的痛苦。我想起了自己的爱情故事。我的爱情的缺陷也是选择的痛苦，我想讲给大家听听。"

——早上，上小学二年级的儿子汪小虎一起床，就对我说："妈妈，老师说，我再不交学费就不让我上学了。"

儿子的话，像一把锥子在锥我的心。那几年，自从儿子的爸爸汪昌权外出打工，家庭生活的担子就压在我一人身上，我工作的宾馆经营惨淡，我这个副经理和一批职工下岗了，每月只有三百元的生活费，儿子的学费都交不齐。

怪丈夫吧，他在下海办公司时，受了骗，加上他管理不善，欠了一屁股债，只有外出去打工，一来赚钱还债，二来为了逃避债主逼债。他走后，我得不到安宁，天天都有债主上门来闹，我一个女人家怎样对付。于是，我们每天晚上很早就锁上门，从不开灯，不管谁敲门都不答应，像老鼠躲避猫子一样。丈夫外出两年了，除了一年给家里打几次电话，从没回过家，也没给家里寄过钱。我缺钱又想不出什么办法，对丈夫又是想念又是怨恨。

邻居小吴对我说："你真傻，又是大学生，又是美人，身上有本钱不知道怎么用。"

我听了觉得莫名其妙。她给我解释："你丈夫几年都不管家，单位效益不好，求天天不应，告地地不灵。你长得这么漂亮，为什么不找个男人补贴一下呢？"

我顶了她一句："谢谢你的好主意，你要做自己去做，我不干这号事。"

去年，有个大饭店的老板聘我去当经理助理。我才上班几天，他就在办公室里对我动手动脚，我马上辞职回家。小吴笑我："女人就是那回事么，想开点。"

我就是想不开，人要尊严，我要用自己的劳动来挣钱。做什么好呢？我看见擦皮鞋的，心里一动。对了，擦皮鞋，花的成本低，我决定干这个。

一天上午，我背着箱子出门。儿子知道我干什么，翘起嘴说；"没有一个同学的妈妈上街擦鞋，我不好意思上学了。"

我说："你的妈妈不是做坏事，凭力气挣钱为你交学费，怕什么丑。"

儿子不再吭声。我在广场附近摆了个摊子，擦皮鞋的人都认识我，他们知道我以前在宾馆里工作，住在附近，没有为难我。我的穿戴比一般擦皮鞋的女人干净，人也比一般女人漂亮，读高中时，我与另外四位漂亮的女生，被称为学校的五朵金花。

现在，在广场各摊位中，我脸上堆满笑脸，口里说的是普通话："先生小姐，欢迎来擦皮鞋，保你足下生辉。"

弄得不少人像看把戏似地围着我看。有一个高个子男人走过来，在我带来的椅子上坐下，伸出一只皮鞋让我擦。我是新手，擦的时候有点慌张，将他的白袜子弄脏了。

我红着脸说："我赔你的袜子。"

他说："怎么赔，今晚我请你跳舞。"

说完，递给我一张百元票子，我不肯接。他坚持要给。我说："弄肮了你的袜子，不能要你的钱。你邀我跳舞，我也不能去。"

那人一听，威胁我说："你还想不想在这里擦皮鞋？"

正在这时，一个瘦个子男人走过来，与那个高个子打招呼，原来他们是熟人。瘦子开始打量我，忽然叫我一声："黎萍，老同学，怎么是你啊。"

我仰起头一看，这不是我班上的老同学管仁荣么，他穿戴很有风度，想当年他可是邋遢鬼，谁也不正眼瞧他，现在他完全变了。高个子一看情况，对瘦子说："管仁荣大哥，这是你的同学？"

管仁荣加重语气说："是与我在大学里关系最好的女同学。"

高个子知趣地说："好，你们好好谈，我走了。"

我感激地望着管仁荣，好奇地问："这人是干什么的？"

管仁荣:“是个混混。我表弟是他们的老大,所以他见了我很客气。”

我问:“你的皮鞋要擦吗?”

他大概想与我多谈一会,坐下,将脚伸了过来,我的耳根一下发热,他也有点不自然地低下了头。

第二天,管仁荣又来了,这次给他擦皮鞋,我们之间不再局促了。管仁荣说:“黎萍,你的父母还好吗,他们是不是还在五指山工作。”

“他们已经退休去广州了,你的父母呢?”

“也退休了,我要请你吃饭。”

我以为他是与自己开玩笑,随口打哈哈:“好哇。”

他说:“现在就去。”

我见他来真的,便说:“对不起,我没空。”

管仁荣说:“那我们就谈话吧。”

他又感慨地提起往事:“你在我们学校是五朵金花中最漂亮的一个,好多同学喜欢你,那个时候,我和胖子汪昌权一起追你,让你左右为难。”

我也很坦诚:“是啊,我既喜欢你的聪明,也喜欢汪昌权的幽默。你的学习成绩好,是班上的学习委员;汪昌权的体育成绩好,他是班上的体育委员。你们不相上下,让我左右为难,何况,我还与你是住得不太远的邻居。”

管仁荣说:“哦,我大学二年级学校推荐我参军去了,以后断了联系。你结婚了吧,哎:我说的是废话。你的丈夫在哪里?”

我说:“你认识他,就是汪昌权嘛。”

他叫起来:“你还是与汪胖子跑了,他真有福气。他现在怎么样了?”

我叹气:“他办公司亏了血本,到外地去打工还债。”

管仁荣也主动介绍自己:“我从部队回来,分到交通部门,干了好几年,我后来辞职自己办了个出租车公司。”

我顺口说:“你爱人还好吗?”

管仁荣低声说:“我妻子太漂亮了,漂亮没有错。可是她是瞎子见钱眼睁开的人,可不,跟着一位港商跑了。”

俗话说,家丑不可外扬。他将家丑抖给我,说明他对于我很信任,我同情地说了一句:“别怄气,天涯何处无芳草。”

他把话题岔开:“你为什么出来擦皮鞋呢?”

我说:“单位效益不好,孩子读书要钱。”

他说:“你一个人难得熬吧?”

我不吭气了,怕他说离谱的话。

管仁荣从皮包里掏出一叠人民币:“这是1000元钱,你去给孩子交学费。”

我坚决不要："我怎么能够随便接受你的钱呢？"

他便说："就算是借你的吧。喂，我们晚上去跳舞吧。"

我说："我们是老同学，去跳舞可以，钱我不能够要。"

晚上，我同管仁荣去舞厅跳舞。他说："当年，我夜里想你，日里追你，真想和你在一起。"

我听了，心里说不出是什么滋味。他将我搂得紧紧的，可能是男人长期不在身边，也可能是我对他有好感，我让他抱我，没有推开他。

他又开口了："我想让你做我的情人，我给你几万元由你花，犯不着去擦皮鞋。"

我听了，觉得他在藐视我，便一下推开他的手。老实说，我是一个与丈夫长期分离的女人，哪有不想男人的道理。我愿意和他跳舞，证明我对他已有了好感。我见他是市场经济的强者，对我有多年的追求，如果不要用钱来与我交易，我的人格就不会受到侮辱，我还有可能顺着他。现在他用钱来看待人与人之间的感情，我以为他不如自己的丈夫。我不能对不住真正爱自己的丈夫，也不能对不住自己的儿子，便说了一声："我头有点晕，我先走了。"

我一下跑出了舞厅。一个月后，我在单位收到一封信和一张汇款单，信是管仁荣写的："您那天不辞而别，使我为自己的行为后悔，我向你道歉。我知道你生活困难，钦佩你忠诚于你丈夫的行为。我借给你两千元，给你儿子交学费。不要担心我再纠缠你，我现在去外地发展事业了。"

我一看，信封上落款的地址是上海。我忽然对这个同学又有好感了，我不能肯定这好感里面有没有萌动的爱，但是肯定有真诚的友情。不过，我不会白借他的钱。有朝一日，我会将钱还给他，在他需要帮助的时候，我也会帮助他。

我重新振作起来，擦皮鞋的同时还学会了修理鞋子，办起了一个擦皮鞋、修鞋子的小店，生意比以前好了。后来，宾馆在上级领导支持下，引进资本进行改制后，重新运营，还成立了旅行社，让我跨入了导游这一个行业。我读完在职旅游管理专业研究生，就离开了广州，应聘进了南海旅行社。

丈夫汪昌权在外面躲债时，耐不住寂寞，与一个做钟表批发生意的女人同居。我与汪昌权离婚了，汪昌权与那个女人成家了。他的爷爷、奶奶接走了独孙子。管仁荣也找到了自己的妻子。他在广州结婚时，邀请我参加了他的婚礼，我送了两千元礼金，他说："你还是将钱还给我了。"

我成了单身贵族，这也好，从事导游工作无牵无挂。遇到合适的机会，我会选择自己的另一半的。比方说，我认为神话博士与我就很有缘，他的爱情经历坎坷，我虽然比他小十岁，却是离过婚的女人。他是我的梦中情人与偶像，我现在开始追求他了。

黎萍的坦荡让神话博士觉得惊讶。却激起了王三、杨云仙、阿椰、阿槟、胖瘦九代穷、杨扬的掌声。唯有黄梅没有鼓掌，她一开始就瞧不上神话博士；后来，发现神话博士博学多才，人也有点正派，开始暗恋神话博士。本来，她喜欢雕塑，在赏石方面与神话博士有共同的语言。杨扬硕士没有注意黄梅的表情，她从社会学的角度点评黎萍的故事，她说："绣面的传说表达了女子对于爱情的忠实，黎萍导游刚才讲的故事，也说明了现代社会对于爱情忠实的另外一种方式。"

一直对黎萍导游有好感但不敢有非分之想的神话博士，被鼓动了。他满面春风地走到黎萍导游身边，与黎萍导游握了一下手。黄梅却主动地抓了一把神话博士的手。黎萍导游没有在意。神话博士是个事业型的人，他的眼神离开了爱慕他的女子，射向远方，他始终忘不了自己作为总策划师担负的主要工作任务，他说："仙人们说的放宝刀、宝锄的山洞，会不会是指瀑布与深潭旁边的水洞。"

二十八、龙潭情深

徐龙院长、李大平总经理带着神话博士、阿榔、阿槟、黎萍、胖瘦九代穷、王三、杨云仙等人坐上大面包车，直奔到百花岭瀑布前。百花岭旅游风景区，位于琼中黎族苗族自治县根营镇东南7公里处，素有绿色宝库的美称。主峰海拔1100多米，与东面的五指山、西北部的黎母山，形成三足鼎立之势，峰峦叠嶂，巍峨蜿蜒。

形象魁梧的将军榕、情投意合的情侣秋千、姿态奇异的连理树、气象万千的枯木逢春等植物，构成千姿百态的生态景观；著名的白花岭瀑布，景色壮观迷人。百花溪、观音岭、芭蕉岭、马龙岭，一步一景，步移景移；自然景观，鬼斧神工。黄梅叫起来："太美了，难免令人浮想联翩。"

百花一柱、聚仙台、鳄鱼觅食、象过平川、石豹、醉佛坠溪、百花猿人、洗象池、仙女浴池等水景、山景、石景，无不神奇，或惟妙惟肖，或气势恢宏。春天，漫山遍野，百花盛开。金银花、杜鹃花，各种花卉，争奇斗艳，同百果园的花果交织在一起，万紫千红，好一座生态乐园。

百花岭旅游区的特级景观——百花瀑布，是我国落差最大的瀑布之一，落差高度达300米。巨瀑分三级不断跌岩下跳，声如春雷，色似白云。昂首仰望，瀑布从两棵古树之间贴紧绝崖峭壁，飞泻而下，水花似雾，随风飘扬。攀树爬藤，可达第二级"妙药池"。据说，这级瀑布的井形池中，随着飞瀑冲击，不时腾滚出一种红色的花果，传说是包治百病的"灵丹妙药"，故得名"妙药池"。最高一级称为"金龙吐珠"，一股清泉，飘逸而下，激起水珠千万，阳光映照，彩虹托起。两边水流，如银色龙牙，两壁木竹，似龙须龙爪，好一个"金龙吐珠"。

黄梅从艺术的角度谈瀑布给人的感觉。她说："在绚丽多彩的大自然中，美的事物千姿百态，实在奇妙。瀑布的美感就是如此。因为，瀑布千姿百态的美感，充分反映出美学特征——变易性与多面性。其变易性是随着游客距离瀑布的远近及位置、朝暮的变化，同一瀑布的审美也有所变化。而多面性，是因为同一自然物有时表现这一种美，有时表现为那一种美。比方说，瀑布的力量是惊天动地的雄壮美，而瀑布的气韵是妩媚动人的秀丽美。"

黎萍接着说："我国有许多著名的瀑布，像位于贵州省镇宁布依族苗族自治县西南部的黄果树瀑布、陕西省的壶口瀑布、安徽省黄山的九龙瀑布、黑龙江省牡丹江上镜泊湖出口处的吊水楼瀑布、浙江省雁荡山马鞍岭西的大龙湫瀑布、山东崂山的龙潭瀑布、云南最大最壮观的大叠水瀑布、广西西隆的冷水瀑布等等。这些瀑布，均以其独特、壮美的气势，吸引着古今中外的许许多多游客，也由此产生了不少赞美瀑布的名篇佳作。”

李大平总经理将车开到居仁瀑布，此瀑布位于临高县皇桐乡居仁村西部附近，距县城20公里，瀑布落差20米。居仁瀑布的特点不在于其飞流直下，而在于枝繁叶茂，千姿百态。瀑布周围，怪石林立，千姿百态。瀑布后面，枝繁叶茂，覆盖如亭。瀑布西侧顶端，两株古榕，错节盘根，透出倔强。花香鸟语，绵绵不断。树底几块形状奇异的巨石，其一刻着“海南一绝”四个大字。怪石上面，飞瀑倾泻，如苍龙吐珠。怪石底下，洞口幽深，名叫“观音洞”。从悬崖飞泻而下的瀑布，似烟如雾，锁住洞口。犹如《西游记》神话传说中的水帘洞。瀑布附近，是冼太夫人神庙。自然风景与人文景观相结合，观居仁瀑布，可以品出瀑布的文化韵味。

徐龙院长从科学的角度解释瀑布。他说：“这些令人陶醉的瀑布是怎样形成的呢？据科学家说，形成瀑布的原因很多，主要原因是：组成河床底部的岩石软硬程度不一致，被河水冲击侵蚀得厉害，形成陡坎，坚硬的岩石则相对悬垂起来，河水流到这里，便飞泻而下，形成了瀑布。在地质学上叫跌水，即河水在流经断层、凹陷等地区时垂直地跌落。除此之外，还有因山崩、断层、熔岩堵塞、冰川等作用，形成瀑布的。与任何大小的瀑布相关、也与流量和高度相关的特征性特点之一，就是跌水潭的存在，它是在跌水的下方，在河槽中掘蚀出的盆地。在某些情况下，跌水潭的深度可能近似于造成瀑布的陡崖高度。跌水潭最终造成陡崖坡面的坍塌和瀑布后退。”

杨扬却说：“这些瀑布，使我联想起爱情神话传说的魅力。其中的《尔蔚》讲述：很久很久以前，五指山区有一个美丽的黎族少女，名叫尔蔚，自幼没有爹娘，和哥嫂过活，常常受到狠心嫂嫂的迫害。有一天，尔蔚在瀑布流经的溪边洗衣服，与龙王的儿子相遇，两人一见钟情，相亲相爱。嫂嫂贪别人钱财，强迫她嫁给财主，尔蔚没有答应。为此，狠心的嫂嫂乔装成尔蔚，将龙王的儿子杀死。尔蔚决心殉情，用银针刺喉自杀。死后化作两副棺材，与龙子同葬于深潭之中。这是一出爱情悲剧。尔蔚对爱情坚贞，为爱而殉情，何等悲壮！

杨扬也打开了话匣子。她说：“另一个故事《甘工鸟》，同样是震撼人心的。甘娲为爱情的幸福，不堪父母兄长逼婚，情愿化鸟而去。黎族民间故事，以爱情为题材的最多，也最精彩。这些作品，爱憎分明，情节曲折，富有人性味。追求恋爱自由、婚姻自主，对爱情忠贞如一，是这类作品的共同主题。这两个故事反映出来的社会现实，是残酷的，同时也是惊心动魄的。在黎族民间，还有许多关于民族诞生、民族之间友好交往和人文风物的传说。这些动人的传说故事，充分反映了黎族人民热爱生命，热爱自然，注重友谊的博大情怀，以及追求幸福生活的美好愿望。”

神话博士插嘴说：“南海神话传说《尔蔚》里的尔蔚，有点像是我的姨妈。她说：去年五一，我的表弟结婚，我们全家人都到孝感乡下去玩。戴着金耳环、金戒指的姨妈也去了。改革开放以来，人们的思想观念发生了变化，对姨妈当时离家出走跟人私奔表示理解与宽容。姨妈也终于扬眉吐气了。那天，我们陪姨妈多喝了几杯酒，她流下了百感交集的眼泪。她说：现在，我看见孩子们结婚，就想起自己的不幸婚姻，想起自己的婚姻经历。”

杨扬建议：“我们去瀑布这边的凉亭去坐一坐，听神话博士讲他的故事，好不好？”

大家一阵掌声，一个个来到了木头做的凉亭里坐下。

王三从旅行包里拿出多瓶矿泉水，一人发一瓶，然后，与杨云仙并排坐下来，等着听故事。

神话博士开始讲述故事了，他说，一个秋天的早上，我的姨妈丢下儿女跟一个烧窑的师傅跑了。在那个年代，这是个见不得人的丑闻，整个村庄整个乡镇，闹得沸沸扬扬。那一天，我正准备上学，有人急骤地敲门。我打开门，一个歪戴着蓝布帽的中年人站在我的面前。我定睛一看："呵，这不是我老家的姨父吗？"

我妈妈见了他却没有好话："哟，是什么风把你给吹来了。"

他说："大姐，你的妹来了没有？"

我妈妈说："没来啊，是怎么回事？"

他说："你妹与我吵了一架就出走了，我以为她跑到你这里，就找来了。"

我妈妈问："毕三啊，你是不是又打了她。"

毕三说："我脾气不好，我错了。"

我妈妈说："你现在知道自己错了，那何必当初呢。"

姨父做出垂头丧气的样子。为一点鸡毛蒜皮的小事，姨父挥拳，把姨妈打得鼻青脸肿。姨妈瘫倒在厨房里，姨父自己去睡觉。一觉睡醒，没看见姨妈的人影。他破着嗓子喊遍了整个湾子，喊声惊动了一帮子人，大家帮忙到处寻找。到水塘边找，到井边找，找了几天，依然不见踪影。是谁说："到武汉去找找看。"

姨父知道姨妈爱上我们家，她同我母亲——她的大姐谈得来。于是，一大早，姨父便乘火车，直奔到武汉来找。

我们全家人也在琢磨："姨妈究竟到哪里去了呢？"

在我的印象中，姨妈只要有委屈，就喜欢来我家里，对我母亲泣诉她的痛苦。她露出伤痕累累的胳膊，指着有伤疤的瓜子脸。我的姨妈漂亮，可是她嫁了个喜欢酗酒、蛮横无理的男人。这姨父喝醉了酒就拉住她打，浑身上下打。事情过去了，不提了。姨妈跑到那里去了呢？好好的活人，像水珠一样蒸发了，真叫人想不通。

最后有人说，他看见姨妈跟烧窑的师傅一起跑了。这一下，成了头号的口头新闻，在当地传得沸沸扬扬。我姨妈从此背上黑锅，成了人人责骂的坏女人，而姨父成了善良的受害者。在我的记忆中，姨妈是最有个性的女人。她年轻时自己看中一个乡下小学的教师，谁知这教师有老婆，这可犯了忌讳。尽管这个教师可以离婚与我姨妈走到一起，但是，富农成分的上辈人不答应。我的姨妈被包办，嫁给了雇农出身的姨父。

可惜，这个人对姨妈不懂得爱护。记得有一年学校放暑假，我来到姨家里去玩。面目清瘦的姨妈穿的衣服是补丁摞补丁，说不出她的衣服原来是蓝色还是青色。我跟着表弟去放牛玩了一天，一嘴酒气的姨父皮笑肉不笑地对我说："乡里没柴烧，粮食紧张，一天只吃两顿饭吧。"

那年头，我正吃得，吃两餐，肚子饿得快，玩也不想玩。一天晚上，饿得心里发慌。我看见桌子上有萝卜干，就捡了几根往口里塞。姨妈说："农村是缺粮食，可你姨父实在小气。你等着，我去给你做点吃的。"

不一会，姨妈给我端来一碗热乎乎的面条，里面还有鸡蛋。我坐在厨房里的草把子上，吃得津津有味。五岁的表弟闻到了香气，开始吵闹：“妈妈，我肚子饿了，我要吃。”

姨妈说：“你表哥到乡下来一趟不容易，剩下一点面下给他吃了，你喝点面汤吧。”

表弟接过面汤一口喝了，更吊起了他的胃口，他哭闹着：“我要吃面。”

姨妈一气之下，照表弟的屁股就是一巴掌。姨父走过来了，他知道是怎么回事了，他说：“你把面给笑林吃，我没有意见，但你不能不给我打个招呼，更不能打我毕家的儿子。”

他说完，一脚“炮弹”，我的姨妈一下被击中，倒在灶台上，顿时额头流血不止。我姨妈是个很要强的人，从不向姨父求饶，于是，姨父就总是往死里打。这回，我的小表弟吓得不敢哭了，我却哭着骂：“你为什么打我的姨妈！”

姨父骂骂咧咧地走了。姨妈一把搂着我，给我擦掉脸上的眼泪，轻声说：“姨妈对不起你。本来想让你多玩几天，现在看来不行了。我明天送你上火车回家。”

我带着对姨父的恐惧感、厌恶感，回到了武汉。我母亲正为姨妈担心的时候，她来了，她给我妈妈讲了事情的经过。姨妈家里要做两间新房，请来烧瓦烧砖的张师傅。他走南闯北，说话很幽默，常逗得人发笑，可是我姨妈笑不起来。张师傅是个聪明人，他在厨房里看见我姨妈烧火时，泪光映着火光。他悄悄地对我姨妈说：“你要是有伤心的事，别闷在心里，不然，会闷出病来。”

以前，从没有谁关心过她。现在一声问候，我姨妈心里受了感动，眼泪掉了下来。她对这窑匠有了一些好感。大冬天，张师傅看见我姨妈没穿袜子，就悄悄地塞给她两双尼龙袜。那时候，农村一般人穿不起尼龙袜。我姨妈不知是对张师傅有好感，还是喜欢这尼龙袜，鬼使神差地收下了。

姨父看见姨妈穿的尼龙袜，问：“你这高级的尼龙袜是那里来的，你是不是把家里的钱偷去买的。”

姨妈说：“我没有用家里的钱。”

姨父骂了一句：“你这袜子是野汉送你的。”

姨妈说：“你不管是那里来的。”

姨父一气之下打了我姨妈一耳光。姨妈就一边哭一边骂。姨父又是一脚，踢倒了我姨妈。大表妹二表妹三表妹吓得在一边哭。五姨父说：“你们这些丫头片子给我号丧。”

几个女儿再没敢哭出声。最小的儿子来了，他哭着伏在他妈妈身上。姨父住手了，他怕打着了自己的儿子。烧窑的张师傅来了，他说：“袜子是我给的。”

姨父一听更生气了，他把气发在姨妈身上：“你个贱货，鸡狗也不分。”

张师傅一听：“什么，你是不是在骂我？”

姨父说：“老子骂了你，又怎么样？”

姨父一边说，一边又踢了我姨妈一脚。张师傅顺势挡了一下，姨父一下跌倒在地，头上起了一个疱。他爬起来，虚张声势，指着张师傅说：“好，你等着。”

他跑出门，想找几个人来教训一下这烧窑的。姨父没想到这烧窑的人缘好，不但没有人愿意给他帮忙，队长老婆还指着姨父喊：“毕三，张师傅也给我送了尼龙袜，是不是我也不正经呀。”

姨父最怕这队长老婆，赶快溜进了屋。不知什么时候，张师傅离开了乡里，五姨妈也跟着张师傅跑了。第二年春天，姨妈来了。妈妈问：“你的那个张师傅呢？”

姨妈答：“他去年运砖时翻车摔死了。”

妈妈叹口气又说：“你现在是怎样生活？”

姨妈给我妈妈谈了她的遭遇。自从张师傅去世后，她心里很悲伤，连落脚的地方都没有，这时候，她在路边烧纸钱，一边烧一边“哇哇”哭：“老张啊，你死得好早哇，我现在连住的地方都没有了。”

收破烂的老王与烧窑的张师傅是同乡，他们平时常在一起喝酒。老王现在开始安慰姨妈，让姨妈与他一起收破烂。老王身体不大好，常喊胃疼。有一天，他疼得在地上打滚，头上还冒着黄豆大的汗珠。那时天太晚，没有公共汽车，也没有三轮车。于是，姨妈便背着王师傅上医院，请医生给他打针输液。没住几天院，王师傅回了家。以后的结局我不说，你也可以猜得出来，他们两人搬到一起住了。王师傅拾破烂，我当姨妈助手并管账。可惜好日子不长，王师傅后来胃病又犯了，疼得厉害。一检查，是胃癌，花了1万多元钱，也没有把命保住。

姨妈又成了单身女人，也没收破烂了。我妈妈劝她回家乡。姨妈说：“我与那姓毕的没有感情，再说，村里有人说我是扫帚星，我不能回去。”

我妈妈说：“那么，你在那里落脚呢？”

姨妈说：“我又找了一个男人。”

我妈妈说：“你为什么还要找男人呢？这么大的年龄，你就不怕人笑话。”

姨妈说：“女人与男人在一起，可以度过好多困难。再说，自己的路自己走，别人想笑，就让他们去笑。”

姨妈这回谈的男人是一个老干部，她与这个老干部是在医院认识的。老干部刚进医院时，没有空的干部房间，就与老王在一个病房里住了一个晚上。姨妈知道老干部的夫人去世了，儿子在外地，身边没有亲人，出于同情，主动给他端茶倒水。后来，老干部转到了干部病房，将别人送的水果送给我姨妈。姨妈常到干部病房去看他。

老王去世了，姨妈对老干部说：“我想给人做保姆。”

老干部认识我姨妈，就对她说：“我正想找保姆，如果你愿意，可以到我家去做保姆，包吃包喝每月给你300元零花，还给一间房子你住。”

这时，我姨妈有50岁了，而这老头子也有70岁了。姨妈看见这老干部人好，她答应了。从此，她住在老干部的家里，给老人做保姆。老人又一次病倒了，我姨妈每天守候在他床前伺候。老干部的病好后，对我姨妈非常感激：“这次多亏了你。”

姨妈说：“莫客气，不是你，我那有落脚的地方。”

老人说：“你干脆与我住在一起吧。”

姨妈点了点头。老干部感动地说：“谢谢你，我这么大的年龄了，你还愿意与我在一起。”

姨妈说："人心是肉做的，你对我好，也感动了我。"

头几个月，两口子生活过得还愉快。不到半年，老干部的侄女找到了我姨妈，气势汹汹地说："我伯伯一辈子没有结婚，我就等于是他的亲闺女，我有权问你，你是不是冲着我伯伯有钱跟他的。"

我姨妈不回答，侄女便三天两头来闹。老干部在旁边叹气，没有办法。后来，老干部的胃出血开刀，姨妈将老干部送到医院，用了不少钱。老干部的侄女也感动了，再也不来闹了。老干部住了两个月的院，病好后，对姨妈感激不尽。他得知姨妈的大女儿要出嫁，小儿子要买房子，就悄悄地寄了一笔钱。

一天夜里，老干部突然脑溢血死了。姨妈尽管心酸，但这回没有流眼泪。这么多年，她历尽坎坷，眼泪流完了。办完丧事一个月后，我姨妈去看我妈妈。妈妈听了姨妈的情况，就流着泪对她说："不用再找人了，你就在我家里住一段时间吧。"

没有想到，只住了几天，我姨妈走了。后来才知道，她去会我现在的姨父黄大山。我姨妈与捡破烂的老王在一起时，曾经帮人洗衣服挣点菜钱。那个时候，她认识了正打单身的黄大山。这黄大山是黄埔军校的最后一期学员，他在国民党军队里当过连长，后来投诚解放军。新中国成立后，转业到邮政部门搞行政。在"文革"中，黄大山受到了批斗，他被下放到农场去了几年，落实政策回来，看守邮政局仓库的大门。黄大山是个老单身汉，我的姨妈给他洗衣服。知道了老黄的坎坷经历，很同情他，将他的衣被都拿出来洗了，还不肯收钱。

黄大山心里很感激我的姨妈，无奈他当时经济不宽裕。黄大山退休后，侄女要他到东湖来看守鱼塘，得知我姨妈与老干部在一起，专门来看望过我姨妈。老干部去世，我姨妈从老干部家里出来，黄大山听见了信息，千方百计地找到我家。他要我姨妈去帮忙他守鱼塘，他们成为夫妻。鱼塘的领导对我姨妈很满意，说老两口守塘很认真，来偷鱼的人少了。一天晚上，我姨妈在湖里发现了一具死尸，她一边看守死尸，一边要姨父赶快打110。由于报案及时，公安局迅速破了案。为此，公安局表彰了他们。

我妈妈知道了说："妹，你的胆子真大。"

一年春天，姨父黄大山的肩周炎发了，疼得头上直冒汗。这时候，我的小表弟来了。他是到武汉来看病的。我姨妈叫了一部出租车，送表弟到医院去，一诊断，表弟是阑尾炎，要开刀。黄大山拿出一笔钱来，对姨妈说："你在医院照料你儿子住院，我自己照料自己。"

姨父的肩周炎越疼越厉害，站不起来了，只有躺在床上。我姨妈安排了表弟的住院手续后，又赶到家里，见他躺在床上。赶快给他做饭吃，还心疼地说："老黄，你现在还没有吃饭，一定饿坏了，我给你做。"

姨父对她说："你把饭做好后，快去医院，你小儿子那里还要你去照料。"

老黄几句话，真诚朴素，说得我姨妈热泪在脸上流淌。就这样，姨妈从家里赶到医院，又从医院赶回家。两头赶，两头都丢不下。姨妈的真挚爱情感动了姨父。姨父每天都要去跑步。他对姨妈说："我要好好锻炼，争取多活几年，好好陪陪你，虽然你有儿女，但他们生活不宽裕，我还要为你存几个钱防老。”

去年五一，我的表弟结婚，我们全家人都到乡下去玩。从不敢回乡的姨妈也去了。因为人们的思想观念发生了变化，让姨妈坐了上席。她还说：“夫妻之间要恩爱，我现在要赶回，你们的姨父还在家里病休呢，他需要我的照顾。”

杨扬点评，有人说，少是夫妻老是伴。有人说，公不离婆，秤不离砣。神话博士的姨父姨妈正是如此。

神话博士讲完故事，他们继续参观瀑布，神话博士却说：“瀑布下有深潭有水洞，我们去几个石洞看看，能不能够发现宝刀与宝锄的蛛丝马迹。至于豺狼精、乌鸦精，他们现在一定到处在寻找宝刀与宝锄。”

神话博士穿上魔衣、黎萍导游、阿椰、阿槟穿上魔幻背心，他们进入了岩石边的水洞，这些水洞里面十分凉爽，比起外面烈日下的山坡舒适得多。虽然他们最终没有找到宝刀、宝锄，却欣赏了难得的洞中景观，觉得值得。黎萍提出，到三亚大小洞天景区去走一趟。

二十九、鉴真沐海

三亚大小洞天景区，位于南山西南隅，枕海面壁。景区文化虽以中国道家文化为主题，却有好几处主要景点与佛教高僧鉴真相关，如鉴真群雕。神话博士、阿椰、阿槟、黎萍、杨杨、黄梅等站在鉴真群雕旁，远眺大海。神话博士进行解说：弧弦百里，崖州海湾；碧波万顷，尽收眼底；山海之间，宛如长卷；画图古朴，气势雄壮。大小洞天，奇石林立；鉴真沐海，堪称特色。

黎萍导游说：天然大礁石被命名为“鉴真沐海”。相传高僧鉴真漂流至大小洞天附近登陆，并居住在南山之中。他经常来此沐浴海水和阳光，久而久之，便在此处有了一块酷似鉴真的巨石，故取名为“鉴真沐海”。“鉴真本姓淳于，广陵江阳（今江苏扬州）人。生于公元688年，卒于公元763年，享年76岁。唐朝佛教盛行，信徒如云，他的父亲也是。当时扬州城内及近郊寺院林立。淳于从孩提时代起，就生活在浓厚的佛教气氛中。淳于兴趣很广，对于建筑技艺、玉器雕刻、书法绘画以及中草药，均有钻研。淳于14岁时，有一天，跟随他父亲去扬州大明寺。也许是佛缘触动，他当即向父亲提出要出家，得到父亲的赞许。”

黄梅为了在神话博士面前表现自己，接上黎萍导游的话头：“富丽堂皇的建筑和威武的塑像，使大明寺成为淮南一带的名刹。各种各样多才多艺的人物，云集一地。淳于进大明寺受戒，成为智满禅师的徒弟，法名鉴真。公元705年，他18岁那年，道岸禅师为他授了菩萨戒。道岸在建筑学、佛学、文学等各个方面都有很高的造诣，在唐佛教界有崇高的地位，当时被誉为天下四百余州的“受戒之王”。受戒后，鉴真跟随道岸到长安（今陕西西安），学习佛教三藏。鉴真26岁登坛讲律疏。除了讲授佛学外，他先后参与修造古寺多达80余所，还为不少寺院铸造雕像、砌造宝塔、书写藏经。他还创立悲因院，救济贫穷病人。鉴真人虽出世，却以出世之情怀，关切入世之事。”

黄梅指着群雕说：“鉴真师徒五人面向大海的巨幅塑像，高达七八米，以大块花岗岩石为原材料，石头的质感，恰到好处地凸现鉴真师徒不惧艰难险阻的刚毅之态。鉴真群雕的山下，是一组神情逼真的龟雕。这些用石头雕成的10余只龟，大小不一，神态可掬，惟妙惟肖。龟在佛教中是吉祥物。将群龟雕刻与鉴真群雕相衬映，寓意深刻。”

神话博士感慨地说：“黄梅到底是雕塑专业毕业的，审美的角度非同凡响。”

黄梅的脸上笑出了一朵花，黎萍稍微皱了一下眉头。但是，她毕竟是见过世面的人，瞬间恢复了平静，脸上绽开了笑容。

杨扬问："鉴真师徒是否真的在大小洞天处登岸？"

黎萍回答："唐代高僧鉴真六渡日本，五遇海难而不屈。其无畏精神载于中日文化交流史。1200多年前，一场突如其来的台风，促成鉴真与海南岛的一段缘分。据有关史料，鉴真登陆海南岛是在宁远河入海口大港。大港入海口距大小洞天景区，有好几十里路程。从史料看，鉴真先是住在振州别驾冯崇债家中，后才居住在大云寺。大小洞天区域，树高林密。新中国成立后，郭沫若先生在修《崖州志》时，前往大小洞天时还专门请人砍树开路。

"唐代时，大小洞天一带，自然生态环境原始，鉴真是否果真落脚于此，还是一个谜。20世纪90年代初，中国佛教界和旅游业的人士，提议在三亚南山兴建"南山寺"，以纪念鉴真东渡时曾到过海南。为促成其事，1993年4月，著名书法家、原中国佛教协会会长赵朴初特致信给当时海南省委、省政府主要领导。在海南省委、省政府的支持下，1993年6月，南山文化旅游区进入实质性运作。"

黄梅说："南山是一大型生态文化旅游区，规划面积34.7平方公里，分期开发建设，总投资额需60亿元人民币。南山文化景区虽然建成部分仅为总体规划的十分之一，但已在海内外具有广泛的影响，与亚龙湾、博鳌一道被誉为海南具有聚集效应的三大旅游品牌。因鉴真和尚生于盛唐，"南山寺"其建筑开阔、富丽雄浑，这是盛唐时期寺庙建筑的风格，再现了高度繁荣的盛唐时期民众昂扬向上的审美风格。"看来黄梅常来此地，对南山寺文化有所研究。

神话博士说，"日本'遣唐使'第九次来到了中国，其中有两个年轻的和尚，一个叫荣睿，一个叫普照。荣睿、普照到中国，除了学习佛教，还有一件顶重要的任务，就是邀请中国的高僧到日本去讲学和受戒。荣睿和普照在中国住了10年，虽然学到了不少佛学知识，可是却一直没有邀请到去日本讲学的高僧，感到很失望。就在他俩准备动身回国的时候，打听到扬州大明寺的鉴真和尚德高望重，学问高深，还曾给四万人受戒。他俩就立刻从长安赶到了扬州。

"可是当见到鉴真的时候，他们又犹豫了。鉴真已经是一个满脸皱纹、年近60岁的老人。这么大的年纪还肯远离家乡，漂洋过海吗？又一想，要是错过这个机会，恐怕再也找不到比鉴真大师更合适的人了。于是，俩人深深地向鉴真施礼，说明了来意，恳求他能到日本讲学受戒。鉴真被他俩的真情诚意深深地打动了。他想了想，然后说道，我答应你们的请求。"

黎萍也熟悉鉴真的经历，她说："鉴真看了看站在周围的弟子，问道，我已经决定随荣睿、普照二位法师东渡日本，你们有谁愿意同我一起去呢？听到鉴真的问话，那些弟子们你看看我，我看看你，半天没人吭声。过了一会儿，一个叫祥彦的和尚站起来说，大师，不是我们不愿意传播佛法，只是日本和我国相隔大海，路途遥远。听说十人中难得有一个能平安渡过去。如果在路上出了危险，就要白白送命。他们说得一点也没有错，木船出海，台风接二连三，海盗成群结队，随时都有性命之忧。当然，听了这番话，鉴真很是生气，他抬高了声音说，为传佛法，何惜生命。你们不去，我一个人去。祥彦见师父态度这样坚决，他马上说，师父要去，弟子一定跟随。"

黎萍接着说："唐代天宝七年（748年），荣睿、普照两僧从安徽来到扬州，与鉴真筹划第五次东渡事宜。此次东渡同行者有僧祥彦、神仑、光演、德清、荣睿、普照、思托等14人,水手18人,6月27日从扬州崇福寺出发,经瓜州运河入海向南。一路上风急浪高,水米断绝,九死一生,漂泊至振州(今海南崖县)地界始得靠岸。这样,第五次航海又失败了。鉴真等受到当地地方官的供养,在各地做了些佛事,便被送回扬州。"

神话博士吩咐大家打开魔衣、魔幻背心上的时光隧道功能,他带着黎萍、阿椰、阿槟、杨扬、黄梅等飞入雷电交加的时光隧道。他们面前是鉴真师徒和日本僧人荣睿、普照14人及水手共18人,精神抖擞地于七、八月间从越州(今浙江绍兴)出发,神话博士对鉴真说:"大师,你这是几回东渡?我想陪同你们走一走。"

鉴真大师回答:"你好,神话博士,这是我们的第五次东渡,如果不成,我们准备再次东渡。"

海鸟不时飞近船帆,海里的鱼,也常常跳出水面。鉴真看到这些,表情非常喜悦,他一直站在甲板上。可是没过多久,海面上突然刮起了大风。天很快暗了下来,大块的乌云遮住了太阳,风越刮越猛,大海掀起一个接一个像小山一样的巨浪。鉴真乘坐的那只木船,就像一片无依无靠的树叶,一会儿被海浪高高抛起,一会儿又被埋入波谷。船上的人,一个个东倒西歪,有的使劲抱着船舱里的木柱子,不敢动弹;有的因为晕船,大口大口地呕吐起来。神话博士、阿槟、阿椰、黎萍几个因为条件反射,也忍不住呕吐。木船在这种险恶的环境里颠簸了一天又一天,随时都有葬身海底的危险。

第六天到了,无情的海风大概累了,才渐渐安静下来,海水也慢慢平静下来。满船的人,由于几天没吃没喝,加上拼命的呕吐,一个个面色青黄,浑身没有一点力气。人们的嘴唇,都干得裂开了口,嗓子也一个劲地往外冒烟,实在难受死了。可是,船上连一口淡水也没有了,有人用瓢舀了一点海水,尝了尝,又苦又涩,实在不能下咽。第七天下午,西南天空跑来大片乌云,害怕又要刮大风了,人们的心里紧张得蹦蹦地跳。马上,人们的情绪又阴转晴,这片乌云顷刻之间化为一场大雨,对于渴望淡水的人们,好比是天降甘霖。人们欢呼:"这可是救命的雨水呀。"

人们从船舱里把能盛水的器皿都搬出来,接满了雨水。然后,人们站在甲板上仰着头,使劲张开干渴的嘴接水喝。神话博士、黎萍、阿槟、阿椰、杨扬、黄梅,开始吃自己带来的压缩饼干,继续在船上观察。船继续向前驶去,到第14天,旋风卷起他们乘坐的木帆船,先抛到天上,然后摔下波谷,船上木板发出断裂的惨叫,阿槟、神话博士护卫着几个女子,阿椰保护着鉴真大师,木帆船像断了翅膀的老鹰,无法飞翔,只能够在海上随波漂流。

连日来,祸不单行。先是日本僧人荣睿得病死去。看着荣睿的遗体,鉴真难过地哭红了双眼。鉴真的眼睛得了病,尽管吃药治疗,却仍然不见好转,最后双目失明了。这真是沉重的打击呀!就在鉴真十分难过的时候,又听到祥彦病重的消息。一天夜里,祥彦感到自己快要死了,就请守护他的师兄快去唤师父来。鉴真来到他的跟前,祥彦急促地喘着气,吃力地从身边小布包里拿出一本字帖和一本他手抄的经书,双手捧给鉴真,断断续续吐出最后一句话:"请师父……把这些……带到日本……去。"

说完,祥彦就咽了气。鉴真俯下身子抚摸着祥彦的尸体,悲痛万分地喊着,"祥彦,祥彦啊!

你醒一醒啊。”

祥彦静静地躺着，鉴真精神上和肉体上遭受这么沉重的打击，深刻感受到东渡的道路是怎样的艰难。然而，这一切反而更增添了鉴真的勇气。他对天发誓：“不到日本，我死不瞑目！”

神话博士、阿槟、阿椰被亲临其境的现场感动了，无不热泪盈眶。木船飘至振州（今三亚，古代一般称崖州）附近的崖州海面。他们以为走投无路，束手无策，不知道路在何方，不晓得怎样才能找到停靠的港湾。天无绝人之路，迎面来了一只大船，上面有几位商人模样的人，鉴真的徒弟对他们喊话：“师傅啊，我们的船被台风打坏了，怎样走，才能找到停靠的港湾。”

对方是运货回振州的商人，听说是鉴真大师的船，热情地说：“你们跟在我们后面吧。”

在大船的牵引下，鉴真大师的木帆船在海上行驶了3日，终于看见眼前出现了一块大陆地，他们使出最后的力气，拼命地划动船桨，船在水南村大港靠岸了。

鉴真大师问黎萍：“这是什么地方呢？快到冬天了，怎么这里还是一片苍翠，到处是挺拔的剑麻、成片的椰林。”

一位商人说：“你们去日本，船走错了方向，回来了。”

他们后来才知道，木船回到了我国海南岛的最南端。这第五次东渡，虽然历尽千辛万苦，却又失败了。这几个商人一上岸，就喊：“鉴真大师来了。”

群众从四面八方赶来，他们要拜见德高望重的鉴真。他们前呼后拥地邀请鉴真去吃饭，鉴真说：“我们带的经书被雨水打湿了。”

大家将随船携带的衣物、佛具和经书，一一放在岩石上晒。神话博士、黎萍、阿槟、阿椰帮忙晒东西。黎萍说：“据《大唐和尚东征传》述，晒场上所晒的衣物、菩萨像、佛具和经书，多达数千件。仅衣物中的裙衫便有千件、袈裟千件、坐具千张。还有铜盂、铜碟、铜盘、珠幡等大量供佛用具。佛像种类也有不少，有宝像金漆泥像、菩萨五顶像、元扇像等。同时还有大量的经书，如《大集经》、《华严经》、《大湿盘经》等等。那些物具可供千人参加大法会用。”

神话博士说，如此盛装，难怪鉴真等人“所经州县玄坛受戒，无过空者，弘扬佛律，暂无停断。”黎萍说，三亚崖城镇的人为纪念鉴真，把鉴真等人曾晒过经书等物的坡地称为“晒经坡”。听说鉴真来了，振州别驾（辅助州郡长官的官员）冯崇债，亲率四百军士前往迎接，在太守衙厅里“设会受戒”。为表示尊崇佛教，冯崇债拜鉴真为干母舅，并迎入私宅设斋供养。州属官员也纷纷前往，“施物盈满一室”，并轮流供养众僧。直到大云寺修好后，才送鉴真等人进大云寺安顿。

崖城镇曾是古崖州州府所在地，这个曾经在相当长的时期内作为海南中南部政治、经济、文化中心的小镇，现存的东西很普通，房子是到处可见的房子，也没有特别的风景。与中国南方的许多小镇相比，它甚至显得有些寒碜，难觅史书中所载的优美风情。鉴真羁留海南期间，给海南的开发与科学文化的发展贡献突出，也丰富了他自己的游历，增添了他人生传奇色彩。

黄梅说：“大云寺建成后，鉴真和他的弟子们为大云寺手抄了大量的佛教经典的感人场面。鉴真和他的弟子，以大云寺作为讲坛，向当地民众讲授律、戒、度等佛教要义的场面，鉴真和他的弟子，传授有关书法、雕刻、医学、建筑、工艺美术等知识的场面，不仅传播佛教文化，也让中原文化在海南有进一步的延伸。”

黎萍导游说：“鉴真学识渊博，才华超群，被尊为淮南“独秀无偏，道俗归心”的佛教首领。鉴真对医学深有造诣，他把自己在药物方面的收藏、炮制经验告诉当地民众。在医学方面，他教一些当地人学会了用鼻子的嗅觉、舌头的味觉、手指的触觉等直觉鉴别方法诊断病情的场面。羁留期间，鉴真等人对当地风光物产和野生植物，进行了广查博采，并载入史籍。鉴真高足弟子思托，负责进行详细的记录，写进《东征记》中。这些宝贵资料，后由日本淡海真人元开以之作为蓝本，写成《唐大和尚东征传》一书。这本书在中国史学上有一定位置。

“据记载，当时南国宝岛风光秀美，独具特色的风情，热带作物有荔枝、龙眼、椰子、菠萝、槟榔、沉香等南药、香料、奇树异果等。鉴真对海南民间的生活，尤其是农事方面，也十分关注。他写道：“养蚕八度，收稻再度”。进一步说明了，唐代海南不但掌握了养蚕取丝的技能，而且还懂得种植双季稻，具有先进的农耕制度和生产技术。”

杨扬问：“什么是南山之寿？”

黎萍导游解说：“谈到南山之寿，有一种说法是这样的：相传唐代高僧鉴真在公元748年与35个门徒第五次东渡日本时，因遇到台风，漂流至振州（今三亚市）宁远河口（今海山奇观风景区一带）。他们筋疲力尽地踏上南山的土地，却马上恢复了精神。这件奇事一传十，十传百，人们从此把南山叫做仙山。传说到过南山的人有病去病，无病健身，个个长寿。于是人们就用‘南山之寿’来祝福他人长寿。”

神话博士讲述鉴真，吩咐大家打开魔衣与魔幻背心的梦幻功能。

——日本政府又一次派遣唐使团到了中国。遣唐大使听说了鉴真五次东渡的经过，对鉴真极为敬佩，就在第二年10月回国的时候，绕路到扬州专程拜访鉴真，并且邀请他一同前往日本。第二年，日本遣唐使团要回国了，鉴真和随行的徒弟、工匠38人，就随着这个使团前往日本。经过一个多月的航行，终于到达了日本的秋妻屋浦（现为日本鹿儿岛县川边郡坊津町字秋目村）。

船长来到了鉴真的坐舱，恭恭敬敬地对他说：“大师，请准备下船上岸吧。”

船慢慢靠岸了，鉴真非常兴奋地说：“啊，终于到了！”

他边说边站了起来，人们都高兴地欢呼起来。鉴真在大家的搀扶下慢慢地走到岸上，心情非常激动，连声说道：“要是荣睿、祥彦他们看到这一天该多好啊！”

从鉴真答应荣睿和普照的邀请，整整11个年头过去了。这期间，先后经历了5次的失败，还有36人先后献出了宝贵的生命，这是多么大的代价呵！想到这里，鉴真禁不住蹲下身去，使劲从地上抓起一把泥土闻了又闻，止不住的热泪流过两颊。

日本天皇知道鉴真等人顺利到达的消息，立刻下令把鉴真接到日本的都城——奈良。鉴真一行被安置到奈良最大的佛寺——东大寺。很快，天皇又颁布诏令，尊奉鉴真为“传灯大法师”，把对日本佛教徒的受戒、传法两项重任交给鉴真。对一位外国僧侣，给予这样的尊崇，在日本历史上还是第一次。

鉴真在东大寺的佛像前，设立起戒坛，先是为天皇、皇太后、太上皇授了戒，接着又为一批高僧受戒。看到这里,你也许会问,什么是受戒呀?受戒就是佛教信徒通过一定仪式,接受师父授予的佛教戒条,用来约束自己的行动。电影《少林寺》,就有少林寺主持为小和尚觉远受戒的场面。

鉴真到了日本,每天都有很多人来听他讲解佛经,请他受戒。寺里每天都要拿出很多米做饭给这些人吃。这样一来,寺里的粮食就不够吃了。天皇知道了这件事,就拨给鉴真他们一百町(一町相当于14.88市亩)水田。有了田,怎么使用,大伙的想法不一样,有的说请人来种,每年打下来的粮食卖掉就可以有不少收入;也有的说不如租给农民去种,收取租米。鉴真一边听,一边连连摇头,说:"你们的主意都不好。我看还是用这块地造一座寺院吧,既可以用来讲学,也可以让日本的友人学到我大唐的建筑技术。"

他的话音未落,几个弟子就高兴地说:"这真是一举两得的好办法。"

天皇知道了鉴真的这一番心意,深受感动,又另赐给了一块旧宅。新寺院就在这块旧宅地上动工了。它的图纸设计都是由鉴真大师亲自主持的。两年以后,一组按照中国木结构建筑形式建造的殿堂落成了。整个建筑结构精巧,气势雄伟,那坡形的大屋顶,那一根根拔地而起的圆柱,那高高的钟楼和鼓楼,完美地体现了唐朝建筑的风格,一时轰动了日本,很多人从老远的地方赶来参观。天皇亲笔书写了"唐招提寺"四个字。

从此,鉴真就一直住在这里讲学受戒。"唐招提寺"成为当时日本最有名气的寺院。有一次,天皇生了病,请了一百多位医生来看,吃了很多药,仍不见好。几十个大臣来到宫中探望,天皇很伤心地对他们说:"全国的名医都请到了,还是没有效果。看来我这病八成是治不好了。"

这时候,一个大臣说道:"老臣听说鉴真大和尚懂得些医道,何不请他来给您诊治诊治。"

天皇治病心切,急忙派人来请鉴真。鉴真一听,天皇病了,马上带着几个徒弟跟着来人,到了宫中。他伸出手来为天皇摸了脉,然后开了药方,命徒弟去配药送来,鉴真然后带着手下人回到住处。

一天,天皇派人来请鉴真,当鉴真来后,天皇客气地说:"坐,坐,坐。"

鉴真觉得奇怪,心想:"有什么事吗?"天皇说:"我想当面感谢大师。"

原来,天皇吃了鉴真配的药,没多久,病就好了。天皇还感激地对鉴真说:"大师,您的药可真灵啊!该不是什么仙药吧?"

鉴真笑着说道:"哪里是什么仙药,不过是些从大唐带来的寻常草药罢了。"

天皇听了这话,很是奇怪:"先前我服用的也是从大唐传来的草药,怎么就不见效呢?"

鉴真说:"能够让我看看是什么药吗?"

天皇命人把以前为他治病配制的草药拿给鉴真看。鉴真拿起这些药,用鼻子闻了闻,用手掐了掐,还用舌头舔了舔,然后说道:"这些药有的是假的,有的是制作方法不对。您吃了这样的药,怎么能治好病呢?"

天皇这才恍然大悟,立刻请鉴真把所有从中国传来的草药,一一辨别真伪,还请他把每种药的用途、制作方法记述下来。从此,鉴真被日本奉为医学始祖,还把他的头像印在药袋上面。还有一次,几个日本朋友到寺里来拜访鉴真,正赶上吃饭的时候。鉴真特地让人做了一锅豆腐来招待客人。当时日本人还不会做豆腐，那几个客人一尝，都赞不绝口，马上向鉴真请教豆腐的做法。鉴真一一告诉了他们。后来，豆腐这种食品就在日本传开了。直到现在，日本有一种豆腐干的包装口袋上还印着"唐传豆腐干"的字样呢！

石博士说："鉴真在日本度过了17年。他76岁的时候，有一天，预感到自己就要离开人世了，就急忙让人扶着他，脸朝着祖国的方向，双腿盘坐，一会儿就停止了呼吸。不幸的消息传出以后，整个日本国为之一震，群众无不悲伤，源源不断地赶到唐招提寺进行吊唁活动。

黎萍说："鉴真大师的家乡扬州的佛教徒听说了以后，不禁冲着东方放声痛哭。在鉴真逝世之前，为了能使师父的形象永久地保存下来，弟子思托就照着师父本人的样子，为他塑了一尊坐像。鉴真塑像闭目含笑，面容慈祥，逼真地表现了他那仁慈的性格和坚忍的意志。这尊塑像，一直保存到现在，被奉为日本的国宝。一千多年来，鉴真一直受到中日两国人民深切的怀念。新中国成立以后，在扬州建立了鉴真纪念馆。1980年，日本佛教界还举行了鉴真大师塑像回国探亲的纪念活动。鉴真作为中日两国友好的使者，是值得人们永远怀念的。正像著名诗人郭沫若的一首诗说的那样：

鉴真盲目航东海，
一片精诚照太清。
舍己为人传道艺，
唐风洋溢奈良城。

神话博士说，鉴真的可贵更在于他大无畏的精神气概，而不仅是作为一个具有博识的高僧。在眼睛失明的情况下，已入花甲之年的鉴真，第六次东渡日本，终于成功。到达日本后，他传授戒律，度人济世，成为日本律宗的开山始祖。日本人尊称他为"过海大师"。

阿榔、阿槟一边听黎萍、神话博士讲述鉴真的故事，一边用魔衣、魔幻背心的梦幻功能，感受着那一幅幅感人的历史画面。神话博士说："鉴真是中华民族的活神仙。鉴真沐海的石头是大自然显灵的杰作。鉴真的故事，虽然没有爱情的成分，却能够让我们懂得人类的大爱是什么。豺狼精、乌鸦精现在到处在寻找宝刀与宝锄，这是定海用的宝贝，我们一定要抢在他们前面。"

三十、福如东海

黎萍导游研究海南的民间神话传说多年，熟悉神话传说可以称得上了如指掌。她给神话博士、阿槟、阿榔、杨扬、黄梅、胖瘦九代穷讲神话故事，大家都穿上了魔幻背心。故事对于阿槟、阿榔并不陌生，所以，大家很容易身临其境。黎萍讲很久很久以前的故事时，阿榔他们眼前浮现出逼真凄惨的画面，田地干枯得到处都是裂痕，一个满脸皱纹的老大妈，伸出枯树枝一样的手，向路过的人乞讨。九代穷说："刚才讨饭的是我的同村大妈。"

黎萍导游讲故事的时候，神话博士打开梦幻开关，奇迹出现了。他发现，在一个龙王庙前，一群老百姓跪在地上，祈求天神赐降甘霖。这一年，接连好几个月，没下一滴雨，各处都在闹旱灾，井、河干涸，田地开裂，庄稼颗粒无收。珠崖郡的崖县（今三亚市）也不例外。饥饿干渴的崖县人，只有天天祈求上天。神话博士、阿槟、阿榔虽然眼睁睁地看着残酷的情景，却无可奈何，这就是历史的残酷，不能改变的历史残酷。

当黎萍给大家讲起《福如东海》的故事时，杨扬打断她的话说："你给我们讲故事，为什么我们穿上背心还看不到画面呢？"

神话博士熟悉计算机。他发现，大家的背心上的电池用完了。他说，我的魔衣功能有限，我们只去阿槟、阿榔、黎萍与我四个人。说完，他打开时光隧道功能开关，大家飞入了彩色的时光隧道。

当他们降落在地面时，阿槟、阿榔激动得大叫起来。原来，阿榔的表哥阿富出现在他们面前。阿富一到水中，他就像鱼儿一样灵活，即使是现在的游泳健将，累得呼哧呼哧地也追不上。阿富撒起渔网，鱼儿主动往网里钻，即使是熟练的老渔民，也不得不羡慕地竖起大拇指。阿富随手用渔竿一挥，能够吊起几条鱼来，现在的钓鱼冠军，恐怕见状也会甘拜下风。阿富擅长打猎，虽然水平不及阿榔，但进山打猎，从没有空手而归。所以，阿富既像勤劳勇敢的山民，又像勤劳善良的渔民。他每天都要去海里去捕鱼，分给众乡亲。

奇怪的是，那年一段时期，到哪个海域都捕不到鱼。阿榔的表哥阿富，风风火火向大海边走去，到了海边，他撒开渔网，一网又一网，只打起了一条大鱼。

阿富回到村，把鱼切成一块块，分给乡亲们，给阿槟、阿榔、神话博士、黎萍一人一块鱼，最后，自己只留下一点点鱼头。

那天下午，他正要烧水煮鱼头时，进来一位要饭的老太婆，满头白发，满脸皱纹，破衣烂衫，又脏又臭，端着一只破了口子的碗站在他身边。黎萍捂起了鼻子，阿榔、阿槟则对老太婆说："阿福没有东西吃了，明天再来。"

神话博士望着老太婆不眨眼，他怀疑这老太婆的来历非凡。阿富一点也不嫌弃她，请她坐下，说："我打来的鱼分给乡亲与朋友了，现在还剩下一个鱼头，煮熟了鱼头就给你吃。"

老太婆说："我饿了三天三夜，实在受不了，最好，你现在就给我生鱼头吃。"

阿富二话没说，立即把鱼头给了老太婆。老太婆伸过脏兮兮的手，将鱼头往嘴里塞，狼吞虎咽地吃完了鱼头，顿时有了精神。老太婆跪下，要叩头感谢阿富的帮助，阿富说："千万做不得，你是老前辈。"

阿富慌忙上前扶她起来。当老太婆被阿富扶起来时，阿富感觉臭气消失了，闻到了一阵阵淡淡的清香。他抬头一看，天哪，站在他面前的不是又脏又臭的老太婆，而是胜似天仙的美女。只见她，墨黑的头发柔软地下垂搭肩，又大又黑的眼睛脉脉含情，小嘴樱桃光彩照人，鹅蛋形的脸上，流溢着美丽动人的微笑。阿槟、阿榔、神话博士、黎萍全被惊呆了。

阿富望着她，眼睛都发直了。好半天他才问："你是谁？你是不是刚才那位老太婆变的？"

阿榔也问："你是不是龙王的女儿。"

姑娘点点头说："对，我是大东海龙王的小女儿，名字叫阿美，现在人间闹旱灾，我是来告诉你们，善良的人们只要到大东海喝三口海水，回来后，挖地出水，种地丰收，做买卖发财。总之，就能心想事成。"

说完，她问："阿富，你是否愿意试试。"

阿富说："我希望为老百姓造福。"

没等阿富说完，阿美说："请你闭上眼睛。"

阿富认真地闭上眼睛，他知道这方面的神话故事，凡是凡人被仙人带上天空，一定要闭上眼睛。不然，或者是被强烈的太阳光照瞎了眼睛，或者是看见下面的高山湖泊吓得会掉了下去。阿美即拉起阿富的手，向天空飞去。阿富感到身体飘了起来，耳边风声呼啸，一会儿，他感觉在下降，风声在减小，眼睛一睁，他们已经来到了大东海边。

阿美用手捧了三口海水喝。阿富模仿阿美的动作，也用手捧了三口海水喝。这里阿美又拉起阿富的手，飘到了田间。她对阿富说，你心里想着一件事，然后你开始行动，保你心想事成。阿富蹲下来，用双手掘地："神仙保佑，希望地上有水。"

不一会儿，地里"嗤嗤"地冒出一汪清澈的淡水。阿富扑下去喝那水，又香又甜。阿富说："观音菩萨，如果这汪水变成了一条河流就好了，乡亲们就有救了。"

他的话音刚落，只听到一阵阵"哗哗"的流水声，他眼前的水沟在变宽变长，终于变成了一条又长又阔的河流，清澈碧绿的河水欢快地奔腾着。阿富高兴得手舞足蹈，他边往村里奔跑，边高声呼喊："乡亲们，有水了！庄稼有救了！我们有救了！是阿美仙姐救了我们。"

突然，阿富发现自己还没有谢过阿美呢，正想回去找阿美，阿美已飘到了他身边。他跪下，要给阿美叩头，口里说："感谢龙王，感谢你救了乡亲们。"

阿美说："不用谢。"

她不好意思地低下头："阿富，我想对你说件事？"

阿富说："什么事？你说吧，只要我做得到。"

阿美说："蝴蝶为什么成双成对地舞，鸟儿为什么成双成对地飞。"

黎萍对神话博士说："阿美爱上阿福了。"

阿槟、阿榔高兴地点头。

阿富憨憨地摇头。

阿美笑了："你为什么现在还打单身。"

阿富说："我很希望自己能够结婚，主要是家庭经济条件差，谁愿意嫁给我呢。"

阿美的头低得更下了，脸色更加红润了："你肯娶我为妻吗？"

阿槟、阿榔、神话博士、黎萍全高兴地喊："阿福，多么美妙的事情啊，别犹豫，快答应。"。

阿富惊喜得不相信自己的耳朵，望着阿美发愣："你是开玩笑，还是说真的？"

阿美说："当然是真的，你愿意娶我为妻吗？"

阿富大声说："我当然愿意啰！不过，我不知道你为什么看中了我。"

阿美说："你记得你在海滩上救过一条水蛇吗？"

阿富想起来了。那天，黄昏的大海，夕阳将天空的晚霞染得红红的，格外美丽。阿富看着大海，心里觉得太美了。忽然，他看见足下有一条受了伤的水蛇，尾巴正在滴血。水蛇想往水边挣扎，但是，游的十分缓慢。阿富捧起这条水蛇，回到他的住处。他用熬好的中草药敷在水蛇身上。阿富然后去睡觉，奇怪的是他做了一个梦，一个漂亮的姑娘站在他面前，热情地对他说："谢谢你，我是龙王的小女儿，我走了。"

等他睡醒，想起这个奇怪的梦，再去看放在盆子里的水蛇，发现水蛇真的不在了。他觉得十分惊奇。没有想到，这水蛇竟是龙王的公主。

这时，乡亲们敲锣打鼓地跑来了，他们感谢阿美与阿富，给他们带来一条奔腾不息的淡水河。乡亲们兴奋得把阿美抬了起来，他们异口同声地说："阿美就是我们的再生母亲，由于她的帮助，我们才有了救，才没有被旱灾饿死。"

从此，这一带的黎族同胞称妈妈为阿美。在鞭炮和锣鼓声中，阿富和阿美成亲了。打这以后，鹿回头村的村民们一遇到什么想办的事，就到大东海去喝三口海水，定能心想事成。善良的鹿回头村的村民们，又把这一秘密告诉每一个来大东海游玩的人。因此，只要到过大东海的人，都喝过三口大东海的水，他们凡事都能成功，万事如意。鹿回头村的人们说，这幸福是大东海给的，因此常说福如东海。"福如东海"这句吉祥的话也就流传至今。

黎萍导游、神话博士、阿槟、阿榔离开了《福如东海》故事发生的年代，又回到了现代社会。

神话博士说："我们现在需要他们那样真挚的爱情。"

杨扬说："是的，我们现代社会，依然需要阿富这样真挚、勤劳、善良的人，我想请石博士讲讲神话传说的特点与研究意义。”

神话博士以《福如东海》神话故事为例，再次讲述了神话传说的特点与研究意义。他说：“神话故事充满神奇的幻想，原始劳动者的愿望，世界万物的生长变化，都被蒙上一层奇异的色彩。神话中神的形象，大多具有超人的力量，是原始人类的认识和愿望的理想化，它是根据原始劳动者的自身形象、生产状况和对自然力的理解想象出来的，人以刀斧、弓箭为武器，神话中的人物，也就变成以这种工具武装起来的英雄。神话中的主人公被想象为超人的，但有时也要遇到挫折和厄运。它反映了神话幻想的现实制约性。透过神话幻想的折光，从神话人物的作为和斗争，可以看到当时人类的作为和斗争的趋势。”

神话博士与黎萍导游商量了一下，他打算做一个实验，看昨天的人对于现代社会的人在爱情上有无吸引力。我们知道，神话博士曾经是一个家具厂的工人，现在虽然50多岁了，他作为一个有创造性思维的学者，喜欢异想天开，竟然要将瘦九代穷带到他曾经生活过的那个年代去。

神话博士与九代穷通过时光隧道来到了家具厂的锅炉房。厂里的司机小万是个谈情说爱的高手，他正好到锅炉房里聊天，知道九代穷是神话傻子的朋友，说：“还没有结婚，想不想在现代社会体会爱情的滋味？没有关系，神话傻子，你明天下午2点钟带着九代穷去解放公园门口等我。”

万司机表示，他一定会带女人来和神话博士与九代穷相亲。那是一个七月的下午，小万带着两个女子来了，他们在草地上坐下后，小万悄悄挨着石小林的耳朵说：“神话傻子，就是那个穿花衬衣白长脸的，与你交朋友，那个胖一点的穿红衬衣的，与九代穷交朋友，你快去买冰棒买饮料买点心。”

石小林跑去跑来，还没来得及与那白脸女子说一句话，小万就说：“时间不早了，明天上午九点在武汉关等候。”

石这回总结经验，怕夜长梦多，对九代穷说：“我们接他们晚上看电影。”

小万征求那两个女子的意见。没有想到，那两个女子最喜欢看电影。小万因为家里有事情先走了，石小林与九代穷陪着那两个女子看电影。看完电影后，又带她们去餐馆吃饭，吃完饭又带着他们去江滩坐着聊天。石与穿花衬衣的起色不大，可九代穷与穿水红衬衣的女子关系，一下融洽得如胶似漆。本来，九代穷比神话博士年轻英俊漂亮，说话还有点幽默感。

他们两个都不愿意回家了，神话博士担心起来，不能够耽误时间了，否则，九代穷花心了，会影响整个爱情神话体验游活动的开展，再说，他长期待在现代社会，人员结构就会出现混乱。

想到这里，神话博士说：“九代穷，我们走吧，明天再来见面。”

九代穷说：“别骗我了，机不可失，时不再来。”

神话博士说：“你不是饿了吗，我带你去吃夜宵，保证好吃。”

九代穷正是饿了，就对他刚认识的女朋友招手：“拜拜，后会有期。”

第二天，神话傻子带着九代穷到家具厂锅炉房去玩。小万的脸右边肿得发青，好像挨过打，他说：“小石，我是与你们开玩笑，谁知道你们当真了。那两个女的早有主了，一个是我表弟的未婚妻，一个是我表哥的未婚妻。我陪她们逛商场玩累了，就要你在公园里花几个钱接我们吃冰棒吃点心。没有想到你们假戏真做，九代穷把我表哥的未婚妻亲吻了，那女子非九代穷不嫁，害得我，挨我表弟的骂，脸被我表哥打肿了。”

神话博士当年谈恋爱，曾经被小万玩弄，生了一肚子闷气，没有想到，神话博士今天带着九代穷通过时光隧道去跟小万见面，让他尝到了害人的苦头。

家具厂靠近一个河湾，当年夏天，一群男女青年常利用中午休息时间去河里游泳。那天，厂部办公室娃娃脸的小梅一下掉进了深水，整个身子沉到里面去了。她喊了几声“救命！”

神话博士是江边泡大的，水性好，只是他从来没有在水中救过人，慌了神，可只有他离小梅最近，便潜进水里，看见一个影子，迎上去一把从背后将她抱住。小梅一挣扎，他们就一起往下沉。他干脆沉下去，用头去顶小梅，一步一步将她顶上了岸。他从水中伸出头时，憋得呼呼直喘气。事后，大家拿神话博士开心，有的笑：“石小林，你救人的姿势不对，真是腰里别条死老鼠——冒充打猎的。”

有的挖苦：“盲人大腿拿脉——瞎摸，你哪里是救人，是占女人的便宜。”

神话博士的师兄小高说了句良心话：“莫开玩笑了，多亏小林出手快，小梅要被海浪卷走就没命了。”

这天晚上，他在单身宿舍休息，小梅来了。她说：“你是不是拿了我的《红楼梦》没有还？”

他有些奇怪：“没有哇。”

小梅笑道：“你肯定拿了，不信你陪我去找。”

小梅是图书室兼职管理员，神话博士因爱看书，常到图书室里借书刊报纸。此时小梅叫他到图书室去。走在路上拐角的一个暗处，她坦白了意图：“你没有拿我的书，我的命是你救的，我想和你……”

神话博士明白了，她要和自己交朋友。说实话，他心里有她的位置，她不仅有貌还有才，她的水粉画画得不错，她画的一幅《列宁在十月》挂在车间里，不知是被谁请回家了。她还喜欢读书、写文章。他与小梅都是厂报编辑部的。可是，自己无论如何不能同她谈朋友，他知道，小梅已谈了朋友，她的朋友就是陈厂长的儿子，据说，他们快结婚了。小梅像猜到他的心思，说：“我不打算和小陈谈了，你不用担心。”

小梅的手抓住神话博士的手，他闻到了女人身上香水的味道，觉得心像一群青蛙乱蹦乱跳，他似乎闻到小梅的体香，有刹那间的冲动，但自己克制住了，有一个声音对他说：“千万不能挖人家的墙角。”

神话博士转身走了。事后，师兄小高问：“你是一个软骨头，人家捉弄你，为什么你不发恼。”

“那小万说他是开玩笑嘛。”

“你有点呆，那小梅愿意与你谈朋友，你怕什么？”

“我就是一辈子不谈朋友，也不去挖人家的墙角。”

这次，神话博士将九代穷带去了，在水里游泳，他代替神话博士救人，结果，小梅看上了他，要嫁给他。神话博士说:“他是南海神话中的古人,我还要将他送走。”

小梅说:“你是精神病院跑出来的吧,昨天,我追求你,而你一本正经,弄得我下不了台;今天,你弄个男人来勾引我,让我看中了他,你又要把他弄走。我告诉你,你如果要把他送到南海神话中的古代,也希望你把我也送过去。”

小梅家住在球场巷,窄小的楼梯松动摇晃,一走一响。楼上没有窗户,只有天窗透着亮,大白天,房里必须开灯,因光线太暗了。小梅的母亲满脸皱纹,完全是个饱经风霜的老人。她有哮喘病,天气一冷,就得躺在床上。九代穷几乎每天住在她家里,给她母亲倒茶,给她母亲倒痰盂。

春节前夕,家家户户炸丸子,小梅家的小铁炉子就搁在房子中间,八平方米的房子里有两张床,一个方桌,特别窄小。小梅叫九代穷将一篮炸好的丸子往梁上的钩子上挂,不料钩子断了,篮子掉下来,正好砸在油锅里,油锅翻了,火与油在地板上像火蛇乱窜,小梅吓呆了,她母亲号啕大叫:“完了,完了,要被烧死了。”

九代穷什么都顾不得了,看见床上有棉被,抓过来就往地上扑,将地板上的火盖熄,炉子外面着火了,火往地板上蔓延。九代穷赶紧将被子一下包住炉子,抱在怀里往楼下冲去。这场火烧了一床棉被,使九代穷的衣服被烧破了,手烧起了泡。但是,九代穷庆幸,由于扑救及时,没造成大的损失,再迟几分钟,棉被扑不灭火,几十家木板房屋都会葬身火海。想起来,真可怕。

小梅母亲对小梅说:“九代穷是个不怕苦的青年,我看你就跟他吧。”

神话博士见势不妙,不能够再犹豫了,干脆强行带着九代穷通过时光隧道回到了2010年的海南岛。

黎萍、阿槟、阿榔、胖九代穷、杨扬、黄梅听神话博士说了与瘦九代穷的经历,笑得合不拢嘴,只有瘦九代穷说:“我虽然亲吻了,但我还是童子真身,我不能够辜负等候我回去的媳妇。你们再笑,我会发火的。”

黎萍见势不妙,马上岔开话题:“我们知道了福如东海,什么是寿比南山呢?”

神话博士喝了一口水,正准备讲,没有料到,黎萍导游望着神话博士说:“你累了,我替你讲,寿比南山与我们前面所讲的南山之寿有相同之处,我这里讲一个寿比南山的故事。请大家打开魔衣、魔幻背心上的幻觉开关。”

——从前,年轻英俊、勤劳善良的黎族小伙子阿旺,住在土城(进三亚市崖城镇)东南海滨,他和他的爸爸、妈妈靠捕捞为生,一家三口,过着幸福美满的日子。阿旺是个孝顺的孩子,他不让阿爸阿妈下海干活,每天天刚亮他就独自划着船下海捕捞。那一年,阿旺接连下海捕捞了7天,都没有捕到一条鱼一只虾。第八天,天刚亮,阿旺仍坚持下海捕捞。阿妈说:“阿旺,你累了7天,什么都没有捕捞到,今天就休息一天吧。”

阿旺摇了摇头说:“不,阿妈,今天我还要出海捕捞,我就不信我捕捞不到东西来给您吃。”

说完,阿旺又划船出海了。突然,乌云密布,大雨倾盆,阿旺的船在惊涛骇浪中颠簸,可是他仍然坚持捕捞,不收网回家。这时,他的阿爸阿妈在岸边大声喊道:“阿旺,快快收网回来!阿旺,风雨太大了,快快收网!”

呼啸的海风，把阿旺父母的喊叫送进了他的耳朵，可是阿旺仍不甘心回家，他一定要捕捞到东西才能回去，因为他的父母已经饿了好几天了。风停了，雨止了，天也快黑了，阿旺的父母没有力气喊叫了。阿旺有气无力的收网回家。当网全部收进船舱时，他发现网在船舱里蠕动，他觉得非常奇怪，蹲下一看，哦！原来网里有一只海龟。这下好了，父母有东西填肚皮了。阿旺兴高采烈地划船回家。阿旺的父母本以为阿旺今天又是一无所获，后见阿旺摇摇晃晃地拖着一只海龟进门，兴高采烈，他们劈柴烧火，准备杀海龟充饥。

当他们刚举起刀对着海龟时，忽然听到有人说话："求求你们，千万别杀我。"他们几个东张西望，没发现有他人来，再一细看，原来是海龟声泪俱下："我父母都两千多岁了，如果失去我，他们会活不成的。"

阿旺和他父母虽然饿了几天，但是，他们被海龟的孝心深深感动了，他们决定送海龟回大海。天黑得伸手不见五指。阿旺的父母打着火把在前面走，阿旺抱着海龟在后面跟，一家三口护送海龟回家。

到了海边了，阿旺蹲下来，把海龟放进海里，摸着它的背说："海龟啊，虽然我们很饿，但你的一片孝心感动了我们，心甘情愿送你回家。"

海龟伸出头，亲亲阿旺的手，又爬上岸亲亲阿旺的父母的脚，然后恳切地说："谢谢好人。以前，海里的生灵都说，人是最可恶的东西，他们捕到我们就煮来吃。龙王爷爷还告诫我们：千万不要往人撒下的网里钻，否则肯定没有命了。现在，我认为人类是最善良的，我希望海中世界的生灵，与人类成为朋友。"

海龟说完，恋恋不舍地爬进海里。两只更大的海龟从海的深处跃起，飞快地来到了海龟身边，他们是海龟的父母。阿旺父母虽然肚子饿得咕咕叫，但是，他们望着海龟一家喜庆团聚的情形，心里却是美滋滋的，觉得做了件善事。他们往回走，当他们走到家门口时，发现海龟一家正等候着他们呢。阿旺很纳闷："它们是什么时候来的，它们走的哪条路？"

龟妈妈看出了阿旺的心思，它爬到阿旺身边，直起身，伸出头说："阿旺，别害怕，我和我的丈夫都是修炼了2000多年的海仙了。刚才发现你们离开了海边，我们立即腾云驾雾来到你们家门口等你们。我们要当面感谢你们全家放回了我们心爱的儿子，要报答你们这片善良的心意。"

龟妈妈说着，从口中吐出一颗绿色的珍珠，顿时，绿色的光亮里，散发出一阵阵扑鼻的饭香、菜香、鱼香和肉香。阿旺与他的父母闻到了这香味后，立即都感到肚子不饿了。龟妈妈说："这颗珍珠送给你们吧，需要什么对珍珠说一声，立即就会有什么，你们可以不再劳动了。"

为了让阿旺他们相信，龟妈妈对这珍珠说："珍珠珍珠我饿了，快给我三碗饭，三碗肉，三碗鱼。"

阿旺他们眼前立即就有了三碗饭，三碗鱼，三碗肉。阿旺一家十分惊喜。阿旺拿起珍珠摸了摸，舍不得放手，不过，他看了看还是交给了母亲。阿旺的母亲拿起珍珠摸了摸，也爱不释手，但是，看了看还是交给了阿旺的父亲。阿旺的父亲摸了摸，也喜欢得不得了，但是，看了看，还是交给了龟妈妈。

他说:“我们虽然十分喜欢你们的宝贝,但是,我们黎族人更热爱劳动,我们从来都是靠劳动生活,劳动是我们的光荣传统。这颗珍珠还是还给你们吧,至于送回你们的儿子,那是天经地义的事。如果我们的阿旺失踪了,我们也会痛不欲生的。凡事将心比心,要多做善事,所以我们放了你们的儿子。”

海龟一家三口,全被阿旺父亲的话感动了。龟爸爸说:“人类真伟大,我们愿意与人类交朋友,以后你们有什么难事,就对着海面喊:神龟神龟快快来,神龟神龟快快来。”

龟爸爸和龟妈妈说完,腾云驾雾离开了。龟儿子告别阿旺一家,打算回家去,他说:“别送了,再送,我真舍不得走了。”

阿旺一家无论遇到多大困难,都不轻易请海龟帮忙。他们坚持靠双手劳动养活自己。那一年,阿旺的母亲病了,医生请了许多,草药吃了许多,仍不见病情好转。急中生智,阿旺跑到海边喊:“神龟神龟快快来,神龟神龟快快来,阿旺有事要找你。”

它的话音刚落,海面掀起一层巨浪。龟爸爸坐在浪尖上问:“阿旺,是你母亲病了嘛?快把她背到海边来,我一定帮她治好,并使她延年益寿。”

阿旺扑通跪下说:“谢谢神龟,谢谢神龟。”

说完立即跑回家,把母亲背到海边,神龟早在海边等候。它说:“阿旺,快让你母亲站在我背上。”

阿旺扶着母亲,在龟爸爸背上站了一会儿,然后又扶她下来。果然,母亲落地后病就全好了,而且一天比一天健康,一天比一天年轻。这消息一传十,十传百,远远近近的人,都知道有个叫阿旺的小伙子,和神龟是朋友,他的母亲得了重病,在神龟背上站了一会儿,不但病好了,还越活越健康,越活越年轻。因此,远远近近生了病的人,都来请阿旺求神龟帮忙。这样一来,可忙坏了神龟。阿旺每天不知要带多少人来,它每天不知要从海里出来多少次。然而,神龟并不觉得厌烦,它觉得阿旺心地太善良了,它乐意帮助他带来的任何人。

一天,龟爸爸又被阿旺请出海给人治病,恰逢龙王爷找龟爸爸有事,龟妈妈搪塞不过,只好如实相告,龙王爷一听,气得要命,他跑到海边,正看见两个病人站在龟爸爸的背上。于是,他用手一点,那两个人从龟爸爸的背上滚了下来。

龟爸爸慌忙给龙王爷磕头,说:“这些人都很善良,无奈他们没钱治病,我要他们站在我的背上,而他们不肯,是我反复劝说,他们才肯站上来的,谁知就被您看到了。“

龙王爷阴沉着脸说:“既然你认为人类非常善良,你非常爱人类,我成全你吧,让你永远留在人间!”

接着,龙王爷对苍天念了几句咒语,龟爸爸立即变成了一座气势磅礴的大山。为了纪念龟爸爸,人们把这座山称为鳌山。由于鳌山在祖国的最南端,人们又把这座山叫做南山。说来也神,凡是到过鳌山的人,无不是有病除病,无病长寿,这就是寿比南山的故事。

海龙王把南海神龟点化成了鳌山。为此,阿旺一家总不得安心,总觉得是他们害了南海神龟。为了弥补自己得过失,他们一家三口起早摸黑,上鳌山种花种草种树,打扮鳌山。天天如此,月月如此，年年如此。

很多年过去了，鳌山已是树木参天，百花齐放，百鸟争鸣了。阿旺和他的爸爸妈妈，越看心里越是舒服，越劳动越是有劲。

有一天，阿旺和他的父母从鳌山劳动回来，坐在自己得茅屋里休息。阿旺说："阿爸阿美，如今鳌山已如仙境，来鳌山游玩得人也越来越多了，南海神龟也就不寂寞了。南海神龟是为了我们人类变成大山的，我要去游览了，目的是要告诉人们，也许所有的大山都是神龟等变的。要大家都在山上种花种树，美化大山，以此感谢变成大山的神龟....."

忽然，喧天的锣鼓声打断了阿旺的话。在锣鼓声中又一个声音在说，玉皇大帝有令："封阿旺的父亲为勤劳仙子，封阿旺的母亲为仁慈仙子，封阿旺为百草仙子。"

这声音刚停，突然一阵五彩的风，把阿旺家的茅屋吹到了鳌山山腰，并且变成了石屋，永远扎根在鳌山上，成了鳌山一景。与此同时，一团团五光十色的云从天而降，把阿旺和阿旺的父母托上了天空，送到了玉皇大帝的面前。他们接受了玉皇大帝的旨意，分别成了勤劳仙子、仁慈仙子和百草仙子。勤劳仙子格外地热爱海南人，并把勤劳的美德，不断地传给海南人，因此，自古以来，海南人格外地勤劳。仁慈仙子也格外地关照海南人，他把仁慈不断地传给海南人，因此，自古以来，海南人非常仁慈。百草仙子把绿色播向人间的时候，也不忘不断地把春意撒在海南这块土地上，无怪乎海南四季常绿。

此石屋至今仍在"小洞天"风景区内。说来也神，凡是在这石屋边站过的人，从此便交上好运，万事如意。神话博士与黎萍导游商议，通过时光隧道，赶在南海神龟爸爸变成鳌山前到达，与南海神龟一家三口见面。神话博士拦住南海神龟一家，问道："请问海仙，你们知道龙王爷的宝刀、宝锄藏在什么地方吗？"

南海神龟不肯回答。神话博士指着鹿仙阿槟与猎手阿榔说："鹿回头的故事就是说的他们两个，他们是五指山的后人。"

南海神龟回答："好的，幸会。我听说在通向大海的山洞里，具体是什么洞，在哪个方位，不得而知。我知道，豺狼精、乌鸦精、狐狸精现在到处在寻找宝刀与宝锄。这是定海之宝，你们一定要抢在他们前面。"

黎萍导游说："不知道洞的具体目标，没有一个明确的目标，真是比登天还难。"

神话博士调侃了一句："红军不怕远征难，万水千山只等闲。"

三十一、七仙成岭

神话博士说:“黎萍、阿榔、阿槟,你们听说过七仙岭吗?我们到那边去走动一下,也许可以找到我们要寻找的宝刀与宝锄呢。”

海南著名的七仙岭,是指七座秀气的山峰比肩而立,聚居此地的黎苗族的人,都说这七座山峰是在此享受山下温泉的七位仙女变的。

神话博士说:《西游记》第五回“乱蟠桃大圣偷丹,反天宫诸神捉怪”里有一段:一朝,王母娘娘设宴,大开宝阁,瑶池中做“蟠桃盛会”,即着那红衣仙女、素衣仙女、青衣仙女、皂衣仙女、紫衣仙女、黄衣仙女、绿衣仙女,各顶花篮,奔向蟠桃园。传说天上的七仙女,她们十分爱洁净,每天必到江河里沐浴嬉戏,随兴所致,什么西湖啦,东湖啦,鄱阳湖啦,洪泽湖啦,长江啦,都留下了她们的足迹。她们认为,这些水域固然碧波荡漾,却缺清幽,她们相约到大海边里去看一看。路过保亭时,发现这里有1平方公里宽的温泉区域,分布25个泉眼。温泉区的北侧,有一巨大的温泉池,约3亩地大小,水深齐腰,水温适度,这不正是她们想寻找的清静优雅之处吗。她们观察四下无人,哪里也不想去了,便下到温泉池里沐浴、游泳、戏水,玩得兴高采烈,把太阳玩成了月亮,把星星玩成了曙光。联想漫游南海大地时,她们看到人间男耕女织,夫妻恩爱的生活,对比天空的清冷,不禁都起了思凡之心。

这山峰南面的山脚下,住着一对黎族老夫妻。他们生有七子,分别叫大郎、二郎、三郎、四郎、五郎、六郎、七郎。七兄弟个个生得英俊魁梧。尤其是七郎,更是聪明伶俐,一表人才。他们都到了婚娶年龄,父母亦劝他们到山外成婚。但七兄弟一来舍不得这里的好山好水,二来十分孝顺,父母不愿离开此地,他们也不能离开此地,非要给父母养老送终不可。他们勤劳肯干,在山地里开荒种地、打猎为生。

再说,七位仙女又一次到温泉池沐浴,被七郎看到。蛮荒之地里哪来这么漂亮无比的姑娘?七兴断定她们不是凡人。他数了一数,正好有七位仙女,便马上想到自己有七个兄弟,这不是天生的姻缘吗?七郎当时不动声色,等到七位仙女腾云而去后,他才回到家中,把自己的奇遇告诉哥哥们。兄弟们当下就想了娶七仙女的办法。

第二天,七个仙女又到温泉池沐浴。她们脱下莲花裙入水,游泳、戏水、沐浴,玩得欢天喜地。躲在树丛中的七兄弟将她们的衣服全部藏了起来,这时,最小的七妹游累了,起来找一块石头坐坐，发现她们的衣服失踪了，赶快去叫六个姐姐，七个仙女惊慌失措地在岸上四处寻找，英俊清秀的七郎出来了，七个仙女吓得往水里跳，他捧着一大堆衣服，说："你们可以穿这些衣服，全是新的，准备给我们未来的媳妇做的。"

七个仙女全部穿好了衣服，但是，这不是她们的莲花裙羽衣，无法飞起来。另外六个兄弟全出来了，个个生得相貌堂堂，光彩夺目。七兄弟一齐上前施礼说："我们因奉养年老多病的双亲，皆未婚娶，还望仙姐成全。刚才的行为粗鲁无礼，恳请神仙姐姐见谅！"

七位仙女见七个兄弟言词恳切，又见他们勤劳善良，忠厚老实，并且一个个都体格健美，难免牵动了思凡之心，一个个害羞地红着脸垂头不语。心下都愿意，但又害怕违背仙规受到天帝的惩罚，不敢吭气。还是七妹机灵，她想出了办法，说道："我们只要迷惑住天上众仙，便可留在凡间了！"

七郎说："你们把仙身化成七个山峰，真身到人间变成凡人，男耕女织，夫妻恩爱，不就很好吗？"

七个仙女姐妹都点头表示同意，七兄弟高兴得手舞足蹈。于是，七个仙女施用仙术，让七个山峰变成七个仙女的模样；霎时间，七位少女便笑嘻嘻地站在七兄弟的面前了。七个仙女姐妹怎样与七个兄弟配对呢，七郎建议，我们按照顺序来排：大郎、二郎、三郎、四郎、五郎、六郎、七郎，站成一排。这样，七个仙女也自然按照大小顺序走到七个兄弟身边。最小的七妹走到最小的七弟身边，说："你最淘气。"

七弟也不甘示弱："你的歪点子最多。"

神话博士、黎萍、阿榔、阿槟来到保亭七仙岭，神话博士说：神话来源于原始社会时期，人类通过推理和想象对自然现象作出解释。由于这时的认识水平非常低下，因此，经常笼罩着一层神秘的色彩。神话是人们借助于幻想企图征服自然的表现。神话中神的形象大多具有超人的力量，是原始人类的认识和愿望的理想化。神话中的人物，大多来自原始人类的自身形象。狩猎比较发达的部落，所创造的神话人物，大多与狩猎有关；农耕发达的部落所创造的神话人物，多与农业有关。神话中的英雄，也以刀斧、弓箭为武器。从神话中，可以看到先民的一些事迹。人类最早的故事，往往从神话传说开始。因为，一个民族开始对世界和自己的来源，疑惑不解，只有依赖神话进行阐释。其实，这也是文明的产生。人类对"神话"不断地进行不自觉的阐释和发挥，一代传一代，他们都坚信这就是宇宙、人类、自然万物的起源。神话反映了原始人对宇宙、人类本身的思考及解释。

黎萍导游请神话博士将魔衣上的时光功能开关对准 2009 年"七夕"前夜，中国海南七仙温泉嬉水节拉开的帷幕。七仙温泉嬉水节大型文艺晚会，在海南保亭具有浓厚黎苗民族文化气息的七仙广场举行，海南本土原创的黎族歌舞剧《甘工鸟》演出"为爱鸣叫"，让人们在美丽的七仙岭脚下感受到纯情爱情魅力。《甘工鸟》的传说，是广泛流传于海南黎族地区的古老黎族爱情故事。

——阿甘是一个美丽青春的黎家女孩，当她结识了英俊彪悍的工亚之后，两个年轻人便萌发了纯真的爱情,他们渴望像鸟儿一样自由而快乐的飞翔。阿甘的美丽迷醉了六道坡的土豪牛脚三,他求爱不成,便生出杀机。当他和家丁们把阿甘和工亚逼到七仙岭上之后,看到阿甘和工亚在绝境中举行婚礼,绝望的牛脚三便下令放火烧山。浓烟烈火中,两只美丽的小鸟腾空而飞,嘴里唱着"甘工甘工"……一对黎族青年男女阿甘和工亚不畏强暴向往美好的纯情爱情故事,感动了中外游客。

我们正在保亭七仙岭进行爱情神话旅游体验的时候,田厂长给神话博士打来一个电话:"石小林记者,你在哪里。你还怪我吗?当时不是我不想借钱给你,手机掉了,没有办法接你的电话。"

神话博士大度地说:"我不会怪你的,放心。另外,我现在不是记者,而是研究员、博士了。"

田厂长说:"我还是习惯叫你为石小林记者。你在干什么呢?"

神话博士说:"我们正在组织爱情神话体验游,"

田厂长叹了一口气说:"我想参加你们组织的活动。"

神话博士问:"你有什么不顺心的事情吗?你为什么叹气。"

他们是二十年的老朋友,所以能够这样唐突地发问。田厂长说自己对比龙王小女儿与阿富的浪漫婚事,对比鹿仙女阿槟与猎手阿椰的浪漫爱情,对比《甘工鸟》的故事,觉得太倒霉了。看来,这位在海南待了两年的女厂长,对于海南的爱情神话并不陌生。神话博士对黎萍他们谈起自己对于田厂长的印象——

2004年春节后的一天,老大姐田厂长给我打电话:"石小林吧?我手上有一种新型涂料,你有空来看一下,请帮忙推广一下。"

她的再三催促,使我不得不去,就与两个搞销售的朋友一道上她家。田厂长看见我们来了,胖乎乎的圆脸上带着笑:"我带你们到我的厂里去看看。"

我们走出她的家门,她指着路上一台白色的富康988轿车说:"这是我的车。"

我惊奇地望着身体富态的老大姐,说:"田厂长,你什么时候买的车?你什么时候学会开车的?"

她说:"汽车刚买几个月,车子是刚学会开的,有个车子做业务方便。因为天太晚了,我不会开夜车,坐的士去。"

这个时候,一辆银色的面包车开过来停下,下车的瘦高个子是鲁工,他热情地给我打了一个招呼。我低声对田厂长说:"请鲁工一起去吧。"

田摆摆手。我有点疑惑。走了一段路,田说:"我与鲁工好比是邻居了,各人买各人的鞋,各人开各人的车。"

我一听,心里震动不小:田厂长与鲁工结婚没有几年,他们的婚恋是那么浪漫,可不要再闹离婚。田厂长的第一次离婚我可是记忆犹新。那一年的一天,我接到女厂长田小歌的电话:"石小林记者吧,你有时间吗?"

我说:"有什么事情?"

她的声音很亮:"我退休了,现在自己办了一个厂,你有空到我厂里来玩吧。"

一天，我与报社一个同事到她办的工厂去看她。当我问起她的丈夫老陶时，她忽然对我说："我与老陶离婚了，这是等待了20年的离婚。"

我听了，一下愣住了。我曾经在一篇文章里写过他们夫妻是如何恩爱。这是她原来单位的职工说的，她本人也认可，她老伴老陶还证实过了的。我认识这田厂长早在1986年，那时，她是一家皮件厂的厂长，要在《爱情》杂志刊登广告。她经一个朋友推荐，认识了在杂志社当记者的我。由于她在任何困难面前总是乐呵呵的，见人一脸坦荡的笑，我还请一位省报女记者写了一篇报告文学，题为《快乐的女厂长》。想不到快乐的女厂长，婚姻并不快乐。

听说田厂长和老陶结婚几十年，从来没有大吵大闹过。人到中年的田厂长，为什么要与老陶离婚呢？我很困惑。于是，我问田厂长："我弄不明白，你们原来不是挺恩爱的吗？现在为什么会离婚呢？"

她这回没笑，表情很严肃："我们所谓的夫妻恩爱是一种假象。其实，我们是面和心不和。有一个压在我心头多年的不满，我一直没机会宣泄。你知道，在那个政治第一的年代，我由一个出身不好的女青年，改造成为一个三八红旗手，一个女厂长，对工人出身红得发紫的老陶，我敢说不爱吗？对关系自己前途的政治婚姻，我敢说不满吗？还有，你知道，我的两个儿女那个时候都不大，离婚了我一个人是挑不起家庭担子的，也没时间去抓工作。可现在不同了，改革开放以来，人们的思想观念发生了变化，离婚得到社会的理解，我不怕社会舆论的压力了。再说，我已经退休，办的是私人企业，自由自在。我的两个女儿都成家了，也不用操心了。总之，我没有顾虑。"

接着，田厂长给我们披露了她的婚姻。她爸爸在旧社会是个小资本家，早就去世了。她妈妈是个有钱人的女儿，受过高等教育，一直在学校教书。"文革"中，要打倒黑五类——地、富、反、坏、右。她家被划为黑五类，自然受到了冲击。那时候，田小歌读技校，学校来了工人宣传队。其中，有个队员叫陶师傅，是一家纺织机械厂的高级技工，他认识的字不多，但对学校的老师很礼貌，学生和老师对他的印象也很好。田小歌的成分不好，有时要受到个别学生的漫骂，于是，整天闷闷不乐。陶师傅知道了，就当着全班同学的面，对小田说："出身不由己，道路可选择，小田，你要振作起来。"

田小歌因有病，在老陶的关照下，没有下放农村，直接从技校分到一家街办工厂里。老陶与这个厂里的书记很熟悉。因此，小田的母亲对老陶充满了感激之情，知道老陶是一个老单身，家庭苦大仇深，称得上根红苗正。母亲就对田小歌说："小歌，成分不好，让你吃够了苦头。陶师傅的成分好，你就嫁给他吧。"

在讲政治的年代，为了以后的生活安定，小田与老陶结了婚。结合前，老陶除了其貌不扬，年龄太大外，其他毛病还看不出。结婚后，真相大白，老陶喜欢穿解放鞋，一脱鞋，满屋臭气，他又不爱洗脚。那个时候，男女之间谈朋友，没有结婚之前，流露的优点多，缺点被掩饰了，结婚后，就暴露出来了。他们住在花楼街上一栋楼房的二楼两间小房里。田那个时候在上夜大学，有时与一个叫韩光的男同学在家里复习。

陶对他们说："这栋楼里人多，很吵闹，你们将门关起来学习吧。"

陶将门关上，却悄悄地站在门口偷听里面说什么，还从木门缝里往里看。不料，有一次田突然起来开门，陶站在门口不提防，结果人趁了进来，头还被撞了一个大疱。陶满脸难堪，下不了台，头埋进裤裆。田呢，心里像打破了五味瓶，滋味苦涩难受，有苦难言，强装笑脸，实在无奈。这还不算，陶的年纪比田要大上二十岁。他们一起走在路上，一个又高又胖，脸上有红有白；一个又矮又瘦，额头皱纹巴巴。

有人认识田厂长，就说："你当厂长的，总算有时间陪你父亲出来转转。"

老陶听了，阴沉着脸。田哭笑不得："莫瞎喊，这是我的丈夫。"

别人听了，忙说："对不起，对不起。"

事后，老陶对田说："我以后不陪你上街了。"

以后，田小歌在家里打扮，陶就在一边挖苦："你还嫌不年轻，要打扮得像个姑娘伢。"

晚上，他要做夫妻的事情，可他又不争气。本来，不能够做就不做，可是，他等田睡得迷迷糊糊，将田一把摇醒。田心里很烦，实在憋不住了，就对他说："你能不能让我好好睡个觉。"

他说："你是不是嫌我老了，告诉你，我就是不能让你睡好，要让你没有精神在外面鬼混。"

那段时间，田小歌的工厂生产任务重，经常加班加点。田就找个借口，搬到厂里去住了。一离开家。人觉得特别轻松，她这才意识，不幸的婚姻像一个牢笼。可是，老陶也不是吃素的，隔三差五跑到厂里来，看她究竟在干什么。田住在厂长办公室里，里面有个铁床。陶有时就赖在这里不走。毕竟是明码实价的夫妻，赶他走，又没有道理，就让他留下来。两个人挤一张小铁床，稍不注意，人就要掉下来。田厂长睡觉不安神，心里烦得要命。

第二天田厂长上班没精神，喜欢开玩笑的妇女话里有话："喂，田厂长，陶师傅昨天晚上没有走，那么窄的床，没有压垮，没有掉下来啊？"

田厂长哭笑不得。当然，这老陶不是一无是处，他对他的两个女儿，爱护有加。给她们做饭，陪她们做作业。田呢，为了不被人指责，为了两个女儿，她一忍再忍，足足忍耐了漫长的二十多年。如今，田再不能够委屈自己对爱情的追求了。田厂长离婚后，我们各忙各的，见面机会不多，一般来说，一年就是两三次。

有一年的国庆节，电话里响起田厂长的女高音："喂，石记者，我结婚了，请你与韩光到我的新家来玩。"

我们坐车到关山车站下车，进了一家军工研究所的大门，满面春风的田厂长迎了上来。她带我们来到她家，这是一个带小院子的三房一厅。我们一个房间一个房间地转，最后去看小院子，盆景、根雕，将院子点缀得有几分优雅，一个大鱼缸里，几条金鱼游来荡去，看得出主人的雅兴。接着，田厂长让我们坐在沙发上，在茶几上摆出她与鲁工的照片。我们一看：有搂抱着的，有挽着手的，顿时笑起来："嘿，好浪漫。"

瘦高个的鲁工回家了，田厂长上去挽着他的手臂介绍说："这就是我的丈夫鲁工程师，看，我们两个一个胖、一个瘦，走到一起，像不像是说相声的。"

他们一胖一瘦站在我们面前，我们看了忍俊不禁："田厂长，讲点你们的浪漫故事给我们听。"

田厂长"哈哈"一笑:"好,我讲,我讲。"

——有一天下午,我到研究所工会图书室借有关技术书籍,是武汉大学一位教授介绍来的。当时工会俱乐部正在举办舞会,由于女舞伴少,图书管理员张大姐劝我去参加舞会。我当厂长这么多年,见过世面,所以就大大方方同张大姐来到舞厅。别看我体胖,舞跳得并不赖。一会,张大姐陪着一个很有气质的高个子男人走过来,说:"田厂长,这是我们单位的鲁工程师,想请你跳一曲。"

我们两个走进舞池,跳了一曲又一曲,步子越来越小,身体也越贴越紧。鲁工知道我是个私营化工厂的女厂长,就贴着我的耳朵说:"田厂长,我对你办厂有些建议。我的家就住在前面,可以去坐一坐嘛。"

我求教心切,满口答应:"好哇。"

跟着鲁工一起到他家里,一看,房间里有小提琴、有书籍。我说:"鲁工,你是个兴趣高雅的技术人才呢。"

我们坐在书房里谈话,从科研谈到生产,从经营谈到市场,从天上谈到地下,越谈越投机。谈话中,我知道鲁工没老婆,是个快乐的单身汉。鲁也知道我离婚了,是一个"单身贵族"。我们双方鬼使神差,相互留下了电话号码。我回家后,头脑中老是晃着鲁工的影子。一天,我一个劲地给鲁打电话,就是打不通,干脆搁下电话。过了一会,准备再打,电话响了,我一接,是鲁工的声音:"刚才我给你打电话,你的电话占线。"

我"哈哈"笑着说:"我也在给你打电话呢。"

鲁工也笑了:"有意思,我们同时给对方打电话。"

鲁工邀请我一起到公园去照相。不知道鲁工是从哪儿弄了一个尼龙绳吊篮,往两棵大树上一系,他躺上去,荡来荡去,要我给他照相。我觉得蛮有意思,也要躺上去照,就是躺不上去。于是,鲁工就来扶我,可能是人太胖的缘故,我的屁股上不去,一滑落,整个身子砸下来。鲁工来个英雄救美人的举动,想抱住我,结果,我的身躯一下压在鲁工的身上。我半天爬不起来,鲁工也动弹不得。我们两个人躺在地上笑起来。

可能是我们两个人对异性渴望太久的缘故,第一个月,我们频繁约会。第二个月,我们打了结婚证。拿了结婚证的这天晚上,我来到鲁工程师家里。鲁买了一斤瓜子,他一边磕一边将瓜仁往我的嘴里塞。为了顺手,鲁干脆让我坐在他的大腿上,鲁工继续嗑着瓜子,将瓜仁继续往我的嘴里喂。一个用手喂,一个用口来接。最后,一个是用嘴来喂,一个是用嘴来接。不知道时间过了多久,那瓜子壳在茶几上的盘子里堆起了一座小山。

田小歌从鲁工的大腿上起身站起来了,鲁工却站不起来了,他的腿被压得失去了知觉,麻木了。田小歌的脸上泛起青春的红晕,她感受到了从未有过的甜蜜。今天,田厂长回忆起他们的浪漫恋爱,至今还有点甜滋滋的感觉。是啊,浪漫的婚恋总能刻骨铭心。

一天傍晚,我到关山有事情,经过田厂长的家。进门后,看见鲁工睡在床上。田告诉我,鲁工的肩周炎发了,还有颈椎病,一直看不好。我问:"为什么不到大医院去求诊呢?"

田说:“你不知道,武汉市最有名的大医院我们都去了,好了不到三天,旧病就复发了。”

看来,鲁工只有在病床上度过他的晚年了。我悄悄问田厂长:“田大姐,你打算怎么办呢?”

她说:“这病看来难得治好,我要守他一辈子。”

我相信田厂长的话。在田厂长年轻的时候,她的婚姻与爱情是扭曲的,受了人性的压抑;在田厂长晚年的时候,无意碰到青春时渴望的那种浪漫的爱情,她永远不会忘记这段爱情的。我正在为田厂长的丈夫鲁工的病痛着急,陪我同去的编辑王君说:“我刚采访了一个中医,他是治疗肩周炎、颈椎病的高手。”

我征求田厂长的意见,她同意请这个医生来试一试。几天后,30多岁的顾医生被我们带来了。田厂长对我说:“这么年轻,他有能力看好鲁工的病吗?”

我说:“我认为他有能力。不信,可以试试。”

顾医生给病人拿脉后开了几副中药。一个月后,我的手机里传来田朗朗的笑声:“石小林,告诉你一个好消息,鲁工的病好了。鲁工本来办了提前退休的手续,现在他的病好了,单位又动员他上班去了。”

我听了,高兴地说:“祝贺你们。”

田厂长的女高音很亮:“有空来玩吵。”

出了研究所的大门,田厂长拦了一辆的士。我对田厂长婚姻的回忆被打断。我们上车直奔她的工厂。这个厂有一定的规模,看来,田厂长在生产上下了不小的工夫。她的办公室里,摆了一张铁床。我问:“田厂长,你晚上就在这里过夜。”

她说:“不,我只是白天中午在这里休息,晚上,我还是回家。”

我又纳闷了,听她刚才的话,她与鲁工好像分开了,每天是各吃各的饭,各开各的车。听她现在的话,他们睡觉却在一张床上,真是同床异梦。

田厂长带我们参观完了工厂各个车间,拿出几个小圆桶:“石记者,你们今天一人带上一桶涂料回去试一下,这种涂料比进口的便宜得多,质量却一点不差,”

我们拎了涂料桶要告辞,她对我们说:“你们刚才听我的话音,知道我与鲁工有分歧,究竟是怎么一回事?今天晚上我请你们吃饭,边吃边谈。”

坐定后,菜点了,田厂长谈起她与鲁工的矛盾。她的声音激动得有点嘶哑。原来,鲁工的结发妻子因病去世后,鲁工曾经与一个漂亮的女业务员走到一起生活了一年,这个女的攀高枝攀上老板,与他拜拜了,可他为这个女人借的几万元债务必须要还。这时候,鲁工与田小歌摩擦出了爱情的火花,鲁工看中了田小歌是一个民营企业家,田厂长中意鲁工是个高级工程技术人员。爱情中的田十分慷慨,帮鲁工还清了一屁股债务。可是,结婚不到三年,鲁工开始对田翻白眼了,他埋怨田小歌把精力全部花在厂里不顾家。

田厂长是个事业型的人,要么为产品销售出差到外地,要么在工厂里忙到深更半夜才回家。鲁工在这段时间开始与女人们一起跳舞,其中有个身材苗条的舞伴,与鲁工跳舞配合默契,两个人跳得心花怒放、如胶似漆,最后跳得四脚朝天,跳出了轨道。田厂长起初不知道,后来听到有人议论，她也没在意。有一天晚上，鲁工的手机响了，鲁工拿起手机走到门外接听，显得很神秘的样子，然后，对她说："我有点事情要出去一下。"

田厂长忍不住了，故意用开玩笑的口吻说了一句："接电话这么神秘，这么晚还要出去，莫不是约会吧。"

做贼心虚，鲁工红着脸支吾了半天，也不知道哼的是什么，田厂长心里有数了。以后，田开始留心鲁工接电话的表情，用秒表计算他出去的时间。有一天，田厂长打听到鲁跳舞的地方，就悄悄摸去了。田厂长看到一个女子与鲁搂着跳舞，脸面贴脸面，那个亲热劲，年轻人看了都会觉得头晕。当天晚上鲁工回来后，田厂长用三寸不烂之舌挖苦他："你跳舞贴得那么紧，脸上热不热呀？"

没想到鲁工大言不惭地说："不热，好凉快。我知道你当侦察兵了。你如果觉得不舒服，可以当飞行员，远走高飞吵。"

田厂长说："什么，想我离开，没有这么便宜的事。我这回不与你离，拖也要把你拖死。"

当天晚上，田气得没有睡着，可鲁却一个劲地打呼噜，田感觉这声音像是打雷。没想到，几天后，鲁工带着几个女人上门来，其中一个女人找田厂长要住房证："喂，你将鲁工的住房证交出来吵，这是他单位的房子。"

田厂长说："你是谁，我不认识你。"

鲁工说："她是我的女朋友。"

田厂长气愤地指着鲁说："我是你的老婆，住房证为什么在我的手上，你还不明白。帮你还债是我掏钱，买断住房产权又是我掏钱，我凭什么把住房证交出来？"

接着，田厂长望了那几个女人一眼："如果，你们觉得我说得不对，我们可以找研究所工会评理。"

那几个女的，听田厂长这样说，灰溜溜地走了。有一天，办公室的电话铃一个劲地吼叫，田拿起话筒，男中音的声音令人一惊："田厂长吗，我是研究所工会的老李，请你快来，你的鲁工倒在舞厅里了。"

田厂长当时就放下手头的事，坐的士迅速赶回来，与研究所工会的干部一起将老鲁送到医院里。医生诊断：病人的高血压发了，颈椎病也犯了。原来，鲁工是与那个女舞伴跳舞跳什么"快三"，一圈一圈地旋转，太激动了，高血压顿时发作，一下倒在舞池里。田厂长后来知道了真相，好不嫉妒，对我们说："你们看，丢人不丢人。"

田厂长看见鲁工住院了，觉得是她与鲁重修旧好的机会，想尽量将不愉快的事情忘掉。住了一个月，治疗效果节奏缓慢，田就将鲁工接回家，工厂的事情委托一个副厂长与当业务负责人的大女儿负责，不去上班了，成天好好地照料鲁工。鲁工总将田的手拽得紧紧的，田心里蠢蠢欲动，又开始感受甜蜜的爱情滋味。

田厂长告诉我们，以为鲁这回一定会回心转意的，上次请来的那个顾医生治疗好了鲁工的病痛，鲁工好了伤疤忘了痛，老毛病又犯了，还是与一些女人幽会、跳舞。在那段时间里。鲁工还让自己的女儿、女婿找上门来了，没名没姓地直接开口了："我爸爸的住房证呢？"

田厂长说："问你老子去。"

田厂长说到这里，喝了一口水，她叹了一口气："我现在与鲁工是韭菜拌豆腐，一清二白，车子是各人买各人开，牛奶是各人喝各人买，吃饭也是各吃各的，我在厂里吃，他自己在家里吃。"

我们几个听了后，就劝田厂长："这种人，还对他客气什么，与他离婚吧。"

田厂长摆着手连忙说："不，不，我不想与他离婚。我怕寂寞，就把他当个老顽童，把他当个邻居。"

神话博士说："田厂长，你何必要与他在一起呢？"

田厂长说："老大姐我告诉你，晚上睡觉，身边多个自己曾经爱过的人，心里不慌。"

一个与她结婚多年的丈夫，曾经与她生下了两个女儿，可她 20 年来就一直想与他分手。另一个与她结合没有几年的丈夫，没有与她生儿养女，在爱情上明显欺骗了她、背叛了她，可是她始终不同意离婚。我们暂时不去分析是什么原因，就听她的理由吧："我在年轻时，因为成分问题，嫁给一个可以当我父亲的人，我们没有共同语言，没有一种爱的冲动。人到中年，我嫁给了一个有知识有气质有生活情趣的男人，虽然他后来对我不忠实，可是我们曾经志同道合，曾经有过真爱，让我体会到甜蜜的爱情，体会到爱情的快乐。"

阿槟说："田厂长，有些话你不用说了，我们也能知道：口里说鲁工的不是，但你心里却还爱着鲁工。还有，鲁工的高级工程师身份，军工单位的金字招牌，鲁工的气质与形象，也满足了你青年时期朝思暮想的追求。"

阿槟刚说完，石小林接过话筒："田厂长，我的朋友说得对吗？"

田厂长惊讶地问："石小林，刚才与我说话的是你女朋友。她是干什么的。她的话说到我心坎上了。"

神话博士回答："她是猎手阿椰的妻子鹿仙女阿槟呀。"

田厂长说："她是仙女呀，你帮我问问，我与鲁工的爱情能够维持下去吗？"

阿槟说："鲁工看样子还得住院，因为他身体有了新的毛病了，你去继续照料他，这次他会扭转对你的恶劣的态度，你们的爱情会重新开始的。"

田厂长说："我真想来参加你们组织的爱情神话，可惜刚接到电话。鲁工来电话了，他要我去陪他，在电话里他还表示离不开我了，阿槟的话太灵了。"

看！人的心理活动是多么复杂。爱与恨的关系很难说得清楚。有个学者说过："爱情是最难琢磨的东西"。

黎萍导游说："我想给大家讲一讲《神缸的故事》。"

五指山至今流传着许多可歌可泣的神话传说故事。其中，有一个传说有点慷慨悲壮。阿槟阿椰喜欢听这个故事。这是五指山水满村流传的"神缸"故事。据说，"神缸"宝贝是水满村先祖从五指山的第三峰上取回来的。这只酒缸，看起来，就是半人高的样子，这缸之所以称为活缸，是因为太神奇，装进去是水，打出来的却是酒。别看缸不大，好多桶水也装不满，一条水渠的水都装得下。

打出来的酒，也是取之不尽，用之不竭，长年累月，满村人都喝不完。确实，满村里人都喝到了这酒，满村人也喝不完这酒。于是，谁家嫁女儿或者娶媳妇，都不用自己去酿酒，也不用到市场上去买酒。每逢过年过节，人们都要从缸里打出好多的酒。有路过的人，闻到酒香，追问村民："酒是哪里来的，卖不卖。"

村民们只说："酒不卖，但可以让你喝个够。"

于是，有一个路过这里的官员，喝了这酒，离开村子才两天，就又回来了。原因很简单，就因为他喜欢这酒，干脆哪里也不去了，就在村里住了下来，成天到晚来喝这酒，当酒神仙。那个时候，没有旅游这一说法。但是，酒的名声越传越远，有好多人为了喝酒，到水满村来游玩，喝足了酒，再看五指山的风景。走的时候，恋恋不舍，觉得这里人好、酒香、风景美。

因为酒好，这个地方开了一家酒店，迎接四方客人。客人多了，村里也富裕起来，酒缸成为神缸。经济被神缸搞活了，神缸变成了"活缸"。"活缸"一直为峒主及后人溢出甜酒，甜酒滋润着他们的生活。据说宝刀、宝锄与"活缸"的名声也传播到日本。于是，当年日本人侵略中国，打进海南，开始关注中国的宝刀、宝锄与"活缸"。日本兵丢下三八大盖、歪把子机枪，举起工兵锹，这里戳个孔，那里挖个洞，真可谓挖地三尺，也没有找到宝刀、宝锄与"活缸"的影子。照说，宝刀找不到，宝锄找不到，很好理解，多少年前，就被藏进了通向龙宫的石洞。为什么日本人打进五指山、火烧水满村时，找不到"活缸"呢，原来，活缸有爱国意识，当它看见日本人举起太阳旗横行霸道，火烧水满村时，为了不做亡国奴，乘机溜出家门，欲逃离火海，逃离日本侵略者，却不幸在村口与大岩石撞得粉身碎骨。据说，现在，在水满村的地下，还可以找到神缸的碎片。神缸成为碎片，失去了灵性，与普通水缸的碎片已经没有两样了。

黎萍现在开始谈到了与情感联系最为密切的酒的神话，激起了神话博士的兴趣。他说起了马奶酒的来历。

——在柯尔克孜族中流传着这样一个故事：很早以前，有一个正在迁移的小部落，经过一天奔波以后，傍晚来到一个山口，就在草地上住了下来。人们又渴又饿，争先恐后地从马背上取下大块的肉和羊皮袋中的马奶食用。当其中一个人打开他装有半袋马奶的羊皮袋时，一股清香迅速散溢开来。他惊异地叫来了伙伴们，把马奶倒在几只木碗中，大家小心翼翼地尝试着品尝着，只觉得香甜爽口，于是，他们就大口大口地喝了起来。喝完之后，人们感到浑身的疲劳和困倦全都消失了。这就是马奶酒。他们有意识地去观察与探究马奶酒的形成过程。后来发现，马奶变成酒的羊皮袋都是挂在马镫附近，在马急行时，骑马人的脚步不停地踢打在羊皮袋上，从而使袋中的马奶变成奶酒。为此，他们做了一个试验，把一只装着鲜马奶的羊皮袋放在草地上，几个人每天轮流用脚踩上一阵子。几天后，打开羊皮袋，里面的马奶变成了马奶酒。这样，制作马奶酒的方法很快传遍了整个柯尔克孜草原。

神话博士还说："在彝族传说中，人们通过穷人敬山神的野葡萄发酵醉人后，才知道有酒这种神奇饮料的存在。佤族的水酒，是外出劳动的妇女偶然将用芭蕉叶包着的冷饭挂在地头的树枝上，自然发酵后人们才发现的。两则传说具有共同性，这表明，少数民族与汉族对酒进入人类生活的历程，有着共同的认识。”

黄梅看来对酒文化业并不陌生，她说，少数民族酒神话具有神奇的想象和迷人的色彩。怒族认为，酒是神仙赐给人的绝妙饮料。仙人赐给怒族人民三样食品：“挫确”（醋酒）、“挫辣”（烧酒）、“挫仁”（包谷花）。三种食品中就有两种是酒。普米族的酥理玛美酒是肉包里出生的先祖什撰何大祖冒着生命危险从妖怪那里偷学来的。

黎萍导游知识面广，此刻不甘示弱，她说，瑶族创世史诗《密洛陀》说，人类的始祖密洛陀是半人半神的怪物，她创造了世间万物后，开始创造人，“她拿米饭来造人，却变成了酒”。在拉祜族创世神话里，最早的酒，由天神厄莎掌管，人间万物的出现，都与酒有着千丝万缕的联系。在拉祜族先民的眼里，自然界万物都蕴藏着迷人的酒香，都孕育着醉人的酒香。

神话博士毕竟是神话学者，他的研究更为深入，他说：“少数民族的酒神话传说，是少数民族酒文化的重要组成部分。其特点是：一是对酒表示了由衷的赞美，二是明确指出酒的起源本质，酒在有人之先就已存在于自然界中了，人没有发明酒的主观意识，只有发现酒的偶然行为。“人猿相揖别”之前的酒，是一种纯自然状态下形成的酒，它在人类尚未发现和利用之前，就已经客观存在。从这个意义上来说，最早的酒，是一种没有任何文化意义的自然之酒。但是，正是这种最初只是蕴天地灵气的饮料，才能够酝酿、瑰丽迷人的酒文化，才能够引发丰富多彩的酒神话。酒神话与酒文化，几千年来一脉相承。”

神话博士还说：“在少数民族酒神话传说中，酒是天上的神仙所赐，与汉文化中“天有酒星，酒之作也”是一脉相承的；人类的先祖，冒着生命危险，从妖怪口中套出造酒术的传说，反映了少数民族先民们与险恶的自然环境抗争的艰难历程。神最初造出了米饭，再用米饭造人。人还没有造出，已先造出了酒，这是瑶族以稻作文化为生存发展背景的人们对自我历史的回顾；景颇族认为，人类的始祖已经知道，父母乳汁化成的酿酒植物，生长在崇山峻岭中；拉祜族则以为，世间万物，是因天神撒下的酒气，才有了活泼的灵性和诱人的芳香甘甜。

杨扬是研究社会学的，她说出来酒的社会功能。她说：“透过原始文化的光环，我们可以感觉到，步入人类文明初期的先民们，对发现酒的由衷的喜悦之情。我们可以发现，酒与我们的社交，与我们的情感，有着密切的联系。胜利庆祝，我们喜喝庆功酒；临行告别，我们喝告别酒；婚礼庆贺，我们碰杯欢喜酒；小孩满月，我们举起满月酒。拜师学艺，我们要喝拜师酒；感谢师恩，我们端起谢师酒。每逢节假日，亲友团聚，宴席缺菜，不能缺酒。

神话博士、阿椰、阿槟、黎萍在五指山水满村寻找活缸，不见踪影，当然也无法找到豺狼精的足迹，无法寻觅宝刀、宝锄的足迹。黎萍建议，我们去姐妹双塔看一看。

三十二、姐妹双塔

神话博士、黎萍导游、鹿仙女阿槟、猎手阿椰来到海南定安文笔峰。关于文笔峰，有一个神奇的传说：相传很久以前，有位仙人挑着一担仙土准备送到王母娘娘的蟠桃园。仙人路过定安的时候，看到这里人杰地灵、美景如画，便停下来歇歇脚、饮酒赏景。一筐土放在自己的脚下，另一筐土放在了琼山的旧州。仙人不知不觉，喝醉酒睡着了。这一睡就睡了很久很久，最后化成了仙人石，两担土变成了两座山。定安这座山就是现在的文笔峰。

山不在高，有仙则灵。文笔峰上留下的仙迹有：仙人洞、仙人大脚印、仙人手掌、仙人酒杯、仙人石、娘子房等。关于娘子房的来历，相传王母娘娘在天宫里等啊等，怎么那挑土的仙人还不到呢？于是，派了七仙女当中的一个下凡来找人，仙女在定安找到了挑土的仙人；但他喝醉睡着了，怎么叫也叫不醒。仙女看到天色还早，不到回宫的时间，她就坐在旁边等仙人醒来，仙女等得也困了就躺下来睡着了，等她醒过来已经到了回天宫的时间，可是挑土的仙人还在呼呼大睡。没办法，仙女只好一个人回到天宫向王母娘娘复命去了。仙女睡过的地方留下了一张石床，石床所在的岩洞被称为娘子房。

神话博士、黎萍导游、鹿仙女阿槟、猎手阿椰来到澄迈的姐妹塔前，黎萍导游说：“《姐妹塔》的神话，石博士一定感兴趣。”

神话博士说：“我早就听人说过，我以为，这姐妹两个就是古代的雷锋。我正想去看看姐妹塔呢。”

黎萍导游带着神话博士、阿槟、阿椰来到姐妹塔。位于澄迈县美亭乡美郎村东隅的姐妹塔，均为宋代所建，距今已有近千年的历史了。两塔全部用石料建成，外形为仿宋木结构楼阁式，风格独特，结构别致。两塔的来历颇富有传奇色彩，黎萍说起其传说故事。

——很久以前，澄迈有两女。眉清目秀的是姐姐，名叫灵照；聪明伶俐的是妹妹，名叫善长。姐妹俩勤劳朴素，心地善良。这姐妹俩的善良出了名，尽管她们家里并不富裕，但她们却总是想方设法帮助他人。有时送米给邻家阿婆，有时送菜给同村大爷。因此，村里的人都非常喜欢她们俩。

这年，村里发生了百年不遇的大旱，粮食颗粒无收，家家户户无米下锅，饿死的人遍野。有一天，她们将家里仅有的一点米拿出来，加上地瓜，煮成地瓜粥。姐妹俩经常饿肚子，指望这天好好吃上一餐。忽然，听见邻居家小孩在哭："我肚子饿了，我要吃。"

大人的声音："哭什么哭，家里没有一点米了。"

姐姐听了，端着碗的人落泪了。她对妹妹说："我吃不下去了，给邻居小孩送点粥吧。"

妹妹二话不说，赶紧添了一碗稀饭，给邻居送过去。邻居家的哭声没有了。妹妹回到家里，有一个老太婆上门来了，伸出枯瘦的手，手上端着一只碗。姐姐接过来，给这位老太婆盛了一碗稀饭。有一个老大爷过来了，妹妹再递过去一碗稀饭。

老百姓饿得哭叫，姐妹俩的心在油锅里煎熬。她们望着天上的星光说："观世音菩萨，天下灾荒年，救救万民吧。"

天上忽然亮了一下，她们听到了遥远的地方有声音："我让仙人给你们送上一个宝贝，就在你们村口的井里。"

姐姐听了，将信将疑。妹妹听了，觉得可以去看看。第二天，姐妹俩就在村前的溢水井旁洗衣服，没发现神仙说的宝贝，只发现井中漂游着一只升颀（锯开的椰子内壳）。

姐姐说："这是不是观世音菩萨说的宝贝呢？"

妹妹说："这是一个椰子的空壳，怎么会是宝贝呢。"

姐姐说："捡回去再说。"

妹妹不高兴地对姐姐说："这是一个椰子壳，你捡回去有什么用。"

可是，姐姐坚持要捡，妹妹也阻挡不了。姐妹利用这升颀装点饭菜喂她们家里的一条狗。姐妹俩都喜欢这条懂事的狗。

这条狗是她们从路上捡回来的流浪狗，经过一段时间的养育，越来越聪明，越来越可爱。有一天，姐姐出外面干农活去了，妹妹一个人在家里做饭，狗回到家里一个劲地叫，将妹妹往外拖。妹妹发现不对，就跟着妹狗在后面走。等她走到一定的地方，才发现，姐姐躺在地上。原来，姐姐灵照扛着一捆山柴回家的时候，在路途中摔伤了，躺在地上不能起来。妹妹善长马上回村里请来几个青年，里面有热心的二牛，他们用木板将灵照抬回了家。因为这条懂事的狗与她们关系密切，她们宁可自己不吃饭，也不愿意让狗挨饿。而狗呢，看见两个女主人不吃饭，它也不想吃，于是，她们喂狗的时候，必须当着狗的面吃一点饭，狗才愿意去吃升颀里的东西。谁知道，狗将升颀里的饭吃完了，第二天又是满升颀的饭。

妹妹兴奋地对姐姐说："姐，我们去拿谷子来试试，看会不会长。"

姐姐很快拿来了几粒谷放进去，第二天，满升颀的谷子。姐妹知道，这就是观世音菩萨说的让仙人送来的宝物。便投进金子、银子，日子久了，积下了许多金银。好心的姐妹将金银全散发给全村乡亲。

贪心的财主发现了这件事，便派家丁去灵照、善长哪里敲诈。狗仗人势的家丁横行霸道："这升颀是我们财主家的传家宝，老实交来。"

善长说："我们是在水井中捡的。"

灵照说："是观世音菩萨送给我们穷苦人的。"

贪心的财主看敲诈不行，就去请官府进行压制。这官府里的县官不肯帮忙："凭什么说是你们家的宝贝？"

财主送上一份银两，县官改口了："赶快将灵照、善长两个刁民带上堂来。"

灵照、善长挨了一顿毒打，升颇被财主抢走了。可是，这升颇到了财主家里，非但没有生出谷子银子来，却生出一些毒虫来。这些毒虫张牙舞爪，满屋子乱爬，爬到身上哪个地方哪个地方就糜烂。财主明白了，这是自己做坏事，被观世音菩萨发现了加以惩罚。他就慌慌张张跑到县官那里，跪下来求县官："大人开恩，请将关押在监狱里面的善长、灵照放出来。"

县官说："你这个混蛋，我是县官还是你是县官，叫我抓就抓，叫我放就放。"

财主又送上了银两，县官伸出手来接住："好吧，将善长、灵照两个刁民放回家。"

财主又派人送来升颇。财主家里的毒虫，也烟消云散。财主身上烂了的地方也开始好转。灵照、善长姐妹俩继续用升颇为村里的老百姓创造粮食、银两，度过了最为艰难的日子。

由于姐妹俩一心一意为乡亲们服务，有一天，观世音菩萨说："你们的功德满了，现在天庭要让你们去做仙女了。"

丰衣足食的老百姓经常看望这姐妹俩。有一天进了她们的家，发现这姐妹俩失踪了，只留下她们的衣物与鞋子。老百姓们非常痛苦。忽然，人们的头顶上出现了一朵祥云，上面站着灵照、善长。

两位仙女说："乡亲们，我们去天庭了，再见。"

乡亲们再进入姐妹俩的家，发现屋里还留了一些银两，上面压着一张纸条，上面写着："乡亲们，留下点银两、黄金，请给孤寡老人买些食物送去，并请给后代孩子们盖个学堂。"

为了纪念她们的善行，乡亲们特地修建了这姐妹塔。

神话博士听了这个故事受到启发，便说："仙人说的洞会不会在井里。"

他们几个人找到一口被闲置的井。然后，打开魔衣上的旅行开关，神话博士一个人潜入到井底。但什么都没有发现，他爬上了水井。忽然，阿榔叫了一声："这地上躺着一个女子。"

这女子满面青色，昏迷不醒的样子让人感到害怕。黎萍导游仔细一看，这不就是报名要参加爱情神话体验游的"大姐大"吗？她让阿槟上去，看这女子的情况。阿槟看看闭着眼睛的女子，说了一声："她服毒了。"

赶快从身上掏出一粒解毒丸，强行塞进这女子的口里。这女子马上呕吐不止，吐出的东西是黑色的了。女子最终慢慢睁开眼睛，说："你们为什么要救我？"

黎萍导游与阿槟商量了一下，马上吩咐："我们赶快送她上医院。"

神话博士打 110 电话，医院派出救护车，将这女子送进了医院，医生马上给以抢救。

个子不高，皮肤白皙的女子睁开眼睛。阿槟上前喂水她喝，那女子清醒后，讲了自己的遭遇："上次，我在三亚报名想参加你们组织的爱情神话体验游时，接到了我妹妹的电话。原来，她在广东被人逼迫贩毒。我去救她，人没有救出来，我逃到了澄迈，倒在姐妹塔前，觉得走投无路，喝了安眠药，打算寻死。"

她的话叫人们听了大吃一惊，她说，她的称呼是那种挂羊头卖狗肉的发廊里的“大姐大”。她说，我叫阿芳，家住江西某个农村，我是老二，一个姐姐，一个妹妹，还有一个比我小几分钟的双胞胎弟弟。父母拉扯四个儿女，贫苦交加。虽然我在学校里成绩属于上等，由于家庭生活困难，只读了高中，就没有再考大学了。而让我的弟弟去读大学。听人说，在广东打工赚钱，我决定带着妹妹到广东去打工。到了广东，我们手头上的钱几乎全花光了。我们必须马上找到工作。我看见一家美容店贴的招聘启事——招收女服务员，条件是包吃包喝还包住。我正好没有住处，就去这个美容店应聘。我白皙的皮肤，秀丽的相貌，一下就被老板看中了。开始，我的任务是每天坐在店门口喊人：“喂，老板，进来吧。”

有的人理也不理地走了，等于是白喊了。有的则停下来，猥亵地瞟着人笑。这些老板进来后，要你给他按摩，对于一个没有结婚的女孩，是很难堪的。因为他抓住你的手，要你往那个东西上面按。按摩了几个小时，恶心得要在厕所吐上半天，恨不得要将五脏六腑都吐出来。一个高个子的人进来后，老板安排他与我进了一间黑房，那个人对我浑身上下乱摸，强行要做那个事。我开始还在反抗，后来反抗的力气没有了。那人看了一眼白床单上的颜色，说，真是处女，给我塞了一千元。以后，这个人只要一进店，指名要我来招呼。

后来，我有钱自己来开店，没想到，我经历了更多的磨难。有一天晚上，来了几个流氓，几把明晃晃的刀子，往桌子上一插，开口就要钱。小姐们吓得魂飞魄散，脸变色腿发软。我从厨房里拿出两把大菜刀，冲上前，举刀就要劈这几个流氓中领头的一个。我吼了一声：“我劈死你后去抵命。”

流氓头子被我的举动吓着了，如果动手将我砍死吧，难得跑出这条人群密集的街道，捉到了肯定是死罪。反过来，如果被我劈了，我是自卫判个几年刑就够了本。流氓头子不敢动了，那几个流氓更不敢动了。我将手中的菜刀搁在桌子上，说：“我求你们来捅我一刀。不敢吗，告诉你们，如果不想在海南和大陆待的话，可以动我的刀子。到时候，有公安或黑道的朋友会来找你们的。”

那几个流氓听了：“她就是那个大姐大吧。”

当时一个个赶紧往后撤退了。有人问我：“你为什么不怕死。”

我说：“越怕死越危险，干脆豁出去了，反正我已经死过几次，无所谓了。”

以后，很少有流氓来寻衅闹事了。但是，对于客人，我表现出来另一个态度。尤其是喝醉酒的客人进来了，有的点名要阿芳我来接待。我就上前去赔笑脸，与他好好谈心。这样的人来了后神志不清，喜欢动手动脚，我呢，是骂不还口，好好地陪客人说话。打不还手，让喝酒醉了的客人累了自己休息。有一天，来了一个酒鬼，一边抽烟，一边不时地搂住我往我口里喷烟。我本能地轻轻推了一下，那个酒鬼上前对我就是一耳光，打得我的脸红了一大块。这还不算，那酒鬼将烟头按在我的手背上，烫得我直叫。

有人不断地来追求我们做大姐大的，想占有我们。我们大姐大对来的人个个都要客客气气，就是不让他与你轻易有肉体的接触。有一次我接待一个客人，那个人想占有我。我肯定不愿意。

于是，那个人就对我拳打脚踢。我浑身被打得青一块紫一块的，到医院去花了一大笔钱。又不敢得罪这人，因为客人是我们的上帝。

有人问我："你为什么不还手等着挨打呢？"

我说："我们赚钱靠这些客人，你还了手，让他吃了亏，他们以后就不会再来了。你如果报案让公安局来干预，你这店就有涉及黄店的嫌疑，等着关门吧。"

这样，大姐大对外就有吸引力。大概是大姐大有人气吧，好多客人冲着大姐大找上门来。我开的美容按摩店，比起其他美容店的生意要好得多。这种店打的是美容美发按摩的牌子，有正规的营业执照，地点是在热闹的地方。一个单元的三层楼，每层楼都是三室一厅的面积，每间房里是简单的装修，装有空调或者是电扇。一个房间里被隔成三个档，每个档里有一张床。给客人按摩，打的是健身的招牌，目的是让有的单身男人感到舒服，愿意交费。

与一些各种各样的男人打交道，如果有的想做那种事情怎么办。于是，小姐们都经过训练的。给客人按摩让客人觉得浑身舒服，最后摸到敏感部位，让客人自己流出来。有的客人感觉到比在家里与老婆一起还舒服时，就会给小姐小费。一旦有的客人觉得不舒服，心里很烦躁，那么小姐就有挨打的危险。为了安全，小姐穿的不要太露，长裤要系上皮带，这就安全了，轻易不要让好色之徒有可乘之机。当然，为了让客人感觉放心，店里不要有保安。生活在这种高压之中，我这个大姐大有时脾气变得很坏，有个小姐回来晚了点，说："我还没有吃饭。"

我看见几个菜还放在桌子上，就一下上去夺过来，将饭菜一下倒在垃圾桶里。我说："你不按店里的规矩上下班，就不能够给饭你吃。"

这个小姐气得发抖，过了几天，不辞而别。想起来，我有点后悔。我骂起人来让人更觉得难受，什么难听就骂什么。不给人留一点情面。有个姐妹的男朋友来了，找那个姐妹要钱买烟吸。我说："这种没有钱的男人，靠女人吃饭，要他给我滚。"

那个姐妹哀求："你能给我留一点面子么？"

当时，我在气头上，谁的面子也不给，继续教训这个姐妹的朋友。弄得这个姐妹的男朋友转身就走。当天晚上，这个姐妹还在家里生闷气。她想辞职吧，确实与我有感情，我们是一起创业的。不辞职吧，感情上又受不了。于是我温柔地说了好多赔礼的话，说着说着，我的眼泪流下来了。那个姐妹的眼泪也流下来了，她原谅了我，也理解了我。

我这个店之所以能够吸引人来，还有几点要交代。我们店里的女子很年轻，二十岁左右的样子。外表不是那么漂亮，但是大都看得顺眼。我要求女子体检，有艾滋病的，我是不敢用的，那种病太可怕了。因此，我要我们的小姐不要轻易与哪个男人做那事，如果，逃不脱，要戴安全套。这安全套对双方都有好处。以前，我与原来的男朋友亲热，实在熬不过去了，就给他套上安全套，做到中途，他想抽出安全套，我就是不依。这可是个原则问题，不坚持，说不定就把性病传染到身上来了。凡是在我店里呆过的女子，懂得如何防止艾滋病；凡是到我店里来的男人，也懂得如何防止艾滋病。

我们在店里，即使不想与对方发生那种关系，也要婉转拒绝，不要生硬得让人觉得受不了。

比方说，有人一直想沾我的便宜，我就想方设法不让其愿望得逞，还要给个台阶让他下来。我告诉他，人这段时间不舒服，可以介绍一个年轻漂亮的女子，与他一起享受快乐。有时，我也谴责自己嫁祸予人。有时，我又原谅自己。说实在的，我不像这样做，容易被人上手，反过来没有吸引力，我们的生意就会差起来。不过，我也希望你与你的社会朋友对我们有个公正的认识，我们这样的人大多是受贫困逼的。我本人就是如此。我不是手上没有一分钱，为了生存与发展，不会轻易走到这条路上来的。

当然，我也不以为干这一行是个光彩的行业。为什么我们每年过春节都不愿意回家乡去，怕面对父母，怕面对亲友。我今天为什么要对你说这么多，你与魏是同乡吗？还有，我也不打算一直这样干下去。这种缺乏道德的事情，只能够在阴暗角落里做，说不定哪天就翻了船，我的思想压力太大。目前，我正在琢磨办个服务性的企业，组织下岗的女工打钟点工。

阿芳与黎萍、杨扬的谈话因为电话来了而中断。阿芳告诉黎萍一个秘密，她从小就喜欢写作，曾经给报纸投稿，理想是当一名记者。她知道杨扬想写与女性有关的文章，但相信她不会写她的真名真姓。她告诉杨扬，将自己的一些经历说出来，心里的痛苦与压抑会得到一些释放。事实上，她对黎萍、杨扬说出了自己的苦衷后，心情就轻松多了。

神话博士与黎萍同情阿芳。为了她的前途，神话博士告诉她，她这样做是很危险的。既影响社会治安，又容易患上艾滋病，还耽误人的青春。还是脚踏实地地干些于社会有益于自己也有益的工作吧。阿芳由于自己经常给家里寄钱，还写信告诉家里，自己找到很理想的工作，有同乡将村里几个女孩子带往广西。阿芳发现，里面有自己的妹妹。她不能够让自己妹妹干这一行，她妹妹也明白了她在干什么。有一天对她说："我不干，你也别干了，村里一个大叔让我们去宾馆当服务员。"

她们进了宾馆，才发现，一群男子要逼迫她们参加贩毒。起初，她们不答应，一个满脸疤痕的人恶狠狠地拿出两把飞刀。将刀子飞掷出去，双双钉在厕所的木门上。威胁她们说："这比打工赚钱多了，你们要是不答应参与我们的贩毒活动。老子就给你们打毒针，让你们生不如死。"

阿芳一听，如果他们给自己打了毒针，自己就上了毒瘾，这也是很痛苦的事。阿芳有个乡亲菊花大姐一直想买个像样的房子，有人就对她说："到云南、缅甸去走私很赚钱。"她就去了云南、缅甸，她被几个毒品贩子引诱，要她帮忙拿些服装。他们一起乘飞机去广西，警察在路上截获了他们，在她拿的服装里发现了几包毒品。有人说她事先知道服装里有毒品，她说自己不知道服装里面有毒品。但是，辩解是无用的，事实是她在运大量毒品。那一批被判死刑的有七人，其中就有她。

于是，阿芳警告自己，千万不要同他们去贩毒，这是一条死路。阿芳又提醒自己，不能够染上毒瘾，这也是一条非常危险的路。所以，阿芳姐妹决定逃跑。阿芳阿春夜半偷偷跑了出来。她们双双在广西的一条公路上奔走，披头散发的样子，一边走一边用惊慌的眼神四处张望。毒贩发现他们跑了，赶快追了出来。阿芳滚进了路边的水沟，阿春则被毒贩当场抓住。只听响亮的一巴掌，显然是歹徒在打她耳光。阿芳等到了傍晚，才从地里钻了出来。遇到了一个开拖拉机的。她说，能够带我一程吗？我会给你一些钱。开拖拉机的送了我一程，阿芳不知自己走了多远，不知来到了哪里？

她又累又渴，停下来，来到路旁的田埂边，正准备用手捧水喝，冷不防听到一声喊叫："年轻姑娘，这水不能喝。"

阿芳一下惊呆了，愣愣地望着他，半天才缓过神来。路边停着一辆小轿车，一个国字脸的中年男人站在车旁，他举起一瓶矿泉水走过来递给阿芳："这田里的水有污染，是不能喝的。还是喝矿泉水吧。"

中年男人又问阿芳："喂，姑娘，你从哪里来的？我能够帮你吗？"

当阿芳知道这中年男子是广东一个事业单位的干部，听他的口音应该是湖北人，才放心地开了口："我是从人贩子那里跑出来的，身上的钱已光了。"

那干部听了说："我带的钱也不多，给你200元吧。"

他从自己口袋里掏出200元给阿芳。当时，阿芳感动地流下了两行热泪。她见这干部是个好人，为了逃避人贩子的追踪，跪倒在地哀求那位干部："求求你，我想搭你的车。"

"你准备去那里？"

阿芳说："我想去海南。"

那干部说："这样吧，我送你到湛江。湛江有车到海安港口，过海就是海南的海口。"

阿芳上了车。车子飞快地跑着，多少夜没有好好睡觉，阿芳迷迷糊糊地睡着了。不知道过了多久，有人叫她："姑娘，海安到了。"

她一下醒过来，说声"谢谢。"

下车后，她望着那位干部，心里千恩万谢，却说不出话来，只是流着泪向那干部挥手。小轿车掉头走了，两个多小时后，阿芳登上了海轮。当轮船在辽阔的大海上航行时，她想起自己的妹妹，不仅觉哭了起来。好心人问她为什么哭，她不敢说实话，就说自己出来找工作。想到找不到工作怎么办，就哭了。

那好心人在县城工作，就说："你去我点心店里帮忙吧。"

阿芳讲着自己的遭遇，一下哭一下笑，她不知不觉睡着了。等她醒来的时候，发现自己睡在海南的宾馆里。阿槟阿榔说："走，我们一起去救你妹妹。"

神话博士、黎萍、阿槟、阿榔带着阿芳飞升，来到了广东一个县城。然后，她们隐身，进入了一栋别墅。这栋别墅有三层，里面有的房堆放着一箱一箱的东西，估计是毒品。他们闪身进入了另一个房间，看见了阿春。晚上夜深人静的时候，阿芳出现了，阿春惊喜地说："姐姐，你来了。"

阿芳的妹妹阿春，今年25岁的样子，生得小巧玲珑，眉清目秀，尤其是那对灵活转动的眼睛很引人注目。听她说话，要紧不慢，说出的话柔和中听，是个本科毕业生，应该有自己的前途。没有料到，这个地方说是招聘宾馆经理助理，却遇到一群丧心病狂的毒贩。

接着，阿春又埋怨："姐姐，你好不容易跳出火坑，为什么又回来呢？"

阿芳对阿春说："姐姐要救你出去，你要闭上眼睛。"

阿槟、阿榔现身了，她们将阿春的眼睛蒙上，从房间里带了出来。房门上的锁对于神仙来说，形同虚设，他们随时都可以自由出入。因为，他们毕竟是仙人，何况还会隐身。即使碰见了实在危险的时候，他们可以从时光隧道里走出来，一点危险都不会有。

狗子叫了，歹徒们惊醒了，他们不敢开枪，怕枪声惊动了警方。于是，他们有的举棍子，有的挥刀子，同阿槟阿榔进行了一番搏斗。阿槟阿榔目的是救人，不可能杀伤太多。阿槟洒了一种迷幻药，让所有的歹徒闻到气味就一下昏迷过去了。接着，神话博士打110报案，公安人员、武警战士迅速赶到，对所有的犯罪嫌疑人实施抓捕。

阿榔、阿槟、神话博士、黎萍对公安人员说明了自己的身份，带着阿芳、阿春离开了这栋别墅，向海南方向飞去。

三十三、黎寨歌舞

神话博士、黎萍导游、黄梅、杨扬、胖瘦九代穷、阿槟、阿榔，一起到黎寨去。神话博士遇见了来此看热闹的邻居黄哥。1984 年，随着十万人才下海南的人流来到椰岛。黄哥天生是个演员胚子，个子长得高，人很帅，却能说一口流畅的普通话。什么衣服穿到神话博士的身上都不好看，主要是神话博士的身材不标准，腿子不长。可是，不管什么样的衣服，穿到黄哥的身上就显得特别潇洒。凡是见到他的女子，第一眼就容易喜欢上他。然而，黄哥对神话博士说，他在爱情上却有太多的幸运与不幸。

黄哥喜欢看黎族生活习俗舞蹈。黎族认为世间万物都有灵魂，所以黎族非常注重节令时辰，每当行动前，都要举行一定的祈祷仪式，希望一切平安顺利，不出意外。生活习俗舞蹈，与日常生活息息相关，是宗教祭祀舞蹈向娱乐喜庆舞蹈的过渡，朝着娱人多于娱神的方向发展。具有代表性的生活习俗舞蹈有《祝福舞》、《年舞》、《打碗舞》。

黄哥说：在黎族合亩制地区，流行着逢农历三月、七月和十月作“牛日”的习俗。黎族有自己本民族的历法，12 天为一周期，每天以一种动物命名，类似汉族的十二地支。“牛日”被认为是“福日”、“良日”、“吉日”，所以每到“牛日”，必跳《祝福舞》。

黎萍导游对《祝福舞》颇有兴趣。她说，在三月的第一个“牛日”，要为牛跳《祝福舞》，祝福牛群肥壮、多崽多福；在七月晚稻插秧的第一个“牛日”，要为“稻”跳《祝福舞》，祈求禾苗茁壮、五谷丰登；在收获季节的十月的第一个“牛日”，要为“人”跳《祝福舞》，期盼村寨平安、人丁兴旺。每当举行这种仪式之日，全寨人集中一起杀猪摆酒设宴，跳《祝福舞》。首先由众人轮番敲打锣鼓，然后由身穿盛装的亩头夫妇饮用曾洗过“宝石”（相传祖传下来的一种石器，是福魂的象征）的“福酒”，继而起舞。

李大平担任南海旅行社总经理数年，他对《祝福舞》当然不陌生。他说，舞时，亩头手拿蘸着“福酒”的 2 枝红藤叶，从门口至屋内来回走动，并不停地摇动着红藤叶。其妻则捧酒紧随其后，以示引“福”入屋，接着向众人洒“福酒”，以示“福气”上身。亩头夫妇舞毕，寨人齐上阵。男人身着青、蓝、绿色的长袍，于屋内至门口，来回招手甩袖，左右摆动；女人则手捧酒碗，跟着男人后面，边舞边敬“福酒”。不论男女，舞者身腰平稳挺直，踏着铿锵有力的锣鼓声，时进时退，踩着小步，齐声呐喊，惊天动地。

黎萍介绍说，在合亩制地区，每到新年都必跳《年舞》，也称《平安舞》。每逢新年的正月初二，全村的男女都身穿民族服装，在辈分最高的长者带领下，举行庆贺新春仪式。杀猪宰鸡，摆好祭品；独木皮鼓，铜锣敲起；锣鼓声声，舞蹈欢快；辞旧迎新，祈求平安；人畜兴旺，五谷丰登。舞者必须保持身体的平衡稳直，跟着锣鼓的节奏前进，双手在腰部的两侧前后摆动。每走到第三步时，双足并立，双膝向左右两侧时弯时立，不断地重复循环。

神话博士说，舞蹈的产生与人们对神灵的追求有关。祝福舞蹈《打碗舞》，属女性舞蹈。每当孩子生病或父母将外出时，母亲便请“娘母”们来跳。舞者一般 2 人以上，舞蹈动作有两种：一种是手捧花草；另一种是头顶 1 个碗，右手拿 1 根竹筷，敲打头上的碗。舞时排列成纵队，边歌边舞，舞步较慢。黎族群众认为，跳此舞可为孩子祈安求福，并使孩子得到祖宗神灵的保护，消灾除难，健康成长。

黄哥看着节目，知道神话博士在举行爱情神话体验游，说：“我想参加你们组织的爱情神话体验游，行不行啊？”

神话博士说：“你给我们讲一讲你的情感故事，通过魔幻背心进行情感测试，才能决定你能否参加我们的活动。”

黄哥说：“我看到广告了。好，我说说自己的经历吧。”

那是 1970 年的一个秋天，我从北京乘火车回到了武汉。我是从省水利厅借调到国家水利部宣传处工作的，组织上考虑我的妻子在湖北一个剧团工作，就批准我回家休息半个月。我想给妻子一个惊喜，没有给她的单位打电话。那个时候，社会上还没有手机。

晚上，我回到家中，妻子不在家，我却看到了房间的茶几上摆着一个装满烟头的烟缸。我心头一震，妻子小夏不抽烟，这么多烟头分明是一个男人抽的。再一看，有的烟头分明是吸了几口就按熄了。我上大学学过心理学，这说明，吸烟的人碰到了使他激动的时刻，不然，不会将一支才抽了几口的永光牌香烟按熄，而且烟头被按弯了。是什么使这个男人如此激动呢？我想到，一个男人与我的漂亮的妻子，偷偷在这房间里幽会。我不敢再往下想了。我的头昏沉沉的。

门吱的一声开了，妻子夏巧回来了。她见了我大吃一惊：“你不是说下个月回来吗？”

我不高兴地说：“这么说，你不希望我回来了。”

她撒娇地打了我一下：“当然是希望你回来啰。”

正在这时，有人敲门，我打开房门，一个男的站在我的面前，他先是一惊，接着问：“夏巧同志在家吗？”

夏巧出面了，对我说：“他是我们剧团的张经理。”

又对这人说：“这是我的丈夫，画家黄哥。”

那人马上说：“是黄哥先生吗，久仰。”

我脸色冷冷的，这经理还算识趣：“算了，有事情明天再说。你们夫妻团聚，再见。”

我开始打量夏巧，她的脸色不大自然，身体却好像比以前更丰满了。她穿的是一套蓝色西服，我从来没有见过。我找到了话题：“你穿的这套衣服不错，是多少钱买的？”

她支吾了一下："好像——记不得了。"

我说："这衣服是别人送的？"

她连忙说："是的，是别人送的。"

我问："是刚才来的那个人送的？"

她一下乱了阵脚："是一个朋友送的。"

我的眼睛紧盯着她："是哪个朋友送的？这个烟缸里的烟又是谁抽的？"

她说实话了："衣服是我们经理送的，烟也是他抽的。"

我继续追问："他经常来干什么？"

她回答："找我有事。"

我又穷追猛打："他有什么事在单位不好谈，要在家里谈。看这烟头，他是经常来的，他的烟头留那么长，这是为什么，你一定清楚。你别瞒我了，再大的事情说清楚了，我就会原谅你的。"

我的眼睛逼着她看。她的脸色红一块白一块，眼光躲躲闪闪的。我知道，她最怕我的眼光，我相信她一定会说实话。当年，省剧团送戏剧下乡时，夏巧还是一个县剧团的演员，演《白毛女》中的喜儿。省剧团看见她有基本功，人长得又标致，就将她调了上来。夏巧的表姐吴晓是我们单位的资料员，对我很熟悉，就要将她的表妹介绍给我。我们见了面，夏巧对她的表姐说："你们机关还有这么高个子的英俊男人，只是他的眼睛太亮了，叫人不敢在他面前撒谎。"

她的表姐笑："眼睛是心灵的窗户么，你喜欢他么？"

我们闪电般地恋爱，又是闪电般地结婚了。结婚不到半年，我被借调到北京水利部工作。现在，我的眼睛逼视着她。果然，她一下跪在我的面前："我对不住你，衣服是那个经理送的，我与那个经理有过一次。不，有过几次。"

我一下愤怒了："你不要再给我说了，你不要脸，我还要脸。我要找那个畜生算账。"

我抓起那个玻璃烟缸往地上一摔，"啪"的一声，烟缸碎了，烟头撒了一地。我要往外冲，她抱住我的腿子大哭起来："我还要在剧团里呆，你千万别去找他。"

她哭了好久。我说："你别嚎了，猫抓老鼠的声音，叫人心烦意乱。"

这天晚上，我抓住她做爱，不是为了爱，而是为了发泄我的苦闷我的愤怒。她对我百般温存。我知道，她是想弥补她的过失。也许是我将愤怒与苦闷发泄完了，也许是我的苦闷与愤怒无法排泄，几天来，我对她再也不愿意碰一下了，我对她再也没有激情了。我是一个大男人，眼睁睁地让自己心爱的女人被人玩弄，我竟然不能够去教训他，我太痛苦了。我一天也在武汉待不住了。有一天，我对她说："我要到北京去了。"

她听说我要到北京去，就对我说："你还在恨我么，我对不住你，我想同你到北京去。"

我说："你去不行，我都是借调的。"

她哀求："你就不能够多待几天吗？你不想一下一个女人孤单的滋味。"

我哼了一句："看见这房间就不舒服。"

她哭起来："你不能够走，我害怕，我害怕再出错。"

我无情地说："那么，我们就离婚。"

她哭的声音大了起来："你真的不原谅我了！你真的不要我了！你好狠心。"

她扯着我的衣服哭，我吼了一声："别哭了。"

我猛地推了她一把。为了解脱，我与夏巧离了婚，这是我与第一个女人的感情纠葛。离婚后，我发现自己还在真心爱她，你说我解脱了吗？

"文革"中，人员岗位的变动是很频繁的，我从北京回到了武汉，进了省水利部门，又从机关分到了下面的水利机械厂。有人听说我是个离了婚的单身汉，要给我介绍对象，我却没有这个心情。第一次婚姻的打击，使我一直陷入难以自拔的痛苦。

有个建筑公司在我单位要加工一些设备零件，由一个叫胡月的技术员与我联系。生产这些零件的时候，胡月总在我的身边转。她的皮肤没有小夏白，但是显得很有精神。她的眼睛大而亮，说话时盯着人看，声音像连珠炮："黄哥老师，听说你原来在北京水利部门工作，为什么下降到这工厂来了。"

她有时又说："你好像在想什么？你不说，我也知道，可能是你的妻子跟人跑了吧？"

她可能听到什么风声，但是，我听她的话，实在反感，真是哪壶不开提哪壶。终于气得我吼叫了一顿："你说我女人跟谁跑了，关你屁事。精神病。"

可是她一点也不生气，却一个劲地检讨："对不起，我这嘴巴真该打。"

时间长了，我发现她并没有恶意，而且，她的眼睛总是追逐着我转来转去。我认为她是个爽快人，却也聪明，与她开始有了一些话题谈了。有一天，她又问："黄哥老师，你为什么偏要离婚呢？"

我的脸拉长了，脸色难看，我暗示她少管别人的闲事。她偏不知趣，说什么："我也离婚了，今天晚上我们到餐馆去坐一下。"

男人总是绕不过女人，我不好意思拒绝她，与她在一起吃饭了。以后，不是我请她吃饭，就是她请我吃饭。有一天，她买了两张电影票，要我陪她去看电影。这是个反特的片子，里面有几个恐怖的镜头。她几次惊叫，都要紧张地抓住我的手，我也用力握她的手。看完电影，我与她去了我住的单身宿舍。我们在房间里做了夫妻之间的事情。我们两个人都结过婚，对此事很熟练。既然有了第一次，就有了以后的多次。有人说，从事艺术的都是多情的种子。我不知道别人是怎样的，我觉得自己是有点多情。我的苦闷少了，好像离不开胡月了。不要笑话我，我认为，一个大男人的生活中，不能没有女人。

胡月虽然不及夏巧漂亮，但是我想，她一定比夏巧诚实。过日子，应该找这样的女人。再说，有了她，衣服脏了，她来帮忙洗；肚子饿了，她来做饭菜。一拍即合，结婚了。拖嫁妆的时候，胡月单位一个矮个子青年人来帮忙。胡月说："这是我的干弟弟小鲁，他比我小5岁。"

我看见小鲁闷闷不乐的样子，对胡月似乎有一种依恋。不过，我马上又责怪自己太多心。结婚不到一年，胡月给我生了个女儿。我非常喜欢，对胡月更加疼爱。有段时间，我看见胡月不高兴，就问："你是不是有什么心思？"

她说："我的前夫与我离婚后，儿子判给了他，可是他的老婆对我儿子不好，我心里放不下。"

我忙说："你去将儿子接过来吧，我要像对亲生儿子一样对待他。"

胡月将她四岁的孩子接过来了，我教他画画，带他到公园去玩。我与胡月商量好，将这儿子起名叫黄康，女儿叫黄笑。十年过去了，1988 年，黄康 14 岁，黄笑 10 岁，我到了 44 岁。不久，我从工厂调到一家高科技总公司，担任分公司经理。一场经济纠纷发生，公司两个引起事端的副经理逃走了，我是公司法人，还不起债，又违了法，进了监狱，一判就是八年。当进监狱，胡月四处奔跑，到处为我申冤，说我是无辜的。她带着儿子与女儿来探望我，希望我有信心。一开始，她来看我是一个月一次，不是带着儿子，就是女儿。以后的几年，她是几个月来一次，每次来都是一个人。她说："儿子与女儿学习太忙，来不了。"

我意识到一种不祥，但是我没敢往深处想。大概是我坐牢的第六个年头，胡月提出要与我离婚。这对我来说是个致命的打击。我坚决不同意。我与胡月有十年的夫妻感情，有一个共同的女儿，我将她的儿子当做自己的儿子一样。多少年来，我做梦也想家庭的团聚。看我不同意，胡月提出起诉。感谢监狱出面，帮我做妻子的工作，说我在监狱里表现不错，教犯人学书法学画画，他们给我减了一年的刑，我马上就要出监狱了。

胡月没有来闹了，我改造的情绪也稳定了。我出监狱的时候，胡月再次提出跟我离婚。这次，我想通了。可能是八年的时间太长，她一个人照料两个孩子，也实在不容易，她单位的小鲁在经济上补贴她，她肯定与他好上了。因为有朋友来探监时，含蓄地告诉过我这件事。我还是想挽救：买了几条鱼，要她同我上楼去，我一个人在监狱里待了那么久，需要女人。我要用她最喜欢吃的鱼来引她上钩。可是，她警惕性高，意志坚定，坚决不上楼。

我们终于离婚了，小鲁帮胡月来搬的家，他们带走了两个孩子，给我留下了一间几乎什么都没有的空房。想到胡月的好处，想到她曾经为我到处申诉，想到她一个女人，还要照料两个没有成年的孩子，我难道就不能理解她吗？离婚是不是真的解脱了呢？我那年，一个人没有地方过春节，就轮流到朋友们家里去混饭吃。

黄哥说到这里，神话博士觉得他的感受完全可以理解。那天快过春节了，神话博士曾经去慰问过胡月，因为她毕竟是黄哥的妻子呀。那天她对神话博士说："我现在找了个男人，他给我买化妆品，他给我的女儿交学费，给我的儿子零用钱，他将他准备结婚的积蓄都用了。"

她说着，还指着几条腊肉、腊鱼，告诉神话博士："这也是小鲁给我安排的，你不知道，一个女人带两个小孩是很难的，多亏了小鲁，我不能够让他将钱花了，一个人打光棍，所以我就跟了他。我想，黄哥相信你，你可以帮我去劝他。"

神话博士还好说什么呢。是说这个女人对丈夫不忠实，还是说她就该这么做。

黄哥继续讲起来。

——出监狱后，我一时没有找到工作，就上街去卖气球。城管人员不让我卖，几天来，我只卖出十多个，剩下的干脆送了人。朋友们对我说："你的长处是个子高大有气质，又会美工，你为什么不到广告公司去应聘呢。"

我受到启发，看到一家美容公司在招广告设计人员，我去应聘了。负责登记的是一个精明的女子，她戴一副眼镜，皮肤白得与众不同。那个女子问了我的一些情况后，笑眯眯地对我说："你明天到公司来听消息。"

第二天，我来到这个公司，碰到这个女子，她说："你被录用了，后天可以上班了。"

我没想到这么大的年龄还能够应聘上，说不出有多高兴，后来知道，这个女子负责招工考核，她就是这个公司的办公室主任，名叫林敏。我有过卖气球的经历，有过几个月一直在外面应聘的经历，所以我格外珍惜这次机遇。干得不错。公司的总经理是个残疾人，他对我的工作很满意，将我提拔到一个部门去当副主任。林敏看到我就露出欣喜的目光。

公司到咸宁温泉去办培训班，派林敏与我同去负责讲课。晚上，林敏邀请我去温泉游泳。她说她不会水，我就用手托住她的肚子，让她浮在水面上学蛙泳，她的动作很优美，我不相信她不会水，就松了手，她一下沉了下去，我怕她呛了水，一把将她抱起来，抱的时候，我感觉到了她润滑的肌肤，感觉到她有弹性的胸脯，我的心在猛烈地跳动。她很信任我，要我继续教她，我要她用双手划水，我用手帮她划腿，看着她细细的腰身，看着她那苗条的双腿，我一下忍不住想入非非。

我们回到了住处，她说要用水冲洗一下，要我就坐在她的房间里，她没有将洗澡间的门关上，我想离开，又担心有人进来。好不容易，她走出了洗澡间，她看见我慌张要往门外走，就伸手拉了我一下，我一下将她搂在怀里。我与她回到武汉后，就住在一起了，我们结婚了。她的干脆劲今天叫人听了还激动，我问她："你怎么这么快就要与我结婚呢？"

她回答："凭感觉吧。"

我说："我现在可是一无所有。"

她说："别着急，面包会有的，牛奶也会有的。"

我说："你不嫌弃我坐过牢。"

她说："我相信你是个好人。"

为了让我们的生活过得更好，我们夫妻两个一商量，在人家公司打工，还不如自己干。我们租了一个柜台，卖起工艺品、木线条。那一年，我们的生意特别好，一年下来，赚了10万元。有了实力，我又做过美工，就开起了一个木工艺品商店，我设计并制作了不少赚钱的木雕。

林敏的妹妹与弟弟下岗了，她与我商量后，就让他们到店里来帮忙。我在监狱时，父母去世了，剩下我唯一的妹妹。现在，她与她的丈夫也下岗了，他们到武汉来找我，我也让他们在店里帮忙。没有想到，矛盾一下产生了。林敏的妹妹与我的妹妹，经常争吵，都是为一些鸡毛蒜皮的小事。林敏站在她妹妹一边，我就站在我妹妹一边，矛盾更加激化。我妹妹与妹夫主动走了，他们在外面开了一个店，我悄悄补贴他们。此事被林敏知道了，她好伤心，说我将自己的妹妹、妹夫看得比她重，没有将她当做最亲近的人。

自从我妹妹与妹夫走后，我的脾气，变得粗暴起来，动不动就要骂人打人教训人，这样，我才觉得对得住去世的父母，对得住我的妹妹。林敏是个很能干的女人，我们店发展很快，少不了她的作用。她的个性很倔强，不是我发脾气能够驾驭的，我们的意见有时很难统一。林敏的妹妹、妹夫看见我成天冷着脸，待不住，也走了。这样一来，林敏本人，林敏的父母弟妹，个个对我有意见。

终于，林敏提出要与我离婚，这对我简直是一个晴天霹雳。我很是震动，我不敢相信，刚从监狱出来的时候，身无分文，是她不顾别人说三道四，不顾一切爱上了我，又拿出了20000元的本钱。支持我来创办自己的事业。今天我们有了自己的房产，有了自己的公司，我又得到了平反，可是她为什么还是要同我离婚呢？她对我说："不只是因为我妹妹的事，还有你那个臭脾气，我非与你离婚不可。"

对于我这个58岁的男人，这是一个致命的打击。由于她的坚持，还有朋友们的劝说，我与她平静地离婚了。上百万的财产一分为二，我不想多要一分，她也很通情达理，民政部门的人看糊涂了："你们是多么体面的一对，为什么偏要离婚呢？"

当他们知道我们是动真格的，禁不住不断地摇头。我这是第三次离婚了，不知是不是又一次的解脱。民政部门的那个女干事对我悄悄地说："给我一张名片，我要给你介绍一个女朋友。"

黄哥说的话，完全是真实的，当时，神话博士接到一个电话，是林敏打的。她在电话里哭诉："石小林，我不能够再与他在一起了。如果这样，我情愿选择死，我希望你劝劝他，因为，他把你当兄弟看。"

她的话说到这个份上，神话博士还有什么好说的呢。林敏希望神话博士劝说黄哥同意与她离婚，他只得去做黄哥的工作。黄哥一开始是坚决不同意，还要换公司的大门的锁，神话博士劝住了他。因为黄哥很害怕孤独，对神话博士说，希望你就在我的房间里休息。他们一晚上没有睡觉，谈了一个晚上的话。

神话博士对黄哥说："女人想与男人离婚的时候，你想拦都拦不住的。反过来，你同意与她离婚，做得很大度，在女人那里留一个美好的回忆，不要把感情做绝，你们还有恢复婚姻的可能。这就是爱情心理学。"

黄哥想了一下，终于同意离婚了。黄哥说：

——我又离婚了，新装修的两室一厅显得空荡。夜深人静，想起了我走过的路。我先想起我的第一个妻子——漂亮的女性，我将一个大男人的童贞给了她。可是她奈何不了寂寞，与别人上床，我不能够忍耐。我想起我的第二个老婆——一个能干的女人，我们结婚十年，有共同的孩子，她却在我落难的时候，跟了别人，我无可奈何。我再想起我的第三个爱人——聪明的女人，她在我刚从监狱里出来没有工作一无所有的时候，爱上了我，与我一起奋斗，赢得了今天的一份事业。因为家庭的鸡毛蒜皮的小事，还有我的丑脾气，又离开了我。现在，我该怎么办？

一天下午，我接到民政局的一个电话，通知我明天晚上六点到一个茶座。我去了，民政局那个留下我名片的干事柳鱼来了，她说想给我介绍一个朋友，要对我加深一些了解。我们坐在一起谈起来。我谈了自己的几次婚姻，谈到动情处，我的声音高昂；谈到伤心处，我禁不住落泪。柳鱼安慰着我，用手抚摩着我的手背，我的心情经过她这一摸，好像轻松了一些。她的声音很好听："你今年有58岁，真看不出，你的样子看上去不到50，我本想将我的姑妈介绍过你，听了你的话，我担心你看不中。”

我岔开话题:“你到民政部门有几年了?”

她回答:“有十多年了,我今年38岁。”

说完,她低下了头:“我离婚有几年了,一直找不到合适的,见了你,我的心动了,当时就找你要了一张名片。”

我慌忙地说:“不行,我比你大20岁,你太年轻了,我不能够与你在一起。”

她说:“你这样年纪的人有一种成熟的美。再说,年纪大的男人与年纪轻的女人结合的例子很多。”

我只好说:“我回去考虑一下吧。”

我没有马上松口。越是这样,柳鱼对我的看法越好,她认为我是一个有责任感的男性。我与柳鱼又见了几次面,她告诉我:“我原来的丈夫是个长途司机,是个酒徒,由于喝酒,出了几次事故,算是命大,每次都是受伤住院,没有把自己弄死。这还是次要,尤其是他的作风不好,我不能够忍受。他经常在外地跑,与外地一个女人好上了,还要拿出钱来包养。我对他厌恶极了,与他坚决离了婚。我现在带着一个女儿,很是寂寞,想找一个男人来与我们同舟共济。你这个人除了年龄大一点,什么都好。比方说,你不吸烟、不喝酒,我第一次看到你,对你原来的夫人,是那么礼貌,一口普通话,说得真标准。说起来你不要笑我,看到你高高的个子,听了你那有磁性的声音,我就被你迷住了。还有,我的女儿喜欢画画,她在学校里办墙报。我晓得你是一个画家,你办过个人画展,有的旅游船、有的度假村,都有你的作品。我想,你与我成家后,还可以帮助我培养女儿当个小画家呢。”

我让她到我家里去看看,她当天晚上就没有走,我发现自己喜欢这个年轻的女人。可是,我有点害怕了,我与她真结婚了,会不会落到与前面三个女人一样的下场呢?因为,我的年纪是一天比一天大。我们在一起相处的时间长了,神秘感一旦消失,什么怪事都会发生,我们再一次分手很有可能。

以往婚姻基本上都是这样的,开始都不错,中间还可以,但是一到后来,为了一些事情,有的似乎不可原谅,有的似乎是可以原谅又没有原谅。于是,离了结,结了又离。我快六十了,不愿意走以往的老路,不能总以为是自己对,就是不给别人一个忏悔与理解的机会。世界上的事情那里都是一尘不染的呢,问题是污染了能否让人家去洗,再晒晒太阳呢?是哪个在忏悔,是那三个女人还是我自己?我想,应该是我自己了。不然,我是怎样牵着第四个女人——柳鱼的手呢。我想了想,主动离开了比我小20岁的女人。

我离婚后,我的朋友建议我到海南来发展,我打算在海南开一个工艺品商店。我认为,黎族民间工艺源远流长,黎族工艺主要表现在纺织、雕刻、剪纸、编织上。黎族的美术,是在20世纪50年代以后才逐渐发展起来,80年代才开始形成规模的。黎族妇女善于纺织。黎族的纺、织、染、绣四项工艺都显示出民族特色。

可能是目光从神话博士转移了,可能是对黄哥有好感了,黄梅鬼使神差地说:“黎锦作为民间工艺美术品，讲究色彩的运用，主要以黑线为底，即经线，交叉织入红、黄、白、紫、粉红、棕色、咖啡色等色线，即纬线。黎族的织绣艺术品很美。例如，筒裙、头帽、花帽、花带、胸挂、围腰、挂包、龙被、壁挂等，十分精致。”

杨扬说：“黄哥，谈情感怎么谈到工艺品上去了？黄梅也谈错了。难怪魔幻背心的检测功能通过不了，表示沉默。我来点评吧。黄哥与四个女子的纠葛，有值得同情的一面，还有应该谴责的一面。因为，第一个女子，尽管走了邪路，也不是不能够原谅。可是，大男子主义的黄哥，没有原谅年轻漂亮也缺乏社会经验的妻子。第二个妻子，尽管有自己的失足要受到谴责，但是，黄哥作为一个男人，坐了监狱，让妻子的生活节奏，一下变得艰难起来。难道，黄哥就没有责任。第三个妻子对黄哥爱过，而且很真诚，但是，家务矛盾也是客观的存在，不能够随便说谁是谁非。第四个女子是个无辜者，黄哥不应该让她介入这是是非非之中。

黄梅表示反对意见，她说：“我认为，责任不在黄哥画家一个人身上，那4个女人也各有各的责任。第一个女人，不能够因为寂寞就与剧团经理鬼混。第二个女人，也不应该在黄哥落难的时候落井下石。第三个女人，也该反省一下自己的行为。第4个女人，自己未免有点轻率。黄哥，应该重新选择自己的人生道路。我当小妹的支持你。”

神话博士说：“我们现在休息一下，自由活动。”

神话博士知道，黎萍对自己有爱慕之情，自己对黎萍也有特别的情感。可是，最近，一直受到黄梅的搅和。现在，黄梅对黄哥好像是一见钟情，干脆给他们一个机会，让他们趁热打铁。

这建议得到黎萍导游的支持，她刚开始对神话博士发出爱情的信号，黄梅——自己的好朋友插了进来，争风吃醋。现在，好了，她好像是对这个画家感兴趣了。

黄梅呢，面对黎萍大姐，她对于神话博士的爱情，已经失去了信心。现在，她打算寻找新的目标，她一眼就看中了黄哥，觉得自己应该寻找这样志同道合的人。他们两个又去谈工艺品去了。

黄哥说：“黎族雕刻工艺主要应用于生产工具和生活用品，也应用于宗教迷信的道具上。雕刻图案有四种类型：一是生活用具，主要有烟筒、盛水竹筒、竹盒等，图案以几何纹和水波纹为主；二是生产工具，主要有刀鞘、刀柄、箭柄、纺织工具等，图案以牛鹿和星月斑点纹为主；三是屋柱雕刻龙凤纹，以表达喜庆；四是神桌道具雕刻的古人舞纹和神奇怪兽纹，有表示图腾魂位之意。黎族的雕刻主要分木雕、骨雕、石雕、椰雕、贝雕、根雕、竹雕等类。”

黄梅说：“木雕在雕刻工艺中影响较大，主要是独木器的制作及其在各种木器上的雕刻装饰。黎族独木器多达200种以上，其制作工艺是将整个圆木以炭火烧腐其心，再用刀、瓦片等刳、掏、镂修，即可修成大型的独木舟、独木棺、独木谷桶。而中小型器物除刳、掏、镂修之外，还要打磨抛光，如米桶、独木凳。”

黄哥说：“独木制作的生产工具主要有独木舟、独木水槽、平耙、点穴棒、独木铲、纺织工具、制陶的台垫、冶铁的鼓风箱、牛铃等。独木舟大多是用木棉树干刳制成，独木舟两头削尖，舟底和仓底削平。船舷外侧及头尾有些还雕些图案花纹，还有的把头尾雕成龙头和龙尾。”

黄梅说：“椰雕，是用椰子壳雕刻而成。最初是将椰壳刨光，作饭碗用，还可以用椰壳作成椰碗、汤瓢、粥勺、酒杯等生活用具,并在椰壳上精心雕刻上山水、花卉、鱼虫和飞禽走兽。明、清两代,椰雕被列为"天南贡品"之一。"

黄哥说:"椰雕品种,有台灯、茶具、花瓶、挂屏等。椰雕在工艺上有所创新,如采用浮雕、沉雕、通花、油彩、嵌贝、镶金、嵌石膏等新工业。"

黄梅说,剪纸艺术是汉黎文化交融的产物。在内容、表现手法和用途上都融入黎族文化,成为具有黎族特色的民间剪纸艺术。黎族剪纸主要分布在陵水黎族自治县、三亚市及乐东黎族自治县等汉族与少数民族杂居的沿海地区。乐东黎族自治县大安乡黎族农民的剪纸,曾多次入选全国民族民间剪纸大赛和展览。

黄哥说:"黎族受汉文化的影响,在丧葬仪式中使用剪纸制品。这种剪纸工艺主要有灯笼、棺材罩、马、伞等。灯笼是用竹编成,高 60~150 厘米,直径 40~80 厘米,有圆筒形、六棱形、八棱形,开多个窗口。外面糊彩色纸和各种剪纸图案,中间可放油灯,也可不放油灯。置油灯的中间放转轮,轮下放油灯一盏。油灯是用小碗或小碟装植物油,在器皿边置几根灯芯,利用油灯燃烧产生的热空气,引起灯笼内的空气对流,推动轮转动。

黄梅说:"我见过,轮上是圆筒,圆筒上贴有各式剪纸图案或者单个动植物和劳动生活场面。剪纸用人的头发与曲轴联系起来,随着油灯燃烧产生的热气流,推动轮转动,轮上的剪纸也随之动起来。常见的图案有斗牛图、斗鸡图、鸡啄食图、砍柴图、纺织图、蝴蝶展翅图、舂米图等。"

黄哥说:"哈方言的人普遍制作灯笼,"作八"时送灯笼的很多,都挂在灵堂,参加丧礼的人都可以观赏。棺材罩指的是用竹木条篾扎一个比棺材略大的罩,而后糊上纸,将棺材罩住。人们通常把黎族村寨的生产生活图景,还有动植物、人物、天国的美好生活等图案,剪贴在棺材罩的五个面。在哈方言区,人死入殓后,在停棺期间,用"龙被"、毯子或是棺材罩来盖棺材。"

黄梅说:"黎锦图案可以体现出黎族审美意识、生活风貌、文化习俗、宗教信仰等方面的内容。黎锦图案内容主要是反映黎族社会生产、社会生活、爱情婚姻、宗教活动以及传说中的美好事物等。人、动物、自然景物是黎族妇女织锦图案的主题。"

黄哥说:"黎锦图案可分为两大类:一类主要集中反映在妇女服饰上的各种花纹图案,图案多以人形纹、动物纹、植物纹、生产工具纹为主,还有直线、平行线、三角形、菱形等多种几何形的纹样。另一类是反映在龙被、织锦壁挂、织锦挂包以及各种装饰物品上的图案,多以吉祥物体为主,如人形纹、龙纹、凤纹、鹿纹、蝴蝶纹、青蛙纹、白鸽纹和花卉、树木、青草以及自然界的雷、电、日、月、水、火等。"

黄梅说:"黎锦上的图案共有 160 多种,总结分为六种类型纹样。第一类是人形纹,第二类是动物纹,第三类是植物纹,第四类是日常生活生产工具纹,第五类是直线、平行线、曲线、方形、菱形、三角形等组成的几何纹样,第六类是汉文字所组成的花纹图案。第一类、第二类、第三类是黎族妇女最常用的图案。"

黄哥说:"各方言区的黎锦图案都有些差异。哈方言妇女的织锦图案多以人形纹、动物纹为主,植物纹、生产工具纹以及自然界的各种纹样为辅。哈方言妇女织锦的主要特点是造型生动,构图饱满，色彩艳丽，概括性强，比如，“婚礼图”、“收获祭祀图”、“猎农耕图”等。“婚礼图”主要流行在乐东黎族自治县、三亚市、东方黎族自治县等市、县，是典型的哈方言人形纹样，它将黎族婚娶仪式中的迎亲、送亲以及送彩礼和拜堂等活动场面，反映在筒裙上。”

黄梅说：“杞方言妇女的织锦图案，主要以平视体的表现手法，在图案上描绘人的活动，比如舞蹈、生产、生活、婚嫁等，以此来表示岁岁平安，人丁兴旺。其图案特点是构图夸张，图案复杂，色彩多样。杞方言妇女筒裙花纹图案很多，而且复杂，为了突出筒裙中的主要花纹，在图案沿边补充刺绣上亮度比较好的色线来增强图案效果，称为“牵”。杞方言图案“狩猎纹”主要是反映黎族集体打猎归来的喜悦场面，描绘的猎户人家都挂着一些野兽的下颌骨，表示主人是打猎能手，是机智勇敢的男子。这样的猎手在黎族中享有盛誉。”

黄梅又说：“润方言妇女的织锦图案以人形纹、龙纹、鸽子纹为主，动物纹、植物纹、花卉纹为辅。除了筒裙织有丰富多彩的图案外，润方言妇女的上衣图案最为普遍，一般以白布做底，然后绣上红、黄、黑色做垂直线。其图案生动活泼、色调对比鲜明。在润方言妇女服饰上较常见的是龙纹图案。在黎族民间传诵着龙的传说，传说龙下雨帮助黎民百姓种山栏稻。”

黄哥说：“台方言妇女的织锦图案多是织绣人形纹、青蛙纹，以“青蛙纹”最为普遍，因为在传统观念里，青蛙表示母爱，青蛙也可以“避疫”。图案主要织在裙身带和裙尾部位。除了织上有自己特色的花纹图案外，还嵌入云母片、河蚌壳及羽毛，以示平安、吉祥如意。”

神话博士毕竟与黄哥是老朋友，就跟他一起探讨黎族工艺品与神话传说之间的关系，黄梅也参加了探讨。神话博士说：“美孚方言妇女的织锦图案，主要有人纹、鹿纹、蜜蜂纹和汉字纹，以波浪纹、水波纹、曲线纹为最多。美孚方言的织锦图案集中反映在筒裙上。筒裙除裙花外，其余全部是扎染图案。图案因浸染而相互渗透，形成色彩斑斓的黎锦。“鹿纹图”在筒裙上较为常见，因为鹿被视为吉祥物。在神话传说中，鹿是善良美好的象征。”

阿槟却对神话博士说：“我们赶快去鳌山，有人看见豺狼精、乌鸦精去了鳌山，也在寻找宝刀与宝锄，我们不能够丢在它们后面。”

神话博士同阿槟走到一边去商议什么。黄哥与黄梅还在相互谈心。黄哥说：“很高兴与你相知，这是我这辈子的福分。”

黄梅说：“与你一起，我找到了真正的知音，感谢爱情神话体验游给我提供了机遇。”

三十四、鳌山观音

徐龙院长、神话博士、黎萍导游、鹿仙女阿槟、猎手阿椰、胖瘦九代穷、田工、李大平总经理、杨扬、黄梅、黄哥一行，乘坐大巴车来到海天奇观风景区。这是南山文化旅游区的一个组成部分，古称鳌山大小洞天。这里有历代名人的诗与书法。一临海的平台，上书“钓台”二字，是书法家毛奎所写，其旁是郭沫若的五言诗《游鳌山》。万绿丛中一块巨石，刻有“海天奇观”四个大字，使你不得不驻足四顾，抬头远眺。因为你的情绪被这几个大字所调动，你沉醉在山水美的欣赏之中。

黎萍导游开始讲解：

——我们前面讲到，很久很久以前，东海龙王想抢走南海龙王的牙龙湾，派大力士海龟来进行抢夺。由于众多动物的帮助和保护，尽管海龟的力气很大，没有办法背走牙龙湾。东海龙王恼羞成怒，一脚把大海龟踢到了鳌山脚下。海龟觉得非常委屈，哭得十分伤心。鳌山山神动了恻隐之心，它拄着拐杖走到海龟身边说：“海龟啊海龟，你对主人很忠，力气很大，主人却不满意。你呢，不能一辈子去帮助主人做坏事吧？做坏事的从来就没有好下场。从现在开始，你改邪归正，做好事，不做坏事，还是有好报的。”

鳌山山神的话，使海龟顿开茅塞，他不哭了，在鳌山脚下天天做好事。有人落水了，它救人起来。有人要过海，它背人过去。有人饿肚子，它就潜到海底抓鱼。打鱼的人迷航了，它指出方向，并护送他们回家。为此，鳌山山神常常夸奖它。

一天，大雨倾盆，海浪滔天，大海上一只船也没有。海龟坐在鳌山脚下，任大雨浇淋，一动不动地等待别人来求助。这时，不远处有两个彪形大汉朝这边走来，他们一人背着一大袋东西，全身被雨淋得湿漉漉的。海龟立即爬过来问：“你们需要我帮助吗？”

那两人一见海龟吓了一大跳，他们把背着得袋子抓得更紧了，慌慌张张地撒腿就要逃跑。海龟和善地发话：“大汉，你们不用害怕，我不会抢你们的东西。我想帮助你们，如果你们想过海，我就背你们过去。”

那两人一听，将信将疑，赶紧转身，跑到海龟身边说：“你是不是有毛病呀？你没有说错吧，我们想过海，你难怪要背我们过去？”

海龟说：“没错，我背你们过去。”

两个彪形大汉一听，又惊又喜，背好东西，并用一只手牢牢地抓紧鞑子，然后同时扑在海龟的背上，乌龟便爬向海里朝对岸游去。这时候，一大群人朝海边跑来，他们边跑边喊："海龟，海龟，不能背他们过海。他们是坏人，是贼，偷了我们的东西。"

海龟想，鳌山山神说过的，抢东西，打架是坏事，帮助人家解决困难是好事。我现在不是在抢东西，也不是在打架，而是在帮助需要过海的人过海，是帮助他们解决困难，是做好事，有什么不可以做的呢？如果我背他们回去，那不是不帮助他们解决困难了吗？想到这里，海龟不管岸边的人如何喊叫，仍驮着他们朝对岸游去。

风越刮越强了，雨越下越急了，浪越掀越高了，岸边的喊声也越来越大了。海龟仍一门心思地背着那两个大汉艰难地向前游。然而，扑在海龟背上的两个彪形大汉，却非常担心海龟会听从岸上人的话，背他们回去。于是，两个人一商量，用匕首在海龟背上挖洞。若海龟掉转头背他们回去，他们就把那洞掏穿，然后，挖出海龟心肝，与海龟一道沉入海中，同归于尽。他们想，反正回到岸上也是被那些人打死，拉个海龟垫背也好。如果海龟仍朝对岸游，不回头，那就挖个碗口小洞，手也有地方抓，免得风浪太大掉进海里。他们说干就干，从腰间抽出匕首，开始在海龟背上挖洞。

一直奋力朝前游的海龟，猛然感到背上疼痛难忍，便问："你们在干什么呀？"

其中一个彪形大汉说："我们的手没地方抓，在你背上打个洞，手就可以抓住洞口，这样也就不用担心掉到海里啦。"

海龟说："你们坐稳就不会掉下来，挖得我疼得受不了。"

强盗说："你要做好事，就把好事做到底吧，怎么能够怕疼痛呢。"

海龟觉得他们说得有道理，把好事做到底，就要忍住痛，就要让他们在自己背上打洞。两个彪形大汉见海龟并没有掉转头往回游的意思，在它背上打了个小洞也就罢了。

海龟继续奋力前游，终于把他们送到了对岸。两个彪形大汉连一句感谢的话也没有说，背了东西，扬长而去。乌龟对着他们的背影说："哎，你们怎么连一句感谢的话也不说呢？"

两个彪形大汉回转头，异口同声地说："谢你个屁。你这个大傻瓜，我们是专门偷东西的贼，没把你的心肝偷走，就算不错了。"

海龟很纳闷："鳌山山神不是说做好事会有好报，如今我为这两个人做了好事，他们为什么还骂我呢？"

海龟无论如何也想不明白这是为什么。它忍着背上的剧痛往回游，好不容易游回到了鳌山脚下。背上的疼痛使他欲哭无泪，它悲悲切切地呼喊："山神阿公，山神阿公！您老人家说做好事会有好报，可事实不是这样的啊！这到底是怎么回事呢？"

听到海龟悲凉凄切的呼喊，万物为之叹息，鸟儿也不飞了，鱼儿也不游了，一个个目不转睛地看着海龟发呆。突然，鳌山山神站在海龟面前，他捋着白胡子说："海龟啊海龟，你帮助坏人做好事，实际上就是替好人做了坏事，所以同样没有好报。"

海龟说："你说的话我听不明白，反而越听越糊涂了。"

鳌山山神说："你送过海的两个大汉，他们是强盗，是坏人，你听明白了吗？"

海龟说："山神阿公，活在世上真难，凭我的脑袋，是永远分不清好人与坏人的，如果观音菩萨能在坏人脸上刻下字，就好了。"

鳌山山神说："如果在坏人脸上刻下字，人们就对他永远有成见，他就没有改过自新的机会了。就是他完全改过自新，重新做人，人们仍然不会忘记他曾是脸上刻过字的坏人。因此，好人与坏人，只能靠自己的头脑去分析去识别。"

海龟不断地摇头，哀伤地说："我的头脑笨，缺乏人的智慧，不会分析；我的眼睛不锐利，不会识别；但我的心好，想永远做好事，不做坏事。山神阿公！你有什么办法吗？"

鳌山山神说："让你变成石龟吧，永远睡在大海边，鳌山脚下，增添一道自然景观。不知道你是否愿意？"

海龟说："我十分愿意，每天陪伴各地游客，让他们欣赏美丽的风光。"

鳌山山神伸出右手，并对着掌心吹了口气，然后在乌龟的背上拍了一下，乌龟立即变成一个大石龟。由于大石龟背上有个小洞，来游玩的认称此为"小洞天"。

神话博士说："这个传说故事很有哲理，由于海龟是龙王的部下，被动地帮助龙王干了些坏事。最后，他帮东海龙王抢地盘，没有得逞，受到了惩罚，他以为委屈。后来，得到山神启示，改邪归正，专门做好事。由于他缺乏辨别能力，给两个强盗提供了帮助，送他们过海，以为，会受到表扬，没有想到挨骂，身上还被歹徒用刀子挖了一个洞。他不理解，为什么送他们过海洋，逃脱了追捕，反而会挨骂。因为，在强盗眼睛里，它确实是傻子。山神告诉他一个道理，帮助坏人做好事，实际上就是替好人做了坏事，所以同样没有好报。海龟觉得坏人无法识别，脸上又没有字。听起来，叫人觉得海龟可笑。事实上，现在，社会上确实有人认识不了好坏。他们也希望，如果神仙能在坏人脸上刻下字就好了。鳌山山神说的话，对于我们应该有启示，如果在坏人脸上刻下字，那人们对他就永远有成见，他就没有了改过自新的机会了。"

杨扬发表看法说："是否可借此发挥，如果有些人，破坏过生态环境，做过一些犯法的事情。现在，有一个改正的机会，为生态环境做出一定的贡献。由于，生态系统的对象主要是相对完整的自然生态系统，所以，自然生态系统的可持续发展，必然成为生态旅游可持续发展的重要内容。生态旅游系统主要有生物和非生物的环境两大部分组成。系统内的生物群落即生命系统，包括生产者、消费者、分解者；非生物环境即非生命的系统，包括阳光、空气、水、土壤和无机物等等，它们共同构建了一个丰富多彩的相对稳定的结构系统，成为组成生态旅游的主要吸引物。良好丰富的自然生态环境，是生态旅游的目的地。自然生态系统，容不得任何耗竭性的消费，因此，无论是经营开发者、管理决策者，还是旅游者，对保护自然生态都有不可推卸的责任，都必须在生态旅游实践中认识自然、保护自然。"

黄哥说："鳌山的鳌，在神话中很有研究价值。中国老百姓习惯地把大地上发生的地震等怪异现象，称之为"鳌鱼转侧"。他们认为地球是鳌鱼脚顶着的。那么鳌鱼是什么鱼呢？有的说是大海龟，有的说是鲸鱼，总之是古代的一种大鱼吧。中国古神话里对鳌鱼记载比较多。《淮南子览冥篇》中有"女娲炼五色石以补苍天，断鳌足以立四极"之说。也就是说，共工氏头撞不周山后，一根天柱断了，另外三根也已毁坏，女娲担心天要坍下来，赶紧抓住了一条很大很大的鳌鱼，砍下它的四条腿，墩在地球的四个角上，化作四条天柱，把天顶着，这就是鳌鱼顶天负地之传说。”

神话博士说:“在山东有“东海鳌鱼度鳌山”的神话，说这鳌鱼尾巴一翘，东海里就竖起高高的海岛。身子一浮，东海里出现一大片陆地。四个爪子一趴，东海里就掀起万顷波涛，裂开大口喝一口水，东海边就落一次大潮。可见这鳌鱼之巨大。后来，有兄妹二人依靠追日的夸父之神助，钓住了鳌鱼，砍掉它的四条腿，才治了一大害。过了好多年，鳌鱼的遗骨化成了鳌山，据说就是今天的“崂山”。另有一说，说是大禹治水的时候，水流东海，到了山西河津遇到了障碍。大禹设法请天帝帮助，天帝命东海龙王去治理。龙王把这个差使给了鳌鱼。鳌鱼去河津路上，路过山东即墨县东南海边，因路上太疲倦了，在海边打了个瞌睡。这一睡，睡了九九八十一天，把河津方圆千里的治水工程都耽误了。天帝大怒，命太白金星下凡。太白金星见鳌鱼还沉睡不醒，手起剑落，斩了鳌鱼的头，那鱼身留在沙滩，成了今天的“崂山”，鱼头滚入大海，变成薛家岛。这些古神话至今还在山东民间流传着，还与“崂山”等山名，岛名相映衬。”

黎萍说，古神话里还有比较有名的“鳌鱼负山”引出“龙伯钓鳌”的故事。据《列子·汤向篇》记载:在渤海东边，不知道几十万里的地方，有一个大壑，名叫归墟。大地上八方九州原野的水，乃至天上银河的水，全都流注在归墟里面。

神话博士继续讲:在归墟里有五座神山。第一叫岱舆，第二叫员峤，第三叫方壶，第四叫瀛洲，第五叫蓬莱。这些山的高下和周围都是三万里，山和山之间相距七万里，山顶平坦地为九千里，山上住着仙人和神人。住在金玉所建的台观里，吃着长生不老的仙果，头戴着万年不败的鲜花。这些神仙经常在五座神山间互相往来，但它们也有苦衷。因为这五座神山都浮在水面上，无根无脚，随波逐流，随风飘荡，万一漂向北极，沉没在大海里，神仙们再也没有居住的地方了。

于是，神仙向天帝去哭诉。天帝便命海神禺疆捉了十五条大鳌鱼，三条鳌鱼为一组，用鳌头把五座神山顶戴起来。六万年轮流更替一次。也就是设法把神山压在鳌鱼背脊上。这样一来，五座神山就再也不会沉到海底去了。这就是“鳌鱼负山”的神话。现在，杭州灵隐寺等庙宇里所塑的神仙图，鳌鱼塑在最底层，上面是座座神山和如来、观音等诸路神仙，这些，就是根据这一个神话典故而想象创造的。《楚辞·天问》篇中有“鳌戴山抃，何以安之”之句。《列仙传》中有“巨灵之鳌，背负蓬莱之山，而抃舞戏沧海之中”的说法。可见“鳌鱼负山“是一个源远流长的中国远古神话。

杨扬也说，由“鳌鱼负山”引出“龙伯钓鳌”的故事。在北海地区，有一个龙伯国，龙伯国的人身材特别高大，都是像追日里的夸父一般巨人。他们从北海到归墟，走不了几步就到了五座神山所在。他们听说这里有鳌鱼，很感兴趣，就用巨钓，钓走了六条鳌鱼，合起来背在背上赶忙走掉，回到了他们的国家，把鳌鱼杀了，在鳌鱼的硬壳上灼炙了一些眼子，用来占卜吉凶。这样，原来顶戴着岱舆和员峤两座神山的六条鳌鱼，被龙伯国巨人钓去了，它们为此就失去了依靠，漂流到北极，沉没在大海里。这一场意想不到的灾祸，使世上五座神山只剩下三座，即方壶、瀛洲、蓬莱三岛了。

黎萍接着说，神山的仙人们为之也惊恐万分。不知何日龙伯再来钓鳌，连这剩下的三座神山也保不住。这事，天帝也知道了，非常恼怒，马上运用神力，削减龙伯国的疆土，使它变窄；缩小龙伯人的身躯，使它短小。据说，到了伏羲神农时代，龙伯国人身体还有好几十丈长呢。不过，龙伯国国民从此再也没有神力来归墟钓鳌，终于使海上三神山和九条鳌鱼保留下来，成为中国古神话和古今神魔小说中的一种诱发的源头。至于南海观音菩萨在东海镇伏鳌鱼，踏鳌渡海等神话故事，民间流传的就更多更神啦！

神话博士说：古典小说《说唐》中琉球国四太子亦名鳌鱼，身长一丈四尺，使一长柄金瓜锤，有万夫不当之勇。后成为日本国驸马，应从好友铁冠道人请求出兵援救王世充，但因为受到已经叛变的翻译王九龙、王九虎兄弟的欺骗，遭到秦琼偷袭，被杀。

在科学不发达的过去，人们对地震发生的原因，常常借助于神灵的力量来解释。在我国，民间普遍流传着清代鳌鱼玉器这样一种传说。他们说，地底下住着一条大鳌鱼。时间长了，大鳌鱼就想翻一下身，只要大鳌鱼一翻身，大地便会颤动起来。用现代人的眼光分析这种传说，简直是荒诞不经。但持这种说法的国家，并不只有中国。

黎萍说，是啊，在古希腊的神话中，海神普舍顿就是地震的神。南美还流传着支撑世界的巨人身子一动，引起地震的说法。古代日本认为，日本岛下面住着大鲶鱼，一旦鲶鱼不高兴了，只要将尾巴一扫，于是日本就要发生一次地震。除此之外，埃及和印度也有关于地下住着动物在作怪的传说。

神话博士、黎萍导游带着众人来到海南岛南端的金刚洲(观音岛)，参观世界上最大、最巍峨壮观的一尊观音塑像——“南海观音”。黎萍导游进行解说：“南海观音，其高达108米，据说比美国的自由女神还高。观音三身一相，分别朝着祖国、南海疆域和东南亚三个方向，三身手中分别持械、持珠、持莲，亦分别代表智慧、和平和普度。正面观音，手持经箧，是智慧的化身；右边观音，手持念珠，是解脱的化身；左边观音，手持莲花，以为清净的化身。观世音菩萨塑像面带微笑，眼神安详恬静，表现了观音大慈大悲的胸怀、气度非凡的风采。观音圣像，脚踏108瓣莲花宝座，莲花座下为金刚台，金刚台内是圆通宝殿。

南海观音旅游区域的规划十分壮观：现代材料制作的观音、计算机控制的喷泉、平和幽静的草地，这些大相径庭的古今元素，被结合得如此和谐，只有在土地丰富的海南才有可能。南山“海上观音”的设计、创作符合佛教教义和仪规，得到了佛教界、美术界、建筑界等专家的一致肯定。

圆通宝殿的总建筑面积达1.5万平方米，中间由8根直径为1米多粗的柱子组合成的护法柱，矗立在圆通宝殿内，成为观音圣像的坚实基座，直接支撑着数千吨重量的观音像。圆通宝殿，直径120米，5层结构，高38米，是当今面积最大的观音殿堂，盖世绝伦之佳作。圆通宝殿，还将迎请各地信徒供奉的99999尊观音像，供佛教善男信女及游客参观、礼拜。并将逐步建成世界上最大的观音博物馆。”

神话博士、黎萍等将魔衣、魔幻背心上的时空开关对准2005年4月24日，地点是三亚。神话博士一行，来到隆重的南山海上观音圣像开光典礼现场，开光大典由中国佛教协会、南山寺主办。来自海峡两岸和港澳地区的108位佛教界高僧，共同为海上观音圣像开光，共同为世界和平、祖国统一、国泰民安祈愿。来自全国各地的2万余名群众，参加了盛大的庆典活动。

上午9时，开光大典正式开始。台上的高僧大德们面向观音齐诵佛经，包括《举净赞》、《南无大悲观世音菩萨》、《大悲咒》、《洒净》等，接着又陆续进行请圣和开光仪程。约9时40分，圣像圆满开光后，法师们陆续退场。象征人类和平的白色鸽子群，在广场上空自由飞翔。据中国佛教协会副会长圣辉法师介绍，按照佛教界的教义，4月24日（农历三月十六）是观音菩萨六化身之一的准提菩萨诞辰日。在这一天举行开光大典，是因缘俱足的佛门盛事。海峡两岸和港澳地区的高僧大德，齐聚一堂，共叙法门情谊、同胞手足之情。在观音菩萨圣像前，为国泰民安、世界和平祈福，具有重要的积极意义。

观世音菩萨，在人们心中是正义、慈祥、救苦救难的化身，是佛教诸神中最具影响，也最受欢迎的。关于观世音的由来，据说有很多的故事。这讲的是：在须弥山，有一个兴林国，国王妙庄性情暴虐，生性喜好杀戮。他有三个女儿，大女儿叫妙清，二女儿叫妙音，小女儿叫妙善。妙善与二个姐姐不一样，她智力超常过人，事事与众不同。有一天，父王对她们说："你们现在都长大成人，我为你们选好了夫婿，择个良辰吉日，你们准备出嫁吧！"

可是，妙善无论如何劝说，誓死不嫁。父王十分恼火，将她送到白祥寺做尼姑。入了寺庙，妙善整日念佛，毫无怨言。她一心向佛的善举感动了上天。于是，玉帝派天龙八部下凡帮助她。国王闻知此事，非常恼恨，派王城兵马忽必力一把大火点着了寺庙。妙善十分焦急，咬破手指，将鲜红的血喷入空中，把大火扑灭。忽必力将此事禀报，妙庄一听大怒，派人将妙善送进城中，准备斩首。正在此时，不知从什么地方窜出一只猛虎，将妙善救走。妙善被救到黑森林中，恍恍惚惚随一童子进了个关口。后来妙善在那，讲经诵法，将在地狱里受刑的囚犯，摆脱了枷锁，送出了黑森林，使他们获得了自由。佛祖得知妙善的善举后，将她送到南海，封她为大慈大悲救苦救难的观世音菩萨。从此，观世音菩萨便在此修身养性，普度众生。

据说，孙悟空在送师父唐僧到西天取经的路上，将镇元大仙的人参果树摧毁，不得已求助于观世音菩萨，才使人参果树死而复生。观世音菩萨如此神通广大，求拜的善男善女人山人海，络绎不绝。苦难的老百姓只要虔诚祈祷，都会得到观世音菩萨的救助。观世音菩萨以慈悲为怀，救世为旨，帮助所有世人解脱苦难。在中国最南端的南海安家，是观世音菩萨的第二个心愿，现矗立于南山海面上的观世音菩萨圣像，实现了她的愿望。

从各地来海南旅游的游客，都纷纷去朝拜，并将美好的心愿托付观世音菩萨的保佑、祝福。而观世音，就是人类美与力量的化身。历史上，人民敬仰观世音菩萨，认为她富有同情心，能够救苦救难。于是，各地旅游景点，喜欢修造观世音塑像，海南也不例外，而且，海南南山的观世音塑像，几乎可以列于世界之最。

观自在菩萨雕像观音菩萨，又作观世音菩萨、观自在菩萨、光世音菩萨等，从字面解释就是"观察（世间民众的）声音"的菩萨，是四大菩萨之一。他相貌端庄慈祥，经常手持净瓶杨柳，具有无量的智慧和神通，大慈大悲，普救人间疾苦。当人们遇到灾难时，只要念其名号，便前往救度，因此称观世音。在佛教中，他是西方极乐世界教主阿弥陀佛座下的上首菩萨，同大势至菩萨一起，是阿弥陀佛身边的服侍菩萨，并称“西方三圣”。

观世音的名字蕴含了菩萨大慈大悲、济世的功德和思想。据《妙法莲华经》记载，“若有无量百千万亿众生受诸苦恼，闻是观世音菩萨，一心称名，观世音菩萨即时观其音声，皆得解脱。”

观音菩萨与文殊菩萨、普贤菩萨、地藏菩萨一起，被称为四大菩萨。观音菩萨在佛教诸菩萨中，位居各大菩萨之首，是我国佛教信徒最崇奉的菩萨，拥有的信徒最多，影响最大。若依据自利功德释观世音三字，观是能观智，包括一心三观之智；世音是所观之境，包括一境三谛之理。菩萨以一心三观之智，观于一境三谛之理，圆观圆证，自在无碍，因名观世音自在。

若根据利他功德释，观是教，世音是机。教指菩萨寻声救苦的大悲心，机指九法界众生，称念菩萨圣号或悲哀求救之音声。因菩萨能兴慈运悲，拔苦与乐，普门示现，自在无碍，故名观世音自在。自利是智，利他是悲，菩萨依智能之体，起慈悲之用，遍观法界众生，随其机缘，拔苦与乐，自由自在，无所障碍，因名观世音。亦名观自在。或有人说：旧译名观世音，新译名观自在，征之佛经，并不尽然。或说观自在，另有其人，非即是观世音，更不可信。其实，观世音即是观自在，观自在亦即是观世音，而大悲心陀罗尼经，世尊则名之为观世音自在。

因为观世音菩萨，无论是因地修行或果上利生事业，皆本乎大慈大悲的精神，平等爱护众生，作无限度、无止境的救济工作；何止悲心拔苦，且大慈与乐。所以慈悲，是观音菩萨的志愿，慈悲，是观音菩萨的德性，慈悲，亦是观音菩萨的特殊功德。观音菩萨，由于无限慈悲的驱使，曾经救拔无边众生的苦恼，成就无量众生的道业。

当今之世，人间苦难重重，灾祸频生，正急于需要观音菩萨的慈悲救济。如果人皆能称念观音菩萨的圣号，人皆能学习观音菩萨的大慈大悲，人皆能发扬光大，观音菩萨寻声救苦、平等与乐的精神，使自己与他人都变为现代大慈大悲的观世音，自然可以溶化人心的仇恨，止息人间的斗争，以及拯救全世界人类的不幸，给予全世界人类生活上的幸福与心灵上的快乐！

千手千眼广大灵感观世音菩萨是最勤奋的菩萨、最精进的菩萨、最不愿意休息的菩萨。他愿意一天到晚救度众生，不怕工作多，不怕众生困难多，所以可以说是最忙的菩萨。他一只手，救人救得少；两只手，救人也有限，因此他就要千手千眼，千手，可以救大千世界的众生；千眼，可以照顾大千世界的众生，他所照顾的众生，都是受苦的众生；他所救度的众生，也是有灾难的众生。

“观世音”菩萨的“观”，就是观看，观看这个世界。观，是能观；世，是所观。所观的世间一切众生。一切众生在困苦艰难的时候，就想起大慈大悲的观世音菩萨。

一念“南无观世音菩萨”，观世音菩萨就用千眼智能看见，用天耳智能听见。于是，就用智能手救这个众生。因为众生不是分开有灾难的，千万众生，同时都有灾难；在同时，有千万众生，称念“观世音菩萨”，同时都得到解脱，同时都得到快乐。因为这样，所以叫千手千眼观世音。

菩萨就是帮助人的。你若能帮助人，你就是菩萨；我若能帮助人，我也是菩萨。你若不帮助人，你就是罗刹；我不帮助人，我也是罗刹。罗刹和观世音菩萨，正是相对的。你看罗刹鬼女，也生得很美丽，和观世音菩萨差不多。但是，罗刹鬼女就自私自利。所差别的，就是一个只知道利己，而不知道利人；一个只知道利人，而不知道利己。只这一相反，因此，观世音菩萨相貌很圆满。罗刹女相貌也生得不错，但是心地不同，就是有这一念之差，就在这个地方分别。

南山“海上观音”，于1999年破土兴建，是“中国旅游业发展优先项目”南山佛教文化苑的重要组成部分。海南岛的“南山”，以中国最南之山而得名。据佛教经典记载，南山形似巨鳌，相传为观音坐骑化身。观音历来巡游南海，均驾该鳌，乘风破浪，故南山又称“鳌山”。观音菩萨巡海，见南山地区海天融合，云林深翠，碧波万顷，是一块胜过蓬莱仙境的吉祥福泽宝地，遂将“常居南海”列为观音普度众生“十二大愿中”的第三愿。并投撒两圣物于南山海面，即成为当今南山外侧的东瑁、西瑁。

神话博士在南海观世音面前发誓：不消灭豺狼精、狐狸精誓不罢休，不找到宝刀与宝锄誓不罢休。观世音菩萨还说，这是定海用的宝贝。

三十五、海上森林

神话博士、黎萍导游一行来到红树林。海南岛东寨红树林，在海南岛北岸，沿着铺前港到东寨港，10多公里长的海滩上，生长着茫茫无际的红树林，它像一道绿色长城，出没在海水之中。当潮水上涨时，海滩被海水淹没，树干浸泡在水中，只有茂密的树冠，飘浮在海面上；退潮后，泥泞的树干露出海面，盘根错节，好像一片原始森林，因而有“海上森林”或“海底森林”的美誉。

用传统旅游的眼光去参观红树林，虽然认为红树林景致壮观，但不会激动，原因是对红树林的习性、特征一无所知。但用生态科普旅游的眼光去考察红树林，了解红树林，我们就会意识到红树林的特殊与珍贵。

原来，红树林并非是一种红色的树木，它四季常青，终年碧绿。游人初见红树林时，只见红树的支柱根十分粗大，纵横拱形交叉在一起，直插在泥土里。这些支根不仅能支撑树冠，而且本身能吸收氧气。支柱根的表皮有皮孔，里面有相互通联的孔隙。红树的地下根，通过气生根，得到正常的气体交换，不至于在淤泥中窒息死亡。因此，红树林特别适宜于海湾泥滩上生长，它以特殊的适应性和极强的生命力，扎根在海滩之上，像一道紧密、坚固的海上绿色城墙，保护着海岸免遭海浪侵蚀。

红树林以其显胎生功能与独特的发达根系，生长在潮冈饱含盐分的滩涂沼泽地带，其独特景观，是理想的旅游资源。红树林的主要作用，除了巩固海岸防台风外，可为海洋动物提供饵料，还可为鸟类提供生存环境。另外，红树林能够提醒人们防止污染。红树林本身可做燃料、染料、饲料，还可以成为治理烧伤等疑难杂症的药品。

神话博士、黎萍导游一行来到白石岭。位于琼海市西南面的白石岭，海拔三百多米，总占地面积16平方公里，距东线高速公路白石岭出口处仅3公里。白石岭顶上，千吨巨石，颜色苍白，故而得名白石岭。它被誉为“珠崖奇观”，还有“海南第一仙山”、“琼洲第一山岭”之美称。白石岭（龙头山）景区，是海南旅游业的一颗璀璨“明珠”，这里有18处景观构成的人文景区，这里有热带原始森林自然风景区，这里还有时尚的现代休闲游乐场——滑草场以及绿色空中索道。

喜欢奇石的神话博士，放眼白石岭，与黎萍顺着1308级登山石阶，贴崖而上，极顶，饱览万泉河风貌。他们指点“白石岭八景”：石柱擎天，金钟驾驰；青狮眺目，翠屏拥月；崆峒筛风，苍牛喷雾；花岗蔚彩，碧沼储云。

白石岭最佳景观“石柱擎天”，要从“崆峒筛风”上攀登300级石阶。清代本地举人王崇佑诗曰：“巍巍群山峙荒原，一色莹光拂紫垣。未有阶梯从级蹑，总无藤葛敢扳牵。清尘半洁空中地，绿树偏绕云里根，欲问何年经奠定，猛然遐想到虞轩。”生动地描绘了“石柱擎天”。

白石岭上，巨石悬空；有惊无险，气势磅礴；高耸入云，幽清境界；亲临其境，倍感新奇。从不同角度，观看这块巨石，形状各异。高处俯视，如蹒跚之龟；岭下仰望，似骏马奔腾。巨石旁边，有一个石洞，疾风劲吹，不时发出迷人的瑟瑟音韵。自古人们皆赞美此石，既给人类带来了大自然的雄奇美，还给人类带来了天籁仙乐的音乐美。

黄梅感叹：“一块巨大的奇石，拥有大自然赋予的无与伦比的美学感染力，它带给人的是一种雄伟的美、崇高的美。崇高总是由庄严、雄伟、宏大、壮丽的事物引起的。如莽莽群山、滔滔大海，都有崇高之美。白石岭上的千吨巨石，反映出典型的崇高美，能够引起人的尊敬、赞美之情。”

神话博士、黎萍导游一行来到俄贤岭，在东方市境内的大广坝库区附近，距八所60公里。黎萍导游说：“俄贤岭是‘三月三’发祥地，与一个神话传说有关。俄贤岭又名俄娘九峰山。山上有个俄娘洞，深不见底，水流回旋，浪拍洞崖。相传在很久以前，这个石洞里，有一只乌鸦精，时常出来祸害黎民百姓。一天，乌鸦精将美丽的黎族少女俄娘抓到洞里来了。这年三月三日，俄娘的心上人阿贵带着尖刀和弓箭上山解救俄娘，结果被乌鸦精害死。万分悲痛的俄娘，趁乌鸦精熟睡时杀死了它，为阿贵报了仇，为黎民百姓除了大害。后来俄娘终生未嫁，每年的三月初三，她就到俄贤洞唱她和阿贵曾唱过的情歌。黎族人民为纪念俄娘，就把这山洞取名为俄娘洞，这座山也因此得名为俄娘九峰山。周围的未婚黎族青年男女，也会在这天盛装聚集俄贤岭，唱着情歌寻找意中人。此后，就发展成为‘三月三’这一传统节日。这是一个美丽的传说，它讽刺了邪恶，歌颂了正义，赞美了纯洁的爱情。于是，人化了的俄贤岭就有了生命。”

神话博士以赞美的口气说：“山水形象所以能成为审美对象，所以能怡身、畅神，是因为它是道的显现。俄贤岭用神话传说去附丽山水，用美妙比拟去解释山水，用诗文题咏去美化山水，用大胆想象去追随山水，使山水人化了。俄贤岭以奇特的形象与神话传说联系在一起，美妙无限。”

黎萍也说：“是啊，俄贤岭的风光，与其他海南大山完全不同，怪石嶙峋的喀斯特地貌，加上树木参天的热带雨林，堪称海南山岭中的精华。观赏山水自然美景，登高是重要途径。登高，可以使人眼界开阔、心胸开阔。游览俄贤岭，必须登高，才可以眺望陡峭的俄贤岭上的无限风光，感受人生奋斗的壮丽。”

神话博士、黎萍导游一行来到文昌。他们到一家小餐馆就餐，服务员送来了小吃薏米果。黎萍说：“文昌民间传说的小吃薏米果已有悠久的历史，它的得名还有一段有趣的故事：传说300多年前，某村有一位张大娘，带着儿子阿春相依为命过日子。阿春18岁那年，离别了母亲，在郑成功部下当海军，漂洋过海打倭寇。张大娘思念儿子，每逢中秋佳节，就将儿子在家乡最爱吃的薏米果摆在月光下。那年中秋佳节，张大娘摆出薏米果在月下祷告时，儿子阿春突然回来了，他从白发苍苍的老娘手里接过了“薏米果”。文昌薏米果象征喜庆团聚吉祥幸福甜蜜芬芳丰收欢乐友好情谊，不但自家人吃，还可赠送亲戚和朋友。1959年，周恩来总理来文昌县视察时，县政府用薏米果招待。他吃了精制的文昌薏米果后，大为赞赏。”

神话博士、黎萍导游一行来到亚龙湾。亚龙湾蝴蝶谷位于亚龙湾大小龙潭湖的后部，占地1.5公顷，是个集观赏、科普和购物于一体的现代园林科普旅游景点。300平方米的蝴蝶标本展示厅，分5个展示室，分别陈列古巴名蝶、东洋名蝶、海南岛名蝶、奇异昆虫和世界名蝶达500种之多。看见翩飞的蝴蝶，可感悟天地间生灵的美妙。标本制作品，令您拍手叫绝。

在生机勃勃的蝴蝶园里，欣赏五彩缤纷的彩蝶翩翩起舞，歌吟古代诗人刘禹锡歌咏蝴蝶的诗句：“林晚鸟争树，园春蝶护花。”可感受大自然的神奇，生命的美妙。辛弃疾的诗歌则是古典科学诗：“花飞蝴蝶乱，桑嫩野蚕生。”诗句科学地反映了大自然的物候现象，展示了生物世界顽强的生命。

蝴蝶成为五指山林区一道亮丽的风景线，色彩斑斓，轻盈飘逸的小精灵，给游客带来无穷乐趣。攀登山间丛林，五彩蝴蝶，嬉戏盘旋；端坐青石之上，蝴蝶花瓣，相伴飘落。此时此刻，大自然的温柔，让你忘却城市的喧嚣，让你体会大自然的和谐。

蜜蜂世界是海南岛旅游景区的特色项目。这里养有300多群蜜蜂，养蜂人表演惊奇的“人蜂同戏”节目，令游客大开眼界。经省级有关部门考查验证，这里出产的蜂王浆、蜂蜜、蜂蛹等，既可治疗多种疾病，又是极佳的保健品。这是蜜蜂对人类的贡献。

神话博士说：“广西有两个神话，一个是蝴蝶泉，一个是桂林的来历。早先，蝴蝶泉叫做清潭，因为它异常清澈，泉水经年不断。在潭边，住着一家姓张的农夫，父女两人相依为命。张老头终日在田里勤劳地耕作，他女儿雯姑十八岁，容貌美丽，心地善良。龙角山边住有一个名叫阿杜的青年樵夫，从小失去父母，忠实而又善良，他的歌喉像百灵鸟一样的婉转。

“阿杜喜欢雯姑，而雯姑也钟情于阿杜。有一次，在一个月明的夜晚，雯姑在潭边遇见了阿杜，在柔美的月光下，他俩倾吐了爱情。在桂林独秀峰旁王府里，住着凶恶残暴的靖江王，他打定了主意，要抢雯姑去做他的第八个妻子。靖江王带着他的狗腿子们来到清潭，打伤了年迈的张老头，把雯姑抢到了靖江王府。雯姑坚决不从，靖江王发怒了，叫狗腿子们把雯姑吊起来，想用酷刑强迫雯姑答应。

“这天，阿杜怀着兴奋和期待的心情，来到清潭边和雯姑相会，可是他见到的不是雯姑那可爱的笑脸，而是雯姑家里的一片凌乱景象。将死的张老头挣扎着对他说完了雯姑被抢的情形，就死去了。痛苦和仇恨燃烧着阿杜的心，他草草埋葬了张老头，抓起斧头，满腔怒火地朝靖江王府奔去。黑夜里，阿杜翻过靖江王府的高墙，在马房里找到了被高吊着的雯姑。他用斧头割断了绳索，扶着雯姑逃出了靖江王府。雯姑和阿杜逃到了清潭边，靖江王的狗腿子紧紧包围着他们。这时，雯姑和阿杜紧紧地拥抱着，纵身跳下了无底的深潭。他们的行动，使我们看到了古代爱情的坚贞，既然不能够同生，那么选择同死。

“清潭边的人们听到了这一对青年人的死讯，纷纷拿出武器打进了靖江王府，把靖江王和他的狗腿子一个不留地杀个干净。第二天，人们到无底清潭准备打捞雯姑和阿杜的遗体时，突然，无底清潭的水翻滚着，沸腾了起来，潭心里冒起了一个巨大的水泡，水泡下有一个空洞，从水洞中飞出一对五彩斑斓、鲜艳美丽的蝴蝶，互相追逐着在潭边翩翩飞舞。一会儿，从四面八方又飞来了大大小小的蝴蝶，围绕着这一对蝴蝶在潭边四处飞翔。当然，这蝴蝶，使我们想起来梁山伯与祝英台的爱情悲剧故事。

"这是一个充满诗情画意的神话传说，虽然是一个悲剧性质的传说，却也有喜剧的一面。感谢神话的作者，发动群众，将残酷的凶手杀死，为善良勤劳的一对青年报仇了。这对青年化为美丽的蝴蝶，他们的生命在另一个世界得到了永生。从此以后，人们给清潭起了一个名字——蝴蝶泉。到了每年的八、九月间，各种各样、大大小小、形形色色的美丽蝴蝶，从四面八方飞到蝴蝶泉边，上下飞舞，漫山遍野，变成了彩色缤纷的蝴蝶世界。"

黎萍导游说："关于蝴蝶谷的故事很多，我想在这里给大家讲一个关于蝴蝶谷的传说。"

——在远古的时候，世界到处弥漫着战火。有一族爱好和平的人，为了避开战乱，其首领带着自己的族人到处漂泊。他们被迫躲到一个森林里，相传森林的中间，有一个许愿池，也正是这个池塘，让人们克服了恐惧。森林到处弥漫着浓雾，四周都是诡异的叫声。夜幕降临，大家点燃了篝火围坐，相互取暖。第二天当大家醒来时看见族长躺在血泊里，周围有很多奇怪的印记。突然，他们的护法站出来说，我们现在不是悲痛的时候，我们应该赶快离开这个鬼地方。护法理所当然地当上了新的族长。

死去的族长一直担心自己的族人受伤害，他的灵魂化作一只蝴蝶在他们上空徘徊，想带领他们找到许愿池。可是，这样一只小小的蝴蝶，怎样会引起他们的注意呢。夜幕又一次降临，新族长提出离开这里，面对战争，受到一位年轻勇士的反对。当出升的太阳照到他们的身上，他们发现，那位勇士也神秘地死去。这时候一个小孩子拽着母亲的手大叫蝴蝶，人们才意识到，这只蝴蝶好像一直跟着他们，蝴蝶化成一团青烟，青烟变成他们族长那慈祥的面容。他对大家说，你们都跟我来，那烟又化成蝴蝶飞向远方。大家都跟着族长变的蝴蝶，来到一个古老的石门，从门后飞出一位美丽的蝴蝶仙子，蝴蝶仙子邀请他们进门，森林里的精灵为他们引路。

终于，他们来到了许愿池边。一个美丽的精灵对他们说，它可以实现善良人的愿望，所以你们都要来池里照一下自己，池水里会呈现会出你们曾经做过的很多事。如果你是善良的，你就可以实现一个愿望。如果谁干过邪恶的勾当，将会受到神的惩罚，永远生活在地狱之火里。大家听了精灵的话，都照做了，当轮到那个新族长时，他犹豫了，然后就发狂地往门外冲去，正当大家要去找他时，蝴蝶仙子阻止了善良的人们。

真相大白，护法就是凶手。族人都希望他们的老族长和勇士可以回到他们身边，这是违背科学的事情，可是，在神话里，人们的理想实现了，族长复活了，勇士也复活了，大家团聚在一起欢呼着。从此，他们在这里过着和平安详的日子。现在，爱好和平的人见这里满天的蝴蝶，把这个美丽的山谷叫做——蝴蝶谷。这个蝴蝶谷的神话，反映了山水的理想美。

神话博士来到蝴蝶谷，一只蝴蝶飞到他的耳边说："豺狼精与乌鸦精现在到处在寻找宝刀与宝锄，这是定海用的宝贝，你们一定要抢在它们的前面。"

三十六、龙的传说

神话博士、黎萍导游、杨扬、黄梅等来到东山岭。海南东山岭距万宁市不远，面积10平方公里，三座山峰，相依为伴，景观雄奇，风光秀丽；春色不褪，四季花鲜；岩石不朽，佳景泉涌；洞奇石异，神采纷呈。东山岭，大小石景一百多处，有数处景点的奇石神话与龙王有关。经过芳草萋萋，林荫如盖；清泉汩汩，水滴叮咚的东山八景之一“七峡巢云”风景区，面临东山险关入山通道——通天门，朝西眺望，巨石矗立，十米多高，气宇轩昂，直逼云霄，这是东山佳景之二——“正笏凌霄”。相传，它是南海龙王逃回龙宫丢下的一玉简，经仙人点化而成。走出山门不远，顿觉天开地阔，两块巨石，凌空高耸，一块镌刻“南天斗宿”，一块上书“海南第一山”。往东前行，一块巨石，好似龙舟，待扬帆远航，这正是东山八景之三——“仙舟系缆”。传说海龙王上山取丹救母，因海水早退，龙船搁浅于此。舟下有闻名遐迩、神奇莫测的“三十六洞”。传说海龙王龙舟搁浅后，从这里安然回到龙宫。

自“仙舟”东行十多步，迎来“洞府”，是万州八景之首：“华封岩洞”，天造地设，洞内石壁，题刻满布，集书法之大成，那是历代游客的诗词。从华峰洞向南望去，一尊4.5米高的大型塑像，屹立在半山腰，这是我国宋朝著名民族英雄李纲塑像。华峰洞北，便是东山八景之四——“蓬莱香窟”。攀越华封洞，向上仰望，一角飞檐，挤出葱茏林木，那是海南较早的寺庙建筑——潮音寺。幽崖峥嵘，峭壁陡峻。顺阶下百余步，便到了“海南第一泉”。泉水清澈，终年不息。东山佳景之五是“海烟流丹”，它位于东山岭第二、三峰之间，清幽僻静，风光宜人。东山佳景之六是“瑶台望海”，亭前，巨石伸出，人称“瑶台”，它早迎旭日，晚送落霞。坐台远望，南海碧波，帆影点点。古人曾永和有这样的诗句：“南海沧波浸碧沙，瑶台一望渺无涯。长澜浴日浮金镜，连岛奔涛喷雪花。”

从望海亭俯视岭下，碧水悠悠，玉带绵绵。七曲八湾，椰影摇曳；白鹤展翅，结队排空。这便是东山佳景之七——景色动人的“碧水环龙”。

出望海亭，来到“奇甸岱宗”刻石处，向北望去，群岩耸立，一块巨石，拔地腾空，格外神奇地托起一石，这便是东山佳景之八——“冠盖飞霞”。从海峰亭向东望去，海拔184米的高峰，峰顶有巨石。其中一块形似石床，云雾飘绕，为东山佳景“梦云缭绕”风景区。

东山岭上潮音寺乃南宋时纪念抗金名将、宰相李纲而建。清康熙民国间，再次修建。潮音寺面积1530平方米，系连体庙宇造型，气势轩昂，雄伟壮观；四季往返，香火鼎盛；八方游客，络绎不绝。弥勒宫、李纲塑像、龙洞迷宫，景致奇特，游人见后，无不称奇。

大自然凭借造化的伟力，创造了无数人间奇迹，创造了山的奇美。但是，山的美不是孤立的，云与山的关系就很密切。还有山洞、泉水、怪石，都给山岭增添了无限风光。

神话博士感慨万千："石头是一种普遍存在的物质，在地球上几乎无所不在。而作为一种文化现象，石头又几乎无所不包。石头作为一种文化的载体，它从远古而来，陪伴人类一直走向未来，构成源远流长的石文化。我们面前的东山岭，是一座充满神秘文化的山，这神秘文化里有奇石神话的魅力。"

参观东山岭，神话博士建议："我们每个人讲一个关于龙的传说故事，不管是好龙，还是歹龙，都可以说明一个积极的主题。"

黎萍首先赞成："我们讲的恶龙可以不局限在南海。我先讲。"

——人人都知道，世界上最高的山峰是喜马拉雅山脉的珠穆朗玛峰。可是你知道吗？很久很久以前，那里是一片浩瀚的大海，终年四季如春，是一片富足美丽的乐土。

一天，黑云里钻出了一条长着五个脑袋的恶龙，尖利的牙齿，血红的眼睛，可怕极了。岸边森林里的动物们惊慌地四处逃跑。恶龙扑了个空，生气地甩动着尾巴，掀起了滔天巨浪，把这一片森林洗劫一空。可是，五头龙不甘罢休，动物们逃到哪里，它就把大水带到哪里。不几天，美丽的乐园变成了浊浪滚滚的大海。

动物们都想除掉这条恶龙，但是谁又能敌得过它呢？正在这时，从海面上飘来五朵瑰丽的云彩，云朵落下，变成了五个美丽的神女——祥寿、翠颜、贞慧、冠咏和施仁。她们披着雪白的仙衣，就像五朵洁白的雪莲。飞禽走兽们惊喜地叫起来，含着眼泪向她们顶礼膜拜："神母呀，你们看看，五头恶龙把我们害得好苦呀!"

祥寿神女说："大家不要哭了，我们就是为这件事来的。"

原来，这五头恶龙因为触犯了天条，才逃到了人间。但是，它不思悔改，仍然继续作恶。现在，它正趴在山坡上睡大觉，发出了雷鸣般的鼾声。五位神女拔下头上的灵簪，化作五把亮闪闪的宝剑，愤怒地刺向恶龙。刀光落处，五颗头纷纷落地。

恶龙再也不会作孽了。五位仙女手挥拂帚，退尽了大水，恢复了大地美丽富足的原貌。神女们惩治了恶龙以后，化作五座高峰，永远留在了喜马拉雅山。这就是翠颜仙女峰(也就是珠穆朗玛峰)、祥寿仙女峰、贞慧仙女峰、冠咏仙女峰和施仁仙女峰。今天，当地的藏民们还把这五座山峰称为"神女峰"呢。

杨扬说："我给大家讲鲤鱼跳龙门的故事，好吗？"

——庙峡，又名妙峡。两座巍峨雄奇的凤凰大山，拔水擎天，夹江而立，引人入胜的鲤鱼跳龙门，活灵活现，雄奇壮观。进入峡谷，两山雄峙，悬崖叠垒；峭壁峥嵘，壁峰刺天；奇特的岩花，依壁竞开，把峡谷装缀成仙境一般。这个神奇美妙的峡谷，流传着一个优美动人的故事。

很早以前，龙溪河畔的乡民，男耕女织，过着安居乐业的美满生活。一年，不知从哪儿飞来一条大黄孽龙，作恶多端。它不是呼风唤雨破坏庄稼，就是吞云吐雾残害生灵，把整个峡谷搞得乌烟瘴气，不得安宁。每年六月初六它的生日这天，更是强迫人们献上一对童男童女、十头大黄牛、一百头猪、羊等物供它享用。如若不然，它就发怒作恶，张开血盆大口，窜往村庄，吞噬人畜，破坏田园，害得宁河黎民，怨声载道，叫苦连天。

峡口龙溪镇上，有一位聪明俊美的小姑娘，名叫玉姑，她下了决心，非除掉这条恶龙不可。有几次，她登上云台观去找云台仙子求救，都未找着。她仍不灰心，继续去找。这天清晨，她登上云台观，仙子被玉姑心诚志坚的精神感动了，就出现在她眼前，向她指点说："离这儿千里之外有个鲤鱼洞，你可前去会见一位鲤鱼仙子，她定能相助于你。"

玉姑辞别云台仙子，跋山涉水，历尽千辛万苦，来到鲤鱼洞中，找到鲤鱼仙子，说明来意。鲤鱼仙子对玉姑说："你想为民除害，这是件大好事，可是必须牺牲你自己啊！你能这样做吗？"

玉姑毫不犹豫地说："只要是为乡亲们除害，消灭那恶龙，哪怕是上刀山，下火海，粉身碎骨，我也心甘！"

鲤鱼仙子见玉姑这样诚恳坚决，十分满意地点了点头，朝玉姑喷了三口白泉，她顿时变成了一条美丽刚劲的红鲤鱼。

小红鲤逆江而上，经过七七四十九天，游回家乡。这天，正是六月初六清晨，她摇身变还原貌，见乡亲们已准备就绪：一对童男童女，十头大黄牛，一百头肥羊肥猪。人们敲锣打鼓，宛如一条长龙向祭黄龙的峡口走来。前面那一对身着红衣红裙的童男童女，早已哭成泪人了。

黄龙见百姓送到盛餐佳肴，早已垂涎三尺，得意地张开大口。就在这千钧一发之时，玉姑抢先上前，拦住父老乡亲们说道："大家在此暂停等着，让我前去收拾这个害人精。"

话刚说完，只见玉姑纵身跳入水中，霎时变成一条大红鲤鱼，腾空飞跃，直朝恶龙口中冲去，一下窜进它的肚中，东刺西戳，把龙的五脏六腑捣得稀烂。恶龙拼命挣扎，浑身翻滚，但无济于事，终于被玉姑杀死了。可是，玉姑自己也葬身在黄龙腹中。从此，宁河人民又过着安居乐业的日子。人们为了缅怀玉姑为民除害，在峡口半山腰修起了一座鲤鱼庙。至今在宁河一带，还广为流传着鲤鱼跳龙门的故事。

神话博士说："轮到我讲了。"

——很久很久以前，台湾岛中央山脉南面并不是陆地，而是一片汪洋大海。在海边的一座山坳里，住着一对年轻夫妇，男的名叫阿龙，女的名叫阿凤。白天，阿龙出海打鱼，阿凤在家纺线织布。晚上，阿龙坐在椰子树下的石凳上吹笛子，阿凤则随着笛声唱山歌。小两口的日子过得非常舒心。有一天，满天乌云，滚滚而来，狂风大作，电闪雷鸣，暴雨铺天盖地。与此同时，不知从哪儿蹿出一条龙来，原来这一切都是它弄出来的。它上下翻滚着，搅得大海像开了锅似的。这一天，阿龙没有出海，他正在家里修补渔网。而出海的渔民们则船翻人亡，连尸首都被恶龙吃掉了。接下来的十几天里，恶龙一直在兴风作浪。渔民们再也不能出海打鱼了。渔民们没有了食物来源，会活活饿死呀！阿龙几次想冒险去打鱼，都被阿凤拦住了。阿龙心急如焚。这天晚上，阿龙作了一个梦，梦见玛祖婆来对他说："那条恶龙虽然厉害，可是只要有个勇敢的人能同他斗上七天七夜，就能使它元气大伤而死掉。"

第二天，阿龙把梦见玛祖婆和玛祖婆说的话对阿凤说了，并拿定主意要出海斗恶龙，为民除害。阿凤见他主意已定，也不再阻拦，为阿龙做了七张大饼当干粮。阿龙却偷偷留下一张大饼给阿凤充饥。阿龙来到海边，驾着小船向大海深处驶去。此时的恶龙好多天没吃到人了，正饿着肚子伏在海底。它见有人摇船过来了，急忙向上面吐恶气。刹那间，大海又像开了锅似的翻腾起来，巨浪滔天。阿龙的小船像一片树叶，时而越过浪峰，时而跌进浪谷。

阿龙急忙吃下一块大饼，积蓄着力量。他努力使自己像钉子一样立在船头。这时，恶龙以为阿龙早已船翻人亡了呢，想钻出水面来吃掉阿龙。可是当它刚一钻出水面，就当头挨了阿龙一渔叉。恶龙疼得遍地打滚，然后，张牙舞爪地向阿龙扑来。阿龙劲头十足，沉着迎敌。阿龙每天斗饿了，就吃一张大饼，立刻力气倍增。斗到第七天，阿龙没有大饼吃了，力气也弱下来了。恶龙也筋疲力尽了。最后木船的船底被恶龙用角顶了一个窟窿，船渐渐地沉入了海底，阿龙与恶龙扭打在一起，也慢慢地沉入海底。船体把阿龙和恶龙牢牢地压在了海底。

阿龙和恶龙同归于尽，顿时，风消雨停，天空放晴，海面平静。渔民们又开始放心大胆地出海捕鱼了。阿凤不见阿龙归来，便站在山尖上向大海望去，望啊望啊，哭呀哭呀，不知哭了多少天多少夜。大海感动了，哭退了一百多里，也不见阿龙回来。而阿龙的那只小船，让哭声引出了海面，变成了船帆形的小岛。阿凤也变成了石头人，站在山尖上一直朝着大海望着。作为神话，反映了人类的爱情，包括美丽。这是审美的理想化。这女子是忠实于爱情的，她热爱自己的丈夫，热爱美丽的生活。

阿榔也讲起了一个故事，这故事是他妈妈讲的。

——很久以前，这条江上没有一座桥，水也不深，赤足可过。有位书生进京赶考，走到河边，正逢“妖精”兴风作浪，无法过河，叹道“完了，完了，误我行期也。”

恰在这时，一位女子从河边经过，问明情况后，顿生爱怜之心，她让书生在树荫下闭目养神，并告诉不要睁眼。自己腾云驾雾飞往东海，请来老爹龙王和八仙。原来，这美貌女子就是龙王的千金——小龙女。龙王亲率虾兵蟹将，协同八仙，与妖精大战数百回合，得胜而归。不久，书生金榜题名，中了状元，当了官。但一个月之后，目睹皇权纷争，遂辞官南归，与小龙女在安乐水边筑庐为舍，喜结良缘，过着男耕女织的田园生活。书生为感“龙”恩，请来四十九位能工巧匠，花了九九八十一天的时间，用了九千九百九十九块青石，建造了一座造型雄伟、美观、坚固、耐用的石拱桥。神话中的这些数字，使我们可以想象，制造这种桥的难度，以及这桥的壮美。书生将桥命名为“遇龙桥”，以此纪念他和小龙女的相遇，这条河也因此而更名为遇龙河。

今天，我们游人可以看见他们居住的地方——遇龙村，遇龙村那座栖凤山，就是小龙女化作玉凤期待书生回归之所，河下游的情侣山，就是他们贴身相拥，永不分离的见证；遇龙河下游百米处的石龙山，还藏着龙王的一颗宝珠呢。每逢夏日，河中浅水处随处可见的龙虾螃蟹，据说它们都是龙王的爱将的后代呢！而遇龙河畔的八仙岩，就是八仙下凡停留的地方，那清澈的河水，由于龙女朝夕沐浴洗指，因而变得一碧澄清并发散着诱人的清香。河两岸那纯朴，善良，勤劳的村民，便是他们的后裔。至今，遇龙桥上还立有祭祀龙女的小庙呢！他们的爱情故事就是一代一代的流传下来了。

阿槟开始讲故事了，她说："银水侗寨风雨桥的传说，讴歌见义勇为。"

——古时候，还没有开辟银水侗寨，侗家人就住在半山坡上，一个小山寨，只有十几户人家。寨里有个后生，名叫布谷，娶了个妻子，名叫培风。夫妻两人十分恩爱，几乎形影不离。一天早晨，河水突然猛涨，布谷夫妇急着去山下干活，也顾不了许多，同往寨前的小木桥走去。正当他们走到桥中心，忽然刮来一阵大风，刮得布谷睁不开眼睛，培风"哎呀"一声跌落河中。布谷睁眼一看，妻子不见了，知道她被刮下河了，他就一头潜到河里，可来回找了几圈都没有找到。乡亲们知道了，也纷纷赶来帮助他寻找，找了很长时间，还是找不到培风，这究竟是怎么回事呢？原来河湾深处有一个螃蟹精，把培风卷进河底的岩洞里去了。一下子，螃蟹精变成一个漂亮的后生，要培冠做他的老婆。培风不依，还打了他一巴掌。他马上露出凶相，百般威胁培风，培风大哭大骂，哭骂的声音，从河底传到上游的一条花龙耳朵里。

花龙在水面上打了一个圈，向河底冲去。顿时，河底"骨碌碌骨碌碌"的响声不断传出来，大旋涡一个接一个飞转个不停。接着，从水里冒出一股黑烟，升到半空变成一团乌云，那花龙紧追冲向半空，翻腾着身子，把黑云压下来，终于压得它现出原形，原来是一巨大的黑螃蟹。再说，黑螃蟹慌慌张张逃跑，爬到三丈高的悬崖。花龙下到水里翻跟头，龙尾一摆，又把螃蟹横扫下水来。这样几个回合，再也看不见黑螃蟹露面了。后来，在离岸边不远，露出一块螃蟹形的黑石头，就是花龙把螃蟹精镇住的地方。这块石头，后人称它为螃蟹石。

等到河面平静之后，听见对面河滩上有个女人的声音在叫唤，布谷一看，那正是自己的妻子。布谷叫了几个人马上游水过去，救上岸以后，培风对布谷说："多亏花龙搭救啊！"

大家这才知道是花龙救了她，都很感激花龙。这时，花龙往上游飞回去了，还不时向人们频频点头。这件事很快传遍了整个侗乡，大家把靠近水面的小木桥改建成空中长廊似的大木桥，还在大桥的四条中柱刻上花龙的图案，祝愿花龙常在。今天，我们还可以看见风雨桥，以及桥上龙的形象。这个神话的主题，是歌颂见义勇为。本来，螃蟹是美食，能够给人美感。可黑螃蟹为非作歹，形象变得丑陋起来。在这故事里，善是美，恶是丑。龙是美的英雄，英雄胜利了，满足了人们的审美希望。

黎萍说："我们再来讲一讲南海的龙王的故事吧。牛岭的来龙去脉可以反映龙王爷注重生态保护。"

——相传五指山上有五条河流，源源不断地流入大海。一日，山洪暴发，泥沙滚滚，污泥浊水，倾泻大海，污浊的河水把大海弄脏了，海龙王大发脾气，并向玉帝告状。玉帝驾云半空观望，果然看见从五指山流下的五条河流把大海弄浑了，尤其以陵水河为巨。于是，玉帝带上一把鬼斧，把五指山东南角截去了一小段，然后命令神牛拖着山岭，去堵住陵水河河口。神牛拖了九天九夜，到了现在的牛岭，忽然被一凡人发现，那人指着神牛大喊："快看呀，有头神牛拖着一个山岭走呀，真奇怪啊！"

经凡人这么一喊，神牛反而拖不动了。于是，神牛就变成了现在的牛岭，它拖着的小山岭就变成现在的分界洲岛。神话传说使名胜山水更加美丽，名山胜水使神话传说更有魅力。这是一个关于生态的神话，表现出人类的生态理想趋势。

神话博士评论说："黎萍导游刚才讲的神话，反映了玉帝与龙王对于海洋生态环境保护的关心，实际上是人民群众对海洋生态环境保护的关心。属宇宙洪水型神话。这类神话通常不会交代洪水的起因，只知道洪水发生，人类几乎灭亡。至于洪水的结果，通常也会出现一对劫后余生的亲兄妹。最后则是惩罚型洪水神话。洪水的起因是天神决定毁灭万恶不赦的人类。看到这类神话，一般人总会联想到诺亚方舟。事实上这类神话遍布世界各地，比如说印尼半岛上也流传着同样类型的神话传说。"

海南的"马亮峒"，神话传说很有意义。传说白马天仙被擒回天庭后，仍然眷恋着刻关注着崖州的变迁。白马天仙回归天庭不久，各路妖怪魔鬼趁机群聚崖州作怪，搞得鸡犬不宁，人心惶惶，田野荒芜，民不聊生。白马天仙看到此景，便在更深夜静之时，化为一条彩虹，飞降崖州除魔。经过拼搏擒拿，妖魔除尽，人民安居乐业。在思乡岭下黎峒上空，夜里人们经常看到有一发亮的彩虹飞舞，破晓之前便自动消失，那是白马天仙的化身。当地人民为了纪念白马天仙，便把黎峒称为"马亮峒"。

阿椰低着头不声不响，阿槟说，你在想什么？阿椰说，东山岭没有发现豺狼精、乌鸦精的足迹，也没有发现宝刀与宝锄的踪迹，它们究竟在什么地方呢？

三十七、打拖英雄

黎萍给神话博士、阿椰、阿槟讲述了黎族神话传说《勇敢的打拖》。故事讲述：万恶的老鹰精魔力无边，常常危害人间海国。凡年轻貌美的女子一旦被它发现，顷刻间便被它硕大的翅膀裹走，国王的公主、海龙王的女儿相继失踪。打拖为了替人间海国除害，只身深入魔窟，勇斩老鹰精，救出了国王的公主和海龙王的女儿。

我们在听黎萍讲故事时，打开了魔衣的幻觉开关，我们面前出现了一个名叫打拖的英俊青年，他和他的未婚妻正在商量婚姻大事，有个老人找上门来，说："谁是打拖？"

打拖说："我就是。"

老人蛮不讲理地说："你买我的酒，怎么不给钱给我。"

打拖根本记不起什么时候见过这位老人，根本不知道什么时候去买过酒，但是，他坚信，他肯定不会买酒不给人钱。打拖的未婚妻说："老大爷，你肯定记错了，打拖不会是那种人。"

打拖对未婚妻说："老人这样说也有原因，要么是同我个子相同的人买了酒没有给钱，要么老人确实困难，希望我给他一点钱。那么，我们就帮一帮他吧。"

他问老人："需要给你多少钱？"

打拖一边说，一边掏出一把铜钱。老人哈哈大笑起来，所有在场的人都被笑得莫名其妙。老人说："我是土地公公，想试试你是不是人们传言中的那种善良人。现在，我认为，你确实为人真诚大度善良。既然如此，我就告诉你一个消息。你在结婚的那天，老鹰精会要到你家来抢亲，但你不要怕。你那天中午守在你家门口的大树下，仔细注视天空，看见一朵乌云飞近你的家门上空时，你就举箭射去。老鹰精就在乌云里面，这一箭就要了它的命。你这样做，不但救了你妻子，可以同她白头到老，而且，可保全人间海国再不遭迫害。"

到了打拖结婚这一天，乡亲们心里好紧张，他生怕射不中那老鹰精。这样，心爱的妻子就会被抢走还不说，乡亲们还会遭殃，因为，这老鹰精专门抢人家的新娘。我们几个看见打拖着急，就鼓励打拖。阿椰说："打拖，你别急，先按照土地公公说的话去做。"

打拖问："你们是谁？"

阿椰说："我是猎手阿椰，她是鹿仙女阿槟。"

打拖激动地说："鹿回头的故事我听过，想不到，我们还能见面呢！"

打拖他不敢怠慢，按着土地公公的指点，备箭守候在树下。不久，果然有一朵乌云，向他的家门上空飞来了。打拖对准乌云，使尽全身力气，“嗖”的一声射出了一支箭。只见箭飞向高空，插进了乌云里。接着，那一朵大乌云，像海上起了大风暴一样，翻滚了一阵，便摇摇摆摆，飘飘荡荡地飞回去了。这朵乌云摇摇晃晃地飞着，一路上向地面洒下了像水一样的东西。打拖赶上前一看，原来是浓浓的黑血；他又喜又惊，知道老鹰精已经受了重伤。

黎萍对打拖说：“它已经受伤了，不用去管它吧。”

打拖说：“我还得斩草除根。”

神话博士说：“土地公公只说要你射一箭，没有说，让你追进老鹰精的老窝呀。”

打拖说：“土地公公没有这样说，我也要这样干。因为，还有好多女子失踪了，我要去杀老鹰精，将她们都解救回来。”

阿椰十分感慨：“这才是我们真正的民族英雄。我们也要跟着去助一臂之力。”

乌云摇摇晃晃、歪歪斜斜地飞去，血水也滴滴答答从天空洒落下来。打拖便背着弓箭，跟着血迹一路前进。他爬了一座高山，又爬了一座高山，过了一条河流，又过了一条河流，走了一个白天，又一个白天，最后才看见血迹在大森林里一个洞口前消失了。神话博士、黎萍导游等不觉得累，因为，他们有魔衣的帮助。好比我们的古人要从海口步行到三亚，而我们今天可以用小车、客车、甚至火车、飞机抵达三亚，不会感觉到丝毫的劳累一样。

打拖停下脚步，细心地向四周围看看，只见一片没有尽头的高大树林，遮住了一切，望不见天空，也望不见太阳和月亮。再细心地向洞口看看，洞口方圆足足有丈把阔，阴森森的，黑黝黝的，几丈以下，就看不清楚了，洞里还不时吹出凛冽的寒风，吹到人身上起鸡皮疙瘩。

打拖断定这就是老鹰精的老巢。他想，要消灭老鹰精，就该下到洞底去。但是，洞那么深，那么黑，什么也看不见呀！没有梯子，又没有石级，我怎样才能下去呢？打拖在洞口来来回回地走着，怎么也想不出进去的办法。想呀想呀，打拖实在疲乏了，就在地上躺了下来，不知不觉地就迷迷糊糊地睡着了！

这时候，土地公公又在他的梦中出现了。土地公公说：“勇敢的打拖！你的箭真是射得准，射得有劲。现在老鹰精已身负重伤，但它还没有死，正躺在洞里养伤。为了人间的太平，你应该把它除去。那一个洞虽然很深，黑暗如漆，但可以进去。你看那洞口不是有一块又大又圆的石头躺着吗，你只要在那石头上重重地敲打三下，洞门就在你眼前自动打开！”

打拖醒了过来，他将土地公公告诉的话记得清清楚楚。他起身走向洞口一看，果然有一块又大又圆的石头，便过去重重在石头上敲打三下。顿时，“隆隆”一声响，闪了一道红光。黑漆漆的洞口，突然变得敞亮。一座水晶石砌成的石级，从洞口一直向下伸延，深入到洞底。打拖看到这光景，松了一口气。

打拖搭起了弓箭，精神饱满地顺着石级而下，左一个弯，右一个弯，足足转了十八个弯，才看见一个宽阔的广场，一座皇宫似的宫殿。神话博士他们全部跟着打拖的身后。黎萍说：“我们可以看见神话中的人物，而神话中的人物一般看不到我们。我们可以与打拖通话，但是，我们没有丝毫办法去协助他。这就是神话的历史,不能够让后人去改变。"

广场上的左角,有一个年轻女子在那里晒衣裳。她模样美丽,气质高雅,但精神颓丧。打拖想,这一定是老鹰精从人间抢来的女子。于是他走上前去,向年轻女子问道:"姑娘,我是来消灭老鹰的。请问,这里是它的老巢吧?"

姑娘回答说:"阿哥,是的,这里正是老鹰精的老巢。但它功力很高,你怎能对付它呢?太冒险了!"

"我不怕冒险,因为我已经把它射伤了。请你告诉我,它在哪里,我好去杀掉它!"

"阿哥,它还没有睡熟哩,现在你千万别进去。你跟我来,我告诉你怎样才能够杀死它。"

姑娘把打拖带到一个僻静的地方,悄悄地告诉打拖,她就是国王的第三个女儿,是被老鹰精抢到这里来的。姑娘说:"像我这样不幸的女子,现在还有十二个,我们大家都希望有一天能逃出老鹰精的魔掌,重回到人间去!"

姑娘又告诉打拖:"要杀老鹰精,一要偷到它的宝剑,二要盖好厅堂里十三缸药水,三要等它睡熟了以后动手。因为只有拿到这把宝剑,才可以砍断它的头;只有盖好了药水缸,才可以使它死了不能复生;只有等睡熟后动手,才能用宝剑杀死它。而且这一次若是杀它不死,人间更要遭大殃呢。"

打拖听了国王女儿的介绍,心里感觉到很大的压力。姑娘见状,对打拖说:"阿哥,你别担心,我们姐妹齐心协力,你在这里等候时机,我去告诉那些姐妹们,要她们帮助偷剑,要她们帮助盖好药水缸,要她们帮助哄它睡。"

杨扬悄悄问神话博士:"为什么偏偏是十三口缸,而不是十口缸呢?有什么讲究。"

神话博士说:"世界上的神话故事都有一种神秘的数字,比方说3、9、10、阿榔追阿槟过了99道山坡,就是神秘的数字。"

杨扬问:"为什么偏偏是药水呢?"

神话博士说:"这13缸药水对于老鹰精是保护的措施,对于要杀老鹰精的人是困难的象征,仅凭个人的力量不够。"

一会儿姑娘来了,递给打拖一把沉甸甸的宝剑,说:"姐妹们把宝剑偷来了!"

一会儿姑娘又来了,她悄声说:"姐妹们把缸全盖好了!"

一会儿姑娘又来了,她笑着说:"老鹰精已经睡熟了,时机到来了!"

打拖跑到老鹰精的床前,举起了那把宝剑,砍下了老鹰精的头颅,斩碎了老鹰精的身躯。只见老鹰精一段一段的身躯,尽在地上打滚,它们跳蹦着,流动着,都滚到大缸上,可惜缸盖得严严实实,滚不进去。于是滚了一会儿,就软瘫瘫地不会动了。老鹰精死了,真的死了!

十多个不幸的女子获救了,她们放开歌喉,尽情地放开歌喉,高兴地起舞翩翩。然后,她们团团围住了打拖,你一言我一语地,诚恳地向打拖表示敬意与谢意,然后像一阵风似地,轻盈地飘出洞口,各自回家去了。国王的女儿,依依不舍,临去时送给打拖一只玉环,再三叮嘱打拖:"英雄啊,你别忘了,一定要来看望我。"

姑娘们都走了，打拖也准备回家了。他忽然听到了一个女子的求救声；“阿哥，我喊了你半天，你都不答应。你救了她们，就不救我吗？好人做到底，请你救我出去吧！”

打拖东张西望，却望不到一个人，他觉得奇怪。这时，又听到那个女子的声音说：“阿哥，找不到我吗？我是海龙王的女儿，有一天得罪了老鹰精，它不喜欢我，把我钉在墙壁上了！”

打拖看看四周，什么也没有，只有一条已经干了的小金鱼，被钉在墙壁上。打拖暗想：这大概就是海龙王的公主了！他一掌打落了钉子，把小金鱼取下来。一阵金光，小金鱼顿时变成了一个十七八岁的美丽姑娘。

海龙王的女儿，感谢打拖救命之恩，一定要请他到海底去玩，见见她的海龙王爸爸。打拖问海龙王的女儿：“怎样才能让到你家呢？”

姑娘说：“打破那十三个缸的药水，让它汇成巨流，把我们送到龙王宫，送到我的家。”

他俩挥舞利剑，“劈里啪啦”地砸破了药水缸，药水汇成了一股巨流。顷刻间，把他俩送到海底，送到金碧辉煌的龙王宫。海龙王看见女儿回来了，兴奋得手舞足蹈。为了感谢打拖救女之恩，在龙宫里大摆筵席，请了许多虾兵蟹将作陪，盛情款待勇敢的打拖。然后海龙王和公主，又领着打拖游玩了三宫六殿。

海龙王的女儿爱上了勇敢的打拖，海龙王也愿意把女儿嫁给他。但打拖回答说：“多谢海龙王和公主的盛意，我在人间已经订了婚，她正在家里等我呢！”

打拖谢却了这门亲事，龙王留打拖在龙宫里玩了几天，要送一批珍宝给打拖。打拖说：“什么宝贝，我也不要。”

然后辞别海龙王和公主，离开了龙宫，回到了人间。在回家的路上，打拖又顺便路过京城，拜访国王和他的第三个女儿。国王和他的女儿热烈欢迎他，在皇宫里摆了筵席，请朝中文武百官来作陪，宴请勇敢的打拖。这时，公主向他吐露了爱情。国王提出要招他为驸马，可是打拖还是同样回答说：“多谢国王和公主的盛意，我已经有了未婚妻，她正在家里等我呢！”

他谢却了这门亲事，在皇宫玩了几天，还是什么宝贝都不要，辞别了国王和公主，回到了家乡。打拖和未婚妻结了婚。一对恩爱的夫妻，愉快地一起生活，一起劳动。

神话博士说：“在人们的印象中，国王的女儿、龙王的女儿，都是富贵的象征，作为一个普通阶层走出来的平民英雄，能够被国王的女儿看中，能够被龙王的女儿看中，意味着这个平民阶层的英雄功成名就。龙王的女儿、国王的女儿与平民英雄结婚，这是人们的理想与希望。神话就是为了表达理想与希望的。如果说，打拖与自己的妻子结婚，与龙王的女儿与国王的女儿同时结婚，这是神话故事的一个方向选择。在故事中，假说打拖的未婚妻被老鹰精伤害死了，让打拖去选择国王的女儿或龙王的女儿，也是一种方向。可贵的是，打拖没有选择龙王的女儿，没有选择国王的女儿，而去选择自己原来的妻子，打拖的无私无畏，打拖的高尚品格，对于我们今天，还有鲜明的时代意义。我们从打拖的劳动观、爱情观，可以受到有益的启示。”

阿榔说：“当国王和海龙王向打拖赐婚，要招他为驸马和女婿时，打拖拒绝了。故事表现了打拖无私无畏的高尚情怀和品格。如果需要我们牺牲自己的爱情，能够让群众得到幸福，我愿意选择后者。”

显然，阿榔从打拖身上学到了可贵的品质。阿槟说：“打拖具备高尚的爱情与可贵的品质，叫人感到振奋。张彩云与罗汉成的爱情，则叫人觉得心痛。”

忽然，阿榔想起宝刀、宝锄的事情，便去问打拖。打拖说：“我听说过宝刀、宝锄是仙人按照观世音菩萨的意见，赠送给五指山的前辈的，但是，我从来没有见过，你要想打听，可以去吊锣山。”

九代穷也说：“我们家里每代都说：我们遇到了宝刀宝锄就好了，我对这宝刀、宝锄的印象太深了。但是，尽管如此，我们没有见过这宝刀与宝锄。我也好像听说，宝刀与宝锄就在吊锣山。”

很久以前，在一座山的山沟里，生活着一群黎族人。他们虽然辛勤劳作，但由于当时生产技术十分落后，人们又无法预测和抵御自然灾害的侵袭，所以，他们的粮食等农作物收获甚少，人们吃不饱，穿不暖，日子过得十分艰苦。在这个山里，有一位小伙子叫符三十，因父母早逝，过着孤身的生活，但是，他没有被外界的环境所吓倒。相反，他从小就立下远大志向，要为黎族同胞的美好生活而奋斗。为此，符三十射得一手好箭，练就一身武艺，曾徒手打死野猪、豹子，他在村里也因此成为闻名的人物。方圆九山十八寨的美貌姑娘，都上山来追求他，天天晚上，都可听到姑娘们在符三十茅屋周围唱着动听的歌，借以传递她们的爱慕之情。但符三十并不动情，他认为这会影响他的志向。可是要怎样才能使村民们过上幸福的生活呢？

一位善良的、年事已高的老大爷对他说：“小伙子，幸福就在村前那座高山的顶峰上。那上面有位叫万界的人，他拥有两件宝物。一是一位美丽端庄的女孩，一是一口宝锣。只要稍敲这口宝锣，宝物就会应声而至。不过，要获得至宝，非要攀登高峰不可。”

符三十是一位勇气十足的青年，听了十分高兴，对众人发誓：“为众人的幸福，我宁愿牺牲一切，攀登高峰。”

符三十带着猪枪、弓箭钩刀和粮食，九山十八寨的乡亲们送他到半山腰。勇敢的青年爬过了一个山峰又一个山峰，越过九十九个峭壁，九十九道悬崖，射死豹子、毒蛇，以野果代粮，泉水解渴，这天他终于攀到了山顶。

符三十站在顶峰，只见山顶上云雾缭绕，树木郁郁葱葱，百花争奇斗艳，耳边不时还传来悦耳的鸟叫……好一处人间仙境。当他绕过一处灌木丛，突然眼前一亮，只见一位面若桃花的妙龄少女正在花丛中载歌载舞。黄莺般的歌声传来，只听见她唱道：“一朵鲜花长悬崖，只有雄鹰能飞来；哥学雄鹰来寻花，面前鲜花任哥采。”

符三十不觉看呆了，听呆了，也惊呆了。他想：天底下哪有这等女子。于是他不觉深情的对歌到：“一朵鲜花虽可爱，阿哥非为采花来，为寻幸福敢攀登，不取宝锣不下岩。”

少女吓了一跳，连忙转身，只见一位青年英俊的青年深情地与自己对歌。少女连忙问道：“你是谁？从哪里来？”

符三十把自己到山顶来的原因告诉了少女，少女听后非常感动，芳心暗许，对符三十说：“我愿意跟你走。”

这时，万界赶来了，对符三十说：“勇敢的青年，女儿和宝锣是我的命根子，我佩服你的勇气，可这两件我只能送你一件。”

符三十想：如果我选少女，固然会得到幸福，可这只是我一个人的幸福；如果我选了宝锣，那就会是全村人的幸福。于是他说：“我不能为了自己的幸福而放弃大家的幸福。我还是要宝锣吧！”

万界答应了符三十的恳求，于是他把宝锣带下了山，并把锣放在木棉树上。谁要什么就自己敲锣，山下的贫苦黎胞从此由贫变富，青年的故乡从此旧貌变新颜。

后来，人民为了纪念这位英勇无私的青年符三十，把这座山称为“吊锣山”。吊锣山是海南著名的四大天然热带雨林区之一，是吊锣山林业局所在地，也是国家级森林公园度假区。如感兴趣，可到此地一游，敲敲“宝锣”，以求万事如意，生活幸福美满。

阿榔、阿槟与神话博士穿着魔衣，通过时光隧道，见到了万界及其女儿，还有宝锣，这个叫符三十的青年，被人称为勇士，这样，他真正的名字倒被人忘记了。阿榔打听宝刀、宝锄的下落。勇士不好意思地说：“只是听说过，没有见过，不能够瞎猜。”

万界建议：“你们可以去黎母山打听。”

黎萍说：“关于黎母山有一个美丽的传说。”

——在海南岛的中部，有一座高山，长年云雾缠绕，看不清它的真面目。在远古的时候，海南没有人类，山上只有各种飞禽走兽。有一天，天上的雷公云游四方，经过这里，看到海南岛上鸟语花香，真是个好地方。他羡慕地说：“要是能住在这里该多好啊。”

于是他就找来一颗蛇卵，藏在山中，让山上的五色雀照护。第二年，“三月初三”这天，雷公再次经过，他从天上打下一声惊雷，山摇地动，震得藏在山上的蛇卵裂开两半，从里面走出一个美丽的姑娘。雷公变成一个慈祥的老爷爷，给这个姑娘取了个名字叫“黎”。于是山中的五色雀、梅花鹿、还有各种小动物，都跑来庆贺，它们叫她“阿黎姑娘”。在山中各位小动物朋友的帮助下，阿黎姑娘饿了就采摘野果来吃，渴了就喝山泉水，困了就睡在大树上，无忧无虑，幸福快乐，只是，有时不免有些孤独和寂寞。

有一天，有个英俊勇敢的小伙子跨海来到海南岛，到山中寻找一种珍贵的香料沉香。小伙子在山中遇到阿黎姑娘，马上被阿黎姑娘的纯真和美丽所吸引，两人相互爱慕，心心相印，从此在一起劳动和生活，他们生了很多子子孙孙。后来靠采摘野果已经不够他们生活了，雷公就派五色雀叼来山兰稻种，他们带领子孙后代，一起砍山种山兰，过着幸福快乐的生活。他们死后，他们的子孙后代，为了纪念自己的始祖，尊称她为“黎母”，把他们脚下这座母亲山叫“黎母山”，他们自称“黎人”。

他们又在黎母山上修了一座“黎母庙”，每年的“三月初三”这一天，他们就成群结队来到黎母山上，载歌载舞，欢庆自己祖先“黎母”的诞生，祈求来年风调雨顺、子孙后代繁衍昌盛。每当这天，雷公都来到黎母山，打下一声春雷，万物苏醒，欣欣向荣，也保佑黎族人民繁衍昌盛、生活快乐。

《黎母山传说》是一则有关人类起源的神话，讲述了黎族祖先的来源，黎族女始祖"黎母"由蛇卵而生。这种“卵生说”是人类起源神话中的一种类型。这种神话在我国少数民族中多有流传和保存。例如,贵州苗族的创世古歌,叙述苗族的女始祖与水泡结合,生下十二个蛋,再由这十二个蛋变成人类和其他生物。侗族创世古歌《龟婆孵蛋》也形象地吟唱了“孵蛋造人”的故事。《盘古神话》也记载“天地混沌如鸡子,盘古生其中。”这些都是人类起源中的“卵生说”,与原始先民直观山中飞禽和动物生殖情况后联想而来,也说明黎族先民有蛇的古老图腾。

传说中的黎母山,作为黎族女始祖的出生之地,蒙着一层神秘色彩。高高的山岭,云遮雾绕,含而不露,令人无限向往和敬畏。相传在很久很久以前,海南岛上,山峰林立,溪河交错,流水淙淙,蝉鸟和鸣,悠扬天籁,胜似仙境。黎族先民便看中了这块风水宝地,他们呼吸着山之灵气,用长条树枝夹上宽大的薄蔡叶。做成了具有黎家风格的船形屋,散布在这片沃土里。然而,有谁知道,温顺而乖戾的海岛,突然受到狂风暴雨的肆虐。顿时,山洪暴发,洪水淹没了大地,吞噬着岛上的黎民百姓。

有一对兄妹,兄叫老先,妹妹称为荷发。发洪水时,他们被亲人放进大南瓜里,大南瓜随着洪水漂流着,终于卡在五指山脚下。洪水退后,兄妹俩走出大南瓜,发现四周一个人也没有。他们点着篝火,商量着今后的计划,兄妹俩约定:两人分头在岛上寻找自己的另一半,第二年的三月三在此相会。但事情却难预知,兄妹俩绕着海岛走了一圈,却一个人也找不到。后来,兄妹俩在昌化江的燕窝岭(又说天安乡)相遇,为了延续后代,妹妹偷偷用木炭纹脸画身,使哥哥无法辨认,两人因此结为夫妇,生儿育女,繁衍了后代。

美丽的传说总是很动人,这是黎族妇女文身习俗的起源说。但据史志记载,黎族来源于古越,而古越人又有文身的习惯。古越人作为海洋民族,他们崇拜龙蛇,认为在身上刺了花纹,下水之后,龙蛇看见了以为是他们的同类,就不会伤害他们。又有人认为文身是一种对图腾的崇拜,一种特有的民族审美观念,而一个民族的风俗习惯极少改变。因此,它文身的风俗习惯世代相传着,成为黎族妇女文身的俗规。

从前,地球上的人与动物都会说话。他们生活在世界上,并没有人与兽的区分。牛乃最诚实憨厚的动物,个子也不小,就由它来当传说中最大的官(王的意思),管理动物家园中的一切事务。他年年都得到天上去谒见上司天神,禀报凡间的一切。上司天神也每年下凡间实地考察情况。一次,牛在汇报时对天神说:“圣明的天神,当今世上的人愈来愈多,不少地方都在闹粮荒,请天神作主。”

上司天神批示说:“自今日起,大地上的人三天吃一顿,不得违误!”

牛听后,深感不安,懊悔不该让人活活受罪。他因此竟自作主张,传下一天吃三顿的假圣旨。翌年,天神的使者,如实禀报大地上的情况。天神闻之,大为震怒,下命令把牛押解到天府,痛斥它忤逆天意,贬为畜类,永世吃草不吃粮,终生帮人犁地干活。其他的动物也都受到株连,一律不准再说话,兽吼叫,禽啼鸣。打那时起,就剩人最牛了。

在黎族民间流传的一些英雄故事,其内容虽然简单,但却表现了人是万物之灵、主宰宇宙这一鲜明的主题。《雷公根》中的雷公,貌似凶神恶煞,威风无比,但却被耿直顽强的打占斗败了,并将一只脚剁烂抠进田变成野菜(雷公笋),供人们吃用。打占是斗雷公的英雄,体现了人能战胜一切的顽强意志。

在美丽富饶的七指岭脚下，有个村寨，寨里有个名叫打占的青年，他身体魁梧，为人正直，因此，他不但在世界上有很多的朋友，天上的雷公也与他结交，雷公还教会了他上天的本领。有一次，雷公邀请打占上天做客，在酒席上，雷公问打占："天下人最怕什么？"

不等打占回答，雷公就站起身来擂动大鼓，一时鼓声隆隆，雷公好不得意。雷公打毕，问打占："这声音天下的黎民百姓都害怕吗？"

打占说："不怕，只是声音大一点。"

不久，打占回请雷公。雷公兴高采烈来到人间。打占在火塘边热情接待雷公。按照黎家的风俗习惯，先敬酒，为雷公洗尘，让雷公喝了九大碗。打用藤条与豹尾在地上猛抽猛打，火光闪闪，响声不断，雷公有点害怕，但是嘴里不肯承认。此日早上，打占牵着牛耕田去了。雷公醒来一看，打占不在身边，他发现了藤条与豹尾，起了贪心。他想，将这个东西偷走，自己便有了光与声音了。等打占回来，发现藤条与豹尾被雷公偷走了，就将钩刀一拿，飞步冲上天去。雷公见打占追上来了，施展本领，跑到南天门，没有想到打占追得太快，将雷公的左脚砍了，回到家里煮，吃的时候是苦味。打占便连锅带肉全部倒在田埂上。经过七七四十九天，田埂上长出了一片植物，就是我们今天看到的雷公根。

一棵雷公根说："豺狼精现在到处在寻找宝刀与宝锄，这是定海用的宝贝，你们一定要抢在他们前面。"

三十八、火山仙女

为了观赏火山石，黎萍导游、神话博士、布东教授、杨扬硕士、阿槟、阿榔、胖瘦九代穷等一行来到海南火山口国家地质公园。火山口公园国家地质公园，为海南独一的火山奇观。它位于琼山市石山镇，距海口15公里。火山遗迹天然壮观，乃世界上保存最完整的火山口之一。方圆10里由36座火山口形成的火山群带。其中，马鞍岭尤为突出。山高海拔222.6米，乃琼北最高峰。地下溶洞72个，尤其卧龙洞、仙人洞盛名悠久。

神话博士观察发现，火山口凸显热带火山生态形象。黎萍导游介绍，雷琼世界地质公园海口园区，有“三个中心”。第一个中心是以马鞍岭火山口景区为核心，扩建七十二洞熔岩隧道景区。第二个中心是具有科普、休闲娱乐、旅游服务等功能的世界火山博览中心。第三个中心是具有休闲娱乐度假功能的火山矿（温）泉度假中心。

李大平总经理说，热带植物生态文化群落风光带，面积将达到47.93公里。热带果园、热带原生林、生态村，构成环境优美的热带生态风光带，并与公园火山景观轴带整合，凸显公园热带火山生态主题，创建国家与海南青少年科普教育基地、火山学研究与火山活动监测基地。业内人士早就预测，2010年，雷琼世界地质公园海口园区旅游人数将达80万人次，2012年游客达100万人（次）至170万人（次）。

黎萍导游说，火山口国家地质公园是海南省第一个被批准建立的国家地质公园，2005年12月29日举行揭碑开园仪式。专家认为，海口石山火山群是雷琼火山的典型代表，其火山种类之齐全，熔岩隧洞之密集，以及火成岩岩层地质剖面之完整和丰富，属国内外罕见，堪称天然的火山博物馆。联合国教科文组织将在全球范围内建立世界地质公园网络，雷琼地质公园获评世界级地质公园。

据地质学家考证，琼北火山喷发于新生代第三纪，最后一次喷发是第四纪，距今约1万3千多年。火山口公园曾为中国’96世界旅游日（海南）主会场，登山道是按照当年火山岩浆的流向而建。历经万年沧海，大地变迁，这里还完好保存了36座环杯锥状火山口地貌遗址。火山口公园，离海口闹市区约20公里，位于海口市秀英区石山镇。是世界上最完整的死火山口之一。

马鞍岭火山口因形似马鞍，故名为马鞍岭，海拔222.8米，为琼北最高峰。周围还有几十个小的死火山口或死火山眼。地下有火山岩洞群，是火山喷发的产物，被地质专家誉为颇具规模的火山岩洞博物馆。石山附近的雷虎岭火山口、罗京盘火山口也保存得十分完整。富足的火山资源、壮丽的火山景观、神奇的天然溶洞、完美的生态环境、古朴的人文景观,引起了游客的兴趣。火山地质博物馆,真实记录了火山喷发的史实,游客在认识火山的时候,还可以了解各种地质地貌的知识。

黄梅习惯用审美的眼光解释眼前的所见所闻。她说,在人们的习惯性审美中,山洪爆发不美,火山爆发更是不美。岂止不美,简直就是恐怖的象征。但是,一旦山洪爆发,成为昨天的记忆;一旦火山爆发成为了历史的一页,我们回顾的火山,只是火山的想象。这个时候,我们感受到的美感,是人类对大自然的征服。到了现代,人们由于交通事业的发展和现代科技手段的采用,可以观赏到前人从未领略的自然风光:波涛汹涌的大洋,以至火山爆发时令人心惊的壮观。今天,石山火山口,已成为一座生态园林与地质科普结合的主题公园。

仙人洞分上、下两段,下段洞中有洞,天外有天,令人扑朔迷离,不胜惊讶。仙人洞位于石山镇荣堂村,因道士在洞内修炼成仙的传说而得名。洞中大部分路段漆黑一团,叫人不敢举步,只能借助火把、手电照明方能摸索前景。仙人洞的上段因洞顶多处塌陷,而分成数十段熔岩隧洞,因此又名"七十二洞"。只见岩壁上吊着、贴着各种各样的熔岩石乳,似落非落,令人惊叹。此洞石奇,水也奇,随时可以听到水滴的清逸声,水滴在不同形质的岩石上引起不同的音调,组成十分美妙的音韵。

这些石洞,有的像互相连接的蜘蛛网状,有的像开阔的地下餐馆,有的则好比离奇的古堡宫殿。阳光通过隧洞塌陷所形成的天窗,照耀洞中,阴暗的洞中景物,一片清明,蔚为壮观神奇。这里热带果林和原始植被,蔓落丛生,自然完美。人类不可复现的火山仙景与建筑大师精心设计的六角形蜂房园林体系,巧妙结合,气势恢宏,值得一看。

黎萍导游流畅地介绍火山口的情况,看来,她不止一次谈到火山口。她说:仙人洞距马鞍岭火山口 4 公里,洞口玄武岩上有"石室仙踪"石刻引人注目。该洞中又有洞,人们在 50 年代清理洞中泥沙时,发现类似斧凿的磨光石器,可能曾经是人类祖先穴居的遗址。卧龙洞距仙人洞不到 1 公里。洞长 3 公里,高 7 米,宽 10 米,可容万人。火山口公园为中国'96 世界旅游日(海南)主会场,现已按照火山岩浆流向修建了登山道。

当今,石山火山口已建造成一座具有火山文化、生态园林、特色建筑的主题公园。这里的火山生态广场,气势恢宏的登山道,千姿百态的古树长廊,万年前的火山喷发口遗迹,还有那纯朴的乡土风情、特色的手工艺品、山乡美食等,已成为省城近郊的旅游热点,是海南省优秀旅游景点之一。

著名科学家、徐龙院长开始讲火山的知识了。他说:"火山喷发,是一种奇特的地质现象,是地壳运动的一种表现形式,也是地球内部热能在地表的一种最强烈的显示,还是岩浆等喷出物在短时间内从火山口向地表的释放。由于岩浆中含大量挥发分,加之上覆岩层的围压,使这些挥发分溶解在岩浆中无法溢出。当岩浆上升靠近地表时,压力减小,挥发分急剧被释放出来,于是形成火山喷发。因岩浆性质、地下岩浆库内压力、火山通道形状、火山喷发环境(陆上或水下)

等诸因素的影响，使火山喷发场景喷发的形式有很大差别，一般有这样一些分类。

“岩浆沿着地壳上巨大裂缝溢出地表，称为裂隙式喷发。这类喷发，没有强烈的爆炸现象，喷出物多为基性熔浆，冷凝后，往往形成覆盖面积广的熔岩台地。如分布于中国西南川、滇、黔三省交界地区的峨眉山玄武岩和河北张家口以北的第三纪汉诺坝玄武岩，都属裂隙式喷发。现代裂隙式喷发，主要分布于大洋底的洋中脊处。在大陆上，只有冰岛可见到此类火山喷发活动，故又称为冰岛型火山。裂隙式喷发多见于大洋底部，是海底扩张原因之一。”

“地下岩浆通过管状火山通道喷出地表，称为中心式喷发。这是现代火山活动的主要形式。又可细分为三种。其一是宁静式。火山喷发时，只有大量炽热的熔岩从火山口宁静溢出，顺着山坡缓缓流动，好像煮沸了的米汤从饭锅里沸泻出来一样。溢出的以基性熔浆为主，熔浆温度较高，黏度小，挥发性成分少，易流动。含气体较少，无爆炸现象。夏威夷诸火山为其代表，又称为夏威夷型。这类火山人们可以尽情地欣赏。其二是暴烈式：火山爆发时，产生猛烈的爆炸，同时喷出大量的气体和火山碎屑物质，喷出的熔浆以中酸性熔浆为主。一般来说，中心式喷发的猛烈程度，主要与岩浆的黏稠度及其中所含的挥发性成分有关，黏稠度高，挥发性成分多，都会导致剧烈的喷发。

1902年12月16日，西印度群岛的培雷火山爆发，震撼了整个世界。它喷出的岩浆黏稠，同时喷出大量浮石和炽热的火山灰。这次造成26000人死亡的喷发，就属此类。也称培雷型。其三是中间式。属于宁静式和暴烈式喷发之间的过渡型。此种类型以中基性熔岩喷发为主。若有爆炸时，爆炸力也不大。可以连续几个月，甚至几年，长期平稳地喷发，并以伴有歇间性的爆发为特征。以靠近意大利西海岸利帕里群岛上的斯特朗博得火山为代表。该火山大约每隔2-3分钟喷发一次，夜间在50公里以外，仍可见火山喷发的光焰。故而被誉为“地中海灯塔”。又称斯特朗博利式。有人认为，我国黑龙江省的五大连池火山，属于这种类型。”

徐龙院长指出，在火山喷发的孕育阶段，由于气体出溶和震群的发生，上覆岩石裂隙化程度增高。压力降低，而岩浆体内气体出溶量不断增加，岩浆体积逐渐膨胀。密度减小，内压力增大。当内压力大大超过外部压力时，上覆岩石的裂隙密度带，发生气体的猛烈爆炸，使岩石破碎，并打开火山喷发的通道。首先，将碎块喷出，相继而来的就是岩浆的喷发。气体爆炸之后，气体以极大的喷射力，将通道内的岩屑和深部岩浆，喷向高空，形成了高大的喷发柱。

喷发柱又可分为三个区，一是气冲区。它位于喷发柱的下部，相当于整个喷发柱高度的十分之一。因气体从火山口冲出时的速度和力量很大，虽然，喷射出来的岩块等物质的密度，远远超过大气的密度，但它也会被抛向高空。气冲的速度，在火山通道内上升时逐渐加快，当它喷出地表射向高空时，由于大气的压力和喷气能量的消耗，其速度逐渐减小，被气冲到高空的物质，按其重力大小在不同的高度开始降落。

二是对流区。位于气冲区的上部，因喷发柱气冲的速度减慢，气柱中的气体向外散射，大气中的气体不断加入，形成了喷发柱内外气体的对流，因此称其为对流区。该区密度大的物质开始下落。密度小于大气的物质，靠大气的浮力继续上升。对流区气柱的高度较大，约占喷发柱总高度的十分之七。

三是扩散区。位于喷发柱的最顶部，此区喷发柱与高空大气的压力达到基本平衡的状态。喷发柱不断上升，柱内的气体和密度小的物质，沿着水平方向的扩散，故称其为扩散区。被带入高空的火山灰，形成火山灰云。火山灰云能长时间飘浮在空中，而对区域性的气候带来很大影响，甚至会造成灾害。此区柱体高度占柱体总高度的十分之二左右。

黎萍导游看来对火山的资料也有所掌握。她说，火山喷发并非千篇一律，像夏威夷基拉韦厄火山那样的喷发，事前熔岩已静静地流出。由于熔岩流动缓慢，因而只破坏财产而没有危及生命。像1883年印尼喀拉喀托火山那样的火山碎屑喷发或蒸气爆炸（或蒸气猛烈爆发），则造成人员的重大伤亡。在火山喷发过程中，挥发性物质充当了重要的角色，它不仅是火山喷发的产物，更是火山喷发的动力。从岩浆的产生到火山喷发的整个过程，挥发性物质的活动无一不在起作用。

徐龙院长指出，英国科学家认为：人类有可能在一次超强度的火山喷发中毁灭。大不列颠公共大学的斯蒂芬·塞尔夫在一次答电子杂志记者问时称，目前还没有任何办法可以阻止这种灾难。当前，科学家们正在忙着制定种种抵抗“外部威胁”的战略，比如说，如何阻止小行星同地球相撞，却很少去考虑主要危险有可能来自地球内部。地球物理学家们断言，有些火山的喷发强度要比过去的大好几百倍。而且，地球在出现文明前不久，曾经历过如此大规模的灾难。美国地质学家，早些时候曾在黄石国家公园发现了不太深的火山灰死层。认为，其形成的原因，是发生在62万年前的一次超级火山喷发。至今，这里还可以见到一些漏斗形的大坑，它们都是那些毁灭性火山喷发后形成的破火山口。

神话博士也了解一些有关火山的资料。他说中国最早记录的活火山是山西大同聚乐堡的昊天寺，它在北魏(公元5世纪)时还在喷发(据《山海经》记载)；东北的五大连池火山在1719年至1721年，还猛烈喷发过，其情景是：“烟火冲天，其声如雷，昼夜不绝，声闻五六十里，其飞出者皆黑石硫黄之类，经年不断，热气逼人30余里”(据《宁古塔记略》)；1916年和1927年，台湾东部海区的海底火山先后爆发过两次，呈现出“一半是海水，一半是火焰”，蔚为壮观；1951年5月，新疆于田以南昆仑山中部有一座火山爆发，当时浓烟滚滚，火光冲天，岩块飞腾，轰鸣如雷，整整持续了好几个昼夜，堆起了一座145米高的锥状体；至于台湾北部海拔1130米的活火山——七星山，迄今还在喷发着大量硫黄热气。

徐龙院长指出，火山爆发时喷出的大量火山灰和火山气体，对气候造成极大的影响。因为在这种情况下，昏暗的白昼和狂风暴雨，甚至泥浆雨，都会困扰当地居民长达数月之久。火山灰和火山气体被喷到高空中去，它们就会随风散布到很远的地方。这些火山物质会遮住阳光，导致气温下降。此外，它们还会滤掉某些波长的光线，使得太阳和月亮看起来就像蒙上一层光晕，或是泛着奇异的色彩。尤其，在日出和日落时，能形成奇特的自然景观。

徐龙院长还说，火山爆发喷出的大量火山灰和暴雨结合，形成泥石流，能冲毁道路、桥梁，淹没附近的乡村和城市，使得无数人无家可归。泥土、岩石碎屑形成的泥浆，像洪水一般淹没了整座城市。岩石虽被火山灰云遮住了，但火山刚爆发时，仍可看到被喷到半空中的巨大岩石。火山爆发对自然景观的影响十分深远。土地是世界最宝贵的资源，因为，它能孕育出各种植物，来供养万物。如果，火山爆发能给农田盖上不到 20 厘米厚的火山灰，对农民来说，可真是喜从天降，因为，这些火山灰富含养分，能使土地更肥沃。

火山灰是熔岩崩解后，杂草苔类开始冒出来。绳状熔岩流过的山坡长出蕨类植物。火山灰让周围的土地肥沃，当地的葡萄年年丰收。海口石山火山群地质公园位于海口市西南 15 公里的石山、永兴两镇境内，属地堑——裂谷型基性火山活动地质遗迹，也是中国为数不多的全新世（距今 1 万年）火山喷发活动的休眠火山群之一。区内火山群面积约 108 平方公里，分布 40 座各种类型的火山和 30 余条熔岩隧洞，蕴藏丰富的优质饮用矿泉和疗养地热水，保存有被喻为海口城市"绿肺"的热带原生林和独具特色的玄武岩石器古民居。海口石山火山群以其火山成因的典型性、类型的多样性、形态的优美性、矿泉的珍稀性和火山生态的完整性，成为国家重要的地质遗迹。2004 年 1 月，被国土资源部批准建立"国家地质公园"。

公园主要景区的马鞍岭火山，距离琼州海峡不远，当轮船驶进海口秀英港，便可眺见其突兀的山峰。马鞍岭火山不仅是海南石山火山群地质公园内的最高山，也是海（口）府（城）城市周边的最高山。在晴空万里的日子里，登马鞍岭火山，近见海府城市高楼林立，如孔雀开屏，远望琼州海峡，碧海蓝天，渔帆点点，一派迷人的南岛风光，使人心旷神怡。

向南望去，火山群此起彼伏，连绵不断，气势磅礴。而群山之间，点缀着热带果林，村寨错落，炊烟袅袅，使人浮想联翩。马鞍岭火山，为琼北火山区最新一期火山喷发的中心。在方圆不足 2 平方公里的范围内，分布大小 6 座火山、1 个熔岩隧道和 1 个塌陷坑。此乃国内外罕见，具有极高的科考、科研、科普和旅游观赏价值。

1996 年，世界旅游日中国主会场之一的庆祝活动，受到二十多个国家的旅游官员和专家好评。2004 年来，在国土资源部、海南省国土环境资源厅、海口市委、市政府地大力支持下，得到国内外地质专家、旅游专家、环保专家以及规划设计专家的精心指导。火山口公园，转变观念，大胆探索，克服层层困难，高举科学文化大旗，改造建设火山群国家地质公园，使其变成今日一座集地质、生物、人文历史多样性为一体的国家级地质公园。

园区内的室内科普馆与室外博览园，展示的地质科学文化知识，使游客特别是青少年学生，从中认识地球、解读地球奥秘，汲取地质科普知识并从中得到乐趣。国家地质公园内的火山石奇观、热带园林景观，给游客展示了火山地质遗迹和自然生态文化相和谐的特色旅游情趣。同时，在园区内具有地方特色的火山酒乡，品尝石山壅羊风味美食、热带火山瓜果和观看火山民俗演艺，选购火山石工艺品等。充分展示了"火山群国家地质公园"的城市火山文化与生态文化内涵的魅力。

日前，国土资源部决定，海口石山口火山群将与湛江湖光岩、广西北海涠洲岛整合一起，以雷琼地质公园的名义申报世界级地质公园，并已获国土资源部专家评审通过，联合国教科文组织考察确认，火山口公园将成为与世界自然遗产具有同等地位和意义的品牌。可为海南省旅游增添一个崭新的名片，成为海口市后花园、大陆赴海岛之旅的重要选项。关于火山口公园的马鞍岭，流传着一个美妙动人的故事呢！

传说在很久很久以前，有九位仙女厌倦了天庭平静的生活。大姐说，我们可以到群山去一趟。二姐说，我们可以到海洋去看看。三姐说，我们可以找个既有山又有水的地方。四姐说，我们走遍了好多地方，怎么没有见到这样的地方呢。五姐说，这样的地方就是海南岛。六姐说，海南岛上什么地方好。七姐、八姐一商量，我们去一下火山口吧，哪里的树被烧光了，听说，现在又长得十分茂盛。九姐表态，我愿意去海南的火山口。大姐说，现在，好几个妹妹打算去火山口公园。我认为，少数服从多数，我们一起去吧。这是当初的民主集中制。你看，先有民主，各有各的打算。最后集中，达成一致。

她们想法一致，一起腾云驾雾，在天上飘啊飘啊，发现海洋的中间一个岛屿，上面郁郁葱葱。其中，一个仙女说道：我们下去看看。来到了一个山坡，这里的小树林凉爽，几个仙女，正在温泉里兴高采烈地洗浴，又在树林里找了几块大石头，晾干头发，她们在那里休息。可能是太累了，在天空飘了那么久，又在水里嬉闹了那么久，可能是山坡上的树林凉爽，空气清新，她们有睡意了，干脆找了几个石板睡着了。再说，有个农民叫春腾的，他正好路过这个地方，一看几个如花似玉的女子在哪里睡觉。她们是那么美丽，就忍不住偷偷地在树林里往这边看。觉得有点害羞，又忍不住再看一眼。看完了，发誓：不准再看，却怎么也忍不住又看一眼。大自然的法则是异性相吸引，同性相排斥。任何正经的人，不可能没有爱美之心，也不可能没有爱异性之心。

这个时候，火妖路过树林。他的祖先是当年在五指山与五个儿子交战的魔王。火妖看见了如花似玉的几个仙女，激动得粗气直喷。他上前就要动粗，直向几个仙女飞奔而去。守候在树林里的春腾眼看不妙，干脆将一根扁担伸出来，将那个火妖绊倒在地，正好摔在石头上，摔得鼻青脸肿。这下将几个仙女惊醒，几个仙女发话了，说道："你是哪里妖人，我们是玉帝的女儿，你都敢欺负。"

火妖色胆包天，上前依然要动手欺负这几个仙女。说起色胆包天，还有一说。有个歹徒，本来害怕走夜路，尤其是走坟墓之地。开始，当他看见村里一个漂亮寡妇去上坟，竟然跟了上前，他忘记了自己一贯不走夜路，不上坟地的做法。最后，这个歹徒改邪归正，跟寡妇成家了。这个故事听起来有点胡扯，但能够说明一个问题是色胆包天。

春腾虽然是一个普通的农民，但是，他力大无穷，三个人都抬不起的石头磨子，他一个人能够扛得起。他上前与火妖交手，一边斗一边喊："你们几个女子快走。"

几个仙女忘了带法宝，无法帮助春腾。加上有几个仙女胆子太小。这样，几个仙女飘然飞上了天空。九仙女不肯起飞，无奈何，几个姐姐只有先飞走一步，免得沾了火星。斗了几十个回合，春腾一脚挑起一块大石头，踢向那个火妖，打得火妖连滚带爬。农民战胜了妖怪，发现石板上还坐着一个仙女。

春腾说："你为什么不走？"

仙女说："你舍命救我们，而我们还没有谢谢你，怎么能够走呢。如果走了，就是不懂得礼貌。"

春腾说："我的名字春天的春，我父亲认为，我们这个地方四季如春，所以给我的名字起了一个春字；我母亲说，她从小就羡慕天上的鸟儿，更羡慕天宫里的仙女，她说我的儿子生在四季如春的岛屿，还应该有飞腾的本领，于是，在春字后面加上一个腾，代表飞腾、即腾云驾雾的意思。"

仙女说："我是玉帝的第九个女儿，人们称我为九妹，春腾郎，我想嫁给你好吗。"

黎萍导游说到这里，杨扬插话了。她说："中国是一个农业大国，农民的地位在人民群众心目中，比商人高，比猎人高，比渔民高，比演员高。不像我们今天的年代，一个有名的歌星出场一次唱个几首歌，就是几十万元上百万元。由于当时的农民地位高，我们的神话里的仙女总是配农民，也就不奇怪了。牛郎与织女的故事里，是仙女配农民，董永与七仙女的故事里，还是仙女配农民。"

黎萍继续讲她的故事。这次，大家打开了神奇旅行背心上的幻觉开关，而阿槟阿榔则打开了时光隧道开关。他们来到当时海南海口的一个山坡上，就是今天的火山口一带。仙女九妹已经与勤劳勇敢朴实的农夫春腾结为夫妻了，他们居住在两间木屋里。这在当时的农村是小康水平，一般家庭住的是泥巴茅草屋，虽然几个屋梁是木头的。而春腾十分能干，他盖的房屋是木头的，就不奇怪了。起初，他们生活很平静，几个仙女来了一次，要他们的妹妹回去。看见春天对九妹很好，就放心了。凶恶的火妖早就知道了，只是被春腾踢的石头砸伤了腰，故在山洞里一边治疗伤痛一边练功夫。

时间长了，春腾放松了警惕，他一个人到山里去打柴，将九妹一人留在家里。这一天，一直躲在附近观察的火妖暗笑，终于等到了机会，他来到了他们的住处，一脚将房门踢开，九妹被惊呆了："你想干什么。"

妖怪说："我想与你成亲。"

九妹说："这不可能，我希望你放了我。"

妖怪说："我肯定不会放你。"

九妹说："我肯定不会与你成亲的，你别癞蛤蟆想吃天鹅肉。"

妖人狞笑："到口的天鹅肉放了，只有傻癞蛤蟆才会如此。"

火妖将仙女一下劫走，来到了一个崎岖的山岩上，里面有一个山洞，这就是火妖居住的地方。火妖将仙女禁在火山洞里。再说，春腾回到自己的木屋，发现，屋门洞开，妻子已经不见踪影，正在奇怪：九妹到什么地方去了呢。正在这时，门前的椰树说话了："主人，快去山洞救你娘子。"

春腾说："你是谁，怎么知道我娘子在山洞里。"

椰树说："我是椰树仙子，我看见火妖抢走了你的妻子。"

春腾一听，拿起锄头就要走。传说，这个锄头与柴刀就是仙人给五指山那个农民夫妇一家的宝贝。

春腾去了，寻遍群山，终于找到那个山洞。春腾在洞门口呼喊："妖人，还我娘子。"

他的声音响彻云霄。火妖出来了，才与春腾交手两个回合，口里喷出熊熊的火焰，一下烧得春腾痛苦地满地打滚，原来，火妖已经掌握纵火的邪术。

阿槟阿椰被眼前的景象惊呆了，只见火光冲天，火焰像波浪一样翻卷，他们难免害怕了。他们发现了站在山坡上的春腾，就忍不住相劝，回避一下，留得青山在，不怕没柴烧。春腾说："你们是哪里来的客人，谢谢你们的好意，我宁可死也不会气馁。"

阿椰阿槟这个时候听见椰树仙子说话了："春腾决心同火妖决斗，灭火救妻，他天天在山谷里苦练功夫，呼风唤雨，声音响彻云霄。"

阿椰阿槟正在发愁，如何帮助春腾打败火妖。他们看见有几个仙子从天空飘落下来，其中一个在云端开口："春腾，你的举动感动了玉帝，派我们与众神仙来帮助你对付火妖。"

阿槟阿椰发现，山岭神把两座大山炼成两个水缸，把一棵参天宝树炼成一条扁担，一起送给春腾；风雨神给春腾指引水源。春腾挑回两潭四池的水，来到马鞍岭时，火妖发觉了，作起法术，使春腾怎么也挑不起两缸水。

春腾急中生智，飞脚把扁担踢开，扁担平稳落地，变成像"一"字的一条山岭，正好压住火妖的脖子，另一只脚踢破水缸，顿时风雨大作，降服了火妖，救出了仙女。从此，这块地方百里平安，万物生长。

后来，两个水缸变成两个山岭，这就是今天的马鞍岭。站在火山口的石头顶上，欣赏那一块块青色的火山石，回味这个动人的神话传说。感受到火山口公园随着时代的进步，生态旅游的兴隆，国际旅游岛步伐的加快，在不断地发展。

我们来到当年的火山口，哪里已经密密麻麻地长满了草木。我们钻进洞里，仔细寻找，想找到宝刀与宝锄，可是，没有踪影。阿槟、阿椰有一天对我们说："我们真舍不得这个地方，真舍不得你们这些朋友。我们必须得回去了。"

我问："你们不找宝刀、宝锄了。"

阿槟说："我们不是不找，而是我们回归的时间快要到了，这是有约在先的。豺狼精现在到处在寻找宝刀与宝锄，这是定海用的宝贝，你们一定要抢在他们前面。"

三十九、黎家传说

黎萍说:“黎族民间故事,以爱情为题材的最多,也最精彩。这些作品,爱憎分明,情节曲折,富有人性味。追求恋爱自由、婚姻自主,对爱情忠贞如一,是这类作品的共同主题。黎族民歌主要分为新民歌和传统民歌两种。按其形式与内容,则有情歌。黎族情歌,数量颇多,内容充实,有鲜明的独特色彩,乃黎族文学艺术中比较高的作品。情节委婉、曲折,有喜的,也有悲的,有的表达他们对破坏婚姻的恶势力的蔑视和抗议;有的情意缠绵,意真情挚,主要体现小伙子与姑娘之间的热烈追求、真情的爱恋与离别的思念;有的反映小伙子与姑娘之间的埋怨、猜疑而最后破裂的;有的诉说被对方遗弃的痛苦。请看下面的几首情歌。”

女唱《请坐歌》:

入房哥人面陌生,
请哥坐下歇一下;
哥有心来妹陪坐,
稻草做床睡过夜。

男唱《多谢妹人陪过夜》:

哥居远地面陌生,
千年万载不来下;
红藤缠树互做架,
多谢妹人陪过夜。

女唱《妹捧花篮任哥采》:

芳花专等哥来开,
房门专等哥来推;
哥欲有心把花摘,
妹捧花篮任哥采。

男唱《找情人歌》

妹种颗花在园里，
花不开来峰不知：
花不开来蜂不识，
花开芬芳蜂才来。

女唱《海干成田不分离》：

伸手给哥咬手痕，
手痕越深情越深；
看见手痕忆哥情，
海干成田不离分。

到了需要结秦晋之时，小伙子把自己精心编织的斗笠或一条花手帕送给姑娘。姑娘也给小伙子赠送一条自己用心血编织的红色腰带，或者是一把精美的花扇子：

一把扇子骨十三，
送与阿哥扇热天；
扇叶破烂扇骨在，
扇骨一条念百年。

直到天亮，他们才从椰树丛、槟榔园中难舍难分地离开。他们唱《抗婚歌》，以表示强烈的反抗，争取婚姻自由，过上男女平等、美满幸福的生活。

包办婚姻我不嫁，
情愿孤独到眼花；
花开花落随春去，
决不损瑜变污瑕。

即将分手时，姑娘便唱《送情歌》：

送哥送到那边村，
越送越远心越乱；
脚踩蚁窝不知痛，
手捡树叶撤满园。

它表达了姑娘和情郎一走一送，越送情越深，越走越恋恋不舍。但是，小伙子与姑娘，发觉对方的品格不合理想，或是发现对方和别的异性有瓜葛，就会提出断情的要求。

他们便唱起《断情歌》：

女的这样唱：
风筝断线难接头，
河水东去不倒流；

妹移妹花别处插，
哥撤哥篱异处囚。

生活歌。这种民歌，主要反映黎族人民的生活和控诉封建统治者的残酷压迫和剥削。内容相当广泛，具有强烈的抗争精神。同时，还运用夸张、拟人的手法，使其情节更加感人，从而赢得较好的文学效果。其中，有些是通过唱民歌的手法，以教育人们惩恶扬善，明辨是非，爱憎分明，热爱生活，关心他人。

例如：《做好人扬千万年》：

做人要懂得礼义，
不用做歹把人欺；
做歹的人人厌恶，
做好人扬千万年。

生动地反映黎族人民受压迫的悲惨的民歌。如《穷单身》：

替老爷做工，
劳累苦终年，
给财主干活，
汗流一身空。
扔了破竹笠，
含恨归途中，
望见故乡道，
满路变苍穹。
归来见妻子，
满脸皱纹横；
见到自家狗，
汪汪把我轰。
归来见木材，
全是白蚁洞。
老天爷呀，
叫我多酸痛！

黎萍说，这首民歌，唱出了旧社会的悲惨人生。穷人为生存，被迫离乡背井去给地主老财当牛做马。多年劳累归来，昔日的家园已面目全非，连家狗也忘了本，不认得主人，把他当陌生人似的驱赶！

杨扬说，黎族民间歌谣乃黎族人民喜闻乐见的一种文学形式，几乎人人都善于演唱，用于抒发感情，表达生产、生活、战斗的坚强意志，反映他们的独特情操，成为日常生活不可缺少的精神食粮。有的巧妙地刻画黎族的风土人情；有的记录劳动人民征服自然的事迹；有的歌颂黎族人民理想中的典型英雄人物,有的表现劳动人民的爱憎,揭露统治阶级的丑恶面貌。多半是触景生情,即兴作歌。表现手法多种多样,而且讲究韵律节奏,易于上口。例如七言民歌:

女唱:

隔山望哥妹心焦,
隔水望哥恨无桥;
有心架桥去寻哥,
又怕哥无心架桥。

男唱:

天上星星数不清,
只有一颗亮晶晶;
地下妹子千千万,
单想同妹结深情。

诗意浓郁,意境深邃,亲切感人。因此他们的男男女女、老老少少,特别是春情焕发的小伙子和姑娘们,更是喜爱唱民歌,也善于唱民歌,甚至启口成歌。演唱方式,有对唱与独唱,也有齐唱与重唱。所以,与此相适应的是曲词表现形式多种多样,有激昂高亢的,有娓娓低吟的,也有欢快诱人的,完整的反映了黎族人民刚毅、耿直的性格,充满勃勃生机与青春活力,展现了黎族人民淳朴乐观的精神风貌。

黄梅说:他们演唱民歌时,以吹奏民间乐器配之,如洞箫、口弦、鼻箫、二胡、笛子和唢呐等等,成为祖国艺术遗产中珍贵的组成部分。黎族民歌音韵和谐,且特别讲究韵律节奏。韵律分为脚韵、头脚韵与腰脚韵等三部分。其中,以腰韵互抑为主,头脚韵互抑为副,第三是脚韵。这三个部分在民歌演唱时,并不多都同时出现。因此,歌颂、唱吟时,通常是一环扣一环,娓娓动听,朗朗上口。

黄哥说:黎族民歌有一个突出的特点是侧重于比兴。运用大自然的草木、虫鱼、禽兽、气候、山水等作比喻,使其充满地方色彩。

例如:女唱:《哥想撒网莫怕深》:

鱼游水底眼金金,
哥想撒网莫怕深;
欲想捕鱼要下水,
欲想抓鸟进森林。

男唱:《只想海棠花一株》:
与妹坐下面向东,
哪来海棠花这芳;
千万金钱哥不想,

只想海棠花一株。

这两首歌都是采用拟人、比喻的手法，语言质朴，情意浓郁，亲切感人。黎族宴席曲大都语言精练，比喻生动、贴切，常以通俗易懂的话，说明深刻的道理，精确地表达社会生活风貌，概括了日常生活的经验，凝结了黎族人民的智慧。例如《敬酒歌》和《祝酒歌》是在接待亲朋好友的酒席上唱的歌，既能表达主人对客人的一片敬意，也可增添宾主之间在酒席上的乐趣与情谊。杨扬经常跟着黎萍，她也能唱上几首黎族民歌。现在，她唱了一曲《祝酒歌》。

《祝酒歌》：

桌上吃酒祝兄弟，
祝你各人夫与妻；
祝你人万事如意，
夫妻和合千万年。

《自由通婚觅伴侣》：

过去黎汉相歧视，
黎汉绝不称兄弟，
心理人情有隔离，
两族通婚令禁止。
党的政策好无比，
黎汉相亲如兄弟，
两族男女暗相恋，
自由通婚觅伴侣。

这道歌唱出了黎汉两族人民之间消除了过去的民族隔阂，把对方视为兄弟姐妹，和睦相处，自由通婚，团结互助，共建美好的社会主义大厦。

神话博士说，上古神话传说，轻视爱情的多。后来的民间神话传说，美丽的南渡江，水底有一磐石，形如螺蛳，人们称为“螺蛳石”。这一奇石，流传着一段凄美动人的故事。至今游人到来，山翁还津津乐道。原来，古山洞里住着一个叫符合生的青年，以渔猎为生。符合生英俊善良，勤劳勇敢。无奈连年洪灾，冲毁田园庄户，凶猛的野兽时常出没，残害百姓。符合生帮众乡亲奋力抵抗，日子依然十分凄苦。有一天，符合生狩猎回家，见石桌上摆满了香喷喷的饭菜，却不见做饭的人，接连几天都有这样的好事。

符合生觉得该弄个明白，于是有一天，装着上山，没走多远又折回来，隐在门背后。不一会，一个白白净净的姑娘走进屋来，忙着做饭。符合生壮着胆子拉住了姑娘的手，姑娘也不推辞，介绍自己是南渡江中修炼千年的螺仙，陪龙王公主出游到此，玉帝派她来帮乡亲们战胜山精洪魔。于是，符合生与螺仙结为夫妻，双双带领众乡亲奋力抗击洪涝灾害。从此，这一带的老百姓安居乐业，符合生与螺仙的日子也过得恩恩爱爱，幸福美满。数年过去，有一天，符合生又上山打猎，就再也没有回家。螺仙盼夫归来，望眼欲穿，一天天的守候，一次次的失望。最后她回到两河交汇处，还原成螺蛳，化为磐石。后来人们为纪念螺仙与符合生战胜洪魔水患的功德，还常常到这里祭拜。今日，此石已没入南渡江中，只给游人留下一段寄托爱情理想的故事。游览南渡江，水光山色，如梦似幻，美不胜收。凄美动人的故事，难以忘怀。

黎萍说，《盎哇鸟》（又名《奥桃堆》）向人们讲述的，是一个曲折而动人的爱情故事。故事讲述：奥桃堆答应亩头儿子哈劳帕劳泽的求婚，但阴差阳错，哈劳帕劳泽却误娶了另一个姑娘——丑女奥幸芬。于是奥桃堆一气之下，另找情人远嫁他乡。哈劳帕劳泽发现自己娶的不是奥桃堆，新婚之夜出走寻找奥桃堆。后来，哈劳帕劳泽发现奥桃堆已经嫁人，心里非常痛苦。他苦苦哀求奥桃堆重归于好，遭到拒绝。哈劳帕劳泽心一横，把学来的妖术将奥桃堆变成盎哇鸟，而自己因失算，也变成了公盎哇。几年之后，奥桃堆在她丈夫的帮助下，渐渐恢复成人，夫妻再次团聚，过上了幸福的生活。奥桃堆不因旧情而背叛丈夫，坚决拒绝哈劳帕劳泽的要求，至死而不改，这种行为值得赞颂。而哈劳帕劳泽竟因爱心未遂，采取残酷手段。这种极端利己主义的行为，应受到谴责。最后他自食其果，不得超生，那是报应。

杨扬说，黎族的生活故事，主要是宣扬美好道德观念。这与黎族人民的优良传统、淳朴善良的观念，以及长期处于单纯的社会结构这一历史现象有着密切的联系。同是爱情题材，《铁臂郎与老鹰精》、《诺实和玉丹》、《星娘》、《百兽衣》等传说故事，表现的是无辜的、善良的受害者经受百般折磨，经受生死搏斗，爱情终于战胜邪恶势力。铁臂郎为了救情人雅沙，历经千辛万苦，终于射死九头老鹰，营救了雅沙；诺实无视权势者的专横，同乡亲们合力奋战，惩办了情敌，夺回了与玉丹的爱情；劳丹遵照妻子的嘱咐，编成"百兽衣"，乔装跨进官府杀死贪婪愚蠢的峒官，赢得了与妻子的团聚。凡此种种，无一不在表明一个主题：爱情的力量是巨大的，不管邪恶力量如何凶顽，对爱情和幸福的追求是不可战胜的。

《神藤》、《蛤蟆黎王头》、《红蘑菇与白蘑菇》、《五兄弟》等故事，赞美了那些知足谦恭、忠诚老实的人，嘲笑了那些贪得无厌，残忍狡诈的人。这些故事往往通过正面人物获得某种宝物（如"宝锤"、"宝筒"、"宝篓"、"宝锄"、"宝刀"、"宝葫芦"之类），神奇般地开创了新的生活。

黎萍说，我们还可以看一看黄道婆的传说，黄道婆原名黄小姑，她是七百多年前松江(原属江苏，今上海市松江县)乌泾村人，从小死去爹娘，无依无靠，她八岁当了童养媳，受尽虐待和折磨。后来，她漂洋过海，来到海南崖州，落户在黎寨内草村。黄道婆到了内草村，向姐妹们学习纺织手艺，因为她心灵手巧，很快就学会了，而且能织出色彩鲜艳、花样别致的筒裙和被面，大家见了，都啧啧称赞。

墙内开花墙外香，黄道婆的美名从此传四方。有一天，突然有个外地商人窜进她家，用高价跟她买纺织品，说是要作为贡品献给皇朝。黄道婆婉言谢绝说："我织布还不够自己穿，哪里有布出卖。"

商人威胁说："宁愿自己没有穿的，献给皇朝的贡品却不可少，否则怕担罪不起。"黄道婆答道："你有钱人只知道跟皇朝打交道，我们没钱人只知跟土地打交道。你要贡品献给皇朝就自己织布去。"

那商人冷笑说："这也是州官的旨意，你如不答应，别想有站脚之地。"

黄道婆也毫不示弱，下了逐客令："这里是我的家，没有你的站脚之地。快给我滚！"

那商人无可奈何，只好灰溜溜地走了。

过了几天，州官果然来命令："不准黄道婆在内草村安家落户。"

乡亲们舍不得黄道婆离开，都劝说道："暂且到我家躲躲，不要出头露面。"

黄道婆说："鸡蛋碰不过石头，我不愿连累大家，我还是自己另找避身之处。"夜里，认她为女儿的一个老大妈，给她准备了干粮和行李，带她悄悄上路，到远离内草村一百多公里的保定村，安置在亲戚家里。

黄道婆到了保定村，很快又跟保定村的姐妹们熟悉起来，经常在一块琢磨纺纱织布工艺。人怕出名猪怕壮。一天，多建峒的头人又忽然登门说道："黄道婆，你要在三天之内，给我织出一幅最美最美的崖州被，我要作为贡品献给皇帝。"

天下乌鸦一样黑，黄道婆晓得到处有这般人，这次她没有推辞，说："好吧，请明天来取。"

当天晚上，她忙了一整夜，织出了一幅崖州被，染上了颜色，鲜艳极了。

第二天，多建峒的头人来取崖州被，笑得合不拢嘴，他回到家里，大摆酒席，宴请远近头人，当众夸耀自己的贡品。大家也都称赞不已。于是开怀畅饮，闹腾了半夜，弄得个个酒醉如泥。第二天，那头人准备起程上京献贡品。当差人从橱中取出贡品崖州被时，他大吃一惊：美丽的崖州被怎么夜之间变成了一幅黑粗布？他把牙齿咬得格格响，命令差人马上把黄道婆抓来处死。但当差人来到保定村时，黄道婆早已出逃了。

原来，黄道婆有意捉弄他，把一种容易变色的染料染上崖州被，当天看来十分鲜艳美丽，隔天却全变成了黑色。黄道婆晓得头人一定会来抓她处罪，便在姐妹们的陪伴下，逃进五指山腹地去了。过了很长时间，她才重返家乡，又把自己的手艺传给乡亲。黄道婆去世之后，当地人为了纪念她，还修造了一座光棉祠。

看来研究社会学的杨扬，她也了解了一些民间传说，她说："这些神话传说都能够给人们带来真善美的教益。"

——如《乞丐》、《椰子壳》等等，也充分表现了黎族人民的这些美德。《椰子壳》批判了只看外表、对子女不一视同仁的母亲；《乞丐》则通过五指山大仙化乞丐，考验真伪善恶：财主势利心狠，唯利是图，终不得好报；穷人虽穷，心地善良，乐于助人，善有善报。

——宣传扬善贬恶的道德观念。有讽刺性故事《猴子屁股为什么红》、《聪明的阿坚》，也有寓言故事《土地庙为什么这样小》；有地方掌故《双女石》，也有动物故事《猫和老鼠》、《牛屎鸟》等等。这些故事大都短小精悍，妙趣横生，给人以轻松的感受，愉快的教益。

——值得一提的还有故事《两只熊》。它讲述了农民因梦而惊惶不安，荒废了生产，自己害了自己。这是黎族人民从生活中汲取到的深刻教训。农民敢于与熊斗争，农民是胜利者。但却因迷信厄梦，而自吃苦头，这是故事对迷信思想的批判。

神话博士说，由于五指山神话故事传遍了海内外，中外好多游客来这里。一是想寻找大峰的后代。二是想寻找宝刀与宝锄。居住在这里的居民,经常看见一些游客,打听宝刀与宝锄。村里有个百岁老人,他听上辈人讲五指山的故事,知道宝刀与宝锄。可以讲好多好多的神话故事,自然,他经常给人讲五指山的故事,经常要回答同一个问题:宝刀与宝藏在什么地方,是山洞里还是在那棵大树底下。由于人们迷恋找寻宝刀与宝锄,五指山的山洞寻遍了,附近的山也去了,从清朝找到民国,从新中国解放找到改革开放,谁也没有找到,但是,关于宝刀与宝锄的传说越来越奇,越来越多。

神话博士、杨扬、阿槟、阿椰、黎萍、黄梅等,你一言我一语说出了以下方面的内容。

——传说之一。位于五指山一个山坡上,一怪石屹立峰巅,其状似身着道袍的仙人。他一手举起,似为游客指引道路,故名"仙人指路",又名"仙人指路峰"。它之所以颇副盛名,不仅仅在于外形酷似,而且因为有一段对世人颇有启发作用的故事。相传很久以前,有一位两岁能文、四岁会武的神童,只因后来科场失意,擂台负伤,改行经商后又把老本蚀光,在走投无路的时候就奔赴五指山来找宝刀与宝锄。哪知跑遍了千峰万壑,连宝刀、宝锄的踪影也没见到。干粮吃光了就吞野果,衣服穿烂了就披树皮、树叶。渐渐地变得骨瘦如柴,一天终于昏倒路旁,奄奄一息。不知过了多久,来了一位身背篾篓,脚着布袜芒鞋的老人,把神童救醒过来。问明情况后,老人哈哈一笑说:"你怎么聪明反被聪明误呢?哪里有什么宝刀、宝锄,你快回家去找人用力气活干干,免得把一条命丢在这荒山野岭白白喂了豺狼虎豹。"

说完还送些野果给神童路上吃。神童心想老人的话是对的,就千恩万谢地辞别了老人。没走多远,猛一下醒悟过来,"我跑遍全山连个人影也没见过,那老汉分明就是仙人。"

谁知等他抬头再看时,这老人却变成了一块高大魁伟的"仙人指路"石。神童又在石头前百拜千叩,忽然石头人肚里发出声音,劝君改走勤奋路,莫再去寻找宝刀、宝锄了。神童最终还是听取了仙人的话,后半生不但成家立业,而且日子过得很火红。

——传说之二。宝刀成为了一条神奇的猎狗,这条猎狗被一个特别喜欢狗的汉族人买了,回到家里,由于狗的样子十分凶猛,女主人不是太喜欢。结果,女主人与男主人吵了一架,女主人拿起一根擀面杖偷袭男主人,眼看就要打伤男主人的后背了,猎狗出其不意地冲上去,咬住了那女主人的衣袖,使女主人的偷袭计划失败了。男主人发现了女主人的企图,结果,将女主人打得抱头求饶。当然,女主人开始报复猎狗了。终于有一天,男主人外出卖自己打的山鸡野羊了,他没有带上猎狗。这猎狗对主人特别忠实,话说有人上门来想买走这条猎狗,男主人不在家,女主人要卖猎狗,而猎狗就得服从,她赶它走的时候,猎狗望着女主人,流出了眼泪。再说男主人回到家中,狗没有出门来迎接他。于是,他觉得奇怪,这是因为狗闻到自己味道,就会主动出门迎接的。他在家里找了一圈。也没有见到猎狗,十分诧异,问:"我的狗呢?"

妻子说:"不知道。"

丈夫看见妻子神情紧张,就说:"你肯定知道,你必须说实话。"

妻子回答:"我怕这条狗,将它卖掉了。"

丈夫问:"你卖到那里?"

妻子交代了："卖给你的老熟人了。"

于是，丈夫来不及洗澡，顾不上吃饭就外出了，他赎回了他的爱犬。

他们家里发生了一件事情，改变了妻子对狗的行为。那一天，丈夫出门打麻将去了，妻子关上门窗睡觉，天气从来都没有这么寒冷，妻子将门窗关上了，没有意料到厨房里的煤气炉上的管道脱落，煤气阀又没有关，导致煤气泻漏，妻子迷迷糊糊地睡着了，显然是煤气中毒了。猎狗先拱开门窗，然后到邻居家将男主人的裤腿咬住，往外拖。男主人意识到家里出了什么事，赶到家里，才知道是煤气泄露，妻子中煤气了。马上打电话让医院救护车过来抢救，最终，让妻子活了过来。医生说："晚了，就没有救了。"

等到妻子对猎狗感恩戴德的时候，猎狗失踪了。开始，男女主人到处找寻猎狗，有人托梦，说："你们不用找了，这狗是宝刀变的，又变回去了，回到神仙手里了。"

——传说之三。宝锄成为了一条蟒蛇。农场里的一个叫贵林的农工，在路边发现了一条受伤的小蛇，他想，小蛇没有受伤，我可以不去管它，如果受伤了，我无论如何得把它的伤治疗好了再放走。他将小蛇带回家里，用草药治疗。他喜欢动物，对动物疗伤的常识还知道一二。他发现，这条小蛇一天一个样，带回来的时候，只有一尺多，现在，一个星期，小蛇有一米长了，他请熟悉蟒蛇的朋友上门来看，朋友们告诉他，这是一条珍贵的蟒。贵林想，既然珍贵，我就先养一段时间，再设法送给动物保护部门。

说起来，也巧，贵林家里经济条件不好，自己学历只是高中毕业，言语不多，到了30岁，婚事还没有眉目。可是，自从他养了这蟒蛇后，邻村有一个28岁的大姑娘经常光临，原来她喜欢这条蟒蛇。我说巧，就是巧在偏有女孩喜欢蟒蛇。他们俩一起谈蟒蛇一起谈天一起吃饭一起喝茶。一段时间后，他们相互之间有了感情。后来，蟒蛇有二米多长了，他们的爱情终于成熟了，女孩舍不得离开蟒蛇了，更舍不得离开贵林了，他们结婚了。

结婚后他们生下一对双胞胎。他们要上班，还要喂养大蟒。双胞胎一个是男孩一个是女孩，喜欢哭，一个前半夜哭，一个后半夜哭，弄得他们两口子疲惫不堪。终于，有一天，他们实在累了，就将孩子往三米长的大蟒蛇身上一放。蟒蛇用头挨着两个孩子的头，用舌头舔着两个孩子的手，或者让两个孩子坐在它自己身上，或者是将两个孩子围绕在中间。夫妻俩上班时，常让蟒蛇与孩子在一起，孩子往门外跑，蟒蛇总要把孩子拦回来，因为孩子仅两岁，担心他们会丢失。孩子有五岁多了，全家一起到水库去游泳，夫妻俩给两个孩子套上了两个塑料充气救生圈。没有预料的事情发生了，两个孩子的救生圈其中一个太大，小女孩从救生圈里滑下去了。一个救生圈破了，气跑光了。夫妻俩发现了，两个孩子都沉下去了，水面上看不见孩子了，他们焦急万分地，在水里到处摸索，想抓住孩子的身体，就是没有摸到。在水边浸泡的蟒蛇发现了什么，马上游了过来，沉下水去，一会，两个孩子都抱着蟒蛇浮了起来，蟒蛇朝岸上游去，两个孩子得救了。父母帮助两个孩子吐出了喝进去的海水。

以后，关于神奇蟒蛇的故事越传越远。故事认为，这是一条神奇的蟒蛇，能够成为贵林夫妇的红娘，成为贵林夫妇孩子的保姆，还成为救助孩子生命的救生员。有电视台还给派人来给做纪录片。这条蟒蛇由于每天吃的东西太多，贵林夫妇终于含着眼泪，将大蟒蛇捐献给野生动物园去了。于是，有人说，这个大蟒蛇是锄头变的。

——传说之四。某大学有两个大学生，女青年叫晓晓，男青年叫旺旺，他们是一对恋人。有一天，男青年的父亲给儿子送生活费来，约好下午6点要在饭店吃饭，没有想到他的儿子十分任性。他的父亲是一个公司的总经理，平时工作很忙，没有时间管教，所以，儿子就变得很任性了。现在，他儿子明知道快到6点了，却对女友说：莫管他们等多久，我陪你去海滩游泳。女孩说：我可是不大会游泳。

男青年其实水性不大好，却说，没有关系，我的水性好，我会保护你的。晓晓就陪同旺旺一起来到了海滩。这里风景如画，海滩上游泳的人不是太多，一来大风来了，水有点凉，而且浪有些大。旺旺借了一个大救生圈，让晓晓在圈里面，手扶在橡胶框上。旺旺将晓晓往海的深处推，水深到了他的胸部，他们开始嬉戏，晓晓打旺旺，旺旺往晓晓脸上浇水，晓晓车头回避，手放松了，结果，一个浪头打过来，他们的救生圈被打走了，晓晓沉在水里呛了水，双手乱舞，喊起救命来。旺旺赶快去追救生圈，没有想到追不上，又去抓他的晓晓，没抓住。他的水性不好，自己也开始往下沉。有两个游客，看见他们情况不妙，赶快过来救他们，一个去救晓晓，一个去救旺旺。

救晓晓的那个游客，刚刚一接触到晓晓，就被晓晓死死地抱住，他眼看游不动，往水里沉下去，赶快喊他的同伴来帮忙。他的同伴，放弃了救旺旺的打算，向他们这里游过来，扒开晓晓的手，两人配合将晓晓救上岸。他们准备再去救旺旺，看见水面上没有人了。晓晓苏醒过来，赶快给旺旺父亲打电话过来，旺旺父亲终于赶来了，得知旺旺在海水里失踪了，一下晕了过去。事后，人们说，那个宝锄变的蟒蛇在这里，旺旺就有救了。

晓晓央求海滩的工作人员打电话请来打捞队，折腾了几个小时，终于捞起了旺旺的尸体，旺旺的父亲醒过来了，傻傻地望着儿子的尸体，就是哭不出声音来。晓晓忽然发现，旺旺的脸色是红润的，就说，能不能够明天再送殡仪馆，今天就让他躺在沙滩上。一会儿，太风来了，只见一股龙卷风将旺旺卷到海里，尸体在水面上漂，就是不肯沉下去，晓晓赶快扑上去，她使劲去追尸体，没有想到，刚追上，晓晓与旺旺越漂越远，等到海滩的工作人员弄来汽艇、救生圈追过去，什么都不见了。好多天过去了，有人说，他发现了旺旺与晓晓，他们被海豚救了，这海豚要么是宝刀变的，要么是宝锄变的，这就是说，宝刀与宝锄出现了，宝刀与宝锄显灵了。

——传说之五。由于人们怀念宝刀与宝锄，寻宝运动生生不息，本文的故事围绕着宝刀与宝锄展开。甚至有骗子也开始用宝刀与宝锄的名义行骗。一个北方骗子与洪兰认识了，他们想到海南来游玩，顺便还要骗吃喝骗金钱，就对人说，他们知道宝刀与宝锄的下落。这样，有几个生意人带着大笔钱财出发了。他们坐飞机转汽车，到海南一个宾馆住下，然后参加四日游，玩个痛快，骗子与洪兰请导游讲故事，关于五指山的故事，又租用出租车到五指山，找到那个会讲故事的百岁老人，当然，宝刀与宝锄谁也没有找到，几个生意人最终没有埋怨骗子，他们离开了海南，带着遗憾回北方去了。可是，骗子与洪兰最终却相信真有宝刀与宝锄，他们发誓要找到宝刀与宝锄，所以，他们一直待在海南，天天在探寻宝刀与宝锄。

四十、尾　声

南海科学研究院会议室里，徐龙院长召集碰头会，李大平总经理、王公仆董事长、田高工、神话博士、黎萍导游参加了会议。徐龙院长说："如何发挥宝刀、宝锄预报地震与火山爆发信息的作用，是摆在我们面前的重要话题。"

他指出，根据现有史料记载和近代仪器记录，自1466年至1990年，海南境内共发生了31次4.8级以上地震，1969年至1990年共发生26次3.0级以上地震历史上，海南省破坏性地震，大部分分布在琼北地区。其中，面波震级6级以上地震。有20次，最大的为1605年琼山塔市7.5级地震，造成陆陷成海，沉没七十二个村庄，对琼北城镇及其邻近地区，造成了极为惨重的人员伤亡和房屋破坏。

徐龙院长认为，地震预报是当代科技难题之一。我国三十多年地震预报的实践表明，仅在有利的条件下，对某些地震可以作出一定程度的预报。在今后相当长的时间内，虚报、漏报在所难免。主要原因：一是对震源深处的直接探测相当困难。近几十年来，几乎没有取得突破性进展。二是对地震发生的物理过程，尚在探索与研究之中，还没实质性的突破。三是前兆现象与地震关系的不确定性或复杂性，即没有一种异常现象，在任何地震前一定会出现，也没有一种异常现象，一旦出现之后，就必然发生地震。这些情况表明，地震预报的探索，必然是一个长期的艰巨的过程。

徐龙院长宣布散会，然后，他与李大平总经理、黎萍导游、田长江工程师、阿槟鹿仙女、阿榔猎手、布东教授、杨杨硕士、黄梅、胖瘦九代穷等一起来到儋州的东坡书院。神话博士提议："我们每个人讲一个相关于儋州的神话传说，如何？"

黎萍先讲了《东坡井》的传说。东坡居儋期间，看见百姓多饮沟渠里的浊水，常生病痛，焦急不安。一天，黎子云、王霄、符林来访东坡老师，东坡正以北门的江水沏茶。这沏茶之水，是东坡夜里从北门江取来的，要走好长好长的路程，实在辛苦。黎子云说，先生住在这里，汲水多不方便呀。东坡说，奈何苦于百井皆咸呀！

王霄欲语，东坡接着说，我正打算在天庆观内挖一口水井呢。王霄与符林说，这正合我们心意，我们一起来帮忙先生打井。第二天，东坡率领诸生动手打井，挖泥声、砌石声，响成一片，好不热闹。花了几天工夫，水井挖成，泉水涌出，大家品尝泉水，十分甘甜。

黎子云、王霄、符林等当地文人，聚会祝贺，即兴赋诗，天庆观一片欢乐。因东坡在此挖得一石，状如乌龟，便把水井叫“龟泉”。此井挖成，清晨，旭日初升，东坡到井边取水煮饭、酿酒、泡茶；半夜，明月当空，东坡在井边静立，呼吸清爽的空气。当地百姓都来取水。水是生命之根，大家自从饮上清洁的井水，疾病也减少了。百姓感激东坡带领大家挖此宝井，后来便把“龟泉”改名为“东坡井”。

神话博士说，刚才黎萍讲《东坡井》，我想起了《东坡吟诗治野马的故事》。相传八九百年前的一段时间，石马岭一带的农作物经常遭到践踏，人们看了，无不心疼，认为这是山上野兽作的孽。因此，猎人们决定狩猎捕捉。这天深夜，猎人们等候在荆丛隐处。正感到有点困倦的时候，只听见一阵马群的嘶鸣声。猎人们立刻循声追去。可是真怪，追到山顶，马叫声一下子稍失了，也不见半只马蹄印，这马群到哪儿去了呢？天亮以后，只见马蹄过处，一片片庄稼被糟蹋得不成样子。第二天夜里，猎人们继续潜伏，分头把守，一听见马群的嘶鸣声，马上出击。只听见马群飞奔，却看不见马群跑到哪儿去了。猎人们无可奈何，心灰意冷。这件事，传到了苏东坡耳中。他说，人要有为民之心，要做利民之事。他决定跟猎人上山实地考察。路途中，苏东坡顾不得乱石绊脚，荆棘扎人，沿着一个个若明若暗的马蹄印循踪辨影，一直上到山顶。马蹄痕迹消失了，只有一块块石头，千姿百态，矗立四周。苏东坡慧眼睁开，发现这石头形态就是一匹匹石马。苏东坡高兴极了，找到了嫌疑犯。猎人个个围拢过来争相问道，先生为什么高兴？苏东坡指点着群石对大家说，这就是你们要追捕的害民之马了。大伙一看，说，这不是石头吗？苏东坡的文曲星下凡，眼力非凡，他说，这些石头就是石马。接着，苏东坡挥笔题诗道：“石马无蹄出府州，神仙遗下几千秋。狂风荡荡毛不动，细雨霏霏汗直流。芳草满堆难下口，钢鞭硬打不回头。牧童牵也牵不动，天地为栏夜不收。”

说来也巧，自从苏东坡题诗后，石马岭一带的农作物，从此再也不见禽兽来糟蹋了。苏东坡诗治野马的事，传遍了儋州，父老百姓对苏东坡的诗文才学夸赞不已。纷纷前来石马岭赏诗观景，人来人往，川流不息。一群石马守在山头，就像一个个哨兵。在儋州（在广东海南岛）北部的石马岭上，有一块以苏东坡名字命名的石头，叫做“东坡坐石”。“东坡坐石”，相传就是苏东坡题诗时坐过的。坐石中央，隐隐约约可以看见袍痕鞋迹；坐石附近，依稀可见马蹄的足印。

田工说：“我就喜欢听这样的传说，害群之马被制服了，皆大欢喜。李大平说，你到底是在安全部门工作，有爱憎分明的职业习惯。”

黄梅说，好故事，我也想献丑，给大家讲一个《榕岩仙迹》的神话传说：百年前老林茂密，古木参天，长着油楠、青梅、高根等一级木林，大的几个人难以合抱，当时南丰人民建造“冼大夫人”庙堂所用的大小栋柱，均取材于南丰岭。岭南面接近峰顶的地方，有数座岩石奇峰突起，每座均有十余米高，岩石顶端长满茂密小叶榕树，树上是群鸟栖息之处，故有“百鸟天堂”之称。在最高的一座岩石上面，有一个深邃的足痕，被称为榕岩仙迹，传说是古代有众仙隐居于此，传艺于良民，这印痕便是当时仙姑留下的脚印，面朝白浪滔滔的松涛水库。历来有许多善男善女，登山复踩脚印仙痕，祈祷许愿，据说均能逢凶化吉，如愿以偿。

杨扬为了鼓励黄梅，拍手叫好。她担任导游工作，也搜集了一些传说。她开口讲了《一线天》的故事。她说，一线天位于南丰志文沟北岸，距沟口约有 200 米。一线天沟底高约 280 米，是地层错动和雨水冲刷形成。沟长约 40 米，沟深约 40 米 ~ 50 米，宽 70 厘米 ~ 100 厘米，两侧石壁陡直，仰首观天，仅为一线，白云飘过，以为奇观，溪水潺潺，凉气袭人，相传数百年前，有位老婆子登山采药替儿子治病，结果，迷路多日不归，儿子思母心切，为寻找母亲，不顾身体有病，他一路喊着"妈妈"，一路寻觅，找到山前，听见妈妈微弱的应声，儿子追踪寻路上山，然而，此山峭壁陡立，延绵几百里，绕山过去要等何时？于是他毅然沿绝壁爬山救母，他一面呼喊，一面吃力攀登，结果，一次次摔下来，摔得全身伤痕累累，还是不肯罢休。王母娘娘为他的孝心所感动，从头上抽出发簪一画，电闪雷鸣，地动山摇，山裂开了一条深深的口子，直通山后，儿子终于救回了掉进山洞里的母亲。后来又有人把一线天叫"孝母线"。

杨扬对自己的故事进行点评。她说，我讲的故事虽然不是爱情传说，但是，与家庭有关，属于孝文化。

李大平说，那么我也来讲几个爱情神话传说吧。他作为南海旅行社的总经理，尽管不担任导游工作，但是，他出于旅游工作的关系，也了解了一些儋州的爱情传说故事。他说：很久很久以前，海头枫根村汉族姑娘阿珠，爱上河对岸黎族小伙阿碧，两人整天形影不离。这个时候，汉黎矛盾已经激化，河两岸的村民断绝来往，阿珠与阿碧只能够偷偷约会。谁知道，某天傍晚，两人在河边约会被汉族青年发现，对阿碧进行殴打，结果将阿碧打死。汉族姑娘阿珠悲痛万分地说，都是炎黄子孙，为什么不同民族非要自相残杀。她投河自尽，以死明志。汉族青年有点懊悔。阿珠与阿碧托梦给双方父母，让他们胸怀开阔，相互原谅并理解。为此，双方父母互相对两村村民进行耐心劝导，以为如此才对得住阿珠与阿碧的在天之灵。终于，两村村民抛却旧怨重新和好，世代通婚。两岸村民为纪念两人对爱情的忠贞，对和谐的作用，将村前河流唤为珠碧河。后来，南方河流统一称为江，于是，珠碧河就称为珠碧江了。

李大平总经理说，这个传说，具有神话传说的美感。李大平讲的故事，激起大家的掌声，黎萍导游说，想不到，我们的总经理也能够讲一个美丽的爱情传说。李大平说，我不只会讲者一个，我还可以讲《美人鱼赴会英岛湖》的故事给你们听呢。

——传说南海龙王三太子小青龙爱上了美人鱼，无奈相隔两地，便害了相思病。龙王的太子爷得了相思病，茶饭不思，日渐消瘦，眼看会活活饿死，急坏了龙王爷。聪明的娃娃鱼献计献策，龟臣相决定派雄鹰给美人鱼捎信，邀请其来看望小青龙，信上画了如何从水路来石花水洞的线路图。三太子为了等候美人鱼到来，开始饮食。再说思念三太子心切的美人鱼，接到信后，归心如箭，她按照图中所指的方向，从海岛北面的一个海底洞口，游了进去。美人鱼在海底河整整游了九九八十一天。终于，在第二年春暖花开的时候，美人鱼来到了石花水洞。小青龙早已守候在洞口，有望断秋水之势。一见到美人鱼，欢喜相拥，相思病顿时痊愈。两人就在湖边的石火山上，拜了天地，留下一段千古佳话。从那以后，那里就叫"阴阳山"，而引导美人鱼游到石花水洞的那汪湖水，就被称为"引导湖"，后人美其名曰"英岛湖。"

杨扬、黎萍、黄梅、阿槟、阿榔一起鼓掌。胖瘦九代穷也发表看法，这个说，小青龙与美人鱼忠贞爱情的故事，实在感人。那个说，多亏了聪明的美人鱼。杨扬则说，小青龙与美人鱼忠贞爱情的故事，宣传了传统爱情美德，值得我们今天的青年学习。

徐龙、李大平总经理、黎萍导游、田长江工程师、阿槟鹿仙女、阿榔猎手、布东教授、杨扬硕士、黄梅、胖瘦九代穷等一起来到迷人的蓝洋镇蓝洋温泉旅游景区。沿途，橡胶林木列队欢迎，古朴村庄，繁星点点，稻田掀起金黄的波浪，山景秀丽如画，山泉叮咚响，溪水潺潺流，曲径通幽处，鸟语传花香。蓝洋温泉奇特而闻名，仅在 2 平方公里范围内，大小自然泉眼就有 10 多个。水温均在 43℃ ~ 85℃，水质清亮，含有益健康的矿物质，具有温高、无异味等特点。特别是，一石之隔，一热泉，一冷泉，冷热分明，稀奇罕见，号称"冷热泉"，是儋州八景之一。

蓝洋温泉景区内建有温泉游泳池、冷热泉亭、七彩喷泉、七仙女浴池。还有万亩热带果园的诱人景色，称为"妃子笑"的荔枝和芭蕉，引人注目。菠萝蜜、龙眼、芒果、黄皮、椰子，芳香四溢。每当早晨或傍晚，烟雾缭绕，岚气腾升，青山绿水，时隐时现，给人蒙眬美的享受。

观音洞、观音岩、大王岭、莲花岭瀑布、虾公山、玉帝殿等景观，令人流连忘返。黎萍触景生情，她说，我想讲一个《蓝洋观音岩》的故事：风景秀丽的蓝洋因温泉而闻名，如今，前往蓝洋温泉观光游玩的游客、商贾、外客络绎不绝，热闹非凡。远古时候，海南名叫海洲。有一年，无知的村民在祭祀的时候，触怒了南海龙王。龙王一怒之下大发洪水，惩戒村民，可惜大水无情，淹没了千万村庄，致使生灵涂炭。玉皇大帝知道后，请观世音菩萨下界查明情况拯救无辜百姓。一路上，观世音看见人们背井离乡，流离失所，十分同情，决定帮助灾民重建家园。当菩萨巡查到"老塘地"时，发现这里不仅地势高，而且长满兰花，景色宜人。于是，决定将灾民安置在此处，并取名为蓝洋墟。因受洪水影响，这里的水质偏凉，人喝了容易拉肚子，菩萨上书给玉皇大帝，恩赐热泉。从此，蓝洋就有了冷热泉，而大慈大悲救苦救难的观世音菩萨待过的地方，就成为了今天的观音岩。

徐龙说，我陪同地质勘探部门来石花洞考察过，其由旱洞和水洞组成，洞深 40 多米，长 1.5 公里，目前仅开发 230 米。石花洞内的自然景观玲珑剔透、花彩多姿、类型繁多、洞顶还不时有水滴落下。有滴水、流水和停滞水沉积而成的高大洁白的石笋、石竹、石钟乳、石幔、石瀑布形象逼真，洁白如玉，洞壁覆盖着厚厚的岩溶晶体，千姿百态，在灯光下闪烁。黄梅说，我对这个石花洞很感兴趣，其卷曲石散发着水晶一般的光泽，石瘤、石盾、石葡萄等各具风姿，石菊、石枝、石毛、石珍珠等晶莹碧透，简直是造物主创造的奇迹。尤其是洞内发育生长的"一石二花"卷曲石、文石花、方解石晶体花堪称国家级珍品和世界一绝。

徐龙说，水洞长 100 多米，宽达 8 米，为地下暗河，河内惊现极为珍贵的国家级保护动物娃娃鱼。水洞内造型奇特，洞内，布满石花，形似珊瑚。洞外怪石林立，有如春笋遍野，有些怪石上面附着一亿年前古生物化石，极有科学价值。经中国溶洞学会专家考证，英岛山石花洞形成于 140 万年前的寒武纪地质年代，这些洞穴奇观，都是由流水中的碳酸钙缓慢沉积而成的，是多种因素综合的结果。洞穴内常年温度 13° C 左右，而岩壁的水中含有石灰岩等物质，经过化学反应，飞溅水形成了石花、石珊瑚、石葡萄等，渗透水形成了石瘤、石盾，滴水形成了石笋、石钟乳等，流水形成了石梯田、石坝等，其中卷曲石为国宝级品石。而这一切的出现都要上万年的历史，故此石花洞，具有科学研究与美学观赏价值，景色可与北京房山石花洞相媲美。石花水洞，只见洞外艳阳高照，洞内却特别凉爽。石花水洞坐落在儋州市英岛山下，据说，中国溶洞学会专家专门考证，此溶洞历史漫长，形成于140万年前。溶洞由旱洞和水洞组成，石钟乳、石笋、石瀑布形象逼真，形似珊瑚的石花，使人联想，石洞莫非注重海南风光特色。洞顶悬挂的卷曲石，散发着水晶一般的光泽，它的形成，目前尚不能完全进行科学解释，被专家称为国宝级石品。洪应明在《菜根谭》里谈到："松韵，石上泉声，静里听来，识天地自然鸣佩；草际烟光，水心云影，闲中观去，见乾坤最上文章。"

人们喜欢聆听丝竹管弦，也喜欢大自然的天然声响。来到水洞，感觉水洞里的泉水，汩汩流淌，好似天籁之音，他们在水洞里坐上小船，感受这水洞确实不同凡响，水洞宽敞，且有一路风光，给人美的享受。阿槟说：这水下又洞直接通往海底龙宫，阿榔说，估计我们不能够都去。田工与徐龙院长商量谁去，除了阿榔、阿槟、胖瘦九代穷，还提出让神话博士去。田工反对神话博士深入到洞穴，他的意见是，马上就要见到宝刀与宝锄，这是镇海之宝，不能够落在坏人手里。他不怀疑神话博士的人品，但是。神话博士已经被歹徒盯上，容易被歹徒钻空子，造成不可弥补的损失，那就悔之晚矣。徐龙院长坚持让神话博士带队，田工不放心，跟着他们的队伍出发了。

石花水洞十分神秘，神话博士发现田工、阿槟、阿榔一行心中有疑问，一是珍贵的宝石如何形成的?二是石头形状为什么这么奇特？三是水洞的水面为什么这样宽阔？其实，神秘的不可解得的何止是石花水洞，世界上有名的巨石文化，作为史前文化的延续与遗存，充满宗教色彩。对这些巨石文化，目前也不能完全进行科学解释。大自然的赋予，大自然的奥妙，人类还得继续进行探索发现。

他们穿着魔衣、魔幻背心从水里往山洞潜进去，一直下到海边一个有暗流的地方，神话博士的魔衣等于是潜水器具，阿榔阿槟什么都不要。他们跳下水去，每当他们游近海里的鲨鱼时，不用害怕，阿榔吹个口哨，阿槟做个手势，鲨鱼便游开了。他们一直向前游了十余里，神话博士发现，阿槟、阿榔救像在平地里走路一样简单，而田工被一条鲨鱼咬住了。这条鲨鱼是豺狼精变的，神话博士启动身上的治安功能，去解救身穿魔幻背心的田工。结果，鲨鱼放了田工，一口咬住了神话博士。神话博士受伤了，他的鲜血从魔衣里流了出来。这时候，更多的鲨鱼循着气味往这边跑了过来，真是千钧一发的危急时刻。阿榔明白，人的鲜血的气味会导致更多的鲨鱼的袭击。因此，他赶快拖着神话博士游向了洞口。等到鲨鱼赶了过来，阿榔的口哨也失灵了，鲨鱼对人血太敏感了，幸亏他们爬了上去，鲨鱼扑了一个空。

这次，他们寻找宝刀与宝锄的行动，竟使其神话博士的受伤而夭折了。神话博士住在医院里，田工主动去看望他，对他救自己而自己遇险的精神表示感谢。但是，他依然对神话博士最后深入洞穴表示反对，这是一个性格固执却为人正直的好同志。等了一个星期，神话博士的伤口愈合了，在徐龙局长的坚持下，还是老班子人马，在神话博士的带领下，进行第二次行动。他们没有从石花水洞那里去，换了一片海域，这里鲨鱼少。他们潜下海里，找到一个被水草掩饰的大洞，他们游到洞口歇息，阿榔吹口哨，来了一个大神龟，阿榔示意让神话博士、田工坐上去。海龟载着神话博士与田工向前游动，神话博士与田工他们的魔衣、魔幻背心具有潜水服的功能，所以，不用为他们的性命担忧。而阿榔、阿槟游进水洞里，直往海底游去，他们具有特异功能，能够像鱼儿一样换气。

忽然，他们被海底的暗流打翻，海龟游走了，好在他们有魔衣、魔幻背心，得以继续前行。他们看见了两股不同方向的暗流，正在不知道怎么办的时候，阿榔吹了口哨，又游来两条海豚。阿槟与阿榔、神话博士与田工，分别坐上两条大海豚，海豚带着他们前行。不知道游了多久，他们忽然发现，靠近了一个岩石，他们爬了上去，海豚游走了。上了岩石，发现水没有了，他们好像登上了山洞的石梯。他们将潜水服脱下，装在特制的塑料袋里，然后，随着阿榔阿槟往上登石梯。他们终于看到了亮光，开始，洞口是圆的，整个洞却像井一样深，应该说这是一个天井，至少到洞口有 2000 米，也就是说有两千米。他们发现，地上有动物的骨头，好像还有人的骨头。他们是凭手电筒才发现了的。估计，有人不小心摔进了天井，2000 米的高度，还有不摔得粉身碎骨的。

阿榔、阿槟口哨一吹，挥手之间，降下了两只神鸟。阿榔吩咐了一番，给黎萍导游、神话博士蒙上了黑布，也给田工蒙上了黑布，让他们坐了上去。神话博士觉得好像有坐飞机的感觉，确切地说，感觉到飞机在云端里晃荡的感觉。他意识到，如果不是蒙上眼睛，上去后会被阳光刺伤眼睛，更重要的是可能害怕洞的高度，摔下神鸟。感谢阿榔、阿槟想得周到。终于，他们好像感觉出了山洞，因为，鼻子里闻到了花的香味，感觉到了外面的轻风，神鸟落地了，阿榔、阿槟将他们扶近一个竹屋，再给他们摘下黑布，要他们暂时不要到外面去，让眼睛逐渐适应光明。等了几个小时后，神话博士、阿榔、阿槟、黎萍、田工走出竹屋，发现，四面都是竹子，风一吹，竹子发出好听的声音。他们走出竹林，发现，周围的面貌好像是另一个世纪。神话博士说，这是在上古时期。

最后一个洞出现在他们面前，阿槟、阿榔、神话博士、黎萍、田工同时准备进去了，黎萍、田工身上的魔幻背心上的报警器响了："仙人说，阿槟、阿榔、神话博士、胖瘦九代穷几个进洞，其他人不要进去了。"

这是遇到了什么情况呢，阿槟、阿榔、神话博士三人进洞不久，一位白发仙人出现在面前，他一手拿着明晃晃的宝刀，一手拿着金灿灿的宝锄，他对他们说："欢迎阿槟、阿榔、胖瘦九代穷、神话博士，都随着我过来。"

他们跟着仙人来到了海底，如果说浩瀚的大海十分辽阔，海岛十分神秘，那么海底则是一个更加辽阔、更加神秘的世界。与陆地一样，海底有广阔的平原与山地，而它们的高差与崎岖程度不亚于陆地上的高山与平原。大洋底部的地貌有屹立在海底的巨大山脉，连绵万里，突出海底的高度有 2000 米～4000 米，成为海底扩张与板块构造说的重要根据。

这里有美丽的珊瑚礁石，鱼儿在这里自由自在地游荡。长期以来，人们一直认为千姿百态的珊瑚是海洋植物。但根据生物学的观点，珊瑚是生长在海洋中不能移动的动物。珊瑚属腔肠科动物，其最小的生存单位是"珊瑚虫"，一簇簇像分叉树枝的珊瑚树，是许许多多微小而柔软的珊瑚虫紧紧相连的群体。珊瑚礁的形成，是成千上万年大自然的积累，由于珊瑚太美，所以人们称珊瑚虫是海洋上伟大的建筑师。

珊瑚环礁边还生活着的贝类，小如豆粒，大如磨盘。特别巨大的贝砗磲，连壳带肉重200多公斤，壳的直径有一米长，足以充当孩童的澡盆。闭合的力量大得惊人，能夹断两瓣贝壳内的锚索。珊瑚是生态环境的卫士，如何保护珊瑚礁，是一个严肃的话题。

珊瑚是生命的奇迹，它很古老，可以追溯到4亿多年前；它很神奇，以小小的身躯构筑了无数岛礁；它很美丽，幻化出世间最绚丽奇妙的“海底花园”；它很无私，千万年来为人类阻挡风浪，更为上千种海洋生物营造了快乐家园。被人们称为“玉树”、“石花”的珊瑚，构成了独特的海洋生态系统，唱响了一曲海洋生命之歌。

神话博士指着阿榔、阿槟、胖瘦九代穷说：“大仙，我们把猎手阿榔、鹿仙阿槟带回来了，也把九代穷带回来了。”

仙人说：“我当初按照观世音菩萨的意图，将龙王爷镇海的宝刀、宝锄送给了五指山的主人俩夫妇，后来，我担心人们为了宝刀、宝锄的争斗，流血流汗，所以，将宝刀、宝锄一直藏在这洞府里。这个洞府通往海底，谁也不知道。现在，你们的使命完成了，阿榔、阿槟，由于你们在人间的功德，观世音菩萨要我将这宝刀宝锄变成定海神针山峰，将你们变成两个镇海卫士山峰，共同担负镇海保安宁的作用。你们愿意不愿意，可以选择，一是再回到原来的时代去，生活几十年，最终化为尘土；一是成为两个相依的山峰，马上就没有生命。”

阿槟与阿榔四目相交，然后，阿槟说：“如果是从个人利益出发，我们当然愿意在人世间多活几十年，哪怕最终化为尘土。如果是为了人类的安宁，少一点火山爆发的威胁，少一点地震的威胁，我们倒是愿化为两座爱情卫士山峰。”

神话博士说：“希望大仙容许人类将计算机特殊芯片植于两个定海神针山峰里，为人类探测地震、台风的征兆。”

仙人说：“鉴于你为南海神话传说收集呕心沥血，为人类和谐幸福牺牲自己，我代表观世音菩萨，愿意支持你的建议。”

神话博士问：“敢问大仙，豺狼精、乌鸦精、狐狸精来了没有？”

仙人说：“在你们之前，乌鸦精、豺狼精、狐狸精来抢宝刀与宝锄，观世音菩萨使它们成为海底黑色的礁石。”

胖九代穷战战兢兢地说：“我没有拿到宝刀与宝锄，能回家与老婆团聚么。”

瘦九代穷恭恭敬敬地说：“我没有拿到宝刀与宝锄，我的哑巴未婚妻以后能说话吗。”

仙人说：“观世音菩萨让神话博士送你们回去，胖九代穷可以与妻子团聚，瘦九代穷，你已经见到宝刀与宝锄了，你的未婚妻见了你的面，就会说话了。”

胖瘦九代穷一听连忙跪倒在地，连说：“多谢神仙，多谢观世音菩萨。”

宝刀与宝锄成了定海神针山峰，阿槟、阿榔成了卫士山峰。豺狼精、乌鸦精、狐狸精成了海底的黑礁石。神话博士石小林拍了录像，仙人说：“神话博士啊，你先带胖瘦九代穷回到现代社会，告诉人们一个信息，要他们不要再寻找这宝刀与宝锄了，也不要再去找阿槟、阿榔了。然后，你负责让胖瘦九代穷回到他们的家人身边。”

仙人说完，手一挥，一只神鸟出现了，仙人说：“你们坐上去吧，神鸟熟悉路程。”

神鸟载着神话博士、胖瘦九代穷三个，飞出洞口，出现在田工、黎萍导游面前，田工虽然上次被神话博士舍身相救，对神话博士改变了看法，但是，他固执地认为，神话博士最后不应该在宝刀、宝锄前部应该出场。现在，他服了，他通过芯片收到了信息，他认为，神话博士非常圆满地完成了任务，让宝刀、宝锄变成了定海神针山峰以前，由阿榔、阿槟将计算机芯片射进了山峰，然后，阿榔、阿槟变成了镇海卫士山峰。计算机可以敏捷观察到海底的情况。田工上前紧握着神话博士的手。而黎萍导游呢，眼泪在眼眶打转，眼看快要流出来了：“傻子神话博士，你到哪里去了，我还以为你回不来了呢。”

神话博士第一次听黎萍导游称自己为傻子神话博士，知道他们的感情已经升华。他百感交集地说：“阿槟、阿榔变成镇海卫士山峰，宝刀、宝锄变成了定海神针山峰，豺狼精、乌鸦精、狐狸精成为的黑色礁石。”

神话博士打开照相机，让人们翻开他录制的四个山峰与三块礁石的照片。

神话博士换上新的电池，启动时光隧道功能，将胖瘦九代穷送回他们来的那个时代。

神话博士与黎萍导游情绪低落，因为少了四个人，胖瘦两个九代穷，猎手阿榔与鹿仙阿槟，大家常在一起，颇有感情，现在少了他们，有失落感，觉得不无遗憾。但是，想到宝刀、宝锄成了镇海保平安的山峰，阿槟阿榔成为卫士，两个九代穷都回到自己的妻子身边，大家的内心热血沸腾，有对两个九代穷家人团聚衣食无忧的祝福，有对宝刀、宝锄成为镇海山峰的激动，有对阿槟、阿榔牺牲自己奉献人类精神的崇敬。

神话博士、黎萍导游正在餐厅里商量这次爱情神话体验游活动的总结，黄梅带着黄哥老师来了。

黄梅说：“我参加爱情神话体验游，爱情观念有了变化。我想先给大家讲一讲《海螺姑娘》的故事。”

某渔村有一位单身汉名叫符民，年纪40多了，还没娶上媳妇，他勤恳能干，每天都辛勤劳作，打鱼，晒网，总没有清闲的时候。有一天，他坐船下海时，发现了一条鲨鱼在追逐一个美丽得出奇的大海螺，他一贯喜欢美丽的东西，对于鲨鱼这样凶险的恶霸，早就看不顺眼，只是，身单力薄，敢怒不敢言，今天，他豁出来了。他用鱼钗向鲨鱼投出，正巧，击中了鲨鱼的头部。鲨鱼受了伤，不敢攻击符民，放弃了海螺，符民捡起海螺，越看越觉得爱不释手，就高兴地带回家，专门用以口养鱼的水缸养了起来。

自从捡了这海螺，屋里就尽出稀奇事：一天，单身汉打鱼回家，发现桌子上摆满了热气腾腾的饭菜，单身汉左看右瞧，却不见有人，他肚子饿极了，不管三七二十一，上桌吃了起来。他边吃边想，会有谁给他做这么好吃的一桌饭菜呢？他连续几天干活，回来都同样是满桌的好饭菜。于是，他想此事一定是邻居李大嫂帮的忙，今天我要好好去感谢人家。于是他问了邻居李大嫂。大嫂说："没有呀？我听到你厨房有做饭、炒菜声，我还以为是你提前回家来做饭呢。"

还有，衣服脏了顾不上洗，就放在板凳上。下雨回家，衣服湿了，没有衣服穿，去找脏衣服，板凳上没有发现脏衣服，却在箱子里发现了，衣服已经洗得干干净净，却还将破了的地方补好了。他正在纳闷，想去问邻居李大嫂，看见谁来帮忙洗衣服。李大嫂主动上门来了。她说："你真好福气，娶了这么个俊媳妇，又勤快，将你的衣服洗得干干净净。"

符民说："我没有媳妇啊。"

李大嫂说："难道我花了眼。"

李大嫂将符民带到家里，问："你最近做了什么好事？"

符民说："我没有做什么好事呀。"

符民平时做点助人为乐的事情，但是，他都认为是应该的，不值得一提。李大嫂说："你救了什么东西没有？"

符民想起来了，说："我在鲨鱼面前救了一个海螺。"

李大嫂说："我想，你可能救了海螺精，干脆娶她做媳妇吧。"

然后，李大嫂悄悄给他出主意。这一天，符民他像往常一样扛上劳动工具出工去了。出门半个小时就往家里赶，推开房门，果然看见一个美女在做饭。他赶快往养鱼的水缸那里跑，从水缸里捞起那个空海螺壳，用衣服包扎得严严实实的。等到仙女发现了，到水缸边没有看见海螺壳。就羞得满面通红。

单身汉主动向海螺精求婚，海螺精早就看中了符民，但是，海螺姑娘不放心，她说："我是海螺精变的，难道你不怕。"

单身汉说："我不怕，有的人比妖精还要坏，比如杀人不眨眼的海盗，有的妖精比人还好，比如你这样的海螺姑娘。"

于是，他们双双结了婚，婚后他们还生下一对儿女。虽然他们一个是人，一个是精怪，据说他们夫妻一直很恩爱如初，日子越过越好。

黄梅讲完这个故事，说："人既然能够与海螺精结婚，我为什么不能够与黄哥老师走在一起，虽然他坐过牢，但是已经平反，虽然我们年纪相差十多岁，但我们志趣相投。"

杨扬悄声说："你不是喜欢神话博士吗？"

黄梅说："我肯定认为神话博士比黄哥要完美，但是，我读了瓦西列夫的《情爱论》，懂得爱情需要一种平衡，门当户对是平衡，志同道合是平衡，我与黄哥是情投意合，却都是学艺术的，所以平衡。再说，我如果与神话博士走在一起，我幸福了，神话博士心理平衡吗，黎萍导游心理平衡吗。"

神话博士微笑地点头，他喜欢黄梅，但是，他爱的是黎萍。而黎萍呢，自己与黄梅是朋友，却共同爱神话博士，虽然自己愿意为神话博士奉献真爱，但是还是难免感到十分难堪，现在，黄梅能够主动重新选择，她十分感激。

张树良也来了，他向神话博士与黎萍导游表示感谢，认为是他们组织的爱情神话体验游，激发了他的勇气，帮助他联系上了张小英，使他与自己喜欢的退休女教师终成眷属。

黄小雨与马小明来了，黄小雨问："神话博士、黎萍导游，我向你们组织的爱情神话体验游活动表示感谢，阿榔、阿槟，在哪里，我还要向他们表示感谢。"

当黎萍导游说，阿榔、阿槟已经成为海底的爱情卫士山峰了，黄小雨忍不住又哭了起来。哭了一会儿，黄小雨说："真不好意思，我原来是一个从不落泪的女子，最近，竟然变得爱流泪了。扫了大家吃饭的兴。"

李大平总经理来了，他说："王公仆董事长今天请大家吃个饭，请在座的诸位参加，一个也不漏。请徐院长致祝酒词。"

李大平的话音刚落，在场者报以阵阵掌声。

徐龙说："我们这次爱情神话体验游活动圆满成功，一是宝刀、宝锄成为定海神针山峰，安装了信息芯片，对海洋地震与海底火山爆发有预报作用；二是免得歹徒到处寻找宝刀、宝锄，影响社会的治安；三是让优秀传统文化得到弘扬，让爱情神话得到成功的挖掘。上级领导部门表扬了我们。在此，我要感谢石博士、黎萍导游、猎手阿榔、阿槟、李大平总经理、王公仆董事长、田长江高工等同志。最后，让我们共同为海南国际旅游岛的文化繁荣干杯！"

大家没有料到的场面出现了，阿榔、阿槟、胖瘦九代穷站在海滩上空的云端上，举起酒杯，说："干杯！为爱情的幸福干杯！为人类的幸福干杯！"

后 记

我生命的小船，在生活的大海里摇荡了五十多年，想到儿子创业有成，孙子活泼可爱，心情舒畅，于是，眼睛一闭，生活中遇到各种各样的人与事，像电影一样，浮现在脑海。或让我彻夜难眠，或让我热血沸腾……我真想用小说形式来进行表达，却一直无从下笔。难忘1969年，那时，我是武汉居仁门中学学生，还是一个没有长成熟的初中生，一脸稚气，甚至难免尿床。红卫兵串联的时候，我不小心弄湿了被单。那时我个子矮小消瘦，同学杨君喜欢写顺口溜，他讽刺我说：天生一个猴子像，无限风光在脸上。我随同学下放到蒲圻茶岭山乡，青山绿水令我眼前一亮，给我们送菜的乡亲，表现出对知识青年上山下乡的无比热情，竟然让我萌发强烈的文学创作欲望。我写了一篇讴歌知识青年上山下乡的短篇小说。记得"文化大革命"还没有结束，不少文学作品遭受劫难，同学们当时没有书看，所以，将我的小说习作拿去相互传阅，我觉得身上每一个汗毛孔都受到激励。

事实上，想踏上文学创作之路谈何容易，1970年，我进武汉台板家具厂当工人，我将熬夜写的诗歌、小说稿件，满怀期盼地塞进邮筒，投向报刊社，谁知道，这些稿件或原路打回，或石沉大海。我的好学、我的坚韧、我的执著，感动了厂里同事与帅厂长，尤其是同一个锅炉房上班的师兄师弟，他们不时对我鼓励。还有，我的父亲和邻居侯老师、徐老师，也耐心点拨我。

我于1974年，开始发表豆腐块文章，1980年，在新四军当过文化教员的父亲，认识当时的河北省省长、著名老作家李尔重，拿着我的习作请他指点，他给我题词，并且让时任湖北省委宣传部副部长、著名作家李晓明帮助我。李晓明同志耐心地给我谈他创作长篇小说《平原枪声》的经验。厂宣传科科长见我痴迷文学，便送我一张武汉图书馆的借书证，并介绍我认识长江日报社的编辑。以后，我有幸结识了当时的著名青年诗人高伐林与董君兄弟，还有科普作家李君、周君、孙君，我到他们家去玩，他们到我的住处来看我。寒实君、唐君、刘大姐、肖大姐等一些热情的编辑，能成人之美，我开始在报刊上陆续发表杂文、知识小品、科普散文。

1984年，我进入书刊导报社，社长是一位老作家，他让我当记者编辑，我有机会接触社会各界英才，受益匪浅。以后的岁月里，我出版了几部知识散文集。著名书法家、诗人吴丈蜀为我题写书名、题词并撰写评论；著名音乐家、作家程云题词称我的书为"奇书"。我还拜访了中国工程院院士文伏波，我知道，荆江分洪大坝是他设计的，葛洲坝、三峡工程的设计他也参加了，这位老院士说：我喜欢你的这一套书，他为我的书题了词。当年在延安听毛泽东作文艺报告的著名诗人曾卓、莎蕻和教育家陶景飏，老领导王杰和著名评论家王先霈、於可训、涂怀章、尹均生、邓黔生，他们给我的书或写序，或写评论，或题词。

武汉科普作家协会推选我担任副主席，湖北省科普作家协会成立荆洪科普工作室，我的《科技创造未来三部曲》成为"武汉市百万市民学科学"特别推荐读物，我的《奇石与鉴赏》成为"第五届中国暨国际赏石展览会"献礼作品。中央电视台、《湖北日报》、《长江日报》、湖北电视台、武汉电视台等媒体对我的作品给予报道，我终于成功地踏上了创作之路，创作的视野更开阔了，但是，我还是没有动笔去写小说。

2004年，我来到阳光明媚的海南特区，创作劲头十足，有椰风海韵与南海神话对我的感染与影响，有来自方方面面的支持。海口经济学院曹成杰董事长聘我为旅游研究所所长；执行院长曹烨科、执行董事曹成伟、副院长张龙庭则支持我搞课题项目研究；中国石油大学原校长、海口经济学院李秀生院长、张文瑞书记鼓励我说：我们知道你非常勤奋，经常挑灯夜战。著名作家杜光辉则给我谈他的创作经验。记得每次出书，《海南日报》《国际旅游岛商报》《高尔夫旅游》《南海网》，还有学报、院报，都要重点宣传。记得每次出书，我给省长助理、省旅游委主任陆志远博士打电话，他都热情约我在办公室与他见面。

大弟玉洪、大妹冬梅与我接触多，当年，我与大弟游览庐山谈的是文学创作，与大妹游览武当山也谈到文学。他们问我：大哥，你为什么不写小说呢？我说，你们喜欢读小说，我也喜欢读小说，真想写小说，但是，时机未到。我现在已经独立著书14部，或涉足石头美学，或介入科普文学，或探寻旅游文化，散文、杂文、论文、诗文兼而有之，唯独缺乏小说。

没有想到，2010年，创作时机终于来了，我有了创作长篇小说的冲动，记得我在"超星名师讲坛"主讲《海南旅游文化与旅游神话审美》，反响强烈；我的学生李晓蒙，他是海南省企业家协会最年轻的会员，他决心为国际旅游岛文化建设作贡献，他让新远文化传媒有限公司给我策划选题，促使我创作科幻神话长篇小说《南海神话》。

著名学者、海南省委党校常务副校长彭京宜教授，曾经给我的《旅游审美论丛》写序，听我简叙《南海神话》的创作思路后，欣然题词：让美丽的神话与美丽的风光融为一体。是的，当我第一次踏上海南的土地，参与编辑《海南与世界》，我与沈君游览"鹿回头"，接触美丽的风光与美丽的神话故事，深深地为之迷醉，感受到神话与风光有水乳交融的关系。当我第二次踏上海南的土地，将科普与神话结合起来进行创作，再次感受到神话与风光有水乳交融的关系。

因为神话与风光的水乳交融，我相信，广大读者与我一样，儿童时代就开始喜欢神话，喜欢读神话的书，喜欢听长辈讲神话的故事。我还相信，广大读者与我一样，每到一个风景区去旅游，都喜欢一边听导游讲神话传说故事，一边欣赏美丽的景观。

因为神话与风光的水乳交融，章德麟先生策划、我主编的《湖北旅游指南》，里面就有神话故事。在海南，我的专著《海南旅游文化》，提及海南神话文化。我的"旅游审美论丛"分为三部，其中一部就为《旅游神话审美》。

因为神话与风光的水乳交融，神女峰的神话与三峡风光融为一体，鹿回头的神话与美丽的三亚风光融为一体。我之所以创作《南海神话》长篇小说，就是因为我喜欢海南的风光，喜欢海南的神话，想让美丽的南海神话与海南国际旅游岛的风光融为一体。

记得我写完《南海神话》初稿，心里局促不安，好比我50多岁学驾驶接受考试时的心情一样。海南省委党校组织高校教师到儋州等地考察，我与海南师范大学的一位教师同住一室，他看了我的小说初稿，感叹：教授，你这部小说有文化之根，难得。接着，我与周君、步君、李君在海口经济学院商业街喝茶，他们翻阅《南海神话》书稿，赞叹有声，也提出了中肯的建议。教中文的关君认为，《南海神话》真是好小说，具有地域特色、文化特色、民族特色，文学性与知识性兼备。还有，著名作家董宏猷、社会活动家吴长安、离休老教授常伯驹和企业家张洪德、林香仁及文友彭想林、范劲、王里等，均对我的创作表示支持。

令我遗憾的是，来自辽宁的读者朋友滕仁侃君，是一位优秀的人民警察，医生诊断他是癌症晚期患者，妻子陪他来到女儿工作的海南。由于滕君迷上了海南的蓝天、大海、沙滩、椰树，所以喜欢读我的系列旅游文化专著。病重期间，他不愿到内地去，他说，美丽的海南给了他三年多的快乐，他留恋海南美丽的风光。我陪他去泡温泉，在南渡江吃鱼餐，他给我讲只身抓逃犯的故事，我给他讲南海神话。滕君说他期盼《南海神话》出版，想先睹为快。无比遗憾的是他于2011年春节期间已经辞别人世。

2011年元旦，我作为嘉宾参加海南省文联、海南省国际文化交流中心等单位举办的摄影大赛颁奖仪式，再次见到海南省文联主席韩少功（第一次见他，我担任海南日报、海南省文联等单位举办的工艺大师评比活动评委），我向这位治学严谨的当代著名作家简述了《南海神话》的创作思路，以示求教。我还向著名学者傅治平教授、海南省作家协会主席孔见、王延辉教授谈我关于长篇小说《南海神话》的创作并征求意见，受到启示。

2011年春节期间，我到武汉，拜访我国著名学者、湖北省社会科学院原院长夏振坤教授，晚年喜欢藏石与书画艺术的著名学者，高兴地赠我墨宝，还欣然命笔题词："祝贺荆洪同志《南海神话》付梓。"93岁高龄的李夫全同志，热情题写"南海神话"书名。他是德高望重的老革命，曾任湖北省委常委、常务副省长，毛泽东主席在武汉期间曾经用稿费请他吃饭。一天上午，我去拜访武汉市新闻出版局局长、武汉出版社社长兼总编彭小华。我们认识多年，彭局长见了我很高兴，他说，海南是个旅游大省，你写旅游方面的书太好了。他从我的《奇石与鉴赏》一书谈到老领导、藏石家王杰，还热情地询问"南海神话"的主要内容，最后，将一部精美的石头画册赠送给我。邹德清副总编对我的创作表示支持，副编审李俊投入编辑工作，兢兢业业。现在，我能够顺利出版长篇小说《南海神话》，要感谢海南省社科联、海口经济学院的支持，尤其要感谢武汉出版社的支持，海南新远文化传媒有限公司的策划。

刘荆洪

2011年2月24日于海口